GUY DE MAUPASSANT

Bel-Ami

ROMAN

ÜBERSETZUNG UND NACHWORT
VON ERNST SANDER

PHILIPP RECLAM JUN. STUTTGART

Französischer Originaltitel: Bel-Ami

Umschlagabbildung: Auf dem Boulevard (Ausschnitt).
Ölgemälde von Jean Béraud, 1895

Universal-Bibliothek Nr. 9686
Alle Rechte vorbehalten
© 1973 Philipp Reclam jun. GmbH & Co., Stuttgart
Satz: Herder Druck, Freiburg i. Br.
Druck und Bindung: Reclam, Ditzingen
Printed in Germany 1995
RECLAM und UNIVERSAL-BIBLIOTHEK sind eingetragene
Warenzeichen der Philipp Reclam jun. GmbH & Co., Stuttgart
ISBN 3-15-009686-3

Erster Teil

I

Als die Kassiererin ihm auf sein Hundertsousstück herausgegeben hatte, verließ Georges Duroy das Restaurant.
Da er von Charakters wegen und als ehemaliger Unteroffizier gern den Schneidigen spielte, drückte er die Brust heraus, zwirbelte den Schnurrbart mit einer soldatischen, ihm geläufigen Geste und warf auf die noch verweilenden Speisenden einen raschen Rundblick, einen jener Blicke, die eine Eigentümlichkeit hübscher Kerle sind und die wie die Schnabelhiebe eines Sperbers wirken.
Die Frauen hatten zu ihm hingeblickt, drei kleine Arbeiterinnen, eine Klavierlehrerin unbestimmten Alters, schlecht frisiert, vernachlässigt, mit stets staubigem Hut und stets verrutschtem Kleid, sowie zwei Ehefrauen aus dem Mittelstand mit ihren Männern, Stammgäste dieser Kneipe zu festen Preisen.
Auf dem Gehsteig blieb er einen Augenblick stehen und überlegte, was er jetzt anfangen solle. Es war der 28. Juni, und es waren ihm bis zum Ende des Monats noch gerade drei Francs vierzig in der Tasche verblieben. Das bedeutete zwei Abendessen ohne Mittagsmahlzeit, oder zwei Mittagsmahlzeiten ohne Abendessen, die Wahl stand ihm frei. Er berechnete, daß die mittäglichen Mahlzeiten ihn zweiundzwanzig Sous kosten würden, die abendlichen jedoch dreißig; also würden ihm, wenn er auf die Abendessen verzichtete, ein Franc zwanzig übrigbleiben, und das stellte zwei weitere, aus Brot und Wurst bestehende Mahlzeiten und überdies zwei Bier auf dem Boulevard dar. Das war seine Hauptausgabe und sein Hauptvergnügen nach Anbruch der Dunkelheit; und so begann er die Rue Notre-Dame-de-Lorette hinabzuschlendern.
Er schritt einher wie in den Tagen, da er die Husarenuniform getragen hatte, Brust heraus und ein bißchen breit-

beinig, als sei er gerade abgesessen; und er ging rücksichtslos durch die menschenerfüllte Straße; er streifte Schultern und stieß die Passanten an, um nicht ausweichen zu müssen. Den ziemlich abgetragenen Zylinder trug er ein wenig schief auf dem Kopf; seine Hacken traten kräftig auf das Pflaster. Er wirkte, als wolle er durch den Schick eines gutaussehenden Soldaten, der ins Zivil geraten war, in einem fort jemanden oder etwas herausfordern, die Vorübergehenden, die Häuser, die ganze Stadt.

Zwar hatte sein Anzug nur sechzig Francs gekostet; aber dennoch war er von einer gewissen auffälligen, ein bißchen gewöhnlichen, jedoch tatsächlich vorhandenen Eleganz. Er war groß, gut gebaut, blond, von einem ins Rötliche spielenden Kastanienblond, hatte einen hochgedrehten Schnurrbart, der ihm auf der Lippe zu schäumen schien, hellblaue Augen, die eine sehr kleine Pupille durchstach, sein Haar war von Natur aus gelockt und in der Mitte gescheitelt, und so ähnelte er halbwegs den Taugenichtsen in Hintertreppenromanen.

Es war einer jener Sommerabende, an denen es in Paris an Luft mangelt. Die Stadt war heiß wie ein Dampfbad; sie schien im erstickenden Dunkel zu schwitzen. Die Abflußlöcher hauchten aus ihren granitenen Mäulern ihren Pest-Atem, und die Küchen der Kellergeschosse strömten aus ihren niedrigen Fenstern die abscheulichen Miasmen von Spülwasser und alten Saucen auf die Straße.

Die Conciergen saßen in Hemdsärmeln rittlings auf Strohstühlen und rauchten in den Hauseingängen die Pfeife, und die Passanten gingen müden Schrittes vorbei, barhäuptig, den Hut in der Hand.

Als Georges Duroy auf den Boulevard gelangt war, blieb er abermals stehen; er war unentschlossen, was er anfangen solle. Es drängte ihn jetzt, die Champs-Élysées und die Avenue du Bois-de-Boulogne entlangzugehen und unter den Bäumen ein bißchen frische Luft zu schnappen; allein es regte sich in ihm auch ein anderes Verlangen, das nach einem Liebesabenteuer.

Wie würde es sich ihm darbieten? Das wußte er nicht, aber er wartete bereits seit drei Monaten darauf, tagtäglich und allabendlich. Dabei hatte er sich dank seines guten Aussehens und seines galanten Gehabens hier und dort ein bißchen Liebe ergaunert, aber er hatte sich stets mehr und Besseres erhofft.

Bei leerer Tasche und brodelndem Blut erhitzte er sich, wenn er die Straßenmädchen streifte, die an den Ecken flüsterten: »Kommst du mit, du Hübscher?«, aber da er sie nicht bezahlen konnte, wagte er nicht, ihnen nachzugehen; und überdies erwartete er auch etwas anderes, andere, weniger vulgäre Küsse.

Dabei hatte er eine Schwäche für die Örtlichkeiten, an denen die Huren herumstrichen, für ihre Tanzvergnügen, ihre Cafés, ihre Straßen; er hatte eine Schwäche dafür, dicht an sie heranzutreten, mit ihnen zu reden, sie zu duzen, ihre aufdringlichen Parfums einzuschnuppern, sich von ihrer Nähe wohlig durchströmen zu lassen. Es waren eben Frauen, Frauen, die der Liebe dienten. Er verachtete sie durchaus nicht mit jener Geringschätzung, wie sie Familienvätern eigen ist.

Er bog nach der Madeleine zu ein und folgte der wogenden Menge, die ob der Schwüle träge dahinströmte. Die großen, dichtbesetzten Cafés quollen bis auf den Bürgersteig über und stellten ihre trinkenden Gäste beim harten, strahlenden Licht ihrer erleuchteten Fassaden zur Schau. Die Gläser, die vor ihnen auf den kleinen viereckigen oder runden Tischen standen, enthielten rote, gelbe, grüne, braune, in allen Farbabschattungen schillernde Flüssigkeiten; und im Innern der Karaffen sah man die dicken, durchsichtigen Eiszylinder, die das schöne klare Wasser kühlten.

Duroy hatte den Schritt verlangsamt; das Verlangen nach etwas Trinkbarem dörrte ihm die Kehle aus.

Ein brennender Durst, ein wahrer Sommerabenddurst peinigte ihn, und er mußte an das köstliche Gefühl denken, wenn einem kühle Getränke durch den Hals rinnen.

Aber wenn er heute abend auch nur zwei Bier tränke, würde es mit dem mageren Abendessen morgen aus sein, und die Hungerstunden am Monatsende kannte er nur zu gut.

Er dachte: »Bis zehn muß ich durchhalten, dann trinke ich im ›Américain‹ mein Glas Bier. Verdammt noch mal, was für einen Durst habe ich!« Und er sah zu all den Leuten hin, die an den Tischen saßen und tranken, all den Leuten, die ihren Durst stillen konnten, soviel sie wollten. Keck und verwegen ging er an den Cafés vorüber und schätzte mit einem raschen Blick je nach der Miene und der Kleidung ab, wieviel Geld jeder der Gäste bei sich habe. Und es überkam ihn eine Wut gegen diese geruhsam dasitzenden Menschen. Wenn man ihre Taschen durchstöberte, würde man Gold finden, Silbermünzen und Sousstücke. Jeder mußte durchschnittlich mindestens zwei Louis bei sich haben; und in jedem Café saßen an die hundert; und hundert mal zwei Louis machen viertausend Francs! Er murmelte vor sich hin: »Diese Schweine!«, wobei er sich elegant in den Hüften wiegte. Hätte er einen von ihnen an einer Straßenecke, wo es schön dunkel war, zu fassen gekriegt, so hätte er ihm, Donnerwetter ja, ohne Skrupel den Hals umgedreht, wie er es in den Tagen der großen Manöver mit dem Geflügel der Bauern getan hatte.

Und er dachte zurück an seine beiden Jahre in Afrika, an die Art, wie er in den kleinen Stützpunkten des Südens die Araber gebrandschatzt hatte. Und ein grausames, amüsiertes Lächeln glitt über seine Lippen, als er sich einer Eskapade erinnerte, die drei Männern vom Stamm der Uled-Alan das Leben gekostet und ihm und seinen Kameraden zwanzig Hühner, zwei Hammel und Gold eingebracht hatte und für ein halbes Jahr Gelächter.

Die Schuldigen waren nie entdeckt, überdies war kaum nach ihnen gesucht worden; die Araber galten ja als die naturgegebene Beute der Soldaten.

In Paris war das anders. Hier konnte man nicht mit dem

Säbel an der Seite und dem Revolver in der Faust fern der zivilen Gerichtsbarkeit in aller Freiheit ein bißchen auf Raub ausgehen. In seinem Herzen verspürte er alle Urtriebe eines auf ein erobertes Land losgelassenen Unteroffiziers. Er sehnte sich förmlich zurück nach seinen zwei in der Wüste verbrachten Jahren. Schade, daß er nicht dort geblieben war! Aber er hatte sich nun mal von seiner Heimkehr Besseres erwartet. Und jetzt...? Ach ja, jetzt hatte er den Salat!

Mit einem leisen Schnalzen bewegte er die Zunge im Mund, als wolle er feststellen, wie trocken sein Gaumen sei.

Erschöpft und langsam schob sich die Menge um ihn her vorüber, und er dachte abermals: »Dieser Haufen von Trotteln! Alle diese Halbidioten haben in den Westentaschen Geld.« Er stieß die Leute mit der Schulter an und pfiff dabei lustige Schlager. Angerempelte Herren drehten sich schimpfend nach ihm um; Frauen stießen hervor: »So ein Rüpel!«

Er ging am Vaudeville vorüber und blieb gegenüber dem Café Américain stehen, wobei er sich überlegte, ob er nicht dennoch sein Bier trinken solle, so peinigte ihn der Durst. Ehe er sich dazu entschloß, sah er auf der erleuchteten Uhr mitten auf dem Fahrdamm nach, wie spät es sei. Es war Viertel nach neun. Er kannte sich: sobald das volle Bierglas vor ihm stehen würde, hätte er es auch schon hinuntergestürzt. Was sollte er danach bis elf anfangen?

Er dachte: »Ich gehe bis zur Madeleine und dann ganz langsam wieder zurück.«

Als er an der Ecke der Place de l'Opéra anlangte, begegnete er einem dicklichen jüngeren Herrn, dessen Gesicht er irgendwo einmal gesehen haben mußte, wie er sich vage entsann.

Er ging ihm nach, stöberte in seinen Erinnerungen und sagte ein paarmal halblaut vor sich hin: »Wo zum Teufel habe ich dies Stückchen Zivil schon mal gesehen?«

Er wühlte in seinem Gedächtnis herum, ohne daß es ihm

eingefallen wäre; dann aber, urplötzlich, durch ein sonderbares Phänomen in seinen Hirnwindungen, sah er ebenjenen Mann weniger dick, jünger und in Husarenuniform vor sich. »Natürlich, Forestier!« rief er laut, schritt schneller aus und klopfte dem vor ihm Gehenden auf die Schulter. Der fuhr herum, sah ihn an und fragte:

»Was wollen Sie von mir, Monsieur?«

Duroy fing an zu lachen:

»Erkennst du mich nicht?«

»Nein.«

»Georges Duroy von den 6. Husaren.«

Forestier streckte ihm beide Hände hin:

»Na, so was! Wie geht's dir, alter Junge?«

»Tadellos. Und dir?«

»Ach, mir nicht so besonders; stell dir vor, mit meiner Lunge ist was nicht in Ordnung; von zwölf Monaten huste ich sechs, das kommt von einer Bronchitis, und die habe ich mir in Bougival geholt, in dem Jahr, als ich nach Paris zurückkam; vier Jahre ist das jetzt her.«

»Aber, aber! Dabei siehst du ganz gut aus.«

Und Forestier nahm den Arm seines alten Kameraden, sprach von seiner Krankheit, erzählte ihm von den Konsultationen, den Meinungen und Ratschlägen der Ärzte, und wie schwierig es sei, diesen bei seinem Beruf zu folgen. Es sei ihm empfohlen worden, den Winter im Süden zu verbringen; aber könne er das etwa? Er sei verheiratet und Journalist und habe eine gute Stellung.

»Ich redigiere den politischen Teil bei der ›Vie Française‹. Für den ›Salut‹ schreibe ich die Senatsberichte, und dann und wann die literarische Rundschau für den ›Planète‹. Du siehst, ich habe meinen Weg gemacht.«

Der überraschte Duroy schaute ihn an. Er hatte sich verändert, er war viel reifer geworden. Er besaß jetzt das Benehmen, die Haltung und Kleidung eines gesetzten, seiner selbst sicheren Mannes und das Bäuchlein eines, der gut zu essen pflegt. Früher war er mager, schmal und geschmeidig gewesen, ein Leichtfuß, streitsüchtig, ein Radaumacher und immer gut aufgelegt. Innerhalb dreier Jahre hatte Paris aus ihm einen völlig andern Menschen gemacht; jetzt war er dick und seriös und hatte ein paar graue Haare an den Schläfen, obwohl er knapp siebenundzwanzig war.

Forestier fragte:

»Was hast du vor?«

Duroy antwortete:

»Überhaupt nichts; ich schlendere ein bißchen herum, ehe ich heimgehe.«

»Das trifft sich gut. Willst du mit mir in die ›Vie Française‹ kommen? Ich habe da noch ein paar Abzüge zu korrigieren; hernach können wir dann zusammen ein Glas Bier trinken.«

»Nett von dir.«

Und damit setzten sie sich in Marsch und hakten dabei einander mit der ungezwungenen Vertraulichkeit unter, wie sie unter Schulgefährten und Regimentskameraden fortbesteht.

»Und was tust und treibst du in Paris?« fragte Forestier.

Duroy zuckte die Achseln:

»Die Sache ist ganz einfach: ich krepiere vor Hunger. Nach meiner Dienstzeit hatte ich hierher kommen wollen, um ... um es zu was zu bringen oder vielmehr, um in Paris zu leben; und jetzt bin ich seit einem halben Jahr Angestellter bei der Nordbahn, mit jährlich fünfzehnhundert Francs, und weiter gar nichts.«

Forestier brummte vor sich hin:

»Verdammt noch mal, viel ist das grade nicht.«

»Das kann man schon sagen. Aber was soll ich machen? Ich stehe ganz allein da, kenne niemanden, kann mich auf niemanden berufen. An gutem Willen fehlt es mir nicht, aber an den Mitteln.«

Sein Kamerad musterte ihn von oben bis unten als ein erfahrener Mann, der sein Gegenüber abschätzt, dann sagte er überzeugten Tons:

»Du mußt wissen, mein Junge, hier kommt alles auf das

Auftreten an. Einer, der nicht auf den Kopf gefallen ist, wird leichter Minister als Bürovorsteher. Aufdrängen muß man sich und nicht erst lange fragen. Aber wie zum Teufel hast du nichts Besseres finden können als eine Anstellung bei der Nordbahn?«

Duroy entgegnete:

»Ich habe überall herumgesucht und nichts gefunden. Aber gegenwärtig habe ich was in Aussicht, ich kann als Reitlehrer im Tattersall Pellerin ankommen. Da bekäme ich mindestens dreitausend.«

Forestier blieb unvermittelt stehen:

»Tu das nicht, es wäre blöd, auch wenn du zehntausend Francs verdienen könntest. So verbaust du dir mit einem Schlag die Zukunft. In deinem Büro sieht dich wenigstens keiner; keiner kennt dich, du kannst von dort jeden Tag verschwinden, wenn dir danach zumute ist, und deinen Weg machen. Aber wenn du erst mal Reitlehrer bist, dann ist alles aus und vorbei. Das ist dasselbe, wie wenn du Oberkellner in einem Etablissement wärst, wo das elegante Paris zu Abend ißt. Wenn du den Herren aus besseren Kreisen oder ihren Söhnen Reitstunden gegeben hast, dann können sie sich nie daran gewöhnen, dich als ihresgleichen zu betrachten.«

Er verstummte, dachte ein paar Sekunden nach und fragte dann:

»Hast du das Reifezeugnis?«

»Nein. Ich bin zweimal durchgefallen.«

»Macht nichts, du hast ja die Schule bis zum Abschluß besucht. Wenn von Cicero oder Tiberius die Rede ist, dann weißt du doch so ungefähr, was mit denen los war?«

»Ja, so ungefähr.«

»Genügt, kein Mensch weiß mehr über sie, abgesehen von etwa zwanzig Schwachköpfen, die nicht imstande gewesen sind, sich anders aus der Affäre zu ziehen. Es ist gar nicht so schwierig, als hochgebildet zu gelten, das glaub mir nur; es kommt bloß drauf an, sich nicht in flagranti bei dem ertappen zu lassen, was man nicht weiß. Da muß man dann eben manövrieren, die Schwierigkeit umschiffen, dem Hindernis aus dem Weg gehen und den andern mittels eines Lexikons den Mund stopfen. Alle Menschen sind dämlich wie Gänse und ungebildet wie Karpfen.« Er redete ruhig weiter, ein munterer Knabe, der das Leben kennt, und er lächelte, als er die Menge sich vorüberschieben sah. Doch plötzlich fing er zu husten an und blieb stehen, bis der Anfall vorüber war; dann sagte er mutlos: »Ist es nicht ekelhaft, daß ich diese Bronchitis nicht loswerden kann? Und dabei sind wir mitten im Sommer. Ach, diesen Winter gehe ich zur Kur nach Menton. Hilft nichts, zum Donnerwetter. Die Gesundheit geht vor.«

Sie waren am Boulevard Poissonnière vor einer großen Glastür angelangt, an die innen eine aufgeschlagene Zeitung, und zwar beide Seiten, angeklebt war. Drei Leute waren stehengeblieben und lasen sie.

Oberhalb der Tür leuchtete wie ein Anruf in großen Buchstaben aus Gasflammen die Inschrift »La Vie Française«. Und die Vorübergehenden, die plötzlich in die Helligkeit gerieten, die diese drei strahlenden Worte warfen, erschienen unvermittelt im grellen Lichtschein, sichtbar, klar und deutlich wie am hellen Mittag, und dann verschwanden sie sogleich wieder im Dunkel.

Forestier stieß jene Tür auf:

»Komm«, sagte er.

Duroy trat ein, stieg eine pompöse und schmutzige Treppe hinauf, die von der ganzen Straße aus zu sehen war, gelangte in einen Flur, wo zwei Bürodiener seinen Kameraden grüßten, und blieb dann in einer Art Wartezimmer stehen, das staubig und abgenutzt und mit einer pissegrünen Plüschimitation bespannt war; sie war mit Flecken übersät und stellenweise zernagt, als hätten die Mäuse daran herumgeknabbert.

»Setz dich«, sagte Forestier, »in fünf Minuten bin ich wieder da.«

Und damit verschwand er durch eine der drei Türen, die in diesen Raum führten.

Ein befremdlicher, eigenartiger, unbeschreiblicher Geruch, der Geruch der Redaktionsräume, wogte an dieser Stätte. Duroy blieb unbeweglich sitzen, ein bißchen eingeschüchtert, vor allem aber überrascht. Dann und wann gingen Leute hastig an ihm vorbei; sie kamen durch die eine Tür herein und verschwanden durch die andere, ehe er Zeit gehabt hätte, sie sich anzuschauen.

Es waren bald junge, sehr junge Leute mit geschäftigen Mienen; in der Hand hielten sie ein Blatt Papier, das im Laufwind flatterte; bald waren es Setzer, deren mit Drukkerschwärze befleckte Kittel einen sehr weißen Hemdkragen und eine Tuchhose sehen ließen, ganz wie Leute von Welt sie anhaben; und sie trugen behutsam lange Streifen bedruckten Papiers, noch feuchte, ganz frische Bürstenabzüge. Manchmal kam ein kleiner Herr herein, der mit allzu auffälliger Eleganz gekleidet war; sein Gehrock saß ein wenig gar zu sehr auf Taille, das Bein trat allzusehr unter dem Hosenstoff hervor, der Fuß war in einen zu spitzen Schuh eingezwängt; es war irgendein mondäner Reporter, der Lokalnachrichten aus der Gesellschaft brachte.

Es kamen auch noch andere, ernst, wichtigtuerisch, Zylinder mit flachen Krempen auf den Köpfen, als könne diese Hutform sie von allen übrigen Menschen unterscheiden.

Forestier erschien wieder, Arm in Arm mit einem großen, hageren Mann von dreißig bis vierzig Jahren in Frack und weißer Binde; er hatte sehr dunkles Haar und einen zu sehr dünnen Spitzen ausgezogenen Schnurrbart. Dabei sah er überheblich und selbstzufrieden aus.

Forestier sagte zu ihm:

»Adieu, verehrter Meister.«

Der andere drückte ihm die Hand:

»Auf Wiedersehn, mein Lieber.«

Damit stieg er die Treppe hinab und pfiff vor sich hin, den Spazierstock unterm Arm.

Duroy fragte:

»Wer war denn das?«

»Jacques Rival, du weißt ja, der berühmte Berichterstatter für Tagesneuigkeiten, der Duellant. Er hat gerade seine Korrekturen gelesen. Garin, Montel und er sind die drei besten, geistvollsten und aktuellsten Berichterstatter, die wir in Paris haben. Er verdient hier dreißigtausend Francs das Jahr für wöchentlich zwei Artikel.«

Und beim Hinausgehen begegneten sie einem langhaarigen, dicken Männlein, das unsauber wirkte und schnaufend die Stufen hinaufstieg.

Forestier verbeugte sich sehr tief:

»Norbert de Varenne«, sagte er, »der Dichter, der Autor der ›Toten Sonnen‹, auch einer, der hoch im Kurs steht. Jede Geschichte, die er uns überläßt, kostet dreihundert Francs, und die längsten sind noch nicht mal zweihundert Zeilen lang. Aber jetzt laß uns ins ›Napolitaine‹ gehen; ich komme allmählich um vor Durst.«

Sobald sie an dem Cafétisch saßen, rief Forestier: »Zwei Helle«, und goß das seine auf einen Zug hinunter, wogegen Duroy das Bier in langsamen Schlucken trank, es genoß und auskostete, als sei es etwas Kostbares und Seltenes.

Sein Gefährte schwieg in sich hinein; er schien nachzudenken, und dann fragte er plötzlich:

»Warum solltest du es nicht mit dem Journalismus versuchen?«

Der andere blickte verdutzt auf und schaute ihn an; dann sagte er:

»Aber … die Sache ist die … ich habe nie auch nur eine Zeile geschrieben.«

»Pah! Man versucht's mal; man fängt einfach an. Ich selber könnte dich brauchen, du könntest mir Auskünfte einholen, Aufträge erledigen und Besuche machen. Für den Anfang bekämst du monatlich zweihundertfünfzig Francs und dazu das Fahrgeld. Soll ich mal mit dem Direktor reden?«

»Aber natürlich, furchtbar gern.«

»Also, dann tu Folgendes, komm morgen zum Diner zu mir; ich habe bloß fünf oder sechs Gäste, den Chef, Monsieur Walter, dessen Frau, Jacques Rival und Norbert de Varenne, den hast du ja vorhin gesehen, und dann noch eine Freundin meiner Frau. Einverstanden?«

Duroy zögerte, wurde rot und verlegen. Schließlich stammelte er:

»Ich... ich habe bloß keine passende Garderobe.«

Forestier erstarrte:

»Du hast keinen Frack? Ja, zum Henker, ohne den kommt man doch nicht aus! In Paris, weißt du, wäre es vorteilhafter, kein Bett als keinen Frack zu haben.«

Dann fummelte er unversehens in der Westentasche, brachte ein paar Goldstücke zum Vorschein, nahm zwei Louis, legte sie vor seinen alten Kameraden hin und sagte herzlich und freundschaftlich:

»Gib sie mir wieder, wenn du es kannst. Leih oder kauf dir wenigstens gegen Anzahlung die Garderobe, die du brauchst; also kurz und gut, bring die Geschichte in Ordnung, aber komm unbedingt zum Diner zu mir, morgen um halb acht, Rue Fontaine 17.«

Duroy war ganz durcheinandergeraten, steckte das Geld ein und stotterte:

»Zu liebenswürdig von dir, ich danke dir vielmals, sei ganz sicher, ich vergesse es nicht...«

Der andere fiel ihm ins Wort:

»Laß nur, schon gut. Noch ein Bier, was?«

Und er rief: »Kellner, zwei Helle!«

Als sie getrunken hatten, fragte der Journalist:

»Willst du noch ein bißchen bummeln, so etwa ein Stündchen?«

»Nur zu gern.«

Und sie machten sich auf den Weg zur Madeleine.

»Was könnten wir jetzt wohl anfangen?« fragte Forestier. »Es wird immer behauptet, in Paris fände ein Flaneur stets Ablenkung; aber das stimmt nicht. Wenn ich abends mal bummeln will, weiß ich nie, wohin ich gehen soll. Ein

Gang durch den Bois ist nur mit einer Frau amüsant, und die hat man nicht immer zur Verfügung; die Cafés mit Musik, die sind was für meinen Apotheker und seine Frau Gemahlin, aber nicht für mich. Also, was tut man? Nichts. Es müßte hier einen Sommergarten geben wie den Parc Monceau; der müßte die ganze Nacht geöffnet sein, und da müßte man sehr gute Musik hören und unter den Bäumen was Kühles trinken können. Das wäre dann keine Vergnügungsstätte, sondern eine Örtlichkeit, an der man umherschlendern könnte; der Eintritt müßte sehr teuer sein, damit die hübschen Damen sich angelockt fühlen. Dann könnte man auf schön mit Sand bestreuten Wegen lustwandeln, die vom elektrischen Licht bestrahlt werden, und sich hinsetzen, damit man, ganz nach Belieben, sich die Musik aus der Nähe oder aus der Ferne anhören kann. So was Ähnliches haben wir früher mal bei Musard gehabt, aber das war zu kneipenhaft, es gab zuviel Tanzmusik, es war nicht groß genug, nicht dunkel genug, nicht verschwiegen genug. Es müßte ein schöner, sehr großer Park sein. Zauberhaft wäre das. Wohin möchtest du?«

Duroy in seiner Verlegenheit wußte nicht, was er sagen sollte; endlich entschloß er sich:

»Ich war noch nie in den Folies-Bergère. Da ginge ich gern mal hin.«

Sein Begleiter rief aus:

»Die Folies-Bergère, du lieber Himmel! Da schmoren wir wie in einer Bratküche. Na, meinetwegen, da ist immer was los.«

Und sie machten auf den Absätzen kehrt, um in die Rue du Faubourg-Montmartre zu gelangen.

Die erleuchtete Fassade des Etablissements warf einen hellen Lichtschein in die vier Straßen, die davor zusammentreffen. Am Ausgang wartete eine Reihe von Droschken.

Forestier ging hinein, Duroy hielt ihn zurück:

»Wir müssen doch erst zum Billettschalter.«

Der andere antwortete großspurig:

»Wenn ich dabei bin, braucht nicht bezahlt zu werden.«
Als er an die Kontrolle kam, grüßten ihn die drei Kontrolleure. Der mittlere hielt ihm die Hand hin. Der Journalist fragte:

»Haben Sie eine gute Loge?«

»Aber gewiß doch, Monsieur Forestier.«

Er nahm den ihm gereichten Zettel, stieß die Polstertür auf, deren Flügel mit Leder bespannt waren, und sie befanden sich im Zuschauerraum.

Wie ein sehr dünner Nebel verschleierte Tabakrauch ein wenig die weiter ab liegende Bühne und die andere Seite des Theaters. Und da dieser leichte Dunst unaufhörlich in zarten, weißlichen Fäden aus allen Zigarren und Zigaretten aufstieg, die alle diese Leute rauchten, ballte er sich an der Decke zusammen und bildete unter der breiten Wölbung um den Kronleuchter herum und oberhalb des ersten Ranges einen rauchbewölkten Himmel.

In dem weitläufigen Eingangsflur, der zu dem Rundgang führt, wo das aufgeputzte Dirnenvolk umherstreicht und sich in die dunkle Schar der Männer mischt, erwartete vor einer der drei Theken, hinter denen geschminkt und glanzlos drei Verkäuferinnen von Getränken und Liebe thronten, eine Frauengruppe die Ankommenden.

Die hohen Spiegel hinter ihnen warfen ihre Rücken und die Gesichter der Vorübergehenden zurück.

Forestier drängte sich durch die Gruppen und ging als einer, der Anspruch auf Rücksichtnahme hat, rasch weiter. Er trat an eine Schließerin heran.

»Loge siebzehn«, sagte er.

»Hier bitte.«

Und sie wurden in einen kleinen hölzernen Kasten eingeschlossen, der keine Decke hatte und rot ausgeschlagen war; er enthielt vier Stühle von derselben Farbe, die so dicht nebeneinanderstanden, daß man sich kaum dazwischen hindurchzwängen konnte. Die beiden Freunde setzten sich; rechts wie links schloß sich in einem gestreckten Bogen, dessen beide Enden bis an die Bühne heranreichten, eine Reihe ähnlicher Käfige an, in denen gleichfalls Leute saßen; es waren von ihnen nur Kopf und Brust zu sehen.

Auf der Bühne vollführten drei junge Männer in enganliegenden Trikots nacheinander Übungen am Reck, ein großer, ein mittlerer und ein kleiner.

Erst trat der Große mit kurzen, raschen Schritten vor, lächelte und grüßte mit einer Bewegung, als wolle er eine Kußhand werfen.

Unter seinem Trikot zeichneten sich die Muskeln der Arme und Beine ab; er drückte die Brust heraus, damit sein allzusehr vorspringender Magen weniger auffiel; sein Gesicht wirkte wie das eines Friseurgehilfen, denn ein tadellos gezogener Scheitel teilte sein Haar genau in der Mitte des Schädels in zwei gleiche Hälften. Mit einem anmutigen Satz sprang er an das Reck und schwang sich, an den Händen hängend, herum wie ein wirbelndes Rad; oder er hing mit steifen Armen und ausgestrecktem Körper waagerecht im Leeren und hielt sich nur durch die Kraft seiner Handgelenke an der starren Stange fest.

Dann sprang er auf den Boden, grüßte abermals lächelnd, unter dem Beifall des Parketts, ging beiseite und lehnte sich an die Kulisse, wobei er bei jedem Schritt seine Beinmuskulatur spielen ließ.

Der zweite, der weniger groß und vierschrötiger war, trat jetzt vor und wiederholte dieselbe Übung, und der letzte vollführte sie abermals, inmitten des stärkeren Beifalls der Zuschauer.

Aber Duroy kümmerte sich kaum um die Vorführung; er hatte den Kopf gewendet und sah unablässig hinter sich nach der großen Wandelhalle hin, die voll von Männern und Prostituierten war.

Forestier sagte zu ihm:

»Sieh dir bloß mal das Parkett an; nichts als Spießer mit ihren Frauen und Kindern, harmlose Stumpfköpfe, die bloß herkommen, um zuzusehen. In den Logen Boulevardbummler, ein paar Künstler, ein paar Huren zweiter

Ordnung; und hinter uns das komischste Gemisch, das es in Paris gibt. Wer diese Männer wohl sein mögen? Sieh sie dir doch genauer an. Von jeder Sorte sind welche da, aus allen Berufsschichten und allen Kasten, aber das Luderzeug überwiegt. Kleine Angestellte, Bankmenschen, Ladenschwengel, Ministerialschreiber, Reporter, Zuhälter, Offiziere in Zivil, Angeber im Frack, die in der Kneipe zu Abend gegessen haben und so tun, als kämen sie aus der Oper, ehe sie ins ›Italiens‹ gehen, und dann noch ein Haufen Zweideutiger, die sich der Analyse entziehen. Und die Frauen? Nur *eine* Marke: die, die im ›Américain‹ zu Abend essen, Huren zu einem oder zwei Louis, die hinter Ausländern her sind, weil die fünf Louis blechen, Huren, die ihren Stammkunden Bescheid sagen, wann sie frei sind. Man kennt sie samt und sonders seit zehn Jahren; sie sind jeden Abend hier, das ganze Jahr hindurch, immer am gleichen Ort, sofern sie nicht eine Gesundheitskur in Saint-Lazare oder in Lourcine machen.«

Duroy hörte nicht mehr zu. Eine der Frauen hatte sich auf ihre Logenbrüstung gestützt und sah ihn an. Es war eine große Brünette mit hellgeschminktem Gesicht, dunklen, länglichen, durch den Farbstift betonten Augen, die von enormen, künstlichen Brauen gerahmt wurden. Ihre zu starken Brüste spannten die dunkle Seide ihres Kleids; und ihre gemalten Lippen, rot wie eine Wunde, liehen ihr etwas Tierhaftes, Glühendes, Übertriebenes, das aber dennoch Begehren entfachte.

Sie rief durch eine Kopfbewegung eine ihrer Freundinnen heran, die gerade vorüberging, eine Blondine mit rötlichem Haar, ebenfalls dicklich, und sagte, um gehört zu werden, ziemlich laut zu ihr:

»Sieh mal den hübschen Jungen da; wenn er es für zehn Louis mit mir tun wollte, sagte ich nicht nein.«

Forestier drehte sich um und klapste Duroy lächelnd auf den Schenkel:

»Das gilt dir; du hast Erfolg, mein Lieber. Gratuliere!«

Der ehemalige Unteroffizier war rot geworden; mit einer

mechanischen Bewegung der Finger betastete er die beiden Goldstücke in seiner Westentasche.

Der Vorhang war gefallen; das Orchester spielte jetzt einen Walzer.

Duroy sagte:

»Wollen wir nicht ein bißchen umhergehen?«

»Ganz wie du willst.«

Sie gingen hinaus und wurden sogleich vom Strom der auf und ab Wandelnden mitgerissen. Gedrückt, gestoßen, gedrängt und geschoben gingen sie weiter und hatten eine Heerschar von Hüten vor sich. Und die Huren glitten zu zweien durch diese Männermenge, durchquerten sie ohne Schwierigkeit, schlüpften zwischen Ellbogen, zwischen Rücken hindurch, als seien sie völlig in ihrem Element, als fühlten sie sich wohl wie die Fische im Wasser inmitten dieses Gewoges von Mannwesen.

Der entzückte Duroy ließ sich treiben, förmlich berauscht sog er diese von Tabak, Menschengeruch und Parfüm der Dirnen verdorbene Luft ein. Forestier indessen schwitzte, rang nach Luft und hustete.

»Komm lieber mit in den Garten«, sagte er.

Und sie bogen nach links ab und kamen in eine Art von überdachtem Garten, wo zwei große, geschmacklose Springbrunnen Kühlung spendeten. Zwischen Taxus- und Thujabüschen in Holzkübeln saßen Männer und Frauen an Blechtischen und tranken.

»Noch ein Bier?« fragte Forestier.

»Ja, gern.«

Sie setzten sich und sahen das Publikum vorbeigehen. Von Zeit zu Zeit blieb eine der Herumstreunenden stehen und fragte mit einem leeren Lächeln: »Laden Sie mich zu was ein?« Und da Forestier immer antwortete: »Ja, zu 'nem Glas Wasser aus dem Springbrunnen«, ging sie weiter und brummte vor sich hin: »Rutsch mir den Buckel runter, du Muffel!«

Aber die dicke Brünette, die sich zuvor hinten auf die Loge der beiden Kameraden gestützt hatte, erschien wieder, anmaßenden Schrittes und den Arm unter den der dicken Blonden geschoben. Es war tatsächlich ein prachtvolles Weiberpaar erster Sorte.

Als sie Duroy erblickte, lächelte sie, wie wenn ihrer beider Augen sich bereits intime und heimliche Dinge gesagt hätten; sie nahm sich einen Stuhl, setzte sich in aller Ruhe ihm gegenüber, ließ auch ihre Freundin Platz nehmen und bestellte dann mit heller Stimme:

»Kellner, zwei Grenadine!«

Der verdutzte Forestier stieß hervor:

»Na, du bist nicht grade bange!«

Sie antwortete:

»Ich bin versessen auf deinen Freund. Der ist tatsächlich ein hübscher Junge. Ich glaube, ich könnte um seinetwillen Dummheiten begehn!«

Duroy wurde verlegen und wußte nichts zu sagen. Er zwirbelte seinen gelockten Schnurrbart und lächelte blöd. Der Kellner brachte den Granatapfelsaft; die Frauen tranken ihn auf einen Zug aus; dann standen sie auf, und die Brünette sagte mit einem kleinen, freundschaftlichen Nikken und einem leichten Fächerschlag auf Duroys Arm zu ihm:

»Danke, mein Schatz. Gesprächig bist du nicht grade.«

Und sie gingen weg und schwenkten ihren Hintern.

Da mußte Forestier lachen:

»Sag mal, alter Freund, weißt du eigentlich, daß du tatsächlich Erfolg bei den Frauen hast? So was muß man wahrnehmen. Damit kannst du es weit bringen.«

Er verstummte für einen Augenblick und fuhr dann in dem träumerischen Tonfall der Leute, die laut denken, fort:

»Durch die kommt man nämlich nach wie vor am schnellsten zum Ziel.«

Und da Duroy noch immer lächelte, ohne zu antworten, fragte er:

»Willst du noch hierbleiben? Ich gehe jetzt heim, ich habe genug davon.«

Der andere murmelte:

»Ja, ich bleibe noch ein bißchen. Es ist noch früh.«
Forestier stand auf:

»Also dann adieu. Bis morgen. Vergiß es nicht. Rue Fontaine 17, um halb acht.«

»In Ordnung; bis morgen. Danke.«

Sie drückten einander die Hand, und der Journalist ging.

Sobald er außer Sicht war, fühlte Duroy sich erleichtert, und er betastete abermals frohgemut die beiden Goldstücke in seiner Tasche; dann stand er auf und begann die Menge zu durcheilen; er durchstöberte sie mit den Blicken.

Nur zu bald erblickte er sie, die beiden Frauen, die blonde und die braune; sie stolzierten noch immer mit ihrem Bettlerinnenschritt durch das Männergewühl.

Stracks ging er auf sie zu, aber als er dicht vor ihnen stand, hatte er den Mut verloren.

Die Braune fragte ihn:

»Na, hast du die Sprache wiedergefunden?«

Er stammelte: »Ich glaube schon«; etwas anderes zu sagen, brachte er nicht fertig.

Alle drei standen sie da, eingezwängt, die Bewegung in der Wandelhalle aufhaltend, und bildeten um sich her einen Wirbel.

Da fragte sie unvermittelt:

»Kommst du mit?«

Und er, der vor Begehrlichkeit zitterte, antwortete grob und unumwunden:

»Ja, aber ich habe bloß noch einen Louis bei mir.«
Sie lächelte gleichgültig:

»Macht nichts.«

Und zum Zeichen der Besitzergreifung nahm sie seinen Arm.

Beim Hinausgehen überlegte er, daß er sich mit den ihm verbleibenden zwanzig Francs leicht für den nächsten Tag einen Abendanzug würde leihen können.

II

»Bitte, wo wohnt Monsieur Forestier?«

»Dritter Stock, linke Tür.«

Das hatte der Hausmeister mit liebenswürdiger Stimme geantwortet, aus der etwas wie Hochachtung vor seinem Mieter klang. Und Georges Duroy stieg die Treppe hinan.

Ihm war ein bißchen beklommen, verschüchtert und unbehaglich zumute. Zum erstenmal in seinem Leben trug er einen Frack, und das Gesamt seiner Toilette machte ihm Sorgen. Er hatte das Gefühl, sie sei mangelhaft; er trug keine Lackschuhe, wenngleich recht elegante Straßenschuhe, weil er von je Wert auf gutes Schuhzeug gelegt hatte; das Hemd hatte er an ebenjenem Morgen für vier Francs fünfzig im ›Louvre‹ gekauft, und der zu dünne Einsatz knitterte bereits. Seine übrigen Hemden, die für alle Tage, waren alle mehr oder weniger schadhaft; auch das beste davon hätte er nicht anziehen können.

Die Hose war ihm etwas zu weit, sie betonte das Bein nicht richtig und schien sich um die Wade zu rollen; sie sah ungebügelt aus wie alle Kleidungsstücke aus zweiter Hand auf Gliedern, die sie zufällig bedecken. Nur der Frack saß nicht übel; es hatte sich ergeben, daß er zu seiner Figur einigermaßen paßte.

Langsam stieg er die Stufen hinauf, das Herz klopfte ihm, er hatte Angst, und vor allem quälte ihn die Furcht, lächerlich zu wirken; und plötzlich erblickte er vor sich einen Herrn in großer Toilette, der ihn ansah. Sie standen einander so dicht gegenüber, daß Duroy zurückwich, aber dann sperrte er Mund und Nase auf: er selber war es, sein Spiegelbild in einem hohen, bis zum Boden reichenden Spiegel, der auf dem Treppenabsatz des ersten Stocks eine lange, perspektivische Galerie vortäuschte. Ein Freudenschwall durchbebte ihn; er fand sich weit besser aussehend, als er je geglaubt hätte.

Da er daheim nur seinen kleinen Rasierspiegel besaß, hatte

er sich nie von oben bis unten mustern können, und da er lediglich die einzelnen Teile seiner improvisierten Toilette höchst unvollständig hatte sehen können, hatte er sich deren Unvollkommenheiten übertrieben und war bei der Vorstellung, grotesk zu wirken, ganz kopflos gewesen.

Doch als er sich jetzt im Spiegel erblickte, hatte er sich nicht wiedererkannt; er hatte sich für jemand anders gehalten, für einen Mann von Welt, der ihm auf den ersten Blick sehr elegant, sehr schick vorgekommen war.

Und nun er sich eingehend musterte, gab er zu, daß der Gesamteindruck tatsächlich befriedigend war.

Daraufhin studierte er sich, wie die Schauspieler es tun, wenn sie ihre Rollen lernen. Er lächelte sich zu, reichte sich die Hand, machte Gesten, lieh Gefühlen Ausdruck: dem Erstaunen, der Freude, der Billigung; und er war auf Abstufungen des Lächelns und der Absichten der Augen bedacht, um sich den Damen gegenüber als galant zu bezeigen, ihnen anzudeuten, daß sie bewundert und daß sie begehrt würden.

Im Treppenhaus ging eine Tür auf. Er fürchtete, überrascht zu werden, und begann, sehr rasch hinaufzusteigen, wobei er Angst hatte, er sei bei seinen Mätzchen von einem Gast seines Freundes beobachtet worden.

Als er im zweiten Stockwerk anlangte, erblickte er einen weiteren Spiegel und verlangsamte den Schritt, um sich vorübergehen zu sehen. Sein Aussehen kam ihm wahrhaft elegant vor. Sein Gang wirkte gut. Und ein maßloses Selbstvertrauen erfüllte ihn. Unbedingt mußte er mit diesem Äußeren Erfolg haben und ebenso mit seinem Verlangen voranzukommen, mit der Entschlossenheit, deren er sich bewußt war, und der Unabhängigkeit seines Denkens. Am liebsten wäre er jetzt gelaufen und bis zum letzten Stockwerk hinaufgesprungen. Vor dem dritten Spiegel blieb er abermals stehen, zwirbelte sich den Schnurrbart mit der ihm vertrauten Bewegung, nahm den Hut ab, um sich das Haar zu glätten, und flüsterte halblaut vor sich

hin, wie er es häufig tat: »Glänzende Erfindung.« Dann
streckte er die Hand nach der Klingel aus und schellte.
Fast auf der Stelle öffnete sich die Tür, und er befand sich
einem schwarzbefrackten, ernsten, glattrasierten Diener
von so tadellosem Auftreten gegenüber, daß Duroy von
neuem gänzlich durcheinandergeriet, ohne zu begreifen,
woher diese unbestimmte Wallung rühre: vielleicht von
einem unbewußten Vergleich des Schnitts der beiden
Fräcke. Jener Lakai, der Lackschuhe trug, fragte, als er
den Mantel nahm, den Duroy über dem Arm getragen
hatte aus Furcht, die Flecken möchten zu sehen sein:
»Wen darf ich melden?«
Und dann gab er den Namen hinter eine angehobene Por-
tière weiter, in einen Salon, der jetzt betreten werden
mußte.
Doch Duroy hatte plötzlich seine Zuversicht eingebüßt,
fühlte sich vor Angst gelähmt und atmete schwer. Er war
im Begriff, den ersten Schritt in das erwartete, erträumte
Dasein zu tun. Dennoch ging er weiter. Eine junge blonde
Frau stand ganz allein da und erwartete ihn, in einem großen, hellerleuchteten Zimmer, das voller Pflanzen war wie
ein Treibhaus.
Gänzlich aus der Fassung gebracht, blieb er stehen. Wer
mochte diese ihm zulächelnde Dame sein? Da fiel ihm ein,
daß Forestier ja verheiratet sei; und der Gedanke, diese
hübsche, elegante Blondine müsse die Frau seines Freundes sein, vollendete seine Verwirrung.
Er stotterte:
»Madame, ich bin...«
Sie reichte ihm die Hand:
»Ich weiß schon, Monsieur. Charles hat mir von Ihrer beider Begegnung gestern abend erzählt, und ich bin sehr
froh über seinen guten Einfall, Sie zu bitten, Sie möchten
heute mit uns speisen.«
Er wurde bis hinter die Ohren rot, wußte nicht mehr, was
er sagen solle, und fühlte sich von Kopf bis Füßen genau
geprüft, inspiziert, abgewogen und beurteilt.

Es drängte ihn, sich zu entschuldigen, sich einen Grund auszudenken, der die Unzulänglichkeit seiner Toilette erklärt hätte; aber es fiel ihm keiner ein, und er wagte nicht, an dies heikle Thema zu rühren.

Er nahm in einem Sessel Platz, auf den sie hingedeutet hatte, und als er spürte, wie die elastische, weiche Plüschbespannung des Sitzes unter ihm nachgab, als er fühlte, wie er einsank, umschmiegt und umfangen wurde von diesem schmeichlerischen Möbelstück, dessen gepolsterte Rückenlehne und Arme ihn zart stützten, schien ihm, er sei in ein neues, reizvolles Leben eingegangen, er ergreife Besitz von etwas Köstlichem; ihm war, als werde er jemand, als sei er überm Berge; und er blickte Madame Forestier an, deren Augen ihn nicht losgelassen hatten.

Sie trug ein blaßblaues Kaschmirkleid, das ihre geschmeidige Gestalt und ihre üppigen Brüste gut zur Geltung brachte.

Die Haut der Arme und des Halses tauchte aus einem Geschäum weißer Spitzen auf, mit denen das Oberteil und die kurzen Ärmel eingefaßt waren; und das oben auf dem Kopf zusammengefaßte Haar, das sich am Nacken leicht lockte, bildete über dem Hals eine leichte Wolke blonden Flaums.

Duroy gewann unter ihrem Blick, der, ohne daß er gewußt hätte, warum, an den der Dirne erinnerte, der er am Vorabend in den Folies-Bergère begegnet war, seine Selbstsicherheit wieder. Sie hatte graue Augen, Augen von einem bläulichen Grau, das ihren Ausdruck seltsam machte, eine schmale Nase, volle Lippen, ein etwas fleischiges Kinn und ein unregelmäßiges, verführerisches, liebenswürdiges und schelmisches Gesicht. Es war eins jener Frauengesichter, in denen jeder Zug von einer besonderen Anmut kündet und eine Bedeutung zu haben scheint, in denen jede Regung vermuten läßt, sie sage oder verberge etwas.

Nach einem kurzen Schweigen fragte sie:
»Sind Sie schon lange in Paris?«

Er antwortete und wurde dabei allmählich sicherer:
»Erst seit ein paar Monaten, Madame. Ich bin bei der Eisenbahn angestellt; aber Forestier hat mich hoffen lassen, ich könne durch ihn im Journalismus Fuß fassen.«
Sie lächelte sichtbarer, wohlwollender; und sie murmelte, wobei sie die Stimme senkte:
»Ich weiß.«
Es hatte von neuem geschellt. Der Diener meldete:
»Madame de Marelle.«
Das war eine kleine Dunkelhaarige, eine von denen, die man als Brünette bezeichnet.
Behenden Schrittes kam sie herein; sie war in ein enganliegendes, von oben bis unten ihre Formen betonendes, dunkles, ganz schlichtes Kleid gehüllt.
Einzig eine rote Rose, die in ihrem dunklen Haar steckte, zog den Blick beinahe gewaltsam auf sich, schien ihre Züge zu betonen, das Besondere ihres Charakters hervorzuheben, ihr das Lebhafte und Jähe zu geben, das ihr eigen war.
Ein kleines Mädchen in kurzem Rock folgte ihr. Madame Forestier stürzte ihr entgegen:
»Guten Tag, Clotilde.«
»Guten Tag, Madeleine.«
Sie küßten einander auf die Wangen. Danach bot das Kind mit der Sicherheit einer Erwachsenen die Stirn dar und sagte dabei:
»Guten Tag, Tante.«
Madame Forestier küßte sie; dann erfolgte die Vorstellung:
»Monsieur Georges Duroy, ein guter Kamerad von Charles. – Madame de Marelle, meine Freundin und entfernte Verwandte.«
Sie fügte hinzu:
»Sie wissen ja, wir sind hier ganz zwanglos beisammen, ohne alle Umstände und Förmlichkeiten. So ist es Ihnen doch recht, nicht wahr?«
Der junge Mann verbeugte sich.

Aber die Tür öffnete sich von neuem, und es erschien ein kleiner, dicker, untersetzter, rundlicher Herr, der eine hochgewachsene, schöne Frau am Arm führte; sie überragte ihn, war viel jünger, zeigte vornehmes Gehaben und eine ernste Haltung. Es waren Monsieur Walter, Abgeordneter, Finanzmann, mit viel Geld und vielerlei Geschäften, Jude und Südländer, Direktor der »Vie Française«, und seine Frau, geborene Basile-Ravalau, die Tochter des Bankiers gleichen Namens.

Dann erschienen in kurzen Abständen Jacques Rival, sehr elegant, und Norbert de Varenne, dessen Frackkragen glänzte, ein bißchen eingefettet durch das lange, bis auf die Schultern niederfallende Haar, das zudem ein paar weiße Staubkörner daraufgesät hatte.

Die schlecht geknotete Schleife schien er nicht zum erstenmal zu tragen. Er trat vor mit dem Gebaren eines alten Beau, ergriff Madame Forestiers Hand und drückte einen Kuß darauf. Durch die Bewegung, die er beim Bücken vollführte, ergoß sich sein langes Haar wie Wasser über den nackten Arm der jungen Frau.

Nun erschien auch Forestier und entschuldigte sich ob seiner Verspätung. Er sei in der Zeitung durch die Affäre Morel zurückgehalten worden. Morel, ein radikaler Abgeordneter, hatte gerade beim Ministerium wegen einer Kreditforderung für die Kolonisierung Algeriens interpelliert.

Der Diener meldete:

»Madame, es ist angerichtet!«

Und man ging ins Eßzimmer hinüber.

Duroy war zwischen Madame de Marelle und deren Tochter gesetzt worden. Abermals fühlte er sich beklommen; er hatte Angst, einen Fehler bei der konventionellen Handhabung der Gabel, des Löffels oder der Gläser zu begehen. Vor ihm standen ihrer vier, und das eine war leicht bläulich getönt. Was mochte aus dem wohl getrunken werden?

Die Suppe wurde schweigend gegessen; dann fragte Norbert de Varenne:

»Haben Sie über diesen Prozeß Gauthier gelesen? Komische Sache!«

Und nun wurde über diese mit Erpressung verquickte Ehebruchsgeschichte hin und her geredet. Man sprach darüber durchaus nicht, wie man im Familienkreis über Geschehnisse spricht, die in der Presse berichtet worden sind, sondern wie man unter Ärzten über eine Krankheit oder unter Grünwarenhändlern über Gemüse spricht. Man entrüstete sich weder, noch wunderte man sich über die Begleitumstände; man forschte nach deren tieferen, geheimen Gründen, und zwar mit berufsbedingter Neugier und völliger Gleichgültigkeit gegenüber dem Verbrechen an sich. Man versuchte säuberlich, die Motive des Vorgefallenen zu erklären, alle Phänomene des Gehirns, aus denen das Drama entstanden war, mithin das wissenschaftliche Ergebnis eines besonderen Geisteszustands festzustellen. Die Damen beteiligten sich an dieser Suche, an dieser Arbeit genauso leidenschaftlich. Und dann wurden andere unlängst geschehene Ereignisse untersucht, kommentiert, nach allen Seiten gedreht und gewendet und auf ihre Gewichtigkeit hin geprüft, und zwar mit dem praktischen Blick und der besonderen Sehweise der Nachrichtenhändler, der Zeilenverkäufer der menschlichen Komödie, gerade wie man bei den Kaufleuten die Dinge, die man dem Publikum vorlegen will, prüft, herumdreht und abwiegt.

Dann kam die Rede auf ein Duell, und Jacques Rival ergriff das Wort. Das war sein Fachgebiet; niemand anders konnte sich über diese Affäre äußern.

Duroy wagte nicht, auch nur ein Wort anzubringen. Dann und wann sah er zu seiner Tischnachbarin hin, deren runde Brust ihn verlockte. Ein von einem Goldfaden gehaltener Diamant hing ihr am Ohrläppchen, wie wenn ihr ein Wassertropfen über die Haut geglitten wäre. Von Zeit zu Zeit machte sie eine Bemerkung, die stets ein Lächeln auf den Lippen erweckte. Ihr Wesen war drollig, liebenswert, verblüffend, es war der Esprit einer erfahrenen Halbwüchsigen, die die Dinge sorglos beurteilt und sie mit leichtem, wohlwollendem Skeptizismus betrachtet.

Vergebens suchte Duroy nach einem Kompliment, das er ihr machen könnte, und da ihm nichts einfiel, beschäftigte er sich mit ihrer Tochter, schenkte ihr zu trinken ein, reichte ihr die Schüsseln, bediente sie. Das Kind war ernsthafter als seine Mutter; es dankte mit ernster Stimme und einem kurzen Nicken: »Sie sind sehr liebenswürdig, Monsieur« und lauschte mit nachdenklichem Gesichtchen den Erwachsenen.

Das Essen war vortrefflich, und jeder geriet in Begeisterung. Monsieur Walter aß wie ein Scheunendrescher, redete so gut wie nichts und musterte mit einem Schrägblick unter der Brille hindurch die ihm gereichten Speisen. Norbert de Varenne nahm es mit ihm auf und ließ dann und wann Saucentropfen auf seinen Hemdeinsatz fallen.

Forestier gab sich lächelnd und ernsthaft, überwachte alles, tauschte mit seiner Frau Blicke des Einverständnisses nach Art von Kollegen, wenn sie gemeinsam eine schwierige Arbeit durchführen, die nach Wunsch gerät.

Die Gesichter wurden rot, die Stimmen schwollen an. Alle paar Augenblicke fragte der Diener die Gäste flüsternd »Corton–Château-Laroze?«

Duroy hatte den Corton nach seinem Geschmack gefunden und ließ sich jedesmal das Glas füllen. Es erfüllte ihn eine köstliche Heiterkeit, eine warme Heiterkeit, die ihm aus dem Bauch in den Kopf stieg, seine Glieder durchrann, ihn völlig durchdrang. Er fühlte sich ganz und gar von einem Wohlbehagen überflutet, einem Wohlbehagen des Lebens und Denkens, des Leibes und der Seele.

Und es überkam ihn ein Drang zu sprechen, sich bemerkbar zu machen, vernommen und geschätzt zu werden wie diese Herren, deren nebensächlichste Äußerungen mit Genuß aufgenommen wurden.

Aber das nicht abreißende Geplauder, das die Einfälle miteinander verknüpfte, das auf ein Wort, eine Nichtigkeit hin von einem Thema zum andern hüpfte, nachdem die

Tagesereignisse durchgesprochen, nachdem im Vorübergehen tausenderlei Fragen gestreift worden waren, wandte
sich schließlich wieder Morels großer Interpellation im
Zusammenhang mit der Kolonisation Algeriens zu.
Walter machte zwischen zwei Gängen ein paar Scherze;
er war skeptischen und etwas schmalzigen Geistes. Forestier zitierte seinen morgigen Artikel; Jacques Rival verlangte eine Militärregierung und eine Zuteilung von Land
an alle Offiziere nach dreißig Jahren Kolonialdienst.
»Auf diese Weise«, sagte er, »schafft man eine energische
Gesellschaft, die seit langem gelernt hat, sich in dem Land
auszukennen und es zu lieben, die seine Sprache spricht
und über alle ernsten Lokalfragen im Bilde ist, an denen
sich die Neueinwanderer unfehlbar die Köpfe einrennen.«
Norbert de Varenne unterbrach ihn:
»Ja... sie wissen dann über alles Bescheid, ausgenommen
die Landwirtschaft. Sie sprechen zwar Arabisch, aber sie
haben keine Ahnung, wie man Runkelrüben versetzt und
wie man Weizen sät. Sie sind ganz sicher gute Fechter,
aber vom Düngen verstehen sie nichts. Man sollte lieber
dies neue Land für jedermann weit auftun. Die Intelligenten werden sich dort eine Stellung schaffen, und die andern
gehen eben unter. Das ist das soziale Gesetz.«
Es folgte ein leichtes Schweigen. Man lächelte.
Georges Duroy tat den Mund auf und brachte vor, wobei
er über seine Stimme erstaunt war, wie wenn er sich niemals hätte reden hören:
»Dem Land da unten fehlt vor allem guter Boden. Die
wahrhaft fruchtbaren Ländereien dort kosten genausoviel
wie in Frankreich und werden als Kapitalanlage von reichen Parisern sehr gern gekauft. Die wahren Siedler, die
armen, die aus Mangel an Brot auswandern, werden in die
Wüste zurückgedrängt, wo nichts wächst, nämlich aus
Wassermangel.«
Alle blickten ihn an. Er fühlte, daß er rot wurde. Walter
fragte:
»Sie kennen also Algerien?«

Er antwortete:

»Ja, ich war zweieinhalb Jahre drüben und bin längere Zeit in drei Provinzen gewesen.«

Und unvermittelt vergaß Norbert de Varenne Morels Interpellation und fragte ihn nach gewissen Bräuchen, über die er von einem Offizier gehört hatte. Es handelte sich dabei um Mzab, eine kleine, mitten in der Sahara entstandene arabische Republik, im dürrsten Teil dieser glühend heißen Region.

Duroy war zweimal in Mzab gewesen, und so erzählte er von den Sitten jener seltsamen Gegend, wo Wassertropfen mit Gold aufgewogen werden, wo jeder Einwohner zu sämtlichen öffentlichen Arbeiten herangezogen wird, wo die Redlichkeit im Geschäftsleben höher entwickelt ist als bei den zivilisierten Völkern.

Er sprach mit einem gewissen aufschneiderischen Schwung; der Wein und das Verlangen, zu gefallen, hatten ihn angeregt; er erzählte kleine Geschichten aus dem Soldatenleben, schilderte Züge aus dem Leben der Araber und Kriegsabenteuer. Er fand sogar ein paar farbige Worte für jene gelben, kahlen Weiten, die unter den verzehrenden Flammen der Sonne so unendlich trostlos wirken.

Alle Damen hielten die Blicke auf ihn gerichtet. Madame Walter murmelte mit ihrer trägen Stimme:

»Sie könnten aus Ihren Erinnerungen eine reizende Artikelfolge machen.«

Da musterte Walter den jungen Mann über die Gläser seiner Brille hinweg, wie er zu tun pflegte, wenn er sich Gesichter genauer ansehen wollte. Das Essen schaute er sich unter den Gläsern hindurch an.

Forestier nahm die Gelegenheit wahr:

»Lieber Chef, ich hatte Monsieur Georges Duroy Ihnen gegenüber bereits erwähnt, als ich Sie bat, ihn mir für die Sparte ›Politische Informationen‹ beizuordnen. Seit Marambot bei uns ausgeschieden ist, habe ich niemanden, der wichtige, vertrauliche Erkundigungen einholen kann, und darunter leidet die Zeitung.«

Der alte Walter wurde ernst und nahm die Brille ab, um Duroy genau anzuschauen. Dann sagte er:

»Ganz sicher hat Monsieur Duroy eine originelle Art, die Dinge zu betrachten. Wenn er die Freundlichkeit hätte, morgen um drei zu einer Plauderstunde zu mir zu kommen, könnten wir die Sache ins reine bringen.«

Dann wandte er sich nach einer Schweigepause unverhohlen dem jungen Mann zu:

»Aber schreiben Sie uns doch sofort irgendeine bunte kleine Artikelfolge über Algerien. Erzählen Sie einfach Ihre Erlebnisse, und mischen Sie die Frage der Kolonisierung hinein, wie Sie es gerade eben getan haben. Das ist aktuell, durchaus aktuell, und ich bin überzeugt, es wird unsern Lesern Spaß machen. Aber machen Sie schnell damit! Ich muß den ersten Artikel für morgen oder übermorgen haben, während in der Kammer darüber verhandelt wird, um die Leserschaft zu ködern.«

Mit der ernsten Liebenswürdigkeit, die sie bei allem spüren ließ und die ihren Worten einen Hauch von Gunst verlieh, fügte Madame Walter hinzu:

»Und Sie haben ja einen reizenden Titel: ›Erinnerungen eines Chasseur d'Afrique‹; nicht wahr, Monsieur Norbert?«

Der spät zum Ruhm gelangte alte Dichter verabscheute und fürchtete alle Neulinge. Er antwortete trocken:

»Ja, vortrefflich, vorausgesetzt, daß die Artikelfolge den richtigen Ton anschlägt, denn darin besteht die große Schwierigkeit: im richtigen Ton, in dem, was man in der Musik als die Tonart bezeichnet.«

Madame Forestier bedachte Duroy mit einem gönnerhaften, lächelnden Blick, einem Kennerblick, der zu sagen schien: »Du wirst dich schon durchsetzen.« Madame de Marelle hatte sich ihm bereits mehrmals zugewandt, und der Diamant an ihrem Ohrläppchen hatte in einem fort gezittert, als ob der winzige Wassertropfen sich loslösen und herabfallen wolle.

Das kleine Mädchen war reglos und ernst geblieben, den Kopf über seinen Teller gesenkt.

Aber jetzt machte der Diener seine Runde um den Tisch und goß in die blauen Gläser Johannisberger; und Forestier brachte einen Trinkspruch aus, wobei er sich vor Monsieur Walter verneigte: »Auf ein langes Gedeihen der ›Vie Française‹!«

Alle machten dem Chef eine leichte Verbeugung; er lächelte; und Duroy, der siegestrunken war, trank auf einen Zug aus. Ein ganzes Faß hätte er leeren können, so war ihm zumute; er hätte einen Ochsen verspeist, einen Löwen erdrosselt. Er verspürte in seinen Gliedern übermenschliche Kraft, in der Seele einen unbesiegbaren Entschluß und unendliche Hoffnung. Jetzt fühlte er sich inmitten dieser Leute wie zu Hause; er hatte unter ihnen festen Fuß gefaßt, sich seine Stellung erobert. Sein Blick ruhte mit einer neuen Sicherheit auf den Gesichtern, und jetzt wagte er zum erstenmal, das Wort an seine Tischdame zu richten:

»Sie tragen die hübschesten Ohrgehänge, Madame, die ich je gesehen habe.«

Sie wandte sich ihm zu und lächelte:

»Der Einfall, die Diamanten einfach so an einem Goldfaden aufzuhängen, stammt von mir. Sie sehen doch wirklich wie Tautropfen aus, nicht wahr?«

Verwirrt über die eigene Kühnheit und davor zitternd, daß er eine Albernheit sagen könne, murmelte er:

»Ganz reizend ... aber es gehört auch das passende Ohr dazu.«

Sie dankte ihm mit einem Blick, einem der hellen Frauenblicke, die bis ins Herz dringen.

Und als er den Kopf wandte, begegnete er wieder den Augen der Madame Forestier, die nach wie vor voller Wohlwollen waren, in denen er aber eine lebhaftere Heiterkeit, eine Schalkheit, eine Ermutigung zu erblicken glaubte.

Jetzt sprachen alle Herren zu gleicher Zeit unter Gesten und beträchtlichem Stimmaufwand; es war von dem großen Projekt der Untergrundbahn die Rede. Erst gegen

Ende des Nachtischs war dieses Thema erschöpft; denn jeder hatte eine Fülle von Dingen über die Langsamkeit der Fahrverbindungen in Paris, über die Unzulänglichkeit der Straßenbahnen, den Verdruß mit den Omnibussen und die Grobheit der Droschkenkutscher zu sagen gehabt.

Dann verließ man das Eßzimmer, um den Kaffee zu trinken. Im Scherz bot Duroy dem kleinen Mädchen den Arm. Sie dankte ihm gravitätisch und reckte sich auf die Zehenspitzen, um ihrem Partner die Hand auf den Ellbogen legen zu können.

Als er den Salon betrat, hatte er abermals das Gefühl, er komme in ein Treibhaus. In den vier Ecken des Raums entfalteten große Palmen ihre eleganten Blätter und stiegen bis zur Decke hinauf, wo sie sich breit auseinanderfächerten wie fallendes Wasser.

Zu beiden Seiten des Kamins standen Gummibäume, rund wie Säulen, und staffelten ihre düstergrünen Blätter übereinander, und auf dem Klavier standen zwei unbekannte, runde, blütenbedeckte Pflanzen, die eine ganz rosa, die andere ganz weiß; sie sahen aus, als seien sie künstlich, unwahrscheinlich, viel zu schön, um echt zu sein.

Die Luft war kühl und von einem unbestimmten, süßen Duft durchdrungen, den man nicht näher hätte erklären, dessen Namen man nicht hätte sagen können.

Und der junge Mann, der jetzt weit mehr Herr seiner selbst war, musterte aufmerksam den Raum. Er war nicht groß; nichts lenkte den Blick auf sich als die Pflanzen; keine grelle Farbe störte das Auge; aber man fühlte sich darin behaglich, man fühlte sich ruhig und ausgeruht; er umfing einen weich, er gefiel, er schmiegte um den Körper etwas wie Zärtlichkeit.

Die Wände waren mit einem antiken, verblichenen violetten Stoff bespannt; er war mit Blümchen aus gelber Seide gesprenkelt, nicht größer als Fliegen.

Graublaue Portieren aus Uniformtuch, mit ein paar roten Nelken bestickt, fielen über die Türen herab; Sitzgelegenheiten in allen Formen und Größen standen, wie der Zufall sie verteilt hatte, im Raum umher, Ruhebetten, riesige oder winzige Sessel, Puffs und Hocker waren mit Seide im Stil Louis-seize oder mit schönem Utrechter Samt bespannt, cremefarbener Grund mit granatroten Mustern.

»Möchten Sie Kaffee, Monsieur Duroy?«

Und Madame Forestier reichte ihm mit dem freundschaftlichen Lächeln, das nie von ihren Lippen wich, eine volle Tasse.

»Gern, Madame, vielen Dank.«

Er nahm die Tasse, und als er sich angstvoll vorbeugte, um mit der silbernen Zange der Dose, die das kleine Mädchen trug, ein Stück Zucker zu entnehmen, sagte die junge Frau halblaut zu ihm:

»Machen Sie doch Madame Walter ein bißchen den Hof.«

Dann war sie weitergegangen, ehe er ein Wort hätte antworten können.

Zunächst trank er seinen Kaffee aus, weil er fürchtete, ihn auf den Teppich tropfen zu lassen; als ihm danach klarer im Kopf war, suchte er nach Möglichkeiten, sich der Frau seines neuen Direktors zu nähern und ein Gespräch anzuknüpfen.

Plötzlich wurde er gewahr, daß sie ihre leere Tasse in der Hand hielt; und da sie weit von einem Tisch entfernt stand, wußte sie nicht, wo sie sie abstellen sollte. Er eilte zu ihr hin.

»Sie gestatten, Madame?«

»Danke, Monsieur.«

Er trug die Tasse fort und kam dann wieder:

»Wenn Sie wüßten, Madame, welch schöne Stunden mich die ›Vie Française‹ hat durchleben lassen, als ich da unten in der Wüste war. Wirklich, das ist die einzige Zeitung, die man außerhalb Frankreichs lesen kann, weil sie literarischer, geistvoller und weniger monoton ist als alle übrigen. Man findet darin schlechthin alles.«

Sie lächelte mit liebenswürdiger Gleichgültigkeit und erwiderte gemessen:

»Es hat meinen Mann viel Mühe gekostet, diesen Zeitungstyp, der einem neuen Bedürfnis entspricht, zu schaffen.«

Und sie begannen zu plaudern. Er besaß eine leichte, banale Redegabe, einen gewissen Zauber im Stimmklang, sehr viel Liebenswürdiges im Blick, und sein Schnurrbart hatte eine unwiderstehliche Verführungskraft. Dieser krauste sich dicht und gelockt und sehr hübsch auf seiner Lippe; er war von einem rötlich getönten Blond, mit einer etwas blasseren Nuance in den gesträubten Spitzen.

Sie sprachen von Paris, von der Umgebung der Stadt, den Seineufern, den Kurorten, den Sommerfreuden, von sämtlichen geläufigen Dingen, über die man unendlich lange reden kann, ohne daß der Kopf müde wird.

Als dann Norbert de Varenne mit einem Glas Likör in der Hand herzutrat, zog Duroy sich taktvoll zurück.

Madame de Marelle, die gerade mit Madame Forestier geplaudert hatte, rief ihn zu sich:

»Na«, sagte sie rundheraus, »Sie wollen sich also im Journalismus versuchen?«

Da sprach er in unbestimmten Ausdrücken von seinen Plänen; dann begann er mit ihr abermals die Unterhaltung, die er kurz zuvor mit Madame Walter geführt hatte; aber da er sein Thema jetzt besser beherrschte, bewies er sich dabei als überlegen und wiederholte die Dinge, die er gerade vernommen hatte, als stammten sie von ihm selbst. Und dabei blickte er seiner Tischdame unaufhörlich in die Augen, als wolle er dem, was er äußerte, einen tiefen Sinn verleihen.

Sie ihrerseits erzählte ihm kleine Geschichten mit dem gewissen leichten Schwung einer Dame, die weiß, daß sie geistreich ist, und dabei ein wenig drollig wirken will; dann wurde sie vertraulich, legte ihm die Hand auf den Arm, senkte die Stimme, um Nichtigkeiten zu sagen, die auf diese Weise den Charakter des Intimen erhielten. Er wurde innerlich erregt durch die leise Berührung dieser jungen Frau, die sich mit ihm abgab. Am liebsten hätte er sich ihr auf der Stelle geweiht, sie verteidigt, gezeigt, was er wert sei; und die Verzögerungen, die er eintreten ließ, ehe er ihr antwortete, ließen auf die Voreingenommenheit seiner Gedanken schließen.

Doch plötzlich und ohne jeden Grund rief Madame de Marelle: »Laurine!«, und das kleine Mädchen kam herbei.

»Setz dich dorthin, mein Kind; so nah am Fenster könntest du dich erkälten.«

Und Duroy überkam eine tolle Lust, das Mädchen abzuküssen, als könne etwas von diesem Kuß auf die Mutter übergehen.

In galantem, väterlichem Ton fragte er:

»Erlauben Sie, daß ich Sie auf die Stirn küsse, Mademoiselle?«

Das Kind hob überrascht die Augen zu ihm auf. Madame de Marelle sagte lachend:

»Antworte: ›Gern, heute ausnahmsweise: aber immer geht das nicht.‹«

Duroy setzte sich sogleich, nahm Laurine auf sein Knie und streifte mit den Lippen die gewellten, dünnen Härchen ihrer Stirn.

Die Mutter staunte:

»Schau, schau, sie ist nicht weggelaufen: das ist verblüffend. Für gewöhnlich läßt sie sich nur von Damen küssen. Sie sind unwiderstehlich, Monsieur Duroy.«

Er wurde rot, antwortete nicht und wiegte mit einer leichten Bewegung das kleine Mädchen auf seinem Bein.

Madame Forestier trat hinzu und stieß einen leichten Schrei des Staunens aus:

»Siehe da, Laurine ist gezähmt, welch ein Wunder!«

Auch Jacques Rival kam heran, eine Zigarre im Mund, und Duroy stand auf, um sich zu verabschieden; er hatte Furcht, durch irgendein ungeschicktes Wort das bislang Erreichte, seinen begonnenen Eroberungszug zu gefährden.

Er verbeugte sich, nahm und drückte behutsam die kleinen, ihm gereichten Hände der Damen, dann schüttelte
er den Herren kräftig die Hand. Es fiel ihm auf, daß die
von Jacques Rival trocken und warm war, und er erwiderte
herzlich deren Druck; die von Norbert de Varenne war
feucht und kalt und rutschte ihm glitschig aus den Fingern; die des alten Walter war kalt und weich, kraftlos,
ausdruckslos; die Forestiers fühlte sich fett und lauwarm
an. Sein Freund sagte halblaut zu ihm:
»Morgen um drei, vergiß es nicht.«
»O nein, brauchst keine Angst zu haben.«
Als er auf der Treppe war, wäre er sie am liebsten hinabge-
stürmt, so ungestüm war seine Freude, und so nahm er
denn je zwei Stufen auf einmal; aber plötzlich gewahrte
er in dem großen Spiegel des zweiten Stockwerks einen
eiligen Herrn, der ihm entgegenhastete, und er blieb jäh
stehen, er fühlte sich beschämt, als sei er bei etwas Unge-
hörigem erwischt worden.
Er musterte sich lange, verwundert, daß er tatsächlich ein
so hübscher Kerl sei; dann lächelte er sich wohlgefällig
zu; darauf nahm er Abschied von seinem Spiegelbild, er
verbeugte sich sehr tief und sehr feierlich vor sich selbst,
ganz so, wie man sich vor großen Persönlichkeiten verneigt.

III

Als Georges Duroy wieder auf der Straße war, überlegte
er, was er jetzt tun solle. Am liebsten hätte er sich in Trab
gesetzt oder hätte geträumt, wäre vor sich hin gegangen,
hätte sich Gedanken über die Zukunft gemacht und dabei
die milde Nachtluft eingeatmet; aber die Artikelserie, um
die der alte Walter ihn gebeten hatte, ließ ihm keine Ruhe,
und er beschloß, auf der Stelle heimzugehen und sich an
die Arbeit zu machen.

Er kehrte um, schritt schneller aus, gelangte auf den äußeren Boulevard und folgte diesem bis zur Rue Boursault, wo er wohnte. Das sechsstöckige Haus wurde von zwanzig kleinen Arbeiter- und Bürgerfamilien bevölkert, und als er die Treppe hinaufstieg, die schmutzigen Stufen, auf denen Papierfetzen, Zigarettenstummel und Küchenabfälle herumlagen, empfand er ein würgendes Ekelgefühl und einen Drang, da herauszukommen, zu wohnen wie die reichen Leute, in sauberen Wohnungen mit Teppichen. Ein schwerer Geruch nach Essen, nach Aborten und menschlicher Notdurft, ein stagnierender Gestank nach Schmutz und altem Gemäuer, den kein Luftzug aus dieser Behausung hätte vertreiben können, erfüllte es von oben bis unten.

Das Zimmer des jungen Mannes lag im fünften Stock und ging, wie auf einen tiefen Abgrund, auf den riesigen Graben der Westbahn hinaus, gerade oberhalb des Tunnelausgangs, in der Nähe des Bahnhofs Les Batignolles. Duroy machte sein Fenster auf und stützte sich auf das verrostete Eisengitter.

Unter ihm, in der Tiefe des düsteren Loches, sahen drei rote, unbewegliche Signale aus wie große Tieraugen; und weiter weg waren andere zu sehen, und noch weiter weg wieder andere. Jeden Augenblick schollen lange oder kurze Pfeiftöne durchs Dunkel, die einen nahe, die andern kaum vernehmlich; sie kamen von ganz fern her, von dort, wo Asnières liegt. Sie stiegen und fielen wie rufende Stimmen. Der eine kam immer näher und stieß dabei seinen klagenden Schrei aus, der immer lauter wurde, von Sekunde zu Sekunde, und bald erschien ein großer, gelber Lichtschein, der geräuschvoll heraneilte. Duroy sah, wie die lange Waggonreihe im Tunnel verschwand.

Dann sagte er sich: »Los, an die Arbeit!« Er stellte seine Lampe auf den Tisch, aber gerade als er sich ans Schreiben machen wollte, fiel ihm ein, daß er nur Briefpapier im Hause habe.

Es half nun nichts, er würde einfach den Bogen in seiner

ganzen Größe auseinanderfalten und ihn so benutzen. Er tauchte die Feder in die Tinte und schrieb mit seiner schönsten Handschrift oben darüber:

>Erinnerungen eines Chasseur d'Afrique<

Dann grübelte er über den Anfang des ersten Satzes nach. Er saß da, die Stirn in die Hand gestützt, die Augen starr auf das weiße Viereck gerichtet, das vor ihm lag.

Was sollte er schreiben? Jetzt fiel ihm von allem, was er vorhin erzählt hatte, nichts mehr ein, kein kleines, spaßiges Begebnis, keine Tatsache, nichts. Plötzlich dachte er: >Mit der Abfahrt muß ich anfangen.< Und er schrieb: >Es war im Jahre 1874, so etwa um den 15. Mai, damals, als das erschöpfte Frankreich sich von den Katastrophen des Schreckensjahres erholte ...<

Und dann war es aus; er wußte nicht, wie er das anknüpfen sollte, was jetzt zu folgen hatte, nämlich seine Einschiffung, seine Überfahrt, seine ersten Eindrücke.

Nach zehn Minuten des Nachdenkens beschloß er, die einleitende Anfangsseite auf den nächsten Tag zu verschieben und zunächst einmal eine Schilderung Algiers niederzuschreiben.

Und er kritzelte auf seinen Papierbogen: >Algier ist eine ganz weiße Stadt ...<, ohne daß es ihm gelang, etwas anderes auszudrücken. Im Zurückdenken sah er die hübsche, helle Stadt wie eine Kaskade aus flachdachigen Häusern von ihrem Berg herab ins Meer purzeln, allein er fand kein Wort mehr, um auszudrücken, was er gesehen, was er empfunden hatte.

Nach einer schweren Bemühung setzte er hinzu: >Sie wird zum Teil von Arabern bewohnt ...< Dann warf er die Feder auf den Tisch und stand auf.

Auf seinem kleinen Eisenbett, wo die Stelle, auf der sein Körper zu liegen pflegte, eine Vertiefung zeigte, sah er seine lässig hingeworfenen Alltagskleider; leer, schlaff, matt und schäbig lagen sie da wie Lumpen aus der Morgue. Und sein Zylinder, sein einziger Hut, kehrte auf einem Strohstuhl die Öffnung nach oben, wie um Almosen zu empfangen.

Seine mit einer grauen, blau geblümten Tapete beklebten Zimmerwände wiesen genausoviel Flecke wie Blumen auf, alte, verdächtige Flecke, von denen niemand hätte sagen können, wie sie entstanden seien, ob sie zerquetschtes Ungeziefer oder Öltropfen, Abdrücke pomadefettiger Fingerspitzen oder beim Waschen aus der Schüssel gespritzter Seifenschaum waren. Das alles wies auf beschämendes Elend hin, das Elend der möblierten Zimmer in Paris. Und es überkam ihn eine Wut gegen die Ärmlichkeit seines Lebens. Er sagte sich, hier müsse er heraus, und zwar schleunigst, schon am nächsten Tage müsse mit diesem dürftigen Dasein Schluß gemacht werden.

Unvermittelt hatte ihn abermals der Arbeitseifer gepackt, wieder setzte er sich an seinen Tisch und begann nach Sätzen zu suchen, um gut von dem seltsamen, zauberhaften Algier zu berichten, dieser Eingangshalle des geheimnisvollen, tiefen Afrika, des Afrika der schweifenden Araber und der unbekannten Negerstämme, des unerforschten, lockenden Afrika, dessen unwahrscheinliche Tiere uns bisweilen in den zoologischen Gärten gezeigt werden, Tiere, die für Märchen geschaffen zu sein scheinen; Strauße, diese abenteuerlichen Hühner, Gazellen, diese göttlichen Ziegen, die überraschenden, grotesken Giraffen, die gravitätischen Kamele, die ungeheuerlichen Flußpferde, und die Gorillas, die furchteinflößenden Brüder des Menschen.

Er fühlte, wie ihm verschwommen die Gedanken kamen; aussprechen hätte er sie vielleicht können, aber sie in geschriebenen Worten zu formulieren, das brachte er nicht fertig. Und da seine Unfähigkeit ihn erhitzte wie ein Fieberanfall, stand er abermals auf; seine Hände waren schweißnaß, und in seinen Schläfen pochte das Blut.

Und während seine Blicke auf die Rechnung der Wäscherin fielen, die der Hausmeister am gleichen Abend heraufgebracht hatte, bemächtigte sich seiner jäh wilde

Verzweiflung. Innerhalb einer Sekunde war seine ganze Freude hingeschwunden und mit ihr sein Selbstvertrauen und sein Glaube an die Zukunft.

Alles war aus und vorbei; nichts würde er zustande bringen, niemals etwas darstellen; er kam sich leer, unbegabt, unnütz und verurteilt vor.

Und wiederum stützte er sich auf das Fenstergitter, gerade in dem Augenblick, da ein Zug mit jähem, heftigem Geratter aus dem Tunnel herauskam. Der fuhr dort unten in die Ferne, durch Felder und Flachland, hin zum Meer. Und da drang in Duroys Herz die Erinnerung an seine Eltern.

Er mußte an ihnen vorüberfahren, dieser Zug, bloß ein paar Meilen von ihrem Haus entfernt. Er sah es vor sich, das Häuschen, oben am Hügelhang, oberhalb Rouens und des riesigen Seinetals, am Eingang des Dorfes Canteleu.

Seine Eltern führten ein kleines Wirtshaus, eine Kneipe, in der die Bürger der Vororte sonntags zu Mittag aßen: »Zur schönen Aussicht«. Sie hatten aus ihrem Sohn einen Herrn machen wollen und ihn auf die höhere Schule geschickt. Nach Abschluß seiner Schuljahre und der nicht bestandenen Reifeprüfung war er zum Militär gegangen, in der Absicht, Offizier, Oberst, General zu werden. Aber lange bevor er seine fünf Dienstjahre hinter sich gebracht, hatte alles, was mit dem Soldatenstand zusammenhing, ihm bis zum Halse gestanden, und es war sein Traum gewesen, in Paris sein Glück zu machen.

Als er seine Zeit abgedient hatte, war er hergekommen, trotz den Bitten der Eltern, die ihn, nachdem ihr Wunschtraum zunichte geworden war, jetzt hatten bei sich behalten wollen. Er jedoch hatte sich eine Zukunft erhofft; er gewahrte undeutlich, daß er es zu etwas bringen werde, mit Hilfe von Ereignissen, über die er sich vorerst noch nicht klar war, die er aber sicherlich in die Wege leiten und ausnützen würde.

Während seiner Militärzeit hatte er Garnisonserfolge gehabt, Liebesgeschichten, die leicht wogen, und sogar

Abenteuer in einer höheren Gesellschaftsschicht; er hatte nämlich die Tochter eines Steuereinnehmers verführt, die alles hatte stehen- und liegenlassen und ihm folgen wollen, und dann die Frau eines Anwalts; die hatte versucht, sich zu ertränken, aus lauter Verzweiflung darüber, daß er sie hatte sitzenlassen.

Seine Kameraden pflegten von ihm zu sagen: »Der hat es faustdick hinter den Ohren; das ist ein Ausgekochter, einer, der in allen Sätteln gerecht ist; der wird sich stets aus der Affäre ziehen.« Und tatsächlich hatte er sich vorgenommen, es faustdick hinter den Ohren zu haben, ein Ausgekochter und einer zu werden, der in allen Sätteln gerecht ist.

Sein angeborenes normannisches Gewissen, dem das tägliche Einerlei des Garnisonslebens hart zugesetzt hatte und das durch die schlechten Beispiele der Plünderungen in Afrika, durch das Einheimsen unerlaubter Vorteile, durch verdächtiges Übersohrhauen gelockert worden war, aber auch aufgepeitscht durch den Ehrbegriff, wie er in der Armee im Schwange ist, durch soldatische Aufschneidereien, patriotische Gefühle, die hochherzigen Abenteuer, wie Unteroffiziere sie untereinander erzählen, sowie durch die Glorifizierung des Berufs, war zu einer Art Kasten mit dreifachem Boden geworden, darin man schlechthin alles hätte finden können.

Allein das Verlangen, es zu etwas zu bringen, hatte dennoch die Oberhand behalten.

So hatte er denn wieder einmal, ohne sich dessen bewußt zu sein, zu träumen angefangen, wie er es allabendlich tat. Er malte sich ein herrliches Liebesabenteuer aus, das mit einem einzigen Schwung die Verwirklichung seiner Hoffnungen herbeiführte. Er heiratete die Tochter eines Bankiers oder eines großen Herrn, der er auf der Straße begegnet war und die er auf den ersten Blick erobert hatte. Der schrille Pfiff einer Lokomotive, die ganz allein aus dem Tunnel herauskam wie ein dickes Kaninchen aus seinem Bau und mit voller Dampfkraft auf den Gleisen nach dem Maschinenschuppen sauste, wo sie sich verschnaufen konnte, weckte ihn aus seinem Traum.

Da packte ihn wieder die verworrene, frohe Hoffnung, die stets sein Gehirn durchspukte, und er warf von ungefähr einen Kuß ins Dunkel, einen Kuß der Liebe für das Bild der Frau, die er erwartete, einen Kuß des Verlangens für das begehrte Glück, den begehrten Reichtum. Dann schloß er sein Fenster, begann sich auszuziehen und murmelte dabei vor sich hin: »Pah, morgen früh bin ich sicher besser aufgelegt. Heute abend bin ich benommen. Und außerdem habe ich vielleicht ein bißchen zuviel getrunken. In einer solchen Verfassung kann man nicht richtig arbeiten.«

Er ging zu Bett, blies die Lampe aus und schlief fast auf der Stelle ein.

Er erwachte zu früher Stunde, wie es einem stets an Tagen großer Hoffnungen oder Sorgen geschieht, sprang aus dem Bett und machte sein Fenster auf, um eine gute Tasse frischer Luft zu trinken, wie er zu sagen pflegte.

Die Häuser der Rue de Rome gegenüber, auf der anderen Seite des breiten Eisenbahngrabens, erglänzten im Schein der aufgehenden Sonne; sie schienen mit blendender Helle getüncht zu sein. Rechts, in der Ferne, waren die Hügel von Argenteuil zu sehen, die Höhen von Sannoi und die Windmühlen von Orgemont, alles in einem leichten, bläulichen Nebel, wie ein dünner, durchsichtiger, wogender Schleier, der über den Horizont geworfen war.

Duroy blieb ein paar Minuten stehen, blickte auf das ferne, offene Land hinaus und brummte vor sich hin: »Da draußen würde man sich an einem solchen Tag verdammt wohl fühlen.« Dann fiel ihm ein, daß er ja arbeiten müsse, und zwar schleunigst, und daß er ferner zehn Sous herausrücken und den Sohn seiner Portiersfrau in sein Büro schikken müsse, um bestellen zu lassen, er sei krank.

Er setzte sich an seinen Tisch, tauchte die Feder ins Tintenfaß, stützte die Stirn in die Hand und suchte nach Einfällen. Vergebens. Er fand keinen.

Dennoch ließ er den Mut nicht sinken. Er dachte: »Pah, ich bin es noch nicht gewohnt. Es ist ein Handwerk, das man lernen muß wie jedes andere. Die ersten Male muß mir wer helfen. Ich gehe einfach zu Forestier, der stellt mir meinen Artikel innerhalb von zehn Minuten auf die Beine.«

Und er zog sich an.

Als er auf der Straße war, meinte er, es sei noch zu früh, sich bei seinem Freunde einzustellen, der sicher lange schlief. So machte er denn ganz langsam einen kleinen Spaziergang unter den Bäumen des äußeren Boulevards.

Es war noch nicht neun Uhr, und als er in den Parc Monceau kam, roch es dort frisch und kühl, weil gerade gesprengt worden war.

Er setzte sich auf eine Bank und versank wiederum in träumerische Gedanken. Vor ihm ging ein junger, sehr eleganter Herr auf und ab; sicherlich wartete er auf eine Frau.

Sie erschien, verschleiert, schnellen Schrittes, ein kurzer Händedruck, sie nahm seinen Arm, und die beiden gingen davon.

Ein stürmisches Verlangen nach Liebe durchströmte Duroys Herz, ein Verlangen nach vornehmen, parfümierten, zartsinnigen Liebesbezeigungen. Er stand auf, machte sich wieder auf den Weg, und seine Gedanken wandten sich Forestier zu. Hatte der ein Glück gehabt!

Er langte in dem Augenblick vor der Tür des Freundes an, als dieser das Haus verließ.

»Du hier? Und um diese Zeit? Was ist denn los?«

Duroy, der ganz verwirrt war, weil er ihn gerade beim Fortgehen angetroffen hatte, stotterte:

»Die Sache ist die... daß ich mit meinem Artikel nicht zurechtkomme, du weißt ja, dem Artikel über Algerien, um den Monsieur Walter mich gebeten hat. Das ist weiter kein Wunder, bedenk doch, daß ich niemals geschrieben habe. Dazu gehört Übung wie zu allem andern auch. Ich werde mich schnell einarbeiten, davon bin ich überzeugt, aber für den Anfang weiß ich nicht aus noch ein. Einfälle habe ich, sogar genug, aber ich bringe es nicht fertig, sie auszudrücken.«

Er hielt inne, er zauderte ein bißchen. Forestier grinste boshaft:

»Kenn ich, kenn ich.«

Duroy fuhr fort:

»Ja, so dürfte es jedem Anfänger gehen. Also, deshalb bin ich hergekommen ... ich hatte dich bitten wollen, daß du mir ein bißchen hilfst ... Du bringst so was innerhalb von zehn Minuten auf die Beine, du zeigst mir den Dreh, wie so was angepackt werden muß. Du gibst mir eine Nachhilfestunde im Stil, denn ohne deine Hilfe wird die Sache nichts.«

Der andere lächelte nach wie vor aufgeräumt. Er klapste seinem alten Kameraden auf den Arm und sagte:

»Geh rauf zu meiner Frau, die bringt dir deinen Kram genausogut in Ordnung wie ich. Auf dergleichen habe ich sie dressiert. Ich habe heute morgen keine Zeit, sonst hätte ich es natürlich nur zu gern selber übernommen.«

Duroy war plötzlich ganz schüchtern geworden; er zögerte, er wagte es nicht:

»Aber hör mal, es ist doch noch ganz früh, ich kann sie doch nicht so einfach überfallen ...?«

»Doch, das kannst du. Sie ist schon auf. Sie sitzt in meinem Arbeitszimmer und ordnet für mich Notizen.«

Duroy weigerte sich, hinaufzugehen.

»Nein – das geht nicht.«

Forestier nahm ihn bei den Schultern, ließ ihn auf den Hacken kehrtmachen und schubste ihn nach der Treppe hin:

»Aber so geh doch, du Esel, wenn ich es dir sage. Du kannst mich doch schließlich nicht zwingen, noch mal die drei Treppen hinaufzuklettern, dich anzumelden und deinen Fall zu erklären.«

Da entschloß sich Duroy:

»Danke, ich gehe also zu ihr. Ich werde ihr sagen, daß

du mich gezwungen hast, schlechthin gezwungen, mich an sie zu wenden.«

»Tu das. Sie wird dich schon nicht auffressen, da kannst du unbesorgt sein. Aber vergiß keinesfalls, heute nachmittag um drei.«

»Oh, da brauchst du keine Angst zu haben.«

Und Forestier ging mit einer Miene, als habe er es sehr eilig, während Duroy langsam, Stufe für Stufe, die Treppe hinaufzusteigen begann, wobei er überlegte, was er sagen solle, und besorgt war wegen des Empfangs, der seiner wartete.

Der Diener öffnete ihm. Er trug eine blaue Schürze und hielt einen Besen in der Hand.

»Monsieur ist ausgegangen«, sagte er, ohne die Frage abzuwarten.

Duroy blieb hartnäckig:

»Fragen Sie Madame Forestier, ob sie mich empfangen könne, und sagen Sie ihr, ihr Mann schicke mich; ich hätte ihn auf der Straße getroffen.«

Dann wartete er. Der Mann kam wieder, machte rechts eine Tür auf und verkündete:

»Madame läßt bitten.«

Sie saß auf einem Schreibtischstuhl, und zwar in einem kleinen Zimmer, dessen Wände ganz und gar hinter sorgfältig auf schwarzen Brettern aufgereihten Büchern verschwanden. Die verschieden getönten Einbände, rote, gelbe, grüne, violette und blaue, brachten Farbe und Heiterkeit in diese monotonen Zeilen von Bänden.

Sie wandte sich um, lächelnd wie stets; sie war in einen weißen, mit Spitzen garnierten Morgenrock gehüllt. Sie streckte ihm die Hand hin, und in der breiten Ärmelöffnung kam ihr nackter Arm zum Vorschein.

»Schon?« fragte sie.

Dann sprach sie weiter:

»Das ist kein Vorwurf, nur einfach eine Frage.«

Er stotterte:

»Ach, Madame, ich hatte gar nicht heraufkommen wollen;

Ihr Mann, den ich unten getroffen habe, hat mich dazu gezwungen. Ich bin dermaßen verlegen, daß ich nicht zu sagen wage, was mich herführt.«

Sie deutete auf einen Sessel:

»Nehmen Sie Platz, und dann heraus mit der Sprache.«

Sie hielt einen Gänsekiel zwischen zwei Fingern; damit spielte sie, indem sie ihn geschickt herumwirbelte; und vor ihr lag ein großes Blatt Papier, das zur Hälfte beschrieben war; das Kommen des jungen Mannes hatte sie unterbrochen.

Sie wirkte an diesem Schreibtisch, wo sie ihrer gewöhnlichen Betätigung oblag, genauso ungezwungen und sicher wie in ihrem Salon. Aus dem Morgenrock wehte ein leichter Duft, der frische Duft der vor kurzem vollendeten Toilette. Und Duroy versuchte sich den jungen, hellen, molligen, warmen Körper vorzustellen, den der wollige Stoff weich umhüllte, und glaubte, ihn vor sich zu sehen.

Da er nichts sagte, fuhr sie fort:

»Also nun sagen Sie schon, was ist los?«

Zögernd murmelte er:

»Die Sache ist die... aber wirklich... ich getraue mich nicht... Weil ich nämlich gestern abend sehr spät noch gearbeitet habe... und heute morgen auch... schon ganz früh... weil ich den Artikel über Algerien schreiben wollte, den Monsieur Walter von mir verlangt hat... und ich bringe nichts Vernünftiges zustande... alle Versuche habe ich zerrissen... Ich bin nämlich an diese Art Arbeit nicht gewöhnt; und da bin ich hergekommen und habe Forestier bitten wollen, mir zu helfen... dies eine Mal...«

Sie unterbrach ihn mit herzlichem Lachen, glücklich, freudig und geschmeichelt:

»Und da er Ihnen gesagt, Sie sollten sich an mich wenden...? Das ist ja reizend...«

»Ja, Madame. Er hat gemeint, Sie würden mir besser aus der Verlegenheit helfen können als er... Aber ich hatte mich nicht getraut, ich hatte nicht wollen. Verstehen Sie?«

Sie stand auf:

»Solch eine Zusammenarbeit muß hübsch sein. Ihr Einfall entzückt mich. Kommen Sie, setzen Sie sich hier auf meinen Stuhl, in der Zeitung kennt man meine Handschrift. Und jetzt wollen wir einen Artikel zustande bringen, und zwar einen, der unbedingt Erfolg hat.«

Er setzte sich, nahm eine Feder, breitete vor sich ein Blatt Papier aus und wartete.

Madame Forestier war stehengeblieben und hatte seinen Vorbereitungen zugeschaut; dann nahm sie eine Zigarette vom Kaminsims und steckte sie an:

»Ohne zu rauchen, kann ich nicht arbeiten«, sagte sie. »Also, was wollen Sie nun eigentlich erzählen?«

Er hob den Kopf und sah sie erstaunt an.

»Aber das weiß ich doch nicht, deswegen bin ich doch hergekommen.«

Sie sagte:

»Freilich, ich bringe Ihnen die Sache schon in Ordnung. Ich mache die Sauce, aber dazu brauche ich den Braten.«

Er saß verlegen da; endlich brachte er zögernd heraus:

»Ich hatte meine Überfahrt von Anfang an erzählen wollen ...«

Da setzte sie sich ihm gegenüber an die andere Seite des breiten Tisches und sah ihm in die Augen:

»Gut, dann erzählen Sie sie erst mal, ganz allein für mich, verstehen Sie, schön langsam, ohne etwas auszulassen, und ich treffe dann die Auswahl unter dem, was wir nehmen müssen.«

Aber da er nicht wußte, womit er anfangen sollte, fing sie an, ihm Fragen zu stellen, wie es ein Priester im Beichtstuhl getan hätte, genaue Fragen, die ihm vergessene Einzelheiten ins Gedächtnis zurückriefen, Leute, die er kennengelernt, und Gesichter, die er nur flüchtig gesehen hatte.

Als sie ihn auf diese Weise eine kleine Viertelstunde lang zum Sprechen genötigt hatte, unterbrach sie ihn unvermittelt:

»Jetzt wollen wir anfangen. Wir wollen mal annehmen, Sie schilderten einem Freund Ihre Eindrücke, weil das Ihnen die Möglichkeit gibt, einen Haufen Dummheiten zu sagen, allerlei Zwischenbemerkungen zu machen, natürlich und drollig zu sein, wenn das geht. Also schreiben Sie:

»Mein lieber Henry, Du willst wissen, was es mit Algerien auf sich hat, und Du sollst es erfahren. Da ich in der Hütte aus getrocknetem Lehm, die mir als Behausung dient, nichts anderes zu tun habe, will ich Dir eine Art Tagebuch schreiben über alles, was ich erlebt habe, Tag für Tag, Stunde für Stunde, und es Dir dann schicken. Es wird darin manchmal ein bißchen heftig zugehen: hilft nichts, Du brauchst es ja den Damen Deiner Bekanntschaft nicht zu zeigen ...«

Sie machte eine Pause, um ihre ausgegangene Zigarette wieder anzustecken, und sogleich hörte das leise, kratzende Knirschen der Gänsefeder auf dem Papier auf.

»Jetzt geht's weiter«, sagte sie.

»Algerien ist ein großes, französisches Land an der Grenze der großen, unbekannten Gebiete, die man als die Sahara, Zentral-Afrika usw. usw. bezeichnet.

Algier ist die Pforte, die weiße, bezaubernde Pforte dieses fremdartigen Kontinents.

Aber zunächst muß man mal hinreisen, und das ist nicht angenehm für jeden. Wie Du weißt, kann ich ausgezeichnet mit Pferden umgehen; ich reite die Pferde des Obersts zu; aber man kann ein guter Reiter und ein miserabler Seemann sein. Und so ist es mit mir.

Erinnerst Du Dich noch an Oberstabsarzt Simbretas, den wir immer den Doktor Brechwurzel nannten? Wenn wir uns reif glaubten für vierundzwanzig Stunden Krankenrevier, was ein gesegnetes Gefilde ist, dann gingen wir einfach zur Untersuchung.

Er saß in seiner roten Hose auf seinem Stuhl, die dicken Schenkel gespreizt, die Hände auf den Knien, so daß die Arme abstanden, mit dem Ellbogen in der Luft, ließ seine hervorquellenden, kugeligen Augen rollen und kaute auf seinem weißen Schnurrbart herum.

Du weißt wohl noch, was er uns dann verschrieb: ›Dieser Soldat hat eine Magenverstimmung. Geben Sie ihm das Brechmittel Nr. 3 nach meinem Rezept, danach zwölf Stunden Bettruhe; dann ist er wieder auf Draht.‹ Es war großartig, dieses Brechmittel, großartig und von nachdrücklicher Wirkung. Man schluckte es also, weil es denn sein mußte. Hatte man das Rezept des Doktor Brechwurzel hinter sich, dann genoß man zwölf Stunden wohlverdienter Bettruhe.

Ja, mein Lieber, wenn man nach Afrika will, muß man vierzig Stunden lang ein anderes Brechmittel von nachdrücklicher Wirkung zu sich nehmen, und das Rezept stammt von der ›Compagnie Transatlantique‹.«

Sie rieb sich die Hände, so froh war sie über diesen Einfall.

Dann stand sie auf, steckte sich eine weitere Zigarette an, begann, auf und ab zu gehen, und diktierte, wobei sie Rauchgespinste ausblies; sie kamen zunächst ganz gerade aus dem kleinen runden Loch in der Mitte ihrer zusammengepreßten Lippen, darauf dehnten sie sich aus, verflüchtigten sich und hinterließen in der Luft stellenweise graue Linien, eine Art durchsichtigen Nebels – einen Brodem, der wie Spinnweben aussah. Bisweilen löschte sie mit einem Wischen der flachen Hand diese leichten, am längsten verharrenden Spuren aus; bisweilen durchschnitt sie sie auch mit einer raschen Bewegung des Zeigefingers und beobachtete mit ernster Aufmerksamkeit, wie die beiden kaum wahrnehmbaren Rauchreste langsam verschwanden.

Und Duroy verfolgte mit seinen Augen alle ihre Gesten, alle Bewegungen ihres Körpers und ihres Gesichts, die mit diesem vagen Spiel beschäftigt waren; ihre Gedanken hatten keinen Anteil daran.

Jetzt erfand sie die Wechselfälle der Überfahrt, schilderte von ihr erfundene Reisegefährten und deutete ein Liebesabenteuer mit der Frau eines Infanteriehauptmanns an, die zu ihrem Mann unterwegs war.

Dann setzte sie sich wieder und fragte Duroy über die Topographie Algeriens aus, von der sie nicht die leiseste Ahnung hatte. Innerhalb von zehn Minuten wußte sie genausoviel davon wie er, und sie fügte einen kleinen Absatz über politische und koloniale Geographie ein, um den Leser ins Bild zu setzen und ihn gut auf die gewichtigen Fragen vorzubereiten, um die es in den folgenden Artikeln gehen sollte.

Dann fuhr sie mit einem Ausflug in die Provinz Oran fort, einem aus der Luft gegriffenen Ausflug; es war dabei vor allem von Frauen, Maurinnen, Jüdinnen und Spanierinnen, die Rede.

»Nur das interessiert wirklich«, sagte sie.

Sie schloß mit einem Aufenthalt in Saïda am Fuß des Hochplateaus und mit einer hübschen kleinen Liebelei zwischen dem Unteroffizier Georges Duroy und einem spanischen Arbeitermädchen, das in einer Espartogras-Werkstätte in Aïn-el-Hadjar beschäftigt war. Sie erzählte von den nächtlichen Zusammenkünften im steinigen, kahlen Bergland, wenn inmitten der Felsen die Schakale schrien, die Hyänen kläfften und die Araberhunde heulten.

Und mit fröhlicher Stimme sagte sie:

»Fortsetzung folgt morgen!«

Sie stand auf:

»So schreibt man einen Artikel, mein lieber Herr. Jetzt setzen Sie bitte Ihren Namen drunter.«

Er zögerte.

»Aber so unterzeichnen Sie doch.«

Da fing er an zu lachen und schrieb unten auf die Seite: »Georges Duroy«.

Sie fuhr fort zu rauchen und auf und ab zu gehen; und er sah immerfort zu ihr hin, fand kein Dankeswort, war froh, bei ihr zu sein, durchdrungen von Dankbarkeit und Glück über diese sich anspinnende Vertrautheit. Ihm schien, als bilde alles, was um sie war, einen Teil von ihr, alles, sogar die mit Büchern bedeckten Wände. Die Sessel, die Möbel, die vom Geruch des Tabakrauchs durchwehte Luft, all das hatte etwas Besonderes, Gutes, Sanftes, Bezauberndes, und all das ging von ihr aus.

Urplötzlich fragte sie:

»Was halten Sie von meiner Freundin, Madame de Marelle?«

Er war überrascht:

»Ja ... ich finde sie ... ich finde sie sehr reizvoll.«

»Nicht wahr?«

»Ja, gewiß.«

Er war versucht, hinzuzufügen: »Aber nicht so sehr wie Sie.« Doch er getraute sich nicht.

Sie fuhr fort:

»Und wenn Sie wüßten, wie drollig, wie originell und intelligent sie ist! Sie ist eine Bohemienne, wahrhaftig, eine richtige Bohemienne. Deswegen mag ihr Mann sie nicht. Er sieht nur ihre schwachen Seiten, aber die guten läßt er außer acht.«

Duroy war verblüfft, zu vernehmen, daß Madame de Marelle verheiratet sei. Dabei war das doch ganz natürlich. Er fragte:

»Sieh an ... verheiratet ist sie? Und was tut ihr Mann?«

Madame Forestier zuckte ganz leicht die Achseln und hob die Brauen, eine Bewegung, von der unbegreiflich blieb, was sie bedeuten solle.

»Ach, er ist Inspektor bei der Nordbahn. In jedem Monat ist er acht Tage in Paris. Das nennt seine Frau dann immer die ›Dienstverpflichtung‹ oder ›die Fronwoche‹ oder auch ›die Karwoche‹. Wenn Sie sie erst besser kennen, werden Sie schon sehen, wie klug und nett sie ist. Besuchen Sie sie doch dieser Tage mal.«

Duroy dachte nicht mehr ans Weggehen; ihm war, als könne er immer hierbleiben, als sei er daheim.

Aber geräuschlos tat sich die Tür auf, und ein hochgewachsener Herr kam herein; er war nicht angemeldet worden.

Er stutzte, als er einen Mann erblickte. Madame Forestier schien eine Sekunde lang verlegen; dann sagte sie mit natürlicher Stimme, obwohl ihr eine leichte Röte von den Schultern ins Gesicht gestiegen war:

»Aber treten Sie doch näher, mein Lieber. Ich stelle Ihnen hier einen guten Kameraden von Charles vor, Monsieur Georges Duroy, einen werdenden Journalisten.«

Dann verkündete sie gleichmütig:

»Unser bester und intimster Freund, Graf de Vaudrec.«

Die beiden Herren verbeugten sich und blickten dabei einander tief in die Augen; Duroy zog sich bald danach zurück.

Er wurde nicht gebeten, zu bleiben. Er stammelte ein paar Dankesworte, drückte die ihm gebotene Hand der jungen Frau, verbeugte sich nochmals vor dem Ankömmling, der das kalte, ernste Gesicht eines Mannes von Welt beibehielt, und verließ das Zimmer völlig verwirrt, als habe er gerade eine Dummheit begangen.

Als er wieder auf der Straße war, fühlte er sich traurig, unbehaglich und von der dumpfen Empfindung verschleierten Kummers bedrückt. Er ging vor sich hin und überlegte, warum diese plötzliche Melancholie ihn überkommen habe; er fand keinen Grund dafür, aber das strenge Gesicht des Grafen de Vaudrec, der schon ein bißchen ältlich war, graues Haar hatte, sowie die ruhige, überhebliche Miene eines sehr reichen und seiner selbst sicheren Privatmanns, tauchte unablässig in seiner Erinnerung auf.

Und er wurde sich bewußt, daß das Kommen dieses Unbekannten, das ein reizendes Tête-à-tête störte, an das sein Herz sich bereits gewöhnte, in ihm das Gefühl der Kälte und der Verzweiflung habe entstehen lassen, wozu ein zufällig gehörtes Wort, eine wahrgenommene Notlage, die geringsten Dinge bisweilen genügen.

Und ihm war auch, als sei jener Herr, ohne daß er sich über den Grund dazu klarwerden konnte, nicht gerade erfreut gewesen, ihn dort vorzufinden.

Bis um drei Uhr hatte er nichts zu tun; und dabei war es

noch nicht mal zwölf. Er besaß noch sechs Francs fünfzig, und so aß er denn in einem Duval-Restaurant zu Mittag. Dann schlenderte er über den Boulevard; und als es drei Uhr schlug, stieg er die Reklame-Treppe der »Vie Française« hinan.

Die Botenjungen saßen mit untergeschlagenen Armen auf einer schmalen Bank und warteten, während hinter einer Art kleinem Schulmeisterpult ein Portier die eingelaufene Post sortierte. Die Inszenierung war vollauf geeignet, den Besuchern zu imponieren. Alle Anwesenden hatten Haltung, Würde und Schick, wie es sich im Vorzimmer einer großen Zeitung gehörte.

Duroy sagte:

»Ist Monsieur Walter zu sprechen?«

Der Portier antwortete:

»Der Herr Direktor ist in einer Besprechung. Wenn Sie bitte ein wenig Platz nehmen wollen.« Und er zeigte auf ein Wartezimmer, das bereits gestopft voll von Menschen war.

Man sah dort ernste, mit Auszeichnungen geschmückte, gewichtige Männer und daneben andere mit vernachlässigter Kleidung und nicht zur Schau getragener Wäsche, deren Gehröcke bis zum Hals zugeknöpft waren und auf der Vorderseite Fleckenmuster aufwiesen, die wie die Umrisse von Kontinenten und Meeren auf Landkarten aussahen. Unter diesen Leuten saßen auch drei Frauen. Die eine war hübsch, lächelte und hatte sich zurechtgemacht; sie sah nach Kokotte aus; die neben ihr Sitzende hatte tragische, faltige Züge; auch sie war geputzt, aber mit einer gewissen Strenge; sie hatte etwas Zerknittertes und Künstliches an sich, wie für gewöhnlich ehemalige Schauspielerinnen, eine Art falscher, abgestandener Jugendlichkeit, wie ein ranzig gewordenes parfum d'amour.

Die dritte Frau war in Trauer und drückte sich in der Haltung einer trostlosen Witwe in eine Ecke. Duroy dachte, sie sei wohl einer milden Gabe wegen hergekommen.

Unterdessen war niemand hineingebeten worden, und dabei waren schon über zwanzig Minuten verflossen.

Da hatte Duroy einen Einfall; er ging hinaus zu dem Portier.

»Monsieur Walter hat mich auf drei Uhr zu einer Besprechung herbestellt«, sagte er. »Sehen Sie auf alle Fälle mal nach, ob mein Freund Monsieur Forestier da ist.«

Daraufhin wurde er durch einen langen Flur in einen großen Raum geführt, in dem vier Herren an einem breiten grünen Tisch saßen und schrieben.

Forestier stand vor dem Kamin, rauchte eine Zigarette und spielte Bilboquet. Er zeigte sich bei diesem Spiel äußerst geschickt und spießte jedesmal die dicke gelbe Buchsbaumkugel mit dem kleinen spitzen Holzstab auf. Er zählte: »Zweiundzwanzig – dreiundzwanzig – vierundzwanzig – fünfundzwanzig.«

Duroy sagte laut: »Sechsundzwanzig.« Und sein Freund blickte auf, ohne die regelmäßige Bewegung seines Arms zu unterbrechen:

»Na, da bist du ja! Gestern habe ich es siebenundfünfzigmal hintereinander geschafft. Nur Saint-Potin kann's noch besser als ich. Bist du schon beim Chef gewesen? Es gibt nichts Komischeres, als dem alten Trottel Norbert beim Bilboquet zuzusehen. Er macht dabei den Mund auf, als wolle er die Kugel verschlucken.«

Einer der Redakteure wandte den Kopf zu ihm hin:

»Hör mal, Forestier, ich weiß, wo eins zu verkaufen ist, aus wunderbarem Holz von den Antillen. Hat der Königin von Spanien gehört, heißt es. Es soll sechzig Francs kosten. Nicht teuer.«

Forestier fragte: »Wo ist es?«

Und da ihm sein siebenunddreißigster Fang mißlungen war, machte er einen Schrank auf, in dem Duroy an die zwanzig herrliche Bilboquet-Spiele sah; sie waren aufgereiht und numeriert wie Kostbarkeiten einer Antiquitätensammlung. Als er sein Spielzeug an seinen Platz gestellt hatte, fragte er nochmals:

»Wo steckt es, dieses Juwel?«

»Bei einem Billetthändler fürs Vaudeville. Ich bringe dir das Ding morgen mit, wenn du willst.«

»Gut, in Ordnung. Wenn es wirklich schön ist, nehme ich es; man kann nie genug Bilboquets haben.«

Dann sagte er zu Duroy:

»Komm mal mit, ich verschaffe dir Zutritt zum Chef, sonst könntest du womöglich bis heute abend um sieben hier Schimmel ansetzen.«

Sie durchquerten wiederum das Wartezimmer, wo die gleichen Leute genauso wie zuvor dasaßen. Als Forestier hereinkam, standen die junge Frau und die alte Schauspielerin rasch auf und traten auf ihn zu.

Er zog sie eine nach der andern in eine Fensternische, und obwohl sie darauf bedacht waren, leise zu sprechen, hörte Duroy, daß er sie beide duzte.

Dann machten sie zwei Polstertüren auf und traten bei dem Direktor ein.

Die Konferenz, die bereits eine Stunde lang gedauert hatte, bestand aus einer Partie Écarté mit einigen jener Herren mit flachen Hüten, die Duroy schon am Vortage aufgefallen waren.

Monsieur Walter hielt die Karten und spielte mit einer angespannten Aufmerksamkeit und mit hinterhältigen Bewegungen, während sein Gegner die leichten, bunten Kartenblätter mit einer Geschmeidigkeit, einer Geschicklichkeit und Eleganz, die den geübten Spieler erkennen ließen, auf den Tisch warf, abhob und handhabte. Norbert de Varenne schrieb einen Artikel, wobei er im Sessel des Direktors saß, und Jacques Rival lag längelang auf einem Diwan und rauchte mit geschlossenen Augen eine Zigarre.

Es roch in diesem Raum nach abgestandener Luft, dem Leder der Möbelstücke und nach Druckerei; es war der eigenartige Geruch der Redaktionsräume, den alle Journalisten kennen.

Auf einem schwarzen Tisch mit eingelegten Messingornamenten lag ein unglaublicher Wirrwarr von Papieren: Briefe, Karten, Zeitungen, Zeitschriften, Lieferantenrechnungen, Drucksachen unterschiedlicher Art.

Forestier drückte den Wettenden, die hinter den Spielern standen, die Hand und schaute der Partie zu, ohne ein Wort zu sagen; als schließlich der alte Walter gewonnen hatte, stellte er vor:

»Hier ist mein Freund Duroy.«

Der Direktor musterte einigermaßen ungehalten den jungen Mann über seine Brillengläser hinweg; dann fragte er:

»Bringen Sie meinen Artikel? Er käme nämlich heute grade richtig, gleichzeitig mit der Interpellation Morel.«

Duroy zog die vierfach gefalteten Blätter aus der Tasche:

»Hier ist er.«

Der Chef schien sehr angetan; lächelnd sagte er:

»Tadellos, tadellos. Sie halten wenigstens Wort. Muß ich ihn mir ansehn, Forestier?«

Aber Forestier beeilte sich zu antworten:

»Ist nicht nötig, Monsieur Walter; ich habe den Bericht mit ihm zusammen gemacht, damit er lernt, wie man so was hinkriegt. Der Artikel ist wirklich gut.«

Und der Direktor, der grade die Karten bekam, die ein großer, magerer Herr, ein Abgeordneter der linken Mitte, verteilte, sagte noch gleichgültig:

»Dann ist ja alles in Ordnung.«

Forestier ließ ihn die neue Partie nicht anfangen; er beugte sich zu ihm nieder:

»Sie wissen doch, daß Sie mir versprochen hatten, Duroy als Ersatz für Marambot einzustellen. Ist es Ihnen recht, wenn ich ihn unter denselben Bedingungen hierbehalte?«

»Ja, selbstverständlich.«

Und der Journalist nahm den Arm seines Freundes, während Monsieur Walter sich wieder dem Spiel zuwandte.

Norbert de Varenne hatte nicht den Kopf gehoben; er schien Duroy übersehen oder nicht wiedererkannt zu haben. Jacques Rival indessen hatte ihm absichtlich mit demonstrativer Energie die Hand gedrückt, als ein guter Kamerad, auf den man sich im Falle des Falls verlassen kann.

Abermals durchschritten sie das Wartezimmer, und da alle aufblickten, sagte Forestier zu der jüngeren der Frauen ziemlich laut, damit die anderen Wartenden es hören konnten:

»Der Direktor wird Sie gleich vorlassen. Er ist in diesem Augenblick noch mitten in einer Konferenz mit zwei Mitgliedern der Budgetkommission.«

Dann ging er schnell mit wichtigtuerischer, Eile bekundender Miene weiter, als müsse er sofort eine Depesche von ungemeiner Bedeutung redigieren.

Sobald sie wieder im Redaktionszimmer waren, nahm Forestier auf der Stelle sein Bilboquet-Spiel wieder auf, und während er sich dem Spiel widmete und beim Zählen seiner Fänge Sätze hervorstieß, sagte er zu Duroy:

»Also paß auf. Du kommst alle Tage um drei her, und ich sage dir, welche Gänge und Besuche gemacht werden müssen, sei es tagsüber, sei es am Abend, sei es in den Morgenstunden. – Eins – ich will dir vorher einen Empfehlungsbrief für den Chef des Ersten Büros der Polizeipräfektur geben – zwei –, der bringt dich dann mit einem seiner Beamten zusammen. Und mit dem setzt du dich dann ins Einvernehmen über alle wichtigen Nachrichten – drei – des Präfekturdienstes, die offiziellen und die halboffiziellen, wohlverstanden. Wegen aller Einzelheiten wendest du dich an Saint-Potin, der ist im Bilde – vier –, du wirst ihn gleich oder morgen kennenlernen. Vor allem mußt du dich daran gewöhnen, den Leuten, zu denen ich dich schicke, die Würmer aus der Nase zu ziehen – fünf –, und überall eindringen, auch bei verschlossenen Türen – sechs –. Dafür bekommst du ein monatliches Fixum von zweihundert Francs, und außerdem zwei Sous die Zeile für alle interessanten Berichte, die du selbständig bringst – sieben – und ferner gleichfalls zwei Sous die Zeile für Artikel, die du auf Bestellung über verschiedene Themen schreibst – acht.«

Dann interessierte ihn nur noch sein Spiel, und er begnügte sich damit, langsam zu zählen – neun – zehn – elf – zwölf – dreizehn –. Der vierzehnte Fang mißglückte, und er fluchte: »Diese gottverdammte Dreizehn! Immer bringt sie mir Pech, diese Bestie! Sicher sterbe ich mal an einem Dreizehnten.«

Einer der Redakteure, der mit seiner Arbeit fertig war, holte sich ein Bilboquet-Spiel aus dem Schrank; es war ein ganz kleiner Mann mit einem Kindergesicht, obwohl er fünfunddreißig war; und mehrere andere Journalisten, die hereingekommen waren, gingen einer nach dem andern hin und holten sich das ihnen gehörende Spielzeug. Bald standen sie zu sechst Seite an Seite, den Rücken der Wand zugekehrt, und warfen alle mit der gleichen, regelmäßigen Bewegung die je nach der Holzart roten, gelben oder schwarzen Kugeln in die Luft. Und da sich ein Wettkampf angesponnen hatte, standen zwei der noch arbeitenden Redakteure auf, um die Fänge zu zählen.

Forestier gewann mit elf Punkten. Daraufhin klingelte das Männlein mit dem Kindergesicht, das verloren hatte, nach dem Laufburschen und befahl: »Neun Bier«. Und dann spielten sie weiter, bis das erfrischende Getränk gebracht wurde.

Duroy trank mit seinen neuen Kollegen ein Glas Bier; dann fragte er seinen Freund:

»Was muß ich jetzt tun?«

Der andere antwortete:

»Für heute habe ich nichts für dich. Wenn du willst, kannst du gehen.«

»Und … unser … unser … Artikel … erscheint der heute abend?«

»Ja, aber darum brauchst du dich nicht zu kümmern, ich korrigiere die Abzüge. Schreib für morgen die Fortsetzung, und komm dann um drei, so wie heute.«

Und Duroy drückte allen die Hände, ohne die Namen von deren Besitzern zu wissen, und stieg wieder die schöne Treppe hinab, freudigen Herzens und frohen Gemüts.

Georges Duroy schlief schlecht, so sehr regte ihn der Wunsch auf, seinen Artikel gedruckt zu sehen. Sowie es dämmerte, war er aus dem Bett, und lange vor der Zeit, da die Zeitungsträger von einem Kiosk zum andern laufen, strich er durch die Straßen.

Auf diese Weise gelangte er zum Bahnhof Saint-Lazare; er wußte, daß die »Vie Française« dort eher zu haben sein würde als in seinem Stadtviertel. Da es noch immer zu früh war, ging er auf dem Bürgersteig auf und ab.

Er sah die Händlerin kommen, sie schloß ihre Glasbudike auf; dann gewahrte er einen Mann, der auf dem Kopf einen Stapel großer, zusammengefalteter Papierblätter trug. Er hastete hin; es waren der »Figaro«, der »Gil-Blas«, der »Gaulois«, »L'Événement« und ein paar andere Morgenzeitungen; aber »La Vie Française« war nicht dabei.

Es überkam ihn Angst: »Wenn nun die ›Erinnerungen eines Chasseur d'Afrique‹ auf den nächsten Tag verschoben worden sind, oder wenn etwa im letzten Augenblick dem alten Walter die Sache nicht gefallen hat?«

Als er wieder zu dem Kiosk hinging, stellte er fest, daß die Zeitung verkauft wurde, ohne daß er gesehen hätte, wie sie gebracht worden war. Er stürzte sich darauf, warf der Frau die drei Sous hin, entfaltete das Blatt und überflog die Titel auf der ersten Seite. – Nichts. – Er bekam Herzklopfen; er schlug die Zeitung auf, und es ging ihm durch und durch, als er unter einer Spalte in Fettdruck las: »Georges Duroy«. Da stand es! Diese Freude!

Gedankenlos ging er weiter, die Zeitung in der Hand, den Hut schief auf einem Ohr, und empfand die größte Lust, die Vorübergehenden anzuhalten und ihnen zu sagen: »Kaufen Sie das – kaufen Sie das! Es steht ein Artikel von mir drin.« Er hätte vollem Halse schreien mögen, wie es abends gewisse Leute auf den Boulevards tun: »Lesen Sie ›La Vie Française‹, lesen Sie den Artikel von Georges Duroy: ›Erinnerungen eines Chasseur d'Afrique‹!«

Und ganz plötzlich empfand er das Verlangen, selber jenen Artikel zu lesen, ihn an einem öffentlichen Ort, in einem Café zu lesen, wo jeder ihn sehen konnte. Und er suchte ein Lokal, in dem es schon Publikum gab. Er mußte lange gehen. Schließlich setzte er sich vor eine Art Weinausschank, wo sich bereits mehrere Gäste niedergelassen hatten, und bestellte: »Ein Glas Rum«; er hätte auch, ohne der Stunde zu achten, einen Absinth bestellen können. Dann rief er: »Ober, bringen Sie mir die ›Vie Française‹.«

Ein Mann mit weißer Schürze eilte herbei.

»Die haben wir nicht, Monsieur, wir bekommen nur ›Le Rappel‹, ›Le Siècle‹, ›La Lanterne‹ und ›Le Petit Parisien‹.«

Duroy erklärte wütend und unwillig:

»Ist das ein Ausschank! Los, kaufen Sie mir eine.«

Der Kellner lief weg und brachte dann die Zeitung. Duroy machte sich daran, seinen Artikel zu lesen; und dabei sagte er mehrmals laut vor sich hin: »Sehr gut, sehr gut!«, um die Aufmerksamkeit der Umsitzenden zu erregen und ihnen den Wunsch einzuflößen, zu erfahren, was denn nun eigentlich in diesem Blatt stehe. Als er dann ging, ließ er es auf dem Tisch liegen. Der Wirt bemerkte es und rief ihm nach:

»Monsieur, Monsieur, Sie haben Ihre Zeitung vergessen!«

Und Duroy antwortete:

»Ich lasse sie Ihnen da, ich habe sie schon gelesen. Übrigens steht heute was sehr Interessantes drin.«

Er sagte nicht, um was es sich handelte, aber im Weggehen sah er, wie einer vom Nachbartisch die »Vie Française« von dem Tisch nahm, auf dem er sie hatte liegenlassen.

Er überlegte: »Und was soll ich jetzt anfangen?« Er beschloß, in sein Büro zu gehen, sich sein Gehalt auszahlen zu lassen und zu kündigen. Schon im voraus zitterte er vor Freude bei dem Gedanken an die Gesichter, die sein Chef und seine Kollegen machen würden. Zumal die Betroffenheit des Chefs, die er sich ausmalte, entzückte ihn.

Er ging langsam, um nicht vor halb zehn dort zu sein; die Kasse machte erst um zehn auf.

Sein Büro war ein großer, düsterer Raum, in dem winters fast den ganzen Tag über das Gaslicht brennen mußte. Er ging auf einen engen Hof hinaus; gegenüber lagen andere Büros. Es saßen darin acht Angestellte sowie ein Bürovorsteher, der in einer Ecke hinter einem Wandschirm hockte.

Zunächst holte sich Duroy seine hundertachtzehn Francs und fünfundzwanzig Centimes; sie steckten in einem gelben Umschlag, der im Schubfach des mit der Gehaltszahlung beauftragten Schreibers lag; dann ging er mit Siegermiene in das geräumige Arbeitszimmer, in dem er schon so viele Tage verbracht hatte.

Kaum war er eingetreten, als Monsieur Potel, der Unterchef, ihn anrief:

»Ach, Sie sind's, Monsieur Duroy? Der Chef hat schon ein paarmal nach Ihnen gefragt. Sie wissen ja, daß er, wenn einer zwei Tage hintereinander krank ist, ein ärztliches Attest verlangt.«

Duroy, der mitten im Zimmer stehengeblieben war und zu seinem Überraschungseffekt ausholte, antwortete laut und deutlich:

»Das ist mir piepegal, weiß Gott!«

Unter den Angestellten entstand etwas wie Bestürzung, und der Kopf Monsieur Potels erschien förmlich entsetzt über dem Wandschirm, der ihn umschloß wie eine Schachtel.

Er pflegte sich dahinter zu verbarrikadieren, aus Furcht vor Zugwind; er litt nämlich an Rheumatismus. Um sein Personal kontrollieren zu können, hatte er lediglich zwei Löcher in das Papier gebohrt.

Man hörte die Fliegen schwirren. Schließlich fragte der Unterchef zögernd:

»Wie meinten Sie bitte?«

»Ich habe gesagt, daß mir das piepegal sei. Ich bin heute bloß hergekommen, um zu kündigen. Ich habe eine Anstellung als Redakteur an der ›Vie Française‹ mit monatlich fünfhundert Francs, dazu das Zeilenhonorar. Heute morgen steht sogar schon ein Artikel von mir drin.«

Eigentlich hatte er sich vorgenommen, den Spaß länger andauern zu lassen; doch er hatte dem Drang nicht widerstehen können, gleich mit allem herauszuplatzen.

Übrigens war der Effekt kolossal. Keiner rührte sich.

Da erklärte Duroy:

»Ich will jetzt Monsieur Perthuis ins Bild setzen, dann komme ich wieder und verabschiede mich.«

Und er ging hinaus, um den Chef aufzusuchen; der rief, als er ihn erblickte:

»Na, da sind Sie ja! Wie Sie wissen, will ich nicht...«

Der Angestellte fiel ihm ins Wort:

»Deshalb brauchen Sie mich nicht so anzubrüllen...«

Monsieur Perthuis, ein dicker Mann mit einem Gesicht, rot wie ein Hahnenkamm, blieb vor Überraschung die Luft weg.

Duroy fuhr fort:

»Ich habe genug von Ihrem Saftladen. Ich habe heute morgen den ersten Schritt in den Journalismus getan; es wird mir eine sehr gute Stellung angeboten. Ich habe die Ehre, mich von Ihnen zu verabschieden.«

Damit ging er. Er hatte sich gerächt.

Tatsächlich drückte er dann seinen ehemaligen Kollegen die Hand; sie wagten kaum, mit ihm zu sprechen, aus Angst, sich zu kompromittieren; sein Gespräch mit dem Chef war belauscht worden, da die Tür offengeblieben war.

Und dann befand er sich wieder auf der Straße, sein Gehalt in der Tasche. In einem guten, aber nicht teuren Restaurant, das er kannte, leistete er sich ein leckeres Mittagessen; dann kaufte er noch eine »Vie Française« und ließ sie auf dem Tisch liegen, an dem er gegessen hatte, und danach ging er in mehrere Läden, wo er Kleinigkeiten kaufte, nur um sie sich ins Haus schicken zu lassen und seinen Namen anzugeben: »Georges Duroy«.

Stets fügte er hinzu: »Ich bin Redakteur an der ›Vie Française‹.« Darauf gab er Straße und Hausnummer an und
trug Sorge, zu erwähnen: »Lassen Sie es beim Hausmeister
abgeben.«
Da er noch Zeit hatte, ging er zu einem Lithographen, der
auf der Stelle, unter den Augen der Vorübergehenden,
Visitenkarten druckte, und ließ sich gleich hundert anfer-
tigen; unter seinem Namen stand sein neuer Beruf.
Danach begab er sich zur Zeitung.
Forestier empfing ihn von oben herab, wie einen Untergebe-
benen:
»Na, da bist du ja, gut, gut. Ich habe grade mehrere Aufträge für dich. Warte bitte auf mich, so etwa zehn Minuten. Erst muß ich dies hier fertigmachen.«
Und er schrieb an einem angefangenen Brief weiter. Am
anderen Ende des großen Tisches saß ein kleiner, sehr
blasser, aufgeschwemmter, fetter, kahlköpfiger Mann mit
einem ganz hellen, glänzenden Schädel und schrieb, die
Nase auf seinem Papierblatt; er war über die Maßen kurz-
sichtig.
Forestier fragte ihn:
»Sag mal, Saint-Potin, um welche Zeit interviewst du un-
sere Leute?«
»Um vier.«
»Dann nimmst du den jungen Duroy hier mit und ent-
hüllst ihm unsere Berufsgeheimnisse.«
»In Ordnung.«
An seinen Freund gewendet, fuhr Forestier fort:
»Hast du die Fortsetzung über Algerien mitgebracht? Der
Anfang heute morgen hat gut eingeschlagen.«
Duroy stotterte erschrocken:
»Nein – nein, ich hatte gemeint, ich hätte heute nachmit-
tag Zeit – ich hatte einen Haufen Dinge zu erledigen – ich
konnte nicht...«
Der andere zuckte unzufrieden die Achseln:
»Wenn du nicht pünktlicher bist, verbaust du selber dir
deine ganze Zukunft. Der alte Walter hat mit deinem Arti-

kel gerechnet. Ich will ihm sagen, er bekomme ihn morgen. Wenn du glaubst, du würdest für Faulenzerei bezahlt, dann irrst du dich.«

Nach einer Pause sagte er noch:

»Man muß doch das Eisen schmieden, solange es heiß ist, zum Teufel noch mal!«

Saint-Potin stand auf:

»Fertig«, sagte er.

Da lehnte sich Forestier in seinem Sessel zurück, setzte eine beinahe feierliche Miene auf, um seine Weisungen zu geben, und wandte sich an Duroy:

»Also paß auf. In Paris sind seit zwei Tagen der chinesische General Li-Theng-Fao, er ist im ›Continental‹ abgestiegen, und der Radjah Taposahib Ramaderao Pali, der ist im ›Bristol‹ abgestiegen. Mit denen sollt ihr euch unterhalten.«

Dann, zu Saint-Potin:

»Vergiß die Hauptpunkte nicht, ich habe sie dir ja aufgezählt. Frag den General und den Radjah nach ihrer Meinung über das Vorgehen Englands im Fernen Osten, nach ihrer Meinung über dessen Kolonisations- und Herrschaftssystem, ihren Hoffnungen bezüglich einer Intervention Europas und zumal Frankreichs in ihren Angelegenheiten.«

Er verstummte, dann fügte er wie im Selbstgespräch hinzu:

»Es muß für unsere Leser im höchsten Maße interessant sein, gleichzeitig zu erfahren, wie in China und in Indien über diese Fragen gedacht wird, die gegenwärtig die öffentliche Meinung so stark bewegen.«

Für Duroy bemerkte er noch:

»Paß genau auf, wie Saint-Potin die Sache anpackt; der ist ein ausgezeichneter Reporter; versuch, dahinterzukommen, wie man einen Mann innerhalb von fünf Minuten ausquetscht.«

Dann fing er voller Ernst wieder zu schreiben an, offenbar in der Absicht, deutlich Abstand zu schaffen und seinen alten Kameraden in seine Schranken zu verweisen.

Als sie die Tür durchschritten hatten, fing Saint-Potin an zu lachen; er sagte zu Duroy:

»Ist das ein Angeber! Er macht uns was vor. Man könnte wirklich meinen, er hielte uns für seine Leser.«

Sie gingen den Boulevard hinab, und der Reporter fragte:

»Genehmigen wir uns etwas?«

»Ja, gern. Es ist sehr heiß.«

Sie gingen in ein Café und ließen sich kühle Getränke kommen. Und Saint-Potin fing zu reden an. Er sprach über alle Welt und über die Zeitung mit einer Überfülle überraschender Einzelheiten.

»Der Chef? Ein Jude, wie er im Buche steht! Na, und Sie wissen ja, die Juden bleiben immer dieselben. Ist das eine Rasse!«

Und er führte erstaunliche Züge von Geiz an, von jenem Geiz, der den Söhnen Israels eigentümlich ist: Knausereien um zehn Centimes, köchinnenhafte Feilschereien, schamlos verlangte und erhaltene Rabatte – ganz das Verhalten von Wucherern und Pfandleihern.

»Und dabei ist er ein guter Kerl, wenn er auch an nichts glaubt und jeden übers Ohr haut. Seine Zeitung ist offiziös, katholisch, liberal, republikanisch, orleanistisch, Crèmetorte und Krambude; gegründet hat er sie bloß zur Stützung seiner Börsenspekulationen und seiner vielen Unternehmungen. *Den* Bogen hat er raus, und er verdient Millionen durch Firmen, die keine vier Sous Kapital haben...«

Er redete immer weiter, und er nannte Duroy »lieber Freund«.

»Und dabei tut er Aussprüche wie Balzac, dieser Filz. Stellen Sie sich vor, neulich bin ich zusammen mit diesem altertümlichen Hornochsen von Norbert und diesem Don Quijote von Rival in seinem Arbeitszimmer, und da kommt Montelin herein, unser Geschäftsführer, seine Maroquin-Aktentasche unterm Arm, diese Aktentasche, die ganz Paris kennt. Walter hob die Nase in die Luft und fragte: ›Was gibt's denn?‹ Montelin antwortet in aller

Harmlosigkeit: ›Ich habe grade die sechzehntausend Francs bezahlt, die wir dem Papierhändler schuldeten.‹ Der Chef vollführt einen Sprung, einen erstaunlichen Sprung. ›Was haben Sie da gesagt?‹ ›Ich habe Monsieur Privas bezahlt.‹ ›Aber Sie sind ja verrückt!‹ ›Warum denn?‹ ›Warum ... warum ... warum ...‹ Er nahm seine Brille ab und putzte sie. Dann lächelte er, ein komisches Lächeln, es spielt jedesmal auf seinen dicken Backen, wenn er was Boshaftes oder Gepfeffertes sagen will, und höhnisch und überzeugt stieß er hervor: ›Warum? Weil wir darauf einen Preisnachlaß von vier- bis fünftausend Francs hätten bekommen können.‹ Der verblüffte Montelin entgegnete: ›Aber Herr Direktor, alle Rechnungen stimmten, sind von mir geprüft und von Ihnen anerkannt worden ...‹ Da ist der Chef wieder ernst geworden und hat erklärt: ›Wie kann man bloß so naiv sein. Sie müssen doch wissen, Monsieur Montelin, daß man seine Schulden anhäufen muß, um zu einem günstigen Vergleich zu kommen.‹«

Und Saint-Potin fügte mit kennerischem Kopfnicken hinzu:

»Na, ist das nun Balzac oder nicht?«

Duroy hatte keine Zeile von Balzac gelesen, aber er antwortete überzeugt:

»Zum Henker, genauso.«

Dann redete der Reporter über Madame Walter, die eine alberne Pute sei, über Norbert de Varenne, eine alte, gescheiterte Existenz, und über Rival, einen aufgewärmten Fervacques. Danach kam die Reihe an Forestier.

»Der? Der hat das Glück gehabt, seine Frau zu heiraten, und weiter gar nichts.«

Duroy fragte:

»Was ist eigentlich mit dieser Frau los?«

Saint-Potin rieb sich die Hände:

»Ach, die hat es faustdick hinter den Ohren, die ist eine ganz Durchtriebene. Sie ist die Geliebte eines alten Lebemanns namens Vaudrec, des Grafen de Vaudrec, der hat

ihr eine Mitgift gegeben und sie an den Mann gebracht...«

Duroy verspürte ein jähes Kältegefühl, etwas wie einen
nervösen Krampf, ein Verlangen, diesen Schwätzer zu beleidigen und zu ohrfeigen. Aber er fiel ihm einfach ins
Wort und fragte ihn:

»Heißen Sie tatsächlich Saint-Potin?«

Der andere antwortete in aller Schlichtheit:

»Nein, mein Name ist Thomas. Den Spitznamen Saint-
Potin hat man mir in der Zeitung gegeben.«

Und Duroy bezahlte die Rechnung und warf ein:

»Ich glaube, es ist schon spät, wir müssen doch noch die
beiden edlen Herren aufsuchen.«

Saint-Potin fing zu lachen an:

»Sie sind aber noch naiv! Glauben Sie tatsächlich, ich ginge
hin und fragte diesen Chinesen und diesen Inder, wie sie
über England denken? Als ob ich nicht besser als die beiden wüßte, was sie für die Leser der ›Vie Française‹ denken
müssen. Ich habe schon fünfhundert dieser Chinesen,
Perser, Hindus, Chilenen, Japaner und dergleichen inter-
viewt. Meiner Meinung nach antworten sie alle dasselbe.
Ich brauche nur meinen Artikel über den letzten vorzu-
kramen, der hiergewesen ist, und ihn Wort für Wort ab-
zuschreiben. Geändert zu werden braucht bloß die äußere
Kennzeichnung, der Name, der Titel, das Alter und die
Begleitung. Bei diesen Dingen darf kein Versehen unter-
laufen, sonst nimmt mich der ›Figaro‹ oder der ›Gaulois‹
hoch. Aber darüber setzen mich der Portier vom Hotel
Bristol und der vom Continental innerhalb von fünf Minuten ins Bild. Wir gehen zu Fuß hin und rauchen unterwegs eine Zigarre. Ergebnis: wir können bei der Zeitung
hundert Sous für die Wagenfahrt abholen. So, mein Lieber, packt man dergleichen an, wenn man Erfahrungen
besitzt.«

Duroy fragte:

»Das muß doch ganz hübsch was einbringen, wenn man
unter solcherlei Bedingungen Reporter ist?«

Geheimnisvoll antwortete der Journalist:
»Schon, schon, aber nichts bringt soviel ein wie ›Stadt-nachrichten‹, der getarnten Reklame wegen.«
Sie waren aufgestanden und folgten dem Boulevard in Richtung auf die Madeleine. Und unvermittelt sagte Saint-Potin zu seinem Begleiter:
»Hören Sie, wenn Sie irgendwas zu erledigen haben: *ich* brauche Sie nicht.«
Duroy drückte ihm die Hand und ging seines Weges.
Der Gedanke an seinen Artikel, den er am Abend zu schreiben hatte, machte ihm zu schaffen, und er fing an, darüber nachzudenken. Er kramte alles zusammen, Gedanken, Überlegungen, Urteile, kleine Geschichten, während er weiterging, und er kam ans Ende der Avenue des Champs-Élysées, und dabei sah er nur wenige Spaziergänger; an diesen Hitzetagen war Paris leer.
Er aß bei einem Weinhändler in der Nähe des Arc de Triomphe zu Abend und ging dann langsam über die äußeren Boulevards heim, und dann setzte er sich an seinen Tisch und wollte arbeiten.
Aber sowie er das große weiße Papierblatt vor Augen hatte, entflog seinem Vorstellungsvermögen alles, was er an Material zusammengetragen hatte, als sei sein Gehirn verdampft. Er versuchte, aufs neue die Erinnerungsfetzen zu erfassen und sie festzuhalten; aber sie entschlüpften ihm im gleichen Augenblick, wie er sie zu packen bekam, oder vielmehr, sie stürzten in buntem Durcheinander auf ihn ein, und er wußte nicht, wie er sie darstellen, in Worte kleiden oder womit er anfangen solle.
Nach einer Stunde der Quälereien und fünf Papierseiten, die mit Anfangssätzen vollgeschmiert waren, nach denen nichts weiter kam, sagte er sich: »Ich bin mit dem Handwerklichen noch nicht genügend vertraut. Ich muß noch eine Unterrichtsstunde nehmen.« Und auf der Stelle ließen ihn die Aussicht auf einen abermaligen Arbeitsmorgen mit Madame Forestier und die Hoffnung auf solch ein langes, intimes, herzliches und angenehmes Beieinandersein

vor Verlangen erbeben. Er ging rasch zu Bett, jetzt hatte er fast Furcht, sich wieder an die Arbeit zu machen und es zu erleben, daß sie ihm plötzlich gelang.

Am anderen Morgen stand er ein bißchen später auf, schob die Freude an diesem Besuch hinaus und genoß ihn im voraus.

Es war schon nach zehn, als er bei seinem Freunde schellte.

Der Diener antwortete:

»Monsieur arbeitet gerade.«

Duroy war nicht auf den Gedanken gekommen, der Ehemann könne daheim sein. Indessen beharrte er:

»Sagen Sie ihm, es handele sich um mich und um eine dringende Angelegenheit.«

Nach fünf Minuten des Wartens durfte er das Arbeitszimmer betreten, in dem er einen so schönen Vormittag verbracht hatte.

Auf dem Stuhl, den er innegehabt, saß jetzt Forestier und schrieb, im Schlafrock, die Füße in Pantoffeln, auf dem Kopf eine kleine englische Mütze, während seine Frau, in denselben weißen Morgenrock gehüllt, am Kamin lehnte und ihm diktierte, eine Zigarette im Munde.

Duroy war auf der Schwelle stehengeblieben und sagte leise:

»Ich bitte um Verzeihung; störe ich?«

Und sein Freund, der wütend den Kopf gewandt hatte, grollte:

»Was willst du denn nun schon wieder? Mach rasch, wir haben keine Zeit.«

Der andere stammelte verwirrt:

»Nein, schon gut, Verzeihung.«

Aber Forestier erboste sich jetzt:

»Ja, zum Donnerwetter, dann stiehl uns nicht die Zeit; du bist doch wohl nicht bei mir hereingeplatzt, nur um uns guten Tag zu sagen.«

Da entschloß sich der völlig durcheinandergeratene Duroy:

»Nein... also... die Sache ist die... Ich komme schon
wieder nicht mit meinem Artikel zurecht... und du bist...
Sie sind... das letztemal so nett gewesen... daß ich gehofft
hatte... daß ich zu kommen gewagt habe...«
Forestier schnitt ihm das Wort ab:
»Dir ist anscheinend alles Wurst! Du bildest dir also ein,
ich würde deine Arbeit machen und du brauchtest nur
am Monatsende zur Kasse zu gehen. Nein, das ist denn
doch die Höhe!«
Die junge Frau rauchte ruhig weiter, sagte kein Wort und
lächelte immerfort ein vages Lächeln, das eine liebenswürdige Maske für die Ironie ihrer Gedanken war.
Und Duroy wurde rot und stammelte:
»Ich bitte um Entschuldigung... ich hatte geglaubt... ich
hatte gemeint...«
Und dann auf einmal mit klarer Stimme:
»Ich bitte Sie tausendmal um Verzeihung, Madame, und
danke Ihnen nochmals herzlichst für den reizenden Bericht, den Sie mir gestern geschrieben haben.«
Darauf sagte er zu Charles: »Um drei bin ich auf der Redaktion«, und ging hinaus.
Mit langen Schritten eilte er nach Hause und brummte in
sich hinein: »Na schön, dann schreibe ich den Kram eben
allein, und dann sollen sie mal sehn...«
Kaum war er in seinem Zimmer, als er sich, angeregt vom
Zorn, ans Schreiben machte.
Er setzte das von Madame Forestier begonnene Abenteuer
fort, häufte Einzelheiten nach Art der Feuilletonromane
zusammen, schrieb überraschende Umschwünge und
schwülstige Schilderungen, und zwar mit der stilistischen
Ungeschicklichkeit eines Schuljungen und mit Unteroffi-
ziers-Formeln. Innerhalb einer Stunde war er mit einem
Artikel fertig, der einem Chaos von Narrheiten glich, und
trug ihn selbstsicher zur »Vie Française«.
Der erste, dem er begegnete, war Saint-Potin, der ihm mit
der Energie eines Spießgesellen die Hand drückte und ihn
fragte:

»Haben Sie mein Gespräch mit dem Chinesen und dem Hindu gelesen? Ist es nicht zum Brüllen? Ganz Paris hat darüber gelacht. Und dabei habe ich nicht mal die Nasenspitze der beiden zu sehen bekommen.«

Duroy hatte nichts gelesen; er nahm sich sogleich die Zeitung vor und überflog einen langen Artikel mit der Überschrift »Indien und China«, während der Reporter ihn auf die interessantesten Stellen aufmerksam machte.

Dabei überraschte sie Forestier, der schnaufend und eilends mit geschäftiger Miene hereinkam:

»Gut, daß ihr da seid, ich brauche euch beide.«

Und er zählte ihnen eine Reihe politischer Informationen auf, die noch am selben Abend herbeigeschafft werden mußten.

Duroy reichte ihm seinen Artikel.

»Da, die Fortsetzung über Algerien.«

»Tadellos, zeig her, ich bringe sie dem Chef.«

Das war alles.

Saint-Potin zog den neuen Kollegen mit sich fort, und als sie auf dem Flur waren, fragte er ihn:

»Sind Sie schon an der Kasse gewesen?«

»Nein. Warum denn?«

»Warum? Um sich Ihr Geld zu holen. Sehen Sie, man muß stets einen Monat im Vorschuß sein. Man weiß nie, was passieren könnte.«

»Aber... das kommt mir ja wie gerufen.«

»Ich stelle Sie dem Kassierer vor. Dann macht er keine Schwierigkeiten. Die Bezahlung klappt hier gut.«

Und Duroy hob seine zweihundert Francs ab, und dazu achtundzwanzig Francs für seinen gestrigen Artikel, was zusammen mit dem ihm verbliebenen Rest seines Eisenbahngehalts dreihundertvierzig Francs ergab.

Nie zuvor hatte er eine solche Summe in der Tasche gehabt; er glaubte sich reich für eine kleine Unendlichkeit.

Saint-Potin nahm ihn zum Schwatzen in die Redaktionen von vier oder fünf Konkurrenzblättern mit, in der Hoffnung, daß die Nachrichten, die er auftreiben sollte, schon von andern eingeholt wären und daß er sie ihnen schon vermöge des Wortreichtums und der Verschmitztheit seiner Unterhaltungsgabe aus der Nase ziehen würde.

Es war Abend geworden, und Duroy, der nichts mehr zu tun hatte, verfiel auf den Gedanken, nochmals in die Folies-Bergère zu gehen; kurz entschlossen stellte er sich der Einlaßkartenkontrolle vor:

»Mein Name ist Georges Duroy, Redakteur an der ›Vie Française‹. Ich war neulich mit Monsieur Forestier hier; er hat mir versprochen, freien Eintritt für mich zu beantragen. Ob er daran gedacht hat, weiß ich allerdings nicht.«

Es wurde in einem Verzeichnis nachgesehen. Sein Name stand nicht darin. Aber der Kontrolleur, ein sehr freundlicher Mensch, sagte:

»Gehen Sie nur hinein, Monsieur, und wenden Sie sich mit Ihrer Bitte an den Herrn Direktor; er wird sie sicher erfüllen.«

Er ging hinein, und unmittelbar danach begegnete er Rachel, der Frau, die er am ersten Abend mitgenommen hatte.

Sie kam auf ihn zu:

»Tag, mein Schatz. Wie geht's?«

»Tadellos, und dir?«

»Ganz leidlich. Ob du's glaubst oder nicht, ich habe seit neulich zweimal von dir geträumt.«

Duroy lächelte geschmeichelt:

»Aha, und was beweist das?«

»Das beweist, daß du mir gefallen hast, du dummer Kerl, und daß wir es noch mal tun können, wenn es dir zusagt.«

»Wenn du willst, heute.«

»Ja, gern.«

»Schön, aber hör mal...«

Er zögerte; was er sagen wollte, machte ihn verwirrt:

»Die Sache ist nämlich die, daß ich diesmal kein Geld habe; ich komme aus dem Klub, und da habe ich alles verjuxt.«

Sie sah ihm tief in die Augen und witterte die Lüge mit dem Instinkt und der praktischen Erfahrung der an die Gaunereien und Feilschereien der Männer gewöhnten Dirne. Sie sagte:

»Du Faxenmacher! So darf man mit mir nicht umspringen, weißt du.«

Er lächelte verlegen:

»Wenn du zehn Francs willst? Mehr habe ich nicht.«

Mit der Gleichgültigkeit einer Kurtisane, die sich eine Laune gestattet, murmelte sie:

»Ganz wie du willst, mein Lieber. Ich will nur dich.«

Und dann schaute sie mit verzauberten Augen auf den Schnurrbart des jungen Mannes, nahm seinen Arm und stützte sich verliebt darauf:

»Erst mal wollen wir eine Grenadine trinken. Und dann machen wir zusammen einen Bummel. Am liebsten ginge ich mit dir einfach in die Oper, um mit dir zu protzen. Aber wir gehen beizeiten nach Hause, ja?«

Er schlief lange bei dieser Dirne. Es war heller Tag, als er fortging, und sogleich kam ihm der Gedanke, die »Vie Française« zu kaufen. Mit fiebernder Hand blätterte er die Zeitung auf; sein Artikel stand nicht darin; er blieb auf dem Gehsteig stehen und durchflog ängstlich die gedruckten Spalten in der Hoffnung, schließlich doch noch zu finden, was er suchte.

Unvermittelt legte sich etwas Schweres auf sein Herz, denn nach den Erschöpfungen einer Liebesnacht hatte dieser auf seine Müdigkeit fallende Verdruß das Gewicht einer Katastrophe.

Er stieg in sein Zimmer hinauf, legte sich völlig angekleidet hin und schlief ein.

Als er ein paar Stunden später die Redaktion betrat, pflanzte er sich vor Monsieur Walter auf:

»Ich war heute morgen recht überrascht, als ich meinen zweiten Artikel über Algerien nicht fand.«

Der Direktor blickte auf und sagte trocken:

»Ich habe ihn Ihrem Freund Forestier gegeben und ihn gebeten, er solle ihn lesen; er hat ihn unzulänglich gefunden; Sie müssen ihn noch mal schreiben.«

Wütend und ohne ein Wort der Antwort ging Duroy hinaus und drang ohne weiteres in das Arbeitszimmer seines Kameraden ein:

»Warum hast du heute morgen meinen Artikel nicht erscheinen lassen?«

Der Journalist war dabei, eine Zigarette zu rauchen, den Rücken tief im Sessel, die Füße auf der Tischplatte; seine Hacken beschmutzten einen angefangenen Artikel. Er artikulierte ruhig mit einer gelangweilt und entfernt klingenden Stimme, als spräche er aus einem tiefen Loch heraus:

»Der Chef hat ihn schlecht gefunden und mich beauftragt, ihn dir wiederzugeben, damit du ihn noch mal schreibst. Da ist er.«

Und er deutete auf mehrere entfaltete Blätter unter einem Briefbeschwerer.

Duroy in seiner Verwirrung wußte nichts zu sagen, er steckte seine Prosa in die Tasche, und Forestier fuhr fort:

»Heute wirst du dich zunächst auf die Präfektur begeben...«

Und er beauftragte ihn mit einer ganzen Reihe von geschäftlichen Gängen und einzuholenden Nachrichten. Duroy ging; die bissige Bemerkung, nach der er gesucht hatte, war ihm nicht eingefallen.

Am nächsten Tag brachte er seinen Artikel wieder. Abermals wurde er ihm zurückgegeben. Als er ihn zum drittenmal umgearbeitet hatte und er wiederum abgelehnt worden war, sah er ein, daß er zu große Schritte gemacht habe und daß einzig Forestiers Hand ihm auf seinem Wege helfen könne.

Also redete er nicht mehr von den »Erinnerungen eines Chasseur d'Afrique« und nahm sich vor, geschmeidig und listig zu sein, wenn es denn sein mußte, und eifrig sein Handwerk als Reporter auszuüben, bis sich ihm etwas Besseres bot.

Er lernte die Kulissen der Theater und der Politik kennen, die Korridore und das Vestibül der Staatsmänner und der Abgeordnetenkammer, die wichtigtuerischen Gesichter der Kabinettsattachés und die verdrossenen Mienen der eingenickten Türhüter.

Er stand andauernd in Beziehungen zu Ministern, Portiers, Generalen, Polizeibeamten, Prinzen, Zuhältern, Kurtisanen, Botschaftern, Bischöfen, Kupplern, Hochstaplern, Herren aus der großen Welt, Bauernfängern, Droschkenkutschern, Cafékellnern und vielen andern; er war der interessierte und gleichgültige Freund aller dieser Leute geworden, brachte sie in seiner Wertschätzung durcheinander, maß sie alle mit gleichem Maß, beurteilte sie mit demselben Blick, weil er sie tagtäglich und zu jeder Stunde sah, ohne daß sein Gehirn sich auf den einzelnen hätte einstellen können, und weil er mit ihnen allen die gleichen Angelegenheiten besprach, wie sein Beruf es erforderte. Er verglich sich mit einem Mann, der nacheinander Proben sämtlicher Weine kosten muß und nur zu bald einen Château-Margaux nicht mehr von einem Argenteuil unterscheiden kann.

Innerhalb kurzer Zeit wurde er zu einem beachtlichen Reporter, der bei seinen Informationen einen sicheren Blick bewies, der raffiniert, rasch, von gutem Fingerspitzengefühl und für die Zeitung Goldes wert war, wie der alte Walter sagte; er kannte sich in Redakteuren aus.

Aber da er nur zehn Centimes für die Zeile bekam und dazu seine zweihundert Francs Fixum, und da das Boulevardleben, das Leben im Café und im Restaurant viel Geld kostet, besaß er nie einen Sou und litt unter seiner Misere.

»Es muß irgendein Trick dabei sein«, dachte er, wenn er sah, daß gewisse Kollegen die Tasche voller Goldstücke hatten, ohne daß er je begriffen hätte, welche Geheimmittel sie wohl anwandten, um sich diesen Wohlstand zu verschaffen. Und er vermutete neidisch alle möglichen unbekannten, verdächtigen Kunstgriffe, erwiesene Gefälligkeiten, einen ganzen hingenommenen und genehmigten

Schleichhandel. Also mußte er hinter das Geheimnis kommen, Eingang in diese verschwiegene Gemeinschaft finden und sich den Kollegen, die ohne ihn teilten, aufdrängen.

Und so hing er oftmals am Abend Träumen nach, wenn er von seinem Fenster aus die Züge vorbeifahren sah, Träumen über die Mittel, die er würde anwenden können.

V

Zwei Monate waren hingegangen; der September rückte näher, und der schnelle Reichtum, den Duroy sich erhofft hatte, schien sich sehr viel Zeit zu lassen. Vor allem machte ihm das Untergeordnete seiner Stellung Verdruß, und er gewahrte keine Möglichkeit, zu den Höhen emporzuklimmen, auf denen man zu Beachtung, Macht und Geld gelangt.

Er fühlte sich in das dürftige Reportergewerbe eingeschlossen, so sehr eingemauert, daß er nicht wieder herauskonnte. Man schätzte ihn, aber man achtete ihn nur seiner Stellung entsprechend. Sogar Forestier, dem er tausenderlei Dienste erwiesen hatte, lud ihn nicht mehr zum Essen ein und behandelte ihn wie einen Untergebenen, obwohl er ihn duzte wie einen Freund.

Freilich nahm Duroy von Zeit zu Zeit eine Gelegenheit wahr und brachte einen kleinen Artikel unter, und da er sich bei seinen Stadtnachrichten eine Geschmeidigkeit der Feder und einen Takt erworben, was beides ihm gefehlt hatte, als er seinen zweiten Artikel über Algerien schrieb, brauchte er nicht mehr zu befürchten, daß seine Berichte aus dem Zeitgeschehen abgelehnt wurden. Aber von da bis zur Abfassung von Feuilletonartikeln, in denen er seiner Phantasie freien Lauf lassen konnte, oder bis zur kritischen Behandlung politischer Fragen bestand der gleiche Unterschied, wie wenn in den Alleen des Bois einer den

Wagen als Kutscher oder als Eigentümer lenkt. Am meisten demütigte ihn der Umstand, daß die Pforten der Gesellschaft ihm verschlossen blieben, daß er keine Verbindungen besaß, bei denen er als gleichberechtigt angesehen wurde, daß er nicht in intime Beziehungen zu Frauen trat, obgleich mehrere bekannte Schauspielerinnen ihn gelegentlich mit eigennütziger Vertraulichkeit empfangen hatten.

Übrigens wußte er aus Erfahrung, daß sie alle, ob nun Damen der Gesellschaft oder Komödiantinnen, für ihn eine eigenartige Vorliebe bezeigten, eine sofortige Sympathie, und er empfand darüber, daß er die nicht kennenlernte, von denen vielleicht seine Zukunft abhängen würde, die Ungeduld eines kurzgenommenen Pferdes.

Schon oft hatte er erwogen, Madame Forestier einen Besuch abzustatten; aber der Gedanke an ihrer beider letzte Begegnung hemmte und demütigte ihn, und außerdem wartete er darauf, von dem Ehemann dazu aufgefordert zu werden. Da fiel ihm Madame de Marelle ein, und weil er sich erinnerte, daß sie ihn gebeten hatte, er möge sie besuchen, fand er sich eines Nachmittags, als er nichts zu tun hatte, bei ihr ein. »Bis drei Uhr bin ich immer daheim«, hatte sie gesagt.

Um halb drei schellte er an ihrer Tür.

Sie wohnte Rue de Verneuil, im vierten Stock.

Beim Ertönen der Klingel öffnete ihm ein kleines, kaum frisiertes Dienstmädchen, das an seinem Häubchen herumnestelte, als es ihm antwortete:

»Ja, Madame ist da, aber ich weiß nicht, ob sie schon auf ist.«

Sie stieß die Tür zum Salon auf, die nur angelehnt war.

Duroy trat ein. Das Zimmer war ziemlich groß, spärlich möbliert und wirkte vernachlässigt. Die schäbigen, alten Sessel standen an den Wänden so aufgereiht, wie das Dienstmädchen es für gut befunden hatte; in nichts war die elegante Sorgfalt einer Frau wahrzunehmen, die ihr Heim liebt. Vier armselige Bilder, ein Boot auf einem

Fluß, ein Schiff auf dem Meer, eine Windmühle in einer Ebene und einen Holzfäller im Walde darstellend, hingen in der Mitte der vier Wände an ungleich langen Schnüren, und alle vier noch dazu schief. Es ließ sich erraten, daß sie unter dem nachlässigen Auge einer Gleichgültigen schon lange so dahingen.

Duroy setzte sich und wartete. Er mußte lange warten. Dann tat sich eine Tür auf, und Madame de Marelle kam hereingeeilt; sie trug einen japanischen Morgenrock aus rosa Seide, auf die goldene Landschaften, blaue Blumen und weiße Vögel gestickt waren, und rief:

»Stellen Sie sich vor, ich lag noch im Bett. Wie nett von Ihnen, daß Sie mich mal besuchen! Ich war überzeugt, Sie hätten mich vergessen.«

Mit einer entzückten Geste hielt sie ihm beide Hände hin, und Duroy, der angesichts der bescheidenen Wohnung anfing, sich wohl zu fühlen, nahm sie und küßte die eine, wie er es Norbert de Varenne hatte tun sehen.

Sie bat ihn, Platz zu nehmen; dann musterte sie ihn von oben bis unten:

»Wie Sie sich verändert haben! Ihr Aussehen hat gewonnen. Paris tut Ihnen gut. Los, erzählen Sie mir, was es Neues gibt.«

Und sogleich fingen sie zu plaudern an, als seien sie alte Bekannte; auf der Stelle hatten sie gespürt, daß sich zwischen ihnen eine Vertraulichkeit anspann, daß einer der Ströme des Zutrauens, der Intimität und der herzlichen Zuneigung zwischen ihnen obwaltete, durch die innerhalb von fünf Minuten zwei Menschen vom selben Charakter und der gleichen Rasse zu Freunden werden.

Plötzlich unterbrach sich die junge Frau und sagte verwundert:

»Komisch, wie ich mit Ihnen bin! Mir ist, als kennte ich Sie seit zehn Jahren. Ganz sicher werden wir gute Kameraden. Einverstanden?«

Er antwortete: »Aber gewiß doch«, mit einem Lächeln, das mehr besagte.

Er fand sie in ihrem schimmernden, weichen Morgenrock ungemein verführerisch, weniger elegant als die andere in ihrem weißen, weniger kätzchenhaft, weniger erlesen, dafür aber aufregender und gepfefferter.

In der Nähe von Madame Forestier mit ihrem unbeweglichen, anmutigen Lächeln, das gleichzeitig verlockte und hemmte, das zu sagen schien: »Sie gefallen mir«, aber auch: »Hüten Sie sich«, jenem Lächeln, dessen wahren Sinn man nie durchschaute, hatte er vor allem das Verlangen empfunden, sich ihr zu Füßen zu legen oder die feinen Spitzen an ihrem Busenausschnitt zu küssen und langsam die warme, parfümierte Luft einzuatmen, die von dort, zwischen ihren Brüsten, aufsteigen mußte. Bei Madame de Marelle verspürte er ein brutaleres, eindeutigeres Begehren, ein Begehren, das angesichts ihrer von der leichten Seide betonten Körperkonturen seine Hände beben ließ.

Sie sprach noch immer; sie erfüllte jeden Satz mit jener geistreichen Leichtigkeit, die ihr zur Gewohnheit geworden war wie einem Arbeiter der Handgriff, der bei der Ausführung einer anerkanntermaßen schwierigen Arbeit nötig ist und über den die anderen staunen. Er hörte zu und dachte: »Dies alles sollte man sich merken. Man könnte reizende Pariser Feuilletons schreiben, wenn man sie über die Tagesereignisse schwatzen ließe.«

Aber da klopfte es leise, ganz leise an die Tür, durch die sie hereingekommen war, und sie rief:

»Du kannst hereinkommen, Liebling.«

Das kleine Mädchen erschien, ging ohne weiteres auf Duroy zu und bot ihm die Hand.

Die erstaunte Mutter sagte halblaut:

»Aber das ist ja die reinste Eroberung. Ich erkenne sie nicht wieder.«

Der junge Mann küßte das Kind auf die Stirn, ließ es neben sich sitzen und stellte ihm mit ernster Miene liebenswürdige Fragen über das, was es getrieben habe, seit sie einander nicht gesehen hätten. Sie antwortete mit ihrer kleinen

Flötenstimme und ihrem ernsten Gehaben einer Erwachsenen.

Die Stutzuhr schlug drei. Der Journalist stand auf.

»Kommen Sie recht oft«, bat Madame de Marelle, »dann plaudern wir wieder wie heute, es wird mir stets eine Freude sein. Aber warum sieht man Sie nie mehr bei den Forestiers?«

Er antwortete:

»Ach, das hat keine besonderen Gründe. Ich habe viel zu tun gehabt. Hoffentlich sehen wir uns dieser Tage dort wieder.«

Und er ging, und ohne daß er wußte, warum, war sein Herz von Hoffnung erfüllt.

Forestier erzählte er nichts von diesem Besuch.

Aber er bewahrte sich in den folgenden Tagen die Erinnerung daran, und mehr als die Erinnerung, eher etwas wie das Gefühl der unwirklichen, beständigen Gegenwart dieser Frau. Ihm war, als habe er etwas von ihr mitgenommen, als sei das Bild ihres Körpers in seinen Augen verblieben und die Süße ihres seelisch-geistigen Wesens in seinem Herzen. Er verharrte unter dem unauslöschlichen Eindruck ihres Bildes, wie es manchmal geschieht, wenn man bezaubernde Stunden bei einem Menschen verbracht hat. Man könnte sagen, man erleide die seltsame, intime, beunruhigende, verwirrende und köstliche Besitzergreifung, weil sie so rätselhaft ist.

Nach einigen Tagen machte er einen zweiten Besuch.

Das Hausmädchen führte ihn ins Wohnzimmer, und sogleich erschien Laurine. Sie bot ihm nicht mehr die Hand, sondern die Stirn, und sagte:

»Mama hat mich beauftragt, Sie zu bitten, Sie möchten warten. Es wird wohl eine Viertelstunde dauern, weil sie nicht angezogen ist. Ich will Ihnen Gesellschaft leisten.«

Duroy, den das zeremonielle Gehaben des kleinen Mädchens amüsierte, antwortete:

»Wahrhaftig, Mademoiselle, ich bin überglücklich, eine Viertelstunde mit Ihnen zu verbringen; aber ich sage

Ihnen von vornherein, daß ich alles andere als ernst bin; ich spiele den ganzen Tag; und also schlage ich Ihnen vor, daß wir Haschen spielen.«

Das kleine Mädchen blieb verdutzt stehen, dann lächelte es, wie eine Frau gelächelt haben würde, bei diesem Einfall, der sie ein wenig schockierte und auch wunderte; sie sagte halblaut:

»Wohnungen sind für solche Spiele nicht geschaffen.«

Er entgegnete:

»Das ist mir egal. Ich spiele überall. Los, fangen Sie mich.«

Und er begann, um den Tisch herumzugehen, und reizte sie, ihn zu verfolgen, während sie hinter ihm herging, wobei sie nach wie vor mit einer gewissen höflichen Herablassung lächelte und bisweilen die Hand ausstreckte, um ihn zu berühren, aber ohne sich so weit gehen zu lassen, daß sie lief.

Er blieb stehen, duckte sich nieder, und als sie mit ihren kleinen, zögernden Schritten herankam, schnellte er hoch wie die in Kästchen eingeschlossenen Teufel, und dann schwang er sich mit einem einzigen Satz ans andere Ende des Wohnzimmers. Das fand sie drollig; schließlich lachte sie, wurde immer lebendiger, begann hinter ihm herzutraben und stieß leichte freudige und ängstliche Schreie aus, wenn sie geglaubt hatte, er packe sie. Er verschob die Stühle, machte aus ihnen Hindernisse, zwang sie, eine Minute lang um immer denselben Stuhl herumzulaufen, ließ diesen dann stehen und langte sich einen andern. Laurine lief jetzt, gab sich gänzlich der Lust an diesem neuen Spiel hin und hetzte rosigen Gesichts mit dem Übereifer eines entzückten Kindes hinter ihrem Spielgefährten her; sie ging auf jede seiner Fluchten, jede seiner Listen, jede seiner Finten ein.

Und als sie glaubte, ihn erwischt zu haben, schloß er sie jäh in die Arme, hob sie hoch bis zur Zimmerdecke und rief:

»Gefangen!«

Das entzückte Mädchen strampelte mit den Beinen, um zu entwischen, und lachte hellauf.

Madame de Marelle kam bestürzt herein:

»Oh, Laurine... Laurine spielt...! Sie sind der reinste Zauberkünstler, Monsieur.«

Er stellte das kleine Mädchen wieder auf den Boden, küßte der Mutter die Hand, und sie setzten sich, das Kind in der Mitte. Sie wollten jetzt plaudern; aber Laurine, die für gewöhnlich so wortkarg war, redete die ganze Zeit wie berauscht und mußte in ihr Zimmer geschickt werden.

Sie gehorchte ohne Widerrede, aber mit Tränen in den Augen.

Sobald sie allein waren, senkte Madame de Marelle die Stimme:

»Passen Sie mal auf, ich habe einen großen Plan, und dabei habe ich an Sie gedacht. Es handelt sich um Folgendes. Ich esse doch jede Woche bei den Forestiers zu Abend, und dafür revanchiere ich mich dann und wann durch eine Einladung in ein Restaurant. Ich habe nur ungern Leute in meiner Wohnung, darauf bin ich nicht eingerichtet, und außerdem verstehe ich nichts von Haushaltsdingen, kochen kann ich auch nicht, von nichts habe ich eine Ahnung. Ich lebe lieber ganz ungebunden. Also lade ich sie von Zeit zu Zeit in ein Restaurant ein; aber das ist langweilig, wenn wir nur zu dritt sind, und meine eigenen Bekannten verkehren nicht mit ihnen. Ich erzähle Ihnen das alles, um Ihnen eine ein bißchen aus der Regel fallende Einladung zu erklären. Nicht wahr, Sie verstehen es, wenn ich Sie für den nächsten Samstag ins Café Riche bitte, um halb acht. Sie kennen doch das Lokal?«

Erfreut stimmte er zu. Sie fuhr fort:

»Wir sind dann zu viert beieinander, eine richtige Gesellschaft aus zwei Herren und zwei Damen. Solche kleinen Feste sind für uns Frauen, denen das was Ungewohntes ist, immer sehr amüsant.«

Sie trug ein dunkel maronenfarbenes Kleid, das ihre Taille, ihre Hüften, Brust und Arme auf eine herausfordernde,

kokette Weise zur Geltung brachte; und Duroy verspürte
ein eigentümliches Staunen, fast etwas wie eine Verlegenheit, deren Ursache ihm nicht ganz klar wurde, über das
Mißverhältnis zwischen dieser gepflegten, raffinierten
Eleganz und der allzu auffälligen Unbekümmertheit um
die Wohnung, die sie innehatte.
Alles, was ihren Körper umhüllte, alles, was ihre Haut intim und unmittelbar berührte, war delikat und fein; aber
was um sie her war, darauf legte sie keinen Wert.
Er verabschiedete sich und bewahrte, wie das letztemal,
das Gefühl ihres Naheseins in einer Art Halluzination seiner Sinne. Und mit wachsender Ungeduld sah er dem Tag
des Diners entgegen.
Zum zweitenmal lieh er sich einen Frack, da seine Mittel
es ihm noch nicht erlaubten, einen Abendanzug zu kaufen,
und fand sich als erster, ein paar Minuten vor der verabredeten Zeit, am Treffpunkt ein.
Er wurde in das zweite Stockwerk hinaufgewiesen und in
ein kleines Restaurationszimmer geführt; die Wände waren mit rotem Stoff bespannt, und das einzige Fenster ging
auf den Boulevard hinaus.
Ein quadratischer Tisch mit vier Gedecken prahlte mit
seinem weißen Tischtuch; es schimmerte, daß es wie lak-
kiert anmutete; und die Gläser, die silbernen Bestecke, der
Speisenwärmer funkelten heiter im Schein der zwölf Kerzen, die in zwei hohen Kandelabern steckten.
Draußen war ein großer, hellgrüner Flecken zu sehen; er
wurde durch die Blätter eines Baums gebildet, auf die das
starke Licht der Extrazimmer fiel.
Duroy setzte sich auf ein sehr niedriges Sofa; es war rot
wie die Wandbespannung, und seine schlaff gewordenen
Sprungfedern gaben unter ihm nach, so daß ihm war, als
falle er in ein Loch. In dem ganzen weitläufigen Haus
hörte er ein verworrenes Getöse, das gedämpfte Rumoren
der großen Restaurants, das aus dem Geräusch aneinan-
derklirrenden Geschirrs und silberner Bestecke entsteht,
aus dem Geräusch der schnellen Schritte der Kellner, das

die Läufer auf den Fluren abschwächen, aus dem Geräusch der Türen, die einen Augenblick lang offenbleiben
und das Stimmengewirr aus allen diesen engen Räumen
entweichen lassen, in die zu Abend essende Menschen geradezu eingesperrt sind. Forestier kam herein und drückte
ihm die Hand mit einer herzlichen Vertraulichkeit, die er
ihm in der Redaktion der »Vie Française« nie bezeigte.
»Die beiden Damen kommen miteinander«, sagte er.
»Wirklich nett, solche kleinen Abendessen!«
Dann musterte er den Tisch, ließ eine niedrig brennende
Gasflamme ganz ausdrehen, schloß des Zugwinds wegen
einen der Fensterflügel und suchte sich einen geschützten
Platz, wobei er erklärte:
»Ich muß mich gehörig vorsehen; seit einem Monat ging
es mir besser, und jetzt hat es mich seit zwei Tagen wieder
gepackt. Ich glaube, ich habe mich am Dienstag erkältet,
als ich aus dem Theater kam.«
Die Tür ging auf, und die beiden jungen Frauen erschie-
nen; der Maître d'hôtel folgte ihnen. Sie waren verschleiert, diskret, geheimnisvoll durch jenes mysteriöse und reizende Gehaben, das sie an Stätten annehmen, wo die
Nachbarschaft und die Begegnungen verdächtig sind.
Als Duroy sich vor Madame Forestier verneigte, schalt sie
ihn arg aus, daß er sie nicht nochmals besucht habe; dann
fügte sie noch mit einem Lächeln und einem Blick auf ihre
Freundin hinzu:
»So ist es nun mal, Sie ziehen Madame de Marelle mir vor;
für sie haben Sie viel Zeit.«
Dann wurde Platz genommen, und als der Maître d'hôtel
Forestier die Weinkarte vorlegte, rief Madame de Marelle:
»Bringen Sie den Herren, was sie wollen; aber uns bitte
eisgekühlten Champagner, vom besten, und zwar süßen,
darum möchte ich bitten, und sonst nichts.«
Und als der Mann gegangen war, verkündete sie mit erreg-
tem Lachen:
»Heute abend will ich mich beschwipsen, wir wollen mal
lustig sein, ganz toll lustig.«

Forestier, der nicht zugehört zu haben schien, fragte:
»Es macht euch doch sicher nichts aus, wenn das Fenster
geschlossen wird? Seit ein paar Tagen habe ich's mal wieder ein bißchen auf der Brust.«
»Nein, nicht das mindeste.«
Also ging er, machte den angelehnt gebliebenen Fensterflügel zu, kam zurück und setzte sich mit entwölktem, be-
ruhigtem Gesicht.
Seine Frau sagte nichts, sie wirkte abwesend; den Blick
auf den Tisch gerichtet, lächelte sie die Gläser an, mit jenem unbestimmten Lächeln, das immer etwas zu versprechen schien, um es nie zu halten.
Die Ostender Austern wurden gebracht; sie waren niedlich und feist, sahen aus wie kleine, in Muschelschalen
gebettete Ohren und zerschmolzen zwischen Gaumen
und Zunge wie Salzpastillen.
Dann, nach der Suppe, gab es Forellen, die rosig waren
wie die Haut junger Mädchen; und die Tischgenossen begannen zu plaudern.
Zunächst wurde über einen Klatsch gesprochen, der auf
den Straßen in Umlauf war, die Geschichte einer Dame
der Gesellschaft, die von einem Freund ihres Mannes
ertappt worden war, als sie mit einem ausländischen
Fürsten im Séparée soupierte.
Forestier lachte ausgiebig über das Abenteuer; die beiden
Damen erklärten, der indiskrete Schwatzbold sei nichts
als ein Flegel und eine Memme. Duroy war ihrer Ansicht
und verkündete ziemlich laut, ein Mann, ob er nun aktiv,
als Vertrauter oder bloß als Zeuge an so etwas beteiligt
sei, habe die Pflicht, darüber Grabesschweigen zu bewahren. Er sagte:
»Wie zauberhaft würde das Leben sein, wenn man sich
untereinander auf völlige Verschwiegenheit verlassen
könnte. Was die Frauen häufig, sehr häufig, fast immer
hemmt, das ist die Angst vor dem enthüllten Geheimnis.«
Dann sagte er noch lächelnd:
»Na, stimmt das etwa nicht? Wie viele würden sich nicht

einem jähen Begehren, der plötzlichen, heftigen Verliebt-
heit einer Stunde, einer Liebeslaune hingeben, wenn sie
nicht fürchteten, sie müßten durch einen nie wieder aus
der Welt zu schaffenden Skandal und durch schmerzliche
Tränen für ein kurzes, leichtwiegendes Glück bezahlen!«
Er hatte mit ansteckender Überzeugung gesprochen, wie
wenn er vor Gericht einen Fall, seinen Fall verfochten,
wie wenn er gesagt hätte: »Bei mir brauchte man solcherlei
Gefahren nicht zu befürchten. Versucht's mal, dann wer-
det ihr schon sehen.«
Die beiden Damen schauten ihn an, stimmten ihm mit den
Blicken zu, fanden, er habe gut und richtig gesprochen,
und bekannten durch ihr freundschaftliches Schweigen,
daß ihre unbeugsame Pariserinnen-Moral bei Gewißheit
der Geheimhaltung nicht lange standhalten würde.
Und Forestier, der in fast liegender Stellung auf dem Sofa
saß, auf einem eingeknickten Bein, die Serviette im
Westenausschnitt, um sich den Frack nicht zu bekleckern,
erklärte unvermittelt mit einem überzeugten Skeptiker-
lächeln:
»Donnerwetter ja, man würde sich schadlos halten, wenn
man der Verschwiegenheit sicher wäre. Den Teufel auch!
Die armen Ehemänner!«
Und jetzt wurde von der Liebe gesprochen. Duroy ge-
stand ihr keine Ewigkeit zu, aber er faßte sie als etwas von
Dauer auf, etwas, das eine Bindung schaffe, eine zärtliche
Freundschaft, ein Vertrauensverhältnis! Das Bündnis der
Sinne sei nur das Siegel für das Bündnis der Herzen. Aber
er entrüstete sich über zerrende, quälende Eifersüchte-
leien, über Tragödien, über Auftritte, über das elende Ne-
benher, was alles fast immer einen Bruch begleite.
Als er verstummt war, seufzte Madame de Marelle:
»Ja, es ist das einzig Gute im Leben, und wir verderben
es uns so oft durch unmögliche Ansprüche.«
Madame Forestier, die mit einem Messer spielte, er-
gänzte:
»Ja... ja... es ist schön, wenn man geliebt wird...«

Und sie schien ihren Traum noch weiter auszuspinnen und an Dinge zu denken, die sie keinesfalls zu sagen wagte.

Und da der erste Gang auf sich warten ließ, tranken sie dann und wann einen Schluck Champagner und knabberten an den Krusten, die sie von der Wölbung der runden Brötchen abgezupft hatten. Und der Gedanke an die Liebe drang langsam und unwiderstehlich in sie ein und berauschte allmählich ihre Seele, wie der helle Wein, der Tropfen für Tropfen in ihre Kehle geronnen war, ihnen das Blut erhitzt und ihr Denken getrübt hatte.

Es wurden zarte, leichte Lammkoteletts aufgetragen; sie lagen auf einer dicken Schicht zierlicher Spargelspitzen.

»Donnerwetter: Das ist was Gutes!« rief Forestier.

Und sie aßen langsam und genossen das zarte Fleisch und das Gemüse, das ihnen auf der Zunge zerging wie Rahm. Duroy fuhr fort:

»Wenn ich eine Frau liebe, dann verschwindet um sie her alles sonstige auf Erden.«

Das sagte er mit Nachdruck; er berauschte sich bei dem Gedanken an einen solchen Liebesgenuß inmitten des genüßlichen Wohlbehagens an den Tafelfreuden, die er auskostete.

Madame Forestier murmelte mit ihrem unnahbaren Gesichtsausdruck:

»Nichts ist der Beglückung durch den ersten Händedruck vergleichbar, wenn die eine Hand fragt: ›Liebst du mich?‹ und die andere antwortet: ›Ja, ich liebe dich.‹«

Madame de Marelle, die gerade auf einen Zug ein Spitzglas Champagner geleert hatte, sagte, als sie es niedersetzte, aufgeräumt:

»Na, ich bin nicht so platonisch.«

Und alle grinsten mit glänzenden Augen und billigten diese Äußerung.

Forestier streckte sich auf dem Sofa aus, stützte die ausgebreiteten Arme auf die Kissen und sagte ernsten Tons:

»Diese Offenherzigkeit macht Ihnen Ehre und beweist,

daß Sie eine erfahrene Frau sind. Aber darf man fragen, wie Monsieur de Marelle darüber denkt?«

Sie zuckte langsam die Achseln, mit unendlicher, in die Länge gezogener Verachtung, und dann sagte sie unumwunden:

»Mein Mann hat in diesen Dingen keine Meinung. Bei ihm gibt es immer nur ... Stimmenthaltung.«

Und das Geplauder stieg von der Höhe der Theorien über die Liebe herab und erging sich in den Blütengärten vornehmer Schlüpfrigkeiten.

Es war der Augenblick der geschickten Anspielungen, der Schleier, die durch Worte gelüftet werden, wie man Röcke hochhebt, der Augenblick der listigen Sprachwendungen, der gewandten, verhüllten Kühnheiten, sämtlicher schamloser Heucheleien der Aussage, die mittels deckender Ausdrücke nackte Bilder zeigen, die dem Auge und dem Geist in rascher Schau alles darbieten, was man nicht sagen kann und was den Leuten von Welt eine Art subtiler und geheimnisvoller Liebesbezeigungen erlaubt, eine Art unkeuschen Kontakts der Gedanken durch simultane, verwirrende, sinnliche Beschwörung, wie eine Umarmung; all der geheimen, schamlosen und von der körperlichen Verstrickung begehrten Dinge. Es waren Rebhühner aufgetragen worden, neben denen Wachteln lagen, dann junge Erbsen, dann eine Terrine Gänseleberpastete und dazu ein Salat aus gezähnten Blättern, der wie grünes Moos eine große Salatschüssel von der Form eines Waschbeckens füllte. Sie hatten all das gegessen, ohne es recht eigentlich zu genießen, ohne sich dessen bewußt zu sein; sie waren einzig beschäftigt gewesen mit dem, was sie sagten, eingetaucht in ein Bad der Liebe.

Die beiden Damen gingen jetzt mehr und mehr aus sich heraus, Madame de Marelle mit einer natürlichen Kühnheit, die einer Provokation glich, Madame Forestier mit einer liebenswerten Zurückhaltung, mit einer Verschämtheit in Ton und Stimme, im Lächeln, in ihrer ganzen Haltung, was alles den Anschein erweckte, als solle es die kühnen Dinge mildern, die sie äußerte, was sie aber nur desto stärker unterstrich.

Forestier lag jetzt gänzlich hingelümmelt auf den Kissen, lachte, trank, aß unaufhörlich und warf bisweilen eine so gewagte oder so ungeschminkte Äußerung ein, daß die Damen, die durch die Form und um der Form willen ein bißchen schockiert waren, eine leicht verlegene Miene aufsetzten, die aber nur zwei oder drei Sekunden anhielt. Als er eine besonders plumpe Anzüglichkeit vom Stapel gelassen hatte, fügte er hinzu:

»Ihr seid schön im Schwung, Kinder. Wenn ihr so weiter macht, dann begeht ihr schließlich noch Dummheiten.«

Der Nachtisch kam, danach der Kaffee, und die Liköre träufelten in die erregten Geister eine noch schwerere und heißere Verwirrung.

Wie sie angekündigt hatte, als man zu Tische gegangen war, hatte Madame de Marelle sich beschwipst, und das gab sie mit der heiteren, geschwätzigen Anmut einer Frau zu, die, um ihren Gästen einen Spaß zu machen, eine leichte tatsächliche Betrunkenheit übertreibt.

Madame Forestier schwieg jetzt, vielleicht aus Klugheit, und da Duroy sich allzu entflammt fühlte und sich zu kompromittieren fürchtete, bewahrte er eine geschickte Zurückhaltung.

Es wurden Zigaretten angesteckt, und plötzlich fing Forestier zu husten an.

Es war ein furchtbarer Anfall; er zerriß ihm die Kehle, und mit rotem Gesicht und schweißiger Stirn rang er in seiner Serviette nach Atem. Als der Anfall vorüber war, knurrte er mit wütender Miene:

»Bekommt mir nicht, solche Tafelei; zu blöd.«

All seine gute Laune war im Entsetzen vor der Krankheit, die seine Gedanken nicht losließ, hingeschwunden.

»Wir wollen nach Hause«, sagte er.

Madame de Marelle klingelte nach dem Kellner und bat um die Rechnung. Fast auf der Stelle wurde sie ihr gebracht. Sie versuchte, sie zu lesen, aber die Ziffern tanzten ihr vor den Augen, und sie reichte Duroy das Blatt:

»Da, nehmen Sie, bezahlen Sie für mich, ich kann nichts mehr erkennen, ich bin zu blau.«

Und gleichzeitig drückte sie ihm ihr Geldtäschchen in die Hand.

Die Gesamtsumme betrug hundertdreißig Francs. Duroy überprüfte die Rechnung; dann gab er zwei Scheine, bekam das übrige Geld heraus und fragte halblaut:

»Wieviel bekommen die Kellner?«

»Was Sie wollen, ich weiß es nicht.«

Er legte fünf Francs auf den Teller, dann gab er der jungen Frau das Geldtäschchen zurück, wobei er sagte:

»Ist es Ihnen recht, wenn ich Sie bis zu Ihrer Haustür begleite?«

»Gewiß. Ich bin nicht imstande, meine Wohnung wiederzufinden.«

Sie schüttelten den Forestiers die Hände, und Duroy war mit Madame de Marelle allein in einer rollenden Droschke.

Er spürte sie neben sich, ganz dicht, mit ihm zusammen eingeschlossen in diesen schwarzen Kasten, den jäh für eines Augenblicks Dauer die Gaslaternen auf den Gehsteigen erhellten. Durch seinen Ärmel hindurch spürte er die Wärme ihrer Schulter, und es fiel ihm nichts ein, was er ihr hätte sagen können, nicht das mindeste, weil sein Gehirn durch das gebieterische Verlangen gelähmt war, sie in die Arme zu schließen. »Wenn ich es wagte, was würde sie wohl tun?« dachte er. Und die Erinnerung an all die während des Abendessens getuschelten Zweideutigkeiten machte ihn kühn, aber gleichzeitig hemmte ihn die Angst vor einem Skandal.

Auch sie sagte nichts; in ihre Ecke gezwängt, saß sie reglos da. Er hätte geglaubt, sie schlafe, wenn er nicht bei jedem Lichtstrahl, der in den Wagen fiel, ihre Augen hätte blinken sehen.

»Was sie wohl denkt?« Er fühlte nur zu gut, daß er nicht

sprechen dürfe, daß ein Wort, ein einziges Wort ihm alle Aussichten verderben würde; und außerdem fehlte es ihm an der Kühnheit zu einem plötzlichen, brutalen Zupakken.

Da spürte er, wie ihr Fuß sich bewegte. Sie hatte eine Bewegung gemacht, eine dürre, nervöse Bewegung der Ungeduld oder vielleicht der Ermunterung. Diese fast unmerkliche Geste ließ ihm von Kopf bis Füßen einen Schauer über die Haut laufen, er fuhr herum, warf sich über sie und suchte mit den Lippen ihren Mund und mit den Händen ihr nacktes Fleisch.

Sie stieß einen Schrei aus, einen kleinen Schrei, wollte sich aufrichten, sich wehren, ihn zurückstoßen; dann gab sie nach, als fehle ihr die Kraft, sich länger zu sträuben.

Aber bald hielt der Wagen vor dem Haus, in dem sie wohnte; der überraschte Duroy brauchte nicht nach leidenschaftlichen Worten zu suchen, um ihr zu danken, sie zu segnen und ihr seine dankbare Liebe auszudrücken. Indessen stand sie nicht auf, sie regte sich nicht, sie war völlig betäubt durch das eben Geschehene. Da fürchtete er, der Kutscher möge Argwohn schöpfen; er stieg als erster aus und bot der jungen Frau die Hand.

Schließlich verließ auch sie, strauchelnd und ohne ein Wort zu sagen, die Droschke. Er schellte, und als die Tür aufging, fragte er zitternd:

»Wann sehe ich Sie wieder?«

Sie flüsterte so leise, daß er sie kaum verstand:

»Kommen Sie morgen zum Mittagessen zu mir.«

Und sie verschwand im Dunkel des Vestibüls und schlug den schweren Türflügel zu; es hallte wie ein Kanonenschuß.

Er gab dem Kutscher hundert Sous und begann, rasch und triumphierend auszuschreiten; das Herz quoll ihm über vor Freude.

Jetzt hatte er endlich eine, eine verheiratete Frau! Eine Frau aus der Gesellschaft! Der besten, der Pariser Gesellschaft! Wie leicht war das gewesen, und wie unerwartet!

Bislang hatte er sich eingebildet, um an eins dieser so sehr begehrten Geschöpfe heranzukommen, bedürfe es unendlicher Mühen, einer unermeßlichen Wartezeit, einer geschickten Belagerung durch Galanterien, Liebesworte, Seufzer und Geschenke. Und nun hatte sich ganz plötzlich und ohne eigentlichen Angriff die erste, der er begegnet war, ihm hingegeben, so schnell, daß er deswegen ganz verdutzt war.

»Sie war betrunken«, dachte er. »Morgen sieht die Sache ganz anders aus. Dann gibt es Tränen.« Diese Vorstellung beunruhigte ihn; doch er sagte sich: »Nichts zu machen. Jetzt habe ich sie, und ich werde sie schon festzuhalten wissen.«

Und in der verworrenen Fata Morgana, in der seine Hoffnungen durcheinanderglitten, Hoffnungen auf Größe, auf Erfolg, auf Ruhm, auf Reichtum und Liebe, gewahrte er unvermittelt, gleich jenem Rankenwerk aus Statistinnen, das sich im Himmel der Schlußapotheosen entfaltet, eine Prozession eleganter, reicher, mächtiger Frauen, die lächelnd vorüberzogen, um dann eine nach der andern in der vergoldeten Wolke seiner Träume zu verschwinden.

Und sein Schlaf war mit Visionen angefüllt.

Am andern Tag war er ein bißchen aufgeregt, als er Madame de Marelles Treppe hinaufstieg. Wie würde sie ihn empfangen? Und wenn sie ihn nun überhaupt nicht empfing? Wenn sie verboten hätte, ihn einzulassen? Wenn sie was ausgeplaudert hätte ... Unsinn, sie konnte nichts erzählen, ohne die ganze Wahrheit durchschimmern zu lassen. Also war er Herr der Lage.

Das kleine Hausmädchen machte die Tür auf. Sie schaute drein wie stets. Er beruhigte sich, als hätte er erwartet, daß das Mädchen ihm mit bestürztem Gesicht entgegentrete.

Er fragte:

»Ist Madame wohlauf?«

Sie antwortete:

»Ja, Monsieur, wie immer.«

Und sie ließ ihn in den Salon eintreten.

Er ging gradewegs auf den Kamin zu, um sich vom Zustand seines Haars und seines Anzugs zu überzeugen; und er rückte just vor dem Spiegel seinen Schlips zurecht, als er darin die junge Frau gewahrte, die ihn anschaute; sie stand in der Tür ihres Zimmers.

Er tat, als habe er sie nicht gesehen; sie musterten sich ein paar Sekunden lang im Spiegel, beobachteten, belauerten sich, ehe sie einander gegenübertraten.

Er wandte sich um. Sie hatte sich nicht gerührt und schien zu warten. Er stürzte zu ihr hin, er stammelte:

»Wie ich Sie liebe! Wie ich Sie liebe!«

Sie breitete die Arme aus und sank an seine Brust; dann hob sie den Kopf zu ihm auf, und sie küßten einander lange.

Er dachte: »Es ist leichter, als ich geglaubt hätte. Die Sache klappt großartig.« Und als ihre Lippen sich getrennt hatten, lächelte er stumm und versuchte, in seinen Blick eine Unendlichkeit von Liebe zu legen.

Auch sie lächelte; es war das Lächeln, das die Frauen haben, wenn sie ihr Begehren anbieten, ihr Einverständnis, ihren Willen, sich hinzugeben. Sie flüsterte:

»Wir sind allein. Ich habe Laurine zum Mittagessen zu einer Schulfreundin geschickt.«

Er seufzte, als er ihr Handgelenk küßte:

»Dank, ich bete Sie an.«

Da nahm sie seinen Arm, als sei er ihr Ehemann, und führte ihn zum Sofa, auf dem sie beide Platz nahmen.

Jetzt mußte er die einleitenden Worte eines geschickten, verführerischen Gesprächs finden, aber da ihm nichts nach seinem Geschmack einfiel, stammelte er:

»Also sind Sie mir nicht gar zu böse?«

Sie legte ihm die Hand auf den Mund:

»Sei still!«

Schweigend saßen sie da, die Blicke ineinandergetaucht, die heißen Finger ineinander verschlungen.

»Wie habe ich Sie begehrt!« sagte er.

Sie sagte nochmals:
»Sei still!«
Man hörte hinter der Wand das Hausmädchen im Eßzimmer mit den Tellern klappern.
Er stand auf:
»Ich will nicht so dicht neben Ihnen sitzen bleiben. Sonst verliere ich den Kopf.«
Die Tür tat sich auf:
»Madame, es ist angerichtet.«
Und er bot ihr feierlich den Arm.
Bei Tisch saßen sie einander gegenüber, blickten sich unaufhörlich an und lächelten einander zu, einzig und allein mit sich beschäftigt, beide umhüllt von dem holden Zauber beginnender Liebe. Er fühlte einen Fuß, einen kleinen Fuß, der unter dem Tisch umherstrich. Er nahm ihn zwischen die seinen und hielt ihn fest; dabei drückte er ihn mit aller Kraft.
Das Hausmädchen kam und ging, brachte mit gleichgültiger Miene die Schüsseln und nahm sie wieder weg, anscheinend ohne etwas zu merken.
Als sie gegessen hatten, gingen sie zurück in den Salon und nahmen, Seite an Seite, ihren Platz wieder ein.
Nach und nach drängte er sich an sie und versuchte, sie zu umarmen. Aber sie wehrte ihm ruhig:
»Vorsicht, es könnte jemand hereinkommen.«
Er flüsterte:
»Wann kann ich ganz allein mit Ihnen beisammen sein, um Ihnen zu sagen, wie lieb ich Sie habe?«
Sie beugte sich zu seinem Ohr hin und stieß ganz leise hervor:
»Ich mache Ihnen dieser Tage eine Stippvisite in Ihrer Wohnung.«
Er spürte, wie er rot wurde:
»Es ist nur ... bei mir ... da ist es recht bescheiden ...«
Sie lächelte:
»Das macht nichts. Ich besuche doch Sie und nicht Ihre Wohnung.«

Da bedrängte er sie und wollte wissen, wann sie kommen würde. Sie nannte einen Tag am Ende der kommenden Woche, und er flehte sie an, das Datum vorzuverlegen, mit gestotterten Worten und leuchtenden Augen, und dabei hielt und preßte er ihre Hände; sein Gesicht war fiebrig rot und verzerrt von Begehren, jenem ungestümen Begehren, das einem intimen Essen zu folgen pflegt.

Es amüsierte sie, daß er mit solcher Glut bat und flehte, und sie rückte von Zeit zu Zeit den Tag vor. Aber er sagte in einem fort:

»Morgen ... sagen Sie doch ... morgen.«

Schließlich willigte sie ein:

»Gut. Morgen. Um fünf.«

Er atmete lang und freudig auf; und dann plauderten sie beinahe ruhig miteinander und so vertraulich, als seien sie seit zwanzig Jahren gute Bekannte.

Ein Klingeln ließ sie zusammenzucken, und mit einem Ruck fuhren sie auseinander.

Sie flüsterte:

»Das muß Laurine sein.«

Das Kind erschien, blieb verdutzt stehen, lief dann in die Hände klatschend auf Duroy zu, hingerissen vor Freude, ihn zu sehen, und rief:

»Oh! Bel-Ami!«

Madame de Marelle fing an zu lachen:

»Siehe da! Bel-Ami! Laurine hat Sie getauft! Was für ein hübscher kleiner Freundschaftsname für Sie; jetzt will auch ich Bel-Ami zu Ihnen sagen!«

Er hatte das kleine Mädchen auf die Knie genommen, und er mußte mit ihr all die kleinen Spiele spielen, die er sie gelehrt hatte.

Zwanzig Minuten vor drei stand er auf, er mußte auf die Redaktion gehen; und auf der Treppe flüsterte er mit gespitzten Lippen durch den Türspalt:

»Morgen. Um fünf.«

Mit einem Lächeln antwortete die junge Frau: »Ja« und verschwand.

Sobald er seine Tagesarbeit hinter sich hatte, überlegte er, wie er sein Zimmer für den Empfang seiner Geliebten herrichten und nach Möglichkeit das Ärmliche der Behausung vertuschen könne. Es kam ihm der Einfall, die Wände mit kleinen japanischen Kinkerlitzchen zu bestecken, und er kaufte für fünf Francs eine ganze Sammlung von Krepons, kleinen Fächern und kleinen Schirmen, mit denen er die allzu sichtbaren Flecke der Tapete verbarg. An den Fensterscheiben brachte er transparente Bilder an, die Boote auf Flüssen, durch einen roten Himmel fliegende Vögel, bunte Damen auf Balkonen und Züge schwarzer Männlein durch schneebedeckte Ebenen darstellten.

Sein Zimmer, das gerade groß genug war, um darin zu schlafen und zu sitzen, sah bald aus wie das Innere einer bemalten Papierlaterne. Er war mit der Wirkung zufrieden und verbrachte den Abend damit, aus den ihm verbliebenen bunten Bogen Vögel auszuschneiden und sie an die Zimmerdecke zu kleben.

Dann legte er sich zu Bett, und das Pfeifen der Züge sang ihn in den Schlaf.

Am folgenden Tag kam er beizeiten mit einer Tüte Kuchen und einer beim Krämer gekauften Flasche Madeira heim. Er mußte noch einmal weggehen, um sich zwei Teller und zwei Gläser zu verschaffen; diesen Imbiß baute er auf seinem Waschtisch auf, dessen schmutzige Holzplatte er mit einem Handtuch bedeckte; die Waschschüssel und die Wasserkanne wurden darunter verborgen.

Dann wartete er.

Sie kam etwa ein Viertel nach fünf, und da das bunte Geflatter sie bestach, rief sie aus:

»Schau, schau, bei Ihnen ist es aber mal nett. Bloß auf der Treppe sind recht viele Leute.«

Er hatte sie in die Arme genommen und küßte hingerissen ihr Haar zwischen Stirn und Hut, durch den Schleier hindurch.

Anderthalb Stunden später brachte er sie zum Droschkenhalteplatz in der Rue de Rome. Als sie im Wagen saß, sagte er leise:

»Dienstag, um dieselbe Zeit.«

Sie sagte:

»Um dieselbe Zeit, Dienstag.«

Und da es inzwischen dunkel geworden war, zog sie seinen Kopf ins Wagenfenster hinein und küßte ihn auf die Lippen. Als dann der Kutscher seinem Pferd einen Peitschenhieb versetzt hatte, rief sie: »Adieu, Bel-Ami!«, und der alte Wagen fuhr unter dem müden Trab eines Schimmels davon.

So empfing denn Duroy drei Wochen lang Madame de Marelle alle zwei bis drei Tage, bald vormittags, bald abends.

Als er sie eines Nachmittags erwartete, hörte er im Treppenhaus lauten Lärm und trat vor die Tür. Ein Kind heulte. Eine wütende Stimme, die eines Mannes, schrie:

»Was hat er denn schon wieder zu brüllen, der Balg?«

Die kläffende, aufgebrachte Stimme einer Frau antwortete:

»Diese dreckige Nutte, die immer zu dem Journalisten oben geht, hat Nicolas auf dem Treppenabsatz umgeschubst. Als ob man solche niederträchtigen Weiber, die nicht mal auf der Treppe auf Kinder Rücksicht nehmen, einfach so reinlassen dürfte!«

Bestürzt zog Duroy sich zurück, er hatte ein schnelles Rascheln von Röcken und einen beschleunigten Schritt vom Stockwerk unter dem seinen her gehört.

Bald wurde an seine Tür geklopft; er hatte sie gerade wieder zugemacht. Er öffnete, und Madame de Marelle stürzte ins Zimmer, atemlos, von Sinnen, kaum der Sprache mächtig:

»Hast du das gehört?«

Er tat, als wisse er von nichts.

»Nein. Was denn?«

»Wie sie mich beschimpft haben?«

»Wer denn?«

»Das Pack, das unter dir wohnt.«

»Na, so was! Aber sag doch, was war denn los?«

Sie fing an zu schluchzen und konnte kein Wort hervorbringen.

Er mußte ihr den Hut abnehmen, ihr das Korsett aufschnüren, sie auf sein Bett legen, ihr die Schläfen mit einem angefeuchteten Handtuch betupfen: sie war am Ersticken; als ihre Erregung sich ein bißchen gelegt hatte, brachen ihr ganzer Zorn und Unwille los.

Sie wollte, daß er sofort hinuntergehe, dreinschlage, sie umbringe.

Er sagte ein paarmal:

»Aber es sind doch Arbeiter, ganz ungebildete Leute. Bedenk doch, daß die Sache vor Gericht käme, daß du wiedererkannt und verhaftet werden könntest, und dann wärst du erledigt. Mit solchen Menschen soll man sich nicht anlegen.«

Es kam ihr ein anderer Gedanke:

»Wie soll es jetzt weitergehen? Ich kann hier nicht wieder herkommen.«

Er antwortete:

»Ganz einfach; ich ziehe um.«

Sie murmelte:

»Ja, aber das wird Zeit kosten.«

Dann fand sie plötzlich einen Ausweg, war wieder guter Dinge und sprudelte hervor:

»Nein, hör mal zu, ich hab's, laß mich nur machen, kümmere dich um nichts. Ich schicke dir morgen vormittag einen ›petit bleu‹.«

›Petits bleus‹, kleine Blaue, nannte sie die Rohrpostbriefe, die in Paris üblich sind.

Jetzt lächelte sie entzückt über ihren Einfall, aber sie wollte nicht damit herausrücken und beging tausend Liebestollheiten.

Allein sie war recht aufgeregt, als sie die Treppe hinabstieg, und sie stützte sich mit aller Kraft auf den Arm ihres Liebhabers, so schwach fühlte sie ihre Beine werden.

Sie begegneten niemandem.

Da er spät aufzustehen pflegte, lag er noch zu Bett, als am nächsten Morgen gegen elf der Telegraphenbote ihm den verheißenen Rohrpostbrief brachte.

Duroy öffnete ihn und las:

»Rendezvous bald, fünf Uhr, Rue de Constantinople 127. Du läßt Dir die Wohnung aufschließen, die Madame Duroy gemietet hat.

Kuß, Cloti.«

Punkt fünf trat er bei dem Pförtner eines großen Mietshauses ein und fragte:

»Hat hier vielleicht Madame Duroy eine Wohnung gemietet?«

»Ja.«

»Bitte zeigen Sie sie mir.«

Der Mann war sicherlich an heikle Situationen gewöhnt, bei denen Vorsicht erforderlich ist; er blickte ihm in die Augen, dann suchte er in der langen Reihe von Schlüsseln.

»Sie sind doch tatsächlich Monsieur Duroy?«

»Selbstverständlich.«

Und er schloß eine kleine, aus zwei Zimmern bestehende Wohnung auf; sie war im Erdgeschoß gelegen, seiner Loge gegenüber.

Das Wohnzimmer hatte eine noch ziemlich neue Tapete mit einem Ranken- und Blumenmuster; es standen Mahagonimöbel mit grünlichen, gelb gestreiften Ripsüberzügen darin, und der geblümte Teppich war so dünn, daß der Fuß das Holz darunter spürte.

Das Schlafzimmer war so eng, daß das Bett es zu drei Vierteln ausfüllte. Es nahm den Hintergrund ein und reichte von einer Wand zur andern, ein großes Bett, typisch für möblierte Wohnungen, verhüllt von schweren blauen Vorhängen, gleichfalls aus Rips, und flach darauf lag eine rotseidene Daunendecke mit verdächtigen Flecken.

Besorgt und unzufrieden dachte Duroy: »Das wird mich

eine gehörige Stange Geld kosten, diese Wohnung. Jetzt muß ich mir wieder Geld pumpen. Idiotisch, was sie da gemacht hat.«

Die Tür ging auf, und Clotilde stürzte mit Windeseile herein, ihr Kleid rauschte, sie hielt die Arme ausgebreitet. Sie war hingerissen:

»Ist das nicht nett? Sag doch, ist es nicht nett? Und keine Treppe, direkt an der Straße, im Parterre! Man kann durchs Fenster rein und raus, ohne daß der Pförtner einen sieht. Wie wir uns hier liebhaben werden!«

Er küßte sie kühl und wagte nicht die Frage, die ihm auf den Lippen schwebte.

Sie hatte ein dickes Paket auf das Tischchen in der Zimmermitte gelegt. Das öffnete sie jetzt und entnahm ihm ein Stück Seife, eine Flasche Eau de Lubin, einen Schwamm, eine Dose Haarnadeln, einen Korkenzieher und eine kleine Brennschere, um sich die Stirnlocken zu richten, die bei ihr jedesmal in Unordnung gerieten.

Und nun spielte sie Einzug, suchte den geeigneten Platz für jedes Ding und hatte daran riesigen Spaß.

Sie redete und zog dabei die Schubfächer auf:

»Ich muß unbedingt ein bißchen Bettwäsche herbringen, damit wir sie gelegentlich wechseln können. Das ist sehr bequem. Wenn ich zufällig bei meinen Besorgungen in einen Regenguß gerate, komme ich her und warte, bis ich wieder trocken bin. Wir bekommen jeder einen Schlüssel, und außerdem bleibt einer in der Portiersloge für den Fall, daß wir unsere mal vergessen sollten. Ich habe für drei Monate gemietet, selbstverständlich auf deinen Namen, denn meinen konnte ich doch schließlich nicht angeben.«

Da fragte er:

»Sagst du mir immer Bescheid, wenn die Miete bezahlt werden muß?«

Sie antwortete einfach:

»Aber die ist doch bezahlt, Liebling.«

Er entgegnete:

»Dann schulde ich sie also dir?«

»Ach was, mein Herz, das geht dich nichts an; diese kleine Verrücktheit will ich mir nun mal leisten.«

Er tat, als wolle er auffahren:

»So? Kommt gar nicht in Frage, zum Donnerwetter. Das lasse ich nie zu.«

Flehend trat sie zu ihm hin und legte ihm die Hände auf die Schultern:

»Ich bitte dich, Georges, es macht mir doch soviel Freude, soviel Freude, daß unser Nest mir gehört, mir ganz allein! Das kann dir doch nichts ausmachen? Wieso denn auch? Es soll mein Beitrag zu unserer Liebe sein. Sag, daß du einverstanden bist, Geo, sag, daß du einverstanden bist …!«

Sie bat inständig mit den Augen, den Lippen, mit ihrem ganzen Wesen.

Er ließ sich bitten, lehnte mit gereizter Miene ab; dann gab er nach und fand es im Grunde ganz richtig.

Und als sie weggegangen war, rieb er sich die Hände, und ohne in den Falten seines Herzens zu suchen, wie er gerade heute zu dieser Meinung kam, murmelte er vor sich hin: »Sie ist eben doch eine nette Person.«

Ein paar Tage später bekam er abermals einen Rohrpost-brief, der besagte:

»Heute abend kommt mein Mann nach einer sechswöchi-gen Inspektionsreise. Also haben wir acht Tage Erho-lungspause. Ist das eine Plage, Liebster!

Deine Cloti.«

Duroy stand da wie vor den Kopf geschlagen. Er hatte tatsächlich nicht mehr daran gedacht, daß sie verheiratet sei. Da war also ein Mann, dessen Gesicht er nur zu gern gesehen hätte, nur ein einziges Mal, um zu wissen, wie er aussah.

Indessen wartete er geduldig, bis der Ehemann wieder ab-gereist war, aber zwei Abende verbrachte er in den Fo-lies-Bergère; sie endeten in Rachels Wohnung.

Dann kam eines Morgens abermals eine Depesche, die nur vier Wörter enthielt: »Nachher, fünf Uhr. – Cloti.«

Beide kamen sie vor der Zeit zum Stelldichein. Sie warf sich ihm mit einem stürmischen Liebesüberschwang in die Arme und küßte ihm leidenschaftlich das ganze Gesicht; dann sagte sie:

»Wenn du willst, und wenn wir uns tüchtig liebgehabt haben, dann mußt du mich irgendwohin zum Abendessen mitnehmen. Ich habe mich freigemacht.«

Es war gerade Monatsanfang, und obwohl Duroys Gehaltskonto auf geraume Zeit mit Vorschüssen belastet war und er vom einen Tag zum andern von Geld lebte, das er von allen Seiten ergattert hatte, war er zufällig bei Kasse; und so freute er sich über die Gelegenheit, etwas für sie ausgeben zu können.

Er antwortete:

»Natürlich, mein Liebes, wohin du willst.«

Also brachen sie gegen sieben Uhr auf und gelangten auf den äußeren Boulevard. Sie stützte sich nachdrücklich auf ihn und sagte ihm ins Ohr:

»Wenn du wüßtest, wie froh ich bin, daß ich mit dir eingehakt gehen kann, wie gern ich dich ganz dicht neben mir fühle!«

Er fragte:

»Willst du zu Père Lathuile?«

Sie antwortete:

»Ach was, da ist es viel zu schick. Ich möchte etwas Putziges, Vulgäres, wie ein Restaurant, in das die Angestellten und die Arbeiterinnen gehen; ich habe nun mal eine Schwäche für den Besuch von Kneipen. Ach, wenn wir doch hätten aufs Land fahren können!«

Da er in diesem Stadtviertel nichts Derartiges kannte, gingen sie aufs Geratewohl den Boulevard entlang, und schließlich kehrten sie bei einem Weinhändler ein, der in einem Nebenraum Essen verabreichte. Sie hatte durch das Fenster zwei junge, hutlose Mädchen gegenüber von zwei Soldaten an einem Tisch sitzen sehen.

Hinten in dem schmalen, langen Raum saßen drei Drosch-kenkutscher und aßen, und ein Mann, der in keine Berufsklasse einzuordnen war, saß mit ausgestreckten Beinen da, rauchte seine Pfeife, die Hände im Hosengurt, den Kopf weit nach hinten über die Rückenlehne zurück-geneigt. Seine Jacke wirkte wie ein Fleckenmuseum, und in den ausgebauchten Taschen waren ein Flaschenhals, ein Stück Brot, ein in eine Zeitung gewickeltes Paket und ein heraushängendes Stück Schnur zu sehen. Er hatte dich-tes, gekräuseltes, graumeliertes, schmutziges Haar; seine Mütze lag unter dem Stuhl am Boden.

Clotildes Kommen erregte durch die Eleganz ihrer Toilette Aufsehen. Die beiden Paare hörten zu tuscheln auf, die drei Kutscher brachen ihr Gespräch ab, und der Rauchende nahm die Pfeife aus dem Mund, spuckte vor sich hin, wandte ein wenig den Kopf und sah sie an.

Madame de Marelle sagte leise:

»Hier ist es sehr nett! Paß mal auf, hier fühlen wir uns wohl; das nächstemal ziehe ich mich an wie eine Arbeiter-frau.«

Und sie setzte sich unbefangen und ohne Ekel an den Holztisch, dessen Platte vom Fett der Speisen wie lackiert aussah; die verschütteten Getränke hatten sie abgewa-schen, und dann hatte der Kellner sie mit einem Schwung der Serviette abgewischt. Duroy war ein bißchen peinlich berührt, ein bißchen verlegen; er suchte nach einem Ha-ken, um seinen Zylinder aufzuhängen. Als er keinen fand, legte er ihn auf einen Stuhl.

Sie aßen ein Hammelragout, eine Scheibe Hammelkeule und Salat. Clotilde sagte immer wieder:

»Ich mag so was nun mal. Ich habe einen Pöbelgeschmack. Hier amüsiere ich mich viel besser als im ›Café Anglais‹.«

Dann sagte sie:

»Wenn du mir eine ganz große Freude machen willst, dann gehst du mit mir in ein Tingeltangel. Ich kenne hier in der Nähe ein sehr komisches, es heißt ›Reine-Blanche‹.«

Duroy fragte verdutzt:

»Mit wem bist du denn da mal gewesen?«

Er blickte sie an und sah sie rot werden, ein bißchen verwirrt, wie wenn diese unverblümte Frage in ihr eine heikle Erinnerung erweckt hätte. Nach einem typisch weiblichen Zögern, das so kurz ist, daß man es kaum merkt, antwortete sie:

»Mit einem Freunde ...«

Und nach einer Pause sprach sie weiter:

»... der tot ist.«

Und mit einer ganz natürlichen Traurigkeit schlug sie die Augen nieder.

Und da dachte Duroy zum ersten Mal an alles, was er von dem vergangenen Leben dieser Frau nicht wußte, und versank in Grübelei. Bestimmt hatte sie schon Liebhaber gehabt, aber welcher Art? Aus welcher Gesellschaftsschicht? Eine unbestimmte Eifersucht, eine Art Feindschaft gegen sie wurde in ihm wach, eine Feindschaft um alles dessen willen, was er nicht wußte, um alles dessen willen, was ihm in diesem Herzen und diesem Dasein nicht gehört hatte. Er schaute sie an, verärgert über das Geheimnis, das in diesen hübschen, stummen Kopf eingeschlossen war, der, und vielleicht gar in diesem Augenblick, mit sehnsüchtigem Bedauern an den andern, an die andern zurückdachte. Wie gern hätte er Einblick in dieses Erinnern gehabt, hätte darin gestöbert, um alles zu erfahren, alles zu wissen ...!

Sie sagte noch einmal:

»Willst du nicht mit mir in die ›Reine-Blanche‹ gehen? Das wäre ein Fest.«

Er dachte: »Pah, was geht mich das Vergangene an? Ich bin schön dumm, mir dadurch die Laune verderben zu lassen.« Und lächelnd antwortete er:

»Aber gewiß doch, Liebste.«

Als sie auf der Straße waren, sprach sie ganz leise in dem geheimnisvollen Ton, den man bei vertraulichen Geständnissen anschlägt, weiter:

»Bis jetzt habe ich gar nicht gewagt, dich um so was zu

bitten; aber du kannst dir nicht vorstellen, wie gern ich diese Junggesellen-Eskapaden in alle die Örtlichkeiten mache, wo die Frauen nicht hingehen. Während des Karnevals verkleide ich mich immer als Schuljunge. Du glaubst nicht, wie komisch ich als Schuljunge bin.«

Beim Betreten des Tanzsaals schmiegte sie sich eng an ihn, ängstlich und zufrieden, und betrachtete von Zeit zu Zeit mit entzückten Augen die Dirnen und Zuhälter, und wie um sich gegen eine mögliche Gefahr zu sichern, sagte sie, als sie einen ernsten, unbeweglichen Stadtpolizisten gewahrte: »Da steht ein Polizist, der sieht vertrauenerweckend aus.« Nach einer Viertelstunde hatte sie genug, und er begleitete sie nach Hause.

Damit begann eine Reihe von Streifzügen durch sämtliche zweifelhaften Lokale, in denen das Volk sich amüsiert; und Duroy entdeckte in seiner Geliebten einen leidenschaftlichen Hang für dieses Umherschweifen nach Art bummelnder Studenten.

Sie kam zum gewohnten Rendezvous in einem Leinenkleid, auf dem Kopf ein Häubchen, das Häubchen einer Vaudeville-Soubrette; aber trotz der eleganten, raffinierten Einfachheit ihrer Toilette hatte sie ihre Ringe, ihre Armbänder und Brillant-Ohrgehänge anbehalten, und als er dringend bat, sie doch abzulegen, gab sie die Begründung: »Unsinn, die werden für Rheinkiesel gehalten.«

Sie hielt sich für wunderbar verkleidet, und obwohl sie es in Wahrheit machte wie der Vogel Strauß, ging sie in die berüchtigtsten Kneipen.

Sie hatte gewollt, Duroy solle sich als Arbeiter verkleiden; aber das lehnte er ab und behielt seinen korrekten Anzug als Boulevardier bei; er wollte nicht einmal seinen Zylinder gegen einen weichen Filzhut vertauschen.

Sie hatte sich über seine Hartnäckigkeit mit der Erwägung hinweggetröstet: »Dann denkt man eben, ich sei ein Dienstmädchen, das ein Verhältnis mit einem jungen Mann aus der Gesellschaft hat.« Und sie fand diese Komödie köstlich.

So gingen sie denn in volkstümliche Kaschemmen und setzten sich hinten in den verräucherten Spelunken auf wacklige Stühle an einen alten Holztisch. Eine beißende Rauchwolke, in der ein Geruch von gebackenem Fisch verharrte, erfüllte den Raum; Männer in Blusen grölten und soffen Schnaps, und der staunende Kellner beäugte dieses seltsame Paar und stellte ihnen zwei Portionen Kirschen in Branntwein hin.

Sie zitterte, war ängstlich und entzückt und machte sich daran, mit kleinen Schlucken den roten Saft der Früchte zu trinken, wobei sie mit unruhigen, leuchtenden Augen um sich blickte. Jede Kirsche, die sie schluckte, gab ihr die Empfindung eines begangenen Fehltritts, jeder Tropfen der brennenden, gepfefferten Flüssigkeit, der ihr die Kehle hinabglitt, verursachte ihr ein bitteres Lustgefühl, die Freude eines verworfenen, verbotenen Genusses.

Darauf sagte sie halblaut: »Wir wollen lieber gehen.« Und sie brachen auf. Mit gesenktem Kopf und kleinen Schritten, den Schritten einer abtretenden Schauspielerin, ging sie zwischen den Trinkern hindurch, die die Ellbogen auf die Tischplatten stützten und sie argwöhnisch und unwillig vorbeigehen sahen; und wenn sie dann die Tür hinter sich hatte, stieß sie einen tiefen Seufzer aus, als sei sie gerade irgendeiner schrecklichen Gefahr entronnen.

Manchmal fragte sie Duroy, und dabei schauerte sie:
»Wenn mir einer in so einem Lokal zu nahe träte, was tätest du dann?«

Prahlerisch antwortete er:
»Na, zum Donnerwetter, ich würde dich natürlich verteidigen!«

Und sie drückte ihm beglückt den Arm, vielleicht in dem unbestimmten Verlangen, tatsächlich beleidigt und verteidigt zu werden, zu erleben, daß Männer sich um ihretwillen prügelten, sogar solche Männer, mit ihrem Geliebten.

Aber diese Streifzüge, die sich die Woche zwei- bis dreimal wiederholten, fingen an, Duroy langweilig zu werden; zudem hatte er seit einiger Zeit große Mühe, sich die zehn

Francs zu verschaffen, die er zur Bezahlung des Wagens und des Verzehrten brauchte.

Er lebte jetzt in einer äußerst peinlichen Lage, einer weit peinlicheren als in den Tagen, da er Angestellter bei der Nordbahn gewesen war; denn weil er, ohne zu rechnen, während der ersten Monate seiner Journalistenzeit weidlich Geld ausgegeben hatte, in der ständigen Hoffnung, demnächst große Summen zu verdienen, hatte er alle seine Hilfsquellen und alle Mittel, sich Geld zu verschaffen, erschöpft.

Das sehr einfache Verfahren, sich an der Kasse einen Vorschuß geben zu lassen, hatte sich bald als abgenutzt erwiesen, und er schuldete der Zeitung bereits vier Monate Gehalt und dazu sechshundert Francs Zeilenhonorar. Des weiteren schuldete er Forestier hundert Francs, und Jacques Rival, der in Gelddingen großzügig war, dreihundert Francs, und überdies quälte ihn eine Fülle kleiner, unbekennbarer Schulden in Höhe von zwanzig Francs oder hundert Sous.

Saint-Potin, den er nach Methoden gefragt hatte, die anzuwenden wären, um weitere hundert Francs aufzutreiben, hatte keinen Ausweg gefunden, obgleich er ein findiger Mensch war; und Duroy geriet außer sich über diese Klemme, die er jetzt weit stärker als ehedem empfand, weil seine Ansprüche gewachsen waren. Ein dumpfer Zorn gegen alle Welt schwelte in ihm und ein unablässiges Gereiztsein, das sich bei jeder Gelegenheit und in jedem Augenblick bekundete, bei den nichtigsten Anlässen.

Manchmal überlegte er, wie er es angestellt habe, im Monat durchschnittlich tausend Francs auszugeben, ohne die geringste Maßlosigkeit und ohne jede kostspielige Anwandlung; und er stellte fest, daß er ganz schnell auf einen Louis kam, wenn er ein Mittagessen zu acht Francs und ein Abendessen zu zwölf in irgendeinem großen Boulevardcafé zusammenaddierte; wenn man noch an die zehn Francs Taschengeld hinzurechnete, jenes Geld, das einem durch die Finger rinnt, ohne daß man wüßte, wie, ergab das eine Gesamtsumme von dreißig Francs. Nun aber ergeben dreißig Francs den Tag am Monatsende neunhundert Francs. Und darin waren die Kosten für Kleidung, Schuhzeug und Wäsche usw. nicht einmal enthalten.

So hatte er denn am 14. Dezember keinen Sou in der Tasche und im Hirn keinen Gedanken, wie er zu einigem Gelde kommen könne.

Er tat, was er früher oftmals getan hatte; er aß nicht zu Mittag und verbrachte den Nachmittag in der Zeitung, wo er wütend und mißgestimmt arbeitete.

Gegen vier Uhr erhielt er einen Rohrpostbrief von seiner Geliebten; sie schrieb ihm: »Wollen wir zusammen essen? Danach machen wir dann einen Streifzug.«

Er antwortete auf der Stelle: »Essen unmöglich.« Dann überlegte er, daß er schön dumm wäre, wenn er sich der angenehmen Zeit beraubte, die sie ihm sicherlich schenken wollte, und er setzte hinzu: »Aber ich erwarte dich um neun in unserer Wohnung.«

Um das Porto für die Depesche zu sparen, ließ er diese Zeilen durch einen der Laufburschen überbringen und dachte darüber nach, wie er es anstellen müsse, um zu einem Abendessen zu gelangen.

Um sieben Uhr war ihm noch immer nichts eingefallen; ein schrecklicher Hunger höhlte ihm den Magen aus. Da nahm er Zuflucht zu einer verzweifelten Kriegslist. Er ließ alle seine Kollegen, einen nach dem andern, weggehen, und als er allein war, schellte er heftig. Der Türhüter des Chefs, der zur Bewachung der Redaktionsräume dageblieben war, erschien.

Duroy stand da, wühlte nervös in seinen Taschen und sagte barsch:

»Hören Sie mal, Foucart, ich habe mein Portemonnaie zu Hause liegenlassen und muß zum Abendessen ins ›Luxembourg‹. Pumpen Sie mir doch fünfzig Sous, damit ich meinen Wagen bezahlen kann.«

Der Mann zog drei Francs aus der Westentasche und fragte:

»Wollen Monsieur Duroy nicht lieber mehr?«

»Nein, nein, das genügt. Vielen Dank.«

Und Duroy nahm die Silberstücke, lief die Treppe hinab und aß in einer Kneipe zu Abend, in der er, wenn es ihm dreckig ging, zu landen pflegte.

Um neun wartete er in dem kleinen Wohnzimmer auf seine Geliebte, die Füße am Kamin.

Sie kam sehr angeregt und sehr heiter, frisch von der kalten Straßenluft:

»Wenn du willst«, sagte sie, »machen wir erst einen Bummel und kommen dann um elf hierher zurück. Das Wetter ist herrlich zum Spazierengehen.«

Er antwortete brummig:

»Warum denn ausgehen? Wo es doch hier so gemütlich ist?«

Ohne den Hut abzusetzen, fuhr sie fort:

»Wenn du wüßtest, was für wunderbarer Mondschein ist. Heute abend spazierenzugehen ist ein wahres Glück.«

»Das mag sein; aber ich lege keinen Wert auf einen Spaziergang.«

Das hatte er mit wütender Miene gesagt. Sie war darob betroffen und beleidigt; sie fragte:

»Was ist denn in dich gefahren? Warum bist du so komisch? Ich möchte einen Bummel machen, und ich sehe nicht ein, wieso du dich darüber ärgern kannst.«

Außer sich sprang er auf:

»Es ärgert mich nicht, aber es ödet mich an. Nun weißt du's!«

Sie gehörte zu den Frauen, die Widerstand reizt und die Unhöflichkeit aufbringt.

Verächtlich und mit kaltem Zorn sagte sie:

»Einen derartigen Ton bin ich nicht gewohnt. Dann gehe ich eben allein; guten Abend!«

Er merkte, daß die Sache ernst wurde, stürzte auf sie zu, nahm ihre Hände, küßte sie und stammelte:

»Verzeih mir, Liebes, verzeih mir, ich bin heute abend sehr nervös und sehr reizbar. Das kommt, weil ich Wider-

wärtigkeiten und Sorgen habe, weißt du, beruflichen Ärger.«
Etwas milder, aber nicht eben beruhigt antwortete sie:
»Das geht doch mich nichts an; ich will nicht der Prellbock für deine schlechte Laune sein.«
Er nahm sie in die Arme und zog sie zum Sofa hin:
»Hör doch, mein Herzchen, ich hatte dich wirklich nicht kränken wollen; ich hatte mir nicht überlegt, was ich sagte.«
Er hatte sie gezwungen, sich zu setzen; er kniete vor ihr nieder:
»Hast du mir verziehen? Sag, daß du mir verziehen hast.«
Leise, mit kalter Stimme, erwiderte sie:
»Meinetwegen, aber daß mir das nicht noch mal vorkommt.«
Sie stand auf und fügte hinzu:
»Und jetzt machen wir einen Bummel.«
Er war auf den Knien liegengeblieben, umschlang mit beiden Armen ihre Hüften und sagte stockend:
»Bitte laß uns doch hierbleiben. Ich bitte dich herzlich darum. Tu mir den Gefallen. Ich möchte dich heute abend so gern ganz allein für mich haben, da, am Kamin. Sag ›ja‹, ich bitte dich so sehr darum, sag doch ›ja‹.«
Sie entgegnete unumwunden und hart:
»Nein. Ich will nun mal spazierengehen, und deinen Launen nachzugeben habe ich keine Lust.«
Er beharrte:
»Ich flehe dich an, ich habe einen Grund, einen sehr schwerwiegenden Grund ...«
Abermals sagte sie:
»Nein. Wenn du nicht mit mir ausgehen willst, dann verschwinde ich. Adieu!«
Mit einem Ruck hatte sie sich freigemacht und schritt auf die Tür zu. Er lief ihr nach, er schloß sie in die Arme:
»Hör doch, Cloti, liebe kleine Cloti, hör doch, tu mir den Gefallen ...«

Ohne zu antworten, schüttelte sie den Kopf, wich seinen Küssen aus und suchte sich seiner Umarmung zu entziehen; sie wollte gehen.

Er stotterte:

»Cloti, liebe kleine Cloti, ich habe wirklich einen Grund.«

Sie blieb stehen und sah ihm ins Gesicht:

»Du lügst... Welchen?«

Er wurde rot; er wußte nicht, was er sagen sollte. Und sie fuhr empört fort:

»Du siehst ja, daß du lügst... Dreckskerl...«

Und mit einer wütenden Geste, Tränen in den Augen, riß sie sich los.

Nochmals ergriff er sie an den Schultern, und niedergeschlagen, bereit, alles einzugestehen, nur um diesen Bruch zu vermeiden, erklärte er mit verzweifelt klingender Stimme:

»Die Sache ist die, daß ich kein Geld habe... Jetzt weißt du es.«

Sie fuhr herum und blickte ihm tief in die Augen, um in ihnen die Wahrheit zu lesen:

»Was hast du da eben gesagt?«

Er war rot geworden bis an die Haarwurzeln:

»Ich habe gesagt, ich habe kein Geld. Begreifst du das? Keine zwanzig Sous, keine zehn Sous, nicht mal soviel, daß ich in dem Café, in das wir gehen, ein Glas Johannisbeerlikör bezahlen könnte. Du zwingst mich, dir Dinge zu sagen, derentwegen ich mich schämen muß. Dabei habe ich es nicht über mich gebracht, mit dir auszugehen und dir dann, wenn wir am Tisch gesessen hätten, vor unseren zwei Gläsern in aller Gemütsruhe zu erklären, ich könne die Zeche nicht bezahlen...«

Sie sah ihm noch immer ins Gesicht:

»Also... das ist auch wirklich... wahr?«

Im Augenblick stülpte er seine sämtlichen Taschen um, die der Hose, der Weste, des Jacketts, und murmelte:

»Da... bist du jetzt... zufrieden?«

Jäh öffnete sie in leidenschaftlichem Überschwang beide Arme, fiel ihm um den Hals und stotterte:
»O mein armer Liebling... mein armer Liebling... wenn ich das gewußt hätte! Wie ist denn das gekommen?«
Sie ließ ihn sich setzen, setzte sich auf seine Knie, umschlang seinen Hals, küßte ihn immer wieder, küßte seinen Schnurrbart, seinen Mund, seine Augen und zwang ihn, zu erzählen, wie er in diese Klemme geraten sei.
Er erfand eine rührende Geschichte. Er habe seinem Vater unter die Arme greifen müssen, der in Geldverlegenheit geraten sei. Nicht nur seine ganzen Ersparnisse habe er ihm gegeben, sondern überdies noch beträchtliche Schulden gemacht.
Er sagte noch:
»Mindestens ein halbes Jahr lang muß ich mich durchhungern; ich habe nämlich alle meine Hilfsquellen erschöpft. Das hilft nun mal nichts; es gibt im Leben eben kritische Augenblicke. Schließlich sind Gelddinge nicht so wichtig, daß man sich ihretwegen schwere Gedanken macht.«
Sie hauchte ihm ins Ohr:
»Soll ich dir was leihen, ja?«
Würdevoll antwortete er:
»Reizend von dir, mein Herzchen, aber davon darf nie wieder die Rede sein, das mußt du mir versprechen. Du würdest mich kränken.«
Sie schwieg; dann schloß sie ihn in die Arme und flüsterte:
»Du wirst nie wissen, wie ich dich liebe.«
Es wurde eine ihrer schönsten Liebesnächte.
Als sie sich zum Gehen anschickte, sagte sie noch lächelnd:
»Na, wenn man in deiner Lage ist, wie amüsant ist es dann, in der Tasche Geld zu finden, das man vergessen hat, eine Münze, die vielleicht ins Rockfutter gerutscht ist.«
Voller Überzeugung antwortete er:
»Ja, Donnerwetter, das wäre was!«

Sie wollte zu Fuß heimgehen, unter dem Vorwand, es sei so herrlicher Mondschein; sie geriet dabei förmlich in Ekstase.

Es war eine kalte, heitere Nacht zu Wintersanfang. Passanten und Pferde bewegten sich eilig, angespornt durch den klaren Frost. Die Absätze klangen auf den Gehsteigen.

Beim Abschied fragte sie:

»Ist es dir recht, wenn wir uns übermorgen wiedersehen?«

»Freilich, gewiß doch.«

»Zur gleichen Zeit?«

»Zur gleichen Zeit.«

»Adieu, mein Geliebter.«

Und sie küßten einander zärtlich.

Er ging mit großen Schritten heim und überlegte, was er am andern Tage aushecken könne, um sich aus der Verlegenheit zu ziehen. Doch als er seine Zimmertür aufmachte und in der Westentasche nach Streichhölzern suchte, hielt er verdutzt inne, weil er ein Geldstück zu fassen bekam; es glitt zwischen seinen Fingern hin und her.

Sobald er Licht gemacht hatte, holte er die Münze hervor und sah sie an. Es war ein Zwanzigfrancsstück!

Er glaubte, er sei verrückt geworden.

Er drehte es auf diese Seite, auf jene; er überlegte, durch welches Wunder die Münze dort hineingelangt sein könne. Schließlich war sie doch nicht vom Himmel in seine Tasche gefallen.

Dann plötzlich wurde ihm alles klar, und es überkam ihn ein zorniger Unwille. So war es. Seine Geliebte hatte von einem Geldstück gesprochen, das ins Rockfutter gerutscht sei und das man wiederfinde, wenn es einem sehr schlecht gehe. Sie, nur sie hatte ihn mit diesem Almosen bedacht. Welch eine Schmach und Schande!

Er fluchte:

»Na, schön! Die soll mir übermorgen was erleben! Der mache ich eine nette Viertelstunde!«

Damit ging er zu Bett, das Herz durchwühlt von Zorn und Demütigung.

Spät erst erwachte er. Er hatte Hunger. Er versuchte, wieder einzuschlafen, damit er erst um zwei aufzustehen brauchte; dann aber sagte er sich: »Das bringt mich nicht weiter; ich muß schließlich irgendwo Geld auftreiben.« Er verließ das Haus in der Hoffnung, unterwegs werde ihm schon etwas einfallen.

Es fiel ihm nichts ein, aber bei jedem Restaurant, an dem er vorüberging, überkam ihn ein wildes Verlangen, etwas zu essen, und ließ ihm das Wasser im Munde zusammenlaufen. Als er um zwölf noch immer keine Lösung gefunden hatte, faßte er einen jähen Entschluß: »Pah! Ich esse einfach von Clotildes zwanzig Francs zu Mittag. Das ist kein Grund, sie ihr morgen nicht wiederzugeben.«

Also aß er in einem Bierrestaurant für zwei Francs fünfzig. In der Zeitung gab er überdies dem Türhüter drei Francs zurück.

»Da, Foucart, was Sie mir gestern abend für den Wagen gepumpt hatten.«

Er arbeitete bis sieben Uhr. Dann ging er zum Abendessen und nahm abermals drei Francs von jenem Gelde. Die beiden abendlichen Glas Bier steigerten seine Tagesausgaben auf neun Francs dreißig Centimes.

Aber da er sich innerhalb von vierundzwanzig Stunden keinen neuen Kredit schaffen noch sich neue Hilfsquellen erschließen konnte, nahm er am folgenden Tag weitere sechs Francs fünfzig von den zwanzig Francs, die er am Abend hätte zurückerstatten sollen, so daß er mit ganzen vier Francs zwanzig in der Tasche zu dem vereinbarten Stelldichein kam.

Er befand sich in der Verfassung eines tollwütigen Hundes und nahm sich vor, auf der Stelle reinen Tisch zu machen. Er wollte seiner Geliebten sagen: »Hör mal, ich habe die zwanzig Francs gefunden, die du mir neulich in die Tasche gesteckt hast. Ich gebe sie dir heute nicht wieder, weil meine Lage sich nicht die Spur geändert hat

und weil ich nicht die Zeit gehabt habe, mich mit der Geld-
frage zu befassen. Du bekommst sie beim nächsten
Wiedersehen.«

Sie kam, zärtlich, zutunlich, voller Angst. Wie würde er
sie empfangen? Und sie küßte ihn ausdauernd, um einer
Auseinandersetzung in den ersten Minuten aus dem Wege
zu gehen.

Er seinerseits sagte sich: »Die Frage kann auch später noch
angeschnitten werden. Ich will mir einen Anknüpfungs-
punkt überlegen.«

Aber den fand er nicht, und so sagte er gar nichts; er
scheute vor den ersten Worten zurück, die es bei dieser
heiklen Angelegenheit auszusprechen galt.

Sie sagte nichts von Ausgehen und war in jeder Weise be-
zaubernd.

Gegen Mitternacht trennten sie sich, nachdem sie sich
erst für den Mittwoch der nächsten Woche verabredet
hatten, weil Madame de Marelle in der Stadt zu mehreren
Diners nacheinander eingeladen war.

Als Duroy am folgenden Tag sein Mittagessen bezahlen
wollte und nach den vier Geldstücken suchte, die ihm verblieben sein mußten, merkte er, daß es fünf seien, und eins
davon war ein Goldstück.

Im ersten Augenblick glaubte er, es sei ihm am Vortage
irrtümlich ein Zwanzigfrancsstück herausgegeben worden; dann begriff er und verspürte Herzklopfen ob der
Demütigung durch dieses beharrliche Almosen.

Wie bedauerte er jetzt, nichts gesagt zu haben! Wäre er
energisch aufgetreten, dann wäre ihm dies schwerlich
passiert.

Vier Tage lang unternahm er ebenso zahlreiche wie ver-
gebliche Schritte und Bemühungen, um sich fünf Louis
zu verschaffen, und verzehrte Clotildes zweiten Louis.

Bei ihrer beider nächsten Wiederbegegnung fand sie Mittel
und Wege, ihm abermals zwanzig Francs in die Hosenta-
sche zu stecken, obwohl er mit wütender Miene zu ihr
gesagt hatte: »Hör mal, fang nicht abermals mit dem Un-

sinn der beiden letzten Abende an, sonst werde ich ernstlich böse.«

Als er sie entdeckte, fluchte er: »Verdammt noch mal!« und steckte sie in die Westentasche, weil er keinen Centime mehr besaß.

Sein Gewissen beschwichtigte er durch die Überlegung: »Ich gebe ihr einfach alles auf einmal wieder. Schließlich ist es doch bloß geliehenes Geld.«

Endlich fand sich der Kassierer der Zeitung auf seine flehentlichen Bitten hin bereit, ihm täglich hundert Sous zu geben. Das genügte gerade zum Essen, aber nicht zur Rückzahlung von sechzig Francs.

Da nun aber Clotilde wiederum die Sucht nach nächtlichen Ausflügen in alle suspekten Pariser Lokale überkam, regte er sich schließlich nicht mehr allzusehr auf, wenn er nach ihren abenteuerlichen Streifzügen in einer seiner Taschen, einmal sogar in seinem Schuh und ein andermal in seinem Uhrfutteral, einen Goldfuchs fand.

Da sie Gelüste hatte, die er gegenwärtig nicht befriedigen konnte, war es da nicht ganz das Gegebene, daß sie sie lieber bezahlte, als darauf zu verzichten?

Übrigens führte er Buch über alles, was er auf diese Weise bekam; er wollte es ihr eines Tages zurückerstatten.

Eines Abends sagte sie zu ihm:

»Kannst du dir vorstellen, daß ich noch nie in den Folies-Bergère gewesen bin? Willst du nicht mit mir hingehen?«

Er zögerte; er hatte Angst vor einer Begegnung mit Rachel. Dann dachte er: »Pah! Schließlich bin ich ja nicht mit ihr verheiratet. Wenn die andre mich sieht, wird sie die Situation durchschauen und mich nicht anreden. Außerdem nehmen wir ja eine Loge.«

Überdies hatte er einen ganz bestimmten Grund. Es war ihm nur zu recht, Madame de Marelle eine Theaterloge anbieten zu können, die nichts kostete. Das war eine Art Ausgleich.

Zunächst ließ er Clotilde im Wagen warten und holte das Billett, damit sie nicht merkte, daß er es umsonst bekam;

dann holte er sie, und sie gingen hinein; die Kontrolleure grüßten sie.

Eine riesige Menschenmenge erfüllte den Wandelgang. Es kostete sie große Mühe, sich durch das Gewimmel von Herren und Huren hindurchzuzwängen. Schließlich gelangten sie in ihre Loge und ließen sich zwischen dem reglosen Parkett und dem Gewoge im Gang nieder.

Aber Madame de Marelle hatte kaum einen Blick für die Bühne übrig; sie war vollauf mit den Dirnen beschäftigt, die hinter ihrem Rücken auf und ab wandelten; immer wieder drehte sie sich um und schaute sie an; am liebsten hätte sie sie berührt, ihr Mieder betastet, ihre Backen, ihr Haar, um zu wissen, wie dergleichen Wesen eigentlich beschaffen seien.

Unvermittelt sagte sie:

»Da ist so eine dicke Braune, die sieht uns immerzu an. Eben habe ich geglaubt, sie wolle uns anquatschen. Ist es dir auch aufgefallen?«

Er antwortete:

»Nein. Du mußt dich irren.«

Doch er hatte sie längst gesehen. Es war Rachel; sie strich um die beiden herum, mit Zorn in den Augen und heftigen Worten auf den Lippen.

Duroy hatte sie vorhin gestreift, als er sich durch die Menge drängte, und sie hatte ihm ganz leise »Guten Tag« gesagt, und zwar mit einem Augenzwinkern, das besagte: »Ich bin im Bilde.« Aber er hatte diese Nettigkeit nicht erwidert, aus Angst, seine Geliebte werde es sehen; kalt, mit erhobener Stirn und verächtlich verzogener Lippe war er weitergegangen. Die Dirne, die bereits eine unbewußte Eifersucht anstachelte, hatte kehrtgemacht, ihn abermals gestreift und dabei mit lauterer Stimme gesagt: »Tag, Georges.«

Wiederum hatte er nicht geantwortet. Da hatte sie sich darauf versteift, wiedererkannt und gegrüßt zu werden, und so ging sie jetzt unablässig hinter der Loge vorbei und wartete einen günstigen Augenblick ab.

Sobald sie merkte, daß Madame de Marelle zu ihr hinsah, tippte sie mit der Fingerspitze auf Duroys Schulter:
»Tag. Wie geht's?«
Aber er drehte sich nicht um.
Sie redete weiter:
»Na? Bist du seit letztem Donnerstag taub geworden?«
Er gab keine Antwort, sondern bezeigte eine Verachtung, die ihn daran hinderte, sich auch nur durch ein Wort an diese Frauensperson zu kompromittieren.
Sie fing an zu lachen, ein wütendes Lachen, und sagte:
»Nun bist du auch noch stumm? Hat dir die Dame da vielleicht die Zunge abgebissen?«
Er machte eine zornige Handbewegung und rief außer sich:
»Was erdreisten Sie sich, mich anzureden? Verschwinden Sie, oder ich lasse Sie verhaften.«
Da schrie sie mit loderndem Blick und geschwellter Brust:
»Ah, so ist das also! Meinetwegen, du Rüpel! Aber wenn man mit einer Frau schläft, dann grüßt man sie wenigstens. Heute hast du 'ne andre bei dir, aber das ist kein Grund, mich nicht kennen zu wollen. Du hättest mir bloß einen Wink zu geben brauchen, als ich vorhin an dir vorbeigegangen bin, dann hätte ich dich in Ruhe gelassen. Aber du hast dicke tun wollen, paß bloß auf, du! Dir zahle ich's heim! Mir nicht mal guten Tag zu sagen, wenn ich dir begegne ...«
Sie hätte noch lange gekeift, aber Madame de Marelle hatte die Logentür geöffnet und war davongehastet, mitten durch die Menge, auf kopfloser Suche nach dem Ausgang.
Duroy war ihr nachgestürzt und bemühte sich, sie einzuholen.
Da heulte Rachel, als sie die beiden fliehen sah, triumphierend:
»Haltet sie! Haltet sie! Sie hat mir meinen Liebsten geklaut!«

Im Publikum lief Gelächter um. Zum Spaß packten zwei Herren die Flüchtende bei den Schultern, wollten sie mit sich ziehen und versuchten, sie zu küssen. Aber Duroy hatte sie erreicht; gewaltsam befreite er sie und schob sie auf die Straße.

Sie sprang in eine leere Droschke, die vor dem Varieté-theater hielt. Er schwang sich ihr nach, und als der Kutscher fragte: »Wohin, Bürger?«, antwortete er: »Wohin Sie wollen.«

Langsam setzte der Wagen sich in Bewegung; er holperte auf dem Pflaster. Clotilde befand sich in einer Art Nervenkrise; sie hielt sich die Hände vors Gesicht und würgte und rang nach Atem; Duroy wußte nicht, was er tun oder was er sagen sollte.

Schließlich, als er sie weinen hörte, brachte er hervor: »Hör doch, Cloti, kleine Cloti, laß es mich erklären! Ich kann nichts dafür... Ich habe diese Frau früher mal gekannt... in der ersten Zeit...«

Sie riß die Hände vom Gesicht, und in der Wut einer liebenden und betrogenen Frau, einer tobenden Wut, die ihr die Sprache wiedergab, stieß sie in raschen, abgehackten Sätzen keuchend hervor:

»Oh!... Du Schuft... du Schuft... Du Hungerleider!... Sollte man das für möglich halten?... So eine Schande!... O mein Gott!... Diese Schande!...«

Dann wurde sie immer aufgeregter, je mehr ihre Gedanken sich klärten und je mehr Argumente ihr einfielen:

»Und mit meinem Geld hast du sie bezahlt, nicht wahr? Und ich habe dir Geld gegeben... für diese Hure... Oh, dieser Schuft...!«

Ein paar Sekunden lang schien sie ein noch kräftigeres Wort zu suchen, aber es fiel ihr keins ein, und dann plötzlich schleuderte sie mit einer Bewegung, als wollte sie spucken, aus sich heraus:

»Oh...! Du Schwein... Schwein... Schwein... Mit meinem Geld hast du sie bezahlt... du Schwein... Du Schwein...!«

Sie fand keinen andern Ausdruck und wiederholte immer wieder:

»Du Schwein ... du Schwein ...«

Plötzlich beugte sie sich hinaus und faßte den Kutscher am Ärmel:

»Halten Sie!«

Dann riß sie die Wagentür auf und sprang auf die Straße.

Georges wollte ihr folgen, als sie schrie: »Ich verbiete dir, auszusteigen«, und zwar so laut, daß die Vorübergehenden sich um sie scharten; Duroy rührte sich nicht, aus Angst vor einem Skandal.

Darauf zog sie ihre Börse aus der Tasche, suchte beim Schein der Wagenlaterne das Geld zusammen, nahm zwei Francs fünfzig heraus, drückte sie dem Kutscher in die Hand und sagte mit bebender Stimme:

»Da ... Ihr Fahrgeld ... Bezahlen tue nämlich *ich* ... Und dann fahren Sie diesen Schweinehund nach der Rue Boursault in Batignolles.«

In der sie umgebenden Gruppe entstand Heiterkeit. Ein Herr sagte: »Bravo, kleine Frau!«, und ein junger Taugenichts, der zwischen den Droschkenrädern stand, steckte den Kopf durch das offene Wagenfenster und schrie mit überschriller Stimme: »Gute Nacht, Bibi!«

Dann setzte sich der Wagen wieder in Bewegung; Gelächter folgte ihm nach.

VI

Am andern Morgen wachte Georges Duroy recht mißgestimmt auf.

Langsam zog er sich an; dann setzte er sich an sein Fenster und begann zu überlegen. Er fühlte sich am ganzen Körper wie zerschlagen; ihm war, als habe er am Vorabend eine Tracht Prügel bekommen.

Endlich stachelte ihn die Notwendigkeit an, Geld aufzutreiben, und er begab sich zunächst zu Forestier.

Der Freund empfing ihn in seinem Arbeitszimmer, die Füße am Kaminfeuer.

»Was hat dich denn so früh aus den Federn getrieben?«

»Was sehr Ernstes. Ich habe eine Ehrenschuld.«

»Spiel?«

Er zögerte; dann gestand er:

»Ja, Spielschulden.«

»Hohe?«

»Fünfhundert Francs.«

Dabei schuldete er nur zweihundertachtzig.

Forestier fragte skeptisch:

»Wem schuldest du sie denn?«

Duroy konnte nicht gleich antworten.

»... Ja... einem .. einem gewissen Monsieur de Carleville.«

»Soso. Und wo wohnt der?«

»Rue... Rue...«

Forestier fing an zu lachen:

»Rue zur Ausflucht, was? Den Herrn kenne ich, mein Lieber. Wenn du zwanzig Francs haben willst, dann stehen sie dir noch mal zur Verfügung, aber mehr nicht.«

Duroy nahm das Goldstück.

Dann ging er zu allen seinen Bekannten, von Tür zu Tür, und schließlich, gegen fünf Uhr, hatte er achtzig Francs beisammen.

Da er noch zweihundert auftreiben mußte, faßte er kurzerhand einen Entschluß, behielt, was er eingeheimst hatte, und murmelte vor sich hin: »Unsinn, ich werde mir wegen dieser Nutte doch keine grauen Haare wachsen lassen. Ich bezahle sie, wenn ich kann.«

Vierzehn Tage lang führte er ein sparsames, geregeltes, keusches Leben, den Kopf voll von energischen Entschlüssen. Dann überkam ihn ein unbezwingliches Liebesverlangen. Ihm war, als seien mehrere Jahre vergangen, seit er eine Frau in den Armen gehalten hatte, und wie ein Matrose, der schier verrückt wird, wenn er wieder an Land kommt, fühlte er, daß es ihm bei jeder Frau, der er begegnete, durch und durch ging.

So begab er sich eines Abends wieder in die Folies-Bergère in der Hoffnung, Rachel dort zu finden. Tatsächlich erblickte er sie schon vom Eingang aus; sie verließ kaum je dieses Etablissement.

Lächelnd, mit ausgestreckter Hand, trat er auf sie zu. Sie aber musterte ihn vom Kopf bis zu den Füßen:

»Was wollen Sie von mir?«

Er versuchte zu lachen:

»Hab dich nicht so.«

Sie kehrte ihm den Rücken zu und sagte:

»Mit Zuhältern gebe ich mich nicht ab.«

Sie hatte die unflätigste Beleidigung gewählt. Er spürte, wie ihm das Blut ins Gesicht schoß, und ging allein nach Hause.

Der kränkelnde, entkräftete, immerfort hustende Forestier machte ihm in der Zeitung das Leben sauer; er schien sich den Kopf zu zerbrechen, für ihn die langweiligsten und lästigsten Arbeiten ausfindig zu machen. Eines Tages, in einem Augenblick nervöser Überreizung und nach einem langen Hustenanfall, fuhr er Duroy an, als dieser ihm eine verlangte Auskunft nicht erteilen konnte:

»Zum Teufel, du bist dümmer, als ich je geglaubt hätte.«

Der andere hätte ihm am liebsten eine heruntergehauen, aber er begnügte sich damit, wegzugehen und in sich hineinzubrummen: »Dich werde ich schon noch kriegen.« Es schoß ihm blitzschnell ein Gedanke durch den Kopf, und er sagte noch: »Dir setze ich einfach Hörner auf, alter Freund.« Und er ging und rieb sich die Hände, solche Freude empfand er über diesen Plan.

Schon am nächsten Tag wollte er sich an die Durchführung machen. Er stattete Madame Forestier einen Besuch ab, um auf den Busch zu klopfen.

Er traf sie längelang auf ihrem Sofa liegend und ein Buch lesend an.

Ohne ihre Haltung zu ändern, bot sie ihm die Hand; sie wandte lediglich den Kopf, als sie zu ihm sagte:

»Guten Tag, Bel-Ami!«

Ihm war, als habe er eine Ohrfeige bekommen:

»Warum nennen Sie mich so?«

Lächelnd antwortete sie:

»Letzte Woche habe ich Madame de Marelle getroffen, und da habe ich erfahren, wieso Sie bei ihr so getauft worden sind.«

Das liebenswürdige Gesicht der jungen Frau beruhigte ihn. Was hätte er überdies auch befürchten können?

Sie fuhr fort:

»Sie verwöhnen sie! Mich besucht man nur, wenn Ostern und Pfingsten auf einen Tag fallen, wenigstens so ungefähr, nicht wahr?«

Er hatte sich zu ihr gesetzt und musterte sie mit einer neuen Neugier, der Neugier eines Sammlers auf der Suche nach irgendwelchen Sächelchen. Sie war ganz reizend, von einem zarten, warmen Blond, wie geschaffen für Zärtlichkeiten; und er dachte: »Ganz bestimmt ist sie besser als die andere.« Er zweifelte nicht im mindesten an seinem Erfolg, ihm war, als brauche er bloß die Hand auszustrecken und sie zu nehmen, wie man eine Frucht pflückt.

Entschlossen sagte er:

»Ich habe Sie nicht mehr besucht, weil ich das für richtiger hielt.«

Ohne ihn zu verstehen, fragte sie:

»Wieso? Warum?«

»Warum? Können Sie sich das nicht denken?«

»Nein, absolut nicht.«

»Weil ich in Sie verliebt bin ... oh, nur ein bißchen, bloß ein ganz klein bißchen ... und weil ich es nicht ganz und gar werden will ...«

Sie schien weder erstaunt noch schockiert, noch geschmeichelt; sie lächelte auch weiterhin ihr gleichmütiges Lächeln und antwortete in aller Ruhe:

»Sie können trotzdem kommen. In mich ist man nie lange verliebt.«
Ihr Tonfall hatte ihn noch mehr als ihre Worte überrascht, und er fragte:
»Wieso?«
»Weil nichts dabei herauskommt, und weil ich es auf der Stelle zu verstehen gebe. Hätten Sie mir eher von Ihren Ängsten erzählt, dann hätte ich Sie beruhigt und Sie sogar aufgefordert, möglichst oft zu kommen.«
Da rief er pathetisch:
»Als ob man seine Gefühle kommandieren könnte!«
Sie sah ihn an:
»Lieber Freund, für mich gilt ein verliebter Mann als aus der Zahl der Lebenden gestrichen. Er wird zum Idioten, und nicht nur das, er wird auch gefährlich. Mit Leuten, die mich lieben oder es behaupten, breche ich jede nähere Beziehung ab, erstens, weil sie mich langweilen, und zweitens, weil sie mir verdächtig sind wie ein toller Hund, der einen Anfall bekommen kann. Ich unterziehe sie also einer moralischen Quarantäne, bis sie ihre Krankheit überstanden haben. Das vergessen Sie bitte nicht. Ich weiß ganz genau, daß bei euch Männern die Liebe nichts ist als eine Art Appetit, während sie bei mir eine Art ... eine Art Seelengemeinschaft sein würde, die den Männern etwas Unbegreifliches ist. Ihr versteht davon nur den Buchstaben und ich den Geist. Aber ... sehen Sie mich mal richtig an ...«
Sie lächelte nicht mehr. Ihr Gesicht war jetzt ruhig und kalt, und sie sagte, wobei sie jedes Wort betonte:
»Ich werde nie und nimmer Ihre Geliebte, das merken Sie sich bitte. Es ist also absolut unnütz, und Sie würden sogar schlecht dabei fahren, wenn Sie bei diesem Wunsche beharrten ... Und nun die Operation vollzogen ist ... wollen Sie, daß wir Freunde werden, gute Freunde, aber dann auch wahre Freunde, ohne Hintergedanken ...?«
Er hatte eingesehen, daß angesichts dieses Urteils ohne Berufung jeder weitere Versuch fruchtlos bleiben mußte.

Sogleich fand er sich ehrlich damit ab, ohne alles Drehen und Deuteln, und froh, daß er sich im Daseinskampf diese Bundesgenossin schaffen könne, streckte er ihr beide Hände hin:

»Ich gehöre Ihnen, Madame, ganz wie Sie wünschen.«

Sie hörte es seiner Stimme an, daß das, was er dachte, ehrlich war, und bot ihm ihre Hände dar.

Er küßte sie, eine nach der andern; dann hob er den Kopf und sagte ohne weiteres:

»Donnerwetter ja, wenn ich eine Frau wie Sie gefunden hätte, mit welcher Beglückung würde ich sie geheiratet haben!«

Diesmal war sie gerührt; sie fühlte sich durch die Äußerung geschmeichelt wie alle Frauen durch Komplimente, die den Weg zu ihrem Herzen finden, und sie warf ihm einen der raschen, dankbaren Blicke zu, die uns Männer zu ihren Sklaven machen.

Da ihm dann kein Übergang zur Wiederaufnahme der Unterhaltung einfiel, sagte sie mit weicher Stimme und legte ihm dabei einen Finger auf den Arm:

»Und jetzt will ich gleich mit der Betätigung meiner Freundschaft anfangen. Sie sind ungeschickt, mein Lieber...«

Sie zauderte und fragte:

»Kann ich offen und ehrlich sprechen?«

»Ja.«

»Ganz und gar?«

»Ganz und gar.«

»Also, dann machen Sie doch Madame Walter einen Besuch; sie schätzt Sie sehr, suchen Sie ihr zu gefallen. Dann können Sie alle Ihre Komplimente anbringen, obwohl sie eine anständige Frau ist, verstehen Sie mich richtig, eine durch und durch anständige Frau. Auch bei ihr besteht keinerlei Hoffnung auf... auf Marodieren. Sie können dort Besseres finden, wenn Sie einen guten Eindruck machen. Ich weiß, daß Sie bei der Zeitung nach wie vor eine untergeordnete Stellung innehaben. Aber keine Angst, die

127

Walters empfangen alle ihre Redakteure mit dem gleichen Wohlwollen. Gehen Sie hin, glauben Sie mir.«

Lächelnd sagte er:

»Danke, Sie sind ein Engel... ein Schutzengel.«

Dann sprachen sie von diesen und jenen anderen Dingen. Er blieb lange bei ihr, er wollte beweisen, daß es ihm Freude mache, bei ihr zu sein; und als er sich verabschiedete, fragte er noch einmal:

»Nicht wahr, es ist doch abgemacht, daß wir Freunde sind?«

»Das sind und bleiben wir.«

Da ihm die Wirkung seines Kompliments von vorhin nicht entgangen war, unterstrich er es, indem er noch sagte:

»Und wenn Sie jemals Witwe werden, lasse ich mich vormerken.«

Dann machte er, daß er wegkam, um ihr nicht Zeit zu lassen, böse zu werden.

Ein Besuch bei Madame Walter war Duroy ein bißchen peinlich, weil er nicht aufgefordert worden war, sich bei ihr einzufinden, und er wollte keine Ungeschicklichkeit begehen. Freilich bezeigte der Chef ihm Wohlwollen, schätzte seine Arbeit und betraute ihn vorzugsweise mit schwierigen Aufträgen; warum sollte er diese Gunst nicht ausnutzen und sich Zutritt in sein Haus verschaffen?

So stand er denn eines Morgens beizeiten auf, begab sich in die Markthallen, wo der Verkauf gerade begann, und verschaffte sich für etwa zehn Francs an die zwanzig wundervolle Birnen. Er packte sie sorgfältig in ein Körbchen, damit es aussähe, als kämen sie von weit her, und gab sie mit seiner Karte bei der Concierge der Chefsgattin ab; auf die Karte hatte er geschrieben:

»Georges Duroy

bittet Madame Walter ergebenst, diese wenigen Früchte entgegennehmen zu wollen, die er heute früh aus der Normandie erhalten hat.«

Am folgenden Tage fand er in seinem Postfach in der Zeitung einen Briefumschlag, der die Karte Madame Walters enthielt, mit den Zeilen, sie danke Monsieur Georges Duroy herzlich und sei jeden Samstag zu Hause.

Am folgenden Samstag ließ er sich bei ihr melden.

Walter bewohnte am Boulevard Malesherbes ein Doppelhaus, das ihm gehörte; es war zur Hälfte vermietet, was eine Sparmaßnahme von Leuten ist, die im praktischen Leben stehen. Ein einziger Concierge, der seine Loge zwischen den beiden Eingangstüren hatte, öffnete die Tür für den Besitzer und den Mieter und gab jedem der beiden Eingänge das großartige Aussehen eines reichen, eleganten Hauses durch seine Kirchenschweizerlivree, seine dicken, in weißen Strümpfen steckenden Waden und seinen repräsentativen Rock mit den goldenen Knöpfen und den scharlachroten Aufschlägen.

Die Empfangsräume lagen im ersten Stock; davor befand sich ein mit Tapisserien bespannter und durch Portieren abgeschlossener Flur. Zwei Diener dösten auf Stühlen. Der eine nahm Duroy den Mantel ab, und der andere bemächtigte sich seines Spazierstocks, öffnete eine Tür, ging ein paar Schritte vor dem Besucher her, trat dann beiseite, ließ ihn vorbeigehen und rief seinen Namen in ein leeres Zimmer hinein.

Verlegen blickte der junge Mann nach allen Seiten um sich, bis er in einem Spiegel Leute wahrnahm, die dasaßen, dem Anschein nach sehr weit weg. Zunächst irrte er sich in der Richtung, der Spiegel hatte ihn getäuscht, darauf durchschritt er zwei weitere leere Zimmer und gelangte schließlich in ein kleines Boudoir; es war mit blauer, goldgetupfter Seide ausgeschlagen, und es saßen darin vier halblaut plaudernde Damen um einen runden Tisch, auf dem Teetassen standen.

Trotz der Sicherheit, die er in seinem Pariser Dasein und vor allem durch seinen Beruf als Reporter gewonnen hatte, der ihn unaufhörlich mit markanten Persönlichkeiten in Berührung brachte, fühlte Duroy sich ein bißchen beklommen durch die Inszenierung seines Eintretens und das Durchschreiten der leeren Salons.

Er stammelte:

»Madame, ich habe mir erlaubt...«, und dabei suchte sein Blick die Herrin des Hauses.

Sie reichte ihm die Hand, die er, sich verbeugend, ergriff, und sagte zu ihm:

»Sie sind sehr liebenswürdig, daß Sie mich besuchen.«

Sie deutete auf einen Stuhl, auf den er, als er sich setzen wollte, niederplumpste, weil er ihn für viel höher gehalten hatte.

Die Unterhaltung war verstummt. Eine der Damen begann wieder zu sprechen, es handelte sich um die Kälte, die zwar streng geworden war, aber noch nicht genug, um der Typhusepidemie Einhalt zu gebieten und das Schlittschuhlaufen zu ermöglichen. Und jede der Damen äußerte ihre Ansicht darüber, daß jetzt der Frost seinen Einzug in Paris gehalten habe; dann taten sie kund, welche Jahreszeiten ihnen die liebsten seien, und zwar mit all den banalen Begründungen, die in den Köpfen liegen wie der Staub in den Wohnungen.

Ein leichtes Türklappen ließ Duroy den Kopf wenden, und er erblickte durch zwei Spiegelscheiben eine sich nähernde dicke Dame. Sobald sie im Boudoir erschien, stand eine der Besucherinnen auf, drückte allen die Hände und ging; der junge Mann folgte mit dem Blick ihrem schwarzen Rücken, auf dem Jett-Perlen schimmerten, durch die andern Salons.

Als die Aufregung, die dieser Personenwechsel bewirkte, sich gelegt hatte, wurde spontan und ohne Übergang über die Marokko-Frage und den Krieg im Orient gesprochen sowie über die Schwierigkeiten Englands in Südafrika.

Die Damen sprachen über diese Dinge, als hätten sie sie auswendig gelernt, als rezitierten sie eine schickliche, schon oft wiederholte Gesellschaftskomödie.

Ein neuer Auftritt fand statt, der einer kleinen, gelockten

Blondine, die den Abgang einer großen, hageren Dame unbestimmten Alters veranlaßte.

Und jetzt wurde über die Aussichten Monsieur Linets, in die Akademie zu kommen, gesprochen. Die zuletzt Gekommene war fest davon überzeugt, er werde von Cabanon-Lebas geschlagen werden, dem Autor der schönen Bühnenbearbeitung des »Don Quijote« in französischen Versen.

»Wissen Sie schon, daß sie nächsten Winter im ›Odeon‹ gespielt wird?«

»Tatsächlich? Dann gehe ich bestimmt hin und sehe mir diesen sehr literarischen Versuch an.«

Madame Walter antwortete liebenswürdig, mit ruhiger Gleichgültigkeit, ohne je zu zögern, was sie sagen solle; ihre Meinung stand immer schon im voraus fest.

Sie merkte, daß es zu dunkeln begann, und schellte nach den Lampen, wobei sie zugleich dem Gespräch lauschte, das zäh wie Baumharz hinfloß; dabei fiel ihr ein, daß sie vergessen habe, bei dem Graveur vorbeizugehen, um die Einladungskarten für das nächste Diner zu bestellen.

Sie war ein bißchen zu dick, aber noch schön; sie stand in dem gefährlichen Alter, in dem der Niedergang nahe bevorsteht. Sie hielt sich durch sorgfältige Pflege, durch Vorsichtsmaßnahmen, durch Hygiene und Hautcremes. Sie wirkte in jeder Hinsicht zurückhaltend, maßvoll und vernünftig; sie war eine der Frauen, deren Geist abgezirkelt ist wie ein französischer Garten. Man ergeht sich darin ohne Überraschung und findet in ihm dennoch einen gewissen Reiz. Sie besaß Verstand, einen feinen, diskreten und sicheren Verstand, der bei ihr die Phantasie ersetzte, Güte, Opferwilligkeit und ferner ein ruhiges Wohlwollen, das sich auf jedermann und auf alles erstreckte.

Es fiel ihr auf, daß Duroy noch nichts gesagt hatte, daß er nicht angesprochen worden war und daß er sich ein bißchen unbehaglich zu fühlen schien; und da die Damen immer noch bei der Akademie verweilten, einem Lieblingsthema, das sie noch lange nicht aufgeben zu wollen schienen, fragte sie:

»Und Sie, der Sie doch besser als irgend jemand sonst orientiert sein müssen, Monsieur Duroy, wem gilt Ihre Neigung?«

Unverzüglich antwortete er:

»Bei dieser Frage, Madame, würde ich nie das Verdienst der Kandidaten, das stets strittig ist, ins Auge fassen, sondern ihr Alter und ihren Gesundheitszustand. Ich würde nie nach ihren Leistungen fragen, sondern nach ihrem Leiden. Ich würde keinesfalls danach forschen, ob sie eine gereimte Übersetzung des Lope de Vega zustande gebracht haben, sondern ich würde darauf bedacht sein, mich nach dem Zustand ihrer Leber, ihres Herzens, ihrer Nieren und ihres Rückenmarks zu erkundigen. Für mich ist eine nette Hypertrophie, eine nette Albuminurie, und vor allem ein netter Beginn einer Ataxie der Bewegungsnerven hundertmal wertvoller als vierzigbändige Exkurse über die Vaterlandsidee in der Dichtung der Berber.«

Auf diese Meinungsbekundung hin folgte ein erstauntes Schweigen.

Lächelnd fragte Madame Walter:

»Warum denn?«

Er antwortete:

»Weil ich immer nur darauf bedacht bin, was den Frauen Freude machen könnte. Die Sache ist doch die, Madame, daß die Akademie für Damen nur dann wirkliches Interesse besitzt, wenn ein Akademiemitglied stirbt. Je mehr sterben, desto glücklicher müssen die Damen sein. Und damit sie rasch sterben, müßten nur alte und kranke ernannt werden.«

Da alle noch immer etwas überrascht waren, fügte er hinzu:

»Mir geht es übrigens genauso wie Ihnen, und ich lese gern in den Pariser Tagesneuigkeiten vom Tod eines Mitglieds der Akademie. Sogleich frage ich mich dann: ›Wer tritt jetzt an seine Stelle?‹ Das ist ein Spiel, ein sehr nettes kleines Spiel, und es wird in allen Pariser Salons bei jedem Abscheiden eines Unsterblichen gespielt: ›Das Spiel vom Tode und den vierzig Greisen‹.«

Die Damen, die noch immer ein bißchen aus der Fassung waren, begannen indessen zu lächeln, so richtig war seine Bemerkung gewesen.

Er erhob sich und schloß:

»Die Ernennung erfolgt durch Sie, meine Damen, und Sie ernennen sie lediglich, damit Sie erleben, daß sie sterben. Also wählen Sie nur solche, die alt, sehr alt, so alt wie irgend möglich sind; um alles übrige brauchen Sie sich nicht zu kümmern.«

Dann verabschiedete er sich mit großem Anstand.

Als er gegangen war, erklärte eine der Damen:

»Ein komischer Kauz! Wer ist es eigentlich?«

Madame Walter antwortete:

»Einer unserer Redakteure; vorerst leistet er in der Zeitung noch Handlangerdienste, aber ich bin überzeugt davon, daß er schnell seinen Weg machen wird.«

Frohgemut, mit langen Tänzerschritten, ging Duroy den Boulevard Malesherbes hinab; er war mit seinem Abgang zufrieden und murmelte vor sich hin: »Guter Start.«

An diesem Abend söhnte er sich mit Rachel aus.

Die folgende Woche bescherte ihm zwei Ereignisse. Er wurde zum Chefredakteur der ›Stadtnachrichten‹ ernannt und von Madame Walter zum Abendessen geladen. Sogleich merkte er, daß zwischen diesen beiden Neuigkeiten eine Verbindung bestand.

Die »Vie Française« war vor allem ein Börsenblatt, da der Chef ein Finanzmann war, dem die Presse und sein Mandat als Abgeordneter als Hebel gedient hatten. Er hatte sich aus der Biederkeit eine Waffe geschmiedet und stets unter der lächelnden Maske eines wackeren Mannes manövriert; aber er setzte bei seinen Geschäften, welcher Art sie auch sein mochten, immer nur Leute ein, die er abgetastet, erprobt, beschnüffelt hatte und die er für durchtrieben, kühn und geschmeidig hielt. Den zum Chef der

›Stadtnachrichten‹ ernannten Duroy hielt er für einen besonders wertvollen jungen Mann.

Jene Stellung hatte bisher der Redaktionssekretär Monsieur Boisrenard innegehabt, ein alter, korrekter Journalist, der pünktlich wie ein Beamter war. Dreißig Jahre lang war er Redaktionssekretär bei elf verschiedenen Zeitungen gewesen, ohne seine Denk- und Handlungsweise auch nur im geringsten zu ändern. Er ging aus einer Redaktion in eine andere über, wie man das Restaurant wechselt, und merkte kaum, daß die Küche nicht ganz im gleichen Geschmack kochte. Politische und religiöse Anschauungen blieben ihm fremd. Er ging im Dienst der Zeitung auf, welche es auch sein mochte, war in der Arbeit bewandert und wertvoll durch seine Erfahrung. Er erledigte seine Obliegenheiten wie ein Blinder, der nichts sieht, wie ein Tauber, der nichts hört, und wie ein Stummer, der niemals etwas sagt. Dabei hielt er seine Berufsehre hoch und hätte sich nie für etwas hergegeben, das er unter dem besonderen Gesichtspunkt seines Metiers nicht für anständig, loyal und korrekt gehalten hätte.

Obwohl Walter ihn schätzte, hatte er oftmals gewünscht, einem anderen Mann die ›Stadtnachrichten‹ anzuvertrauen; denn die sind, wie er sagte, das Mark der Zeitung. Mittels ihrer lanciert man die Neuigkeiten, setzt Gerüchte in Umlauf, wirkt man auf das Publikum und auf den Rentenmarkt ein. Zwischen zwei Berichten über mondäne Abendgesellschaften muß man unauffällig das eigentlich Wichtige einschieben, das eher eingeflüstert als unumwunden gesagt wird. Aus Andeutungen muß man erraten lassen, was man will; man muß so dementieren, daß das Gerücht dadurch bestätigt wird, oder auf eine Weise bestätigen, daß niemand die berichtete Tatsache glaubt. Jedermann muß jeden Tag in den ›Stadtnachrichten‹ mindestens eine Zeile finden, die ihn interessiert, denn dann lesen sie alle. An alles und an alle muß man denken, an alle Gesellschaftsschichten, an alle Berufe, an Paris und an die Provinz, an die Armee und die Maler, an den Klerus und die Universität, an die Richter und an die Kurtisanen.

Der Mann, der diese Sparte leitet und das Bataillon der Reporter kommandiert, muß stets die Ohren spitzen, immer auf der Hut, mißtrauisch, vorausschauend, listig, flink und geschmeidig sein; er muß sich in allen Kniffen und Pfiffen auskennen und mit einem unfehlbaren Witterungsvermögen ausgestattet sein, um auf den ersten Blick zu erkennen, ob eine Nachricht falsch ist oder nicht, um beurteilen zu können, was zu sagen und was zu verschweigen sich empfiehlt, um zu erraten, was auf das Publikum wirken wird; und er muß es auf eine Weise aufzumachen wissen, daß der Effekt sich vervielfacht.

Boisrenard verfügte zwar über eine lange Praxis, aber es fehlte ihm an Überlegenheit und Eleganz; es fehlte ihm vor allem an dem angeborenen Gaunerinstinkt zum täglichen Erraten der geheimen Absichten des Chefs.

Duroy sollte diese Arbeit auf das vollkommenste leisten, und er ergänzte bewundernswert die Redaktion dieses Blattes, das »über die Tiefen des Staates und die Untiefen der Politik hinwegsegelte«, wie Norbert de Varenne zu sagen pflegte.

Die Inspiratoren und eigentlichen Redakteure der »Vie Française« waren ein halbes Dutzend Abgeordnete, die an allen Spekulationen beteiligt waren, die der Direktor in die Wege leitete oder unterstützte. In der Abgeordnetenkammer wurden sie »die Walter-Bande« genannt und beneidet, weil sie mit ihm und durch ihn Geld verdienten.

Forestier als politischer Redakteur war nur der Strohmann dieser Geschäftsleute, der Vollstrecker der von ihnen suggerierten Absichten. Sie bliesen ihm seine Leitartikel ein; er schrieb sie stets daheim, »um ungestört zu sein«, wie er sagte.

Um jedoch dem Blatt ein literarisches und pariserisches Air zu geben, hatte man zwei auf unterschiedlichen Gebieten berühmte Schriftsteller hinzugezogen, Jacques Rival, der aktuelle Plaudereien schrieb, und Norbert de Varenne, einen Dichter und phantasiebegabten Feuilletonisten oder vielmehr Erzähler, wie man neuerdings sagt.

Ferner hatte man sich gegen niedrige Honorare Kunst-, Musik- und Theaterkritiker verschafft, einen Redakteur für die Gerichtsberichte und einen für den Rennsport; sie entstammten der großen Söldnerschar der Schriftsteller, die für Geld alles tun. Zwei Damen der Gesellschaft, »Domino rose« (»Rosa Domino«) und »Patte blanche« (»Die Zuverlässige«), sandten Berichte aus der Gesellschaft ein, behandelten Fragen der Mode, des eleganten Lebens, der Etikette und des guten Tons und ließen Indiskretionen über die großen Damen vom Stapel.

Und so segelte denn die »Vie Française« »über Tiefen und Untiefen« und wurde von all diesen verschiedenartigen Händen gesteuert.

Duroy war Feuer und Flamme über seine Ernennung zum Chef der ›Stadtnachrichten‹, als er eine kleine, gestochene Karte erhielt, auf der er las: »Monsieur und Madame Walter bitten Monsieur Georges Duroy, ihnen die Freude zu machen, am Donnerstag, dem 20. Januar, zum Diner zu ihnen zu kommen.«

Diese neue, unmittelbar auf die andere folgende Gunstbezeigung stimmte ihn so froh, daß er die Einladungskarte küßte, wie wenn sie ein Liebesbrief gewesen wäre. Dann suchte er den Kassierer auf, um die große Frage der Finanzierung durchsprechen.

Ein Chef des Nachrichtenwesens hat im allgemeinen sein Budget, aus dem er seine Reporter und die Nachrichten, gute oder mittelmäßige, bezahlt, die dieser oder jener bringt, wie die Gärtner ihre Ernten zu einem Frühgemüsehändler tragen.

Duroy waren für den Anfang monatlich zwölfhundert Francs bewilligt worden; er nahm sich vor, einen beträchtlichen Teil davon für sich zu behalten.

Auf seine dringlichen Vorstellungen hin hatte der Kassierer sich schließlich bereit gefunden, ihm vierhundert Francs vorzuschießen. Im ersten Augenblick hatte er die feste Absicht, Madame de Marelle die zweihundertachtzig Francs zurückzuschicken, die er ihr schuldete; aber fast gleichzeitig wurde er sich darüber klar, daß ihm dann lediglich hundertzwanzig Francs bleiben würden, und das war eine gänzlich unzulängliche Summe, um auf angemessene Weise seine neuen Obliegenheiten in Gang zu bringen, und so vertagte er diese Rückzahlung auf spätere Zeit.

Zwei Tage lang beschäftigte er sich mit seiner Einrichtung; er hatte nämlich in dem weitläufigen, der ganzen Redaktion gemeinsamen Raum einen besonderen Tisch mit Brieffächern geerbt. Er saß am einen Ende jenes Raums, während Boisrenard, dessen trotz seines Alters ebenholzschwarzes Haar stets über ein Papierblatt geneigt war, das andere Ende innehatte.

Der lange Tisch in der Mitte gehörte den Redakteuren, die im Außendienst beschäftigt waren. Für gewöhnlich diente er als Sitzbank; entweder baumelten die Beine längs des Tischrandes, oder man hockte im Türkensitz mitten darauf. Bisweilen saßen sie zu fünft oder zu sechst auf jenem Tisch und spielten in der Haltung chinesischer Götzen ausdauernd Bilboquet.

Duroy hatte schließlich Gefallen an diesem Zeitvertreib gefunden, und unter der Anleitung und den Ratschlägen Saint-Potins begann er, ein guter Spieler zu werden.

Forestier ging es gesundheitlich immer schlechter; er hatte ihm sein schönes Bilboquetspiel aus Antillenholz anvertraut, das zuletzt gekaufte; es war für ihn ein bißchen zu schwer, und Duroy handhabte mit kräftigem Arm die dicke schwarze Kugel am Ende ihrer Schnur und zählte leise: »Eins – zwei – drei – vier – fünf – sechs.«

Gerade an dem Tage, da er bei Madame Walter zu Abend essen sollte, gelang es ihm zum erstenmal, zwanzig Punkte hintereinander zu machen. »Guter Tag«, dachte er, »Erfolg auf allen Gebieten.« Denn Geschicklichkeit beim Bilboquetspiel verlieh in den Redaktionsräumen der »Vie Française« eine Art Sonderstellung.

Er verließ die Redaktion zu früher Stunde, um Zeit zum

Umkleiden zu haben, und er war dabei, die Rue de Londres hinaufzugehen, als er eine kleine Frau vor sich her trippeln sah, die an Madame de Marelle erinnerte. Er spürte, wie ihm Hitze ins Gesicht stieg, und er bekam Herzklopfen. Er ging auf die andere Straßenseite, um ihr Profil zu mustern. Auch sie blieb stehen, um die Straße zu überqueren. Er hatte sich geirrt und atmete auf.

Oftmals hatte er überlegt, wie er sich verhalten solle, wenn er ihr unverhofft begegnete. Sollte er sie grüßen oder lieber so tun, als habe er sie nicht gesehen?

»Ich würde sie übersehen«, dachte er.

Es war kalt, die Rinnsteine überzog eine Eisschicht. Die Gehsteige lagen trocken und grau im Gaslicht da.

Als der junge Mann sein Zimmer betrat, meinte er: »Ich muß mir eine andere Wohnung suchen. Die hier genügt mir jetzt nicht mehr.« Er verspürte eine nervöse Heiterkeit; er wäre imstande gewesen, über die Dächer zu laufen, und während er zwischen Bett und Fenster auf und ab ging, sagte er laut mehrmals vor sich hin: »Jetzt kommt das Glück! Ganz bestimmt kommt es jetzt. Ich muß an Papa schreiben.«

Dann und wann schrieb er nämlich seinem Vater, und solch ein Brief brachte stets große Freude in die kleine normannische Kneipe an der Landstraße oben auf dem langgestreckten Hügel, von dem aus man Rouen und das breite Seinetal überblickt.

Dann und wann empfing auch er einen blauen Umschlag, dessen Adresse mit großer, zitteriger Schrift geschrieben war, und zu Anfang des väterlichen Briefes las er unfehlbar stets die gleichen Zeilen:

»Mein lieber Sohn, das Gegenwärtige soll Dir sagen, daß es uns gutgeht, Deiner Mutter und mir. Nicht viel Neues im Dorf. Aber ich muß Dir doch mitteilen…«

Er hegte nämlich im Herzen immer noch Anteilnahme an den Geschehnissen im Dorf, an allem, was es bei den Nachbarn an Neuigkeiten gab, und am Stand der Äcker und der Ernte.

Als er sich vor seinem kleinen Spiegel seine weiße Schleife band, sagte er sich nochmals: »Gleich morgen muß ich an Papa schreiben. Wenn er mich heute abend in dem Hause sähe, in das ich gehe, würde er Mund und Nase aufsperren, der Alte! Verdammt noch mal, gleich werde ich ein Diner vorgesetzt bekommen, wie er es noch nie gehabt hat.« Und jäh sah er die schwarze Küche seines Vaterhauses vor sich, hinter der leeren Gaststube des Cafés, die Kasserollen mit den gelben Glanzlichtern längs der Wände, am Kamin den Kater, die Nase der Feuerstelle zugekehrt, in der Pose einer kauernden Chimäre, den im Lauf der Zeit und durch die verschütteten Getränke schmierig gewordenen Holztisch, mitten darauf eine dampfende Suppenterrine und zwischen zwei Tellern eine brennende Kerze. Und er sah auch den Mann und die Frau, seine Eltern, die beiden Bauern mit den langsamen Gesten, wie sie mit kleinen Schlucken die Suppe aßen. Er kannte die kleinsten Falten ihrer alten Gesichter, die spärlichsten Bewegungen ihrer Arme und Köpfe. Er wußte sogar, was sie miteinander allabendlich redeten, wenn sie sich beim Abendessen gegenübersaßen.

Er dachte weiter: »Schließlich muß ich bald mal hinfahren und sie besuchen.« Und da seine Toilette beendet war, blies er sein Licht aus und ging hinunter.

Auf dem äußeren Boulevard machten sich die Huren an ihn heran; er schüttelte sie ab und antwortete ihnen: »Haut gefälligst ab!«, und zwar mit so ausgesprochener Verachtung, als hätten sie ihn beleidigt und verkannt... Für wen hielten sie ihn eigentlich? Kannten diese Straßendirnen sich denn in den Männern nicht aus? Der Frack, den er angelegt hatte, weil er zum Abendessen zu sehr reichen, sehr bekannten und sehr wichtigen Leuten ging, gab ihm das Gefühl einer neuen Geltung, das Bewußtsein, ein anderer Mensch geworden zu sein, ein Mann von Welt, von der eigentlichen Welt.

Selbstsicher betrat er den von hohen Bronzeleuchtern erhellten Flur und übergab den beiden Dienern, die sich ihm genähert hatten, mit einer selbstverständlichen Geste seinen Stock und seinen Mantel.

Alle Salons waren erleuchtet. Im zweiten, dem größten, empfing Madame Walter ihre Gäste. Sie hieß ihn mit einem bezaubernden Lächeln willkommen, und er drückte zwei vor ihm gekommenen Herren, Monsieur Firmin und Monsieur Laroche-Mathieu, Abgeordneten und anonymen Mitarbeitern der »Vie Française«, die Hand. Laroche-Mathieu genoß bei der Zeitung ein besonderes Ansehen; es rührte von seinem großen Einfluß auf die Kammer her. Niemand bezweifelte, daß er eines Tages Minister werden würde.

Dann kamen die Forestiers; die Frau war in Rosa und wirkte entzückend. Duroy war sehr erstaunt, daß sie so intim mit den beiden Volksvertretern war. Länger als fünf Minuten sprach sie ganz leise am Kamin mit Laroche-Mathieu. Charles sah aus, als gehe es ihm sehr schlecht. Er war während des letzten Monats arg abgemagert, hustete unaufhörlich und sagte in einem fort: »Ich müßte mich dazu entschließen, den Rest des Winters im Süden zu verbringen.«

Norbert de Varenne und Jacques Rival erschienen gemeinsam. Dann tat sich hinten im Raum eine Tür auf, und Walter kam mit zwei hochgewachsenen, sechzehn- bis achtzehnjährigen Mädchen herein, die eine häßlich und die andere hübsch.

Zwar wußte Duroy, daß der Chef Familienvater sei, aber dennoch war er erstaunt. Er hatte an die Töchter seines Direktors immer nur gedacht, wie man an ferne Länder denkt, die man nie zu sehen bekommen wird. Und zudem hatte er sie sich ganz klein vorgestellt, und nun hatte er Frauen vor sich. Er verspürte deswegen eine leichte Verwirrung, wie ein Wechsel der Auffassung sie herbeiführt.

Sie reichten ihm die Hand nach der Vorstellung, eine nach der andern, und dann setzten sie sich an ein Tischchen, das ihnen sicherlich zugewiesen worden war, und dort machten sie sich daran, einen Haufen Seidenspulen zu durchwühlen, die in einem Körbchen lagen.

Es wurde noch auf jemanden gewartet, und alle verhielten sich schweigend, in jener gewissen Beklommenheit, wie sie den Diners unter Leuten vorangeht, die sich nicht auf derselben geistigen Ebene treffen können, weil sie tagsüber andersgearteten Betätigungen obliegen.

Duroy hatte, da ihm weiter nichts zu tun übrigblieb, die Augen der Wand zugekehrt, und da sagte Walter aus einiger Entfernung und in dem ausgesprochenen Verlangen, seinen Besitz ins rechte Licht zu stellen, zu ihm:

»Schauen Sie sich ›meine‹ Bilder an?«

Das »meine« hatte besondere Betonung erhalten.

»Ich will sie Ihnen zeigen.« Er nahm eine Lampe, damit alle Einzelheiten zu erkennen waren.

»Dies hier sind die Landschaften«, sagte er.

In der Mitte der Wandfläche war ein großes Gemälde von Guillemet zu sehen, ein normannischer Strand mit Gewitterhimmel. Darunter ein Waldstück von Harpignies; ferner eine algerische Ebene von Guillaumet, mit einem Kamel vor dem Horizont, einem großen Kamel auf hohen Beinen; es sah aus wie ein seltsames Denkmal.

Walter ging zur nächsten Wand hinüber und verkündete ernsten Tons, wie ein Zeremonienmeister:

»Die großen Meister.«

Es waren vier Gemälde: »Besuch im Krankenhaus« von Gervex; »Die Schnitterin« von Bastien-Lepage; »Die Witwe« von Bouguereau und »Die Hinrichtung« von Jean-Paul Laurens. Dieses letztere Werk stellte einen Vendéer Priester dar, der an der Wand seiner Kirche von Revolutionssoldaten erschossen wird.

Ein Lächeln glitt über das ernste Gesicht des Chefs, als er auf die folgende Wand zeigte:

»Jetzt kommen die Humoristen.«

Man gewahrte zunächst ein kleines Bild von Jean Béraud, betitelt »Oben und unten«. Es handelte sich um eine hübsche Pariserin, die die Treppe einer fahrenden Straßenbahn hinaufstieg. Ihr Kopf wurde auf der Höhe des Wagenverdecks sichtbar, und die auf den Bänken sitzenden Herren entdeckten mit gieriger Genugtuung das junge Gesicht, das auf sie zu kam, während die auf der Plattform stehenden Männer mit einem andersgearteten Ausdruck von Ärger und Begehrlichkeit die Beine der jungen Frau betrachteten.

Walter hielt die Lampe mit ausgestrecktem Arm und sagte mehrmals, wobei er anzüglich lachte:

»Na? Ist das nicht komisch? Ist das nicht komisch?«

Dann erklärte er:

»›Die Rettung‹, von Lambert.«

Mitten auf einem abgedeckten Tisch saß eine junge Katze auf dem Hintern und betrachtete erstaunt und unschlüssig eine in einem Glas Wasser ertrinkende Fliege. Sie hatte eine Pfote erhoben und schien bereit, mit einem raschen Hieb das Insekt herauszufischen. Aber sie war noch nicht dazu entschlossen. Sie zögerte. Was sie wohl tun würde?

Dann zeigte der Chef ein Detaille: »Die Lehrstunde«. Das Bild stellte einen Soldaten in einer Kaserne dar, der einem Pudel das Trommeln beibrachte. Walter erklärte:

»Das nenne ich geistvoll!«

Duroy lachte zustimmend und geriet in Begeisterung:

»Zauberhaft, ganz reizend ist das, ganz...«

Jäh hielt er inne; er hatte hinter sich die Stimme der gerade eingetretenen Madame de Marelle gehört.

Der Chef fuhr mit der Erklärung seiner Gemälde fort; von jedem sagte er, was es darstelle.

Jetzt zeigte er ein Aquarell von Maurice Leloir: »Das Hindernis«. Eine Sänfte kam nicht weiter, weil die Straße durch eine Prügelei zwischen zwei Männern aus dem Volke versperrt war, zwei Kerlen, die rangen wie Herkulesse. Und aus dem Fenster der Sänfte schaute ein entzückendes Frauengesicht hervor und sah zu... ohne Ungeduld, ohne Furcht, aber mit einer gewissen Bewunderung sah sie dem Kampf der beiden brutalen Kerle zu.

Walter redete weiter:

»Ich habe noch andere in den nächsten Zimmern, aber die sind von weniger bekannten Leuten. Dies hier ist mein ›Salon carré‹. Augenblicklich kaufe ich junge Maler, ganz junge, und die hebe ich in den Privatzimmern auf und warte, bis die Künstler berühmt sind.«

Dann erklärte er leise:

»Jetzt ist der richtige Augenblick zum Bilderkaufen. Die Maler verrecken vor Hunger. Keinen Sou haben sie, keinen Sou...«

Aber Duroy sah nichts; er hörte, ohne zu verstehen. Madame de Marelle war da, hinter ihm. Was sollte er tun? Wenn er sie grüßte, würde sie ihm da nicht den Rücken zudrehen oder ihm eine Unverschämtheit ins Gesicht schleudern? Und wenn er nicht zu ihr hintrat, was würde man dann denken?

Er sagte sich: »Ich will auf alle Fälle Zeit gewinnen.« Er war so aufgeregt, daß er einen Augenblick lang daran dachte, ein plötzliches Unwohlsein vorzuschützen, das ihm erlauben würde, zu verschwinden.

Die Besichtigung der Wände war beendet. Der Chef stellte die Lampe hin und begrüßte die zuletzt Gekommene, während Duroy ganz allein nochmals die Bilder anzusehen begann, als könne er es gar nicht müde werden, sie zu bewundern.

In seinem Kopf ging alles durcheinander. Was sollte er tun? Er hörte die Stimmen, er konnte verstehen, was gesprochen wurde. Madame Forestier rief ihn:

»Hören Sie mal, Monsieur Duroy!«

Er eilte zu ihr hin. Sie wollte ihm eine Freundin empfehlen, die ein Fest gab und es gern in den ›Stadtnachrichten‹ der »Vie Française« erwähnt gesehen hätte.

Er stotterte:

»Aber gewiß doch, Madame, aber gewiß doch...«

Jetzt stand Madame de Marelle ganz dicht bei ihm. Er wagte nicht, sich umzudrehen und wegzugehen.

Plötzlich glaubte er, verrückt geworden zu sein; mit lauter Stimme hatte sie gesagt:

»Guten Tag, Bel-Ami. Kennen Sie mich denn nicht mehr?«

Rasch fuhr er herum. Sie stand lächelnd vor ihm, in den Augen eitel Heiterkeit und Zuneigung. Und sie reichte ihm die Hand.

Zitternd nahm er sie; noch immer befürchtete er eine Tücke, eine Hinterlist. Fröhlich sprach sie weiter:

»Was tun und treiben Sie eigentlich? Man sieht Sie ja gar nicht mehr.«

Er stammelte, ohne daß es ihm gelang, seine Kaltblütigkeit wiederzugewinnen:

»Ach, ich habe viel zu tun gehabt, Madame, sehr viel zu tun. Monsieur Walter hat mir ein neues Ressort anvertraut, und das bringt enorm viel Arbeit mit sich.«

Sie antwortete, und dabei schaute sie ihm stets offen ins Gesicht, ohne daß er in ihren Augen etwas anderes als Wohlwollen zu entdecken vermochte:

»Ich weiß. Aber das ist doch kein Grund, seine Freunde zu vergessen.«

Sie wurden durch eine dicke Dame getrennt, die hereinkam, eine dicke, dekolletierte Dame mit roten Armen, roten Wangen, auffallend gekleidet und frisiert, und sie bewegte sich so schwerfällig, daß man, wenn man sie gehen sah, das Gewicht und die Dicke ihrer Schenkel zu spüren meinte.

Da sie anscheinend mit besonderer Hochachtung behandelt wurde, fragte Duroy Madame Forestier:

»Wer ist diese Dame?«

»Die Vicomtesse de Percemur, die mit ›Patte blanche‹ zeichnet.«

Er war verdutzt und hätte am liebsten laut herausgelacht:

»Patte blanche! Patte blanche! Unter der habe ich mir immer eine junge Frau wie Sie vorgestellt! Das also ist Patte blanche? Nein, das ist spaßig!«

In der Tür erschien ein Diener und meldete:

»Madame, es ist angerichtet.«

Das Essen verlief banal und heiter, es war eines der Essen, bei denen man über alles redet und nichts sagt. Duroy saß zwischen der ältesten Tochter des Chefs, der häßlichen, Mademoiselle Rose, und Madame de Marelle. Diese letztere Nachbarschaft war ihm ein bißchen peinlich, obgleich Madame de Marelle aussah, als fühle sie sich recht behaglich; sie plauderte geistvoll wie immer. Er war anfangs verwirrt, er wirkte gezwungen und zögernd wie ein Musiker, der aus dem Takt gekommen ist. Doch nach und nach fand er seine Selbstsicherheit wieder, und ihrer beider Augen, die sich unaufhörlich begegneten, stellten einander Fragen und mischten ihre Blicke wie ehemals, auf eine intime, fast sinnliche Weise.

Plötzlich glaubte er unter dem Tisch zu spüren, daß etwas seinen Fuß streifte. Behutsam streckte er das Bein vor und begegnete dem seiner Nachbarin, die bei dieser Berührung keineswegs zurückwich. Sie sprachen in diesem Augenblick nicht miteinander; beide waren mit ihren andern Tischnachbarn beschäftigt.

Mit klopfendem Herzen schob Duroy sein Knie ein bißchen weiter vor. Ein leichter Druck antwortete ihm. Da begriff er, daß ihrer beider Liebschaft von neuem begann.

Was sprachen sie danach? Nicht allzuviel; aber jedesmal, wenn sie einander anblickten, zitterten ihnen die Lippen.

Indessen richtete der junge Mann, der zu der Tochter seines Chefs liebenswürdig sein wollte, von Zeit zu Zeit einen Satz an diese. Sie antwortete darauf, wie es ihre Mutter getan haben würde, sie wußte stets sogleich, was sie zu sagen hatte.

Die Vicomtesse saß zur Rechten Walters und zeigte Prinzessinnenallüren; und Duroy, dem es Spaß machte, sie zu betrachten, fragte leise Madame de Marelle:

»Kennen Sie auch die andere, die, die mit ›Domino rose‹ zeichnet?«

»Ja, freilich, die Baronin de Livar?«

»Ist die vom selben Schlag?«

»Nein, aber genauso komisch. Eine große Dürre, sechzig,

145

falsche Locken, Zähne wie eine Engländerin, Geist im Stil der Restauration, Toiletten aus demselben Zeitalter.«

»Wo mögen sie bloß diese beiden literarischen Phänomene aufgegabelt haben?«

»Reich gewordene Bürger sammeln immer die Wrackstücke des Adels auf.«

»Ist das der einzige Grund?«

»Es gibt nur diesen.«

Dann begann eine politische Diskussion zwischen dem Chef, den beiden Abgeordneten, Norbert de Varenne und Jacques Rival, und sie dauerte bis zum Dessert.

Als man in den Salon zurückgekehrt war, trat Duroy abermals an Madame de Marelle heran, sah ihr tief in die Augen und fragte:

»Darf ich Sie heute abend heimbegleiten?«

»Nein.«

»Und warum nicht?«

»Weil Monsieur Laroche-Mathieu, der bei mir nebenan wohnt, mich jedesmal an meiner Haustür absetzt, wenn ich hier zu Abend esse.«

»Wann sehe ich Sie wieder?«

»Kommen Sie morgen zum Mittagessen zu mir.«

Damit trennten sie sich und sprachen kein Wort mehr miteinander.

Duroy blieb nicht lange; er fand diese Abendgesellschaft eintönig. Als er die Treppe hinabstieg, holte er Norbert de Varenne ein, der sich gleichfalls gerade verabschiedet hatte. Der alte Dichter hakte ihn unter. Da er keine Nebenbuhlerschaft in der Zeitung mehr zu befürchten hatte, weil beide gänzlich verschiedene Gebiete bearbeiteten, bezeigte er dem jungen Kollegen jetzt ein großväterliches Wohlwollen.

»Na, kommen Sie ein Stückchen mit mir?« fragte er.

Duroy antwortete:

»Mit Freuden, verehrter Meister.«

Und sie machten sich auf und gingen mit kleinen Schritten den Boulevard Malesherbes hinab.

Paris war fast ausgestorben in dieser Nacht, einer der kalten Nächte, von denen man meinen könnte, sie seien weiträumiger als für gewöhnlich, in denen die Sterne höher stehen, in denen die Luft in ihren eisigen Windstößen etwas heranzutragen scheint, das von jenseits der Sterne gekommen ist.

In den ersten paar Minuten schwiegen die beiden Männer. Dann brachte Duroy hervor, um überhaupt etwas zu sagen:

»Dieser Laroche-Mathieu macht einen sehr intelligenten, gebildeten Eindruck.«

Der alte Dichter brummelte:

»Finden Sie?«

Der junge Mann war überrascht und zögerte:

»Allerdings; übrigens gilt er als einer der fähigsten Männer in der Kammer.«

»Mag sein. Im Land der Blinden sind die Einäugigen Könige. Alle diese Leute, wissen Sie, sind Mittelmaß, weil ihr Geist zwischen zwei Mauern eingezwängt ist – Geld und Politik. – Es sind Pedanten, mein Lieber, mit denen man über nichts von alledem sprechen kann, was wir gern haben. Ihre Intelligenz sitzt im tiefsten Schlamm fest, oder vielmehr in abgelagerten Exkrementen, wie die Seine bei Asnières. Ach, es ist ja so schwierig, einen Menschen zu finden, der in seinen Gedanken Weite hat, der einem das Gefühl der großen, von hoher See herkommenden Winde vermittelt, wie man sie an der Küste atmet. Ich habe einige dieser Art gekannt; sie sind tot.«

Norbert de Varenne sprach mit klarer, aber verhaltener Stimme; in der Nachtstille hätte sie zu laut geklungen, wenn er ihr freien Lauf gelassen hätte. Er wirkte überreizt und traurig, befangen in einer jener Traurigkeiten, die bisweilen die Seele befallen und sie erbeben lassen wie die Erde unter dem Frost.

Er sprach weiter:

»Was liegt übrigens an einem bißchen mehr oder weniger Genie, da ja doch alles enden muß!«

Er verstummte. Duroy, der fühlte, wie frohgemut sein Herz an diesem Abend war, sagte lächelnd:

»Sie sehen heute ein bißchen schwarz, verehrter Meister.«

Der Dichter antwortete:

»Das geht mir immer so, mein Junge, und in ein paar Jahren ist es mit Ihnen genauso. Das Leben ist eine Anhöhe. Solange man hinansteigt, hält man nach dem höchsten Punkt Ausschau und fühlt sich glücklich; aber wenn man oben angelangt ist, merkt man plötzlich, daß es abwärts geht, und man sieht das Ende, und das ist der Tod. Im Hinaufsteigen geht es langsam, aber abwärts geht es schnell. In Ihrem Alter ist man guter Dinge. Man erhofft sich vieles, das dann übrigens nie Wirklichkeit wird. In meinem Alter erwartet man nichts mehr ... als den Tod.«

Duroy fing an zu lachen:

»Zum Henker, Sie lassen es einem ja eiskalt über den Rükken laufen.«

Norbert de Varenne erwiderte:

»Nein, heute können Sie mich noch nicht verstehen, aber später werden Sie sich schon an das erinnern, was ich Ihnen jetzt sage.

Es kommt ein Tag, sehen Sie, und für viele kommt er beizeiten, da ist es aus mit dem Lachen, wie man so sagt, weil man hinter allem, was man anschaut, den Tod erblickt. Ach, Sie verstehen noch nicht mal dieses Wort: Tod. In Ihrem Alter bedeutet das nichts. In meinem ist es grausig.

Ja, mit einemmal begreift man es, dieses Wort, ohne daß man weiß, warum und zu welchem Zweck, und dann ändert das Leben völlig sein Aussehen. Ich fühle seit fünfzehn Jahren, wie er in mir arbeitet; es ist, als trüge ich ein nagendes Tier in mir. Ich habe gespürt, wie er mich nach und nach, Monat für Monat, Stunde für Stunde verfallen läßt wie ein Haus, das langsam zerbröckelt. Er hat mich so gänzlich entstellt, daß ich mich nicht mehr wiedererkenne. Es ist von mir nichts mehr übrig, von dem strahlenden, frischen, kräftigen Manne, der ich mit dreißig gewesen bin. Ich habe es erlebt, wie er mein dunkles Haar weiß färbte, und mit welch einer klugen, boshaften Langsamkeit! Er hat mir meine straffe Haut genommen, meine Muskeln, meine Zähne, meinen ganzen Körper von ehemals, und mir nur eine verzweifelte Seele gelassen, und auch die wird er sich bald holen.

Ja, er hat mich zerkrümelt, der Lump, er hat behutsam und schrecklich die lange Zerstörung meines Wesens durchgeführt, Sekunde für Sekunde. Und jetzt fühle ich mich sterben in allem, was ich tue. Jeder Schritt bringt mich ihm näher, jede Bewegung, jeder Atemzug beschleunigt sein widerliches Vorhaben. Atmen, schlafen, trinken, essen, arbeiten, träumen, alles, was wir tun, ist Sterben. Mit einem Wort, Leben ist Sterben!

Oh, auch Sie werden das noch erfahren! Wenn Sie nur eine Viertelstunde nachdächten, dann würde es Ihnen klarwerden.

Was erwarten Sie denn? Liebe? Noch ein paar Küsse, dann sind Sie impotent.

Und was sonst noch? Geld? Was wollen Sie damit anfangen? Frauen bezahlen? Hübsches Glück! Viel essen, fettleibig werden und die ganze Nacht unter den Bissen der Gicht schreien?

Und weiter? Ruhm? Wozu dient der, wenn man ihn nicht mehr in Gestalt der Liebe ernten kann?

Na, und was noch? Das Ende ist stets der Tod.

Ich selber sehe ihn jetzt so dicht vor mir, daß ich oft Lust habe, die Arme auszustrecken und ihn zurückzustoßen. Er deckt die Erde zu und erfüllt den Raum. Überall gewahre ich ihn. Die kleinen, zerquetschten Tierchen auf den Landstraßen, das fallende Laub, das im Bart eines Freundes entdeckte weiße Haar, all das schneidet mir ins Herz und ruft mir zu: ›Da ist er!‹

Er verdirbt mir alles, was ich tue, alles, was ich sehe, was ich esse und was ich trinke, alles, was ich gern habe, den Mondschein, die Sonnenaufgänge, das weite Meer, die schönen Bäche und die Luft der Sommerabende, die sich so weich atmen läßt!«

Er ging langsam, ein wenig außer Atem; er träumte laut vor sich hin, er hatte fast vergessen, daß ihm jemand zuhörte.

Er fuhr fort:

»Und nie kommt ein Lebewesen wieder, nie ... Die Gußformen der Statuen werden aufbewahrt, die Druckplatten, mit denen sich immerfort dieselben Dinge herstellen lassen; aber mein Körper, mein Gesicht, meine Gedanken, meine Wünsche werden nie wieder erscheinen. Und dabei werden Millionen, Milliarden von Menschenwesen geboren, die auf ein paar Quadratzentimetern eine Nase, Augen, eine Stirn, Backen und einen Mund wie ich haben werden, und auch eine Seele wie ich, ohne daß ich selber jemals wiederkäme, ohne daß je auch nur etwas Erkennbares von mir in diesen unzähligen Geschöpfen wiedererschiene, die so verschiedenartig, so unendlich verschiedenartig sind, obwohl sie einander nahezu gleichen.

An was soll man sich klammern? Zu wem soll man in höchster Not aufschreien? Woran können wir glauben? Alle Religionen sind blöd mit ihrer kindischen Moral und ihren egoistischen Verheißungen, ungeheuerlich dumm. Einzig der Tod ist gewiß.«

Er blieb stehen, faßte Duroy an den beiden Aufschlägen seines Mantels und sagte langsam:

»Denken Sie an all das, junger Mann, denken Sie tagelang, monatelang und jahrelang daran, dann werden Sie das Dasein mit andern Augen ansehen. Versuchen Sie doch, sich von allem freizumachen, was Sie beengt, machen Sie die übermenschliche Anstrengung, bei lebendigem Leibe aus ihrem Körper herauszuschlüpfen, aus Ihren Interessen, Ihren Gedanken und der ganzen Menschheit, um anderswo hinzublicken; dann nämlich wird Ihnen klarwerden, wie unwichtig der Streit der Romantiker und der Naturalisten und die Rederei über das Budget sind.«

Er ging weiter und schritt dabei schneller aus.

»Aber Sie werden dann auch die erschreckende Not der Verzweifelten empfinden. Sie werden um sich schlagen, kopflos, in Ungewißheiten untersinkend. Nach allen Seiten werden Sie ›Hilfe‹ schreien, und niemand wird Ihnen antworten. Sie werden die Arme ausstrecken und rufen, daß Ihnen einer hilft, daß Sie geliebt, getröstet und gerettet werden. Aber es wird niemand kommen.

Warum leiden wir so? Weil wir wohl dazu geboren sind, mehr der Materie und weniger dem Geiste gemäß zu leben; aber da wir denken müssen, hat sich ein Mißverhältnis zwischen unserer größer gewordenen Intelligenz und den unwandelbaren Bedingungen unseres Lebens herausgebildet.

Sehen Sie sich die Durchschnittsmenschen an; sofern kein allzu großes Unglück über sie hereinbricht, sind sie zufrieden und leiden nicht unter dem allgemeinen Unglück. Auch die Tiere verspüren es nicht.«

Abermals blieb er stehen, dachte ein paar Sekunden nach und sagte dann müde und resigniert:

»Ich bin ein verlorenes Wesen. Ich habe weder Vater noch Mutter, noch Bruder, noch Schwester, noch Frau, noch Kinder, noch Gott.«

Nach einem Schweigen sagte er noch:

»Ich habe bloß meine Verse.«

Dann hob er den Kopf gegen das Firmament empor, an dem das blasse Antlitz des vollen Monds leuchtete, und deklamierte: .

> Und also suche ich der dunklen Frage Kern
> Im Himmel schwarz und leer, darin ein bleicher Stern.

Sie gelangten zum Pont de la Concorde, den sie schweigend überschritten; dann gingen sie am Palais-Bourbon entlang. Norbert de Varenne begann abermals:

»Heiraten Sie, lieber Freund, Sie wissen nicht, was es heißt, in meinem Alter allein leben zu müssen. Heute erfüllt mich die Einsamkeit mit einer grausigen Angst, das Verlassensein in der Wohnung, abends, am Kamin. Dann ist mir, als sei ich ganz allein auf Erden, fürchterlich allein, aber umgeben von unbestimmten Gefahren, von unbekannten, furchteinflößenden Dingen; und die Wand, die mich von meinem mir unbekannten Nachbarn trennt, entfernt mich von ihm ebenso weit, wie die Sterne es sind, die ich von meinem Fenster aus sehe. Es überkommt mich eine Art Fieber, ein Fieber aus Leid und Angst, und das Schweigen der Wände erschreckt mich. Es ist so tief und so traurig, das Schweigen in einem Zimmer, in dem man allein haust. Es ist nicht nur ein Schweigen rings um den Körper, sondern eine Stille um die Seele, und wenn ein Möbelstück knackt, dann zuckt man zusammen bis ins Herz, denn in dieser trübseligen Behausung ist jedes Geräusch etwas Unerwartetes.«

Wiederum schwieg er; dann fügte er hinzu:

»Im Alter wäre es doch gut, Kinder zu haben.«

Sie waren in der Mitte der Rue de Bourgogne angekommen. Der Dichter blieb vor einem hohen Hause stehen, schellte, drückte Duroy die Hand und sagte zu ihm:

»Vergessen Sie das Greisengefasel, junger Mann, und leben Sie, wie es Ihrem Alter gemäß ist; adieu!«

Damit verschwand er in dem dunklen Hauseingang.

Mit beklommenem Herzen ging Duroy weiter. Ihm war, als sei ihm ein Loch voller Gebeine gezeigt worden, ein unentrinnbares Loch, in das er eines Tages hineinstürzen mußte. Er murmelte vor sich hin: »Zum Henker, bei dem sieht es nicht grade erfreulich aus. Ich möchte keinen Balkonsitz haben, um dem Vorbeimarsch seiner Ideen beizuwohnen, verdammt noch mal!«

Aber da er stehengeblieben war, um eine parfümierte Dame vorbeigehen zu lassen, die aus dem Wagen gestiegen war und in ihr Haus ging, atmete er einen tiefen Zug des Verbenen- und Irisduftes ein, der in der Luft schwebte. Seine Lungen und sein Herz pulsten heftig vor Hoffnung und Freude, und die Erinnerung an Madame de Marelle, die er am nächsten Tag wiedersehen würde, erfüllte ihn vom Kopf bis zu den Füßen.

Alles lächelte ihm, das Leben hieß ihn zärtlich willkommen. Wie schön war es doch, wenn Hoffnungen Wirklichkeit wurden.

Berauscht schlief er ein und stand frühzeitig auf, um einen Spaziergang die Avenue de Bois-de-Boulogne entlang zu machen, ehe er sich zu seinem Stelldichein begab.

Der Wind hatte sich gedreht; während der Nacht war das Wetter milder geworden; es war lau, und die Sonne schien wie im April. Alle ständigen Besucher des Bois hatten dem Ruf des klaren, milden Himmels nachgegeben und waren an diesem Morgen im Freien.

Duroy ging langsam und trank die leichte Luft in sich hinein, die würzig war wie ein Frühlingsleckerbissen. Er ging am Arc de Triomphe vorüber und bog in die große Avenue ein, an der dem Reitweg gegenüberliegenden Seite. Er schaute zu den Reitenden hin, die trabten oder galoppierten, Herren und Damen, die Reichen der Welt, und jetzt beneidete er sie kaum. Fast alle kannte er dem Namen nach; er wußte, wie hoch ihr Vermögen war, und wußte um die geheime Geschichte ihres Lebens; sein Beruf hatte aus ihm eine Art Almanach der Pariser Berühmtheiten und Skandale gemacht.

Die Reiterinnen glitten vorüber, schlank, die Taille durch das dunkle Reitkleid modelliert; sie hatten etwas Hochmütiges und Unnahbares, das viele Frauen zu Pferde annehmen; und Duroy machte sich den Spaß, halblaut, wie man in der Kirche die Litaneien spricht, die Namen, Titel und Eigenschaften der Liebhaber vor sich hin zu sagen, die sie gehabt hatten oder die man ihnen zuschrieb; und statt zu sagen: »Baron de Tanquelet, Fürst de la Tour-Enguerrand«, murmelte er manchmal: »Lesbierinnen: Louise Michot vom Vaudeville und Rose Marquetin von der Oper.«

Dieses Spiel amüsierte ihn höchlichst, als habe er unter dem strengen Äußeren die ewige, tiefe menschliche Infamie festgestellt, und ebendas habe ihn erfreut, erregt und getröstet.

Laut sagte er: »Ihr Heuchlerbande!«, und sein Blick

suchte die Reiter, über die die übelsten Geschichten im Umlauf waren.

Er sah viele, die im Verdacht standen, beim Spiel zu mogeln, Leute, für die die Klubs auf alle Fälle die große, die einzige Einnahmequelle waren, und ganz sicher eine verdächtige.

Andere, sehr Berühmte, lebten einzig und allein vom Vermögen ihrer Frauen, was allgemein bekannt war; wieder andere vom Vermögen ihrer Geliebten, wie behauptet wurde. Viele hatten ihre Schulden bezahlt (eine anständige Handlung), ohne daß jemand auch nur geahnt hätte, woher das dazu erforderliche Geld stammte (ein sehr verdächtiges Geheimnis). Er sah Finanzmänner, deren ungeheures Vermögen mit einem Diebstahl begonnen hatte und die überall empfangen wurden, auch in den vornehmsten Häusern, und ferner Männer, die so geachtet waren, daß, wenn sie vorüberritten, die Kleinbürger den Hut vor ihnen zogen, deren freche Gaunereien bei den großen staatlichen Unternehmungen aber kein Geheimnis für diejenigen waren, die sich hinter den Kulissen auskannten.

Alle schauten hochmütig drein, mit stolzem Mund und unverschämtem Blick, gleichgültig, ob sie einen Backenbart oder einen Schnurrbart trugen.

Duroy lachte immer wieder und wiederholte: »Ihr seid mir die Richtigen, ihr Lumpenvolk, ihr Diebsbande!«

Aber da fuhr ein offener, niedriger, reizender Wagen an ihm vorüber; er wurde in schlankem Trab von zwei kleinen Schimmeln gezogen, deren Mähnen und Schwänze wehten; gelenkt wurden sie von einer jungen, zierlichen blonden Frau, einer bekannten Kurtisane; hinter ihr saßen zwei Grooms. Duroy blieb stehen und hatte nicht übel Lust, vor dieser durch die Liebe Hochgekommenen den Hut zu ziehen und ihr Beifall zu klatschen, die kühn auf diesem Parkweg und zu dieser den aristokratischen Heuchlern gehörenden Stunde ihren frechen, auf dem Bettlaken verdienten Luxus entfaltete. Vielleicht fühlte er dumpf, daß zwischen ihnen etwas Gemeinsames bestand, eine Bindung von Natur aus, daß sie von der gleichen Rasse waren und dieselbe Seele hatten, und daß er für sein Vorwärtskommen kühner Unterfangen der gleichen Gattung bedürfen werde.

Auf dem Rückweg ging er langsamer, mit vor Genugtuung heißem Herzen, und ein wenig vor der Zeit langte er an der Tür seiner ehemaligen Geliebten an.

Bei der Begrüßung bot sie ihm die Lippen, als habe nie ein Bruch stattgefunden, und sie vergaß sogar für eine kurze Weile die kluge Zurückhaltung, die sie daheim ihren Zärtlichkeiten auferlegte. Dann küßte sie die gezwirbelten Enden seines Schnurrbarts und sagte:

»Du weißt noch gar nicht, welche Unannehmlichkeit mir zugestoßen ist, mein Geliebter. Ich hatte mir so schöne Flitterwochen erhofft, und nun fällt mir mein Mann für sechs Wochen ins Haus; er hat Urlaub genommen. Aber ich kann es nicht sechs Wochen ohne dich aushalten, zumal nach unserm kleinen Krach, und da habe ich die Sache folgendermaßen gedeichselt. Du kommst am Montag zum Essen; ich habe ihm schon von dir erzählt. Dann stelle ich dich einfach vor.«

Duroy zögerte, etwas verlegen, er hatte noch nie einem Manne gegenübergestanden, dessen Frau er besessen hatte. Er hatte Angst, irgend etwas könne ihn verraten, eine gewisse Beklemmung, ein Blick, irgend etwas. Stockend sagte er:

»Nein, ich will deinen Mann lieber nicht kennenlernen.«

Sehr erstaunt stand sie vor ihm und beharrte darauf, wobei sie große, kindliche Augen machte.

»Aber warum denn? Was ist denn dabei so komisch? So was kommt doch alle Tage vor! Zum Donnerwetter, ich hätte dich nicht für so albern gehalten.«

Er war verletzt:

»Also gut, meinetwegen, dann komme ich am Montag zum Essen zu dir.«

Sie sagte noch:

»Damit es natürlicher wirkt, lade ich auch die Forestiers ein. Dabei macht es mir nicht grade Spaß, bei mir zu Hause Leute zu empfangen.«

Bis zum Montag dachte Duroy kaum an diese Begegnung; aber als er dann die Treppe zu Madame de Marelle hinanstieg, verspürte er eine befremdliche Verwirrung, nicht, weil es ihm unangenehm gewesen wäre, die Hand dieses Ehemanns zu ergreifen, seinen Wein zu trinken und sein Brot zu essen, sondern weil er vor irgend etwas Angst hatte, ohne zu wissen, wovor eigentlich.

Er wurde in den Salon geführt, und er wartete, wie stets. Dann tat sich die Tür des Zimmers auf, und er erblickte einen hochgewachsenen Mann mit weißem Bart, im Knopfloch ein Ordensbändchen, ernst und korrekt, der mit abgezirkelter Höflichkeit auf ihn zutrat:

»Meine Frau hat mir mehrfach von Ihnen erzählt, und es freut mich, Ihre Bekanntschaft zu machen.«

Duroy ging ihm entgegen und versuchte, seinen Zügen einen Ausdruck betonter Herzlichkeit zu geben, und er drückte die ihm gebotene Hand seines Gastgebers übertrieben energisch. Aber als sie sich dann gesetzt hatten, wußte er nicht, was er mit ihm reden sollte.

Monsieur de Marelle legte ein neues Holzscheit in den Kamin und fragte:

»Befassen Sie sich schon lange mit dem Journalismus?«

Duroy antwortete:

»Erst seit ein paar Monaten.«

»Oh, dann sind Sie aber schnell vorangekommen.«

»Ja, ziemlich schnell.«

Und dann sprach er einfach drauflos, ohne groß zu überlegen, was er sagte, er wartete mit sämtlichen Banalitäten auf, wie sie zwischen Leuten, die einander kaum kennen, gang und gäbe sind. Er hatte sich jetzt gefaßt und begann, die Situation höchst amüsant zu finden. Er musterte das ernste, achtunggebietende Gesicht Monsieur de Marelles mit einem Drang zum Lächeln auf den Lippen, wobei er dachte: »Dir habe ich Hörner aufgesetzt, alter Junge, dir setze ich Hörner auf.« Und es durchdrang ihn eine heimliche, boshafte Befriedigung, die Freude eines Diebes, dem gelungen ist, was er wollte, und der nicht verdächtigt wird, eine schurkische, köstliche Freude. Unvermittelt hatte er Lust, sich mit diesem Manne anzufreunden, sein Vertrauen zu gewinnen, ihn zum Erzählen der Dinge aus seinem Leben zu bringen, von denen man nicht spricht.

Madame de Marelle trat stürmisch ein, und nachdem sie die beiden mit einem lächelnden, undurchdringlichen Blick überflogen hatte, trat sie auf Duroy zu, und er wagte nicht, ihr in Gegenwart des Gatten die Hand zu küssen, was er sonst immer getan hatte.

Sie war ruhig und heiter wie jemand, der an alles gewöhnt ist, der in seinem angeborenen, unverhohlenen Hang zum Betrügen diese Begegnung ganz natürlich und einfach fand. Laurine erschien und bot zurückhaltender als für gewöhnlich Georges die Stirn dar; die Anwesenheit ihres Vaters schüchterte sie ein. Die Mutter sagte zu ihr: »Na, heute nennst du ihn ja nicht Bel-Ami?«

Und das Kind errötete, als sei eine grobe Taktlosigkeit begangen und etwas verraten worden, das man nicht hätte sagen dürfen, als hätte man ein tiefes und etwas schuldhaftes Herzensgeheimnis enthüllt.

Als die Forestiers kamen, waren alle entsetzt über Charles' Aussehen. Er war innerhalb einer Woche erschreckend abgemagert und blaß geworden, und er hustete unaufhörlich. Übrigens kündigte er an, sie würden am nächsten Donnerstag nach Cannes reisen, der Arzt habe es dringlichst gefordert.

Sie zogen sich beizeiten wieder zurück, und Duroy sagte kopfschüttelnd:

»Ich glaube, mit dem steht es schlecht. Der wird nicht alt.«

Madame de Marelle bestätigte wohlgelaunt:

»Ja, mit dem ist es aus! Dabei kann er von Glück sagen, daß er solch eine Frau gefunden hat.«

Duroy fragte:

»Hilft sie ihm viel?«

»Mehr als das, sie macht schlechthin alles. Sie ist über alles auf dem laufenden, sie kennt alle Welt, und dabei hat es den Anschein, als komme sie nie mit irgend jemandem zusammen; sie bekommt, was sie will, wie sie es will und wann sie es will. Oh, die ist durchtrieben, geschickt und intrigant wie keine andere. Für einen Mann, der weiterkommen will, ist sie ein wahrer Schatz.«

Georges entgegnete:

»Dann wird sie doch sicher recht bald wieder heiraten?«

Madame de Marelle antwortete:

»Ja. Es würde mich nicht mal wundern, wenn sie schon jemanden in Aussicht hätte ... einen Abgeordneten ... falls ... falls ... er nicht nein sagt ... es wären da vielleicht mächtige Hindernisse zu überwinden ... moralische ... Na ja, schon gut. Ich weiß nichts.«

Monsieur de Marelle brummelte mit langsamer Ungeduld vor sich hin:

»Du deutest immer einen Haufen Dinge an, und das mag ich nicht. Wir wollen uns doch nicht in die Angelegenheiten anderer Leute mischen. Wir haben genug mit uns selbst zu tun. Das sollte sich jeder zur Regel machen.«

Duroy verabschiedete sich; sein Herz war verwirrt, und sein Kopf war erfüllt von vagen Kombinationen.

Am nächsten Morgen machte er den Forestiers einen Besuch; sie waren dabei, ihre Koffer fertig zu packen. Charles lag auf einer Couch, atmete übertrieben mühsam und sagte mehrmals:

»Ich hätte schon vor einem Monat reisen sollen.«

Dann erteilte er Duroy eine Menge Ratschläge für die Zeitung, obwohl schon alles mit Walter geregelt und vereinbart worden war.

Beim Fortgehen drückte er seinem Kameraden kräftig die Hände:

»Also, alter Junge, auf bald!«

Aber als Madame Forestier ihn bis an die Tür begleitete, sagte er eindringlich zu ihr:

»Sie haben doch unseren Pakt nicht vergessen? Nicht wahr, wir sind Freunde und Verbündete? Wenn Sie mich also nötig haben, ganz gleich, um was es sich handelt, dann überlegen Sie es sich nicht lange. Ein Telegramm oder ein Brief, dann bin ich zur Stelle.«

Sie flüsterte:

»Danke, ich will dran denken.«

Und auch ihr Auge sagte: »Danke«, und zwar auf eine viel tiefere und süßere Weise.

Als Duroy langsam die Treppe hinabstieg, begegnete er Monsieur de Vaudrec, den er schon einmal bei ihr getroffen hatte. Der Graf wirkte bekümmert – vielleicht dieser Abreise wegen?

Der Journalist wollte sich als Weltmann bezeigen und zog geflissentlich den Hut.

Der andere erwiderte den Gruß höflich, aber mit einem gewissen Hochmut.

Am Donnerstagabend fuhr das Ehepaar Forestier ab.

VII

Charles' Ausscheiden räumte Duroy in der Redaktion der »Vie Française« größere Wichtigkeit ein. Er unterzeichnete einige Leitartikel, aber auch seine ›Stadtnachrichten‹, denn der Chef wollte, daß jeder die Verantwortlichkeit für das von ihm Veröffentlichte beibehielt. Er wurde in ein paar Polemiken verwickelt, aus denen er sich geistvoll herauszog; seine ständigen Beziehungen zu den Staatsmännern bereiteten ihn nach und nach darauf vor, ein geschickter, scharfblickender politischer Redakteur zu werden.

Einzig eine dunkle Wolke gewahrte er an seinem Horizont. Sie kam von einem kleinen Oppositionsblatt her, das in einem fort ihn oder vielmehr in seiner Person den Chef der ›Stadtnachrichten‹ der »Vie Française« angriff, »Walters Chef der Überlistungsnachrichten«, wie der anonyme

Redakteur jenes Blattes sich ausdrückte; es hieß »La Plume« (»Die Feder«). Jeden Tag erschienen Perfidien, bissige Anspielungen, Unterstellungen jeglicher Art.

Eines Tages sagte Jacques Rival zu Duroy:

»Sie sind sehr geduldig.«

Der andere antwortete unsicher:

»Halb so schlimm, es ist ja kein direkter Angriff.«

Aber eines Nachmittags, als er ins Redaktionszimmer trat, hielt ihm Boisrenard eine Nummer von »La Plume« hin:

»Da, schon wieder eine für Sie unangenehme Notiz.«

»So? Weswegen denn?«

»Einer Albernheit wegen, über die Verhaftung einer gewissen Aubert durch einen Beamten der Sittenpolizei.«

Georges nahm die ihm hingehaltene Zeitung und las unter der Schlagzeile »Duroy beliebt zu scherzen«:

»Der bekannte Reporter der ›Vie Française‹ belehrt uns heute darüber, daß die Dame Aubert, über deren Verhaftung durch einen Beamten der verhaßten Sittenpolizei wir berichteten, nur in unserer Phantasie existiere. Nun wohnt die fragliche Person aber in der Rue de l'Écureuil Nr. 18, Montmartre. Wir verstehen übrigens allzugut, welches Interesse oder welche Interessen die Agenten des Bankhauses Walter haben können, die Beamten des Polizeipräfekten zu unterstützen, die deren Geschäfte dulden. Was nun den Reporter betrifft, um den es hier geht, so täte er besser, uns mit einigen seiner köstlichen Sensationsnachrichten aufzuwarten, über deren Herstellungsgeheimnis er verfügt; als da sind Todesnachrichten, die am nächsten Tag dementiert werden, Meldungen über Schlachten, die nicht stattgefunden haben, Meldungen über bedeutsame Äußerungen von Herrschern, die nicht den Mund aufgetan haben, kurzum all die Informationen, auf denen die ›Walter-Profite‹ beruhen, oder auch nur eine der kleinen Indiskretionen über die Abendgesellschaften ›erfolgreicher‹ Damen oder über die Vortrefflichkeit gewisser Produkte, die für einige unserer Kollegen eine ergiebige ›Einnahmequelle‹ sind.«

Der junge Mann war eher verdutzt als verärgert; er hatte lediglich verstanden, daß darin etwas für ihn sehr Unangenehmes enthalten sein müsse.

Boisrenard fuhr fort:

»Wer hat Ihnen eigentlich diese Nachricht gegeben?«

Duroy überlegte; er erinnerte sich nicht mehr daran. Aber plötzlich fiel es ihm wieder ein:

»Ja, richtig, Saint-Potin.«

Dann las er die Notiz in »La Plume« nochmals und wurde heftig rot, so empörte ihn der Vorwurf der Käuflichkeit.

Er rief aus:

»Was soll das heißen? Da wird behauptet, ich ließe mich bezahlen für…«

Boisrenard fiel ihm ins Wort:

»Allerdings. Dumme Geschichte für Sie. Gegen so was ist der Chef sehr empfindlich. Es könnte ja öfter in den Stadtnachrichten vorkommen…«

Ausgerechnet in diesem Augenblick kam Saint-Potin herein. Duroy trat hastig auf ihn zu:

»Haben Sie die Notiz in ›La Plume‹ gelesen?«

»Ja, und ich komme gerade von dieser Dame Aubert. Es gibt sie tatsächlich, aber verhaftet worden ist sie nicht. Das Gerücht davon hat keinerlei Grundlage.«

Da stürzte Duroy zum Chef, der ihm etwas kühl vorkam und dessen Blick argwöhnisch wirkte. Walter hörte sich den Fall an und antwortete:

»Gehen Sie selber zu der bewußten Dame und dementieren Sie die Sache auf eine Weise, daß dergleichen Dinge nicht wieder über Sie geschrieben werden. Ich denke an die Folgen. Die Sache ist sehr unangenehm für die Zeitung, für mich und für Sie. Ein Journalist darf genausowenig verdächtigt werden wie Cäsars Frau.«

Duroy stieg mit Saint-Potin, der ihn führen sollte, in eine Droschke und rief dem Kutscher zu:

»Rue de l'Écureuil 18, Montmartre.«

In einem riesigen Mietshaus mußten sechs Stockwerke erklommen werden. Eine alte Frau in wollener Jacke öffnete ihnen:

»Was wollen Sie denn nun schon wieder von mir?« fragte sie, als sie Saint-Potin erblickte.

Er antwortete:

»Ich bringe Ihnen hier einen Herrn, der Polizeiinspektor ist und Ihren Fall gern kennenlernte.«

Da ließ sie sie eintreten und erzählte:

»Seit Sie hier waren, sind schon wieder zwei hier gewesen, von einer Zeitung; von welcher, weiß ich nicht.«

Darauf wandte sie sich an Duroy:

»Sie sind also der Herr, der Auskunft haben möchte?«

»Ja. Sind Sie tatsächlich von einem Beamten der Sittenpolizei verhaftet worden?«

Sie hob die Arme:

»Nie im Leben, mein guter Herr, nie im Leben. Die Sache ist folgende. Ich habe einen Metzger, der hat gute Ware, aber er wiegt schlecht. Das habe ich oft genug gemerkt, aber ich habe nie was gesagt, aber neulich, als ich zwei Pfund Koteletts haben wollte, weil ich doch meine Tochter und meinen Schwiegersohn da hatte, da habe ich gesehen, daß er mir Abfallknochen mit dazu legte, es waren zwar Kotelettknochen, das stimmt, aber nicht Knochen von meinen Koteletts. Davon hätte ich ja nun Ragout kochen können, das stimmt schon, aber wenn ich Koteletts verlange, dann will ich nicht den Abfall von anderen. Ich sage also, das nehme ich nicht, und da nennt er mich ›alte Geizratte‹, ich sage als Antwort zu ihm ›alter Gauner‹, kurz und gut, wie das so kommt, wir haben uns so herumgezankt, daß mehr als hundert Leute vor dem Laden gestanden und sich scheckig gelacht haben, und wie! So, daß schließlich ein Polizist aufmerksam geworden ist und uns aufgefordert hat, mit zum Polizeikommissar zu kommen. Wir sind hingegangen, aber gleich wieder entlassen worden, ohne daß einer von uns Recht bekommen hätte. Ich kaufe seitdem anderswo und gehe nicht mal an seiner Tür vorbei, weil ich keine Scherereien haben will.«

Sie verstummte. Duroy fragte:
»Ist das alles?«
»Die ganze und volle Wahrheit, lieber Herr.«
Die Alte bot ihm ein Glas Johannisbeerlikör an, den er ablehnte, und bestand darauf, in dem Bericht müsse erwähnt werden, daß der Metzger falsch wiege.
Als Duroy wieder in der Zeitung war, schrieb er seine Antwort:
»Ein anonymer Schreiberling von ›La Plume‹, der dem Blatt zu diesem Behuf eine Feder ausgerissen hat, sucht mit mir Händel wegen einer alten Frau, von der er behauptet, sie sei von einem Beamten der Sittenpolizei verhaftet worden, was ich bestreite. Ich selber habe die mindestens sechzigjährige Madame Aubert aufgesucht, und sie hat mir bis in alle Einzelheiten von ihrem Streit mit einem Metzger erzählt, bei dem es sich um das Abwiegen von Kotelettes handelte, woraus sich dann eine Auseinandersetzung vor dem Polizeikommissar ergab.
Das ist der ganze Tatbestand.
Was die übrigen Unterstellungen des Redakteurs von ›La Plume‹ betrifft, so strafe ich sie mit Verachtung. Übrigens pflegt man nicht auf dergleichen Dinge zu antworten, wenn sie anonym geschrieben werden.
Georges Duroy.«
Monsieur Walter und Jacques Rival, der dazugekommen war, hielten die Notiz für ausreichend, und es wurde beschlossen, sie solle noch am selben Tag erscheinen, am Schluß der Nachrichten.
Duroy ging spät und ein bißchen aufgeregt und unruhig heim. Was mochte der andere antworten? Wer steckte dahinter? Warum dieser brutale Angriff? Bei den ungehobelten Sitten der Journalisten konnte diese dumme Geschichte weit führen, sehr weit. Er schlief schlecht.
Als er am andern Tag seine Notiz in der Zeitung nochmals überlesen hatte, kam sie ihm aggressiver vor als im Manuskript. Er hätte, so schien es ihm, einige Ausdrücke mildern können.

Den ganzen Tag über war er wie im Fieber, und auch die folgende Nacht schlief er schlecht. Er stand ums Morgenrot auf, um sich die Nummer von »La Plume« zu kaufen, die die Antwort auf seine Replik enthalten mußte.

Das Wetter war wieder kälter geworden; es fror hart. Die Rinnsteine waren vom Frost überrascht worden, als noch Wasser in ihnen floß; sie bildeten zwei Eisbänder längs der Gehsteige.

Die Zeitungen waren noch nicht bei den Händlern eingetroffen, und Duroy mußte an den Tag seines ersten Artikels »Erinnerungen eines Chasseur d'Afrique« zurückdenken. Hände und Füße wurden ihm steif und fingen an, weh zu tun, vor allem auch die Fingerspitzen; er begann, rund um den Glaskiosk herumzulaufen, die über ihrem Heizofen kauernde Verkäuferin ließ durch das kleine Fenster nur ihre Nase und ihre in eine Wollkapuze gehüllten Backen sehen.

Endlich schob der Zeitungsverteiler das erwartete Paket durch die Öffnung des Fensters, und die gute Frau reichte Duroy eine aufgeschlagene Nummer von »La Plume«.

In hastigem Überfliegen suchte er seinen Namen und sah zunächst nichts. Schon atmete er auf, da fand er die Sache zwischen zwei fetten Strichen.

»Jener Monsieur Duroy von der ›Vie Française‹ gibt uns ein Dementi; aber indem er uns dementiert, lügt er. Er gibt jedoch zu, eine Madame Aubert existiere und ein Beamter habe sie zur Polizei geführt. Er hätte nur hinzufügen sollen ›zur Sittenpolizei‹, und die Sache hätte gestimmt.

Aber das Gewissen mancher Journalisten entspricht durchaus dem Niveau ihres Talents.

Also zeichne ich: Louis Langremont.«

Da begann Georges' Herz heftig zu klopfen, und er ging heim, um sich umzukleiden, ohne recht zu wissen, was er tat. Er war also beleidigt worden, und zwar auf eine Weise, daß es kein Zurück mehr gab. Warum? Um ein Nichts. Einer alten Frau wegen, die sich mit ihrem Metzger gekabbelt hatte.

Rasch zog er sich an und ging zu Monsieur Walter, obwohl es kaum acht Uhr morgens war.

Walter war schon aufgestanden und las »La Plume«.

»Tja«, sagte er mit ernstem Gesicht, als er Duroy gewahrte, »einen Rückzieher können Sie jetzt nicht mehr machen.«

Der junge Mann antwortete nichts. Der Direktor sprach weiter:

»Gehen Sie sofort zu Rival, der wird das Nötige für Sie tun.«

Duroy stammelte ein paar undeutliche Worte, ging und begab sich zu dem Berichterstatter, der noch schlief. Als es klingelte, sprang er aus dem Bett; er las die Notiz:

»Verdammt noch mal, da ist nichts zu machen. Wen wollen Sie als zweiten Zeugen nehmen?«

»Ich weiß nicht recht.«

»Vielleicht Boisrenard? Was halten Sie von dem?«

»Ja, gut, also Boisrenard.«

»Sind Sie ein leidlicher Fechter?«

»Überhaupt keiner.«

»Ei verflucht! Und wie ist es mit der Pistole?«

»Schießen kann ich ein bißchen.«

»Na schön. Sie können üben, während ich alles übrige erledige. Augenblick mal.«

Er ging in sein Ankleidezimmer und erschien bald wieder, gewaschen, rasiert, tadellos.

»Kommen Sie mit«, sagte er.

Er wohnte im Erdgeschoß eines kleinen, aristokratischen Hauses und ließ Duroy in den Keller hinabsteigen, einen riesengroßen Keller, den er in einen Fechtsaal und einen Schießstand umgewandelt hatte; alle Öffnungen nach der Straße hin waren verstopft.

Er steckte eine Reihe von Gaslampen an, die bis ans Ende des zweiten Kellerraums reichte, wo ein rot und blau bemalter Blechmann stand, legte zwei Paar Pistolen neuen Systems, Hinterlader, auf einen Tisch und begann dann

kurz und abgerissen Kommandos zu geben, als seien sie
bereits auf dem Kampfplatz.

»Fertig?«

»Feuer! – Eins, zwei, drei.«

Wie vernichtet hob Duroy den Arm, zielte, schoß, und
da er die Puppe mehrmals in den Bauch traf, weil er in
seiner Jugend häufig mit einer alten Sattelpistole seines
Vaters im Hof auf Spatzen geschossen hatte, erklärte Jacques Rival befriedigt:

»Gut – sehr gut – sehr gut – wird schon klappen – wird
schon klappen.«

Dann verabschiedete er sich.

»Schießen Sie ruhig bis Mittag so weiter. Da haben Sie
Munition, verknallen Sie sie getrost. Ich hole Sie dann zum
Mittagessen ab und berichte Ihnen.«

Damit ging er.

Der allein gebliebene Duroy gab noch ein paar Schüsse
ab; dann setzte er sich und begann zu überlegen.

Wie dumm war schließlich diese ganze Geschichte! Was
wurde denn dadurch bewiesen? War ein Schweinehund
kein Schweinehund mehr, wenn er sich duelliert hatte?
Was hatte ein anständiger Mensch, der beleidigt worden
war, davon, wenn er sein Leben gegen einen Lumpen aufs
Spiel setzte? Und sein im Dunkel umhertappender Geist
erinnerte sich der Dinge, die Norbert de Varenne über die
geistige Armseligkeit der Menschen gesagt hatte, über das
Mittelmaß ihrer Gedanken und ihrer Sorgen, über die Albernheit ihrer Moral!

Und laut erklärte er: »Wie sehr hat er recht, verdammt
noch mal!«

Dann merkte er, daß er Durst hatte, und da er hinter sich
das Geräusch niederfallender Wassertropfen gehört hatte,
drehte er sich um und erblickte eine Dusche, an deren
Brausevorrichtung er trank. Danach grübelte er weiter. Es
war traurig in diesem Keller, trübselig wie in einem Grab-
gewölbe. Das ferne, dumpfe Rollen der Wagen wirkte wie
das Grollen eines aufziehenden Gewitters. Wie spät

mochte es sein? Hier vergingen die Stunden, wie sie in den Gefängnissen vergehen mußten, wo nichts sie anzeigt und nichts sie bewußt macht als das Kommen des Kerkermeisters, der das Essen bringt. Er wartete lange, lange.

Plötzlich hörte er Schritte, Stimmen, und Jacques Rival erschien wieder; Boisrenard kam mit ihm. Sobald er Duroy sah, rief er:

»Alles erledigt!«

Der andere meinte, die Sache sei durch irgendeinen Entschuldigungsbrief beigelegt worden; sein Herz tat einen Sprung, und er stotterte:

»Ach so!... Danke.«

Der Tagesberichterstatter fuhr fort:

»Dieser Langremont ist ein rechter Kerl, er hat alle unsere Bedingungen angenommen. Fünfundzwanzig Schritte, einmaliger Kugelwechsel auf Kommando beim Heben der Pistole. Da hat man mehr Sicherheit im Arm, als wenn man ihn senkt. Passen Sie mal auf, Boisrenard, ich habe es Ihnen ja vorhin schon gesagt.«

Er nahm eine Pistole, fing an zu schießen und bewies, daß man die Schußrichtung besser innehielt, wenn man den Arm hob, statt ihn zu senken.

Sie gingen in ein in der Nähe gelegenes Restaurant. Duroy sagte jetzt so gut wie nichts. Er aß, um nicht den Anschein zu erwecken, er habe Angst; zu Beginn des Nachmittags ging er mit Boisrenard in die Zeitung und erledigte seine Arbeit zerstreut und mechanisch. Alle fanden seine Haltung famos.

Gegen Abend sprach Jacques Rival bei ihm vor; es wurde verabredet, daß seine Zeugen ihn am andern Morgen um sieben in einem Landauer abholen sollten; man würde dann in den Wald von Vésinet fahren, wo die Angelegenheit ausgetragen werden sollte.

All das hatte sich ganz unversehens vollzogen, ohne daß er daran teilgenommen, ohne daß er ein Wort gesagt, ohne daß er seine Meinung geäußert, ohne daß er zugestimmt oder abgelehnt hätte, und noch dazu so schnell, daß er völlig betäubt und verstört war und kaum begriff, was da vor sich ging.

Gegen neun Uhr abends war er wieder daheim; zuvor hatte er mit Boisrenard, der aus Anhänglichkeit den ganzen Tag nicht von seiner Seite gewichen war, zu Abend gegessen.

Als er allein war, ging er ein paar Minuten lang mit großen Schritten in seinem Zimmer auf und ab. Er war zu aufgewühlt, um richtig überlegen zu können. Ein einziger Gedanke erfüllte ihn: »Morgen muß ich mich schießen« – ohne daß dieser Gedanke etwas anderes in ihm auslöste als eine wirre, mächtige innere Wallung. Er war Soldat gewesen, er hatte auf Araber geschossen, übrigens ohne dabei in großer Gefahr gewesen zu sein, etwa so, wie man auf der Jagd auf einen Eber schießt.

Alles in allem hatte er getan, was getan werden mußte. Er hatte sich verhalten, wie es sich gehörte. Man würde darüber reden, sein Verhalten billigen, ihn dazu beglückwünschen. Dann stieß er laut hervor, wie man es tut, wenn allzu viele Gedanken auf einen einstürmen: »Was für ein Schwein ist dieser Kerl!«

Er setzte sich und grübelte weiter. Auf seinen kleinen Tisch hatte er eine Visitenkarte seines Gegners geworfen; Rival hatte sie ihm gegeben, damit er die Adresse nicht vergaß. Nochmals las er sie, wie er sie im Lauf des Tages schon zwanzigmal gelesen hatte. »Louis Langremont, Rue Montmartre 176.« Weiter nichts.

Er sah sich diese Zusammenfügung von Buchstaben genau an; sie dünkten ihn geheimnisvoll, erfüllt von beunruhigender Bedeutung. »Louis Langremont«. Wer war dieser Mensch? Wie alt? Wie sah er aus? Was für ein Gesicht hatte er? War es nicht empörend, daß ein Fremder, ein Unbekannter, einem auf diese Weise das Leben durcheinanderbrachte, ganz unvermittelt, ohne Grund, aus purer Laune, einer alten Frau wegen, die sich mit ihrem Metzger gekabbelt hatte?

Nochmals sagte er laut vor sich hin: »Solch ein Schwein!«

Reglos und grübelnd saß er da, den Blick bohrend auf die Visitenkarte gerichtet. In ihm erwachte ein Zorn gegen dieses Stückchen Papier, ein haßerfüllter Zorn, in den sich ein seltsames Übelkeitsgefühl mischte. Wie blöd war diese ganze Geschichte! Er nahm eine Nagelschere zur Hand, die zufällig da herumlag, und stieß sie mitten in den gedruckten Namen, wie wenn er jemanden erdolcht hätte.

Er sollte sich also duellieren, auf Pistolen? Warum hatte er sich nicht für den Degen entschieden? Dann wäre die Geschichte mit einem Stich in den Arm oder die Hand erledigt gewesen, während man bei der Pistolenschießerei nie wissen konnte, was dabei herauskam.

Er sagte: »Hilft nichts, ich muß mich zusammenreißen.«

Der Klang seiner Stimme ließ ihn zusammenzucken; er blickte um sich. Er begann zu merken, daß er sehr nervös war. Er trank ein Glas Wasser; dann ging er zu Bett.

Als er lag, blies er das Licht aus und schloß die Augen. Er fühlte sich sehr warm in den Laken, obwohl es in seinem Zimmer recht kalt war; er konnte nicht einschlafen. Er wälzte sich von einer Seite auf die andere, blieb fünf Minuten auf dem Rücken liegen, legte sich auf die linke Seite, dann wieder auf die rechte.

Schon wieder hatte er Durst. Er stand auf und trank etwas. Es überkam ihn Unruhe: »Sollte ich etwa Angst haben?«

Warum begann sein Herz bei jedem bekannten Geräusch im Zimmer wie irrsinnig zu klopfen? Wenn seine Kuk- kucksuhr zum Schlagen ansetzte, ließ ihn das leise Knir- schen der Feder zusammenfahren; er mußte den Mund aufmachen, um ein paar Sekunden lang zu atmen, ein sol- cher Druck lastete auf ihm.

Er begann sich Gedanken zu machen über die Möglich- keit: »Sollte ich etwa Angst haben?«

Ganz sicher hatte er keine Angst, da er ja doch entschlos- sen war, diese Angelegenheit durchzustehen, da er den fe- sten Willen hatte, sich zu duellieren und nicht zu zittern. Aber er fühlte sich so von Grund auf beunruhigt, daß er sich fragte: »Kann man auch gegen seinen Willen Angst haben?« Und da überwältigten ihn dieser Zweifel, diese Unruhe, diese Bangnis! Wenn nun eine Kraft, die stärker war als sein Wille, eine herrschbegierige, unüberwindliche Kraft über ihn hereinbrach, was würde dann geschehen? Ja, was konnte dann geschehen?

Natürlich würde er sich auf den Kampfplatz begeben, weil er hingehen wollte. Aber wenn er nun zitterte? Wenn er das Bewußtsein verlöre? Und er mußte an seine Stellung, seinen Ruf, an seine Zukunft denken.

Jäh überkam ihn ein seltsames Verlangen, sich im Spiegel zu mustern. Er steckte seine Kerze an. Als er sein Gesicht auf der glatten Glasfläche sah, erkannte er sich kaum wieder; ihm war, als hätte er sich nie zuvor gesehen. Seine Augen dünkten ihn riesengroß, und er war blaß, ganz bestimmt war er blaß, sehr blaß.

Und plötzlich drang ein Gedanke in ihn ein wie ein Geschoß: »Morgen um diese Zeit bin ich vielleicht schon tot.« Und abermals begann sein Herz heftig zu pochen.

Er drehte sich nach seinem Bett um und sah sich deutlich auf dem Rücken in den Laken liegen, die er gerade verlassen hatte. Er hatte das eingefallene Gesicht der Toten, und seine Hände waren wachsweiß wie Hände, die sich nie wieder bewegen werden.

Da bekam er Angst vor seinem Bett, und um es nicht mehr zu sehen, machte er das Fenster auf und schaute hinaus. Eisige Kälte biß sich von Kopf bis Füßen in seinen Körper ein, und er wich keuchend zurück.

Es fiel ihm ein, daß er ja Feuer machen könne. Er schürte es langsam, ohne sich dabei umzudrehen. Seine Hände zitterten ein wenig in nervösen Zuckungen, wenn sie etwas anfaßten. In seinem Kopf geriet alles durcheinander, seine kreisenden Gedanken verloren den Zusammenhang, flohen nach allen Seiten und schmerzten; eine Berauschtheit überkam ihn, wie wenn er sich betrunken hätte. Und unaufhörlich fragte er sich: »Was soll ich tun? Was soll aus mir werden?«

Wiederum ging er auf und ab, wobei er andauernd mechanisch vor sich hin sagte: »Ich muß mich zusammennehmen, sehr zusammennehmen.«

Dann fiel ihm ein: »Ich muß an meine Eltern schreiben, für den Fall, daß was passiert.«

Er setzte sich, nahm einen Block Briefpapier und schrieb: »Mein lieber Papa, meine liebe Mama...«

Aber er meinte, diese Ausdrücke seien viel zu vertraulich unter so tragischen Umständen. Er zerriß das erste Blatt und setzte von neuem an: »Lieber Vater, liebe Mutter, bei Tagesanbruch muß ich mich duellieren, und da es geschehen könnte, daß...«

Den Rest wagte er nicht niederzuschreiben; mit einem Ruck sprang er auf.

Jetzt marterte ihn der Gedanke, daß er sich morgen duellieren müsse. Die Sache war unvermeidlich. Was ging denn nur in ihm vor? Schließlich wollte er sich ja doch duellieren; seine Absicht und sein Entschluß dazu hatten völlig festgestanden; und jetzt war ihm, als könne er trotz aller Willensanspannung nicht die erforderliche Kraft aufbringen, sich auch nur auf den Kampfplatz zu begeben.

Dann und wann schlugen ihm die Zähne mit einem kleinen, trockenen Geräusch zusammen; er fragte sich: »Ob mein Gegner sich schon duelliert hat? Hat er regelmäßig die Schießstände besucht? Ist er bekannt? Gilt er als ein guter Schütze?« Er hatte den Namen nie gehört. Aber wenn der Kerl kein beachtlicher Pistolenschütze wäre, würde er schwerlich ohne Zögern und Einwände mit dieser gefährlichen Waffe einverstanden gewesen sein.

Jetzt malte Duroy sich ihrer beider Zweikampf aus, seine eigene Haltung und die seines Gegners. Er erschöpfte sein Denken im Vorstellen der winzigsten Einzelheiten des Kampfes, und plötzlich sah er sich dem kleinen schwarzen, tiefen Loch des Laufs gegenüber, aus dem eine Kugel kommen mußte.

Da überfiel ihn furchtbare Verzweiflung. Sein ganzer Körper zitterte und bebte in heftigen Zuckungen. Er biß die Zähne zusammen, um nicht aufzuschreien, dabei verspürte er ein tolles Verlangen, sich am Boden zu wälzen, etwas zu zerfetzen, zu beißen. Auf dem Kaminsims sah er ein leeres Glas stehen, und es fiel ihm ein, daß er in seinem Schrank eine fast volle Literflasche Schnaps habe; er war es ja von seiner Militärzeit her gewohnt, sich jeden Morgen einen Schnaps zu genehmigen.

Er nahm die Flasche und trank gierig in langen Schlucken. Und er setzte sie erst wieder ab, als ihm der Atem versagte. Sie war zu einem Drittel geleert.

Bald verbrannte ihm eine Hitze wie von einer Flamme den Magen, rann ihm durch die Glieder, betäubte ihm die Seele und stärkte sie dadurch.

Er sagte sich: »Das war das Richtige.« Und da er jetzt spürte, daß seine Haut glühend heiß geworden war, machte er das Fenster wieder auf.

Es wurde Tag, kalt und eisig. Droben schienen die Sterne am heller gewordenen Firmament zu ersterben, und in dem tiefen Einschnitt der Eisenbahn verblaßten die grünen, roten und weißen Signale.

Die ersten Lokomotiven kamen aus dem Schuppen, fuhren pfeifend davon und holten die ersten Züge. In der Ferne stießen andere schrille, oftmals wiederholte Laute aus, ihre Weckrufe, wie auf dem Lande die Hähne.

Duroy dachte: »Vielleicht sehe ich das alles nie wieder.« Aber da er spürte, daß er abermals dem Selbstmitleid verfalle, widerstrebte er dem heftig: »Unsinn, bis es losgeht, darf man an nichts denken, das ist das einzige Mittel, auf der Höhe der Situation zu sein.«

Er machte sich an seine Toilette. Beim Rasieren überkam ihn nochmals ein Schwächegefühl, als er bedachte, daß er vielleicht zum letztenmal sein Gesicht sehe.

Wieder trank er einen Schluck Schnaps und zog sich dann vollends an.

Die nun folgende Stunde war schwer zu ertragen. Er schritt auf und ab und bemühte sich nachdrücklich, seine Seele auszuschalten. Als er ein Klopfen an seiner Tür vernahm, wäre er fast auf den Rücken gefallen, so heftig war die Erschütterung. Die Sekundanten kamen. Schon!

Sie trugen Pelzmäntel. Rival schüttelte seinem Schutzbefohlenen die Hand und erklärte:

»Eine sibirische Kälte!«

Dann fragte er:

»Und wie geht's?«

»Glänzend.«

»Ruhig und gefaßt?«

»Vollkommen ruhig.«

»Na, dann wird es schon klappen. Haben Sie was gegessen und getrunken?«

»Danke, ich brauche nichts.«

Boisrenard trug bei dieser Gelegenheit ein ausländisches Ordensbändchen, grün und gelb; Duroy hatte es bisher noch nie an ihm gesehen.

Sie stiegen die Treppe hinab. In dem Landauer erwartete sie ein Herr. Rival stellte vor:

»Doktor Le Brument.«

Duroy drückte ihm die Hand und sagte stockend:

»Ich danke Ihnen.«

Er wollte auf der vorderen Bank Platz nehmen und setzte sich auf etwas Hartes, das ihn hochschnellen ließ wie eine Sprungfeder. Es war der Pistolenkasten.

Rival sagte zweimal:

»Nein! Der Kombattant und der Arzt gehören in den Fond, in den Fond!«

Schließlich verstand Duroy und sank matt neben den Arzt hin.

Die beiden Zeugen stiegen ihrerseits ein, und der Kutscher fuhr an. Er wußte, wohin es ging.

Aber der Pistolenkasten genierte alle, zumal Duroy, der ihn lieber nicht gesehen hätte. Es wurde versucht, ihn hinter dem Rücken unterzubringen, wo er aufs Kreuz drückte; dann wurde er senkrecht zwischen Rival und Boisrenard gestellt, aber da fiel er immerfort um. Schließlich schoben sie ihn unter ihre Füße.

Die Unterhaltung schleppte sich hin, obgleich der Arzt kleine, komische Geschichten erzählte. Nur Rival reagierte darauf. Duroy hätte gern Geistesgegenwart gezeigt, aber er hatte Angst, den Faden zu verlieren und sich die Wirrnis seines Innern anmerken zu lassen; ihn quälte die bohrende Furcht, er könne anfangen zu zittern.

Bald war der Wagen auf freiem Felde. Es war etwa neun Uhr, einer der harten Wintermorgen, wo die ganze Natur leuchtet und spröde und hart wie Kristall ist. Die mit gefrorenem Schnee bedeckten Bäume scheinen Eis ausgeschwitzt zu haben; die Erde klingt bei jedem Schritt; die trockene Luft trägt die kleinsten Geräusche in die Ferne; der blaue Himmel scheint zu glänzen wie ein Spiegel, und die Sonne gleitet durch die Raumesweiten, selbst leuchtend und kalt, und wirft auf die frosterstarrte Schöpfung Strahlen, die nichts erwärmen.

Rival sagte zu Duroy:

»Ich habe die Pistolen bei Gastine Renette geholt. Er hat sie eigenhändig geladen. Der Kasten ist versiegelt. Übrigens werden sie mit denen Ihres Gegners ausgelost.«

Mechanisch antwortete Duroy:

»Ich danke Ihnen.«

Dann erteilte ihm Rival genaue Anweisungen; er legte Wert darauf, daß sein Kombattant nichts falsch mache. Er bestand mehrmals auf jedem einzelnen Punkt:

»Wenn gefragt wird: ›Sind Sie fertig?‹, antworten Sie laut und kräftig: ›Ja!‹

Wenn der Befehl: ›Feuer!‹ kommt, heben sie rasch den Arm und schießen, ehe ›drei‹ gesagt worden ist.«

Und Duroy wiederholte innerlich: »Wenn ›Feuer!‹ kommandiert wird, hebe ich den Arm – wenn ›Feuer!‹ kommandiert wird, hebe ich den Arm – wenn ›Feuer!‹ kommandiert wird, hebe ich den Arm.«

Er lernte das, wie Kinder ihre Schulaufgaben lernen, und murmelte es bis zum Überdruß vor sich hin, um es sich einzupauken:

»Wenn ›Feuer!‹ kommandiert wird, hebe ich den Arm.«

Der Landauer fuhr in einen Wald, bog rechts in einen Fahrweg ein, dann nochmals rechts. Rival riß das Fenster auf und rief dem Kutscher zu:

»Da, den kleinen Weg entlang.«

Der Wagen bog in einen Weg mit tiefen Räderspuren zwischen zwei Reihen Buschholz ein, an denen welke Blätter zitterten; sie hatten einen dünnen Eisrand.

Duroy murmelte noch immer vor sich hin: »Wenn ›Feuer!‹ kommandiert wird, hebe ich den Arm.« Und es fiel ihm ein, daß ein Wagenunfall alles in Ordnung bringen würde. Wenn er jetzt umkippte, was für ein Glück wäre das! Wenn er sich dabei ein Bein bräche...!

Da sah er hinten auf einer Lichtung einen anderen Wagen stehen und vier Herren, die in dem Schnee stampften, um warme Füße zu bekommen; er mußte den Mund aufmachen, so schwer war ihm plötzlich das Atmen geworden.

Erst stiegen die Zeugen aus, dann der Arzt und der Kombattant. Rival hatte den Pistolenkasten an sich genommen und ging mit Boisrenard auf zwei der Fremden zu, die ihnen entgegengegangen waren. Duroy sah, wie sie einander zeremoniell begrüßten und dann gemeinsam über die Lichtung schritten, wobei sie bald zu Boden, bald in die Bäume schauten, als suchten sie etwas, das herabfallen oder davonfliegen könne. Dann zählten sie Schritte ab und rammten mit großer Mühe zwei Spazierstöcke in den gefrorenen Boden. Darauf schlossen sie sich zu einer Gruppe zusammen und vollführten Bewegungen, als spielten sie ›Kopf oder Wappen‹ wie Kinder.

Doktor Le Brument fragte Duroy:

»Wie fühlen Sie sich? Brauchen Sie irgendwas?«

»Nein, danke, nichts.«

Ihm war, als sei er verrückt, als schlafe, träume er, als sei etwas Übernatürliches über ihn hereingebrochen und hülle ihn ein.

Hatte er Angst? Vielleicht. Aber er wußte es nicht. Alles rings um ihn her war wie verwandelt.

Jacques Rival trat wieder zu ihm und verkündete ihm leise und tief befriedigt:

»Alles ist bereit. Bei der Pistolenauslosung haben wir Glück gehabt.«

Das war Duroy vollkommen gleichgültig.

Der Mantel wurde ihm ausgezogen. Er ließ es geschehen. Die Taschen seines Gehrocks wurden abgetastet, ob er nicht Papiere oder eine schützende Brieftasche darin trage.

Innerlich wiederholte er sich wie ein Gebet: »Wenn ›Feuer!‹ kommandiert wird, hebe ich den Arm.«

Dann wurde er zu einem der in der Erde steckenden Spazierstöcke geführt, wurde ihm seine Pistole übergeben. Da sah er sich gegenüber einen Mann stehen, ganz nah, einen kleinen, dickbäuchigen, kahlköpfigen Mann, der eine Brille trug. Es war sein Gegner.

Er sah ihn ganz deutlich, aber er hatte nichts im Kopf als: »Wenn ›Feuer!‹ kommandiert wird, muß ich den Arm heben und schießen.« Eine Stimme schallte durch das große Schweigen, eine Stimme, die von weit her zu kommen schien; sie fragte:

»Sind Sie fertig, meine Herren?«

Georges rief: »Ja!«

Da befahl dieselbe Stimme: »Feuer ...«

Er hörte nichts mehr, er sah nichts, er gab sich über nichts Rechenschaft, er fühlte nur, daß er den Arm hob und mit aller Kraft auf den Abzug drückte.

Er hörte nichts.

Aber sogleich sah er ein bißchen Rauch an der Laufmündung seiner Pistole, und da der Mann ihm gegenüber gleichfalls noch dastand, in derselben Haltung, gewahrte er auch eine kleine weiße Wolke, die über dem Kopf seines Gegners davonflog.

Sie hatten beide geschossen. Die Sache war erledigt.

Seine Zeugen und der Arzt betasteten ihn, befühlten ihn, knöpften ihm die Kleidung auf und fragten ängstlich:

»Haben Sie was abbekommen?«

Er antwortete obenhin:

»Nein, ich glaube nicht.«

Übrigens war Langremont genauso unversehrt geblieben wie sein Gegner, und Jacques Rival murmelte verdrossen vor sich hin:

»Immer dasselbe mit diesen verdammten Pistolen, entweder schießt man vorbei oder legt den andern um. Ein Drecksinstrument!«

Duroy hatte sich nicht gerührt; er war gelähmt vor Überraschung und Freude: Es war überstanden! Man mußte ihm seine Waffe aus der Hand nehmen; er hielt sie nach wie vor krampfhaft in der Hand. Jetzt kam es ihm vor, als habe er sich mit dem gesamten Universum duelliert. Es war überstanden. Welch ein Glück! Plötzlich fühlte er sich so beherzt, daß er jedermann hätte fordern können.

Ein paar Minuten lang besprachen sich alle Zeugen, sie verabredeten sich zur Aufsetzung des Protokolls im Laufe des Tages; dann stiegen sie wieder in den Wagen, und der Kutscher, der auf seinem Bock saß und lachte, fuhr an und ließ die Peitsche knallen.

Alle vier aßen sie am Boulevard zu Mittag und redeten über das Geschehene. Duroy schilderte seine Eindrücke:

»Es hat mir nichts, aber auch gar nichts ausgemacht. Das müssen Sie übrigens doch gesehen haben?«

Rival antwortete:

»Ja, Sie haben sich gut gehalten.«

Als das Protokoll aufgesetzt war, wurde es Duroy vorgelegt; er sollte es unter ›Stadtnachrichten‹ veröffentlichen. Es wunderte ihn, als er las, er habe mit Monsieur Louis Langremont zwei Kugeln gewechselt, und etwas beunruhigt fragte er Rival:

»Aber wir haben doch nur *eine* Kugel abgeschossen?«

Der andere lächelte:

»Freilich, eine Kugel ... jeder eine Kugel ... das macht zwei Kugeln.«

Und da Duroy diese Erklärung einleuchtend vorkam, sagte er nichts weiter. Der alte Walter umarmte ihn:

»Bravo, bravo, Sie haben die Fahne der ›Vie Française‹ verteidigt, bravo!«

Am Abend sprach Georges in den Redaktionen der großen Zeitungen vor und ließ sich in den wichtigsten der großen Boulevard-Cafés sehen. Dabei begegnete er zweimal seinem Gegner, der sich gleichfalls zeigte.

Sie grüßten einander nicht. Wäre einer von beiden verwundet worden, so hätten sie einander die Hände gedrückt. Jeder schwor übrigens steif und fest, er habe die Kugel des andern pfeifen hören.

Am anderen Morgen gegen elf erhielt Duroy einen Rohrpostbrief: »Mein Gott, was für einen Schreck habe ich bekommen! Komm sofort in die Rue de Constantinople, damit ich Dich abküssen kann, Geliebter. Wie tapfer Du bist – ich bete Dich an. – Cloti.«

Er ging hin, sie stürzte sich in seine Arme und bedeckte ihn mit Küssen.

»Oh, Geliebter, wenn du wüßtest, wie ich mich aufgeregt habe, als ich heute morgen die Zeitung las. Erzähl mir doch. Sag mir alles. Ich will es wissen.«

Alles, bis ins kleinste, mußte er berichten. Sie fragte: »Was für eine schlechte Nacht mußt du vor dem Duell gehabt haben!«

»Unsinn. Ich habe glänzend geschlafen.«

»Ich hätte kein Auge zugetan. Und auf dem Kampfplatz, erzähl mir, wie es da gewesen ist.«

Er erstattete einen dramatischen Bericht:

»Als wir einander auf zwanzig Schritt gegenüberstanden, das ist nur viermal die Länge dieses Zimmers, da hat Jacques erst gefragt, ob wir fertig seien, und dann hat er kommandiert: ›Feuer!‹ Ich habe sofort den Arm gehoben, genau in Schußrichtung, aber leider den Fehler gemacht, auf den Kopf zielen zu wollen. Meine Waffe hatte einen sehr harten Abzug, und ich bin an Pistolen mit sehr weichem Abzug gewöhnt, so daß der Widerstand also den Schuß zu hoch hat gehen lassen. Macht nichts, weit kann ich nicht an ihm vorbeigeschossen haben. Er schießt übrigens

auch sehr gut, der Hund. Seine Kugel hat mir die Schläfe gestreift. Ich habe ihren Luftzug gespürt.«
Sie saß auf seinen Knien und hielt ihn in den Armen, als wolle sie an seiner Gefahr teilnehmen. Sie stammelte:
»Ach, mein armer Liebling, mein armer Liebling...«
Als er dann mit Erzählen zu Ende gekommen war, sagte sie:
»Ob du es glaubst oder nicht, ich kann nicht mehr ohne dich sein! Ich muß unbedingt zu dir kommen, aber solange mein Mann in Paris ist, hat es damit seine Schwierigkeiten. Manchmal habe ich vormittags eine freie Stunde, ehe du aufgestanden bist, und ich könnte kommen und dich umarmen, aber ich will nicht wieder in dein schauerliches Haus kommen. Was sollen wir tun?«
Unvermittelt fiel ihm etwas ein, und er fragte:
»Wieviel bezahlst du hier?«
»Monatlich hundert Francs.«
»Gut, dann übernehme ich die Wohnung und ziehe ganz und gar hierher. Meine entspricht nicht mehr meiner neuen Stellung.«
Sie überlegte ein paar Augenblicke, ehe sie antwortete:
»Nein, das will ich nicht.«
Erstaunt fragte er:
»Warum denn nicht?«
»Darum nicht...«
»Das ist kein Grund. Die Wohnung gefällt mir nun mal. Hier bin ich, und hier bleibe ich.«
Er fing an zu lachen:
»Außerdem ist sie auf meinen Namen gemietet worden.«
Aber sie weigerte sich nach wie vor:
»Nein, nein, ich will nicht...«
»Nun sag schon, warum nicht.«
Da flüsterte sie ganz leise und zärtlich:
»Weil du Frauen herbringen würdest, und das will ich nicht.«
Er tat empört:
»Nie im Leben, das wäre das Rechte! Ich verspreche es dir.«

»Nein, du brächtest dennoch welche mit.«

»Ich schwör's dir!«

»Ganz bestimmt?«

»Ganz bestimmt. Ehrenwort. Dies hier ist unser Heim, es gehört nur uns beiden.«

Sie umschlang ihn in einem Überschwang an Liebe:

»Dann bin ich also einverstanden, Liebster. Aber, weißt du, wenn du mich ein einziges Mal betrügst, nur ein einziges Mal, dann ist es aus zwischen uns, und zwar für immer.«

Nochmals schwor und beteuerte er es ihr, und es wurde abgemacht, daß er noch am selben Tag einziehen sollte, damit sie ihn sehen könnte, wenn sie an der Haustür vorübergehen würde.

Dann sagte sie:

»Auf alle Fälle komm am Sonntag zum Abendessen. Mein Mann findet dich reizend.«

Er war geschmeichelt:

»Ach nein! Tatsächlich ...?«

»Ja, den hast du dir erobert. Aber hör mal, du hast mir doch gesagt, du seiest auf einem Schloß auf dem Lande aufgewachsen, nicht wahr?«

»Freilich; warum denn?«

»Dann mußt du doch ein bißchen was von Landwirtschaft verstehen?«

»Allerdings.«

»Gut, dann rede mit ihm über Gemüsebau und Ernten, das mag er nämlich.«

»In Ordnung, ich will dran denken.«

Nach einer unendlich langen Küsserei ging sie; dieses Duell hatte ihre Zärtlichkeit aufs höchste entfacht.

Und Duroy dachte auf dem Wege zur Zeitung: »Was für ein komisches Wesen! Was für ein seltsamer Vogel! Weiß man je, was sie will und was sie gern mag? Und diese komische Ehe! Welcher Ausbund an Phantasie hat wohl die Verkuppelung dieses alten Knaben mit dieser leichtsinnigen Frauensperson in die Wege geleitet? Aus welchem

Grunde hat dieser Inspektor wohl dieses Studentenliebchen geheiratet? Ein Rätsel! Wer weiß? Vielleicht aus Liebe?«

Dann zog er die Schlußfolgerung: »Na, sie ist eine ganz reizende Geliebte; ich wäre ungeheuer dumm, wenn ich sie laufen ließe.«

VIII

Durch sein Duell war Duroy in die Reihe der Spitzenreporter der »Vie Française« aufgerückt; aber da es ihn unendliche Mühe kostete, sich etwas einfallen zu lassen, machte er es zu seinem Spezialgebiet, sich in Deklamationen über den Verfall der Sitten, das Absinken der Charaktere, das Nachlassen des Patriotismus und die Anämie der französischen Ehre zu ergehen. (Auf das Wort »Anämie«, auf das er stolz war, war er von sich aus verfallen.)

Und wenn Madame de Marelle mit ihrem spöttischen, skeptischen, zugleich leichtgläubigen Geist, dem sogenannten Pariser Geist, sich über seine Tiraden lustig machte und sie mit einer treffsicheren, boshaften Bemerkung abtat, antwortete er lächelnd:

»Pah! Das schafft mir einen guten Ruf für später.«

Er wohnte jetzt in der Rue de Constantinople, wohin er seinen Koffer, seine Haarbürste, sein Rasierzeug und seine Seife getragen hatte, denn nur daraus bestand sein Umzug. Zwei- oder dreimal die Woche kam die junge Frau, ehe er aufgestanden war, zog sich innerhalb einer Minute aus und schlüpfte zu ihm ins Bett, zitternd von der draußen herrschenden Kälte.

Duroy dagegen aß jeden Donnerstag bei dem Ehepaar zu Abend und ging dem Mann mit landwirtschaftlichen Gesprächen um den Bart, und da er selber eine gewisse Schwäche für alles hatte, was mit der Bodenbestellung zusammenhing, nahmen sie mitunter ein solches Interesse

an ihrer Plauderei, daß sie darüber völlig ihre Frau verga-
ßen, die auf dem Sofa schlummerte.

Auch Laurine nickte ein, bald auf den Knien ihres Vaters,
bald auf den Knien Bel-Amis.

Und wenn dann der Journalist gegangen war, pflegte
Monsieur de Marelle jedesmal mit dem doktrinären Ton,
mit dem er die geringsten Kleinigkeiten äußerte, zu erklären:

»Das ist wirklich ein sehr angenehmer Mensch. Er hat einen recht kultivierten Geist.«

Der Februar ging seinem Ende zu. Wenn man morgens
an den Wagen vorbeiging, die die Blumenhändlerinnen
zogen, begann man in den Straßen Veilchenduft zu
schnuppern.

Duroy lebte in einem Himmel ohne Wolken.

Doch als er eines Abends spät heimkam, fand er einen unter der Tür durchgeschobenen Brief. Er sah den Poststem-
pel an und las »Cannes«. Er öffnete ihn und las:

»Cannes, Villa Jolie
Lieber Monsieur Duroy und Freund, nicht wahr, Sie haben mir doch gesagt, ich könne mich in allen Dingen auf
Sie verlassen? Denn heute muß ich Sie um einen großen
Gefallen bitten, nämlich mir beizustehen, mich nicht in
Charles' letzten Augenblicken allein zu lassen; er muß
sterben. Vielleicht überlebt er nicht einmal diese Woche,
obwohl er noch aufsteht; aber der Arzt hat mich ins Bild
gesetzt.

Ich habe weder die Kraft noch den Mut, Tag und Nacht
dieses Sterben mit anzusehen. Und ich male mir voller
Entsetzen die letzten Augenblicke aus, die immer näher
rücken. Nur Sie kann ich um so etwas bitten, weil mein
Mann keine Angehörigen mehr hat. Sie waren sein Kamerad; er hat Ihnen die Tür zur Zeitung geöffnet. Kommen
Sie, ich bitte Sie flehentlich. Ich habe niemanden, den ich
sonst rufen könnte.

Ich bin Ihre getreue Kameradin
Madeleine Forestier.«

Ein seltsames Gefühl drang wie ein Windstoß in Georges'
Herz, ein Gefühl der Befreiung, wie wenn die Raumes-
weite sich vor ihm öffne, und er flüsterte: »Ganz bestimmt, ich fahre hin. Der arme Charles! Was ist schon
an uns Menschen dran!«
Der Chef, den er den Brief der jungen Frau lesen ließ, gab
brummig seine Zustimmung. Zweimal sagte er:
»Aber kommen Sie ja bald wieder, Sie sind uns unentbehr-
lich.«
Am nächsten Tag benachrichtigte Georges Duroy das
Ehepaar de Marelle durch eine Depesche und reiste mit
dem Sieben-Uhr-Schnellzug nach Cannes.
Er langte am folgenden Tage gegen vier Uhr nachmittags
an.
Ein Gepäckträger führte ihn nach der Villa Jolie; sie lag
auf halber Hügelhöhe in jenem von weißen Häusern be-
völkerten Tannenwald, der sich von Le Cannet nach dem
Golf Juan hinzieht.
Das Haus war klein, niedrig und im italienischen Stil er-
baut; es lag an der Landstraße, die im Zickzack zwischen
den Bäumen ansteigt und bei jeder Kehre wundervolle
Aussichtspunkte bietet.
Der Diener machte ihm die Tür auf und rief aus:
»Oh, Monsieur, Madame erwartet Sie mit größter Unge-
duld.«
Duroy fragte:
»Und wie geht es Ihrem Herrn?«
»Ach, nicht gut. Er macht's nicht mehr lange.«
Der Salon, den der junge Mann betrat, war mit rosa Lei-
nenstoff ausgeschlagen, auf den blaue Muster gemalt wa-
ren. Das breite, hohe Fenster ging auf die Stadt und das
Meer hinaus.
Duroy brummte vor sich hin: »Donnerwetter, verdammt
elegant für ein Landhaus. Wo zum Teufel nehmen die bloß
all das Geld her?«
Ein Kleiderrascheln ließ ihn sich umwenden.
Madame Forestier streckte ihm beide Hände entgegen:

»Wie nett Sie sind, wie nett von Ihnen, daß Sie gekommen sind!«

Und unversehens küßte sie ihn auf die Wangen.

Sie war ein bißchen bläßlich, ein bißchen magerer geworden, aber nach wie vor frisch und jung und vielleicht noch hübscher durch ihr zarteres Aussehen.

»Es ist grauenhaft, sehen Sie, er weiß, daß es mit ihm aus ist, und er tyrannisiert mich abscheulich. Ich habe ihm gesagt, Sie würden kommen. Aber wo haben Sie denn Ihren Koffer?«

Duroy antwortete:

»Den habe ich am Bahnhof gelassen, ich wußte ja nicht, in welchem Hotel abzusteigen Sie mir raten würden, um in Ihrer Nähe zu sein.«

Sie zögerte, dann entgegnete sie:

»Sie sollen hier bei uns in der Villa wohnen. Ihr Zimmer ist übrigens schon bereit. Er kann jeden Augenblick sterben, und wenn es in der Nacht geschieht, wäre ich allein. Ich will Ihr Gepäck holen lassen.«

Er verbeugte sich:

»Wie Sie wollen.«

»Jetzt lassen Sie uns nach oben gehen«, sagte sie.

Er folgte ihr. Sie machte eine Tür im ersten Stock auf, und Duroy erblickte an einem der Fenster, in einem Lehnsessel sitzend und in Decken gewickelt, bleifahl in der roten Helle der untergehenden Sonne, eine Art Leichnam, der ihn anblickte. Kaum erkannte er ihn wieder; er erriet eher, daß dies sein Freund sei.

Es roch in diesem Zimmer nach Fieber, nach Kräuteraufgüssen, nach Äther und nach Teer; es war der unsägliche Geruch, der in Zimmern herrscht, in denen ein Lungenkranker atmet.

Forestier hob mühselig und langsam die Hand:

»Da bist du ja«, sagte er, »du kommst gerade recht, um mich sterben zu sehen. Ich danke dir.«

Duroy tat, als müsse er lachen:

»Dich sterben zu sehen! Das wäre kein amüsanter Anblick, und ich hätte mir schwerlich diesen Umstand für einen Besuch in Cannes ausgesucht. Ich hatte dir bloß mal guten Tag sagen und mich ein bißchen verschnaufen wollen.«

Der andere flüsterte:

»Setz dich doch.«

Und er senkte den Kopf, als sei er in trostlose Gedanken versunken.

Er atmete schnell und stoßweise, und manchmal stieß er eine Art Ächzen aus, als wolle er die andern daran erinnern, wie krank er sei.

Als sie merkte, daß er nicht weitersprechen wolle, stützte seine Frau sich auf die Fensterbank, deutete mit einer Kopfbewegung auf den Horizont und sagte:

»Sehen Sie nur! Ist das nicht schön?«

Ihnen gegenüber senkte sich die mit Villen übersäte Küste bis hinab zur Stadt, die im Halbkreis längs des Gestades lagerte, mit dem Kopf nach rechts, nach der von einem alten Bergfried überragten Altstadt und der diese beherrschenden Mole zu, und mit den Füßen nach links bis zur Spitze der Croisette, gegenüber den Lérins-Inseln. Diese schienen dort zu schwimmen wie zwei riesige grüne Blätter, so flach wirkten sie von hier oben aus.

Und ganz in der Ferne, als Abschluß des Horizonts an der anderen Seite des Golfs, oberhalb der Mole und des Bergfrieds, zeichnete eine lange Folge bläulicher Berge in den leuchtenden Himmel eine absonderliche, bezaubernde Linie von Gipfeln, die bald gerundet, bald gekrümmt, bald spitz waren; sie endete mit einem großen, pyramidenförmigen Berg, dessen Fuß ins offene Meer tauchte.

Madame Forestier wies ihn darauf hin:

»Das ist das Esterel.«

Die Himmelsweite hinter den düsteren Gipfeln war rot, von einem blutigen und goldenen Rot, unerträglich für das Auge.

Wider seinen Willen geriet Duroy in den Bann der Majestät dieses Tagesendes.

Da ihm kein Wort einfiel, das bildhaft genug war, um seine Bewunderung auszudrücken, sagte er:

»Ja, wirklich großartig ist das!«

Forestier hob jetzt wieder den Kopf zu seiner Frau hin und bat:

»Gönne mir doch ein bißchen frische Luft.«

Sie antwortete:

»Sieh dich vor, es ist spät, die Sonne geht unter, du erkältest dich bloß wieder, und du weißt doch, daß das bei deinem Gesundheitszustand nicht das richtige ist.«

Er vollführte mit der rechten Hand eine fieberhafte, schwache Geste, die eigentlich ein Faustschlag hätte sein sollen, und er murmelte mit einer Zorngrimasse, der Grimasse eines Sterbenden, die die Schmalheit seiner Lippen, die Magerkeit seiner Wangen und das Hervortreten aller Knochen sehen ließ:

»Ich sage dir, daß ich ersticke. Was macht es dir aus, ob ich einen Tag früher oder später sterbe, wo ich ja doch erledigt bin...«

Der Windhauch, der hereinwehte, überraschte sie alle drei wie eine Liebkosung. Es war eine weiche, laue, friedliche Brise, eine bereits von den berauschenden Düften der an dieser Küste wachsenden Büsche und Blumen geschwellte Frühlingsbrise. Man nahm darin den kräftigen Geruch des Harzes und das bittere Aroma der Eukalyptusbäume wahr.

Forestier trank sie kurzatmig und fieberheiß. Er krampfte die Fingernägel in die Armlehnen seines Sessels und sagte mit leiser, pfeifender, wütender Stimme:

»Mach das Fenster zu. Mir bekommt das nicht. Lieber möchte ich in einem Keller verrecken.«

Und die Frau schloß langsam das Fenster und schaute dann in die Ferne, die Stirn an der Scheibe.

Duroy fühlte sich unbehaglich; er hätte gern mit dem Kranken geplaudert und ihn beruhigt.

Aber es fiel ihm nichts ein, das geeignet gewesen wäre, ihn zu trösten.

Stammelnd brachte er hervor:

»Es geht dir also nicht besser, seit du hier bist?«

Der andere zuckte mit bedrückter Ungeduld die Achseln:

»Du siehst es ja.«

Und abermals senkte er den Kopf.

Duroy fuhr fort:

»Himmelherrgottnochmal, im Vergleich zu Paris ist hier doch verdammt schönes Wetter. Da oben ist noch tiefer Winter. Es schneit, es hagelt, es regnet, und es ist so dunkel, daß man von drei Uhr nachmittags an die Lampen anstecken muß.«

Forestier fragte:

»Gibt's was Neues bei der Zeitung?«

»Nicht die Spur. Als dein Stellvertreter ist der kleine Lacrin eingestellt worden, der früher beim ›Voltaire‹ war; aber der ist zu unreif. Es wird Zeit, daß du wiederkommst!«

Der Kranke stammelte:

»Ich? Ich werde bald sechs Fuß unter der Erde Artikel schreiben.«

Diese fixe Idee kam wie ein Glockenschlag bei jeder Gelegenheit wieder, sie tauchte bei jedem Gedanken, in jedem Satz auf.

Es trat ein langes Schweigen ein, ein schmerzliches, tiefes Schweigen. Die Glut des Sonnenuntergangs milderte sich langsam, und die Berge standen schwarz vor dem roten Himmel, der immer düsterer wurde. Ein farbiges Dunkel, die beginnende Nacht, die noch den Widerschein ersterbender Glut bewahrte, zog ins Zimmer und schien die Möbel, die Wände, die Behänge, die Ecken mit Tönungen zu färben, die ein Gemisch aus Tinte und Purpur waren. Der Spiegel über dem Kamin, der den Horizont widerspiegelte, wirkte wie ein großer Blutfleck.

Madame Forestier hatte sich nicht gerührt; nach wie vor stand sie da, den Rücken dem Zimmer zugekehrt, das Gesicht an der Fensterscheibe.

Und Forestier fing mit stoßweiser, atemloser Stimme, einer Stimme, die einem beim Anhören das Herz zerriß, zu sprechen an:

»Wieviel Sonnenuntergänge ich wohl noch erleben mag...? Acht... zehn... fünfzehn oder zwanzig... vielleicht dreißig... aber mehr nicht... Ihr habt Zeit, ihr beiden... aber mit mir ist es aus... Und alles wird weitergehen... wenn ich nicht mehr da bin, als ob ich noch da wäre...«

Ein paar Minuten blieb er stumm, dann fuhr er fort:

»Alles, was ich sehe, mahnt mich daran, daß ich es in ein paar Tagen nicht mehr sehen werde... Das ist grauenvoll... Nichts werde ich mehr sehen... nichts von dem, was existiert... nicht die kleinsten Dinge, mit denen man umgeht... die Gläser... die Teller... die Betten, in denen es sich so gut liegt... die Wagen. Es ist so schön, abends im Wagen spazierenzufahren... Wie gern habe ich all das gemocht!«

Er vollführte mit den Fingern jeder Hand eine nervöse, leichte Bewegung, als spiele er auf den Armlehnen seines Sessels Klavier. Und sein Schweigen war peinlicher als seine Worte, so sehr spürte man, daß er an furchtbare Dinge denken mußte.

Und plötzlich fiel Duroy ein, was Norbert de Varenne vor ein paar Wochen zu ihm gesagt hatte: »Ich selber sehe den Tod jetzt so dicht vor mir, daß ich oft Lust habe, die Arme auszustrecken und ihn zurückzustoßen... Überall gewahre ich ihn. Die kleinen, zerquetschten Tierchen auf den Landstraßen, das fallende Laub, das im Bart eines Freundes entdeckte weiße Haar, all das schneidet mir ins Herz und ruft mir zu: ›Da ist er!‹«

An jenem Tage hatte er das nicht verstanden; nun er Forestier ansah, verstand er es. Und eine unbekannte, schaurige Angst überkam ihn, als habe auch er ihn ganz nahe gefühlt, auf dem Sessel, wo jener Mensch keuchte, den häßlichen Tod, nahe auf Reichweite. Am liebsten wäre er aufgestanden, weggegangen, davongelaufen, auf der Stelle nach Paris zurückgekehrt! Oh, wenn er dies alles gewußt hätte, wäre er nie hergekommen.

Jetzt hatte das Dunkel sich im Zimmer verbreitet, als sei ein verfrühtes Trauergewand über den Sterbenden gefallen. Nur noch das Fenster war sichtbar; in seinem helleren Viereck zeichnete sich die reglose Silhouette der jungen Frau ab.

Und Forestier fragte gereizt:

»Wird eigentlich heute die Lampe nicht hereingebracht? So was nennt man nun Krankenpflege.«

Der Körperschatten, der sich gegen die Scheiben abgehoben hatte, verschwand; das Klingeln einer elektrischen Glocke schrillte durch das hellhörige Haus.

Bald kam ein Diener herein und stellte eine Lampe auf den Kamin. Madame Forestier fragte ihren Mann:

»Willst du dich legen, oder kommst du zum Abendessen herunter?«

Er brummte:

»Ich komme runter.«

Das Warten auf das Essen ließ sie alle drei noch fast eine Stunde lang reglos beisammenbleiben; nur dann und wann fiel ein Wort, irgendein überflüssiges, banales Wort, wie wenn es gefährlich gewesen wäre, auf geheimnisvolle Weise gefährlich, das Schweigen zu lange andauern, die stumme Luft dieses Zimmers gerinnen zu lassen, dieses Zimmers, in dem der Tod umhergeisterte.

Endlich wurde gemeldet, es sei angerichtet. Das Essen kam Duroy lang vor, endlos. Sie sprachen nicht, sie aßen geräuschlos, sie zerkrümelten mit den Fingerspitzen Brot. Und der Diener wartete auf, ging hin und her, kam und ging, ohne daß man es hörte, denn das Geräusch seiner Sohlen reizte Charles; der Mann trug Pantoffeln. Nur das dürre Ticktack einer Holzuhr störte die Ruhe im Raum durch seine mechanische, regelmäßige Bewegung.

Sobald das Essen beendet war, zog Duroy sich unter dem Vorwand, er sei ermüdet, in sein Zimmer zurück, trat ans Fenster und betrachtete den Vollmond mitten am Himmel; er sah wie eine riesige Lampenglocke aus und warf auf die weißen Mauern der Villen seine trockene, verschleierte Helligkeit und säte über das Meer etwas wie Schuppen aus sich bewegendem, weichem Licht. Und er suchte nach einem Grund, so schnell wie möglich hier wieder wegzukommen; er dachte sich Ausreden aus, Telegramme, die er bekommen haben wollte, eine Abberufung durch Walter.

Allein seine Fluchtentschlüsse schienen ihm schwieriger durchführbar zu sein, als er am andern Morgen erwachte. Madame Forestier würde schwerlich auf seine Kunstgriffe hereinfallen, und er würde durch seine Feigheit aller Vorteile seiner Aufopferung verlustig gehen. Er sagte sich: »Pah, es ist schon öde; aber es hilft nun mal nichts, es gibt im Leben unangenehme Engpässe; und außerdem dauert es vielleicht nicht mehr lange.«

Der Himmel war blau, von jener südlichen Bläue, die einem das Herz mit Freude erfüllt; Duroy ging hinunter bis ans Meer; er meinte, es sei immer noch früh genug, Forestier im Lauf des Tages zu begrüßen.

Als er zum Mittagessen heimkam, sagte der Diener:
»Monsieur hat schon ein paarmal nach Monsieur gefragt. Wenn Monsieur vielleicht zu Monsieur hinaufgehen möchte?«

Er ging hinauf. Forestier schien in einem Lehnstuhl zu schlafen. Seine Frau lag auf dem Sofa und las.

Der Kranke hob den Kopf. Duroy fragte:
»Na, wie geht's dir heute? Du siehst ganz munter aus.«

Der andere sagte leise:
»Ja, es geht besser, ich fühle mich wieder kräftiger. Iß schnell mit Madeleine, wir wollen nämlich eine Wagenfahrt machen.«

Sobald sie mit Duroy allein war, sagte die junge Frau:
»Da haben wir's! Heute glaubt er, er sei überm Berg. Seit heute früh macht er Pläne. Wir wollen gleich zum Golf Juan fahren und Fayencen für unsere Pariser Wohnung kaufen. Er will mit aller Gewalt ins Freie, aber ich habe

gräßliche Angst, daß ihm was zustößt. Das Wagengerüttel auf der Landstraße bekommt ihm sicher nicht.«

Als der Landauer vorgefahren war, stieg Forestier, auf seinen Diener gestützt, Schritt für Schritt die Treppe hinab. Aber als er den Wagen sah, wollte er, daß das Verdeck aufgeklappt würde.

Seine Frau widerstrebte:

»Du wirst dich bloß erkälten. Es ist der reine Wahnsinn.«

Er blieb dabei:

»Nein, es geht mir viel besser. Ich fühle es doch.«

Zunächst wurde die schattigen Wege entlanggefahren, zwischen Gärten an beiden Seiten, die aus Cannes etwas wie einen englischen Park machen; dann kamen sie auf die Landstraße nach Antibes; sie führt am Meer entlang.

Forestier erklärte die Landschaft. Vor allem wies er auf die Villa des Grafen von Paris hin. Er nannte auch noch andere Villen. Er war heiter, aber es war die gewollte, künstliche, schlaffe Heiterkeit des Todgeweihten. Er hob den Finger, weil er nicht mehr die Kraft besaß, den Arm auszustrecken.

»Da, sieh, das da drüben ist die Insel Sainte-Marguerite mit der Festung, aus der Bazaine entwichen ist. Was für Scherereien hat uns diese Geschichte gemacht!«

Dann kamen ihm Erinnerungen an seine Militärzeit; er führte mehrere Offiziere an, deren Namen ihnen alle möglichen Geschichten ins Gedächtnis zurückriefen. Aber dann machte die Straße plötzlich eine Biegung, und sie erblickten den ganzen Golf Juan mit seinem weißen Dorf im Hintergrund und am anderen Ende Kap Antibes. Und Forestier, den auf einmal kindliche Freude überkam, stammelte:

»Oh, das Geschwader, du bekommst das Geschwader zu sehen!«

Mitten in der weiten Bucht bemerkte man tatsächlich ein halbes Dutzend schwerfälliger Schiffe; sie sahen aus wie von Astwerk bedeckte Felsen. Sie wirkten absonderlich, unförmig, riesengroß, mit Auswüchsen, Türmen, Sporen,

die sich ins Wasser bohrten, als wollten sie am Meeres-
grund Wurzel schlagen.

Man konnte sich nicht vorstellen, daß so etwas von der
Stelle rücken, sich bewegen könne, so schwer und so mit
dem Grund verbunden wirkten sie. Eine schwimmende,
runde, hohe Batterie in Gestalt einer Sternwarte ähnelte
den Leuchttürmen, die auf Klippen gebaut werden.

Ein großer Dreimaster glitt an ihnen vorüber, um die offene See zu gewinnen; alle Segel hatte er gesetzt, weiß und
freudig. Neben diesen Kriegsungeheuern, diesen Ungeheuern aus Eisen, diesen garstigen, auf dem Wasser kauernden Ungeheuern, nahm er sich anmutig und hübsch aus.
Forestier bemühte sich, sie zu erkennen. Er zählte auf: die
»Colbert«, die »Suffren«, die »Admiral Duperré«, die
»Redoutable«, die »Dévastation«. Dann verbesserte er
sich:

»Nein, Irrtum, das andere da ist die ›Dévastation‹.«

Sie kamen an eine Art großen Pavillons, an dem zu lesen
stand: »Kunstfayencen vom Golf Juan«, und der Wagen
fuhr um eine Rasenfläche herum und hielt vor der Tür an.

Forestier wollte zwei Vasen kaufen, die auf seinen Bücherschrank gestellt werden sollten. Da er den Wagen
nicht verlassen konnte, wurden ihm die Muster hinge-
bracht, eins nach dem andern. Die Wahl dauerte lange;
er fragte seine Frau und Duroy um Rat:

»Weißt du, sie sind doch für das Möbelstück hinten in
meinem Arbeitszimmer. Von meinem Sessel aus habe ich
sie immerfort vor Augen. Ich hätte gern eine antike, eine
griechische Form.«

Er sah sich die ihm vorgelegten Muster an, ließ sich andere
bringen, kam auf die ersten zurück. Endlich entschloß er
sich; und als er bezahlt hatte, verlangte er, sie sollten sofort
abgeschickt werden.

»Ich fahre in ein paar Tagen zurück nach Paris«, sagte er.

Sie traten die Heimfahrt an, aber als sie am Golf entlang-
fuhren, traf sie plötzlich ein kalter, aus einem Tal kom-
mender Luftzug, und der Kranke begann zu husten.

Zunächst war es nichts, ein kleiner Anfall; aber er wurde schlimmer, wurde zu einem ununterbrochenen Husten, dann zu einer Art Schluckauf, einem Röcheln.

Forestier bekam keine Luft, und jedesmal, wenn er atmen wollte, zerriß ihm der tief aus der Brust kommende Husten die Kehle. Nichts konnte ihn beruhigen, nichts schaffte ihm Erleichterung. Er mußte vom Landauer aus in sein Zimmer getragen werden, und Duroy, der ihn an den Beinen hielt, fühlte, wie ihm bei jedem Krampf der Lungen die Füße zuckten.

Die Bettwärme linderte den Anfall nicht; er dauerte bis Mitternacht; dann endlich schwächten die Narkotika die tödlichen Hustenkrämpfe ab. Und der Kranke blieb bis zum Tagesanbruch mit offenen Augen in seinem Bette sitzen.

Das erste, was er sagte, war, der Friseur solle geholt werden; er legte nämlich Wert darauf, jeden Morgen rasiert zu werden. Er stand auf, um sich diesem Toilettenvorgang zu unterziehen, mußte indessen gleich wieder zu Bett gebracht werden, und nun fing er an, so kurz, hart und mühsam zu atmen, daß Madame Forestier in ihrer Angst Duroy wecken ließ, der sich gerade schlafen gelegt hatte; sie bat ihn, den Arzt zu holen.

Nach sehr kurzer Zeit kam er mit Doktor Gavaut zurück; der Arzt verordnete eine Medizin und gab ein paar Ratschläge; doch als der Journalist ihn hinausgeleitete und ihn nach seiner Meinung fragte, sagte er:

»Es ist die Agonie. Morgen früh ist er tot. Setzen Sie die arme Frau in Kenntnis und lassen Sie einen Priester holen. Ich kann hier nichts mehr tun. Natürlich halte ich mich völlig zu Ihrer Verfügung.«

Duroy ließ Madame Forestier rufen:

»Er muß sterben. Der Arzt rät, wir sollten einen Priester holen lassen. Was wollen Sie tun?«

Sie zögerte geraume Zeit; als sie dann alles erwogen hatte, sagte sie langsam:

»Ja, es ist schon besser... in vieler Hinsicht... Ich will

ihn vorbereiten, ihm sagen, der Pfarrer wolle ihn besuchen... Irgend so etwas. Es wäre lieb von Ihnen, wenn Sie mir einen holen, einen Pfarrer, suchen Sie ihn aus. Nehmen Sie einen, der nicht so viel Theater macht. Sehen Sie zu, daß er sich mit der Beichte begnügt und uns mit allem übrigen verschont.«

Der junge Mann kam mit einem alten, willfährigen Geistlichen wieder, der sich in die Lage der Dinge schickte. Als er bei dem Sterbenden eingetreten war, ging Madame Forestier hinaus und setzte sich mit Duroy in das Nebenzimmer.

»Das hat ihm den Rest gegeben«, sagte sie. »Als ich was von einem Priester gesagt habe, hat sein Gesicht einen fürchterlichen Ausdruck angenommen, als ob er... als ob er etwas gespürt hätte... einen Hauch... wissen Sie... Er hat begriffen, mit einem Wort, daß es aus ist und daß er die Stunden zählen müsse...«

Sie war sehr blaß. Sie sprach weiter:

»Diesen seinen Gesichtsausdruck werde ich nie vergessen. Ganz bestimmt hat er in jenem Augenblick den Tod gesehen. Er hat ihn gesehen...«

Sie hörten den Priester; er sprach ein bißchen laut, weil er ein bißchen taub war; er sagte:

»Ach was, ach was, so krank sind Sie ja gar nicht. Natürlich sind Sie krank, aber es besteht keinerlei Gefahr. Und der Beweis dafür ist, daß ich als Freund zu Ihnen komme, als Nachbar.«

Was Forestier antwortete, konnten sie nicht verstehen. Der alte Mann fuhr fort:

»Nein, kommunizieren sollen Sie nicht. Davon werden wir reden, wenn es Ihnen wieder besser geht. Wenn Sie meinen Besuch wahrnehmen wollen, etwa um zu beichten, dann soll es mir recht sein. Ich bin ein Hirt und nehme jede Gelegenheit wahr, meine Lämmer auf den rechten Weg zu führen.«

Ein langes Schweigen folgte. Sicherlich sprach Forestier mit seiner keuchenden, klanglosen Stimme.

Dann plötzlich sagte der Priester in einem ganz anderen Ton, dem Ton des Offizianten vor dem Altar:

»Gottes Erbarmen ist unendlich, sprechen Sie das ›Confiteor‹, mein Sohn. Vielleicht haben Sie es vergessen, ich will Ihnen dabei helfen. Sprechen Sie mir nach: ›Confiteor Deo omnipotenti ... Beatae Mariae semper virgini ...‹«

Von Zeit zu Zeit hielt er inne, damit der Sterbende ihn einholen konnte. Dann sagte er:

»Und jetzt beichten Sie ...«

Die junge Frau und Duroy saßen ganz still da; eine seltsame Verwirrung hatte sie überkommen, eine bange Erwartung erregte sie.

Der Kranke hatte etwas gemurmelt. Der Priester wiederholte:

»Sie haben schuldhafte Nachsicht bezeigt ... welcher Art, mein Sohn?«

Die junge Frau stand auf und sagte ganz einfach:

»Lassen Sie uns ein bißchen in den Garten gehen. Wir dürfen seine Geheimnisse nicht belauschen.«

Und wir setzten sich auf eine Bank vor der Tür, unter einen blühenden Rosenbusch und hinter ein Nelkenbeet, das seinen starken, süßen Duft in die Luft verströmte.

Nach ein paar Minuten des Schweigens fragte Duroy:

»Wird es lange dauern, bis Sie nach Paris zurückkommen?«

Sie antwortete:

»O nein. Sobald hier alles zu Ende ist, komme ich wieder.«

»Also etwa in zehn Tagen?«

»Ja, höchstens.«

Er sprach weiter:

»Hat er denn keine Verwandten?«

»Keine, bis auf ein paar Vettern. Seine Eltern sind gestorben, als er noch ganz klein war.«

Sie schauten beide einem Schmetterling zu, der seine Nahrung aus den Nelken sog; er eilte mit schnellen Flügelschlägen von der einen zur andern, und seine Flügel schlugen langsam weiter, wenn er sich auf einer Blume niedergelassen hatte. Lange saßen sie so da und schwiegen.

Der Diener kam und sagte ihnen, der Herr Pfarrer sei fertig. Zusammen stiegen sie wieder hinauf.

Forestier schien seit dem Vortage noch magerer geworden zu sein.

Der Priester reichte ihm die Hand.

»Auf Wiedersehn, mein Sohn. Morgen früh komme ich wieder.«

Damit ging er.

Sobald er draußen war, versuchte der Sterbende, und dabei keuchte er, seine beiden Hände zu seiner Frau aufzuheben; er stammelte:

»Rette mich ... rette mich ... mein Liebes ... ich will nicht sterben ... O rettet mich doch ... Sagt, was ich tun muß, holt den Arzt ... Ich nehme auch alles ein ... Ich will nicht ... Ich will nicht ...«

Er weinte. Dicke Tränen rannen aus seinen Augen über die hageren Wangen, und die mageren Mundwinkel falteten sich wie die kleiner Kinder, wenn sie Kummer haben.

Dann fingen seine auf die Bettdecke zurückgefallenen Hände an, sich in einem fort zu bewegen, langsam und regelmäßig, als wolle er etwas auf der Bettdecke auflesen.

Seine Frau fing ebenfalls an zu weinen und sagte stockend:

»Ach was, es ist doch nichts. Bloß ein Anfall, morgen geht es dir wieder besser, du hast dich gestern bei der Fahrt überanstrengt.«

Forestiers Atem wurde schneller als der eines Hundes, wenn er gelaufen ist, er wurde so gehetzt, daß man die Züge nicht zählen konnte, und so schwach, daß er kaum vernehmlich war.

Immer wieder sagte er:

»Ich will aber nicht sterben! ... O mein Gott ... mein Gott ... mein Gott ... was wird aus mir werden? Ich werde nichts mehr sehen ... nichts ... nie wieder ... O mein Gott!«

Er blickte vor sich hin, auf etwas für die andern Unsichtbares und Garstiges, und seine starren Augen spiegelten sein Entsetzen wider. Seine Hände fuhren beide mit ihrem grausigen, ermüdenden Tun fort.

Plötzlich erzitterte er unter einem jähen Frostschauer; sie sahen es seinen ganzen Körper von oben bis unten überrieseln; und dann stammelte er:

»Der Friedhof ... ich ... mein Gott! ...«

Und dann sagte er nichts mehr. Reglos lag er da, verstört und keuchend.

Die Zeit verrann; die Uhr eines nahe gelegenen Klosters schlug Mittag. Duroy verließ das Zimmer; er wollte irgendwo etwas essen. Nach einer Stunde kam er zurück. Madame Forestier weigerte sich, etwas zu sich zu nehmen. Der Kranke hatte sich nicht gerührt. Er zerrte mit seinen mageren Fingern an der Bettdecke, als wolle er sie sich nach dem Gesicht hinziehen.

Die junge Frau saß in einem Sessel am Fußende des Bettes. Duroy rückte für sich einen andern neben sie, und sie warteten schweigend.

Eine Krankenpflegerin war gekommen, der Arzt hatte sie hergeschickt; sie döste am Fenster.

Duroy selber begann schläfrig zu werden, als er das Gefühl hatte, es geschehe etwas Unvermutetes. Er schlug die Augen gerade noch rechtzeitig auf, um zu sehen, wie Forestier die seinen schloß; es war wie das Erlöschen zweier Lichter. Ein kleiner Schluckauf ließ die Kehle des Sterbenden sich bewegen, in den Mundwinkeln erschienen zwei Blutrinnsale und tropften auf sein Hemd. Seine Hände hatten ihren abscheulichen Spaziergang eingestellt. Er hatte aufgehört zu atmen.

Seine Frau hatte verstanden; sie stieß eine Art Schrei aus, fiel auf die Knie nieder und schluchzte in die Kissen. Der überraschte und bestürzte Georges schlug mechanisch das Kreuzeszeichen. Die Krankenwärterin war aufgewacht und trat an das Bett heran: »Es ist vorbei«, sagte sie.

Und Duroy, der seine Kaltblütigkeit wiedergewonnen hatte, flüsterte mit einem Seufzer der Erleichterung:

»Es ist schneller gegangen, als ich glaubte.«

Als das erste Erstaunen gewichen und die ersten Tränen vergossen worden waren, mußte an die Erledigung aller Pflichten und Schritte gedacht werden, die ein Todesfall verlangt. Duroy war bis zum späten Abend unterwegs.

Beim Heimkommen war er sehr hungrig. Madame Forestier aß ebenfalls etwas; dann setzten sie sich beide in das Sterbezimmer und hielten die Leichenwache.

Auf dem Nachttisch brannten zwei Kerzen neben einem Teller, in dem in ein bißchen Wasser ein Mimosenzweig lag; der erforderliche Buchsbaumzweig hatte sich nicht auftreiben lassen.

Sie waren allein, der junge Mann und die junge Frau, bei dem, der nicht mehr war. Lange saßen sie schweigend und in Gedanken versunken da und sahen ihn an.

Georges, den das Dunkel um diese Leiche beunruhigte, betrachtete den Toten beharrlich. Sein Blick und sein Inneres wurden von diesem knochigen Gesicht angezogen und fasziniert; das flackernde Licht ließ es noch hohler erscheinen; er starrte ihn an. Da lag nun sein Freund Charles Forestier, mit dem er gestern noch gesprochen hatte!

Wie seltsam, wie furchtbar war doch dies absolute Enden eines Menschenwesens! Oh, jetzt erinnerte er sich der Worte des von der Angst vor dem Tode durchdrungenen Norbert de Varenne. »Nie kommt ein Wesen wieder!« Millionen und Milliarden würden geboren werden, die einander nahezu gleich waren, mit Augen, einer Nase, einem Mund, einem Schädel, und darin ein Gedanke, ohne daß jemals der wiedererschiene, der dort in jenem Bette lag.

Ein paar Jahre lang hatte er gelebt, gegessen, gelacht, geliebt, gehofft wie jedermann. Und jetzt war es für ihn aus, aus für immer und ewig. Ein Leben! Ein paar Tage, und dann nichts mehr! Man wird geboren, man wächst heran, man ist glücklich, man wartet, und dann stirbt man. Leb wohl, du Mann oder du Frau, auf diese Erde wirst du nicht wieder zurückkehren! Und dabei trägt jeder das fiebernde, nicht zu verwirklichende Verlangen nach der Ewigkeit in sich, jeder ist eine Art Universum innerhalb des Universums, und jeder wird bald völlig zunichte im Dunghaufen der neuen Keime. Pflanzen, Tiere, Menschen, Sterne, Welten, alles wird lebendig und stirbt dann, um sich zu verwandeln. Und nie kommt ein Wesen wieder, sei es nun ein Insekt, ein Mensch oder ein Stern!

Eine verworrene, gewaltige, zermalmende Angst lastete auf Duroys Seele, die Angst vor dem grenzenlosen, unvermeidlichen Nichts, das bis in alle Ewigkeit jedes so schnell vergehende und so elende Dasein vernichtete. Schon neigte er die Stirn unter seiner Drohung. Er mußte an die Fliegen denken, die nur ein paar Stunden, an Tiere, die nur ein paar Tage, an die Menschen, die nur ein paar Jahre, an Welten, die ein paar Jahrhunderte leben. Welch ein Unterschied bestand also zwischen den einen und den andern? Ein paar Morgenröten mehr, und das war alles.

Madame Forestier saß mit gesenktem Kopf da und schien ebenfalls über schmerzliche Dinge nachzusinnen. Ihr blondes Haar über ihrem bekümmerten Gesicht sah so hübsch aus, daß ein weiches Gefühl wie der Anhauch einer Hoffnung in das Herz des jungen Mannes glitt. Warum sollte er sich härmen, wenn er noch so viele Jahre vor sich hatte?

Und er begann, sie zu betrachten. Sie sah ihn nicht; sie war in ihre Grübelei versunken. Er sagte sich: »Dabei ist das einzig Gute im Leben die Liebe! Eine geliebte Frau in den Armen halten! Da liegt die Grenze menschlichen Glücks.«

Wie hatte das Schicksal diesen Toten begünstigt, als es ihn dieser klugen, liebreizenden Gefährtin begegnen ließ. Wie sie einander wohl kennengelernt hatten? Wie hatte gerade sie eingewilligt, diesen durchschnittlichen, armen Kerl zu heiraten? Wie hatte sie es fertiggebracht, aus ihm so etwas wie eine Persönlichkeit zu machen?

Danach mußte er an alle Geheimnisse denken, die im

menschlichen Dasein verborgen sind. Es fiel ihm ein, was über den Grafen de Vaudrec getuschelt wurde, der sie, so hieß es, ausgesteuert und verheiratet hatte.

Was würde sie jetzt tun? Wen würde sie heiraten? Einen Abgeordneten, wie Madame de Marelle meinte, oder irgendeinen Menschen mit Zukunft, einen begabteren Forestier? Hatte sie Pläne, Absichten, fest umrissene Gedanken? Wie gern hätte er das gewußt! Aber warum machte er sich Sorgen über das, was sie tun würde? Das fragte er sich, und er wurde sich bewußt, daß seine Unruhe von einem der verwirrten, heimlichen Hintergedanken herrührte, die man sich selbst verhehlt und deren man nur gewahr wird, wenn man die tiefsten Tiefen seines Ich durchstöbert.

Ja, warum sollte er selber nicht diese Eroberung versuchen? Wie stark würde er mit ihr zusammen sein, und wie furchterregend! Wie rasch würde er es zu etwas bringen, und mit welcher Sicherheit!

Und warum sollte es ihm nicht gelingen? Er spürte nur zu gut, daß er ihr gefiel, daß sie für ihn mehr als Sympathie hegte, nämlich eine jener starken Zuneigungen, die zwischen zwei einander ähnlichen Naturen entstehen und die eine wechselseitige Verführung ausüben, als bestünde eine Art stummer Komplizenschaft. Sie wußte, daß er intelligent, entschlossen und zäh war; sie konnte Vertrauen zu ihm haben.

Hatte sie ihn nicht bei diesem ernsten Anlaß herkommen lassen? Und warum hatte sie ihn gerufen? Mußte er darin nicht etwas wie eine Wahl erblicken, eine Art Geständnis, etwas wie eine Willensbekundung? Wenn sie an ihn gedacht hatte gerade in dem Augenblick, da sie Witwe werden sollte, so war es vielleicht geschehen, weil sie ihre Gedanken auf den gelenkt hatte, der erneut ihr Gefährte und ihr Verbündeter werden wollte?

Und es überkam ihn eine ungeduldige Begier, es zu erfahren, sie zu befragen, ihre Absichten kennenzulernen. Übermorgen mußte er wieder abreisen, er konnte nicht allein mit dieser jungen Frau in diesem Hause bleiben. Also mußte er sich beeilen; vor seiner Rückkehr nach Paris mußte er geschickt und taktvoll ihre Pläne erkunden, durfte er nicht dulden, daß sie heimreiste und dann vielleicht den Werbungen eines andern nachgab und sich unwiderruflich band.

Die Stille im Zimmer war tief; nur das Pendel der Stutzuhr war zu hören, die auf dem Kamin ihr metallisches, regelmäßiges Ticktack vollführte.

Leise sagte er:

»Sie müssen doch sehr müde sein?«

Sie antwortete:

»Ja, aber vor allem bin ich traurig.«

Der Klang ihrer Stimmen erschreckte ihn; sie hallten seltsam in diesem unheimlichen Raum. Und plötzlich blickten sie beide auf das Gesicht des Toten, als seien sie gewärtig, daß es sich rege, daß er mit ihnen spreche, wie er es noch vor ein paar Stunden getan hatte.

Duroy fuhr fort:

»Ach ja, es ist ein schwerer Schlag für Sie und eine völlige Verwandlung in Ihrem Leben, ein wahrer Umsturz des Herzens und des ganzen Daseins.«

Sie seufzte tief und lange, antwortete aber nicht.

Er sprach weiter:

»Es ist so traurig für eine junge Frau, einsam zu sein, wie Sie es jetzt sein werden.«

Dann verstummte er. Sie hatte nichts gesagt. Er fuhr stokkend fort:

»Jedenfalls wissen Sie ja, welchen Pakt wir geschlossen haben. Sie können nach Belieben über mich verfügen. Ich bin Ihr Eigentum.«

Sie streckte ihm die Hand hin und warf ihm einen jener melancholischen, weichen Blicke zu, die einen bis ins Mark erschüttern:

»Danke; Sie sind gütig und lieb. Wenn ich etwas für Sie wagen und tun könnte, dann würde auch ich sagen: Verlassen Sie sich auf mich.«

Er hatte die ihm dargebotene Hand ergriffen; er hielt sie fest und drückte sie mit dem glühenden Wunsch, sie zu küssen. Endlich entschloß er sich dazu; langsam näherte er sie seinem Munde und drückte lange die feine, etwas heiße, fiebrige, parfümierte Haut an seine Lippen.

Als er dann das Gefühl hatte, diese freundschaftliche Liebkosung dauere vielleicht zu lange, verstand er sich dazu, die kleine Hand niedersinken zu lassen. Schlaff legte sie sich auf dem Knie der jungen Frau nieder, die ernst sagte:

»Ja, ich werde recht einsam sein, aber ich will mich bemühen, es tapfer zu ertragen.«

Er wußte nicht, wie er ihr andeuten könne, daß er glücklich, überglücklich sein würde, wenn er seinerseits sie zur Frau hätte. Freilich konnte er es ihr in dieser Stunde, an dieser Stätte, angesichts dieses Toten nicht unumwunden sagen; gleichwohl hielt er es für möglich, sich einen jener doppeldeutigen, den Umständen angemessenen, komplizierten Sätze einfallen zu lassen, die noch einen Sinn hinter den Worten haben und die alles, was man will, durch ihr berechnetes Verschweigen ausdrücken.

Aber die Leiche hinderte ihn, die starre Leiche, die vor ihnen lag und von der er spürte, daß sie zwischen ihnen liege. Überdies meinte er, schon seit einiger Zeit in der abgestandenen Luft des Zimmers einen verdächtigen Geruch wahrzunehmen, einen Verwesungshauch, der aus jener in Auflösung begriffenen Brust kam, der erste Aasgeruch, den die armen, auf ihrem Bett liegenden Toten ihren bei ihnen wachenden Verwandten zusenden, jenen grausigen Hauch, mit dem sie bald das hohle Innere ihres Sarges erfüllen.

Duroy fragte:

»Könnte man nicht ein bißchen das Fenster aufmachen? Mir scheint, die Luft ist verbraucht.«

Sie antwortete:

»Aber gewiß doch. Auch ich habe es gerade gemerkt.«

Er ging ans Fenster und öffnete es. Die ganze duftende

Kühle der Nacht strömte herein und ließ die zwei am Bett brennenden Kerzen aufflackern. Wie am Abend zuvor ergoß der Mond sein Übermaß an ruhigem Licht über die weißen Mauern der Villen und über die große, schimmernde Meeresfläche. Duroy atmete in vollen Zügen und fühlte sich plötzlich von Hoffnungen überflutet, wie aufgerichtet vom zitternden Nahen des Glücks.

Er drehte sich um:

»Kommen Sie doch her und schöpfen Sie ein bißchen frische Luft«, sagte er, »es ist draußen köstlich.«

Sie ging ruhigen Schrittes hin und stützte sich neben ihm auf.

Da sagte er ganz leise:

»Hören Sie mich an und verstehen Sie richtig, was ich sagen will. Vor allem dürfen Sie nicht unwillig sein, daß ich von so etwas in einem solchen Augenblick zu Ihnen spreche, aber übermorgen muß ich Sie verlassen, und wenn Sie nach Paris zurückkommen, würde es vielleicht zu spät sein. Folgendes wollte ich sagen ... Ich bin bloß ein armer Teufel, ohne Vermögen, und meine Stellung muß ich mir erst noch schaffen, wie Sie wissen. Aber ich habe Willenskraft, ein bißchen Verstand, wie ich glaube, und ich bin auf dem Wege, auf dem richtigen Wege. Bei einem Manne, der es zu etwas gebracht hat, weiß man, woran man ist; bei einem Manne, der erst anfängt, weiß man nie, worauf es mit ihm hinausläuft. Desto schlimmer, oder desto besser. Also kurz und gut, ich habe Ihnen eines Tages in Ihrer Wohnung gesagt, es sei von je mein schönster Traum gewesen, eine Frau wie Sie zu heiraten. Diesen Wunsch wiederhole ich Ihnen heute. Bitte antworten Sie mir nicht. Lassen Sie mich weitersprechen. Ich mache Ihnen keinen Antrag. Den würden Stätte und Augenblick zu etwas Widerwärtigem machen. Ich lege lediglich Wert darauf, Sie klar und deutlich wissen zu lassen, daß Sie mich durch ein einziges Wort glücklich, daß Sie mich entweder zu Ihrem brüderlichen Freund oder, ganz nach Ihrem Belieben, sogar zu Ihrem Gatten machen können, daß mein Herz und ich selber Ihnen gehören. Ich möchte nicht, daß Sie mir jetzt antworten; ich möchte auch nicht, daß wir hier weiter darüber sprechen. Wenn wir einander in Paris wiedersehen, sollen Sie mir andeuten, wozu Sie sich entschlossen haben. Bis dahin kein Wort mehr, nicht wahr?«

Er hatte all das dargelegt, ohne sie anzublicken, als hätte er seine Worte vor sich hin ins Dunkel gesät. Und sie schien gar nicht hingehört zu haben, so bewegungslos war sie geblieben; auch sie hatte starren, leeren Auges vor sich hin geblickt, auf die große, bleich vom Mond erhellte Landschaft.

Noch lange blieben sie nebeneinander stehen, Ellbogen an Ellbogen, schweigend und grübelnd.

Dann murmelte sie:

»Es wird ein bißchen kühl.«

Sie wandte sich um und trat wieder an das Bett heran. Er folgte ihr.

Als er sich näherte, merkte er, daß Forestier tatsächlich zu riechen anfing; er rückte seinen Sessel weg; er hätte diesen Verwesungsgeruch nicht lange ertragen können. Er sagte:

»Gleich morgen früh muß er eingesargt werden.«

Sie antwortete:

»Ja, ja, selbstverständlich; der Schreiner kommt um acht.«

Und da Duroy aufgeseufzt hatte: »Der arme Kerl!«, stieß auch sie einen tiefen Seufzer herzzerreißender Schicksalsergebenheit aus.

Sie blickten jetzt weniger häufig zu ihm hin; sie hatten sich bereits an den Gedanken an jenen Tod gewöhnt und begonnen, innerlich in dieses Verschwinden einzuwilligen, das sie eben noch empört und mit Entrüstung erfüllt hatte – sie, die ebenfalls sterblich waren.

Sie sprachen nicht mehr, sie wachten, wie es sich gebührte, ohne zu schlafen. Doch gegen Mitternacht schlummerte Duroy als erster ein. Als er erwachte, sah er, daß Madame

Forestier gleichfalls schlief; da nahm er eine bequemere Stellung ein und schloß aufs neue die Augen, wobei er knurrte: »Verdammt noch mal, im Bett liegt sich's doch gemütlicher.«

Ein plötzliches Geräusch ließ ihn auffahren. Die Wärterin kam herein. Es war heller Tag. Die junge Frau im Sessel gegenüber schien ebenso überrascht zu sein wie er. Sie war ein bißchen blaß, aber nach wie vor hübsch, frisch und nett, trotz dieser in einem Sessel verbrachten Nacht.

Da jedoch zuckte Duroy, der nach der Leiche hingeschaut hatte, zusammen und rief aus:

»Oh! Sein Bart!«

Er war innerhalb von ein paar Stunden gewachsen, dieser Bart, auf diesem verwesenden Fleisch, wie er innerhalb einiger Tage auf dem Gesicht eines Lebenden gewachsen wäre. Und sie standen verstört angesichts dieses Lebens da, das auf diesem Toten fortdauerte, als handele es sich um ein schauerliches Wunder, um die übernatürliche Drohung einer Auferstehung, um eins der anormalen, erschreckenden Geschehnisse, die den Verstand über den Haufen werfen und durcheinanderbringen.

Danach legten sie sich beide bis elf Uhr schlafen. Dann betteten sie Charles in den Sarg und fühlten sich alsbald erleichtert und aufgeheitert. Sie nahmen einander gegenüber zum Essen Platz und spürten das Verlangen, zu erwachen, von tröstlichen, fröhlicheren Dingen zu sprechen, wieder ins Leben zurückzukehren, nun sie mit dem Tode fertig geworden waren.

Durch das weit offene Fenster strömte die sanfte Wärme des Frühlings herein und brachte den Dufthauch des vor der Haustür blühenden Nelkenbeetes mit sich.

Madame Forestier schlug Duroy einen Gang durch den Garten vor, und sie begannen, langsam die kleine Rasenfläche zu umschreiten, wobei sie voller Entzücken die laue, vom Duft der Fichten und der Eukalyptusbäume erfüllte Luft atmeten.

Und unvermittelt sprach sie zu ihm, ohne ihm den Kopf

zuzuwenden, wie er es während der Nacht dort droben getan hatte. Sie brachte die Wörter langsam hervor, mit leiser, ernster Stimme:

»Hören Sie, lieber Freund, ich habe genau nachgedacht... jetzt schon... über das, was Sie mir vorgeschlagen haben, und ich will Sie nicht abreisen lassen, ohne Ihnen kurz zu antworten. Übrigens werde ich Ihnen weder ja noch nein sagen. Wir müssen warten, wir werden sehen, wir müssen einander besser kennenlernen. Denken auch Sie noch einmal eindringlich nach. Gehorchen Sie nicht allzu leichtfertig einem jähen Drang. Wenn ich zu Ihnen von alledem spreche, noch ehe der arme Charles in sein Grab gesenkt worden ist, so geschieht es, weil Sie nach dem, was Sie mir gesagt haben, genau wissen müssen, wer ich bin, damit sie nicht länger den Gedanken nähren, den Sie mir gegenüber ausgedrückt haben, sofern Sie kein... Charakter sind, kein Charakter, der mich zu verstehen und zu ertragen vermöchte. – Verstehen Sie mich recht. Die Ehe ist für mich keine Kette, sondern ein Zusammengehen. Ich verstehe darunter, daß ich frei sein möchte, völlig frei in meinem Tun, meinem Verhalten, meinen Ausgängen, immer. Ich könnte weder Kontrolle noch Eifersucht, noch Hinundhergerede über mein Verhalten ertragen. Selbstverständlich würde ich mich verpflichten, niemals den Namen des Mannes zu kompromittieren, den ich geheiratet hätte; ich würde ihn nie in einem unangenehmen Licht erscheinen lassen oder lächerlich machen. Aber dazu wäre erforderlich, daß dieser Mann in mir seinesgleichen sähe, eine Verbündete und nicht eine Untergebene und eine gehorsame, unterwürfige Gattin. Ich weiß ganz genau, daß meine Gedanken nicht jedermanns Gedanken sind, aber ich werde sie keinesfalls ändern. So liegen die Dinge. – Ich füge dem noch hinzu: Antworten Sie mir nicht; das wäre unnütz und ungehörig. Wir werden einander wiedersehen und dann vielleicht nochmals später über all dieses sprechen. – Jetzt machen Sie bitte einen Spaziergang. Ich gehe wieder zu ihm. Bis heute abend.«

Er küßte ihr lange die Hand und ging davon, ohne noch ein Wort zu sagen.

Am Abend sahen sie einander erst zur Essensstunde wieder. Dann gingen sie in ihre Schlafzimmer hinauf; sie waren beide wie zerschlagen vor Müdigkeit.

Am nächsten Tag wurde Charles Forestier auf dem Friedhof von Cannes begraben, ohne jeden Pomp. Georges Duroy wollte den Pariser Schnellzug nehmen, der um halb eins abfährt.

Madame Forestier hatte ihn zum Bahnhof begleitet. Sie gingen ruhig auf dem Bahnsteig auf und ab, warteten auf die Abfahrtszeit und sprachen von gleichgültigen Dingen.

Der Zug lief ein, er war ganz kurz, ein richtiger Schnellzug; nur aus fünf Waggons bestand er.

Der Journalist wählte sich seinen Platz, dann stieg er nochmals aus, um ein paar Augenblicke mit ihr zu plaudern; es hatte ihn eine jähe Traurigkeit überkommen, ein heftiges Bedauern, sie zu verlassen, ihm war, als sei er drauf und dran, sie für immer zu verlieren.

Ein Beamter rief: »Marseille, Lyon, Paris, bitte einsteigen!« Duroy stieg ein, dann lehnte er sich aus dem Waggontürfenster hinaus, um ihr noch ein paar Worte zu sagen. Die Lokomotive pfiff, und der Zug setzte sich langsam in Bewegung.

Der junge Mann beugte sich noch immer aus dem Fenster und sah zu der jungen Frau hin, die reglos auf dem Bahnsteig stand und deren Blick ihm folgte. Und plötzlich, als er sie fast schon aus den Augen verloren hatte, nahm er mit seinen beiden Händen einen Kuß von seinem Munde und warf ihn ihr zu.

Sie schickte ihn ihm mit einer diskreteren, zögernden, nur angedeuteten Geste zurück.

Zweiter Teil

I

Georges Duroy hatte alle seine alten Lebensgewohnheiten wieder aufgenommen.

Er wohnte jetzt in dem kleinen Erdgeschoß in der Rue de Constantinople; er lebte vernünftig, wie jemand, der sich auf ein neues Dasein vorbereitet. Sogar seine Beziehungen zu Madame de Marelle hatten einen ehelichen Anhauch bekommen, wie wenn er sich auf das demnächst Geschehende einüben wolle, und seine Geliebte, die sich häufig über die geregelte Geruhsamkeit ihres Beieinanderseins wunderte, hatte ihm lachend mehrmals gesagt:

»Du bist noch hausbackener als mein Mann; der Wechsel hat sich nicht gelohnt.«

Madame Forestier war nicht zurückgekommen, sie verweilte nach wie vor in Cannes. Er erhielt von ihr einen Brief, der ihm meldete, sie werde erst Mitte April zurückkehren, ohne auch nur mit einem Wort auf ihrer beider Abschied anzuspielen. Er wartete. Jetzt war er fest entschlossen, alle Mittel in Bewegung zu setzen, um sie zu heiraten, falls sie zögerte. Aber er vertraute seinem Glück, er vertraute der Verführungskraft, die er in sich spürte, einer vagen, unwiderstehlichen Kraft, der alle Frauen unterlagen.

Ein kurzer Brief sagte ihm, daß die Stunde der Entscheidung bald schlagen werde.

»Ich bin in Paris. Suchen Sie mich auf.

Madeleine Forestier.«

Weiter nichts. Er hatte die Nachricht mit der Neun-Uhr-Post erhalten. Am selben Tage noch, um drei, trat er bei ihr ein. Sie streckte ihm beide Hände entgegen und lächelte dabei ihr hübsches, liebenswürdiges Lächeln; ein paar Sekunden lang schauten sie einander tief in die Augen.

Dann murmelte sie:
»Wie lieb ist es von Ihnen gewesen, daß Sie unter diesen schrecklichen Umständen nach Cannes kamen.«
Er antwortete:
»Ich hätte alles getan, was Sie von mir verlangt hätten.«
Und sie setzten sich. Sie erkundigte sich, was es Neues gebe, fragte nach den Walters, nach allen Kollegen und der Zeitung. An die Zeitung habe sie oft denken müssen.
»Sie fehlt mir sehr«, sagte sie, »wirklich sehr. Im Innern war ich zur Journalistin geworden. Nichts zu machen, ich habe eine Schwäche für diesen Beruf.«
Dann verstummte sie. Er glaubte zu verstehen, glaubte in ihrem Lächeln, im Klang ihrer Stimme, sogar in den Worten etwas wie eine Aufforderung zu gewahren; und obwohl er sich gelobt hatte, die Dinge nicht zu forcieren, stammelte er:
»Ja... warum... warum wollen Sie... diesen Beruf... nicht unter... unter dem Namen Duroy wieder aufnehmen?«
Sie wurde unvermittelt ernst, legte die Hand auf seinen Arm und sagte leise:
»Davon wollen wir lieber noch nicht sprechen.«
Er jedoch erriet, daß sie zustimmte, fiel auf die Knie, begann leidenschaftlich ihre Hände zu küssen und stammelte immer wieder:
»Danke, danke, wie ich Sie liebe!«
Sie stand auf. Er tat wie sie und stellte fest, daß sie sehr blaß sei. Da erkannte er, daß sie Gefallen an ihm gefunden hatte, vielleicht schon seit langem, und da sie einander gegenüberstanden, umarmte er sie und küßte sie mit einem langen, zärtlichen, ernstgemeinten Kuß auf die Stirn.
Als sie sich dadurch frei gemacht hatte, daß sie an seiner Brust niedergeglitten war, fuhr sie ernsten Tons fort:
»Hören Sie, lieber Freund, noch bin ich zu nichts entschlossen. Indessen könnte es sehr wohl sein, daß es ein ›Ja‹ würde. Aber Sie müssen mit absolute Geheimhaltung versprechen, bis ich Sie davon entbinde.«

Er schwor es ihr und ging; sein Herz war übervoll von Freude.

Fortan bekundete er bei den Besuchen, die er ihr machte, sehr viel Zurückhaltung und bat nicht um eine deutlicher ausgesprochene Einwilligung; sie hatte nämlich eine Art und Weise, von der Zukunft zu sprechen, »später« zu sagen und Pläne zu machen, die ihrer beider Dasein vermengten, die ohne Unterlaß eine klarere und zartere Antwort darstellten, als eine förmliche Zusage es gewesen wäre.

Duroy arbeitete hart, gab wenig Geld aus und versuchte, einiges zu sparen, damit er bei seiner Heirat nicht gänzlich mittellos dastehe; er wurde genauso geizig, wie er zuvor verschwenderisch gewesen war.

Der Sommer ging hin, dann der Herbst, ohne daß jemand Argwohn geschöpft hätte, denn sie sahen einander nur selten und dann auf die natürlichste Weise der Welt.

Eines Abends blickte ihm Madeleine tief in die Augen und sagte:

»Sie haben doch nicht etwa Madame de Marelle etwas von unserm Plan angedeutet?«

»Nein. Ich hatte Ihnen Geheimhaltung versprochen, und deshalb habe ich keiner lebenden Seele etwas gesagt.«

»Dann halte ich es für an der Zeit, sie ins Bild zu setzen. Die Walters nehme ich selber auf mich. Also noch in dieser Woche, nicht wahr?«

Er war rot geworden.

»Ja, gleich morgen.«

Sie wandte langsam die Augen ab, gleich als wolle sie seine Verwirrung nicht merken, und fuhr fort:

»Wenn Sie wollen, können wir Anfang Mai heiraten. Das entspräche dann dem Schicklichen.«

»Ich füge mich freudig in alles.«

»Der zehnte Mai ist ein Samstag; er würde mir recht sein, weil da mein Geburtstag ist.«

»Gut, also am zehnten Mai.«

»Ihre Eltern wohnen doch bei Rouen, nicht wahr? Wenigstens haben Sie mir das erzählt.«

»Ja, bei Rouen, in Canteleu.«

»Was treiben sie denn?«

»Sie sind... sie sind kleine Rentner.«

»Ach, ich möchte sie so gern kennenlernen.«

Er zögerte, arg verlegen.

»Aber... die Sache ist die, sie sind...«

Plötzlich entschloß er sich als wahrhaft starker Mann: »Liebste, sie sind Bauern, kleine Schankwirte und haben sich bis aufs Blut abgerackert, um mich auf eine höhere Schule zu schicken. Ich schäme mich ihrer bestimmt nicht, aber ihre... Einfachheit... ihre... Bäuerlichkeit könnte Sie vielleicht stören.«

Sie lächelte liebevoll, und ihr Gesicht leuchtete in milder Güte.

»Nein. Ich werde sie sehr liebgewinnen. Wir fahren hin. Ich will es nun mal. Wir sprechen noch mal darüber. Auch ich bin kleiner Leute Kind... aber ich habe meine Eltern verloren. Ich habe niemanden mehr auf Erden...« – sie streckte ihm die Hand hin und sprach weiter – »als Sie.«

Und er fühlte sich gerührt, erschüttert, erobert wie nie zuvor von einer Frau.

»Ich habe an etwas gedacht«, sagte sie, »aber das läßt sich schwer ausdrücken.«

Er fragte:

»An was denn?«

»Also, mein Lieber, ich bin wie alle Frauen, ich habe... meine Schwächen, meine kleingeistigen Züge; ich mag, was glänzt und klingt. Wie gern hätte ich einen Adelsnamen getragen! Könnten Sie sich nicht bei Gelegenheit unserer Heirat... ein bißchen... adeln?«

Jetzt war sie ihrerseits rot geworden, als habe sie ihm eine Taktlosigkeit vorgeschlagen.

Er antwortete unumwunden:

»Ich selber habe oft daran gedacht, aber es scheint mir nicht ganz leicht zu sein.«

»Wieso denn?«

Er fing an zu lachen:

»Weil ich Angst habe, mich lächerlich zu machen.«
Sie zuckte die Achseln:
»Aber ganz und gar nicht, ganz und gar nicht. Das tut
doch jeder, und kein Mensch lacht darüber. Teilen Sie
doch einfach Ihren Namen in zwei Teile: ›Du Roy‹. Das
ginge tadellos.«
Als ein Mann, der sich in so etwas auskennt, antwortete
er auf der Stelle:
»Nein, das geht nicht. Das ist ein zu einfaches, zu ge-
wöhnliches, zu bekanntes Verfahren. Ich hatte daran gedacht, den Namen meines Heimatdorfes anzunehmen,
zunächst als literarisches Pseudonym; hernach hätte ich
ihn dann allmählich meinem Namen angefügt und später
sogar meinen Namen geteilt, wie Sie es mir vorschlugen.«
Sie fragte:
»Ihr Dorf heißt doch Canteleu, nicht wahr?«
»Ja.«
Dann zögerte sie wieder:
»Nein. Ich mag die Endsilbe nicht. Passen Sie mal auf,
könnten wir das Wort Canteleu nicht ein bißchen abän-
dern?…«
Sie hatte einen Federhalter vom Tisch genommen, krit-
zelte Namen hin und erprobte, wie sie sich ausnahmen.
Plötzlich rief sie:
»Da, da, sehen Sie mal.«
Und sie hielt ihm ein Papierblatt hin, auf dem er las: »Ma-
dame Duroy de Cantel.«
Er überlegte ein paar Sekunden und erklärte dann in vol-
lem Ernst:
»Ja, das macht sich ausgezeichnet.«
Sie war hingerissen und sagte ein paarmal:
»Duroy de Cantel, Duroy de Cantel, Madame Duroy de
Cantel. Wunderbar, ganz wunderbar ist das!«
Mit überzeugter Miene fügte sie hinzu:
»Und Sie werden schon sehen, wie leicht es ist, daß alle
Welt es in Kauf nimmt. Man muß bloß die richtige Ge-
legenheit beim Schopf packen. Später wäre es womöglich

zu spät. Ab morgen zeichnen Sie Ihre Berichte mit D. de Cantel, und Ihre ›Stadtnachrichten‹ ganz schlicht mit Duroy. So was wird bei der Presse alle Tage gemacht, und niemand wird sich darüber wundern, daß Sie sich einen Decknamen zugelegt haben. Wenn wir heiraten, können wir die Sache noch ein bißchen abändern und unseren Bekannten sagen, Sie hätten aus Bescheidenheit auf Ihre Partikel ›du‹ verzichtet, in Anbetracht Ihres Berufs, oder wir sagen sogar überhaupt nichts. Wie heißt Ihr Vater mit Vornamen?«

»Alexandre.«

Ein paarmal hintereinander flüsterte sie: »Alexandre, Alexandre« und lauschte auf den Klang der Silben; dann schrieb sie auf ein neues weißes Blatt:

»Monsieur und Madame Alexandre du Roy de Cantel geben sich die Ehre, Ihnen die Vermählung ihres Sohnes Monsieur Georges du Roy de Cantel mit Madame Madeleine Forestier anzuzeigen.«

Sie betrachtete, was sie geschrieben hatte, ein wenig aus der Ferne, war über die Wirkung entzückt und erklärte:

»Mit ein bißchen Methode gelingt alles, was man will.«

Als er sich wieder auf der Straße befand, war er fest entschlossen, sich fortan du Roy zu nennen und sogar du Roy de Cantel; er kam sich auf eine ganz neue Weise bedeutend vor. Er schritt kecker durch die Straßen, trug die Stirn höher, zwirbelte den Schnurrbart stolzer; er ging, wie ein Edelmann gehen muß. In sich verspürte er einen freudigen Drang, den Vorübergehenden zu erzählen: »Ich heiße du Roy de Cantel.«

Aber kaum war er heimgekommen, als der Gedanke an Madame de Marelle ihn beunruhigte, und er schrieb ihr auf der Stelle, um sie für den folgenden Tag um ein Beisammensein zu bitten. »Einfach wird das nicht«, dachte er. »Ich kann mich auf einen Wutanfall ersten Ranges gefaßt machen.«

Dann fand er sich damit ab, in der ihm angeborenen Sorglosigkeit, die ihn alle unangenehmen Dinge des Lebens

umgehen ließ, und machte sich daran, einen aus der Luft
gegriffenen Artikel über die neuen Steuern zu schreiben,
die das Gleichgewicht des Budgets herstellen sollten. Er
legte darin dem Adelsprädikat hundert Francs Steuern
jährlich auf, und den Titeln vom Baron bis zum Fürsten
fünfhundert bis fünftausend Francs.

Und er unterzeichnete: D. de Cantel.

Am andern Tag erhielt er einen Rohrpostbrief seiner Geliebten mit der Nachricht, sie werde um ein Uhr kommen.

Er erwartete sie ein bißchen fiebernd, war jedoch fest entschlossen, die Angelegenheit unbedingt zu bereinigen, auf
Anhieb alles zu sagen und dann nach der ersten Aufregung
ruhig und vernünftig Beweisgründe anzuführen und ihr
darzulegen, daß er nicht bis in alle Ewigkeit Junggeselle
bleiben könne und daß Monsieur de Marelle sich ja darauf
versteife, am Leben zu bleiben; und so hätte er an eine
andere als sie denken müssen, um diese zu seiner legitimen
Lebensgefährtin zu machen.

Dennoch ging die Sache ihm nahe. Als er es schellen hörte,
bekam er Herzklopfen.

Sie flog in seine Arme:

»Tag, Bel-Ami.«

Seine Umarmung kam ihr kühl vor; sie musterte ihn und
fragte:

»Was ist eigentlich mit dir los?«

»Setz dich«, sagte er. »Wir müssen ernsthaft miteinander
reden.«

Sie setzte sich, ohne sich ihres Hutes zu entledigen; sie
schlug lediglich den Schleier bis über die Stirn hoch und
wartete.

Er hatte die Augen niedergeschlagen; er überlegte sich seinen Einleitungssatz. Langsam begann er:

»Liebste Freundin, du siehst mich arg verwirrt, traurig und
arg beklommen wegen der Dinge, die ich dir zu gestehen
habe. Ich habe dich sehr lieb, wirklich, ich liebe dich aus
tiefstem Herzen, und daher schmerzt mich die Furcht, dir
weh zu tun, noch mehr als das, was ich dir sagen muß.«

Sie erbleichte, fühlte, daß sie zitterte, und stieß hervor:
»Was ist denn passiert? Sag es schnell!«

Mit bekümmerter Stimme, aber entschlossen und mit jener gespielten Niedergeschlagenheit, deren man sich bedient, um ein glückliches Unglück zu verkünden, brachte er hervor:

»Nur, daß ich heirate.«

Sie stieß den Seufzer einer Frau aus, die im Begriff ist, das Bewußtsein zu verlieren; es war ein schmerzlicher Seufzer aus tiefster Brust; dann rang sie nach Luft, ohne ein Wort hervorbringen zu können, so keuchte sie.

Als er merkte, daß sie nichts sagte, fuhr er fort:

»Du kannst dir nicht vorstellen, wie ich gelitten habe, bis ich mich zu diesem Entschluß durchgerungen hatte. Aber ich habe weder eine richtige Stellung noch Geld. Ich stehe allein da, ich komme mir in Paris verloren und verlassen vor. Ich müßte jemanden neben mir haben, der mir raten, mich trösten und mir Halt bieten könnte. Ich habe eine Genossin, eine Verbündete gesucht und sie auch gefunden!«

Er schwieg in der Hoffnung, sie werde antworten; er war auf einen fürchterlichen Zornesausbruch gefaßt, auf Gewalttätigkeiten und Schimpfreden.

Sie hatte eine Hand auf ihr Herz gelegt, um es im Zaum zu halten; nach wie vor atmete sie in schmerzenden Stößen, die ihr die Brüste hoben und ihren Kopf nicken ließen.

Er nahm ihre auf der Sessellehne liegengebliebene Hand; aber sie zog sie jäh zurück. Dann flüsterte sie, als habe eine Art Stumpfsinn sie überkommen:

»Oh!... Mein Gott...«

Er kniete vor ihr nieder, wobei er sie freilich nicht zu berühren wagte, und stammelte, mehr betroffen durch dieses Schweigen, als er es durch ein zorniges Aufbegehren gewesen wäre:

»Cloti, kleine Cloti; denk dich doch in meine Lage hinein, begreif doch, wie es um mich steht. Ach, wenn ich *dich* hätte heiraten können, was für ein Glück wäre das gewesen! Aber du bist verheiratet. Was hätte ich denn tun können? Bitte überleg doch mal, überleg doch! Ich muß in der Gesellschaft festen Fuß fassen, und das kann ich nicht, solange ich kein eigenes Heim habe. Wenn du wüßtest!... Es hat Tage gegeben, da hätte ich deinen Mann am liebsten umgebracht...«

Er sprach mit seiner weichen, verschleierten, verführerischen Stimme; sie ging ins Ohr ein wie Musik.

Er sah in den starren Augen seiner Geliebten zwei Tränen langsam größer werden und dann über ihre Wangen rinnen, während sich bereits zwei andere am Rand der Lider bildeten.

Er flüsterte:

»Oh, weine nicht, Cloti, bitte weine nicht, ich flehe dich an. Du zerreißt mir das Herz.«

Da riß sie sich zusammen, mit aller Kraft, um würdig und stolz zu sein; und mit der meckernden Stimme der Frauen, die schluchzen wollen, fragte sie:

»Wer ist es denn?«

Eine Sekunde lang zögerte er; dann sagte er in der Erkenntnis, daß es sein müsse:

»Madeleine Forestier.«

Madame de Marelle zitterte am ganzen Leibe. Dann saß sie stumm da und überlegte angespannt; sie schien vergessen zu haben, daß er ihr zu Füßen lag.

Und unablässig bildeten sich zwei durchsichtige Tropfen in ihren Augen, fielen nieder und bildeten sich aufs neue.

Sie stand auf. Duroy ahnte, daß sie fortgehen wolle, ohne ihm ein Wort zu sagen, ohne Vorwürfe und Verzeihung; das verletzte und demütigte ihn bis ins tiefste Innere. Er wollte sie festhalten und umfaßte mit beiden Armen ihr Kleid, er umschlang durch den Stoff hindurch ihre runden Schenkel und fühlte, wie sie sich im Widerstreben strafften.

Er flehte:

»Ich beschwöre dich, geh nicht so von mir.«

Da schaute sie ihn von oben bis unten an, sie schaute ihn mit dem feuchten, verzweifelten, so bezaubernden und so traurigen Blick an, aus dem der ganze Schmerz eines Frauenherzens spricht, und sie stammelte:

»Ich habe ... ich habe nichts zu sagen ... ich kann ... nichts tun ... Du ... du hast recht ... du ... du ... hast gewählt, was du brauchtest ...«

Und als sie sich durch eine Rückwärtsbewegung von ihm gelöst hatte, ging sie, ohne daß er versucht hätte, sie noch länger zurückzuhalten.

Als er allein war, erhob er sich und fühlte sich benommen, als habe er einen Fausthieb auf den Kopf bekommen; dann faßte er sich und brummte vor sich hin:

»Mein Gott, um so schlimmer oder um so besser. Glatt erledigt ... ohne große Szene. Ist mir auch lieber.«

Und nun er von einer Riesenlast befreit war, fühlte er sich plötzlich frei, befreit, vollauf bereit für sein neues Leben und fing an, gegen die Wand zu boxen; er versetzte ihr mächtige Faustschläge in einem Rausch des Erfolgs und der Kraft, als befinde er sich im Kampf mit dem Schicksal.

Als Madame Forestier ihn fragte:

»Haben Sie Madame de Marelle ins Bild gesetzt?«, da antwortete er in aller Ruhe:

»Freilich ...«

Sie durchforschte ihn mit ihrem klaren Blick:

»Und hat es ihr nichts ausgemacht?«

»Ach was, nicht die Spur. Im Gegenteil, sie hat es völlig in Ordnung gefunden.«

Die Nachricht wurde bald bekannt. Die einen wunderten sich, die anderen behaupteten, sie hätten es geahnt, wieder andere lächelten und deuteten an, es überrasche sie nicht weiter.

Der junge Mann, der jetzt seine Berichte mit D. de Cantel, seine ›Stadtnachrichten‹ mit Duroy, und die politischen Artikel, die er von Zeit zu Zeit zu schreiben anfing, mit du Roy zeichnete, verbrachte den halben Tag bei seiner

Verlobten; sie behandelte ihn mit brüderlicher Vertraulichkeit, an der jedoch wahre, wenngleich verheimlichte
Zärtlichkeit teilhatte, etwas wie ein als Schwäche getarntes
Begehren. Sie hatte bestimmt, daß die Hochzeit ganz in
der Stille vor sich gehen solle, nur in Gegenwart der Trau-
zeugen, und daß sie noch am selben Abend nach Rouen
führen. Am andern Tage sollten die Eltern des Journalisten aufgesucht werden, und bei diesen würden sie ein paar
Tage bleiben.

Duroy hatte sich bemüht, sie von diesem Vorhaben abzu-
bringen; aber da es ihm nicht gelungen war, hatte er sich
schließlich gefügt.

Als dann der zehnte Mai angebrochen war, kehrten die
Neuvermählten, die eine kirchliche Trauung als überflüs-
sig erachteten, da sie niemanden eingeladen hatten, nach
einem kurzen Verweilen im Standesamt nach Hause zurück, um ihre Koffer fertig zu packen, und nahmen an der
Gare Saint-Lazare den Zug um sechs Uhr abends, der sie
nach der Normandie brachte.

Bis zu dem Augenblick, da sie sich allein im Waggon befanden, hatten sie kaum zwanzig Worte gewechselt. Sobald sie spürten, daß der Zug fuhr, blickten sie einander
an und begannen zu lachen, um eine gewisse Verlegenheit
zu verbergen, die sie sich auf keinen Fall anmerken lassen
wollten.

Langsam durchfuhr der Zug die langgestreckte Gare de
Batignolles und dann durch die grindige Ebene, die von
den Befestigungswerken bis zur Seine reicht.

Dann und wann sprachen Duroy und seine Frau ein paar
gleichgültige Worte und schauten dann wieder zum Fenster hinaus.

Als sie über die Brücke von Asnières fuhren, überkam sie
Fröhlichkeit beim Anblick des mit Dampfbooten, Fi-
schern und Ruderern bedeckten Flusses. Die Sonne, eine
kräftige Maisonne, ergoß ihr Schräglicht über die Schiffe
und den ruhigen Strom, der aussah, als sei er reglos, ohne
Strömung und Strudel; erstarrt in der Hitze und Helle des

endenden Tages. Ein Segelboot mitten im Fluß hatte an beiden Bordseiten große Dreiecke aus weißer Leinwand ausgespannt, um die leiseste Brise aufzufangen; es wirkte wie ein Riesenvogel, der gerade davonfliegen will.

Duroy sagte halblaut:

»Ich habe eine Schwäche für die Umgebung von Paris; ich erinnere mich an Gerichte aus gebratenen Fischen, die besten in meinem ganzen Leben.«

Sie antwortete:

»Und die Ruderboote! Es ist doch hübsch, bei Sonnenuntergang über das Wasser zu gleiten!«

Dann schwiegen sie, wie wenn sie nicht gewagt hätten, solcherlei Ergüsse über ihrer beider vergangenes Leben fortzusetzen, und sie blieben stumm und genossen vielleicht schon die Poesie des Bedauerns.

Duroy, der seiner Frau gegenübersaß, ergriff ihre Hand und küßte sie langsam.

»Wenn wir wieder daheim sind«, sagte er, »wollen wir dann und wann mal zum Abendessen nach Chatou fahren.«

Sie flüsterte:

»Wir werden tüchtig zu arbeiten haben!« – und zwar in einem Tonfall, der zu bedeuten schien: »Wir werden das Angenehme dem Nützlichen opfern müssen.«

Er hielt noch immer ihre Hand und überlegte mit einiger Unruhe, durch welche Überleitung er zu Zärtlichkeiten gelangen könne. Die Ahnungslosigkeit eines jungen Mädchens hätte ihn bestimmt weniger verwirrt; aber die behende, verschlagene Intelligenz, die er in Madeleine witterte, machte ihn in seinem Verhalten unsicher. Er hatte Angst, ihr zu albern, zu schüchtern oder zu brutal vorzukommen, zu langsam oder zu schnell.

Immer wieder preßte er jene Hand mit leisem Druck, ohne daß sie auf seinen Ruf antwortete. Er sagte:

»Zu komisch, daß Sie jetzt meine Frau sind.«

Sie schien überrascht:

»Wieso denn?«

»Ich weiß nicht. Es kommt mir eben komisch vor. Ich

möchte Sie küssen, und es wundert mich, daß ich das Recht dazu habe.«

Ruhig hielt sie ihm die Wange hin, und er küßte sie, wie er die einer Schwester geküßt hätte.

Er sprach weiter:

»Das erstemal, als ich Sie sah (Sie wissen ja, bei dem Abendessen, zu dem Forestier mich geladen hatte), da habe ich gedacht: ›Donnerwetter, wenn ich eine Frau wie die entdecken könnte.‹ Na, und nun ist es geschehen. Ich habe sie.«

Sie flüsterte:

»Das ist lieb.«

Sie blickte ihn unverhohlen an, sehr klug, mit ihren immer lächelnden Augen.

Er dachte: »Ich bin zu kalt. Blöd bin ich. Ich müßte mich rascher ins Zeug legen.« Und er fragte:

»Wie haben Sie Forestier eigentlich kennengelernt?«

Mit provozierender Bosheit fragte sie:

»Fahren wir nach Rouen, um von ihm zu sprechen?«

Er wurde rot:

»Ich bin dumm. Sie schüchtern mich ziemlich ein.«

Das entzückte sie:

»Ich? Nicht möglich! Wie kommt denn das?«

Er hatte sich ganz dicht neben sie gesetzt. Sie rief:

»Oh! Ein Hirsch!«

Der Zug durchfuhr den Wald von Saint-Germain, und sie hatte einen erschreckten Rehbock mit einem Sprung über einen Waldweg setzen sehen. Duroy hatte sich über sie gebeugt, als sie durch das offene Fenster blickte; er drückte einen langen Kuß, den Kuß eines Liebenden, auf ihr Nackenhaar.

Ein paar Augenblicke lang hielt sie still; dann hob sie den Kopf:

»Sie kitzeln mich; lassen Sie das.«

Aber das tat er mitnichten, behutsam, mit einer entnervenden, hinausgezögerten Liebkosung ließ er seinen gelockten Schnurrbart über die weiße Haut wandern.

Sie schüttelte sich:

»Hören Sie doch auf damit.«

Er hatte seine rechte Hand hinter ihren Kopf gleiten lassen, ergriff ihn und drehte ihn zu sich hin. Dann stürzte er sich auf ihren Mund wie ein Sperber auf seine Beute.

Sie sträubte sich, stieß ihn zurück und versuchte, sich zu befreien. Endlich gelang es ihr, und sie sagte nochmals:

»Hören Sie doch auf damit.«

Aber er hörte nicht mehr auf sie, er umschlang sie, küßte sie mit gierigen, bebenden Lippen und versuchte, sie rücklings auf die Polster niederzudrücken.

Mit großer Kraftanstrengung machte sie sich frei und sprang hastig auf:

»Na, aber, Georges, nun aber Schluß. Wir sind doch keine Kinder mehr, wir können doch wohl bis Rouen warten.«

Hochrot und abgekühlt durch diese vernünftigen Worte saß er da; doch als er einige Kaltblütigkeit wiedergewonnen hatte, sagte er aufgeräumt:

»Meinetwegen, dann warte ich; aber ich bin außerstande, bis zur Ankunft auch nur zwanzig Worte zu reden. Bedenken Sie, daß wir gerade erst durch Poissy fahren.«

»Dann rede ich eben.«

Und sie setzte sich wieder behutsam neben ihn.

Und sie sprach mit aller Bestimmtheit über das, was sie nach ihrer Rückkehr tun würden. Sie mußten die Wohnung behalten, in der sie mit ihrem ersten Manne gewohnt hatte; Duroy würde ja auch Forestiers Funktionen und Gehalt bei der »Vie Française« erben.

Übrigens hatte sie vor der Eheschließung mit der Sicherheit eines Sachwalters alle finanziellen Einzelheiten des Haushalts geregelt.

Sie hatten Gütertrennung vereinbart, und alle Fälle, die etwa eintreten konnten, waren berücksichtigt worden: Tod, Scheidung, Geburt eines oder mehrerer Kinder. Der junge Mann hatte, wie er sagte, viertausend Francs mit in die Ehe gebracht, aber davon hatte er fünfzehnhundert gepumpt. Der Rest rührte von Ersparnissen her, die er in Hinblick auf das Ereignis zurückgelegt hatte. Das eingebrachte Gut der jungen Frau betrug vierzigtausend Francs; die habe Forestier ihr hinterlassen, sagte sie.

Sie kam nochmals auf ihn zu sprechen und stellte ihn als Beispiel hin:

»Er war sehr sparsam, sehr solide und ein großer Arbeiter. Binnen kurzem wäre er reich gewesen.«

Duroy hörte nicht mehr hin; ihn beschäftigten vollauf andere Gedanken.

Manchmal hielt sie inne und hing einem unausgesprochenen Gedanken nach; dann fuhr sie fort:

»In drei oder vier Jahren können Sie gut und gern dreißigbis vierzigtausend Francs pro Jahr verdienen. Die würde Charles auch gehabt haben, wenn er am Leben geblieben wäre.«

Georges, dem die Lehrstunde allmählich zu lange dauerte, antwortete:

»Ich dachte, wir führen nicht nach Rouen, um von ihm zu sprechen.«

Sie gab ihm einen kleinen Klaps auf die Wange:

»Richtig, es war unrecht von mir.«

Sie lachte.

Er spielte den sehr artigen kleinen Jungen und legte die Hände auf ihre Knie.

»So sehen Sie aber mal albern aus«, sagte sie.

Er entgegnete:

»Das ist doch meine Rolle, übrigens haben Sie mich vorhin darauf hingewiesen, und jetzt bleibe ich dabei.«

Sie fragte:

»Warum denn?«

»Weil Sie die Leitung des Hausstands und sogar die meiner Person übernehmen. Als Witwe ist das ja auch tatsächlich Ihre Sache!«

Sie war erstaunt:

»Was soll das nun eigentlich heißen?«

»Daß Sie eine Erfahrung besitzen, die meine Ahnungslosigkeit wegblasen muß, und eine Praxis in Ehedingen, die meiner Junggesellenunschuld den Garaus machen muß; so liegen die Dinge.«

Sie rief:

»Das geht zu weit!«

Er antwortete:

»Aber so ist es nun mal. Ich kenne mich in den Frauen nicht aus – naja – und Sie kennen die Männer, da Sie ja schließlich Witwe sind – naja – also müssen Sie mich erziehen ... heute abend – naja – und Sie können sogar auf der Stelle damit anfangen, wenn Sie wollen – ja.«

Höchst erheitert rief sie:

»Oh, das ist denn doch! Wenn Sie sich dabei auf mich verlassen! ...«

Mit der Stimme eines Gymnasiasten, der seine Lektion hervorblubbert, sagte er:

»Natürlich – naja – darauf verlasse ich mich. Ich verlasse mich sogar darauf, daß Sie mir anständigen Unterricht erteilen ... in zwanzig Lehrstunden ... zehn für den Elementarunterricht ... Lesen und Grammatik ... zehn für die weitere Ausbildung und den Stil ... Ich bin völlig ahnungslos – ja.«

Sie amüsierte sich königlich und rief:

»Wie dumm du bist.«

Er erwiderte:

»Wenn du nun schon anfängst, mich zu duzen, dann will ich sofort deinem Beispiel folgen und dir sagen, mein Liebes, daß ich dich immer mehr vergöttere, von Sekunde zu Sekunde, und daß es meiner Meinung nach bis Rouen noch sehr weit ist!«

Er sprach jetzt mit der Intonation eines Schauspielers, mit einem amüsanten Mienenspiel, das der jungen, an die Umgangsformen und Schnurren der großen Boheme der Schriftsteller gewöhnten Frau Spaß machte.

Sie sah ihn von der Seite an, fand ihn wirklich reizend, empfand die Begierde, die einen packt, eine Frucht frisch vom Baum zu naschen, und das Zögern der vernünftigen

Erwägung, die dazu rät, das Abendessen abzuwarten und sie dann zur gegebenen Zeit zu essen.

Da sagte sie und wurde ein bißchen rot bei den Gedanken, die sie bestürmten:

»Lieber Schüler, glauben Sie meiner Erfahrung, meiner großen Erfahrung. Küsse im Waggon taugen nichts. Sie schlagen auf den Magen.«

Dann errötete sie noch mehr, als sie sagte:

»Man darf sein Korn niemals mähen, solange es noch grün ist.«

Er grinste; die Anspielungen, die diesem hübschen Mund entglitten, erregten ihn; er schlug das Kreuzeszeichen und bewegte dabei die Lippen, als habe er ein Gebet gemurmelt; dann erklärte er:

»Eben habe ich mich dem Schutz des heiligen Antonius anbefohlen, dem Schutzpatron der Versuchungen. Jetzt bin ich ehern.«

Langsam kam die Nacht und hüllte die weite Landschaft, die sich zur Rechten erstreckte, in ein durchsichtiges Dunkel, das wie ein leichter Schleierflor war. Der Zug fuhr an der Seine entlang, und die jungen Leute schauten im Strom, der sich neben den Schienen wie ein breites Band aus blankem Metall hinzog, auf die roten Reflexe, wie Flecken vom Himmel, den die untergehende Sonne mit Purpur und Feuer überstrichen hatte. Nach und nach erlosch dies Glühen, wurde dunkler, verdüsterte sich traurig. Und das Land ertrank im Schwarz mit dem unheilverkündenden Erschauern, dem Todesschauer, den jede Dämmerung über die Erde gleiten läßt.

Da diese abendliche Schwermut durch das offene Fenster hereinströmte, drang sie tief in die Seelen der eben noch so heiteren Gatten; sie wurden schweigsam.

Sie waren dicht aneinandergerückt, um der Agonie des Tages zuzuschauen, dieses schönen, hellen Maitages.

In Mantes war die kleine Öllampe angezündet worden; sie warf ihr gelbes, zitterndes Licht auf das graue Tuch der Polster.

Duroy umschlang die Taille seiner Frau und zog sie an sich. Sein brennendes Begehren von kurz zuvor war Zärtlichkeit geworden, eine schmachtende Zärtlichkeit, ein weiches Verlangen nach kleinen, tröstenden Liebkosungen, denjenigen, mit denen man die Kinder einwiegt. Ganz leise murmelte er:

»Ich will dich auch sehr lieb haben, kleine Mad.«

Die Sanftheit dieser Stimme erregte die junge Frau und jagte ihr ein rasches Erschauern über die Haut; sie bot ihren Mund dar und beugte sich über ihn, da er seine Wange auf das warme Kissen ihrer Brüste gelegt hatte.

Es wurde ein sehr langer, stummer, tiefer Kuß, dann ein Auffahren, eine jähe, tolle Umschlingung, ein kurzer, atemloser Kampf, eine gewalttätige, ungeschickte Vereinigung. Dann lagen sie einander in den Armen, beide ein bißchen enttäuscht, müde und noch immer zärtlich, bis ein Pfeifen des Zuges einen nahen Bahnhof ankündigte. Sie erklärte und schob sich mit den Fingerspitzen das zerzauste Haar an den Schläfen zurecht:

»Das ist sehr dumm. Wir sind wie die Kinder.«

Bis Rouen saßen sie fast ohne sich zu bewegen da, Wange an Wange, die Augen durchs Fenster ins Dunkel gerichtet, wo man manchmal die Lichter der Häuser vorübergleiten sah; und sie träumten in sich hinein, froh, sich so nah beieinander zu fühlen, und in der immer größer werdenden Erwartung einer intimeren und ungehinderteren Umarmung.

Sie stiegen in einem Hotel ab, dessen Fenster auf den Kai hinausgingen, sie aßen wenig, sehr wenig zu Abend und gingen dann zu Bett.

Am anderen Morgen weckte sie das Zimmermädchen, als es gerade acht geschlagen hatte.

Sie tranken die Tasse Tee, die ihnen auf den Nachttisch gestellt worden war; dann blickte Duroy seine Frau an, und dann schloß er sie jäh mit dem freudigen Überschwang eines Glücklichen, der einen Schatz gefunden hat, in die Arme und stieß hervor:

»Meine kleine Mad, ich fühle, daß ich dich sehr ... sehr ...
sehr lieb habe ...«

Sie lächelte ihr vertrauendes, befriedigtes Lächeln und flüsterte, wobei sie seine Küsse erwiderte:

»Ich dich auch ... vielleicht.«

Aber in ihm war nach wie vor Unruhe wegen des Besuchs
bei seinen Eltern. Schon oft hatte er seine Frau gewarnt;
er hatte sie vorbereitet und ermahnt. Er hielt es für ange-
bracht, es nochmals zu tun.

»Du mußt wissen, es sind Bauern, richtiggehende Bauern,
nicht solche wie in der Opéra Comique.«

Sie lachte:

»Aber das weiß ich doch, du hast es mir zur Genüge gesagt. Komm, steh auf, und laß mich ebenfalls aufstehen.«

Er sprang aus dem Bett und zog sich die Socken an:

»Wir sind bei mir zu Hause schlecht untergebracht, sehr
schlecht. In meinem Schlafzimmer steht lediglich ein altes
Bett mit Strohsack. Roßhaarmatratzen sind in Canteleu
was Unbekanntes.«

Sie schien entzückt:

»Wunderbar. Es muß reizend sein, schlecht zu schlafen,
wenn man neben dir ... neben dir liegt und wenn das
Hähnekrähen einen aufweckt.«

Sie hatte ihren Morgenrock angezogen, einen weiten
Morgenrock aus weißem Flanell, den Duroy sogleich wiedererkannte. Der Anblick war ihm unangenehm. Warum?
Wie er nur zu gut wußte, besaß seine Frau ein volles Dutzend dieser Morgengewänder. Hätte sie nicht ihren Vorrat
mindern und ein neues kaufen können? Na, und wenn
schon; aber es wäre ihm lieber gewesen, wenn ihre Leib-
wäsche, ihre Nachtwäsche, ihre Liebeswäsche nicht die
gewesen wäre, die sie im Beisammensein mit dem andern
getragen hatte. Ihm war, als habe der weiche, mollige Stoff
etwas von der Berührung durch Forestier bewahrt.

Er trat ans Fenster und steckte sich eine Zigarette an.
Der Anblick des Hafens, des breiten Stroms und der vielen
Schiffe mit den leichten Masten, der vierschrötigen

Dampfer, die durch Kräne unter großem Lärm auf den Kai entladen wurden, ging ihm nahe, obwohl er all das seit langem kannte. Er rief aus:

»Donnerwetter, ist das mal schön!«

Madeleine lief hin, legte ihre beiden Hände auf die Schulter ihres Mannes, lehnte sich mit einer hingebenden Geste an ihn und verharrte so, entzückt und ergriffen. Auch sie sagte:

»Oh, wie hübsch das ist, wie hübsch! Ich habe gar nicht gewußt, daß es so viele Schiffe gibt!«

Eine Stunde danach brachen sie auf, weil sie bei den alten Eltern, die vor ein paar Tagen benachrichtigt worden waren, zu Mittag essen wollten. Eine offene, plumpe Droschke trug sie dahin und vollführte ein Gerassel, als sei sie mit Kesselschmiedewaren beladen. Sie folgten einem langen, ziemlich häßlichen Boulevard, dann ging es durch Wiesen, in denen ein Bach floß, und danach begannen sie, den Hügel hinanzufahren.

Die ermattete Madeleine war unter der eindringlichen Liebkosung der Sonne, die sie im Vordersitz des alten Wagens köstlich erwärmte, eingeschlafen; ihr war, als liege sie in einem lauen Bad aus Licht und Landluft.

Ihr Mann weckte sie:

»Schau«, sagte er.

Auf zwei Dritteln der Steigung hatten sie angehalten, und zwar an einer Stelle, die ihrer Aussicht wegen berühmt war; alle Fremden werden dorthin geführt.

Man überblickte das riesige, langgestreckte, breite Tal, das der helle Strom von einem Ende zum andern in großen Windungen durchzieht. Man sah ihn von ganz hinten kommen, zahlreiche Inseln sprenkelten ihn, und ehe er Rouen durchquerte, beschrieb er eine Windung. Dann erschien auf dem rechten Ufer die Stadt und wirkte halbwegs wie ertränkt im morgendlichen Nebel, Sonnenglanzlichter auf den Dächern und auf ihren unzähligen leichten, spitzigen oder gedrungenen, zerbrechlichen und wie riesige Schmuckstücke gearbeiteten Glockentürmen, ihren viereckigen oder runden Türmen mit den heraldischen Kronen, ihren großen und kleinen Glockentürmen, der ganzen gotischen Heerschar der Kirchenspitzen, die der spitze Vierungsturm der Kathedrale überragte, eine erstaunliche eherne Nadel, häßlich, seltsam und maßlos, die höchste der Welt.

Aber gegenüber, am andern Ufer des Stroms, erhoben sich rund und oben verdickt die schlanken Fabrikschornsteine des ausgedehnten Faubourg Saint-Sever.

Sie waren reicher an Zahl als ihre Brüder, die Glockentürme, und reckten ihre langen Ziegelsteinsäulen bis in das ferne offene Land empor und bliesen ihren Atem, der steinkohlenschwarz war, in den blauen Himmel.

Und der höchste von allen, genauso hoch wie die Cheopspyramide, der zweite der durch menschliche Arbeit geschaffenen Gipfel und fast von gleicher Höhe wie sein stolzer Bruder, der Vierungsturm der Kathedrale, schien die große Feuerpumpe der »Foudre« die Königin des arbeitenden, qualmenden Volks der Fabriken zu sein, wie ihr Nachbar der König der spitzigen Schar der Sakralbauten.

Ganz hinten hinter der Arbeiterstadt erstreckte sich ein Tannenwald; und nachdem die Seine zwischen den beiden Städten hindurchgeflossen war, setzte sie ihren Weg fort und floß an einem großen, gewellten, oben bewaldeten Höhenzug entlang, der hier und dort sein Knochengerüst aus weißem Stein zeigte; dann beschrieb sie noch eine lange, gerundete Biegung und verschwand in der Ferne. Schiffe fuhren den Strom hinauf und hinab, sie wurden von fliegengroßen Dampfbarkassen geschleppt, die dicken Rauch ausspien. Auf dem Wasser verteilte Inseln reihten sich stets eine an das Ende der andern oder ließen große Abstände zwischeneinander wie die ungleichen Perlen eines grünenden Rosenkranzes.

Der Droschkenkutscher wartete, bis sich die Hingerissenheit der Fahrgäste legte. Er kannte aus Erfahrung die Dauer der Bewunderung der Ausflügler sämtlicher Rassen.

Doch als weitergefahren wurde, gewahrte Duroy plötzlich ein paar hundert Meter entfernt zwei alte Leute, die auf sie zukamen; er sprang aus dem Wagen und rief:
»Da sind sie. Ich erkenne sie.«
Es waren zwei Bauersleute, Mann und Frau; sie gingen mit unregelmäßigen Schritten, schwankten und stießen manchmal mit den Schultern aneinander. Der Mann war klein, untersetzt, rotgesichtig, leicht beleibt und trotz seines Alters kräftig; die Frau war groß, dürr, ging gebeugt und wirkte bekümmert, eine echte, überlastete Landfrau, die von Kind auf gearbeitet und niemals gelacht hat, während ihr Mann mit den Stammgästen zusammensaß, Witze machte und trank.
Auch Madeleine war ausgestiegen und sah die beiden armen Menschenwesen herankommen; ihr Herz krampfte sich zusammen, und sie verspürte Traurigkeit, auf die sie nicht gefaßt gewesen war. Sie erkannten in diesem schönen Herrn ihren Sohn nicht wieder, und in der schönen Dame mit dem hellen Kleid hätten sie nie ihre Schwiegertochter vermutet.
Schnell und ohne zu reden gingen sie ihrem erwarteten Kind entgegen; sie achteten nicht auf die Städter, denen eine Droschke folgte.
Sie gingen vorbei. Georges lachte und rief:
»Tag, Pé Duroy.«
Beide blieben unvermittelt stehen, zunächst verdutzt, dann völlig stumpf vor Überraschung. Als erste faßte sich die Alte und stotterte, ohne sich vom Fleck zu rühren:
»Bist du's wirklich, unser Jungchen?«
Der junge Mann antwortete:
»Aber selbstverständlich, Mé Duroy!«
Er trat auf sie zu und gab ihr auf beide Wangen einen dikken Sohneskuß. Dann rieb er die Schläfen gegen die Schläfen des Vaters, der seine Mütze abgenommen hatte, eine Mütze, wie sie in Rouen getragen wurden, aus schwarzer Seide, sehr hoch, wie die der Viehhändler.
Dann verkündete Georges:

»Dies hier ist meine Frau.«

Und die beiden Landleute musterten Madeleine. Sie schauten sie an, wie man ein Wunderwesen betrachtet, mit einer unruhigen Angst, der sich eine gewisse befriedigte Billigung seitens des Vaters und eine eifersüchtige Feindseligkeit seitens der Mutter hinzugesellte.

Der Mann war von fröhlichem Naturell, durchtränkt von einer Heiterkeit des süßen Ziders und der Schnäpse; er faßte Mut und fragte mit einer gelinden Bosheit im Augenwinkel:

»Darf ich ihr auch 'n Kuß geben?«

Der Sohn antwortete:

»Bei Gott, das darfst du!«

Und Madeleine, die sich arg befangen fühlte, bot ihre beiden Wangen den Knallküssen des Bauern dar, der sich danach mit dem Handrücken die Lippen abwischte.

Die Alte indessen küßte die Schwiegertochter mit feindseliger Zurückhaltung. Nein, dies war nicht die Schwiegertochter ihrer Träume, die dicke, gesunde Pächterstochter, rot wie ein Apfel und rundlich wie eine Zuchtstute. Wie eine Schneppe wirkte sie, diese Dame mit ihrem Putz und ihrem Moschus. Denn für die Alte war jedes Parfüm Moschus.

Und dann gingen sie hinter der Droschke her, die den Koffer des jungen Paars fuhr.

Der Alte nahm den Sohn beim Arm, hielt ihn ein bißchen zurück und fragte interessiert:

»Na, und was macht's Geschäft?«

»Glänzend.«

»Gut, genügt mir, freut mich! Sag mal, hat deine Frau Geld?«

Georges antwortete:

»Vierzigtausend Francs.«

Der Vater stieß einen leisen, bewundernden Pfiff aus und konnte nicht umhin, vor sich hin zu murmeln: »Donnerwetter!«, solchen Eindruck machte ihm die Summe. Dann fügte er ernst und überzeugt hinzu:

»Himmelsapperment noch mal, sie ist 'ne schöne Frau.«
Er fand sie nämlich nach seinem Geschmack. Und er hatte
seinerzeit als Kenner gegolten.

Madeleine und die Mutter gingen Seite an Seite und sprachen kein Wort. Die beiden Männer holten sie wieder
ein.

Sie gelangten ins Dorf, ein kleines Dorf, das die Landstraße säumte, sechs Häuser auf jeder Seite, das war alles,
Bauernhäuser und Kätnerhütten, die einen aus Backstei-
nen, die andern aus Lehm, diese mit Stroh, jene mit Schie-
fer gedeckt. Vater Duroys Café »Zur schönen Aussicht«,
eine aus einem Erdgeschoß und einem Speicher bestehende Hütte, lag gleich links am Dorfeingang. Ein an der
Tür angenagelter Kiefernzweig zeigte nach altem Brauch
an, daß durstige Leute hereinkommen könnten.

Es war in der Gaststube der Schenke gedeckt worden, und
zwar auf zwei aneinandergerückten Tischen, was durch
zwei Servietten verdeckt wurde. Eine Nachbarsfrau, die
gekommen war, um beim Bedienen zu helfen, grüßte mit
einem tiefen Knicks, als sie eine so schöne Dame hereinkommen sah, aber dann erkannte sie Georges und rief:
»Herr Jesus, bist du es wirklich, Kleiner?«

Fröhlich antwortete er:
»Natürlich, Mé Brulin!«

Und er küßte sie auf beide Backen, wie er seine Eltern
geküßt hatte.

Dann wandte er sich seiner Frau zu:
»Komm mit in unser Schlafzimmer«, sagte er, »da kannst
du deinen Hut ablegen.«

Er ließ sie durch die Tür rechts in ein kaltes, mit Fliesen
ausgelegtes, ganz weißes Zimmer mit gekalkten Wänden
und einem Bett mit Baumwollvorhängen eintreten. Ein
Kruzifix über einem Weihwasserbecken und zwei kolo-
rierte Bilder, Paul und Virginie unter einer blauen Palme
und Napoleon I. auf einem gelben Pferde darstellend, waren der einzige Schmuck dieses sauberen und trostlosen
Zimmers.

Sobald sie allein waren, küßte er Madeleine:

»Tag, Mad. Ich bin froh, daß ich die Alten mal wiedersehe. Ist man in Paris, dann denkt man nicht an sie, aber wenn man dann wieder beisammen ist, freut einen das trotzdem.«

Der Vater schlug mit der Faust gegen die Trennwand und rief:

»Los, los, die Suppe ist gar.«

Also mußte man zu Tische gehen.

Es wurde ein langes Bauernmittagessen mit einer Folge schlecht zusammengestellter Gerichte; nach einer Hammelkeule gab es warme Wurst, danach ein Omelett. Der alte Duroy, den der Zider und ein paar Glas Wein angeregt hatten, drehte den Hahn seiner schönsten Witze auf, die er nur bei festlichen Gelegenheiten zum besten gab, schlüpfrige, unsaubere Geschichten, die, wie er behauptete, seinen Freunden zugestoßen waren. Georges, der sie samt und sonders kannte, lachte dennoch; er war berauscht durch die Heimatluft, aufs neue gepackt von der ihm angeborenen Liebe zum Lande, zu den vertrauten Stätten der Kindheit, durch alle wiedergefundenen Gefühle und Erinnerungen, das Wiedersehen mit all den Dingen von einstmals, lauter Nichtigkeiten, eine Messerkerbe in einer Tür, ein wackeliger Stuhl, der an irgendein kleines Begebnis gemahnte, die Gerüche des Bodens, ein mächtiger Duft nach Harz und Bäumen, der vom nahen Wald herüberwehte, die Gerüche des Hauses, des Grabens, des Misthaufens.

Mutter Duroy sagte nichts; sie war nach wie vor traurig und streng und spähte aus dem Augenwinkel zu ihrer Schwiegertochter hinüber, und zwar mit einem im Herzen erwachten Haß, dem Haß der arbeitsamen alten Frau, der bäuerlichen Alten mit den abgenutzten Fingern, den durch hartes Schaffen mißgestalteten Gliedern, gegen diese Stadtfrau, die ihr einen Widerwillen einflößte, als sei sie eine Verfluchte und Verworfene, ein unreines, einzig für Nichtstun und Sünde geschaffenes Wesen. Alle paar

Augenblicke stand sie auf, um die Schüsseln mit Essen zu holen, um das gelbe, bittere Getränk aus der Karaffe in die Gläser zu gießen oder den rotgelben, moussierenden, gezuckerten Zider aus Flaschen, deren Kork knallte wie der von kohlensäurehaltiger Limonade.

Madeleine aß kaum, sprach kaum, saß bekümmert da und hatte ihr übliches starres Lächeln auf den Lippen; es war ein trübes, resigniertes Lächeln. Sie war enttäuscht; das Herz blutete ihr. Warum wohl? Sie hatte herkommen wollen. Sie hatte ganz genau gewußt, daß sie zu Bauern, zu Kleinbauern fuhr. Wie hatte sie sich denn erträumt, sie, die für gewöhnlich überhaupt nicht träumte?

Wußte sie es? Erhoffen sich die Frauen nicht stets etwas anderes, als die Wirklichkeit ihnen darbietet? Hatte sie sie aus der Ferne poetischer gesehen? Nein, aber vielleicht gebildeter, nobler, herzlicher und dekorativer. Dabei erwartete sie durchaus keine vornehmen Charaktere wie die Bauern in Romanen. Wie kam es nur, daß sie sich durch tausend kaum sichtbare Kleinigkeiten, durch tausend nicht greifbare Plumpheiten, durch ihr ganzes bäuerliches Wesen, durch ihre Bewegungen und ihre Wohlgelauntheit abstoßen ließ?

Sie mußte an ihre eigene Mutter denken, die sie nie jemandem gegenüber erwähnte, eine verführte Lehrerin, die in Saint-Denis erzogen worden war und vor Elend und Kummer starb, als Madeleine zwölf Jahre zählte. Ein Unbekannter hatte das kleine Mädchen großziehen lassen. Doch wohl ihr Vater? Wer mochte das sein? Sie wußte es nicht genau, obwohl sie einen vagen Verdacht hegte.

Das Mittagessen nahm kein Ende. Jetzt kamen Gäste herein, drückten dem alten Duroy die Hände, taten Ausrufe, als sie den Sohn sahen, und wenn sie von der Seite her die junge Frau gemustert hatten, zwinkerten sie boshaft, was heißen sollte: »Verflucht und zugenäht! Die ist nicht von Pappe, die Frau von Georges Duroy.«

Andere, weniger gute Bekannte setzten sich an die Holztische und riefen: »Einen Liter! – Einen Schoppen! – Zwei

Cognac! – Einen Schnaps!« Und dann fingen sie an, Domino zu spielen, und klatschten dabei die kleinen, schwarzweißen, beinernen Rechtecke geräuschvoll auf den Tisch.

Mutter Duroy kam und ging unaufhörlich, bediente die Kunden mit ihrer kläglichen Miene, nahm das Geld in Empfang und wischte die Tische mit dem Zipfel ihrer blauen Schürze ab.

Der Rauch der Tonpfeifen und der Ein-Sous-Zigarren erfüllte den Raum. Madeleine fing an zu husten und fragte: »Wollen wir nicht ein bißchen ins Freie gehen? Ich kann nicht mehr.«

Das Essen war noch nicht beendet. Der alte Duroy bekam schlechte Laune. Da stand sie auf und setzte sich auf einen Stuhl vor die Tür an den Rand der Straße und wartete, bis ihr Schwiegervater und ihr Mann ihren Kaffee und die Schnäpse ausgetrunken hätten.

Bald trat Georges zu ihr.

»Wollen wir bis zur Seine hinuntergehen?« fragte er.

Sie stimmte erfreut zu:

»Ach ja, komm.«

Sie stiegen den Abhang hinunter, mieteten in Croisset ein Boot und verbrachten den Rest des Nachmittags längs einer Insel unter den Weiden; in der sanften Frühlingswärme und gewiegt von den kleinen Wellen des Stroms wurden sie beide schläfrig.

Bei sinkender Nacht ruderten sie zurück.

Das Abendessen beim Schein einer Kerze war für Madeleine noch qualvoller als die Mittagsmahlzeit. Vater Duroy war halb betrunken und redete überhaupt nicht mehr. Die Mutter hatte ihr unfreundliches Gesicht beibehalten.

Das armselige Licht warf die Schatten der Köpfe mit ungeheuren Nasen und maßlosen Bewegungen auf die grauen Wände. Bisweilen sah man eine Riesenhand eine Gabel hochheben, die wie eine Heugabel war, und sie zu einem Munde führen, der sich öffnete wie der Rachen eines Ungeheuers, wenn einer sich ein bißchen zur Seite drehte und sein Profil der gelben, flackernden Flamme darbot.

Nach dem Abendessen zog Madeleine ihren Mann ins Freie; sie wollte nicht länger in dieser Gaststube bleiben, die noch immer ein bitterer Gestank nach alten Pfeifen und verschütteten Getränken durchzog.

Als sie draußen waren, sagte er:

»Nun langweilst du dich schon.«

Sie wollte Einwände erheben. Aber er wehrte ab:

»Nein. Ich habe es nur zu sehr gemerkt. Wenn du willst, fahren wir morgen wieder ab.«

Sie murmelte vor sich hin:

»Ja. Es wäre mir ganz lieb.«

Langsam schlenderten sie weiter. Es war eine laue Nacht, deren schmeichlerisches, tiefes Dunkel von leisen Geräuschen erfüllt zu sein schien, einem Rascheln, einem Wehen. Sie waren in einen schmalen Weg unter sehr hohen Bäumen eingebogen; er verlief zwischen zwei Hecken von undurchdringlicher Schwärze.

Sie fragte:

»Wo sind wir eigentlich?«

Er antwortete:

»Im Walde.«

»Ist er groß?«

»Sehr groß, einer der größten von ganz Frankreich.«

Ein Geruch nach Erde, Bäumen und Moos, der frische, uralte Duft dichter Wälder, der aus dem Saft der Knospen und dem welken, modernden Laub des Unterholzes entsteht, schien auf diesem Weg stillzustehen. Wenn Madeleine den Kopf hob, sah sie zwischen Baumwipfeln Sterne, und obwohl kein Windhauch die Zweige bewegte, verspürte sie ringsum das unbestimmte Wogen dieses Ozeans aus Blättern.

Ein seltsames Erschauern glitt ihr in die Seele und überrann ihre Haut; eine verworrene Angst zog ihr das Herz zusammen. Warum? Es wurde ihr nicht klar. Aber ihr war, als sei sie verirrt, ertrunken, von Gefahren umgeben, von allen verlassen, allein, ganz allein auf Erden unter der lebendigen Wölbung, die droben zitterte.

Sie flüsterte:

»Ich habe ein bißchen Angst. Am liebsten kehrte ich um.«

»Gut, dann gehen wir eben nach Hause.«

»Und ... morgen fahren wir doch wieder nach Paris?«

»Ja, morgen.«

»Morgen früh.«

»Morgen früh, wenn du willst.«

Sie betraten wieder das Haus. Die Alten waren zu Bett gegangen.

Sie schlief schlecht; immer wieder wurde sie durch die ihr neuen ländlichen Geräusche aufgeweckt, die Käuzchenschreie, das Grunzen eines Schweins, das in einen Verschlag an der Hausmauer gesperrt worden war, und das Krähen eines Hahns, der um Mitternacht trompetete.

Schon beim ersten Morgengrauen war sie auf und reisefertig.

Als Georges seinen Eltern sagte, er müsse zurück nach Paris, saßen beide ganz verdattert da; dann verstanden sie, woher dieser Wille rührte.

Der Vater fragte bloß:

»Sieht man dich bald mal wieder?«

»Natürlich. Im Lauf des Sommers.«

»Na, das ist ja schön.«

Die Alte brummte:

»Ich wünsche dir, daß du nicht bedauerst, was du da getan hast.«

Er ließ ihnen zweihundert Francs als Geschenk da, um ihre Unzufriedenheit zu besänftigen, und nachdem die Droschke, die ein Halbwüchsiger geholt hatte, gegen zehn Uhr erschienen war, küßten die jungen Gatten die alten Bauern und fuhren ab.

Als sie die Anhöhe hinunterfuhren, fing Duroy an zu lachen:

»Da haben wir's«, sagte er. »Ich hatte es dir von vornherein gesagt. Ich hätte dich nicht mit Monsieur und Madame du Roy de Cantel, meinen Eltern, bekannt machen sollen.«

Auch sie mußte lachen und erwiderte:

»Jetzt bin ich ganz entzückt von ihnen. Es sind wackere Leute, und ich fange an, sie sehr gern zu haben. Von Paris aus will ich ihnen ein paar Leckereien schicken.«

Sie murmelte: »Du Roy de Cantel ... Paß auf, über unsere Hochzeitsanzeigen wundert sich kein Mensch. Wir erzählen einfach, wir hätten eine Woche auf dem Besitztum deiner Eltern zugebracht.«

Und dann neigte sie sich zu ihm hin, streifte seine Schnurrbartspitze mit einem Kuß und sagte:

»Guten Morgen, Geo!«

Er antwortete: »Guten Morgen, Mad« und schob eine Hand hinter ihre Taille.

In der Ferne, ganz hinten im Tal, sah man den großen Strom sich entrollen wie ein Silberband, das die Morgensonne beschien, und sämtliche Fabrikschornsteine, die ihre Steinkohlenwolken in den Himmel bliesen, und sämtliche spitzen Glockentürme über der alten Stadt.

II

Seit zwei Tagen war das Ehepaar Du Roy wieder in Paris, und der Journalist hatte seine alte Tätigkeit wiederaufgenommen; er wartete darauf, die Sparte ›Stadtnachrichten‹ abzugeben, sich endgültig der Funktionen Forestiers zu bemächtigen und sich gänzlich der Politik zu widmen.

Er kehrte an diesem Abend frohgemuten Herzens zum Abendessen nach Hause, in die Wohnung seines Vorgängers, zurück, mit dem jäh erwachten Verlangen, sogleich seine Frau zu küssen, deren körperlichem Reiz und deren unmerklicher Herrschaft er gänzlich erlag. Als er unten in der Rue Notre-Dame-de-Lorette an einer Blumenhändlerin vorüberging, fiel ihm ein, daß er für Madeleine

ein Bukett kaufen könne, und er nahm einen Strauß kaum
erblühter Rosen, einen Strauß duftender Knospen.
Auf jedem Absatz seiner neuen Treppe musterte er sich
wohlgefällig in jenen Spiegeln, die ihn unablässig an sein
erstes Betreten dieses Hauses erinnerten.
Da er seinen Schlüssel vergessen hatte, läutete er, und der-
selbe Diener öffnete ihm; auf den Rat seiner Frau hin hatte
er ihn behalten.
Georges fragte:
»Ist meine Frau schon zu Hause?«
»Ja, Monsieur.«
Doch als er das Eßzimmer durchschritt, blieb er höchst
überrascht stehen, als er drei Gedecke wahrnahm; und da
die Portiere nach dem Salon hin gerafft war, sah er Madeleine; sie war damit beschäftigt, einen dem seinen völlig
gleichen Rosenstrauß in eine Vase auf dem Kaminsims zu
stellen. Er ärgerte sich und wurde mißgestimmt, als wären
ihm sein Einfall, seine Aufmerksamkeit und alle Freude,
die er sich davon versprochen hatte, gestohlen worden.
Beim Eintreten fragte er:
»Du hast also jemanden eingeladen?«
Sie fuhr damit fort, ihre Blumen zu ordnen, und antwortete, ohne sich umzuwenden:
»Ja und nein. Mein alter Freund, der Graf de Vaudrec,
kommt; er ist es gewohnt, jeden Montag hier zu essen,
und nun kommt er wie früher.«
Georges brummte:
»Ach so! Na ja.«
Er blieb hinter ihr stehen, sein Bukett in der Hand; am
liebsten hätte er es versteckt oder weggeworfen. Indessen
sagte er:
»Da, schau, ich habe dir Rosen mitgebracht!«
Sie fuhr herum, lächelte strahlend und rief:
»Wie nett von dir, daß du daran gedacht hast.«
Und sie bot ihm Arme und Lippen mit einem so freudigen,
ungeheuchelten Überschwang dar, daß er sich getröstet
fühlte.

Sie nahm die Blumen, schnupperte daran und stellte sie mit dem Übereifer eines entzückten Kindes in die leer gebliebene Vase, der ersten gegenüber. Dann überzeugte sie sich von der Wirkung und sagte:

»Wie froh ich bin! Erst jetzt ist mein Kamin richtig geschmückt.«

Fast ohne Pause fügte sie mit überzeugter Miene hinzu:

»Weißt du, Vaudrec ist ganz reizend, du wirst sofort Kontakt mit ihm haben.«

Das Anschlagen der Türschelle meldete den Grafen. Er trat ein; ruhig, sehr ungezwungen, als sei er daheim. Nachdem er galant die Finger der jungen Frau geküßt hatte, wandte er sich dem Ehemann zu, bot ihm herzlich die Hand und sagte:

»Guten Tag, lieber Du Roy.«

Er zeigte nicht mehr seine starre, steife Miene von ehedem, sondern ein umgängliches Gehaben, das offenbarte, daß die Situation nicht mehr die gleiche sei. Der überraschte Journalist versuchte, nett zu sein, um dieses Entgegenkommen zu erwidern. Nach fünf Minuten hätte man gemeint, sie kennten und schätzten einander seit zehn Jahren.

Da sagte Madeleine, deren Gesicht strahlte, zu ihnen:

»Jetzt lasse ich euch für eine Weile allein. Ich muß mich rasch mal mit meiner Küche befassen.«

Damit ging sie geschwind hinaus, und die Blicke der beiden Männer folgten ihr.

Als sie wiederkam, sprachen die beiden im Zusammenhang mit einem neuen Stück über Theaterdinge; sie waren so vollkommen einer Meinung, daß bei der Entdeckung dieser absoluten Gleichheit der Gedanken eine Art schnell geschlossener Freundschaft in ihren Augen aufleuchtete.

Das Abendessen verlief reizend, völlig intim und herzlich, und der Graf blieb bis zu vorgerückter Stunde, so wohl fühlte er sich in diesem Hause, bei diesem hübschen jungen Ehepaar.

Als er gegangen war, fragte Madeleine ihren Mann:

»Nicht wahr, er ist doch wirklich nett? Er gewinnt, je besser man ihn kennenlernt. Er ist ein guter Freund, verläßlich, ergeben und treu. Ach, ohne ihn…«

Sie sprach nicht zu Ende, und Georges antwortete:

»Ja, ich finde ihn recht angenehm. Ich glaube, wir werden uns gut verstehen.«

Aber sie fuhr sogleich fort:

»Du weißt noch nicht, daß wir heute abend zu arbeiten haben, ehe wir zu Bett gehen. Ich habe keine Zeit gehabt, es dir vor dem Essen zu sagen, weil Vaudrec gleich nach dir gekommen ist. Es sind mir vorhin gewichtige Nachrichten gebracht worden, Nachrichten über Marokko. Laroche-Mathieu, der Abgeordnete, der künftige Minister, hat sie mir zukommen lassen. Wir müssen einen großen Artikel schreiben, einen sensationellen. Ich habe Tatsachen und Zahlen. Wir wollen uns sofort an die Arbeit machen. Da, nimm die Lampe.«

Er nahm sie, und sie gingen ins Arbeitszimmer hinüber.

Die gleichen Bücher reihten sich im Bücherschrank aneinander; auf diesem standen jetzt die drei Vasen, die Forestier am Vorabend seines letzten Tages am Golf Juan gekauft hatte. Unter dem Tisch erwartete der Fußsack des Toten die Füße Du Roys, der, nachdem er sich gesetzt hatte, den Elfenbein-Federhalter ergriff; er war am Ende von den Zähnen des andern ein bißchen angeknabbert.

Madeleine lehnte sich an den Kamin; sie steckte sich eine Zigarette an und zählte die erhaltenen Nachrichten auf; dann legte sie ihre Ideen und den Plan des Artikels dar, den sie sich ausgedacht hatte.

Er hörte aufmerksam zu, wobei er Notizen hinkritzelte, und als sie geendet hatte, erhob er Einwände, griff die Frage auf, erweiterte sie und entwickelte seinerseits nicht mehr den Plan eines Artikels, sondern einen Feldzugsplan gegen das gegenwärtige Ministerium. Dieser Angriff sollte der Anfang sein. Seine Frau hatte aufgehört zu rauchen, so sehr war ihr Interesse erwacht, so sehr sah sie in die Breite und Weite, als sie Georges' Gedanken folgte.

240

Von Zeit zu Zeit sagte sie leise:
»Ja... ja... Sehr gut... Ausgezeichnet... Das hat Gewicht...«
Und als er seinerseits zu sprechen aufgehört hatte, sagte sie:
»Jetzt wollen wir schreiben.«
Aber er hatte immer noch Schwierigkeiten mit dem Anfang und suchte mühsam nach Worten. Da beugte sie sich behutsam über seine Schulter und flüsterte ihm ganz leise die Sätze zu.
Dann und wann hielt sie inne und fragte:
»Hattest du es so sagen wollen?«
Er antwortete:
»Ja, voll und ganz.«
Sie verfügte über weibliche Sticheleien, über giftige Seitenhiebe, um den Ministerpräsidenten zu verletzen, und sie vermischte Spöttereien über sein Gesicht mit solchen über seine Politik, und zwar auf eine drollige Weise, die gleichzeitig lachen machte und durch die Richtigkeit der Beobachtung packte.
Manchmal fügte Du Roy ein paar Zeilen hinzu, die die Reichweite des Angriffs vertieften und stärkten. Er verstand sich unter anderem auf die Kunst perfider Andeutungen, die er beim Anspitzen seiner ›Stadtnachrichten‹ gelernt hatte, und wenn eine von Madeleine als sicher hingestellte Tatsache ihm zweifelhaft oder kompromittierend vorkam, dann war es seine Stärke, sie erraten zu lassen und sie dem Verständnis kräftiger einzuprägen, als wenn er sie ohne weiteres bestätigt hätte.
Als ihrer beider Artikel fertig war, las Georges ihn laut und pathetisch vor. Beide fanden ihn übereinstimmend ganz großartig und lächelten einander an, hingerissen und überrascht, als hätten sie sich wechselseitig zu erkennen gegeben. Sie blickten einander in die Augen und waren tief bewegt vor Bewunderung und Rührung; sie küßten sich stürmisch und mit einer Liebesglut, die von ihrem Geist auf ihre Körper überschwang.
Du Roy ergriff wiederum die Lampe:

»Und jetzt in die Klappe«, sagte er mit leuchtenden Augen.

Sie antwortete:

»Gehet voran, mein Herr und Gebieter, denn Ihr erhellet den Pfad.«

Er ging voran, und sie folgte ihm ins Schlafzimmer und kitzelte ihm dabei mit der Fingerspitze den Hals zwischen Kragen und Haaransatz, damit er schneller gehe, denn diese Liebkosung mochte er nicht.

Der Artikel erschien unter der Signatur »Georges du Roy de Cantel« und erregte großes Aufsehen. In der Kammer wurde man seinetwegen unruhig. Der alte Walter gratulierte dem Verfasser und übertrug ihm die politische Redaktion der »Vie Française«. Die ›Stadtnachrichten‹ wurden an Boisrenard zurückgegeben.

Jetzt begann in der Zeitung ein geschickt geführter, heftiger Feldzug gegen das geschäftsführende Ministerium. Der stets gewandte und sich auf Tatsachen stützende Angriff war bald ironisch, bald seriös, manchmal scherzhaft und manchmal giftig; er war schlagkräftig mit einer Sicherheit und Beharrlichkeit, daß alle Welt aus dem Staunen nicht herauskam. Die anderen Blätter zitierten fortgesetzt die »Vie Française« und druckten daraus ganze Absätze ab; und die an der Macht Befindlichen zogen Erkundigungen ein, ob man diesem unbekannten, erbitterten Feind nicht mit einer Präfektur den Mund stopfen könne.

Du Roy wurde in den politischen Gruppen zu einer Berühmtheit. Er spürte am Händedruck und an der Art und Weise, wie vor ihm der Hut gezogen wurde, daß sein Einfluß im Wachsen war. Übrigens setzte seine Frau ihn in Staunen und Bewunderung durch den Scharfsinn ihres Geistes und die Geschicklichkeit, mit der sie sich Informationen verschaffte, sowie durch die Zahl ihrer Bekanntschaften.

Jederzeit fand er beim Heimkommen in seinem Salon einen Senator, einen Abgeordneten, einen Richter, einen

General, und alle behandelten Madeleine wie eine alte Freundin mit ernster Vertraulichkeit. Wo mochte sie alle diese Leute kennengelernt haben? In der Gesellschaft, sagte sie. Aber wie hatte sie es fertiggebracht, ihr Vertrauen und ihre Zuneigung zu gewinnen? Das verstand er nicht. »Die würde eine verdammt gute Diplomatin abgeben«, dachte er.

Oft kam sie zu spät zu den Mahlzeiten heim, war außer Atem, rot im Gesicht, zitterte und bebte, und noch ehe sie den Schleier abgelegt hatte, sagte sie:

»Heute habe ich was Feines erfahren. Stell dir vor, der Justizminister will zwei Richter ernennen, die den gemischten Kommissionen angehört haben. Dem wollen wir einen Hieb versetzen, an den er denken soll.«

Und der Minister bekam einen Hieb versetzt, und am nächsten Tag einen weiteren, und am folgenden Tag einen dritten. Der Abgeordnete Laroche-Mathieu, der jeden Dienstag in der Rue Fontaine zu Abend aß, nach dem Grafen de Vaudrec, der die Woche begann, drückte der Frau und ihrem Mann kräftig die Hände mit dem Ausdruck übertriebener Freude. Immerfort wiederholte er:

»Sapristi, ist das ein Pressefeldzug! Nach so etwas sollten wir keinen Erfolg haben?«

Er erhoffte sich nämlich das Portefeuille des Auswärtigen, auf das er schon lange abzielte.

Er war einer der vielgesichtigen Politiker ohne Überzeugung, ohne große Mittel, ohne Kühnheit und ohne seriöse Kenntnisse, ein Provinzadvokat, der in einer mittleren Stadt als ein hübscher Mann galt und der zwischen allen extremen Parteien ein pfiffiges Gleichgewicht zu bewahren wußte, eine Art republikanischer Jesuit und liberales Schwammgewächs von zweifelhafter Natur, wie es zu Hunderten auf dem populären Misthaufen des allgemeinen Wahlrechts gedeiht.

Sein Dorfmachiavellismus ließ ihn unter seinen Kollegen, unter allen Deklassierten und Gescheiterten, aus denen Abgeordnete gemacht werden, als starken Mann gelten.

Er war ziemlich gepflegt, ziemlich korrekt, umgänglich und liebenswürdig genug, um voranzukommen. Er hatte in der Gesellschaft Erfolge, aber nur in der gemischten, trüben und wenig feinen Gesellschaft der hohen Beamten des Augenblicks.

Überall hieß es von ihm: »Laroche wird mal Minister«, und er selber glaubte fester als alle andern, daß Laroche einmal Minister werden würde.

Er war einer der Hauptaktionäre der Zeitung des alten Walter, seines Kollegen und Teilhabers bei vielen Finanzgeschäften.

Du Roy unterstützte ihn vertrauensvoll und mit unklaren Hoffnungen für später. Übrigens setzte er damit lediglich das von Forestier begonnene Werk fort, dem Laroche-Mathieu das Kreuz der Ehrenlegion versprochen hatte, wenn der Tag des Triumphs gekommen sei. Die Auszeichnung würde jetzt auf die Brust von Madeleines neuem Gatten gelangen, das war alles. Im Grunde hatte sich nichts geändert.

Es war so offensichtlich, daß sich nichts geändert hatte, daß Du Roys Kollegen etwas aussheckten, was ihn allmählich zu ärgern begann.

Er wurde nämlich nur noch »Forestier« genannt.

Sobald er in der Zeitung erschien, rief irgendeiner: »Hallo, Forestier.«

Er tat dann, als habe er nichts gehört, und nahm die Briefe aus seinem Postfach. Die Stimme wiederholte lauter: »He, Forestier!«

Unterdrücktes Gelächter kam auf.

Als Du Roy auf dem Weg zum Büro des Direktors war, hielt der, der ihn angerufen hatte, ihn fest:

»Entschuldige bitte, ich hatte dir was sagen wollen. Zu blöd, ich verwechsle dich dauernd mit dem armen Charles. Das kommt, weil deine Artikel den seinen so verteufelt ähnlich sind. Zum Verwechseln ähnlich, das meinen alle.«

Du Roy antwortete nichts, aber innerlich kochte er vor

Wut; es entstand in ihm ein dumpfer Zorn gegen den Toten.

Der alte Walter selber hatte erklärt, als man sich über die in die Augen springende Ähnlichkeit in Stil und Gedankengang zwischen den Artikeln des neuen politischen Redakteurs und des ehemaligen wunderte:

»Ja, ja, es klingt nach Forestier, aber es ist ein Forestier, der mehr in sich hat, der kräftiger und männlicher ist.«

Als Du Roy ein andermal zufällig den Schrank mit den Bilboquets aufmachte, sah er, daß diejenigen seines Vorgängers am Griff einen Trauerflor trugen, aber das seinige, das, mit dem er unter Anleitung Saint-Potins geübt hatte, war mit einem schmalen rosa Seidenschleifchen geschmückt. Sie waren alle der Größe nach auf demselben Brett aufgestellt, und ein Schildchen, wie die im Museum, trug die Inschrift: »Ehemalige Sammlung Forestier & Co. Forestier - Du Roy Nachfolger, Patent angemeldet. Unverwüstliche Artikel, können bei jeder Gelegenheit benutzt werden, sogar auf Reisen.«

Mit ruhiger Hand schloß er den Schrank wieder und sagte ziemlich laut, so daß er verstanden werden mußte:

»Dummköpfe und Neidhammel gibt es überall.«

Aber er war in seinem Stolz getroffen, in seiner Eitelkeit verletzt, der Eitelkeit und dem argwöhnischen Schriftstellerhochmut, was alles die stets auf der Lauer liegende nervöse Empfindlichkeit zeitigt, die beim Reporter ebenso entwickelt ist wie beim genialen Dichter.

Das Wort ›Forestier‹ beleidigte sein Ohr; er hatte Angst, es zu vernehmen, und wenn er es hörte, wurde er rot.

Der Name war für ihn beißender Hohn, mehr als Hohn, fast eine Ehrenkränkung. Er rief ihm zu: »Deine Frau erledigt deine Arbeit, wie sie die des andern erledigt hat. Ohne sie würdest du nichts sein.«

Daß Forestier ohne Madeleine nichts gewesen wäre, gab er vollauf zu; allein was ihn betraf, das war doch was völlig anderes!

Wenn er dann wieder daheim war, ging der Spuk weiter.

Jetzt erinnerte ihn das ganze Haus an den Toten, das ganze Mobiliar, aller aufgestellte Krimskrams, alles, was er anrührte. In der ersten Zeit hatte er kaum daran gedacht; aber die Fopperei seiner Kollegen hatte in seinem Inneren etwas wie eine Wunde geschlagen, die eine Fülle bislang nicht bemerkter Kleinigkeiten jetzt vergiftete.

Er konnte nichts mehr anfassen, ohne daß er sogleich zu sehen vermeinte, wie Charles' Hand sich darauf legte. Er sah nur noch Dinge an und nahm sie in die Hand, deren er sich bereits früher bedient hatte, Dinge, die er gekauft, gern gehabt und besessen hatte. Und Georges begann sich sogar bei dem Gedanken an die früheren Beziehungen zwischen seinem Freunde und seiner Frau zu ärgern.

Manchmal wunderte er sich über diese Empörung seines Herzens; er verstand sie nicht und fragte sich: »Was zum Teufel geht denn in mir vor? Auf Madeleines Freunde bin ich nicht eifersüchtig. Nie kümmere ich mich um das, was sie tut und treibt. Sie kommt und geht, wie es ihr beliebt, und die Erinnerung an dieses Rindvieh von Charles versetzt mich in Wut!«

In Gedanken fügte er hinzu: »Im Grunde war er bloß ein Kretin; sicherlich ist es das, was mich verletzt. Es ärgert mich, daß Madeleine einen solchen Esel hat heiraten können.«

Und ohne Unterlaß wiederholte er sich: »Wie kommt es nur, daß diese Frau auch nur einen einzigen Augenblick lang einen solchen Tölpel hat lieben können?«

Und sein nachtragender Groll steigerte sich von Tag zu Tag durch tausenderlei Nichtigkeiten, die ihn wie Nadelstiche prickelten, durch die beständige Erinnerung an den andern, wie eine Äußerung Madeleines, eine Äußerung des Dieners oder des Hausmädchens sie mit sich brachten.

Eines Abends fragte Du Roy, der eine Schwäche für gezuckerte Speisen hatte:

»Warum gibt es eigentlich bei uns keine Zwischengerichte? Die läßt du nie auftragen.«

Heiter antwortete die junge Frau:

»Richtig, das vergesse ich immer. Es kommt daher, daß Charles sie nicht leiden konnte...«

Mit einer ungeduldigen, unbeherrschten Handbewegung schnitt er ihr das Wort ab.

»Also hör mal, Charles hängt mir allmählich zum Halse raus. Immer und ewig Charles hier, Charles da, Charles hat dies gemocht, Charles hat das gemocht. Charles ist verreckt, also möge er in Ruhe gelassen werden.«

Verdutzt schaute Madeleine ihren Mann an; sie verstand diesen jähen Zornesausbruch nicht. Da sie indessen klug war, erriet sie nach und nach, was in ihm vorging, nämlich das langsame Sichauswirken einer posthumen Eifersucht, die mit jeder Sekunde durch alles, was an den andern erinnerte, größer wurde.

Vielleicht hielt sie das für kindisch, aber da es ihr schmeichelte, erwiderte sie nichts.

Er selber ärgerte sich über diese Gereiztheit, die er nicht hatte verbergen können. Als sie dann aber an jenem Abend nach dem Essen einen Artikel für den folgenden Tag schrieben, verhedderte er sich im Fußsack. Es gelang ihm nicht gleich, ihn zurückzuschieben; deshalb schleuderte er ihn mit einem Fußtritt beiseite und fragte lachend:

»Hatte Charles eigentlich stets kalte Füße?«

Auch sie lachte, als sie antwortete:

»Ach, er lebte in ständiger Angst vor Erkältungen; er hatte doch eine schwache Lunge.«

Du Roy entgegnete roh:

»Das hat er übrigens glänzend bewiesen.«

Dann fuhr er galant fort:

»Das war mein Glück.«

Und er küßte seiner Frau die Hand.

Aber beim Zubettgehen spukte in ihm noch immer der gleiche Gedanke, und er fragte:

»Hat Charles eigentlich baumwollene Nachtmützen getragen, damit er keinen Zugwind in die Ohren bekam?«

Sie ging auf den Scherz ein und antwortete:

»Nein, er hat sich ein halbseidenes Tuch um die Stirn ge-
knotet.«

Georges zuckte die Achseln und stieß mit der Verachtung
eines überlegenen Mannes hervor:

»War das ein Gimpel!«

Fortan wurde Charles für ihn zu einem ständigen Ge-
sprächsthema. Bei jeder Gelegenheit brachte er die Rede
auf ihn; mit einer Miene unendlichen Mitleids nannte er
ihn nur noch »diesen armen Charles«.

Und wenn er von der Zeitung heimkam, wo er ein paarmal
mit »Forestier« angeredet worden war, rächte er sich dadurch, daß er den Toten durch gehässige Spottreden bis
ins Grab hinein verfolgte. Er erinnerte an Charles' Fehler,
seine Lächerlichkeiten, seine Kleinlichkeiten, zählte sie
wohlgefällig auf, redete darüber und vergrößerte sie,
gleich als wolle er im Herzen der Frau den Einfluß eines
gefürchteten Rivalen bekämpfen.

Wiederholt äußerte er:

»Sag mal, Mad, weißt du noch, wie dieser Pinsel von Forestier uns eines Tages beweisen wollte, dicke Männer seien
kräftiger als magere?«

Dann wollte er über den Verstorbenen intime, geheime
Einzelheiten wissen, die die junge Frau, unangenehm berührt, zu sagen sich weigerte. Aber er bestand darauf, er
versteifte sich.

»Na, hör mal, erzähl es mir doch. In solchen Augenblik-
ken muß er doch furchtbar komisch gewesen sein?«

Sie murmelte mit verzogenen Lippen:

»Nun laß ihn doch endlich mal in Ruhe.«

Er ließ nicht locker:

»Nein, sag es mir! Nicht wahr, im Bett war er ungeschickt,
dieser blöde Kerl?«

Und stets schloß er:

»War das ein Rindvieh!«

Als er eines Abends gegen Ende Juni an seinem Fenster
eine Zigarette rauchte, gab ihm die große abendliche Hitze
das Verlangen nach einer Spazierfahrt ein.

Er fragte:

»Kleine Mad, hast du Lust, ein bißchen in den Bois zu fahren?«

»Ja, natürlich, gern.«

Sie nahmen eine offene Droschke und gelangten auf die Champs-Élysées und dann auf die Avenue du Bois-de-Boulogne. Es war eine windstille Nacht, eine der Dampfbadnächte, in denen die überhitzte Pariser Luft einem in die Brust dringt wie der Dunst eines Glutherdes. Eine Heerschar von Droschken brachte eine ganze Völkerschaft von Verliebten unter die Bäume. Sie fuhren eine hinter der anderen her, diese Droschken, ohne Unterlaß.

Georges und Madeleine amüsierten sich damit, zu diesen engumschlungenen Pärchen hinzuschauen, die in den Wagen an ihnen vorüberfuhren, die Frau im hellen Kleid und der Mann dunkel. Ein unermeßlicher Strom flutete unter dem bestirnten, glühenden Himmel nach dem Bois hin. Man hörte kein Geräusch außer dem dumpfen Rollen der Räder auf dem Erdboden. Sie fuhren, fuhren in einem fort vorüber, die beiden Menschenwesen in jedem Wagen, auf den Polstern hingestreckt, stumm, eng aneinandergedrängt, der Sinnestäuschung des Begehrens anheimgegeben, zitternd in der Erwartung der nahen Umarmung. Das warme Dunkel schien erfüllt von Küssen. Ein Gefühl von wogender Zärtlichkeit, von ausgeströmter animalischer Liebe machte die Luft schwer und noch erstickender. Alle diese vom gleichen Gedanken, von der gleichen Glut berauschten Menschenpaare verbreiteten rings um sich her ein Fieber. Alle diese mit Liebe befrachteten Wagen, über denen Liebkosungen zu schweben schienen, verbreiteten auf ihrer Fahrt etwas wie einen sinnlichen, subtilen, verwirrenden Hauch.

Georges und Madeleine spürten das Ansteckende dieser Zärtlichkeit. Behutsam faßten sie einander bei der Hand, ohne ein Wort zu sagen, etwas benommen von der Schwere der Luft und der Erregung, die sie überkam.

Als sie an die Biegung kamen, die an den Befestigungswerken entlangläuft, küßten sie einander, und sie stammelte ein wenig beschämt:

»Wir sind genauso kindisch wie auf der Fahrt nach Rouen.«

Der große Strom der Wagen hatte sich bei der Einfahrt in den Wald geteilt. Auf dem Weg zu den Seen, dem die jungen Leute folgten, fuhren die Wagen in etwas größeren Abständen; und das dichte Dunkel unter den Bäumen, die durch die Blätter und die Feuchtigkeit der Rinnsale, die man unter dem Gezweig rieseln hörte, belebte Luft, eine Art Kühle des weiten, nächtlichen, über und über mit Sternen geschmückten Raums liehen den Küssen der einherrollenden Paare einen eindringlichen Zauber und eine geheimnisvollere Dunkelheit.

Georges flüsterte: »Ach, meine kleine Mad« und drückte sie an sich.

Sie fragte ihn:

»Weißt du noch, der Wald bei dir zu Hause, wie finster der war? Mir schien, als stecke er voller scheußlicher Tiere und habe kein Ende. Aber hier ist es wundervoll. Man spürt im Wind Liebkosungen, und ich weiß, daß am andern Ende des Waldes Sèvres liegt.«

Er antwortete:

»Ach, in dem Wald bei mir zu Hause gibt es nur Hirsche, Füchse, Rehe und Eber und hier und da ein Försterhaus.«

Dieses Wort, dieser Name des Toten (denn Forestier heißt Förster) aus seinem eigenen Munde überraschte ihn, wie wenn ihn jemand ihm aus dem Dickicht zugerufen hätte, und er verstummte unvermittelt; wieder überkam ihn das befremdliche, nicht weichende Unbehagen, die eifersüchtige, nagende, unbesiegbare Gereiztheit, die ihm seit einiger Zeit das Leben vergällte.

Nach einer Minute fragte er:

»Bist du manchmal abends ebenso mit Charles hierhergekommen?«

Sie antwortete:

»Freilich, oft.«

Und plötzlich verspürte er Lust, heimzufahren, eine nervöse Lust, die ihm das Herz zusammenpreßte. Aber Forestiers Bild war in seinen Geist zurückgekehrt, hatte von ihm Besitz ergriffen und würgte ihn. Er konnte nur noch an ihn denken, nur noch von ihm sprechen.

Mit boshafter Betonung fragte er:

»Sag mal, Mad?«

»Was denn, Lieber?«

»Hast du ihn zum Hahnrei gemacht, den armen Charles?«

Sie murmelte verächtlich:

»Was für blödes Zeug du redest.«

Allein er kam von seinem Einfall nicht los.

»Na, aber, kleine Mad, nun sei mal offen und gib es zu! Du hast ihn zum Hahnrei gemacht, nicht wahr? Gesteh, daß du ihn zum Hahnrei gemacht hast!«

Sie schwieg; wie alle Frauen fühlte sie sich durch dieses Wort abgestoßen.

Verbissen fuhr er fort:

»Donnerwetter, wenn einer einen für Hörner geeigneten Kopf hatte, dann er, das kann man schon sagen. O ja, ja! Zu gern möchte ich wissen, ob Forestier tatsächlich Hahnrei gewesen ist! Haha, der mit seiner Einfaltspinselvisage!«

Er spürte, daß sie lächelte, vielleicht um einer Erinnerung willen, und er bedrängte sie weiter:

»Nun sag es schon. Was macht das schon aus? Es wäre doch sehr komisch, wenn du mir gestündest, daß du ihn betrogen hast, wenn du es gerade mir gestündest.«

Er zitterte tatsächlich vor Hoffnung und Verlangen, daß Charles, der gräßliche Charles, der verhaßte, verabscheute Tote, diese schmähliche Lächerlichkeit hätte auf sich nehmen müssen. Und dabei ... dabei stachelte eine weitere, verworrenere Regung sein Verlangen an, es zu erfahren.

Er wiederholte:

»Mad, liebe kleine Mad, bitte sag es doch. Er hätte es nämlich verdient. Du wärst schön dumm gewesen, wenn du ihn keine Hörner hättest tragen lassen. Also los, Mad, gib es zu.«

Jetzt fand sie diese Beharrlichkeit wohl amüsant, denn sie lachte in kleinen, kurzen, abgehackten Stößen.

Er hielt die Lippen ganz nah an das Ohr seiner Frau: »Los doch... los doch... gesteh es!...«

Sie rückte mit einer jähen Bewegung von ihm weg und erklärte brüsk:

»Du bist blöd. Beantwortet man dergleichen Fragen?«

Das hatte sie in einem so eigentümlichen Tonfall gesagt, daß ihrem Mann ein kalter Schauer durch die Adern rann und er bestürzt, erschrocken, ein wenig atemlos sitzen blieb, wie wenn er einen seelischen Schlag bekommen hätte.

Die Droschke fuhr jetzt am See entlang; der Himmel schien alle seine Sterne hineingestreut zu haben. Zwei undeutliche, in der Dunkelheit kaum wahrnehmbare Schwäne schwammen sehr langsam.

Georges rief dem Kutscher zu: »Umkehren.« Und der Wagen fuhr zurück, an den andern vorbei; sie fuhren im Schritt; ihre großen Laternen glänzten wie Augen in der Finsternis des Bois.

Auf wie befremdliche Weise sie das gesagt hatte! Du Roy fragte sich: »Ist das ein Geständnis?« Und diese beinah erhaltene Gewißheit, daß sie ihren ersten Mann betrogen habe, machte ihn jetzt vor Wut rasend. Er hatte Lust, sie zu prügeln, sie zu würgen, ihr die Haare auszureißen!

Oh, wenn sie ihm geantwortet hätte: »Aber Liebster, wenn ich ihn schon hätte betrügen müssen, dann hätte ich es mit dir getan«, wie würde er sie dann geküßt, umarmt und geliebt haben!

Reglos, mit untergeschlagenen Armen, saß er da, die Augen gen Himmel gerichtet, noch zu erregt, um nachdenken zu können. Er spürte lediglich, wie in ihm jener Groll gor und jener Zorn anschwoll, die im Herzen aller männlichen Wesen von dem launischen weiblichen Begehren ausgebrütet werden. Zum ersten Mal verspürte er

die verwirrte Angst des Verdacht schöpfenden Ehemanns!
Mit einem Wort, er war eifersüchtig, eifersüchtig auf den
Toten, eifersüchtig auf Kosten Forestiers! Eifersüchtig auf
eine befremdende, durchbohrende Art, in die sich plötzlich Haß gegen Madeleine mischte. Wie konnte er Vertrauen zu ihr haben, da sie doch den andern betrogen
hatte?
Dann beruhigte er sich nach und nach; er bot seinem Leid
Trotz und dachte: »Alle Weiber sind Huren, man muß
sich ihrer bedienen, ohne von seinem Ich etwas preiszuge-
ben.«
Die Bitterkeit seines Herzens stieg ihm auf die Lippen in
Worten der Verachtung und des Ekels. Freilich ließ er sie
nicht entweichen. Er sagte mehrmals stumm vor sich hin:
»Die Welt gehört den Starken. Stark muß man sein und
allem überlegen.«
Der Wagen fuhr schneller. Er durchrollte die Befesti-
gungswerke. Du Roy gewahrte vor sich am Himmel eine
rötliche Helle; sie war wie der Lichtschein einer übergro-
ßen Schmiede; und er vernahm einen verworrenen, gewaltigen, andauernden Lärm, der aus unzähligen, unterschiedlichen Geräuschen bestand, einen dumpfen, nahen
und fernen Lärm, ein unbestimmtes, riesiges Pulsen des
Lebens, den Atem der Stadt Paris, das in dieser Sommer-
nacht atmete wie ein vor Überanstrengung erschöpfter
Koloß.
Georges grübelte: »Ich wäre schön dumm, wenn ich mich
damit abquälte. Jeder für sich. Der Sieg gehört dem Be-
herzten. Alles ist bloß Egoismus. Egoismus aus Ehrgeiz
und um des Vermögens willen ist mehr wert als Egoismus
der Frauen und der Liebe wegen.«
Der Arc de Triomphe am Eingang der Stadt wirkte auf
seinen beiden ungeheuerlichen Beinen wie ein unge-
schlachter Riese, der bereit schien, sich in Marsch zu setzen und die breite Avenue hinabzuschreiten, die sich vor
ihm auftat.
Dort gerieten Georges und Madeleine wieder in die Reihe

der Wagen, die das immer gleiche, stumme, einander umschlungen haltende Menschenpaar zur Wohnung, zu dem ersehnten Bett zurückbrachten. Es schien, als gleite die gesamte Menschheit neben ihnen her, trunken vor Freude, vor Liebeswonne, vor Glück.

Die junge Frau hatte wohl etwas von dem, was in ihrem Manne vor sich ging, geahnt; sie fragte mit ihrer sanften Stimme:

»Woran denkst du, Liebster? Seit einer halben Stunde hast du kein einziges Wort mehr gesagt.«

Er antwortete grinsend:

»Ich denke an all die Idioten, die einander in den Armen liegen und sich küssen, und ich überlege tatsächlich, ob man im Leben nichts anderes zu tun hat.«

Sie flüsterte:

»Ja... aber manchmal tut es wohl.«

»Es tut wohl... es tut wohl... wenn man nichts Besseres zu tun hat!«

Georges' Gedanken ergingen sich nach wie vor in einer Art boshafter Wut, in der er das Leben seines poetischen Gewandes entkleidete: »Ich wäre schön dumm, wenn ich Hemmungen hätte, wenn ich mir irgend etwas versagte, wenn ich mich aufregte, mich abrackerte, mir die Seele zernagte, wie ich es seit einiger Zeit tue.« Forestiers Bild kam ihm in den Sinn, ohne ihn irgendwie zu reizen. Ihm war, als hätten sie sich gerade versöhnt, als seien sie wieder Freunde geworden. Er hatte Lust, ihm zuzurufen: »Guten Abend, alter Junge.«

Madeleine, der dies Schweigen peinlich war, fragte:

»Wenn wir nun noch, ehe wir heimgingen, bei Tortoni Eis äßen?«

Er sah sie von der Seite an. Im hellen Glanz einer Gaslampengirlande, die ein Café-chantant ankündigte, sah er ihr feines, blondes Profil.

Er dachte: »Hübsch ist sie nun mal. Na, desto besser. Wie du mir, so ich dir, Kollegin. Aber wenn man mich wieder dabei ertappt, daß ich mich um deinetwillen quäle, dann schlägt's dreizehn.« Dann antwortete er: »Aber gewiß doch, Liebste.«

Und damit sie nichts merke, küßte er sie.

Der jungen Frau kam es vor, als seien die Lippen ihres Mannes eiskalt.

Indessen lächelte er sein gewohntes Lächeln, als er ihr die Hand gab, um ihr vor den Stufen des Cafés beim Aussteigen behilflich zu sein.

III

Als Du Roy anderntags in die Zeitung kam, ging er gleich zu Boisrenard.

»Lieber Freund«, sagte er, »ich muß dich um einen Gefallen bitten. Seit einiger Zeit findet man es hier komisch, mich Forestier zu nennen. Ich selber fange an, das dumm zu finden. Ob du wohl so nett bist, die Kollegen in aller Freundschaft zu benachrichtigen, daß ich den ersten, der sich diesen Scherz noch einmal erlaubt, ohrfeigen werde? Das soll dazu dienen, daß sie sich überlegen, ob diese Blödelei einen Degenstich wert ist. Ich wende mich an dich, weil du ein ruhiger Mensch bist, der ärgerliche Tätlichkeiten verhindern kann, und auch, weil du damals bei meinem Ehrenhandel mein Zeuge gewesen bist.«

Boisrenard übernahm den Auftrag.

Du Roy ging fort, um Besorgungen zu erledigen; eine Stunde danach kam er wieder. Kein Mensch nannte ihn Forestier.

Beim Heimkommen hörte er Frauenstimmen im Wohnzimmer. Er fragte:

»Wer ist da?«

Der Diener antwortete:

»Madame Walter und Madame de Marelle.«

Er bekam leichtes Herzklopfen, dann sagte er sich: »Na, mal sehen« und öffnete die Tür.

Clotilde saß am Kamin, in einem durch das Fenster einfallenden Lichtstrahl. Es schien Georges, als werde sie bei seinem Anblick ein wenig blaß. Erst begrüßte er Madame Walter und deren beide Töchter, die wie zwei Schildwachen an beiden Seiten ihrer Mutter saßen; dann wandte er sich seiner früheren Geliebten zu. Sie bot ihm die Hand; er ergriff sie und drückte sie betont, wie um zu sagen: »Ich liebe Sie noch immer.« Sie erwiderte den Druck.

Er fragte:

»Ist es Ihnen in dem Jahrhundert, das seit unserer letzten Begegnung verflossen ist, gut gegangen?«

Sie antwortete obenhin:

»Freilich, und Ihnen, Bel-Ami?«

Dann wandte sie sich Madeleine zu und sagte noch:

»Du erlaubst doch, daß ich nach wie vor Bel-Ami zu ihm sage?«

»Aber gewiß doch, Liebste, ich erlaube dir alles, was du willst.«

In dieser letzten Äußerung schien eine Nuance von Ironie verborgen zu sein.

Madame Walter sprach von einem Fest, das Jacques Rival in seiner Junggesellenwohnung veranstalten wolle, einem großen Schaufechten, an dem Damen aus der Gesellschaft teilnehmen würden; sie sagte:

»Das wird sehr interessant. Aber es tut mir leid, wir haben niemanden, der uns hinbegleitet, da mein Mann zu jener Zeit verreisen muß.«

Sogleich erbot sich Du Roy. Sie stimmte zu.

»Wir sind Ihnen sehr dankbar, meine Töchter und ich.«

Er sah die jüngere der beiden Töchter Walter an und dachte: »Sie ist gar nicht so übel, die kleine Suzanne, ganz und gar nicht.« Sie sah aus wie ein zerbrechliches blondes Püppchen, zu klein, aber zierlich, mit schlanker Taille, mit Hüften und Brust, einem Miniaturgesicht, graublauen Emaillaugen, wie mit einem Pinsel gemalt; sie schienen von einem Maler nuanciert worden zu sein, der peinlich genau war und Phantasie besaß; ihre Haut war allzu weiß, allzu glatt, blank, gleichmäßig, ohne Pickel, ohne Tönung, und ihr Haar struppig und gekräuselt, eine klug hergerichtete, leichte Wirrnis, eine bezaubernde Wolke, in der Wirkung dem Haar der niedlichen Luxuspuppen ähnlich, wie man sie in den Armen kleiner Mädchen vorüberschweben sieht, die sehr viel kleiner sind als ihr Spielzeug.

Die ältere Schwester, Rose, war häßlich, platt, unbedeutend, eins der Mädchen, die man nicht ansieht, mit denen man nicht spricht und denen man nichts nachsagt.

Die Mutter stand auf und sagte dabei zu Georges:

»Ich darf also für nächsten Donnerstag um zwei Uhr auf Sie zählen?«

Er antwortete:

»Verlassen Sie sich auf mich, Madame.«

Sobald sie gegangen war, erhob Madame de Marelle sich ihrerseits.

»Auf Wiedersehen, Bel-Ami.«

Jetzt war sie es, die ihm die Hand drückte, und zwar sehr kräftig und sehr lange; und er fühlte sich durch dieses stumme Geständnis gerührt und abermals von einem jähen Verlangen nach dieser kleinen, zigeunernden Bourgeoise gepackt, die zugleich so gutherzig war und die ihn vielleicht wirklich liebhatte.

»Morgen gehe ich mal zu ihr«, dachte er.

Sobald er mit seiner Frau allein war, fing Madeleine an zu lachen, ein freies, frohes Lachen, und blickte ihm ins Gesicht:

»Weißt du eigentlich, daß du in Madame Walter eine Leidenschaft entfacht hast?«

Ungläubig antwortete er:

»Na, hör mal!«

»Aber gewiß doch, ich versichere es dir, sie hat mir von dir förmlich was vorgeschwärmt. Wie seltsam von ihr! Sie möchte nämlich für ihre Töchter zwei Ehemänner ausfindig machen, die aussehen wie du!... Zum Glück sind dergleichen Dinge, wenn es sich um jemanden wie sie handelt, bedeutungslos.«

Er hatte nicht begriffen, was sie meinte:

»Wieso denn: bedeutungslos?«

Sie antwortete mit der Überzeugung einer Frau, die ihres Urteils sicher ist:

»Ach, Madame Walter ist eine der Frauen, denen niemals etwas nachgesagt worden ist, weißt du, niemals und nie. Sie ist in jeder Hinsicht unantastbar. Ihren Mann kennst du ja genausogut wie ich. Aber sie, das ist was anderes. Sie hat übrigens ziemlich darunter gelitten, einen Juden geheiratet zu haben, aber sie ist ihm treu geblieben. Sie ist eine anständige Frau.«

Du Roy war überrascht:

»Ich hatte gemeint, sie sei ebenfalls Jüdin?«

»Sie? Nicht die Spur. Sie ist Patronatsdame aller Wohltätigkeitsvereine der Madeleine-Pfarrei. Sogar kirchlich getraut ist sie. Ich weiß nicht, ob der Chef so getan hat, als sei er getauft, oder ob die Kirche ein Auge zugedrückt hat.«

Georges murmelte:

»Ach nein! ... Dann ... ist sie also ... auf mich scharf?«

»Ganz bestimmt, und wie! Wenn du nicht verheiratet wärst, würde ich dir raten, lieber um die Hand von ... von Suzanne anzuhalten als um die von Rose.«

Er zwirbelte seinen Schnurrbart und antwortete:

»Na, die Mutter ist auch noch nicht wurmstichig.«

Aber Madeleine wurde ungeduldig:

»Weißt du, mein Junge, die Mutter, die wünsche ich dir. Aber ich habe keine Angst. In ihrem Alter begeht man schwerlich seinen ersten Fehltritt. Da muß man früher anfangen.«

Georges bedachte sich: »Wenn es tatsächlich stimmte, daß ich Suzanne hätte heiraten können ...?«

Dann zuckte er die Achseln: »Pah ... Unsinn! ... Hätte der Vater mich jemals akzeptiert?«

Jedenfalls aber gelobte er sich, fortan Madame Walters Gehaben ihm gegenüber sorgsamer zu beobachten, ohne sich übrigens zu fragen, ob dabei je etwas für ihn herausspringen könne.

Den ganzen Abend ließen ihn die Erinnerungen an seine Liebschaft mit Clotilde nicht los, gleichzeitig zärtliche und sinnliche Erinnerungen. Er dachte zurück an ihre drolligen Einfälle, an ihre Nettigkeiten, an ihrer beider Eskapaden. Innerlich sagte er sich ein paarmal: »Tatsächlich, sie ist recht nett. Ja, ich gehe morgen zu ihr!«

Am folgenden Tag nach dem Mittagessen begab er sich wirklich in die Rue de Verneuil. Das gleiche Dienstmädchen machte ihm die Tür auf, und mit der Vertraulichkeit der Dienstboten von Kleinbürgern fragte sie:

»Na, wie geht's, Monsieur?«

Er antwortete:

»Natürlich gut, mein Kind.«

Und er betrat das Wohnzimmer, wo eine ungeschickte Hand auf dem Klavier Tonleitern vollführte. Es war Laurine. Er glaubte, sie werde ihm um den Hals fallen. Sie stand gravitätisch auf, begrüßte ihn förmlich, wie eine Erwachsene es getan haben würde, und zog sich würdevoll zurück.

Sie bezeigte so sehr das Verhalten einer tödlich Beleidigten, daß er ganz verdutzt dastand. Ihre Mutter kam herein. Er nahm ihre Hände und küßte sie.

»Wie sehr habe ich an Sie gedacht«, sagte er.

»Und ich erst«, sagte sie.

Sie setzten sich. Sie lächelten einander an, Auge in Auge, voller Verlangen, einander auf die Lippen zu küssen.

»Meine liebe kleine Cloti, ich liebe Sie.«

»Und ich Sie auch.«

»Dann ... dann ... bist du mir also nicht allzu böse gewesen?«

»Ja und nein ... Es hat mir weh getan, aber dann habe ich deine Gründe eingesehen und mir gesagt: ›Pah! Den einen oder andern Tag kommt er doch wieder zu mir zurück.‹«

»Ich habe es nicht gewagt, wieder zu dir zu kommen; ich habe mir überlegt, wie ich empfangen würde. Ich habe es nicht gewagt, aber ich hatte tolle Lust dazu. Nebenbei, sag mir doch, was Laurine eigentlich hat. Sie hat mir kaum guten Tag gesagt und ist mit wütender Miene hinausgegangen.«

»Ich weiß nicht. Aber seit deiner Heirat kann man nicht mehr mit ihr über dich sprechen. Ich glaube wahrhaftig, sie ist eifersüchtig.«

»Na, aber!«

»Doch, doch, mein Lieber. Sie nennt dich nicht mehr Bel-Ami, sie nennt dich Monsieur Forestier.«

Du Roy wurde rot, dann näherte er seinen Mund der jungen Frau:

»Gib mir deine Lippen.«

Sie tat es.

»Wo können wir uns wiedersehen?« fragte er.

»Na... in der Rue de Constantinople doch.«

»Dann ist die Wohnung also nicht vermietet?«

»Nein... ich habe sie behalten!«

»Du hast sie behalten?«

»Ja; ich habe mir gedacht, du würdest wiederkommen.«

Ein Atemzug stolzer Freude schwellte ihm die Brust. Diese hier liebte ihn also mit wahrer, ausdauernder, tiefer Liebe.

Er flüsterte:

»Ich vergöttere dich.«

Dann fragte er:

»Geht's deinem Mann gut?«

»Ja, tadellos. Er ist gerade einen Monat lang hiergewesen; vorgestern ist er wieder abgedampft.«

Du Roy mußte lachen:

»Wie sich das trifft!«

Sie antwortete harmlos:

»Ja, wirklich, es trifft sich gut. Aber es stört ja auch nicht, wenn er hier ist. Das weißt du doch.«

»Ja, stimmt. Übrigens ist er ein reizender Mensch.«

»Und wie gefällt dir dein neues Leben?« fragte sie.

»Weder gut noch schlecht. Meine Frau ist Kollegin, Mitarbeiterin.«

»Weiter nichts?«

»Weiter nichts... Was das Herz betrifft...«

»Ich verstehe. Dabei ist sie doch nett.«

»Ja, aber sie regt mich nicht auf.«

Er rückte näher an Clotilde heran und flüsterte:

»Wann sehn wir uns wieder?«

»Na... morgen... wenn es dir recht ist.«

»Ja. Morgen um zwei?«

»Um zwei.«

Er stand auf, um zu gehen; dann jedoch stammelte er, ein wenig beklommen:

»Weißt du, ich möchte die Wohnung in der Rue de Constantinople allein auf mich nehmen. Ich will es nun mal. Es fehlte auch gerade noch, daß du sie bezahltest.«

Jetzt küßte sie ihrerseits ihm die Hände in einer Aufwallung inniger Liebe, und ganz leise sagte sie:

»Halte das, wie du willst. Mir genügt es, sie beibehalten zu haben, damit wir einander dort wiedersehen konnten.«

Und damit ging Du Roy, die Seele von Genugtuung erfüllt.

Als er an dem Schaukasten eines Fotografen vorüberkam, erinnerte die Aufnahme einer hochgewachsenen Frau mit großen Augen ihn an Madame Walter: »Immerhin«, sagte er sich, »so übel kann sie noch nicht sein. Wie kommt es nur, daß sie mir niemals aufgefallen ist? Ich bin gespannt, wie sie sich Donnerstag mir gegenüber verhalten wird.«

Er rieb sich die Hände, während er voll heimlicher Freude weiterschritt, der Freude am Erfolg in jederlei Gestalt, der egoistischen Freude des geschickten Mannes, der vorankommt, der subtilen Freude, die aus geschmeichelter Eitelkeit und befriedigter Sinnlichkeit besteht, der Freude, die die Liebe der Frauen einflößt.

Als es Donnerstag war, sagte er zu Madeleine:

»Du kommst also nicht mit zum Schaufechten bei Rival?«

»O nein! An so was habe ich keinen Spaß; ich gehe in die Abgeordnetenkammer.«

Und er holte Madame Walter im offenen Landauer ab; es war nämlich wundervolles Wetter.

Er war überrascht, als er sie sah, so schön und jung fand er sie. Sie trug ein helles Kleid, das etwas ausgeschnitten war und unter gelblicher Spitze die üppige Rundung ihrer Brüste ahnen ließ. Nie zuvor war sie ihm so jugendlich vorgekommen. Er meinte, sie sei tatsächlich begehrenswert. Sie trug ihre ruhige, vornehme Miene zur Schau, eine gewisse mütterliche Haltung, die bewirkte, daß die galanten Blicke der Männer sie übergingen. Außerdem sagte sie immer nur bekannte, konventionelle und maßvolle Dinge; ihre Gedanken waren klug, methodisch, wohlgeordnet, jenseits aller Übertreibungen.

Ihre Tochter Suzanne war ganz in Rosa und wirkte wie ein frisch gefirnißter Watteau; ihre ältere Schwester sah aus wie eine Lehrerin, die den Auftrag hatte, dieser hübschen Kostbarkeit von Mädchen Gesellschaft zu leisten.

Vor Rivals Haustür hielt eine ganze Reihe von Wagen.

Du Roy bot Madame Walter den Arm, und sie gingen hinein.

Das Schaufechten wurde zugunsten der Waisenkinder des sechsten Pariser Arrondissements veranstaltet und stand unter dem Protektorat der Gattinnen von Senatoren und Abgeordneten, die Beziehungen zur »Vie Française« hatten.

Madame Walter hatte versprochen, mit ihren Töchtern zu kommen; doch den Titel einer Patronatsdame hatte sie abgelehnt, weil sie mit ihrem Namen nur Wohltätigkeitswerke unterstützte, die von der Geistlichkeit unternommen wurden; nicht etwa, daß sie sehr bigott gewesen wäre, aber ihre Heirat mit einem Israeliten zwang sie, wie sie meinte, zu einer gewissen religiösen Haltung; überdies hatte das von dem Journalisten organisierte Fest eine Art republikanischer Bedeutung, die antiklerikal anmuten konnte.

Seit drei Wochen hatte in den Zeitungen jeglicher Schattierung zu lesen gestanden:

»Unser angesehener Kollege Jacques Rival hat den ebenso geistvollen wie großherzigen Gedanken gehabt, zum Wohl der Waisenkinder des sechsten Pariser Arrondissements in dem hübschen Fechtsaal seiner Junggesellenwohnung ein großes Schaufechten zu veranstalten.

Die Einladungen sind durch die Damen Laloigue, Remontel und Rissolin ergangen, die Gattinnen der Senatoren dieses Namens, sowie durch die Damen Laroche-Mathieu, Percerol und Firmin, die Gattinnen der wohlbekannten Abgeordneten. Während der Pause des Schaufechtens soll eine schlichte Sammlung stattfinden, und der Ertrag soll sogleich dem Bürgermeister des sechsten Arrondissements oder dessen Vertreter eingehändigt werden.«

Das war eine monströse Reklame, die der gewandte Journalist für sich ausgedacht hatte.

Jacques Rival empfing die Ankömmlinge am Eingang seiner Wohnung, wo ein Büffet aufgestellt war; die Kosten sollten vorweg von den Einnahmen abgezogen werden.

Dann deutete er mit einer liebenswürdigen Geste auf die kleine Treppe, über die man in den Keller hinabgelangte, wo er den Fechtsaal und den Schießstand eingerichtet hatte; und er sagte:

»Nach unten, meine Damen, nach unten. Das Schaufechten findet in den unterirdischen Gemächern statt.«

Er eilte der Frau seines Chefs entgegen; dann drückte er Du Roy die Hand:

»Tag, Bel-Ami.«

Der andere war verdutzt:

»Wer hat Ihnen denn gesagt, daß ...«

Rival schnitt ihm das Wort ab:

»Die hier gegenwärtige Madame Walter; sie findet den Spitznamen sehr hübsch.«

Madame Walter wurde rot:

»Ja, ich gebe zu, wenn ich näher mit Ihnen bekannt wäre, würde ich tun wie die kleine Laurine und Sie ebenfalls Bel-Ami nennen. Das paßt gut zu Ihnen.«

Du Roy lachte:
»Aber ich bitte Sie, Madame, tun Sie es doch.«
Sie hatte die Augen niedergeschlagen:
»Nein, dazu stehen wir einander nicht nahe genug.«
Er flüsterte:
»Wollen Sie mich hoffen lassen, daß wir einander näherkommen werden?«
»Nun, dann werden wir sehen«, sagte sie.

Er verschwand im Eingang der schmalen Treppe, die eine Gasflamme erhellte; und der schroffe Übergang vom Tageslicht zu dieser gelblichen Helle hatte etwas Unheilverkündendes. Die Wendeltreppe hinauf strömte Kellergeruch, ein Geruch von erwärmter Feuchtigkeit, von verschimmelten, für diese Gelegenheit gesäuberten Mauern, und auch ein Hauch von Weihrauch, der an Gottesdienste erinnerte, sowie die weiblichen Ausdünstungen von Eau de Lubin, Verbene, Iris und Veilchen.

Man hörte in diesem Loch ein großes Stimmengewirr und das Gesumm einer erregten Menge.

Der ganze Keller wurde durch Girlanden aus Gasflammen und Lampions erhellt, die unter Blattgewinden verborgen waren; damit hatte man die Salpeter ausschwitzenden Steinmauern verkleidet. Nichts als Gezweig war zu sehen. Die Decke war mit Farnwedeln geschmückt, der Fußboden mit Blättern und Blumen bedeckt.

Das wurde reizend gefunden und für einen köstlichen Einfall gehalten. In dem kleinen Kellerraum ganz hinten erhob sich ein Podium für die Fechter zwischen zwei Stuhlreihen für die Schiedsrichter.

Und in dem ganzen Keller boten Bänkchen, die zu je zehn rechts und links aufgereiht waren, Platz für etwa zweihundert Personen. Eingeladen waren vierhundert.

Vor dem Podium standen junge Leute im Fechterkostüm, schlank, langgliedrig, mit gewölbter Brust und nach oben gedrehtem Schnurrbart, und spreizten sich schon vor den Zuschauern. Man nannte einander ihre Namen, man wies auf die Meister und die Amateure hin, samt und sonders

Berühmtheiten der Fechtkunst. Rings um sie her plauderten junge und alte Herren im Gehrock; sie schienen sich mit den Fechtern in Kämpfertracht gut zu stehen. Auch sie waren darauf bedacht, gesehen, erkannt und genannt zu werden; es waren die Fürsten des Degens in Zivil, die Experten in Stich und Stoß.

Nahezu alle Bänke waren von Damen besetzt; sie vollführten ein großes Geraschel aneinander rührender Stoffe und ein lautes Stimmengemurmel. Sie fächelten sich wie im Theater; denn in dieser blättergeschmückten Höhle herrschte eine Schwitzkastenhitze. Ein Witzbold rief von Zeit zu Zeit: »Mandelmilch! Limonade! Bier!«

Madame Walter und ihre Töchter nahmen ihre reservierten Plätze in der ersten Reihe ein. Als Du Roy sie dort untergebracht hatte, wollte er weggehen; er flüsterte:

»Ich muß Sie jetzt verlassen; Herren dürfen die Bänke nicht mit Beschlag belegen.«

Aber Madame Walter antwortete zögernd:

»Am liebsten möchte ich Sie dennoch hierbehalten. Sie können mir die Namen der Fechter sagen. Hören Sie, wenn Sie am Ende dieser Bank stehen blieben, würden Sie niemanden stören.«

Sie schaute ihn mit ihren großen, sanften Augen an. Sie beharrte:

»Ach, bleiben Sie doch einfach bei uns... Monsieur... Monsieur Bel-Ami. Wir brauchen Sie.«

Er antwortete:

»Ich gehorche... mit Freuden, Madame.«

Von allen Seiten her hörte man immer wieder sagen: »Sehr drollig, dieser Keller, sehr nett.«

Georges kannte ihn nur zu gut, diesen gewölbten Fechtsaal! Er mußte an den Morgen denken, den er am Tag vor seinem Duell hier verbracht hatte, ganz allein, angesichts einer kleinen weißen Kartonscheibe, die ihn hinten vom zweiten Keller her wie ein riesiges, furchterweckendes Auge anstarrte.

Jacques Rivals Stimme dröhnte von der Treppe her:

»Gleich geht's los, meine Damen.«

Und sechs arg in ihre Bekleidung eingezwängte Herren, die ihren Thorax mehr hervortreten lassen wollten, stiegen auf das Podium und setzten sich auf die für die Schiedsrichter bestimmten Stühle.

Ihre Namen liefen um: General de Raynaldi, der Vorsitzende, ein kleiner Mann mit dickem Schnurrbart; der Maler Joséphin Roudet, ein hochgewachsener kahlköpfiger Mann mit langem Bart; Matthéo de Ujar, Simon Ramoncel, Pierre de Carvin, drei junge, elegante Herren, und Gaspard Merleron, ein Fechtmeister.

Zwei Schilder wurden zu beiden Seiten des Kellers aufgehängt. Auf dem rechten stand: ›Monsieur Crèvecœur‹, und auf dem linken: ›Monsieur Plumeau‹.

Es waren zwei Meister, zwei gute Meister zweiten Ranges. Sie traten auf, beide hager, mit militärischem Gehaben und etwas steifen Gesten. Nachdem sie mit automatenhaften Bewegungen den Waffengruß vollführt hatten, begannen sie, einander anzugreifen; in ihrem Kostüm aus Leinen und weißem Leder sahen sie aus wie zwei Pierrot-Soldaten, die zum Spaß miteinander fochten.

Von Zeit zu Zeit hörte man das Wort: »Treffer!« Und die sechs Herren der Jury neigten mit Kennermiene den Kopf. Das Publikum sah nichts als zwei lebende Marionetten, die hin und her hüpften und dabei die Arme vorstreckten; es verstand nichts, war aber zufrieden. Die beiden Männlein kamen ihm indessen wenig graziös und irgendwie lächerlich vor. Man dachte an die Holzfechter, die am Neujahrstag auf den Boulevards verkauft werden.

An die Stelle der beiden ersten Fechter traten die Herren Planton und Carapin, ein Zivil- und ein Militär-Fechtmeister. Planton war ganz klein und Carapin sehr dick. Man hätte meinen können, beim ersten Florettstich würde aus diesem Ballon die Luft entweichen wie aus einem Gummielefanten zum Aufblasen. Es wurde gelacht. Planton sprang wie ein Affe. Carapin bewegte lediglich seinen Arm, da sein übriger Körper durch seinen Bauch unbeweglich gemacht wurde; alle fünf Minuten machte er mit einem so großen Einsatz seines Gewichts und einer solchen Anstrengung einen Ausfall, daß es aussah, als fasse er den energischsten Entschluß seines Lebens. Danach hatte er dann große Mühe, wieder in die Grundstellung zurückzufinden.

Die Kenner erklärten, er fechte sehr sicher und sehr konzentriert. Und das vertrauensselige Publikum stimmte dem zu.

Dann kamen die Herren Porion und Lapalme dran, ein Fechtmeister und ein Amateur; sie gaben sich einer wahnwitzigen Gymnastik hin, liefen wütend aufeinander zu, zwangen die Schiedsrichter zur Flucht unter Mitnahme ihrer Stühle, hetzten vom einen Ende des Podiums zum andern, hin und her, beide sprangen mit kräftigen und dabei komischen Sätzen vor und zurück. Beim Zurückspringen machten sie kleine, ruckhafte Schritte, die die Damen zum Lachen brachten, und beim Vorstürzen große Schwünge, die ein bißchen aufregend wirkten. Dieser Kampf im Laufschritt wurde durch einen unbekannten Spaßvogel dadurch charakterisiert, daß er rief: »Hetzt euch doch nicht so ab, geht es etwa nach der Uhrzeit?« Die Zuschauerschaft fühlte sich durch diesen Mangel an Geschmack beleidigt und rief: »Ruhe!« Das Urteil der Sachverständigen machte die Runde. Die Fechter hätten viel Kraft bezeigt, aber manchmal den rechten Augenblick verpaßt.

Der erste Teil fand seinen Abschluß durch einen sehr schönen Waffengang zwischen Jacques Rival und dem berühmten belgischen Fechtlehrer Lebègue. Rival fand bei den Damen viel Anklang. Er sah gut aus, war trefflich gewachsen, geschmeidig, behend und weit anmutiger als alle seine Vorgänger. Er legte in seine Art, zu parieren oder einen Ausfall zu machen, eine gewisse mondäne Eleganz, die gefiel und von der energischen, aber vulgären Kampfweise seines Gegners abstach. »Man merkt, daß er ein wohlerzogener Mensch ist«, hieß es.

Er schnitt gut ab. Es wurde geklatscht.

Aber seit ein paar Minuten beunruhigte ein eigenartiges Geräusch im oberen Stockwerk die Zuschauer. Es war ein lautes Getrappel, das von schallendem Gelächter begleitet wurde. Die zweihundert Gäste, die nicht in den Keller hatten gelangen können, amüsierten sich anscheinend auf ihre Art. Auf der kleinen Wendeltreppe standen dicht zusammengedrängt etwa fünfzig Herren. Die Hitze unten wurde schauerlich. Es wurde gerufen: »Luft – Zu trinken!« Der gleiche Spaßvogel von vorhin kläffte mit einer gellenden Stimme, die das Gebrodel der Stimmen übertönte: »Mandelmilch! Limonade! Bier!«

Rival erschien sehr rot; sein Fechterkostüm hatte er anbehalten.

»Ich will Erfrischungen bringen lassen«, sagte er.

Und er lief auf die Treppe zu. Aber jedwede Verbindung zum Erdgeschoß war abgeschnitten. Ebenso leicht hätte er die Decke durchbohren wie die auf den Stufen zusammengescharte Menschenmauer durchbrechen können.

Rival rief:

»Reicht doch Eis für die Damen herunter!«

Fünfzig Stimmen wiederholten: »Eis! Eis!« Endlich erschien ein Tablett. Aber es standen nur leere Gläser darauf, die Erfrischungen waren unterwegs verschwunden.

Eine laute Stimme brüllte: »Man erstickt ja! Schnell Schluß und dann weg von hier.«

Eine andere Stimme rief dazwischen: »Erst sammeln!«

Und das ganze Publikum, keuchend zwar, aber dennoch heiter, wiederholte: »Erst sammeln ... sammeln ... sammeln ...«

Da begannen sechs Damen zwischen den Bänken umherzugehen, und man vernahm ein leises Klirren von in die Beutel fallenden Münzen.

Du Roy hatte Madame Walter die berühmten Männer genannt. Es waren Herren der Gesellschaft, Journalisten, solche von den großen Zeitungen, den alten Zeitungen, die die »Vie Française« von oben herab mit einer gewissen

Zurückhaltung betrachteten, die ihrer Erfahrung entstammte. Sie hatten allzu viele von diesen Politik und Finanzwelt vereinenden Zeitungen, Produkte einer unsauberen Kombination, zugrunde gehen und durch den Sturz eines Ministeriums zermalmt werden sehen. Man gewahrte auch Maler und Bildhauer, die im allgemeinen Sportsleute sind, einen der Akademie angehörenden Dichter, den man einander zeigte, zwei Musiker und viele ausländische Adlige, deren Namen Du Roy die Silbe ›Rast‹ anhängte (was Rastaquouère, Hochstapler, bedeutete), um, wie er sagte, zu tun wie die Engländer, die auf ihre Visitenkarten ›Esq.‹ (Esquire, Hochwohlgeboren) drukken lassen.

Jemand rief ihm zu: »Guten Tag, lieber Freund.« Es war der Graf de Vaudrec. Du Roy entschuldigte sich bei den Damen, trat zu ihm hin und drückte ihm die Hand.

Beim Zurückkommen erklärte er:

»Reizender Mensch, dieser Vaudrec. Bei dem spürt man die Rasse.«

Madame Walter gab keine Antwort. Sie war ein bißchen müde, und ihre Brust hob sich angestrengt bei jedem Atemzug ihrer Lungen, was Du Roys Blick auf sie lenkte. Und dann und wann begegnete er einem Blick der »Chefin«, einem verwirrten, zögernden Blick, der sich auf ihn heftete und dann gleich wieder floh. Und er sagte sich: »Schau ... schau ... schau ... Sollte ich der auch schon den Kopf verdreht haben?«

Die Sammlerinnen kamen vorbei. Ihre Beutel waren voller Silber- und Goldmünzen. Und auf dem Podium wurde ein neues Schild aufgehängt; es verkündete: »Grrrroße Überraschung.« Die Mitglieder der Jury stiegen wieder zu ihren Plätzen hinauf. Man wartete.

Es erschienen zwei Damen, ein Florett in der Hand, in Fechtertracht, dunklem Trikot, sehr kurzem, nur bis zur Mitte der Schenkel reichendem Rock und einem über der Brust so sehr gewölbten Schutzleder, daß sie deswegen den Kopf hoch tragen mußten. Sie waren hübsch und jung.

Beim Begrüßen der Zuschauerschaft lächelten sie. Langer Beifall wurde ihnen zuteil.

Und inmitten eines galanten Gemurmels und geflüsterter Scherze gingen sie in Positur.

Auf den Lippen der Schiedsrichter war ein liebenswürdiges Lächeln erstarrt; durch ein leises Bravo billigten sie die Stöße.

Das Publikum wußte diesen Kampf sehr zu schätzen und zeigte es den beiden Fechterinnen, die bei den Männern Begehrlichkeit entfachten und bei den Frauen jenen dem Pariser Publikum angeborenen Hang für etwas schlüpfrige Nettigkeiten weckten, für leicht verruchte Eleganz, für das unechte Hübsche und das unechte Anmutsvolle, für die Chanteusen in Konzertcafés und Operettencouplets.

Jedesmal, wenn eine der Fechterinnen einen Ausfall machte, durchrann das Publikum ein Lustschauer. Die, die den Zuschauern den Rücken zukehrte, einen hübsch molligen Rücken, ließ die Münder sich öffnen und die Augen sich runden; nicht etwa das Spiel ihres Handgelenks fand am meisten Beachtung.

Es wurde ihnen tobender Beifall gezollt.

Ein Säbelfechten folgte, aber niemand schaute hin, denn die gesamte Aufmerksamkeit wurde durch das gefesselt, was sich oben zutrug. Seit ein paar Minuten war zu hören gewesen, wie Möbel geräuschvoll verschoben und über das Parkett geschurrt wurden, wie wenn die Wohnung bei einem Umzug ausgeräumt würde. Dann plötzlich klang Klavierspiel durch die Decke, und deutlich vernahm man das rhythmische Geräusch im Takt hüpfender Füße. Die Leute oben leisteten sich eine Tanzerei, als Entschädigung dafür, daß sie nichts zu sehen bekamen.

Zunächst erhob sich unter dem Publikum des Fechtsaals lautes Gelächter; doch als dann bei den Damen der Wunsch zu tanzen erwachte, hörten sie auf, sich um das zu kümmern, was auf dem Podium vorging, und begannen, sich ganz laut zu unterhalten.

Man fand die Idee der Zuspätgekommenen, einfach eine Tanzerei zu organisieren, hochkomisch. Die brauchten sich wenigstens nicht zu langweilen. Am liebsten wäre man ebenfalls oben gewesen.

Aber inzwischen hatten zwei neue Fechter einander gegrüßt und waren mit solchem Nachdruck in Fechterstellung gegangen, daß alle Blicke ihren Bewegungen folgten.

Mit elastischer Grazie, mit maßvoller Kraft, mit einer solchen Sicherheit und Kargheit der Gesten, einer solchen Korrektheit der Haltung, einem solchen bemessenen Abstand im Spiel fielen sie aus und traten sie zurück, daß die unwissende Menge überrascht und hingerissen war.

Ihre ruhige Raschheit, kluge Geschmeidigkeit, ihre schnellen Bewegungen, die so berechnet waren, daß sie langsam wirkten, zogen die Blicke an und bannten sie allein schon durch die Macht des Vollkommenen. Das Publikum spürte, daß es etwas Schönes und Seltenes sah, daß zwei große Künstler ihres Fachs ihm das Beste zeigten, was es überhaupt zu sehen gab, alles, was zwei Meistern möglich war an Gewandtheit, an Finten, an überlegtem Können und körperlicher Geschicklichkeit, zu entfalten.

Niemand sprach mehr, so sehr fesselten sie den Blick. Als sie dann nach einem letzten Treffer einander die Hand gereicht hatten, erschollen Beifallsgeschrei und Hurrarufe. Es wurde getrampelt, gebrüllt. Alle kannten ihre Namen: es waren Sergent und Ravignac.

Die außer sich geratenen Gemüter wurden händelsüchtig. Die Herren schauten die neben ihnen Sitzenden mit herausfordernden Blicken an. Um eines Lächelns willen wäre es zu Forderungen gekommen. Die nie ein Florett in der Hand gehalten hatten, deuteten mit ihren Spazierstöcken Angriffe und Paraden an.

Doch nach und nach drängte sich die Menge die kleine Treppe hinauf. Endlich würde es etwas zu trinken geben. Unwille erhob sich, als festgestellt wurde, daß die Tanzlustigen das Büffet geplündert hatten und dann mit der

Erklärung weggegangen waren, es sei ungehörig, zweihundert Leute zu behelligen und ihnen dann nichts vorzuführen.

Kein Gebäck, kein Tropfen Champagner, Fruchtsaft oder Bier waren mehr da, kein Bonbon, kein Obst, nichts, gar nichts. Sie hatten geplündert, geraubt, alles vertilgt.

Man ließ sich die Einzelheiten von den Dienern erzählen, die bekümmerte Gesichter schnitten und dahinter ihre Lachlust verbargen. Die Damen seien noch toller als die Herren gewesen, behaupteten sie, die hätten gegessen und getrunken bis zum Übelwerden. Man hätte meinen können, man vernehme den Bericht der Davongekommenen nach der Ausraubung und Plünderung einer Stadt während der Invasion.

So mußte man also gehen. Manchen Herren taten die zwanzig Francs leid, die sie bei der Sammlung gespendet hatten; sie entrüsteten sich über die, die sich oben gütlich getan hatten, ohne etwas zu bezahlen.

Die Patronatsdamen hatten mehr als dreitausend Francs eingesammelt. Nach Abzug aller Unkosten blieben für die Waisen des sechsten Arrondissements zweihundertzwanzig Francs.

Du Roy, der die Familie Walter eskortierte, wartete auf seinen Landauer.

Da er auf der Heimfahrt der Chefin gegenübersaß, begegnete er abermals deren zärtlichem, flüchtendem Blick, der verwirrt zu sein schien. Er dachte: »Teufel noch mal, ich glaube, sie beißt an.« Und er lächelte bei der Feststellung, daß er tatsächlich Glück bei den Frauen habe, denn Madame de Marelle schien ihn nach dem Neubeginn ihrer zärtlichen Beziehungen wahnsinnig zu lieben.

Frohgemut kehrte er heim.

Madeleine erwartete ihn im Salon.

»Ich habe Neuigkeiten«, sagte sie. »Die Marokko-Affäre spitzt sich zu. In ein paar Monaten könnte Frankreich sehr wohl eine Expedition nach dort unternehmen. Jedenfalls aber wird man sich der Sache bedienen, um das Ministerium zu stürzen, und Laroche wird die Gelegenheit wahrnehmen, das Außenministerium an sich zu bringen.«

Um seine Frau zu necken, tat Du Roy, als glaube er nichts von alledem. So blöd sei man doch nicht, die Dummheit von Tunis nochmals zu begehen.

Sie jedoch zuckte ungeduldig die Achseln:

»Ich sage dir: doch! Ich sage dir: doch! Verstehst du denn nicht, daß es für sie eine dicke Geldangelegenheit ist? Heutzutage, mein Lieber, darf man bei politischen Kombinationen nicht sagen: ›Welche Frau steckt dahinter?‹ sondern ›Was für ein Geschäft steckt dahinter?‹«

Er brummelte mit verächtlicher Miene, um sie zu reizen:

»Pah!«

Sie fuhr auf:

»Ach, du bist genauso naiv wie Forestier.«

Sie hatte ihn verletzen wollen und war sich eines Wutausbruchs gewärtig. Er jedoch lächelte und antwortete:

»Wie dieser Hahnrei Forestier?«

Es ging ihr durch und durch, und sie flüsterte:

»Aber Georges!«

Er hatte eine unverschämte, spöttische Miene aufgesetzt und entgegnete:

»Na, was denn? Hast du mir neulich abends nicht eingestanden, Forestier sei ein Hahnrei gewesen?«

Und er fügte hinzu: »Der arme Teufel!«, und es klang tief mitleidig.

Madeleine kehrte ihm den Rücken zu und verschmähte es, zu antworten; dann sprach sie nach einer Minute des Schweigens weiter:

»Am Dienstag haben wir Gäste. Madame Laroche-Mathieu kommt mit der Vicomtesse de Percemur zum Abendessen. Willst du Rival und Norbert de Varenne einladen? Ich gehe morgen zu den Damen Walter und de Marelle. Vielleicht kommt Madame Rissolin ebenfalls.«

Seit einiger Zeit schuf sie sich Beziehungen; sie nutzte den politischen Einfluß ihres Mannes aus, um die Frauen von

Senatoren und Abgeordneten, die der Unterstützung durch die »Vie Française« bedurften, um jeden Preis in ihr Haus zu ziehen.

Du Roy antwortete:

»Tadellos. Ich übernehme Rival und Norbert.«

Er war zufrieden, und er rieb sich die Hände, weil er ein gutes Mittel gefunden hatte, seine Frau zu ärgern und den dumpfen Groll, die wirre, beißende Eifersucht zu stillen, die seit ihrer Spazierfahrt im Bois in ihm entstanden war. Nie wieder wollte er Forestier erwähnen, ohne ihn als Hahnrei zu bezeichnen. Er hatte durchaus das Gefühl, daß Madeleine dadurch schließlich außer sich geraten mußte. Und zehnmal fand er im Verlauf des Abends Mittel und Wege, mit ironischer Gutmütigkeit etwas über »diesen Hahnrei Forestier« zu äußern.

Er hatte nichts mehr gegen den Toten, er rächte ihn.

Seine Frau tat, als überhöre sie es, und saß ihm lächelnd und gleichgültig gegenüber.

Da sie am andern Tag ihre Einladung an Madame Walter richten mußte, wollte er ihr zuvorkommen, um die Chefin allein anzutreffen und zu erkunden, ob sie tatsächlich etwas für ihn übrig habe. Das machte ihm Spaß und schmeichelte ihm. Und schließlich... warum nicht... wenn es sich machen ließe.

Gegen zwei fand er sich am Boulevard Malesherbes ein. Er wurde in den Salon geführt. Er wartete.

Madame Walter erschien und streckte ihm in beglücktem Überschwang die Hand entgegen.

»Welch guter Wind hat Sie denn hergeweht?«

»Gar kein guter Wind, sondern ein Verlangen, Sie zu sehen. Eine Kraft hat mich zu Ihnen getrieben; warum, das weiß ich nicht, ich habe Ihnen nichts zu sagen. Ich bin gekommen, und nun bin ich da! Ob Sie mir wohl diesen vormittäglichen Besuch und die Freiheit seiner Begründung verzeihen?«

Das sagte er galant und mutwillig, mit lächelnden Lippen und ernster Stimme.

Erstaunt stand sie da; sie war ein wenig errötet und stammelte:

»Aber ... wahrhaftig ... ich verstehe nicht, Sie überraschen mich ...«

Er fügte hinzu:

»Es ist eine Liebeserklärung in heiterem Tonfall, um Sie nicht zu erschrecken.«

Sie hatten sich nebeneinander gesetzt. Sie nahm die Sache scherzhaft.

»Dann ist es also eine ... ernsthafte Liebeserklärung?«

»Ja, freilich! Ich hatte Sie Ihnen schon seit langem, sogar seit sehr langer Zeit machen wollen. Und dann habe ich es nicht gewagt. Es heißt, Sie seien so streng, so unbeugsam ...«

Sie hatte ihre Sicherheit wiedergefunden. Sie antwortete:

»Warum haben Sie sich den heutigen Tag ausgesucht?«

»Das weiß ich nicht.«

Dann senkte er die Stimme:

»Oder vielmehr: es geschah, weil ich seit gestern nur noch an Sie denke.«

Sie war plötzlich blaß geworden und sagte unsicher:

»Also jetzt Schluß mit den Kindereien; wir wollen von etwas anderem sprechen.«

Aber er war so unvermittelt vor ihr niedergekniet, daß sie es mit der Angst bekam. Sie wollte aufstehen; er zwang sie mit seinen beiden um ihre Taille geschlungenen Armen sitzen zu bleiben und wiederholte mit leidenschaftlicher Stimme:

»Ja, es ist so, ich liebe Sie toll, seit langem schon. Antworten Sie mir nicht. Nichts zu machen, ich bin verrückt! Ich liebe Sie ... Ach, wenn Sie wüßten, wie ich Sie liebe!«

Sie rang nach Luft, keuchte, versuchte, etwas zu sagen, und konnte kein Wort hervorbringen. Mit beiden Händen stieß sie ihn zurück; sie hatte ihn bei den Haaren gepackt, um die Annäherung dieses Mundes zu verhindern, von dem sie spürte, wie er auf den ihren zukam. Und sie wandte den Kopf von rechts nach links und von links nach rechts, mit einer raschen Bewegung, und schloß dabei die Augen, um ihn nicht mehr zu sehen.

Er berührte sie durch ihr Kleid hindurch, betastete sie; und sie verging unter dieser brutalen, heftigen Liebkosung. Er sprang auf, um sie zu umschlingen, aber nun sie für eine Sekunde frei gewesen war, hatte sie sich nach rückwärts geworfen und war ihm entschlüpft, und jetzt floh sie von Sessel zu Sessel.

Diese Verfolgung kam ihm lächerlich vor, und er ließ sich auf einen Stuhl fallen, das Gesicht in den Händen, wobei er tat, als schluchze er krampfhaft.

Dann stand er plötzlich auf, rief: »Adieu, adieu!« und lief davon.

In aller Ruhe langte er sich in der Vorhalle seinen Spazierstock, trat auf die Straße hinaus und sagte sich: »Donnerwetter, ich glaube, bei der klappt es.« Und er ging zum Postamt, um Clotilde einen Rohrpostbrief zu schicken; er bat sie für den folgenden Tag um ein Rendezvous.

Als er zur gewohnten Stunde heimkam, fragte er seine Frau:

»Na, hast du deine Leutchen für dein Abendessen zusammenbekommen?«

Sie antwortete:

»Ja; nur Madame Walter ist sich noch nicht sicher, ob sie frei ist. Sie hält sich zurück; sie hat mir irgendwas von Verpflichtung und Gewissen vorgeredet. Kurz und gut, sie hat mir einen ganz komischen Eindruck gemacht. Macht nichts, ich hoffe, sie wird trotzdem kommen.«

Er zuckte die Achseln:

»Selbstverständlich wird sie kommen.«

Indessen war er sich nicht sicher, und bis zum Tage des Abendessens war er unruhig.

Erst am Morgen erhielt Madeleine ein paar Zeilen von der Chefin: »Ich habe mich mit großer Mühe frei gemacht und komme zu Ihnen. Aber leider wird mein Mann mich nicht begleiten können.«

Du Roy dachte: »Das habe ich verdammt gut gemacht, daß ich nicht nochmals zu ihr hingegangen bin. Jetzt hat sie sich beruhigt. Vorsicht!«

Allein er erwartete ihr Kommen mit einer leichten Besorgnis. Sie erschien, sehr ruhig, ein bißchen kühl, ein bißchen von oben herab. Er gab sich sehr demütig, sehr taktvoll und unterwürfig.

Die Damen Laroche-Mathieu und Rissolin begleiteten ihre Gatten. Die Vicomtesse de Percemur plauderte von der großen Welt. Madame de Marelle wirkte in einem Abendkleid von eigenartiger Phantasie, in Gold und Schwarz, ganz entzückend, es war ein spanisches Kleid, das ihre hübsche Figur, ihre Brust und ihre molligen Arme gut betonte und ihrem Vogelköpfchen etwas Energisches verlieh.

Du Roy hatte Madame Walter zu seiner Rechten Platz nehmen lassen und sprach während des Essens mit ihr nur über ernsthafte Dinge, mit übertriebener Hochachtung. Von Zeit zu Zeit musterte er Clotilde. »Sie ist wirklich hübscher und jünger«, dachte er. Dann kehrten seine Blicke zu seiner Frau zurück, und er fand sie gleichfalls nicht übel, obgleich in ihm nach wie vor ein zurückgestauter, zäher und boshafter Zorn verharrte.

Aber die Chefin reizte ihn nun einmal um der Schwierigkeit der Eroberung und um der Neuheit willen, nach der es die Männer ja stets verlangt.

Sie wollte frühzeitig nach Hause.

»Ich werde Sie begleiten«, sagte er.

Das lehnte sie ab. Er ließ nicht locker:

»Warum wünschen Sie es nicht? Damit tun Sie mir heftig weh. Lassen Sie mich nicht glauben, Sie hätten mir nicht verziehen. Sie sehen doch, wie ruhig ich bin.«

Sie antwortete:

»Sie können doch nicht so ohne weiteres von Ihren Gästen weggehen.«

Er lächelte:

»Pah! Ich werde nur zwanzig Minuten abwesend sein. Das

wird man nicht mal bemerken. Wenn Sie nein sagen, kränken Sie mich bis ins Herz hinein.«

Sie flüsterte:

»Also gut, einverstanden.«

Doch sobald sie im Wagen saßen, ergriff er ihre Hand und küßte sie leidenschaftlich.

»Ich liebe Sie, ich liebe Sie. Lassen Sie mich es Ihnen sagen. Ich werde Sie nicht anrühren. Ich will Ihnen bloß nochmals sagen, daß ich Sie liebe.«

Sie stammelte:

»Oh ... nach allem, was Sie mir versprochen haben ... Es ist nicht recht ... es ist nicht recht.«

Er schien sich gewaltig zusammenzunehmen; dann fuhr er mit verhaltener Stimme fort:

»Da, Sie sehen ja, wie ich mich beherrsche. Und dabei ... Lassen Sie mich Ihnen nur dies eine sagen: ›Ich liebe Sie‹, und es Ihnen täglich wiederholen ... ja, lassen Sie mich zu Ihnen kommen und fünf Minuten zu Ihren Füßen knien, Ihr angebetetes Antlitz anschauen und Ihnen diese drei Worte wiederholen.«

Sie hatte ihm ihre Hand überlassen und antwortete schwer atmend:

»Nein, ich kann nicht, ich will nicht. Bedenken Sie doch, was geredet würde, denken Sie an meine Dienerschaft, meine Töchter. Nein, nein, es ist unmöglich ...«

Er entgegnete:

»Ich kann nicht mehr leben, wenn ich Sie nicht sehe. Ob nun bei Ihnen oder anderswo, ich muß Sie unbedingt sehen, und sei es jeden Tag nur für eine Minute, daß ich Ihre Hand berühre, daß ich die Luft atme, die Ihr Kleid fächelt, daß ich die Linien Ihres Körpers betrachte und Ihre schönen großen Augen, die mich betören.«

Zitternd lauschte sie dieser banalen Liebesmusik und sagte stockend:

»Nein ... nein ... Es ist unmöglich. Schweigen Sie doch!«

Er redete ganz leise auf sie ein, ihr ins Ohr, da er merkte, daß sie ganz allmählich genommen werden müsse, diese einfältige Frau, daß er sie so weit bringen müsse, ihm eine Zusammenkunft zu gewähren, erst, wo sie, und dann, wo er wollte.

»Hören Sie … Es muß sein … ich will Sie sehen … ich will Sie vor Ihrer Haustür erwarten … wie ein Bettler … Wenn Sie nicht kommen, dann gehe ich einfach zu Ihnen hinauf … aber sehen muß ich Sie, sehen werde ich Sie … morgen.«

Nochmals sagte sie:

»Nein, nein, bitte kommen Sie nicht. Ich werde Sie einfach nicht empfangen. Denken Sie doch an meine Töchter.«

»Dann sagen Sie mir, wo ich Sie treffen kann … auf der Straße … gleichgültig, wo … zu jeder Stunde, die Ihnen beliebt … vorausgesetzt, daß ich Sie sehe … Ich werde den Hut vor Ihnen ziehen … Ich werde Ihnen sagen: ›Ich liebe Sie‹, und dann werde ich weitergehen.«

Sie zögerte, sie war völlig außer sich. Und da der geschlossene Wagen vor ihrer Haustür hielt, flüsterte sie hastig:

»Gut, morgen um halb vier gehe ich in die Trinité.«

Dann, als sie ausgestiegen war, rief sie ihrem Kutscher zu:

»Fahren Sie Monsieur Du Roy nach Hause.«

Beim Eintreten fragte ihn seine Frau:

»Na, wo hast du denn gesteckt?«

Mit gesenkter Stimme antwortete er:

»Auf dem Telegrafenamt; ich hatte eine eilige Depesche aufzugeben.«

Madame de Marelle trat herzu:

»Sie müssen mich heimbegleiten, Bel-Ami, Sie wissen doch, daß ich nur unter dieser Bedingung zum Abendessen zu Freunden fahre, die so weit weg wohnen?«

Dann wandte sie sich an Madeleine:

»Du bist doch nicht etwa eifersüchtig?«

Madame Du Roy antwortete langsam:

»Nein, nicht allzusehr.«

Die Gäste brachen auf. Madame Laroche-Mathieu wirkte wie ein kleines Provinzdienstmädchen. Sie war die Tochter eines Notars, und Laroche hatte sie geheiratet, als er lediglich ein mäßiger Anwalt gewesen war. Madame Rissolin, die alt und anmaßend war, machte den Eindruck einer ehemaligen Hebamme, die sich ihre Bildung in Leihbüchereien verschafft hat. Die Vicomtesse de Percemur sah auf alle herab. Ihre »zuverlässige Pfote« berührte nur widerwillig all diese vulgären Hände.

Beim Durchschreiten der Tür zur Treppe sagte die in Spitzen gehüllte Clotilde zu Madeleine:

»Ganz reizend, deine Abendgesellschaft. Demnächst hast du den ersten politischen Salon von ganz Paris.«

Sobald sie mit Georges allein war, schloß sie ihn in die Arme:

»Ach, mein geliebter Bel-Ami, du wirst mir mit jedem Tag lieber.«

Die Droschke, in der sie saßen, schlingerte wie ein Schiff.

»In unserm Schlafzimmer ist es bequemer«, sagte sie.

Er antwortete: »Ach ja.« Aber er dachte an Madame Walter.

IV

Die Place de la Trinité lag fast menschenleer im Glanz der Julisonne da. Drückende Hitze zermalmte Paris, als sei die schwerer gewordene, verbrannte Luft auf die Stadt herniedergefallen, eine dickflüssige, kochende Luft, die in der Brust schmerzte.

Die Wasserstürze vor der Kirche rauschten träge nieder. Auch sie schienen des Fließens müde und träge und schlaff zu sein, und die Flüssigkeit in dem Becken, in dem Blätter und Papierfetzen schwammen, wirkte ein bißchen grünlich, zähflüssig und graublau.

Ein Hund, der über den steinernen Rand gesprungen war, badete in dieser zweifelhaften Flut. Ein paar Leute, die auf den Bänken des kleinen Gartenrondells rund um das Portal saßen, schauten dem Tier neidvoll zu.

Du Roy zog seine Taschenuhr. Es war erst drei. Eine halbe Stunde war er zu früh gekommen.

Bei dem Gedanken an dieses Rendezvous lachte er. »Kirchen eignen sich trefflich für alle ihre Zwecke«, dachte er. »Sie trösten sie, weil sie einen Juden geheiratet hat, sie leihen ihr eine Protesthaltung in der politischen Welt, eine tadellose Haltung in der vornehmen Welt und eine Zufluchtsstätte für ihre galanten Zusammenkünfte. Das heißt, sich der Religion bedienen wie eines Schirms. Bei schönem Wetter ist er ein Spazierstock, bei Sonnenschein ein Schattenspender; bei Regenwetter ein Regenschirm, und wenn man nicht ausgeht, läßt man das Ding im Flur stehen. Und es gibt Hunderte dieser Art, die sich einen Dreck um den lieben Gott kümmern, die aber dennoch nicht wollen, daß man schlecht über ihn redet, und die ihn bei Gelegenheit als Kuppler benutzen. Schlüge man ihnen vor, mit in eine Absteige zu kommen, so würden sie finden, das sei eine Gemeinheit, aber eine Liebesgeschichte am Fuß der Altäre anzuspinnen, das kommt ihnen ganz natürlich vor.«

Langsam schritt er an dem Wasserbecken auf und ab, dann schaute er wieder auf die Kirchenuhr, die, verglichen mit seiner Taschenuhr, zwei Minuten vorging. Sie zeigte auf drei Uhr fünf.

Er meinte, drinnen sei er besser aufgehoben als draußen, und ging hinein.

Kellerkühle drang auf ihn ein; er atmete sie erfreut, dann unternahm er einen Rundgang durch das Schiff, um die Stätte genau kennenzulernen.

Ein zweiter regelmäßiger Schritt, bisweilen unterbrochen, dann wiederaufgenommen, antwortete in der Tiefe des weitläufigen Bauwerks dem Geräusch seiner Füße, das hallend zu dem hohen Gewölbe emporstieg. Es überkam ihn Neugier, diesen Besucher kennenzulernen. Es war ein dicker, kahlköpfiger Mann, der da, die Nase in der Luft, den Hut hinter dem Rücken haltend, umherlief.

Da und dort kniete eine alte Frau und betete, das Gesicht in den Händen.

Den Geist befiel eine Empfindung der Einsamkeit, der

Menschenferne, der Ruhe. Das durch die vielfarbenen Fenster gedämpfte Licht tat den Augen wohl.

Du Roy meinte, es sei hier drinnen »verdammt angenehm«.

Er ging wieder zum Portal zurück und blickte von neuem auf seine Taschenuhr. Es war noch immer erst ein Viertel nach drei. Er setzte sich in eine der ersten Reihen des Mittelgangs und bedauerte, daß er keine Zigarette rauchen konnte. Hinten in der Kirche, nahe dem Chor, waren nach wie vor die Schritte des dicken Herrn zu hören.

Es kam jemand herein. Georges fuhr herum. Es war eine Frau aus dem Volk im Wollrock, eine arme Frau; bei dem ersten Betstuhl sank sie auf die Knie und verharrte reglos, mit gefalteten Händen, den Blick gen Himmel gerichtet, die Seele im Gebet entschwebt.

Du Roy schaute sie interessiert an; er überlegte, welcher Kummer, welcher Schmerz dieses armselige Herz martern konnten. Sie war sehr arm, das sah man. Vielleicht hatte sie einen Mann, der sie halbtot prügelte, oder ein sterbendes Kind.

Er flüsterte in sich hinein: »Die armen Wesen. Wie viele gibt es, die es schwer haben.« Und es überkam ihn Zorn gegen die unbarmherzige Natur. Dann sann er darüber nach, ob diese Ärmsten der Armen wenigstens glaubten, daß man sich dort droben mit ihnen befasse und daß ihre Namen in die Register des Himmels unter Abwägung von Soll und Haben eingetragen seien. – Dort droben. – Wo denn?

Und Du Roy, den das Schweigen der Kirche zu weitschweifenden Grübeleien trieb, saß in Gedanken über die Schöpfung zu Gericht und sagte zu sich: »Wie blöd doch das alles ist.«

Das Rascheln eines Kleides ließ ihn zusammenfahren. Sie kam.

Er stand auf und trat hastig vor. Sie bot ihm nicht die Hand; sie flüsterte ganz leise:

»Ich habe nur ein paar Augenblicke Zeit. Ich muß heim;

knien Sie neben mir nieder, damit wir niemandem auffallen.«

Und sie schritt im Hauptschiff weiter und suchte nach einer geeigneten und sicheren Stelle, als eine Frau, die sich hier auskennt. Ihr Gesicht war durch einen dichten Schleier verhüllt, und sie trat so leise auf, daß es kaum vernehmlich war.

Als sie am Chor angelangt war, wandte sie sich um und murmelte in jenem geheimnisvollen Tonfall, dessen man sich in der Kirche stets befleißigt:

»Die Seitenschiffe sind besser. Hier ist man allzusehr den Blicken ausgesetzt.«

Sie grüßte das Tabernakel des Hauptaltars durch ein tiefes Neigen des Kopfes, das ein leichter Knicks noch mehr betonte, und wandte sich nach rechts, ging ein wenig nach dem Eingang zurück, entschloß sich dann, bemächtigte sich eines Betstuhls und kniete nieder.

Georges ergriff Besitz von dem daneben stehenden Betstuhl, und sobald sie reglos, in der Haltung von Betenden, knieten, sagte er:

»Dank, Dank. Ich bete Sie an. Ich möchte es Ihnen in einem fort sagen, Ihnen erzählen, wie ich angefangen habe, Sie zu lieben, wie ich gleich beim erstenmal, als ich Sie sah, hingerissen gewesen bin ... Ob Sie mir wohl eines Tages erlauben werden, mein Herz auszuschütten und Ihnen all das zu sagen?«

Sie lauschte ihm in einer Haltung tiefer Versunkenheit, als habe sie nichts vernommen. Zwischen den Fingern hindurch antwortete sie:

»Ich bin wahnsinnig, daß ich Sie so zu mir sprechen lasse, wahnsinnig, hergekommen zu sein, wahnsinnig, zu tun, was ich tue, Sie glauben zu lassen, dieses ... dieses ... dieses Abenteuer könne einen weiteren Verlauf haben. Vergessen Sie es, es muß sein, und sprechen Sie mir nie wieder davon.«

Sie wartete. Er suchte nach einer Antwort, nach entscheidenden, leidenschaftlichen Worten, aber da er den Worten nicht die Geste hinzufügen konnte, war seine Tatkraft gelähmt.

Er fuhr fort:

»Ich erwarte nichts ... ich erhoffe mir nichts. Ich liebe Sie. Was Sie auch unternehmen mögen, ich werde es Ihnen so oft und mit so viel Nachdruck und Glut wiederholen, daß Sie es schließlich begreifen werden. Ich will meine Zärtlichkeit in Sie eindringen lassen, sie in Ihre Seele ergießen, Wort für Wort, Stunde für Stunde, Tag für Tag, so daß Sie schließlich davon durchtränkt werden wie von einer Flüssigkeit, die Tropfen für Tropfen niederfällt, damit sie Sie milder stimmt, Sie erweicht und Sie zwingt, später einmal, mir zu antworten: ›Auch ich liebe Sie.‹«

Er spürte, wie ihre Schulter an der seinen zitterte und wie ihre Brust wogte; und sehr schnell flüsterte sie:

»Auch ich liebe Sie.«

Er zuckte zusammen, als habe er einen heftigen Schlag auf den Kopf bekommen, und er seufzte: »O mein Gott! ...«

Mit keuchender Stimme fuhr sie fort:

»Hätte ich Ihnen das sagen dürfen? Ich fühle mich sündig und verächtlich ... ich ... die ich zwei Töchter habe ... aber ich kann nicht ... ich kann nicht ... Ich hätte es nicht gekonnt ... ich hätte es nie geglaubt ... es ist stärker ... stärker als ich. Sie müssen wissen ... Sie müssen wissen ... daß ich nie jemanden geliebt habe ... nur Sie ... ich schwöre es Ihnen. Und ich liebe Sie seit einem Jahre, ganz heimlich, im tiefsten Herzensgrunde. Oh, ich habe gelitten, glauben Sie es nur, und gekämpft, ich kann nicht mehr, ich liebe Sie ...«

Sie weinte in die vor ihrem Gesicht gefalteten Hände hinein, ihr ganzer Körper bebte, geschüttelt von der Heftigkeit ihrer seelischen Erregung.

Georges flüsterte:

»Geben Sie mir Ihre Hand, daß ich sie anrühre, sie drücke ...«

Langsam nahm sie die Hand vom Gesicht. Er sah, daß ihre

Wange ganz feucht war und daß noch ein zum Herabfallen bereiter Tropfen am Rand ihrer Wimpern haftete. Er hatte ihre Hand ergriffen, er drückte sie:
»Ach, wie gern möchte ich Ihre Tränen trinken.«
Mit leiser, gebrochener Stimme, die wie ein Ächzen war, sagte sie:
»Mißbrauchen Sie mich nicht... ich weiß nicht mehr aus noch ein!«
Beinah hätte er gelächelt. Wie hätte er sie an dieser Stätte mißbrauchen können? Er legte die Hand, die er hielt, auf sein Herz und fragte: »Fühlen Sie, wie es pocht?« Er war nämlich mit leidenschaftlichen Redensarten am Ende.
Aber seit ein paar Augenblicken kam der regelmäßige Schritt des Umhergehenden näher. Er war von Altar zu Altar gewandert und ging jetzt mindestens zum zweitenmal durch das rechte Seitenschiff. Als Madame Walter ihn unmittelbar neben dem Pfeiler hörte, der sie verbarg, entzog sie ihre Finger Georges' Umklammerung und bedeckte wieder ihr Gesicht.
Und sie verharrten beide unbeweglich, sie knieten, als hätten sie gemeinsam inbrünstige Gebete an den Himmel gerichtet. Der dicke Herr ging an ihnen vorüber, streifte sie mit einem gleichgültigen Blick und entfernte sich nach dem unteren Ende der Kirche zu, wobei er nach wie vor seinen Hut auf dem Rücken hielt.
Aber Du Roy, der darauf bedacht war, anderswo als in der Trinité ein Rendezvous zu erlangen, flüsterte:
»Wo kann ich Sie morgen treffen?«
Sie antwortete nicht. Sie wirkte leblos, in die Statue des Gebets verwandelt.
Er sprach weiter:
»Ist es Ihnen recht, wenn ich Sie morgen im Parc Monceau wiedersehe?«
Sie wandte ihm ihr wieder unbedecktes Gesicht zu, ein bleifahles, von grausigem Leid verzerrtes Gesicht, und sagte mit abgehackter Stimme:
»Lassen Sie mich, lassen Sie mich jetzt... gehen Sie... bitte

gehen Sie ... nur für fünf Minuten ... ich leide zu sehr, wenn Sie bei mir sind ... ich will beten ... ich kann es nicht ... so gehen Sie doch ... lassen Sie mich beten ... allein ... fünf Minuten ... ich kann nicht ... lassen Sie mich Gott anflehen ... damit er mir verzeiht ... damit er mich erlöst ... lassen Sie mich ... fünf Minuten ...«

Sie hatte ein so bestürztes, so schmerzliches Gesicht, daß er, ohne ein Wort zu sagen, aufstand; dann fragte er nach einem kleinen Zögern:

»Darf ich dann gleich wiederkommen?«

Sie nickte, das sollte heißen: »Ja, gleich.« Und er ging wieder dem Chor zu.

Jetzt versuchte sie zu beten. Sie unternahm eine übermenschliche, krampfhafte Anrufung Gottes; mit bebendem Körper und außer sich geratener Seele rief sie zum Himmel: »Erbarmen!«

Heftig schloß sie die Augen, um den nicht länger zu sehen, der gerade weggegangen war! Sie vertrieb ihn aus ihren Gedanken, sie rang wider ihn an, aber anstatt der himmlischen Erscheinung, deren sie in ihrer Herzensnot gewärtig gewesen war, gewahrte sie stets den gekräuselten Schnurrbart des jungen Mannes.

So hatte sie seit einem Jahr jeden Tag, jeden Abend gegen diese immer größer werdende Besessenheit angekämpft, gegen dieses Wunschbild, das ihre Träume, das ihren Körper verfolgte und ihre Nächte aufwühlte. Sie kam sich gefangen vor wie ein Tier im Netz; sie hatte sich widerstandslos diesem Manne in die Arme geworfen, der sie besiegt und erobert hatte durch nichts als das Haargekräusel auf seiner Lippe und die Farbe seiner Augen.

Und jetzt, in dieser Kirche, in unmittelbarer Nähe Gottes, fühlte sie sich noch schwächer, noch verlassener, noch verlorener als daheim. Sie konnte nicht mehr beten; nur noch an ihn konnte sie denken. Sie litt bereits darunter, daß er sich entfernt hatte. Dabei rang sie verzweifelt, sträubte sich, sie rief mit aller Kraft ihrer Seele um Hilfe. Weit lieber wäre sie gestorben, als so zu fallen, sie, die nie einen Fehltritt begangen hatte. Sie flüsterte verworrene Bitten; und dabei lauschte sie den Schritten Georges', die fern unter den Gewölben verhallten.

Sie erkannte, daß alles aus, daß der Kampf vergeblich sei. Dabei wollte sie nicht nachgeben; und sie wurde von einer der Nervenkrisen befallen, die die Frauen zu Boden werfen, zitternd, heulend und schmerzverkrümmt. Sie bebte an allen Gliedern, sie spürte nur zu sehr, daß sie gleich umsinken, daß sie sich zwischen den Stühlen umherwälzen und schrille Schreie ausstoßen werde.

Mit raschen Schritten kam jemand auf sie zu. Sie wandte den Kopf. Es war ein Priester. Da sprang sie auf, eilte ihm mit ausgestreckten, gefalteten Händen entgegen und stammelte:

»Oh! Helfen Sie mir! Helfen Sie mir!«

Überrascht blieb er stehen:

»Was wünschen Sie, Madame?«

»Sie sollen mich retten! Haben Sie doch Mitleid mit mir. Wenn Sie mir nicht zu Hilfe kommen, bin ich verloren.«

Er sah sie an; er überlegte, ob sie nicht geistesgestört sei. Er fuhr fort:

»Was kann ich für Sie tun?«

Es war ein junger, hochgewachsener, etwas dicklicher Mann mit vollen Hängebacken, die durch den sorgfältig rasierten Bart schwärzlich gefärbt wurden, ein gut aussehender Stadtvikar aus einem wohlhabenden Viertel, an reiche Büßerinnen gewöhnt.

»Nehmen Sie meine Beichte entgegen«, sagte sie, »und raten Sie mir, geben Sie mir Halt und sagen Sie mir, was ich tun muß!«

Er antwortete:

»Ich höre die Beichte jeden Samstag von drei bis sechs Uhr.«

Sie hatte seinen Arm gepackt, preßte ihn und sagte immer wieder:

»Nein! Nein! Nein! Jetzt sofort! Jetzt sofort! Es muß sein! Er ist hier! In dieser Kirche! Er wartet auf mich.«

Der Priester fragte:

»Wer wartet denn auf Sie?«

»Ein Mann ... der mich ins Verderben stürzen wird ... der mich ins Verderben stürzen wird, wenn Sie mich nicht bewahren ... Ich kann ihn nicht mehr fliehen ... Ich bin zu schwach ... zu schwach ... so schwach ... so schwach! ...«

Sie warf sich vor ihm auf die Knie und schluchzte:

»Haben Sie doch Mitleid mit mir, Vater! Retten Sie mich im Namen Gottes, retten Sie mich!«

Sie hielt ihn an seiner schwarzen Soutane fest, damit er sich ihr nicht entziehen konnte; und er warf beunruhigte Blicke nach allen Seiten, ob nicht etwa ein böswilliges oder frommes Auge diese ihm zu Füßen gefallene Frau erblicke.

Als er schließlich einsah, daß er ihr nicht entrinnen könne, sagte er:

»Bitte stehen Sie auf, ich habe zufällig den Schlüssel zum Beichtstuhl bei mir.«

Er suchte in seiner Tasche herum, zog einen Schlüsselbund hervor, nahm einen der Schlüssel und ging dann raschen Schrittes auf die kleinen Holzkojen zu, die gewissermaßen Abladeplätze für den Unrat der Seele sind, wo die Gläubigen sich ihrer Sünden entledigen.

Er trat durch die Mitteltür ein, schloß sie hinter sich, und Madame Walter, die sich in das schmale Gelaß daneben gestürzt hatte, stammelte inbrünstig mit der leidenschaftlichen Glut der Hoffnung:

»Segnen Sie mich, Vater, denn ich habe gesündigt.«

Du Roy war um den Chor herumgegangen und kehrte durch das linke Seitenschiff zurück. Er war gerade in dessen Mitte angelangt, als er dem dicken, kahlköpfigen Herrn begegnete, der nach wie vor ruhigen Schrittes umherging, und er fragte sich: »Was mag dieser eigenartige Kauz hier zu suchen haben?«

Der Wandler hatte ebenfalls seinen Schritt verlangsamt und blickte Georges mit dem sichtlichen Wunsch an, ihn anzusprechen. Als er ganz nahe war, grüßte er und fragte überaus höflich:

»Bitte entschuldigen Sie die Belästigung, Monsieur, aber könnten Sie mir wohl sagen, zu welcher Zeit dieses Bauwerk errichtet worden ist?«

Du Roy antwortete:

»Du lieber Himmel, ganz genau kann ich es Ihnen nicht sagen, ich meine, so etwa vor zwanzig oder fünfundzwanzig Jahren. Ich bin übrigens zum erstenmal hineingegangen.«

»Ich auch. Ich hatte es nie zuvor gesehen.«

Da fuhr der Journalist, den ein Interesse gepackt hatte, fort: »Mir scheint, Sie besichtigen es mit großer Sorgfalt. Sie schauen es sich in allen Einzelheiten an.«

Resigniert antwortete der andere:

»Ich besichtige es gar nicht, Monsieur, ich warte auf meine Frau; sie hat sich hier mit mir verabredet und läßt arg auf sich warten.«

Dann verstummte er, und nach ein paar Augenblicken fuhr er fort:

»Draußen ist es verdammt heiß.«

Du Roy musterte ihn, fand, daß er nicht unintelligent aussah, und bildete sich plötzlich ein, er ähnele Forestier.

»Kommen Sie aus der Provinz?« fragte er.

»Ja. Ich bin aus Rennes. Und Sie, Monsieur, sind Sie aus Neugier in diese Kirche gegangen?«

»Nein. Ich warte auf eine Frau.«

Und damit verneigte der Journalist sich leicht und ging weiter, ein Lächeln auf den Lippen.

Als er sich dem Hauptportal näherte, sah er abermals die arme Frau, sie lag noch immer auf den Knien und betete noch immer. Er dachte: »Du meine Güte! das ist aber mal eine zähe Beterin!« Er war nicht mehr erschüttert, er bedauerte sie nicht länger.

Er ging weiter und machte sich langsam daran, wieder das rechte Seitenschiff hinaufzugehen, um wieder zu Madame Walter zu gelangen.

Von weitem hielt er nach dem Platz Ausschau, wo er sie verlassen hatte, wobei er sich wunderte, daß er sie nicht erblickte. Er glaubte, sich im Pfeiler geirrt zu haben, ging bis zum letzten und kam dann wieder zurück. Sie war also weggegangen! Verdutzt und wütend stand er da. Dann bildete er sich ein, sie suche vielleicht nach ihm, und nochmals unternahm er einen Rundgang durch die Kirche. Als er sie nicht gefunden hatte, kehrte er um und setzte sich auf den Stuhl, den sie innegehabt hatte, in der Hoffnung, sie würde wieder dorthin kommen. Und er wartete.

Bald erregte ein leichtes Gemurmel seine Aufmerksamkeit. Er hatte in diesem Teil der Kirche niemanden gesehen. Von wo kam also dies Getuschel? Er stand auf, um nachzusehen, und gewahrte in der nächsten Kapelle die Türen des Beichtstuhls. Aus der einen lugte ein Eckchen eines Kleides hervor und lag auf den Fliesen. Er trat näher hinzu, um sich die Frau anzusehen. Er erkannte sie. Sie beichtete!...

Er verspürte ein heftiges Verlangen, sie bei den Schultern zu packen und aus diesem Kasten herauszureißen. Dann dachte er: »Pah! Jetzt ist der Pfarrer dran, morgen bin ich es.« Und in aller Ruhe setzte er sich den Gittern des Beichtstuhls gegenüber, wartete auf seine Stunde und grinste jetzt über das Abenteuer.

Er mußte lange warten. Endlich erhob sich Madame Walter, wandte sich um, sah ihn und kam auf ihn zu. Ihr Gesicht war kalt und streng.

»Monsieur«, sagte sie, »bitte begleiten Sie mich nicht, folgen Sie mir nicht und kommen Sie nicht mehr unbegleitet zu mir ins Haus. Sie würden nicht empfangen werden. Adieu!«

Und würdigen Schrittes rauschte sie von dannen.

Er ließ sie gehen, es war sein Grundsatz, niemals etwas zu erzwingen. Als dann der Priester ein bißchen verwirrt seinerseits aus seinem Gelaß herauskam, trat er stracks auf ihn zu, sah ihm tief in die Augen und knurrte ihm ins Gesicht:

»Wenn Sie keinen Weiberrock trügen, Mensch, dann haute ich Ihnen ein paar Ohrfeigen in Ihre dreckige Fresse.«

Dann schwang er sich auf den Hacken herum, verließ die Kirche und pfiff dabei vor sich hin.

Unter dem Portal stand der dicke Herr, den Hut auf dem Kopf, die Hände hinterm Rücken verschränkt, des Wartens müde, und ließ den Blick über den weiten Platz und alle auf ihn mündenden Straßen schweifen.

Als Du Roy an ihm vorbeiging, grüßten sie einander. Der Journalist hatte nichts weiter zu tun, und so ging er zur »Vie Française«. Schon beim Eintreten ersah er aus der geschäftigen Miene der Laufburschen, daß etwas Ungewöhnliches im Gange sei, und er ging ohne weiteres in das Büro des Direktors.

Der alte Walter stand da und diktierte nervös, in abgehackten Sätzen einen Artikel, gab zwischen zwei Absätzen seinen um ihn herumstehenden Reportern Aufträge, erteilte Boisrenard Verhaltensmaßregeln und schlitzte Briefe auf.

Bei Du Roys Eintreten stieß der Chef einen Freudenschrei aus:

»Na, famos, da kommt Bel-Ami!«

Er unterbrach sich, ein bißchen verwirrt, und entschuldigte sich:

»Verzeihen Sie bitte, daß ich Sie so genannt habe, ich bin ganz durcheinander durch die Geschehnisse. Und außerdem höre ich meine Frau und meine Töchter Sie von morgens bis abends Bel-Ami nennen, und da habe ich es mir schließlich ebenfalls angewöhnt. Sie sind mir deswegen doch nicht böse?«

Georges lachte:

»Aber keine Spur. An dem Spitznamen ist nichts, was mir mißfallen könnte.«

Der alte Walter fuhr fort:

»Also gut, dann sage ich Bel-Ami zu Ihnen wie alle Welt. Und nun passen Sie mal auf, es sind allerlei dicke Sachen passiert. Das Ministerium ist mit dreihundertzehn Stimmen gegen hundertzwei gestürzt worden. Wir müssen unsere Ferien wieder mal verschieben, verschieben bis ins Aschgraue, und dabei haben wir heute den achtundzwanzigsten Juli. Spanien regt sich wegen Marokko auf, und darüber sind Durand de l'Aine und Genossen gestolpert. Wir sitzen bis zum Hals in der Tinte. Marrot ist mit der Bildung des neuen Kabinetts betraut worden. Er nimmt den General Boutin d'Ancre als Kriegs- und unsern Freund Laroche-Mathieu als Außenminister. Er selber behält sich das Innenministerium und das Präsidium vor. Wir werden also ein offiziöses Blatt. Ich diktiere gerade den Leitartikel, eine einfache Darlegung des Grundsätzlichen, und zeichne den Ministern ihren Weg vor.«

Der Biedermann lächelte und fuhr fort:

»Selbstverständlich den Weg, den sie ohnehin einschlagen. Aber ich brauche was Interessantes über die Marokkofrage, was Aktuelles, einen Artikel, der hinhaut, eine Sensation, irgend so was. Schreiben Sie mir das.«

Du Roy überlegte eine Sekunde, dann antwortete er:

»Gemacht. Ich schreibe Ihnen eine Studie über die politische Situation unseres gesamten afrikanischen Kolonialbesitzes, mit Tunis zur Linken, Algerien in der Mitte und Marokko zur Rechten, die Geschichte der Rassen, die dieses große Territorium bevölkern, und den Bericht über einen Streifzug an der marokkanischen Grenze entlang bis zur großen Oase Figuig. Zu der ist bis jetzt kein Europäer vorgedrungen, und sie ist die Ursache des gegenwärtigen Konflikts. Wäre Ihnen das recht?«

Der alte Walter rief aus:

»Wunderbar! Und die Schlagzeile?«

»›Von Tunis bis Tanger‹.«

»Glänzend.«

Und Du Roy machte sich daran, im Archiv der »Vie Française« nach seinem ersten Artikel »Erinnerungen eines Chasseur d'Afrique« zu stöbern, der anders betitelt, umgemodelt und neu formuliert, wunderbar benutzt werden konnte, von vorn bis hinten, weil darin die Rede von Kolonialpolitik, von der algerischen Bevölkerung und einem Streifzug in die Provinz Oran gewesen war.

Innerhalb von drei Viertelstunden war der Artikel umgeschrieben, ausgefeilt, fix und fertig gemacht, mit aktuellen Anspielungen gewürzt und mit Lobreden auf das neue Ministerium.

Als der Chef den Artikel gelesen hatte, erklärte er: »Tadellos ... tadellos ... wirklich tadellos. Sie sind eine Errungenschaft. Ich gratuliere Ihnen.«

Und Du Roy ging zum Abendessen heim, begeistert von allem, was der Tag ihm gebracht hatte, trotz des Fehlschlags in der Trinité; er fühlte nur zu gut, daß er gewonnenes Spiel habe.

Seine Frau hatte ihn in fieberhafter Erregung erwartet. Als sie ihn erblickte, rief sie:

»Weißt du, daß Laroche Außenminister geworden ist?«

»Ja, ich habe eben in diesem Zusammenhang einen Artikel über Algerien geschrieben.«

»Was denn?«

»Du kennst ihn ja, den ersten, den wir gemeinsam geschrieben haben, ›Die Erinnerungen eines Chasseur d'Afrique‹, durchgesehen und den Umständen entsprechend zurechtgebogen.«

Sie lächelte.

»Na ja, das paßt ja ausgezeichnet.«

Aber nachdem sie kurz nachgedacht hatte, sagte sie:

»Ich muß gerade an die Fortsetzung denken, die du damals hattest schreiben sollen und die ... auf der Strecke geblieben ist. Die können wir jetzt nachholen. Das würde eine hübsche Serie ergeben, die ausgezeichnet in die Lage paßt.«

Er setzte sich vor seinen Suppenteller und antwortete:

»Da hast du recht. Jetzt steht dem nichts mehr entgegen, nachdem dieser Hahnrei von Forestier im Jenseits ist.«

Heftig, gereizten Tons und verletzt entgegnete sie:

»Dieser Scherz ist mehr als unangebracht, und ich bitte

dich, damit jetzt Schluß zu machen. Er dauert bereits allzu lange.«

Er wollte eine ironische Antwort losschießen; da wurde ihm ein Rohrpostbrief gebracht, der nur einen einzigen Satz und keine Unterschrift enthielt: »Ich hatte den Kopf verloren, verzeihen Sie mir und kommen Sie morgen um vier in den Parc Monceau.«

Er verstand, und mit freudeerfülltem Herzen schob er den blauen Umschlag in die Tasche und sagte zu seiner Frau: »Ich will es nicht wieder tun, Liebes. Es ist blöd. Ich gebe es zu.«

Und dann begann er mit der Abendmahlzeit.

Während er aß, wiederholte er sich die paar Worte: »Ich hatte den Kopf verloren, verzeihen Sie mir und kommen Sie morgen um vier in den Parc Monceau.« Also gab sie nach. Das sollte heißen: »Ich kapituliere, ich gehöre Ihnen an, wo Sie wollen und wann Sie wollen.«

Er mußte lachen. Madeleine fragte:

»Was hast du denn?«

»Nichts Besonderes. Mir fiel gerade ein Pfarrer ein, dem ich vorhin begegnet bin, er hatte eine so komische Visage.«

Am nächsten Tag war Du Roy pünktlich zum Rendezvous zur Stelle. Auf allen Bänken im Park saßen von der Hitze überwältigte Bürgersleute und gleichgültige Kindermädchen, die ihren Gedanken nachzuhängen schienen, während sich die Kinder im Sand der Wege wälzten.

Er fand Madame Walter in der kleinen antiken Ruine, wo eine Quelle sprudelt. Sie war dabei, um das kleine Säulenrund herumzugehen, und ihr Gesicht war sorgenvoll und unglücklich.

Kaum hatte er sie begrüßt, als sie auch schon sagte:

»Wie viele Leute in diesem Park sind!«

Er nahm die Gelegenheit wahr:

»Ja, das stimmt; wollen wir nicht anderswo hingehen?«

»Wohin denn?«

»Ganz gleich, wir könnten zum Beispiel spazierenfahren.

Sie lassen an Ihrer Seite den Fenstervorhang nieder, und dann sind Sie völlig in Sicherheit.«

»Ja, das ist mir lieber; hier komme ich um vor Angst.«

»Gut, in fünf Minuten können Sie mich an dem Ausgang zum äußeren Boulevard wiedertreffen. Ich komme mit einer Droschke.«

Und er lief fort.

Als sie neben ihm saß und das Fenster an ihrer Seite sorglich mit dem Vorhang verhüllt hatte, fragte sie:

»Was haben Sie dem Kutscher gesagt, wohin er uns fahren solle?«

Georges antwortete:

»Keine Sorge, er ist im Bilde.«

Er hatte dem Mann die Adresse seiner Wohnung in der Rue de Constantinople genannt.

Sie entgegnete:

»Sie können sich nicht vorstellen, was ich um Ihretwillen aushalte und wie ich mich quäle und martere. Gestern in der Kirche bin ich hart gewesen, aber ich hatte Sie um jeden Preis fliehen wollen. Ich habe solche Angst, mit Ihnen allein zu sein. Haben Sie mir verziehen?«

Er drückte ihr die Hände.

»Ja, ja. Was würde ich Ihnen nicht verzeihen, da ich Sie doch liebe, wie ich Sie liebe?«

Mit flehender Miene blickte sie ihn an:

»Hören Sie, Sie müssen mir versprechen, mich zu respektieren ... und mich nicht ... und mich nicht ... denn sonst könnte ich Sie nie wiedersehen.«

Zunächst gab er keine Antwort; er hatte unter seinem Schnurrbart das feine Lächeln aufgesetzt, das die Frauen verwirrte. Schließlich flüsterte er:

»Ich bin Ihr Sklave.«

Da fing sie an, ihm zu erzählen, wie sie sich bewußt geworden sei, daß sie ihn liebe, als sie gehört hatte, er wolle Madeleine Forestier heiraten. Sie wartete mit Einzelheiten auf, winzigen Einzelheiten an Daten und intimen Dingen.

Plötzlich verstummte sie. Der Wagen hatte gehalten. Du Roy öffnete den Schlag.

»Wo sind wir denn?« fragte sie.

Er antwortete:

»Steigen Sie bitte aus und kommen Sie mit in dieses Haus. Da sind wir ungestörter.«

»Ja, aber wo sind wir denn?«

»Bei mir. Es ist meine Junggesellenwohnung; ich habe sie nochmals gemietet ... für ein paar Tage ... damit wir ein Eckchen hätten, wo wir uns treffen könnten.«

Erschrocken ob der Vorstellung eines Beisammenseins unter vier Augen hatte sie sich an das Wagenpolster geklammert und stammelte:

»Nein, nein, ich will nicht! Ich will nicht!«

Energischen Tons stieß er hervor:

»Ich schwöre Ihnen, Sie zu respektieren. Kommen Sie. Sie sehen ja, daß man bereits zu uns hinschaut, daß wir gleich umringt sein werden. Schnell ... schnell ... steigen Sie aus.«

Und er wiederholte:

»Ich schwöre Ihnen, daß ich Sie respektiere.«

Ein Weinhändler stand in seiner Tür und beobachtete die beiden mit neugieriger Miene. Sie war entsetzt und eilte in das Haus.

Sie wollte die Treppe hinaufgehen. Er hielt sie am Arm zurück:

»Hier, im Erdgeschoß ist es.«

Und er schob sie in seine Behausung.

Sobald er die Tür wieder geschlossen hatte, packte er sie wie ein Beutestück. Sie sträubte sich, sie rang, sie stotterte:

»O mein Gott ... O mein Gott! ...«

Er küßte ihr ungestüm den Hals, die Augen, die Lippen, ohne daß sie seinen wütenden Liebesbezeigungen ausweichen konnte; und indem sie ihn zurückstieß, indem sie seinen Mund floh, erwiderte sie gegen ihren Willen seine Küsse.

Plötzlich gab sie ihren Widerstand auf; besiegt, in ihr

Schicksal ergeben ließ sie sich von ihm ausziehen. Geschickt und schnell, mit den leichten Fingern einer Kammerzofe, entledigte er sie aller Einzelteile ihrer Bekleidung.

Sie hatte ihm ihre Bluse entrissen, um darin ihr Gesicht zu verbergen, und nun stand sie ganz weiß inmitten der zu ihren Füßen liegenden Kleider.

Er ließ ihr die Stiefelchen und trug sie aufs Bett. Da flüsterte sie ihm mit gebrochener Stimme ins Ohr: »Ich schwöre Ihnen … ich schwöre Ihnen … ich habe nie einen Liebhaber gehabt«, gerade wie ein junges Mädchen gesagt haben würde: »Ich schwöre Ihnen, daß ich unberührt bin.«

Und er dachte: »Zum Donnerwetter, das ist mir piepegal.«

V

Der Herbst war gekommen. Die Du Roys hatten den ganzen Sommer in Paris verbracht und in der »Vie Française« einen energischen Kampf zugunsten des neuen Kabinetts während der kurzen Ferien der Abgeordneten geführt.

Obwohl man sich erst in den ersten Oktobertagen befand, sollten die Kammern ihre Sitzungen wiederaufnehmen, da die Dinge in Marokko bedrohlich geworden waren.

Im Grunde glaubte niemand an ein militärisches Unternehmen gegen Tanger, wenngleich an dem Tag, da das Parlament auseinanderging, ein Abgeordneter der Rechten, der Graf de Lambert-Sarrazin, in einer geistvollen Rede, die sogar den Beifall der Mittelparteien gefunden hatte, wie einst ein berühmter Vizekönig von Indien eine Wette angeboten und seinen Schnurrbart gegen den Backenbart des Ministerpräsidenten gesetzt hatte, das neue Kabinett würde nicht anders können, als zu tun wie das alte und eine Armee nach Tanger zu schicken, als Pendant zu der nach Tunis entsandten, aus Liebe zur Symmetrie, so wie man zwei Vasen auf einen Kaminsims stellt.

Er hatte hinzugefügt: »Der Boden Afrikas ist nämlich in der Tat für Frankreich ein Kamin, meine Herren, in dem unser bestes Holz verbrannt wird, ein Kamin mit gutem Zug, und angezündet wird er mit Bankpapieren.

Sie haben sich die Künstlerlaune erlaubt, die linke Ecke mit einer tunesischen Schnurrpfeiferei zu schmücken, die Ihnen teuer zu stehen kommt, und Sie werden es erleben, daß Monsieur Marrot seinen Vorgänger nachahmt und die rechte Ecke mit einer marokkanischen Schnurrpfeiferei schmückt.«

Diese berühmt gebliebene Rede hatte Du Roy als Thema für zehn Artikel über die algerische Kolonie gedient, für seine ganze Serie, die zu Beginn seiner Tätigkeit bei der Zeitung unterbrochen worden war, und er hatte den Gedanken eines militärischen Eingreifens energisch unterstützt, obgleich er überzeugt gewesen war, es werde nicht dazu kommen. Er hatte die patriotische Saite zum Schwingen gebracht und Spanien mit einem ganzen Arsenal von Argumenten bombardiert, verächtlichen Argumenten, wie man sie gegen Völker verwendet, deren Interessen den eigenen entgegengesetzt sind.

Die »Vie Française« hatte durch ihre bekannten Beziehungen zur Regierung beträchtlich an Bedeutung gewonnen. Früher als die seriöseren Blätter brachte sie politische Nachrichten und deutete durch Nuancen die Absichten der ihr befreundeten Minister an, und alle Zeitungen in Paris und in der Provinz holten sich bei ihr ihre Informationen. Sie wurde zitiert, sie wurde gefürchtet, man begann, sie zu respektieren. Sie war nicht mehr das verdächtige Organ einer Gruppe politischer Börsenjobber, sondern das anerkannte Organ des Kabinetts. Laroche-Mathieu war die Seele der Zeitung, und Du Roy war sein Sprachrohr. Der alte Walter, der stumme Abgeordnete und gerissene Chef, verstand, nicht in Erscheinung zu treten, und befaßte sich insgeheim, wie es hieß, mit einem dicken Kupferminengeschäft in Marokko.

Madeleines Salon war ein einflußreiches Zentrum geworden; dort versammelten sich allwöchentlich mehrere Kabinettsmitglieder. Sogar der Ministerpräsident hatte zweimal bei ihr gespeist; und die Frauen der Staatsmänner, die ehedem gezögert hatten, ihre Schwelle zu überschreiten, rühmten sich jetzt, mit ihr befreundet zu sein, und statteten ihr mehr Besuche ab, als sie von ihr empfingen.

Der Außenminister regierte bei ihr fast als Hausherr. Er kam zu jeder Stunde in ihr Haus und überbrachte Depeschen, Auskünfte und Informationen, die er entweder dem Ehemann oder der Frau in die Feder diktierte, als wären sie seine Sekretäre gewesen.

Wenn Du Roy, nachdem der Minister gegangen war, Madeleine allein gegenübersaß, wütete er mit drohender Stimme und perfiden Anspielungen in seinen Worten über die Gepflogenheiten dieses mittelmäßigen Emporkömmlings.

Sie jedoch zuckte verächtlich die Achseln und sagte immer wieder:

»Mach du es doch genauso wie er. Werde Minister, dann kannst du tun, was du willst. Bis dahin halt lieber den Mund.«

Er zwirbelte seinen Schnurrbart und sah sie von der Seite her an.

»Keiner weiß, wozu ich imstande bin«, sagte er, »vielleicht wird man es eines Tages erfahren.«

Sie antwortete gelassen:

»Das wollen wir abwarten.«

Am Morgen, als die Kammern zusammentraten, gab die junge Frau, die noch im Bett lag, ihrem Mann, der sich ankleidete, um zum Mittagessen zu Monsieur Laroche-Mathieu zu gehen, tausend Empfehlungen mit auf den Weg; er sollte dort vor der Sitzung seine Instruktionen für den politischen Artikel entgegennehmen, der am folgenden Tag in der »Vie Française« erscheinen sollte; dieser Artikel sollte nämlich zu einer offiziösen Erklärung der wahren Absichten des Kabinetts werden.

Madeleine sagte:

»Vor allem vergiß nicht, ihn zu fragen, ob der General Belloncle tatsächlich nach Oran geschickt worden ist, wie es geheißen hat. Das würde von großer Bedeutung sein.«

Georges antwortete nervös:

»Aber ich weiß doch genausogut wie du, was ich zu tun habe. Laß mich in Frieden mit deinem Geschwätz.«

Sie entgegnete ruhig:

»Mein Lieber, du vergißt immer die Hälfte der Aufträge, die ich dir für den Minister mitgebe.«

Er brummte:

»Er hängt mir allmählich zum Halse raus, dein Minister. Er ist ein Simpel.«

Unbeirrt sagte sie:

»Er ist ebensowenig mein Minister wie deiner. Dir ist er nützlicher als mir.«

Er hatte sich ein wenig ihr zugewandt und grinste:

»Pardon, *mir* macht er nicht den Hof.«

Sie erklärte langsam:

»Mir übrigens auch nicht; aber er macht unser Vermögen.«

Er verstummte; dann sagte er nach ein paar Sekunden:

»Wenn ich zwischen deinen Anbetern zu wählen hätte, wäre mir der alte Knacker Vaudrec noch der liebste. Was ist eigentlich aus dem geworden? Seit acht Tagen habe ich ihn nicht gesehen.«

Ohne sich etwas anmerken zu lassen, erwiderte sie:

»Er fühlt sich nicht wohl, er hat mir geschrieben, er müsse sogar das Bett hüten; er habe einen Gichtanfall. Du solltest dich mal erkundigen, wie es ihm geht. Du weißt ja, wie sehr er dich schätzt; es würde ihn freuen.«

Georges antwortete:

»Ja, gewiß, ich spreche bei ihm vor.«

Er war mit dem Ankleiden fertig; mit dem Hut auf dem Kopf musterte er sich, ob auch alles in Ordnung sei. Da er nichts auszusetzen fand, trat er an das Bett heran und küßte seine Frau auf die Stirn:

»Bis nachher, mein Herz, frühestens um sieben bin ich wieder hier.«

Und damit ging er.

Monsieur Laroche-Mathieu erwartete ihn, er aß an jenem Tag schon um zehn zu Mittag, da das Kabinett um zwölf zusammentreten sollte, noch vor der Wiedereröffnung des Parlaments.

Als sie allein mit dem Privatsekretär des Ministers bei Tisch saßen, denn Madame Laroche hatte ihre Essensstunde nicht verschieben wollen, sprach Du Roy über seinen Artikel, legte dessen Hauptgedanken dar und zog seine auf Visitenkarten gekritzelten Notizen zu Rate; als er fertig war, fragte er:

»Meinen Sie, es müsse etwas daran geändert werden, Herr Minister?«

»Nur ganz wenig, lieber Freund. Sie sind vielleicht ein bißchen gar zu eindeutig in der Marokko-Affäre. Sprechen Sie von der Expedition, wie wenn sie stattfinden solle, aber lassen Sie durchblicken, daß sie nicht stattfinden wird und daß Sie selber mitnichten daran glauben. Machen Sie die Sache so, daß das Publikum zwischen den Zeilen lesen könnte, wir dächten nicht daran, uns in dieses Abenteuer zu stürzen.«

»Durchaus. Ich habe verstanden und werde mich schon verständlich machen. Meine Frau hat mich beauftragt, Sie zu fragen, ob der General Belloncle tatsächlich nach Oran geschickt wird. Nach allem, was Sie mir gesagt haben, vermute ich: nein.«

Der Staatsmann antwortete:

»Nein.«

Dann wurde über die beginnende Sitzungsperiode geplaudert. Laroche-Mathieu geriet ins Schwadronieren, er bereitete die Wirkung der Sätze vor, mit denen er ein paar Stunden später seine Kollegen zu überschütten gedachte. Er fuchtelte mit der rechten Hand, hob bald die Gabel, bald das Messer in die Luft, bald ein Stückchen Brot; er wandte sich an die unsichtbare Versammlung, er spie seine süßliche Beredsamkeit, die eines gut frisierten hübschen Menschen, aus wie Schleim. Ein sehr kleiner, gedrehter Schnurrbart reckte auf seiner Lippe zwei Spitzen auf wie Skorpionsschwänze, und sein in der Mitte gescheiteltes, mit Brillantine eingeöltes Haar bildete an seinen Schläfen die beiden Koteletten eines Provinzgecken. Er war ein bißchen zu fett, ein bißchen aufgeschwemmt, wenngleich noch jung; der Bauch spannte seine Weste.

Der Privatsekretär aß und trank ungerührt; er war wohl an diese Zungenfertigkeit gewöhnt; aber Du Roy, dem die Eifersucht ob des errungenen Erfolgs das Herz zernagte, dachte: »Rede du nur, du hohle Nuß! Was für Idioten doch diese Politiker sind!«

Und indem er seinen eigenen Wert mit der geschwätzigen Angeberei dieses Ministers verglich, sagte er sich: »Großer Gott, wenn ich bloß hunderttausend Francs in bar hätte, um mich in meiner schönen Vaterstadt Rouen zur Wahl als Abgeordneter stellen zu können, um meine wackeren, gewitzten und dennoch tölpelhaften Normannen in den Teig ihrer eigenen Bosheit einzuwickeln, was für ein Staatsmann würde ich im Vergleich zu diesen ahnungslosen Liederjanen sein.«

Laroche-Mathieu redete bis zum Kaffee; als er dann gemerkt hatte, daß es spät geworden sei, schellte er und ließ seinen Wagen vorfahren; er reichte dem Journalisten die Hand und fragte:

»Also alles klar, lieber Freund?«

»Vollkommen, lieber Herr Minister, verlassen Sie sich auf mich.«

Und Du Roy begab sich gemächlich zur Zeitung, um mit seinem Artikel anzufangen; bis vier Uhr hatte er nichts zu tun. Um vier mußte er in der Rue de Constantinople bei Madame de Marelle sein, mit der er sich dort regelmäßig zweimal die Woche traf, am Montag und Freitag.

Doch als er die Redaktion betrat, wurde ihm ein Rohrpostbrief überreicht; er war von Madame Walter und besagte:

»Ich muß Dich unbedingt heute sprechen. Es ist sehr, sehr wichtig. Erwarte mich um zwei in der Rue de Constantinople. Ich kann Dir einen großen Gefallen tun.

Deine Freundin bis in den Tod
Virginie.«

Er fluchte: »Verdammt noch mal! Diese Klette!« Und in einem Anfall schlechter Laune ging er gleich wieder weg; er war zu verärgert, um arbeiten zu können.

Seit sechs Wochen versuchte er, mit ihr zu brechen, ohne daß es ihm gelungen wäre, sie ihrer hartnäckigen Anhänglichkeit müde werden zu lassen.

Nach ihrem Fall hatte sie entsetzliche Gewissensbisse bekommen, und bei drei aufeinanderfolgenden Zusammenkünften hatte sie ihren Liebhaber mit Vorwürfen und Verwünschungen überschüttet. Angeödet von diesen Szenen und bereits übersatt von dieser reifen, theatralischen Frau, hatte er sich einfach entfernt und gehofft, auf diese Weise würde das Abenteuer am ehesten zum Abschluß kommen. Aber da hatte sie sich völlig kopflos an ihn geklammert und sich in diese Liebe gestürzt, wie man sich mit einem Stein um den Hals in einen Fluß wirft. Und er hatte sich wieder einfangen lassen, aus Schwäche, aus Gefälligkeit, aus Rücksichtnahme; und sie hatte ihn mit einer wahnwitzigen, erschöpfenden Leidenschaft umstrickt, sie hatte ihn mit ihrer Zärtlichkeit verfolgt.

Alle Tage wollte sie ihn sehen, alle paar Augenblicke rief sie ihn durch einen Rohrpostbrief zu einer raschen Zusammenkunft an Straßenecken, in einem Laden, in einem öffentlichen Park.

Dann wiederholte sie ihm mit ein paar Redensarten, stets denselben, daß sie ihn anbete und ihn vergöttere, und dann verabschiedete sie sich von ihm und beteuerte, sie sei sehr glücklich, ihn gesehen zu haben.

Sie erwies sich als völlig anders, als er sie sich erträumt hatte, sie versuchte ihn mit kindischen Gunstbezeigungen zu verführen, mit infantilen Liebesbezeigungen, die bei ihrem Alter lächerlich wirkten. Da sie bislang auf das strengste anständig gewesen war, jungfräulich im Herzen, verschlossen gegen jedes Gefühl, ahnungslos, was Sinnlichkeit sei, war urplötzlich bei dieser sittsamen Frau, deren vierzig Jahre einem blassen Herbst nach einem kalten Sommer geglichen hatten, eine Art welken Frühlings ausgebrochen, voller kümmerlicher Knospen und Blümchen, ein seltsames Erblühen einer Kleinmädchenliebe, die zu spät kam und glühend und naiv war, die aus unvorhergesehenen Überschwängen, aus kleinen Schreien einer Sechzehnjährigen, aus peinlichen Schmeicheleien, aus gealterten, nie jung gewesenen Zärtlichkeiten bestand. Sie schrieb an die zehn Briefe den Tag, auf alberne Weise törichte Briefe in einem absonderlichen, romantischen und lächerlichen Stil, wie die der Inder durchsetzt mit Tier- und Vogelnamen.

Sobald sie allein waren, küßte sie ihn mit den schwerfälligen Späßchen einer dicken Halbwüchsigen, mit einigermaßen grotesk schmollenden Lippen, mit Hüpfereien, bei denen ihre zu schwere Brust unter dem Blusenstoff wakkelte.

Besonders angeekelt fühlte er sich, wenn er sie sagen hörte »mein Mäuserich«, »mein Hundchen«, »mein Katerchen«, »mein Schätzchen«, »mein blauer Vogel«, »mein Goldschatz«, und wenn er es erleben mußte, daß sie sich ihm jedesmal mit einer kindlichen Komödie der Schamhaftigkeit darbot, mit kleinen Gesten der Scheu, die sie für nett hielt, und den kleinen Spielen eines verderbten Pensionsmädchens.

Sie fragte: »Wem gehört denn dies Mündchen?« Und wenn er nicht sogleich antwortete: »Mir!«, dann bestand sie darauf, bis er vor Nervosität bleich wurde.

Sie hätte doch fühlen müssen, meinte er, daß es in der Liebe eines Übermaßes an Takt, an Geschicklichkeit und

Vorsicht bedarf; daß sie, die sich ihm als reife Frau, als Familienmutter, als Dame der Gesellschaft geschenkt hatte, sich ihm voller Ernst hätte preisgeben müssen, mit einer Art verhaltener, strenger Aufwallung, vielleicht mit Tränen, aber mit den Tränen der Dido, nicht mit denen der Julia.

In einem fort sagte sie zu ihm:

»Wie lieb ich dich habe, mein kleiner Junge! Hast du mich auch so lieb? Sag es doch, mein Baby!«

Er konnte es nicht länger ertragen, sie sagen zu hören »mein kleiner Junge« oder »mein Baby«, ohne das Verlangen zu verspüren, sie »liebe Alte« zu nennen.

Sie sagte zu ihm:

»Welchen Wahnsinn habe ich begangen, dir nachzugeben. Aber ich bedaure es nicht. Die Liebe tut so wohl!«

All das kam Georges in diesem Munde aufreizend vor. Sie flüsterte: »Die Liebe tut so wohl«, wie es eine Naive auf der Bühne getan haben würde.

Und dann brachte sie ihn durch die Ungeschicklichkeit ihrer Liebkosungen außer sich. Unter den Küssen dieses gut aussehenden Mannes war sie plötzlich sinnlich geworden; er hatte ihr Blut so sehr erhitzt, daß sie bei der Umarmung einen ungeschickten Eifer und eine ernste Beflissenheit bezeigte, was Du Roy zum Lachen reizte und ihn an alte Leute denken ließ, die versuchen, lesen zu lernen.

Und wenn sie ihn in ihren Armen hätte erdrücken und ihn glühend mit den tiefen schrecklichen Blicken anschauen müssen, den gewisse welke, in ihrer letzten Liebe herrliche Frauen haben, wenn sie ihn mit ihrem stummen, bebenden Mund hätte beißen und ihn mit ihrem dicken, warmen, erschöpften, aber unersättlichen Körper hätte zermalmen müssen, dann zappelte sie wie eine Halbwüchsige, dann lispelte sie, um niedlich zu wirken: »Hab dich so lieb, mein Kleiner, hab dich so lieb. Lieb dein Frauchen mal ganz schön!«

Dann überkam ihn eine tolle Lust, zu fluchen, seinen Hut zu nehmen und die Tür zuzuknallen.

In der ersten Zeit hatten sie sich oft in der Rue de Constantinople getroffen, aber Du Roy, der eine Begegnung mit Madame de Marelle fürchtete, erfand jetzt immer tausend Vorwände, sich diesen Zusammenkünften zu entziehen.

Dann hatte er fast täglich zu ihr kommen müssen, bald zum Mittagessen, bald zum Abendessen. Sie drückte ihm unterm Tisch die Hand, sie bot ihm hinter den Türen die Lippen. Er indessen amüsierte sich vor allem, mit Suzanne zu tändeln, die ihn mit ihren drolligen Einfällen aufheiterte. In ihrem Puppenkörper regte sich ein behender, boshafter, unerwarteter und tückischer Geist, der immer zur Parade bereit war wie eine Jahrmarktsmarionette. Sie machte sich mit bissigen Bemerkungen über alles und jeden lustig. Georges regte ihren Schwung an, trieb sie zur Ironie, und sie verstanden einander wunderbar.

Alle Augenblicke rief sie: »Hören Sie mal, Bel-Ami. Kommen Sie mal her, Bel-Ami.«

Dann ließ er sogleich die Mama stehen und lief zu dem Töchterchen hinüber, das ihm eine Bosheit ins Ohr flüsterte, und dann lachten sie beide herzhaft.

Inzwischen hatte ihn die Liebe der Mutter so mit Ekel erfüllt, daß er zu einem unüberwindlichen Widerwillen gelangt war; er konnte sie nicht mehr sehen, hören oder an sie denken, ohne daß Wut in ihm aufstieg. Er hatte aufgehört, zu ihr zu gehen, ihre Briefe zu beantworten und ihren Rufen nachzugeben.

Endlich hatte sie begriffen, daß er sie nicht mehr liebe, und sie hatte entsetzlich gelitten. Aber sie ließ nicht locker, sie bespitzelte ihn, folgte ihm, wartete in einer Droschke mit niedergezogenen Vorhängen vor der Tür der Zeitung, vor seiner Haustür, auf der Straße auf ihn, in der Hoffnung, er werde vorbeigehen.

Es drängte ihn, sie zu mißhandeln, sie zu beleidigen, sie zu verprügeln, ihr unumwunden zu sagen: »Schluß jetzt, ich habe die Nase voll, Sie hängen mir zum Halse raus.« Allein der »Vie Française« wegen ließ er nach wie vor einige Schonung walten; er versuchte, ihr durch Kälte, durch mit Rücksichtnahme getarnte Härte und gelegentlich sogar durch grobe Worte verständlich zu machen, daß dies alles jetzt ein Ende haben müsse.

Sie hatte sich vor allem auf die Suche nach Listen versteift, ihn in die Rue de Constantinople zu locken, und er zitterte unablässig davor, daß die beiden Frauen sich eines schönen Tages an der Haustür begegneten.

Seine Liebe zu Madame de Marelle hingegen war während des Sommers immer größer geworden. Er nannte sie seinen »Wildfang«, und ganz entschieden gefiel sie ihm. Ihrer beider Charaktere hatten die gleichen Haken und Ösen; sie gehörten beide der auf Abenteuer erpichten Rasse der Vagabunden des Lebens an, jener mondänen Vagabunden, die, ohne es zu ahnen, in hohem Maß den Zigeunern der Landstraße ähneln.

Sie hatten einen bezaubernden Liebessommer hinter sich, wie Studenten, die sich einen guten Tag machen; sie waren ausgekniffen und hatten in Argenteuil, in Bougival, in Maisons, in Poissy zu Mittag oder zu Abend gegessen, hatten ganze Stunden im Boot verbracht und längs der Ufer Blumen gepflückt. Sie aß leidenschaftlich gern gebackene Seinefische, Kaninchenragout und Mateloten; sie liebte die Lauben der Schenken und die Rufe der Ruderer. Er mochte es, an sonnigen Tagen mit ihr auf den Aussichtsplätzen eines Vorortzuges zu sitzen, heitere Dummheiten zu schwatzen und durch die garstige Umgebung von Paris zu fahren, wo scheußliche Bürgerhäuschen aus der Erde schießen.

Und wenn er dann zurück in die Stadt und bei Madame Walter zu Abend essen mußte, haßte er die alte, nicht lockerlassende Geliebte und dachte an die junge, die er gerade verlassen und die sein Begehren geschwächt und sein Liebesungestüm im Ufergras eingeheimst hatte.

Er glaubte, sich endlich nahezu von der Chefin frei gemacht zu haben; er hatte ihr klar und deutlich und fast brutal seinen Entschluß, mit ihr zu brechen, ausgedrückt, als er auf der Redaktion das Telegramm erhielt, das ihn um zwei Uhr nach der Rue de Constantinople rief.

Unterwegs las er es noch einmal: »Ich muß Dich unbedingt heute sprechen. Es ist sehr, sehr wichtig. Erwarte mich um zwei in der Rue de Constantinople. Ich kann Dir einen großen Gefallen tun. Deine Freundin bis in den Tod – Virginie.«

Er dachte: »Was mag sie nur schon wieder von mir wollen, die alte Schleiereule? Jede Wette, sie hat mir nicht das mindeste zu sagen. Sie wird mir bloß wieder die Ohren vollreden, sie bete mich an. Dabei muß ich wohl oder übel hin. Sie schreibt, es sei sehr wichtig und sie könne mir einen großen Gefallen tun; vielleicht stimmt das. Und dabei kommt um vier Clotilde. Spätestens um drei muß ich die andre an die Luft setzen. Himmelherrgottnochmal! Wenn die beiden einander bloß nicht begegnen. Was sind diese Weiber für Biester!«

Und er bedachte, daß seine eigene Frau tatsächlich die einzige sei, die ihm nie Scherereien machte. Sie lebte neben ihm her, und es hatte in den der Liebe bestimmten Stunden den Anschein, als liebe sie ihn sehr; denn sie duldete es nicht, daß die unverrückbare Ordnung der gewöhnlichen Betätigungen des Lebens angetastet wurde.

Langsamen Schrittes bewegte er sich auf seine Absteige zu und steigerte sich dabei in eine Gereiztheit gegen die Chefin hinein: »Ha! Die kann was erleben, wenn sie mir nichts zu sagen hat. Das Französisch Cambronnes wird im Vergleich zu dem meinen geradezu akademisch sein. Ich erkläre ihr an erster Stelle, daß ich ihr Haus nicht wieder betreten werde.«

Damit ging er hinein und wartete auf Madame Walter. Sie kam gleich nach ihm, und sowie sie ihn erblickt hatte, rief sie:

»Ach, du hast meine Depesche bekommen! Ein Glück!«

Er schnitt ein gehässiges Gesicht:

»Du großer Gott, ich habe sie in der Redaktion vorgefunden, als ich gerade zur Kammersitzung gehen wollte. Was ist denn nun schon wieder los?«

Sie hatte ihren kleinen Schleier hochgestreift, um ihn zu küssen, und sie trat mit der ängstlichen, unterwürfigen Miene einer häufig geprügelten Hündin auf ihn zu.

»Wie grausam du zu mir bist ... Wie du mich anfährst ... Was habe ich dir denn getan? Du kannst dir gar nicht vorstellen, wie ich um deinetwillen leide!«

Er knurrte:

»Du willst doch nicht etwa wieder von vorn anfangen?«

Sie stand ganz dicht vor ihm; sie wartete auf ein Lächeln, eine Geste, um sich ihm in die Arme zu werfen.

Leise sagte sie:

»Du hättest mich nicht nehmen dürfen, um mich so zu behandeln, du hättest mich so anständig und glücklich bleiben lassen sollen, wie ich es war. Weißt du noch, was du mir in der Kirche gesagt und wie du mich mit Gewalt in dieses Haus geschleppt hast? Und jetzt redest du so zu mir! Und jetzt empfängst du mich so! Mein Gott! Mein Gott! Wie weh du mir tust!«

Er stampfte mit dem Fuß auf und brüllte sie an:

»Jetzt aber Schluß! Mir genügt's. Keine Minute kann ich dich sehen, ohne diese Töne zu hören. Man könnte tatsächlich meinen, ich hätte dich als Zwölfjährige verführt und du seiest unschuldig wie ein Engel gewesen. Nein, mein Kind, wir wollen bei den Tatsachen bleiben, es hat sich nicht um die Verführung einer Minderjährigen gehandelt. Du hast dich mir im reifen Alter der Vernunft geschenkt. Dafür danke ich dir, dafür bin ich dir unendlich dankbar, aber deswegen brauche ich mich nicht bis an mein Lebensende an deinen Unterrock zu klammern. Du hast einen Mann, und ich habe eine Frau. Keiner von uns beiden ist frei. Wir haben uns einen kleinen Seitensprung geleistet, keiner hat was gemerkt, und jetzt ist Schluß.«

Sie sagte:

»Oh, wie brutal du bist, und wie plump, und wie gemein!

Nein, ich war zwar kein junges Mädchen mehr, aber ich hatte nie zuvor geliebt, nie einen Fehltritt begangen ...«
Er fiel ihr ins Wort:
»Das hast du mir schon zwanzigmal gesagt, ich weiß es allmählich. Aber du hast zwei Kinder gehabt ... Also habe ich dich nicht defloriert ...«
Sie fuhr zurück:
»O Georges, das ist unwürdig! ...«
Und sie legte ihre beiden Hände auf die Brust und begann nach Luft zu ringen, weil ihr die Schluchzer in die Kehle stiegen.
Als er die Tränen kommen sah, nahm er seinen Hut vom Kaminsims.
»Soso! Jetzt geht es mit der Heulerei los! Dann also auf Wiedersehen. Hast du mich dieser Vorstellung wegen hierher bestellt?«
Sie machte einen Schritt, um ihm den Weg zu versperren, zog hastig ihr Taschentuch aus der Tasche und trocknete sich mit einer jähen Geste die Augen. Sie spannte ihren Willen an, ihre Stimme festigte sich, und sie sagte, wobei ein schmerzliches Aufmeckern sie unterbrach:
»Nein ... ich bin hergekommen, um ... um dir eine Neuigkeit zu sagen ... eine politische Neuigkeit ... um dir die Möglichkeit zu geben, fünfzigtausend Francs zu verdienen ... oder sogar noch mehr ... wenn du willst.«
Plötzlich milder gestimmt, fragte er:
»Wieso? Was soll das heißen?«
»Ich habe gestern abend zufällig ein paar Worte meines Mannes und Laroches aufgeschnappt. Sie haben sich übrigens gar nicht so sehr vor mir versteckt. Aber mein Mann hat dem Minister nahegelegt, dich nicht ins Bild zu setzen, weil du sonst alles aufdecken würdest.«
Du Roy hatte seinen Hut auf einen Stuhl gelegt. Er wartete mit gespannter Aufmerksamkeit.
»Also, was ist denn nun eigentlich los?«
»Sie wollen Marokko besetzen!«
»Na, hör mal! Ich habe mit Laroche zu Mittag gegessen,

und er hat mir die Absichten des Kabinetts beinah in die
Feder diktiert.«

»Nein, Liebster, sie haben dich hinters Licht geführt, weil
sie Angst haben, ihre Pläne würden bekannt.«

»Setz dich erst mal«, sagte Georges.

Und er nahm gleichfalls auf einem Sessel Platz. Da zog
sie einen kleinen Hocker heran und kauerte sich darauf
zwischen den Beinen des jungen Mannes nieder. Mit zärt-
licher Stimme fuhr sie fort:

»Weil ich immerfort an dich denke, achte ich jetzt auf alles,
was rings um mich her getuschelt wird.«

Und langsam begann sie, ihm zu erklären, wie sie seit einiger Zeit gewittert habe, daß etwas ohne sein Wissen in die
Wege geleitet werde, daß man sich seiner bediene und
seine Mitwirkung fürchte.

Sie sagte:

»Du weißt ja, wenn man liebt, wird man gerissen.«

Kurz und gut, sie hatte am gestrigen Abend alles durchschaut. Ein dickes, ein sehr dickes Geschäft war in aller
Heimlichkeit vorbereitet worden. Jetzt lächelte sie, froh
über ihre Geschicklichkeit; sie geriet in Erregung, sie
sprach als Frau eines Finanzmannes, die es gewohnt ist,
zuzuschauen, wenn Börsencoups gefingert werden, wenn
Wertpapiere steigen, wenn plötzliche Haussen und Bais-
sen innerhalb von zwei Stunden der Spekulation Tausende
von Kleinbürgern und kleinen Rentnern ruinieren, die
ihre Ersparnisse in Werten angelegt haben, Werten, die
durch die Namen geehrter, geachteter Männer, Politiker
und Bankiers garantiert werden.

Sie wiederholte:

»Oh, es ist schon was Tolles, was sie da ausgeheckt haben.
Was ganz Tolles. Übrigens hat mein Mann alles geleitet,
und darauf versteht er sich. Tatsächlich, erstklassig ist
es.«

Diese lange Einleitung machte ihn ungeduldig.

»Nun los, sag doch.«

»Also paß auf. Das militärische Eingreifen in Tanger war

zwischen den beiden schon an dem Tage vereinbart worden, da Laroche das Außenministerium übernahm; und dann haben sie nach und nach die ganze Marokko-Anleihe aufgekauft; sie war auf vierundsechzig oder fünfundsechzig Francs gefallen. Sehr geschickt haben sie sie aufgekauft, durch verdächtige und anrüchige Agenten, die keinerlei Mißtrauen erweckten. Sogar die Rothschilds haben sie eingewickelt; die haben sich gewundert, daß in einem fort Marokko-Werte verlangt wurden. Als Antwort sind ihnen die Zwischenhändler genannt worden, lauter Leute mit schlechtem Ruf, lauter Gescheiterte. Das hat die Großbanken beruhigt. Und jetzt wird die militärische Expedition durchgeführt, und sobald wir drüben sind, garantiert der französische Staat die Anleihe. Unsere Freunde verdienen dabei fünfzig oder sechzig Millionen. Jetzt verstehst du wohl, daß sie vor jedermann und vor der geringsten Indiskretion Angst gehabt haben.«

Sie hatte den Kopf an die Weste des jungen Mannes gelehnt und die Arme auf seine Beine gelegt; so drängte und schmiegte sie sich an ihn, weil sie spürte, daß sie ihn jetzt interessierte; sie war bereit, um einer Zärtlichkeit, eines Lächelns willen alles zu tun und alles zu begehen.

Er fragte:

»Bist du dir ganz sicher?«

Sie antwortete voller Vertrauen:

»Oh, das kann man schon sagen!«

Er erklärte:

»Tatsächlich, eine tolle Sache. Was diesen Schweinehund von Laroche betrifft, dem werde ich es heimzahlen. Dieser Lump! Der soll jetzt auf der Hut sein ... aber gewaltig auf der Hut sein ... Dies armselige bißchen Minister lasse ich nicht ungeschoren!«

Dann fing er zu überlegen an und murmelte vor sich hin:

»Eigentlich müßte man das ausnutzen.«

»Du kannst noch immer Anleihe kaufen«, sagte sie. »Sie steht erst auf zweiundsiebzig.«

Er entgegnete:

»Ja, aber ich habe kein Geld flüssig.«

Sie hob die Augen zu ihm auf, flehende Augen.

»Daran habe ich schon gedacht, mein Katerchen, und wenn du ganz, ganz nett bist und mich ein ganz klein bißchen lieb hast, dann erlaubst du, daß ich dir was leihe.«

Er antwortete schroff und fast hart:

»Kommt nicht in Frage.«

Sie flüsterte mit inständig bittender Stimme:

»Paß mal auf, es läßt sich so machen, daß du dir kein Geld zu leihen brauchst. Ich selber hatte für zehntausend Francs von dieser Anleihe kaufen wollen, um mir einen kleinen Rückhalt zu schaffen. Na schön, dann kaufe ich eben für zwanzigtausend! Du beteiligst dich zur Hälfte. Du kannst dir doch denken, daß ich meinem Mann nichts zurückzahlen werde. Also gibt es für den Augenblick nichts zu zahlen. Wenn die Sache klappt, verdienst du siebzigtausend Francs. Wenn sie nicht klappt, schuldest du mir zehntausend Francs, und die kannst du mir zahlen, wann du willst.«

Er sagte noch:

»Nein, dergleichen Kombinationen mag ich nicht.«

Da wartete sie ihm mit Vernunftgründen auf, um ihn umzustimmen, sie bewies ihm, daß er in Wirklichkeit jene zehntausend Francs auf Ehrenwort aufnehme, daß er ein Risiko eingehe und daß sie ihm infolgedessen nichts vorstrecke, da die Auslagen ja von der Walter-Bank getragen würden.

Ferner bewies sie ihm, schließlich sei er es doch gewesen, der in der »Vie Française« die ganze politische Kampagne geführt habe, durch die dieses Geschäft überhaupt erst möglich geworden sei, und daß er recht naiv handeln würde, wenn er daraus nicht Nutzen zöge.

Er zögerte noch immer. Sie fügte hinzu:

»Bedenk doch, daß in Wirklichkeit mein Mann dir die zehntausend Francs vorstreckt und daß du für ihn Arbeit geleistet hast, die weit mehr wert ist.«

»Na, also meinetwegen«, sagte er. »Wir machen also

Halbpart. Wenn es schiefgeht, zahle ich dir zehntausend Francs zurück.«

Sie freute sich so, daß sie aufsprang, mit beiden Händen seinen Kopf ergriff und anfing, ihn gierig zu küssen.

Anfangs sträubte er sich nicht, aber als sie dann immer zudringlicher wurde, als sie ihn umarmte und mit ihren Liebkosungen fast verschlang, dachte er an die andere, die gleich kommen mußte, daß er Zeit verlieren würde, wenn er schwach wurde und in den Armen der Alten eine Liebesglut verpuffte, die für die Junge aufzusparen besser wäre.

Also schob er sie sanft zurück:

»Komm, sei vernünftig«, sagte er.

Sie schaute ihn mit trostlosen Blicken an:

»O Georges, nicht mal küssen kann ich dich mehr.«

»Nein, heute nicht. Ich habe ein bißchen Migräne, die spüre ich dann dabei.«

Da setzte sie sich wieder gehorsam zwischen seine Beine. Sie fragte:

»Willst du morgen zum Abendessen zu uns kommen? Ich würde mich so sehr freuen!«

Er zögerte, wagte dann aber keine Ablehnung.

»Ja, freilich, gern.«

»Danke, mein Geliebter.«

Mit einer schmeichelnden, regelmäßigen Bewegung rieb sie langsam die Wange an der Brust des jungen Mannes, und dabei verfing sich eins ihrer langen schwarzen Haare an seiner Weste. Sie merkte es, und ein toller Einfall glitt ihr durch den Kopf, einer jener abergläubischen Einfälle, die oftmals die ganze Vernunft der Frauen bilden. Sie machte sich daran, ganz behutsam jenes Haar um den Knopf zu wickeln. Dann wickelte sie ein anderes um den nächsten Knopf, und noch eins um den darüber. Um jeden Knopf schlang sie ein Haar.

Gleich, wenn er aufstand, mußte er sie ihr ausreißen. Er würde ihr weh tun, welche Seligkeit! Und er würde etwas von ihr mitnehmen, ohne es zu wissen, eine kleine Strähne ihres Haars würde er mitnehmen, um die er sie niemals gebeten hatte. Das war ein Band, durch das sie ihn an sich knüpfte, ein heimliches Band, ein unsichtbares! Ein Talisman, den sie ihm beließ. Ohne es zu wollen, würde er an sie denken, von ihr träumen, und am nächsten Tag würde er sie ein bißchen mehr lieben.

Unvermittelt sagte er:

»Ich muß jetzt gehen, ich werde in der Kammer für das Ende der Sitzung erwartet. Heute darf ich nicht wegbleiben.«

Sie seufzte:

»Ach, schon?«

Dann, fügsam:

»Geh, mein Geliebter, aber morgen abend kommst du zum Essen.«

Sie riß sich von ihm los. Dabei spürte sie auf dem Kopf einen kurzen, heftigen Schmerz, als würden ihr Stecknadeln in die Haut gestochen. Ihr schlug das Herz; es freute sie, durch ihn ein wenig gelitten zu haben.

»Adieu!« sagte sie.

Mit einem mitleidigen Lächeln schloß er sie in die Arme und küßte ihr kalt die Augen.

Aber sie, der diese nahe Berührung fast die Besinnung geraubt hatte, flüsterte nochmals: »Schon!« Und ihr flehender Blick deutete auf das Schlafzimmer, dessen Tür offenstand.

Er machte sich von ihr frei und sagte hastig:

»Ich muß mich beeilen, sonst komme ich zu spät.«

Da bot sie ihm die Lippen; er streifte sie kaum; er reichte ihr ihren Sonnenschirm, den sie vergessen hatte, und sagte nochmals:

»Komm, komm, wir müssen schnell machen, es ist schon nach drei.«

Sie ging vor ihm hinaus; sie wiederholte:

»Morgen um sieben.«

Er antwortete:

»Morgen um sieben.«

Sie verabschiedeten sich. Sie ging nach rechts, er nach links.

Du Roy ging bis zum äußeren Boulevard. Dann bog er in den Boulevard Malesherbes ein und begann, ihm langsamen Schrittes zu folgen. Als er an einer Konditorei vorbeikam, sah er in einer Kristallschale kandierte Maronen und dachte: »Davon bringe ich Clotilde ein Pfund mit.« Er kaufte eine Tüte dieser gezuckerten Früchte, die sie über die Maßen gern mochte.

Um vier war er wieder in der Wohnung und erwartete seine junge Geliebte.

Sie kam ein bißchen verspätet, weil ihr Mann für acht Tage angelangt war. Sie fragte:

»Kannst du morgen zum Abendessen zu uns kommen? Er würde sich sehr freuen.«

»Nein, ich esse beim Chef. Wir haben einen Haufen politischer und finanzieller Dinge zu besprechen.«

Sie hatte den Hut abgesetzt. Jetzt zog sie sich das Mieder aus, das sie allzusehr beengte.

Er deutete auf die auf dem Kamin liegende Tüte:

»Ich habe dir kandierte Maronen mitgebracht.«

Sie klatschte in die Hände:

»Fein! Wie nett du bist.«

Sie nahm sie, kostete eine und erklärte:

»Köstlich sind sie. Ich glaube, ich lasse keine einzige übrig.«

Dann sprach sie weiter und schaute dabei Georges mit sinnlicher Heiterkeit an:

»Du schmeichelst also allen meinen Lastern?«

Langsam aß sie die Maronen und warf in einem fort Blicke in die Tüte, als wolle sie nachsehen, ob noch welche darin seien.

Sie sagte:

»Komm, setz dich da in den Sessel, ich hocke mich dann zwischen deine Beine und knabbere meine Maronen. Dann fühle ich mich wohl.«

Er lächelte, setzte sich und nahm sie zwischen die gespreizten Schenkel; genauso, wie er vorhin Madame Walter gehalten hatte.

Sie hob den Kopf und sagte mit vollem Munde:

»Stell dir vor, Liebster, ich habe von dir geträumt, ich habe geträumt, wir machten eine große Reise, wir beide, und zwar auf einem Kamel. Es hatte zwei Höcker, wir saßen im Reitsitz jeder auf einem Höcker und ritten durch die Wüste. Wir hatten eingewickelte belegte Brötchen mitgenommen und in einer Flasche Wein und hielten auf unsern Höckern eine kleine Mittagsmahlzeit. Aber es ärgerte mich, daß wir nichts anderes tun konnten, wir saßen zu weit auseinander, und da wollte ich absteigen.«

Er antwortete:

»Ich will auch absteigen.«

Er lachte, die Geschichte hatte ihn amüsiert, er trieb sie an, Dummheiten zu sagen, zu schwatzen, all die Kindereien hinzuplaudern, all die zärtlichen Albernheiten, mit denen Verliebte aufwarten. Dieses Kleinmädchengetue, das er bei Madame de Marelle reizend fand, hätte ihn rasend gemacht, wenn Madame Walter es geäußert hätte.

Clotilde nannte ihn ebenfalls »mein Liebster, mein Jungchen, mein Katerchen«. Die Bezeichnungen dünkten ihn lieb und zärtlich. Hätte die andere sie vorhin gebraucht, so hätten sie ihn gereizt und angeekelt. Denn solcherlei Liebesworte, die stets die gleichen sind, nehmen den Geschmack der Lippen an, die sie sagen.

Allein er dachte, während er sich an ihren kleinen Torheiten ergötzte, an die siebzigtausend Francs, die er verdienen würde, und er hemmte mit zwei kleinen Fingerklapsen auf ihren Kopf jäh den Redefluß seiner Freundin.

»Hör mal zu, Kätzchen. Ich will dir einen Auftrag für deinen Mann geben. Bestell ihm von mir, er solle morgen für zehntausend Francs Marokko-Anleihe kaufen; sie steht auf zweiundsiebzig, und ich verspreche ihm, daß er binnen drei Monate sechzig- bis achtzigtausend Francs Gewinn davon hat. Empfiehl ihm absolute Verschwiegenheit. Richte ihm von mir aus, die militärische Expedition nach

Marokko sei beschlossene Sache und der französische Staat werde die Garantie für die marokkanische Anleihe übernehmen. Aber halt andern Leuten gegenüber den Mund. Ich vertraue dir hier ein Staatsgeheimnis an.«

Sie hatte ihm ernsthaft zugehört. Sie flüsterte:

»Ich danke dir. Noch heute abend sage ich es meinem Mann. Du kannst dich auf ihn verlassen, er tratscht kein Wort weiter. Man kann sich auf ihn verlassen. Es besteht keinerlei Gefahr.«

Doch inzwischen hatte sie alle Maronen aufgegessen. Sie zerknüllte die Tüte und warf sie in den Kamin. Dann sagte sie:

»Jetzt komm ins Bett.«

Und ohne aufzustehen fing sie an, Georges' Weste aufzuknöpfen.

Plötzlich hielt sie inne und zupfte mit zwei Fingern ein langes Haar hervor, das sich in einem Knopfloch verfangen hatte. Sie lachte auf:

»Sieh nur, du hast ein Haar von Madeleine mitgebracht. Was bist du für ein treuer Ehemann!«

Dann wurde sie wieder ernst und prüfte lange auf ihrer Hand das kaum wahrnehmbare dünne Etwas, das sie gefunden hatte, und sagte leise:

»Das ist ja gar nicht von Madeleine, es ist ja braun.«

Er lächelte:

»Wahrscheinlich stammt es von der Zofe.«

Sie jedoch untersuchte die Weste mit der Aufmerksamkeit eines Kriminalbeamten und nestelte ein zweites Haar los, das um einen Knopf geschlungen war; dann gewahrte sie ein drittes; und erblaßt und ein wenig zitternd rief sie aus:

»Oh! Du hast mit einer Frau geschlafen, und die hat dir um alle deine Knöpfe Haare gewickelt.«

Er wunderte sich und stotterte:

»Ach, Unsinn. Du bist verrückt...«

Plötzlich erinnerte er sich, begriff, geriet zunächst durcheinander, leugnete dann grinsend und war im Grunde gar nicht böse darüber, daß sie vermutete, er habe eine Liebschaft.

Sie suchte noch immer, und immer wieder fand sie weitere Haare, die sie mit schnellen Bewegungen abwickelte und danach auf den Teppich warf.

Mit ihrem durchtriebenen weiblichen Instinkt hatte sie alles durchschaut, und sie stammelte wütend, aufgebracht und dem Weinen nahe:

»Sie liebt dich, die andere ... und sie hat gewollt, daß du etwas von ihr bei dir trügest ... Ach, wie treulos du bist ...«

Doch dann stieß sie einen Schrei aus, einen schrillen Schrei nervöser Freude:

»Oh! ... Oh! ... Es ist eine Alte ... da, ein weißes Haar ... Haha! Jetzt nimmst du dir alte Frauen ... Bezahlen die dich etwa? ... Jetzt treibst du es also mit alten Weibern ... Gut, dann brauchst du mich nicht mehr ... behalt nur die andre ...«

Sie sprang auf, lief zu ihrem Mieder, das sie über einen Stuhl geworfen hatte, und zog es schnell wieder an.

Er wollte sie daran hindern; beschämt stotterte er:

»Ach, Unsinn ... Cloti ... du bist blöd ... ich weiß nicht, was damit los ist ... hör doch ... bleib hier ... paß mal auf ... bleib hier ...«

Sie wiederholte:

»Behalt nur dein altes Weib ... behalt sie nur ... laß dir aus ihren Haaren einen Ring flechten ... aus ihren weißen Haaren ... Die du hast, genügen dazu ...«

Mit raschen, knappen Bewegungen hatte sie sich angezogen, ihr Haar in Ordnung gebracht und den Schleier niedergestreift; und als er sie packen wollte, schlug sie ihm mit vollem Schwung eine Ohrfeige mitten ins Gesicht. Während er verdutzt dastand, machte sie die Tür auf und lief davon.

Sobald er allein war, überkam ihn tobende Wut gegen die alte Schlampe von Mutter Walter. Oh, die wollte er fertigmachen, und zwar gehörig.

Er kühlte sich die gerötete Wange mit Wasser. Dann verließ er seinerseits das Haus und brütete Rache. Diesmal würde er auf keinen Fall verzeihen. Nein, um keinen Preis!

Er ging bis zum Boulevard, und im Schlendern blieb er vor dem Laden eines Juweliers stehen und schaute sich einen Chronometer an, den er schon lange im Auge hatte; er kostete achtzehnhundert Francs.

Urplötzlich fiel ihm ein, mit einem Freudenruck mitten durchs Herz: »Wenn ich meine siebzigtausend Francs gewinne, kann ich ihn mir leisten.« Und er fing von allen Dingen zu träumen an, die er sich für jene siebzigtausend Francs würde verschaffen können.

Zunächst würde er zum Abgeordneten gewählt werden. Und dann würde er sich seinen Chronometer kaufen, und dann würde er an der Börse spekulieren, und dann ... und dann ...

Er wollte nicht zur Zeitung gehen, sondern lieber ein bißchen mit Madeleine plaudern, ehe er Walter wiedersah und seinen Artikel schrieb; und so machte er sich auf den Heimweg.

Er bog in die Rue Drouot ein und blieb plötzlich stehen; er hatte vergessen, bei dem Grafen Vaudrec vorzusprechen, der in der Chaussée-d'Antin wohnte. Also machte er kehrt, immer noch lässigen Schrittes, und dachte dabei an tausend Dinge, glücklich vor sich hin träumend, an schöne Dinge, an gute Dinge, an den künftigen Reichtum und auch an den Lumpen von Laroche und die alte Schindmähre von Chefin. Clotildes Zorn beunruhigte ihn übrigens nicht besonders; er wußte nur zu gut, daß sie ihm schnell verzeihen würde.

Er fragte den Pförtner des Hauses, in dem der Graf wohnte:

»Wie geht's Monsieur de Vaudrec? Wie ich gehört habe, ist er letzthin nicht ganz auf der Höhe gewesen.«

Der Mann antwortete:

»Dem Herrn Grafen geht's sehr schlecht, Monsieur. Man

glaubt, er werde die Nacht nicht überleben; die Gicht ist ins Herz gestiegen.«

Du Roy stand so betroffen da, daß er nicht mehr wußte, was er tun sollte! Vaudrec im Sterben! Verworrene Gedanken durchglitten ihn, eine Fülle, beunruhigende, die er sich kaum einzugestehen wagte.

Zögernd sagte er: »Danke ... ich spreche wieder vor ...«
Er war sich nicht klar darüber, was er eigentlich gesagt hatte.

Dann sprang er in eine Droschke und ließ sich heimfahren.

Seine Frau war schon aus der Stadt zurück. Außer Atem eilte er in ihr Zimmer und verkündete ihr sofort:

»Weißt du, was passiert ist? Vaudrec liegt im Sterben!«
Sie hatte dagesessen und einen Brief gelesen. Sie blickte auf und fragte dreimal hintereinander:

»Wie? Was sagst du da? ... Was sagst du da? ... Was sagst du da? ...«

»Daß Vaudrec im Sterben liegt. Die Gicht ist ihm ins Herz gestiegen.«

Dann fügte er hinzu:

»Was gedenkst du zu tun?«

Sie war aufgestanden, aschgrau, mit nervös zitternden Wangen; dann fing sie schrecklich an zu weinen und barg das Gesicht in den Händen. So stand sie da, von Schluchzern geschüttelt, mit schmerzzerrissenem Herzen.

Aber plötzlich bezähmte sie ihren Schmerz, wischte sich die Augen ab und sagte:

»Ich gehe ... ich gehe hin ... kümmere dich nicht um mich ... ich weiß nicht, wann ich wiederkomme ... bitte warte nicht auf mich ...«

Er antwortete:

»In Ordnung. Tu das.«

Sie drückten einander die Hand, und sie ging so schnell fort, daß sie ihre Handschuhe vergaß.

Nachdem Georges allein zu Abend gegessen hatte, machte er sich daran, seinen Artikel zu schreiben. Er schrieb ihn genau nach den Anweisungen des Ministers; er gab den Lesern zu verstehen, das militärische Eingreifen in Marokko werde nicht statthaben. Dann trug er ihn zur Zeitung, sprach ein paar Augenblicke mit dem Chef und ging rauchend wieder weg; das Herz war ihm leicht, ohne daß er verstanden hätte, warum.

Seine Frau war noch nicht wieder heimgekommen. Er ging zu Bett und schlief ein.

Madeleine kam um Mitternacht. Georges fuhr aus dem Schlaf und richtete sich im Bett auf.

Er fragte:

»Nun?«

Nie zuvor hatte er sie so blaß und so erschüttert gesehen. Sie sagte leise:

»Er ist tot.«

»Ach! Und ... hat er dir nichts gesagt?«

»Nichts. Er war schon ohne Bewußtsein, als ich kam.«

Georges sann nach. Es waren ihm Fragen auf die Lippen getreten, die er nicht zu stellen wagte.

»Geh zu Bett«, sagte er.

Sie zog sich rasch aus und glitt dann neben ihn.

Er fragte weiter:

»Waren Verwandte an seinem Sterbebett?«

»Nur ein Neffe.«

»Was du nicht sagst! Hat er ihn oft besucht, dieser Neffe?«

»Nie. Seit zehn Jahren hatten sie einander nicht mehr gesehen.«

»Hat er noch andere Verwandte gehabt?«

»Nein ... Ich glaube nicht.«

»Dann ist ... also dieser Neffe wohl der Erbe?«

»Das weiß ich nicht.«

»War Vaudrec eigentlich reich?«

»Ja, sehr reich.«

»Weißt du, wieviel er so ungefähr hatte?«

»Nein, ganz genau nicht. Vielleicht eine oder zwei Millionen.«

Er fragte nichts weiter. Sie blies die Kerze aus. Und so lagen sie Seite an Seite da, im Dunkel, stumm, wach und nachdenklich.

Er hatte keine Lust mehr zu schlafen. Jetzt kamen ihm die von Madame Walter verheißenen siebzigtausend Francs armselig vor. Plötzlich glaubte er, Madeleine weine. Um sich zu vergewissern, fragte er:

»Schläfst du?«

»Nein.«

Ihre Stimme klang nach Tränen und zitterte. Er sprach weiter:

»Bald hätte ich vergessen, dir zu sagen, daß dein Minister uns reingelegt hat.«

»Wieso denn?«

Und er erzählte ihr des langen und breiten mit allen Einzelheiten von dem sauberen Handel, den Walter und Laroche ausgeheckt hatten.

Als er damit fertig war, fragte sie:

»Wie kommt es, daß du das weißt?«

Er antwortete:

»Du mußt mir schon erlauben, das für mich zu behalten. Du hast Informationsquellen, in die ich mich nicht einmische. Ich habe ebenfalls welche, und die möchte ich mir bewahren. Jedenfalls aber verbürge ich mich für die Richtigkeit meiner Auskünfte.«

Da murmelte sie:

»Ja, es könnte sein... Ich ahnte, daß sie etwas ohne uns tun würden.«

Aber Georges, der nicht in den Schlaf fand, war an seine Frau herangerückt und küßte sie behutsam aufs Ohr. Sie stieß ihn heftig zurück:

»Bitte, laß mich in Ruhe, ja? Ich bin nicht die Spur zum Schäkern aufgelegt.«

Er fügte sich und drehte sich um, nach der Wand zu, und als er die Augen geschlossen hatte, schlief er schließlich dennoch ein.

VI

Die Kirche war schwarz ausgeschlagen, und das große Wappen mit der Krone darüber am Portal verkündete den Vorübergehenden, daß ein Edelmann bestattet werde.

Die Feierlichkeit war gerade zu Ende, die Teilnehmer entfernten sich langsam und schritten an dem Sarg und dem Neffen des Grafen Vaudrec vorüber, der ihnen die Hände schüttelte und ihre Verneigungen erwiderte.

Als Georges Du Roy und seine Frau im Freien waren, machten sie sich Seite an Seite auf den Heimweg. Sie schwiegen, mit ihren Gedanken beschäftigt.

Schließlich stieß Georges wie im Selbstgespräch hervor:

»Wahrhaftig, eine erstaunliche Geschichte.«

Madeleine fragte:

»Was denn, mein Lieber?«

»Daß Vaudrec uns nichts hinterlassen hat!«

Sie wurde unvermittelt rot, als habe sich plötzlich ein rosa Schleier über ihre weiße Haut gebreitet, vom Hals bis hinauf ins Gesicht, und sie sagte:

»Warum hätte er uns denn etwas hinterlassen sollen? Dazu hatte er doch keine Veranlassung.«

Nach ein paar Augenblicken des Schweigens fuhr sie fort:

»Vielleicht liegt bei einem Notar ein Testament. Vorerst können wir noch nichts wissen.«

Er überlegte; dann sagte er halblaut:

»Ja, das könnte sein, denn schließlich war er doch unser bester Freund, deiner und meiner. Zweimal in der Woche hat er bei uns zu Abend gegessen, alle paar Augenblicke ist er gekommen. Er war bei uns wie zu Hause, völlig wie zu Hause. Dich hat er liebgehabt wie ein Vater, und er hatte ja doch keine Familie, keine Kinder, keine Brüder und Schwestern, bloß einen Neffen, einen entfernten Neffen. Ja, es muß ein Testament vorhanden sein. Ich würde keinen großen Wert darauf legen, höchstens auf ein Andenken, als Beweis, daß er an uns gedacht hat, daß er uns mochte und daß er die Zuneigung anerkannte, die wir ihm entgegengebracht haben. Ein Freundschaftszeichen war er uns schon schuldig.«

Mit nachdenklicher und gleichgültiger Miene sagte sie: »Tatsächlich, es könnte sein, daß er ein Testament gemacht hätte.«

Als sie heimkamen, überreichte der Diener Madeleine einen Brief. Sie machte ihn auf und hielt ihn dann ihrem Mann hin.

Büro Maître Lamaneur
Notar
Rue des Vosges 17

Madame,
        ich habe die Ehre, Sie zu bitten, in einer Sie betreffenden Angelegenheit am Dienstag, Mittwoch oder Donnerstag zwischen zwei und vier Uhr in meinem Büro vorzusprechen.

Mit vorzüglicher Hochachtung
Lamaneur.

Nun war Georges seinerseits rot geworden.

»Das muß es sein. Komisch, daß er dich zu sich bestellt und nicht mich, der ich doch schließlich das gesetzliche Oberhaupt der Familie bin.«

Zunächst antwortete sie nicht; dann sagte sie nach kurzem Überlegen:

»Willst du, daß wir gleich hingehen?«

»Ja, gern.«

Nach dem Mittagessen machten sie sich auf den Weg. Beim Betreten von Maître Lamaneurs Büro stand der Bürovorsteher mit betonter Beflissenheit auf und führte sie in das Arbeitszimmer des Chefs.

Der Notar war ein rundliches Männlein, überall rund. Sein Kopf sah aus wie eine Kugel, die auf eine andere Kugel genagelt worden war; diese wurde von zwei so kleinen und so kurzen Beinen getragen, daß sie ebenfalls fast wie Kugeln aussahen.

Er verbeugte sich, deutete auf Sitzgelegenheiten und sagte zu Madeleine:

»Madame, ich habe Sie hergebeten, um Sie in Kenntnis des Testaments des Grafen de Vaudrec zu setzen; es betrifft Sie.«

Georges konnte nicht umhin zu murmeln: »Das hatte ich mir gleich gedacht.«

Der Notar fügte hinzu:

»Ich will Ihnen das Dokument vorlesen; es ist übrigens sehr kurz.«

Er entnahm einer vor ihm liegenden Mappe ein Schriftstück und las:

»Ich Unterzeichneter, Paul-Emile-Cyprien-Gontran, Graf de Vaudrec, körperlich und geistig gesund, bekunde hiermit meinen letzten Willen.

Da der Tod uns in jedem Augenblick hinwegraffen kann, will ich in der Voraussicht seines Nahens Vorsicht walten lassen und mein Testament niederschreiben; es wird bei dem Notar Lamaneur hinterlegt werden.

Da ich keine direkten Erben habe, vermache ich mein gesamtes Vermögen, das aus sechshunderttausend Francs in Wertpapieren und etwa fünfhunderttausend Francs in Grundbesitz besteht, Madame Claire-Madeleine Du Roy, und zwar abzuglos und ohne Bedingungen. Ich bitte sie, diese Gabe eines toten Freundes entgegenzunehmen als den Beweis einer ergebenen, tiefen und respektvollen Zuneigung.«

Der Notar sagte noch:

»Das ist alles. Das Dokument trägt das Datum des letzten August und ist an die Stelle eines gleichlautenden Dokuments getreten, das vor zwei Jahren auf den Namen der Madame Claire-Madeleine Forestier ausgefertigt worden war. Ich bin im Besitz des ersten Testaments; es vermag zu beweisen, für den Fall eines Einspruchs seitens der Familie, daß der Herr Graf de Vaudrec seinen Willen nicht geändert hat.«

Madeleine war sehr blaß und blickte auf ihre Füße. Georges in seiner Nervosität zwirbelte zwischen den Fingern die Spitzen seines Schnurrbarts. Nach kurzem Schweigen fuhr der Notar fort:

»Selbstverständlich, Monsieur, kann Madame dies Vermächtnis nicht ohne Ihre Einwilligung annehmen.«

Du Roy stand auf und sagte trocken:

»Ich bitte um Bedenkzeit.«

Der Notar lächelte und verneigte sich; mit liebenswürdiger Stimme sagte er:

»Ich verstehe den Skrupel, der Sie zögern läßt, Monsieur. Ich muß hinzufügen, daß der Neffe Monsieur de Vaudrecs, der heute morgen Kenntnis von den letztwilligen Verfügungen seines Onkels erhalten hat, sich bereit erklärt, diese zu respektieren, sofern ihm ein Betrag von hunderttausend Francs überlassen wird. Meiner Ansicht nach ist das Testament unangreifbar, aber ein Prozeß würde Aufsehen erregen, und das möchten Sie vielleicht lieber vermeiden. Die Welt hat oft recht böswillige Urteile. Könnten Sie mir jedenfalls Ihre Antwort über alle Punkte noch vor Samstag zukommen lassen?«

Georges verbeugte sich:

»Ja, gewiß.«

Dann verabschiedete er sich übertrieben förmlich, ließ seiner stumm gebliebenen Frau den Vortritt und ging mit einer dermaßen starren Miene hinaus, daß der Notar nicht mehr lächelte.

Sowie sie in ihrer Wohnung waren, schloß Du Roy mit einem Knall die Tür und warf seinen Hut aufs Bett:

»Bist du Vaudrecs Geliebte gewesen?«

Madeleine, die gerade dabei war, ihren Schleier abzulegen, fuhr mit einem Ruck herum:

»Ich? Oh!«

»Ja, du. Man hinterläßt nicht sein ganzes Vermögen einer Frau, ohne mit ihr ...«

Sie zitterte am ganzen Leib; es gelang ihr nicht, die Nadeln herauszuziehen, die das durchsichtige Gespinst hielten.

Nach kurzem Nachdenken stieß sie mit erregter Stimme hervor:

»Also hör mal... hör mal... du bist wahnsinnig... du bist... du bist... Hast du selber... nicht eben noch gehofft... er werde dir etwas hinterlassen?«

Georges war vor ihr stehengeblieben und folgte ihren Bewegungen wie ein Richter, der die geringste Unsicherheit eines Beschuldigten wahrnehmen will. Er sagte und betonte dabei jedes Wort:

»Ja... er hätte mir etwas hinterlassen können, mir... mir, deinem Ehemann... mir, seinem Freund... dir, meiner Frau. Das ist ein gewaltiger Unterschied unter dem Gesichtspunkt der Schicklichkeit... und der öffentlichen Meinung.«

Madeleine ihrerseits starrte ihm auf eine tiefe, seltsame Weise in die Augen, als wolle sie darin etwas lesen, als wolle sie darin jenes Unbekannte des Wesens entdecken, in das man niemals eindringt und das man kaum in raschen Sekunden flüchtig zu erblicken vermag, in Augenblicken der Unachtsamkeit oder der Selbstvergessenheit oder der Gedankenlosigkeit, die dann wie halb offen gelassene Türen in das geheimnisvolle Innere der Seele sind. Und langsam und deutlich sagte sie:

»Mir scheint jedoch, daß man ein so bedeutendes Vermächtnis von ihm an dich... zumindest ebenso befremdlich gefunden hätte.«

Er fragte barsch:

»Warum?«

Sie sagte:

»Weil...«

Sie zögerte, dann sprach sie weiter:

»Weil du mein Mann bist... weil du ihn letztlich erst seit kurzem kennst... weil ich schon seit sehr langer Zeit mit ihm befreundet bin... weil schon sein erstes Testament, das noch zu Forestiers Lebzeiten aufgesetzt worden war, zu meinen Gunsten lautete.«

Georges hatte angefangen, mit langen Schritten auf und ab zu gehen. Er erklärte:

»Du kannst das nicht annehmen.«

Sie antwortete gleichgültig:

»Also gut. Aber dann brauchen wir nicht bis Samstag zu warten; dann können wir Lamaneur auf der Stelle benachrichtigen.«

Er blieb vor ihr stehen; und sie standen abermals eine Weile Auge in Auge da und bemühten sich, bis in das undurchdringliche Geheimnis ihrer Herzen zu gelangen, einander bis in den Kern ihrer Gedanken hinein zu sondieren. In einer glühenden, stummen Befragung versuchten sie, ihrer beider Gewissen nackt zu sehen; es war der tief innerliche Kampf zweier Wesen, die zwar Seite an Seite leben, aber einander nie kennen, sich beargwöhnen, sich wittern, sich bespitzeln, aber sich nie bis in den Schlammgrund der Seele kennenlernen.

Und brutal sagte er ihr leise ins Gesicht:

»Also los, gesteh, daß du Vaudrecs Geliebte gewesen bist.«

Sie zuckte die Achseln:

»Du bist idiotisch ... Vaudrec hat mich sehr, sehr gern gehabt ... aber weiter nichts ... nie.«

Er stampfte auf:

»Du lügst. So was gibt es nicht.«

Sie antwortete ruhig:

»Und dennoch ist es so.«

Aufs neue fing er an, auf und ab zu gehen; dann blieb er wiederum stehen:

»Erklär mir doch, warum er ausgerechnet dir sein ganzes Vermögen hinterläßt ...«

Sie tat es mit lässiger, unbeteiligter Miene:

»Das ist ganz einfach. Wie du vorhin gesagt hast, hatte er nur uns als Freunde, oder vielmehr nur mich: er hat mich nämlich schon als Kind gekannt. Meine Mutter war

Gesellschaftsdame bei Verwandten von ihm. Er ist in einem fort hierher gekommen, und da er keine natürlichen Erben hatte, hat er an mich gedacht. Daß er mich ein bißchen geliebt hat, das ist immerhin möglich. Aber welche Frau wäre nicht gelegentlich so geliebt worden? Daß diese verschwiegene, heimliche Liebe ihm meinen Namen hat in die Feder geraten lassen, als er daran dachte, seine letzten Verfügungen niederzuschreiben, warum nicht? Jeden Montag hat er mir Blumen mitgebracht. Darüber hast du dich nicht gewundert, und auch darüber nicht, daß er dir keine mitgebracht hat, nicht wahr? Heute schenkt er mir sein Vermögen aus dem gleichen Grund und weil er niemanden hatte, dem er es anbieten konnte. Es wäre ganz außerordentlich überraschend gewesen, wenn er es dir hinterlassen hätte. Warum auch? Was bist du ihm ge-wesen?«

Sie hatte so natürlich und ruhig gesprochen, daß Georges zögerte.

Er fuhr fort:

»Ganz gleich, wir können diese Erbschaft unter diesen Bedingungen nicht annehmen. Das würde einen kläglichen Eindruck machen. Alle Welt würde etwas Gewisses glauben, alle würden darüber hin und her reden und mich auslachen. Die Kollegen sind schon allzusehr geneigt, auf mich eifersüchtig zu sein und mir was am Zeug zu flicken. Ich muß mehr als jeder andre auf meine Ehre und meinen Ruf bedacht sein. Ich kann unmöglich zulassen und erlauben, daß meine Frau ein so geartetes Vermächtnis von einem Mann annimmt, den das Gerücht schon seit langem als ihren Geliebten bezeichnet. Forestier hätte vielleicht die Augen zugedrückt, aber ich, nein.«

Sanftmütig flüsterte sie:

»Gut, dann laß sie uns nicht annehmen, Lieber; damit hätten wir eine Million weniger in der Tasche, und das wäre alles.«

Er ging noch immer auf und ab und fing an, ganz laut

zu denken, wobei er für seine Frau sprach, ohne sich an sie zu wenden.

»Naja, schön ... eine Million ... hilft eben nichts ... Er hat beim Niederschreiben des Testaments nicht bedacht, wie sehr er gegen den Takt und die Schicklichkeit verstieß. Er hat nicht gesehen, in welche schiefe, lächerliche Lage er mich bringen würde ... Im Leben kommt es auf Nuancen an ... Er hätte die Hälfte mir überlassen sollen, dann wäre alles in Ordnung gewesen.«

Er setzte sich, schlug die Beine über und fing an, seine Schnurrbartspitzen zu zwirbeln, wie er es in Stunden des Verdrusses, der Unruhe und schwieriger Gedanken zu tun pflegte.

Madeleine nahm eine Gobelinstickerei vor, an der sie von Zeit zu Zeit arbeitete, und während sie die Wollfäden aussuchte, sagte sie:

»Mir bleibt nichts als zu schweigen. Das Nachdenken mußt du übernehmen.«

Lange saß er da, ohne zu antworten, dann brachte er zögernd vor:

»Nie werden die Leute begreifen, daß Vaudrec dich als einzige Erbin eingesetzt hat und daß ich das zugelassen habe. Ein solches Vermögen auf diese Weise bekommen, das hieße doch zugeben ... zugeben, du habest mit ihm in unerlaubten Beziehungen gestanden und ich hätte infamerweise beide Augen zugedrückt ... Bist du dir klar darüber, wie es ausgelegt würde, wenn wir annähmen? Man müßte einen Ausweg finden, ein geschicktes Mittel zur Beschönigung der Angelegenheit, zum Beispiel könnte man doch zu verstehen geben, er habe das Vermögen zwischen uns geteilt, so, daß er die eine Hälfte dem Ehemann, die andre der Frau vermacht hätte.«

»Ich weiß nicht, wie sich das durchführen ließe; das Testament liegt doch schwarz auf weiß vor.«

Er antwortete:

»Ach, das ist doch ganz einfach. Du könntest mir die Hälfte der Erbschaft durch ›Schenkung zu Lebzeiten‹

übertragen. Wir haben keine Kinder, also ist das möglich. Auf diese Weise würde man der öffentlichen Bosheit das Maul stopfen.«

Ein bißchen ungeduldig entgegnete sie:

»Ich sehe nicht recht ein, wieso man dadurch der öffentlichen Bosheit das Maul stopfen könnte; denn das Testament liegt ja doch mit Vaudrecs Unterschrift vor.«

Zornig erwiderte er:

»Brauchen wir es denn vorzuzeigen und es an allen Mauern anschlagen zu lassen? Letztlich bist du blöd. Wir können doch einfach sagen, der Graf de Vaudrec habe uns sein Vermögen zu gleichen Teilen hinterlassen... Da hast du's... Du kannst das Vermächtnis nicht ohne meine Einwilligung annehmen. Ich gebe sie dir, aber nur unter der Bedingung einer Teilung, denn nur die kann verhindern, daß ich zum Gespött aller Welt werde.«

Abermals schaute sie ihn mit einem durchdringenden Blick an.

»Ganz wie du willst. Ich bin einverstanden.«

Da stand er auf und fing wiederum an, auf und ab zu gehen. Von neuem schien er zu zögern; dem durchdringenden Blick seiner Frau wich er jetzt aus. Er sagte:

»Nein... ausgeschlossen... vielleicht wäre es besser, gänzlich darauf zu verzichten... das wäre würdiger... korrekter... ehrenhafter... Auf diese Weise könnte nichts vermutet werden, absolut nichts. Sogar die skrupulösesten Leute könnten sich nur verneigen.«

Er blieb vor Madeleine stehen:

»Also gut, Liebste, wenn du willst, gehe ich noch mal allein zu Notar Lamaneur, frage ihn um Rat und erkläre ihm die ganze Geschichte. Ich stelle ihm meine Bedenken dar und sage außerdem, daß wir auf den Gedanken einer Teilung verfallen seien, damit es kein Gerede gebe. Wenn ich die Hälfte dieser Erbschaft annehme, hat doch offenbar keiner mehr das Recht, zu grinsen. Das heißt doch laut und deutlich sagen: ›Meine Frau nimmt an, weil ich annehme, ich, ihr Ehemann, der ich Richter darüber bin, was sie tun kann, ohne sich zu kompromittieren. Andernfalls würde es zum Skandal kommen.«

Madeleine sagte einfach:

»Ganz wie du willst.«

Er begann hervorzusprudeln:

»Ja, durch diese Vereinbarung einer Teilung halb und halb wird alles sonnenklar. Wir erben von einem Freund, der keinen Unterschied zwischen uns hat machen wollen, keinem einen Vorzug einräumen, der nicht den Anschein hat erwecken wollen, zu sagen: ›Ich bevorzuge den einen oder andern nach meinem Tod, wie ich ihn schon bei Lebzeiten bevorzugt habe.‹ Selbstverständlich hat er die Frau lieber gehabt, aber dadurch, daß er sein Vermögen zu gleichen Teilen beiden hinterließ, hat er ausdrücken wollen, seine Bevorzugung sei rein platonisch gewesen. Und du kannst sicher sein, wenn er darüber nachgedacht hätte, dann hätte er ebendas getan. Er hat aber nicht nachgedacht, er hat die Folgerungen nicht vorausgesehen. Wie du eben ganz richtig gesagt hast, hat er dir und nicht mir jede Woche Blumen mitgebracht, hat er dir und nicht mir sein letztes Erinnerungszeichen hinterlassen wollen, ohne sich darüber klarzuwerden ...«

Mit einem Anflug von Gereiztheit unterbrach sie ihn:

»Schon gut und recht. Mir ist alles klar. Es bedarf von deiner Seite nicht so vieler Erklärungen. Geh gleich jetzt zum Notar.«

Er wurde rot und sagte stockend:

»Du hast recht, ich gehe hin.«

Er langte sich seinen Hut, aber gerade als er gehen wollte, sagte er noch:

»Ich will versuchen, die Schwierigkeiten mit dem Neffen durch fünfzigtausend Francs aus der Welt zu schaffen; nicht wahr?«

Sie antwortete von oben herab:

»Nein. Gib ihm die hunderttausend, die er fordert. Und zieh sie von meinem Anteil ab, wenn du willst.«

Er brummte, plötzlich beschämt:

»Ach, Unsinn, wir teilen einfach. Wenn jeder von uns fünfzigtausend Francs abgibt, bleibt uns immer noch eine runde Million.«

Dann sagte er noch:

»Bis gleich, kleine Mad.«

Und dann ging er und setzte dem Notar sein Vorhaben auseinander, von dem er behauptete, seine Frau sei auf den Gedanken gekommen.

Am nächsten Tag unterzeichneten sie eine ›Schenkung zu Lebzeiten‹ über fünfhunderttausend Francs, die Madeleine Du Roy ihrem Ehemann überließ.

Als sie dann das Büro verließen, schlug Georges vor, da es schönes Wetter war, zu Fuß bis zu den Boulevards zu gehen. Er zeigte sich nett, fürsorglich, rücksichtsvoll und zärtlich. Er lachte, hatte an allem seine Freude, während sie nachdenklich und ein bißchen streng blieb.

Es war ein ziemlich kalter Herbsttag. Die Menge schien es eilig zu haben und ging schnellen Schrittes. Du Roy führte seine Frau vor den Laden, wo er so oft den begehrten Chronometer angeschaut hatte.

»Möchtest du, daß ich dir ein Schmuckstück schenke?« fragte er.

Gleichgültig gab sie zurück:

»Ganz wie du willst.«

Sie gingen hinein. Er fragte:

»Was möchtest du lieber, eine Halskette, ein Armband oder Ohrringe?«

Der Anblick der hübschen Dinge aus Gold und geschliffenen Steinen ließ ihre gewollte Kälte hinschmelzen, und sie durchschweifte mit leuchtenden und begierigen Augen die Vitrinen, die voller Schmuckstücke lagen.

Und plötzlich, hingerissen von einem jähen Wunsch, sagte sie:

»Das ist aber mal ein hübsches Armband.«

Es war eine Kette von bizarrer Form; jedes Glied trug einen anderen Stein.

Georges fragte:

»Was kostet dies Armband da?«

Der Juwelier antwortete: »Dreitausend Francs.«

»Wenn Sie es mir für zweitausendfünfhundert lassen, sind wir einig.«

Der Mann zögerte, dann antwortete er:

»Nein, das ist leider unmöglich, Monsieur.«

Du Roy sprach weiter:

»Passen Sie mal auf, legen Sie einfach den Chronometer hier dazu, er kostet fünfzehnhundert Francs, das macht zusammen viertausend, und ich zahle in bar. Einverstanden? Wenn nicht, gehe ich anderswohin.«

Der Juwelier war perplex, gab aber schließlich nach.

»Gut, meinetwegen«, sagte er.

Und nachdem der Journalist seine Adresse angegeben hatte, fügte er noch hinzu:

»Lassen Sie auf den Chronometer meine Initialen G. R. C. in verschlungenen Lettern gravieren, und darüber eine Baronskrone.«

Die überraschte Madeleine fing an zu lächeln. Und als sie hinausgingen, nahm sie mit einer gewissen Zärtlichkeit seinen Arm. Sie fand ihn wirklich geschickt und klug. Nun er Vermögen hatte, mußte er auch einen Titel haben, das war recht so.

Der Händler verbeugte sich vor den beiden:

»Bitte verlassen Sie sich auf mich, am Donnerstag ist alles fertig, Herr Baron.«

Sie kamen am Vaudeville vorbei. Es wurde dort ein neues Stück gespielt.

»Wenn du willst«, sagte er, »können wir heute abend ins Theater gehen; wir wollen versuchen, eine Loge zu bekommen.«

Es war noch eine Loge frei, und sie nahmen sie. Er sagte noch:

»Ob wir heute mal im Restaurant essen?«

»O ja, nur zu gern.«

Er war glücklich wie ein Fürst und überlegte, was alles sie sonst noch unternehmen könnten.

»Wenn wir nun Madame de Marelle abholten und sie ein-
lüden, den Abend mit uns zu verleben? Ihr Mann ist hier,
habe ich gehört. Den würde ich gern mal wiedersehen.«
Sie gingen hin. Georges, der ein bißchen Angst vor der
ersten Wiederbegegnung mit seiner Geliebten hatte, war
durchaus nicht böse darüber, daß seine Frau dabei war;
dadurch wurde eine Auseinandersetzung vermieden.
Aber Clotilde schien sich an nichts zu erinnern und nö-
tigte sogar ihren Mann, die Einladung anzunehmen.
Das Abendessen verlief heiter, und der weitere Verlauf
des Abends war ganz reizend.
Georges und Madeleine kehrten spät heim. Das Gas
brannte nicht mehr. Um die Treppenstufen zu erleuchten,
steckte der Journalist dann und wann ein Wachsstreich-
holz an.
Auf dem Treppenabsatz des ersten Stockwerks ließ die
Flamme, die durch das Reiben plötzlich entstand, aus dem
Spiegel ihre beiden Gestalten mitten in der Finsternis des
Treppenhauses hell hervortreten.
Sie wirkten wie Geister, die erschienen waren und gleich
wieder im Dunkel verschwinden würden.
Du Roy hob die Hand, um ihrer beider Spiegelbilder gut
zu beleuchten, und dann sagte er mit einem triumphieren-
den Auflachen:
»Da gehen Millionäre vorbei.«

VII

Seit zwei Monaten war die Eroberung Marokkos abgeschlossen. Frankreich, die Herrin von Tanger, besaß die
gesamte afrikanische Mittelmeerküste bis Tripolis und
hatte die Anleihe des neu annektierten Landes garantiert.
Es hieß, zwei Minister hätten dabei an die zwanzig Millionen verdient, und Laroche-Mathieu wurde beinahe mit
voller Lautstärke genannt.

Was Walter betraf, so wußte ganz Paris, daß er ein doppeltes Geschäft gemacht und dreißig bis vierzig Millionen an der Anleihe sowie acht bis zehn Millionen an den Kupfer- und Eisenminen einkassiert hatte, und ebenso an den riesigen Ländereien, die er vor der Eroberung für so gut wie nichts gekauft und am Tag nach der französischen Okkupation an Siedlungsgesellschaften weiterverkauft hatte.

Innerhalb einiger Tage war er einer der Herren der Welt geworden, einer der allmächtigen Finanzleute, die stärker als Könige sind, angesichts derer sich die Köpfe neigen, die Lippen stammeln und alles an den Tag kommt, was sich an Niedrigkeit, Feigheit und Neid in der Tiefe des Menschenherzens findet.

Er war nicht länger der Jude Walter, der Chef einer anrüchigen Bank, der Leiter einer verdächtigen Zeitung, der Abgeordnete, der im Verdacht schmutziger Börsengeschäfte stand. Er war jetzt Monsieur Walter, der reiche Israelit.

Er wollte es zeigen.

Da er um die Geldschwierigkeiten des Fürsten von Carlsbourg wußte, der eins der schönsten Stadtpalais der Rue du Faubourg-Saint-Honoré mit einem Park bis zu den Champs-Élysées hin besaß, schlug er vor, ihm innerhalb von vierundzwanzig Stunden das Haus mitsamt den Möbeln abzukaufen, ohne daß auch nur ein Sessel von der Stelle gerückt würde. Er bot dafür drei Millionen. Der Fürst, den die Summe lockte, willigte ein.

Am nächsten Tag bezog Walter sein neues Domizil.

Dann hatte er einen weiteren Einfall, den Einfall eines Eroberers, der Paris nehmen will, einen Einfall im Stil Bonapartes.

Die ganze Stadt schaute sich in jenen Tagen ein großes Gemälde des ungarischen Malers Karl Marcowitch an, das bei dem Kunsthändler Jacques Lenoble ausgestellt war und Christus auf den Wogen wandelnd darstellte.

Die begeisterten Kunstkritiker erklärten das Bild für das herrlichste Meisterwerk des Jahrhunderts.

Walter kaufte es für fünfhunderttausend Francs und ließ es wegschaffen; auf diese Weise schnitt er von einem Tag zum andern den durch die öffentliche Neugier erzeugten Zustrom ab und zwang ganz Paris, von ihm zu sprechen, ihn zu beneiden, zu tadeln oder ihm zuzustimmen.

Dann ließ er durch die Zeitungen verkünden, er werde alle bekannten Leute der Pariser Gesellschaft einladen, eines Abends in seinem Haus das meisterliche Werk eines ausländischen Meisters zu betrachten, damit ihm nicht nachgesagt werden könne, er habe ein Kunstwerk mit Beschlag belegt.

Sein Haus werde offenstehen. Es könne kommen, wer da wolle. Es genüge, an der Tür die Einladung vorzuzeigen.

Sie war folgendermaßen formuliert: »Monsieur und Madame Walter bitten Sie, ihnen die Ehre zu erweisen, am 30. Dezember von neun Uhr abends bis Mitternacht zu ihnen zu kommen, um sich das Gemälde ›Christus auf den Wogen wandelnd‹ von Karl Marcowitch anzusehen; es wird elektrisch beleuchtet.«

Überdies konnte man als Nachschrift in ganz kleinen Lettern lesen: »Nach Mitternacht Tanz.«

So konnten also diejenigen, die bleiben wollten, bleiben, und unter diesen wollten dann die Walters ihren künftigen Verkehr rekrutieren.

Die anderen konnten sich das Bild, das Stadtpalais und dessen Besitzer mit mondäner, unverschämter oder gleichgültiger Neugier anschauen und dann gehen, wie sie gekommen waren. Und der alte Walter wußte nur zu gut, daß sie später wiederkommen würden, wie sie ja auch in die Häuser seiner israelitischen Brüder gegangen waren, die reich geworden waren gleich ihm.

Zunächst kam es darauf an, daß sie zu ihm ins Haus kamen, alle diese armen Schlucker mit den großen Titeln, die in der Presse genannt wurden, und sie würden schon kommen, um das Gesicht eines Mannes zu sehen, der innerhalb von sechs Wochen fünfzig Millionen verdient hatte; sie würden aber auch kommen, um die zu sehen und zu zählen, die ebenfalls gekommen waren; und überdies würden sie kommen, weil er den guten Geschmack und die Geschicklichkeit besessen hatte, sie in sein Haus, das eines Sohnes Israels, zu bitten, um ein christliches Bild zu bewundern.

Er schien ihnen zu sagen: »Seht nur, ich habe fünfhunderttausend Francs für Marcowitchs religiöses Meisterwerk ›Jesus auf den Wogen wandelnd‹ bezahlt. Und dieses Meisterwerk wird bei mir bleiben, vor meinen Augen, immer und ewig, im Haus des Juden Walter.«

In der Gesellschaft, in den Kreisen der Herzoginnen und des Jockeiklubs, war viel über diese Einladung, die im Grunde zu nichts verpflichtete, hin und hergeredet worden. Man würde hingehen, wie man sich bei Petit Aquarelle ansah. Die Walters besaßen ein Meisterwerk; sie öffneten für einen Abend Tür und Tor, damit jedermann es bewundern könne. Dagegen ließ sich nichts sagen.

Die »Vie Française« hatte seit vierzehn Tagen jeden Morgen eine Glosse über jenen Abend des 30. Dezember gebracht und sich bemüht, die öffentliche Neugier anzufachen.

Du Roy tobte über den Triumph des Chefs.

Er war sich mit den fünfhunderttausend von seiner Frau erpreßten Francs reich vorgekommen, und jetzt hielt er sich für arm, für abscheulich arm, wenn er sein klägliches Vermögen mit dem Millionenregen verglich, der rings um ihn her niedergefallen war, ohne daß er irgend etwas davon hatte an sich raffen können.

Sein neidischer Zorn wurde mit jedem Tag größer. Er grollte aller Welt, den Walters, bei denen er schon lange nicht mehr gewesen war, seiner Frau, die von Laroche falsch unterrichtet worden war und ihm abgeraten hatte, marokkanische Anleihe zu kaufen, und vor allem grollte er dem Minister, der ihn übers Ohr gehauen, der sich seiner bedient hatte und der zweimal die Woche bei ihm zu Abend aß. Georges diente ihm als Sekretär, als Agent, als

Federhalter, und wenn er nach seinem Diktat schrieb, verspürte er einen tollen Drang, diesen triumphierenden Gecken zu erdrosseln. Als Minister hatte Laroche nur bescheidene Erfolge, und um sein Portefeuille zu behalten, ließ er nicht merken, daß er im Gold schwamm. Aber Du Roy witterte es, dieses Gold, in der arroganteren Redeweise dieses emporgekommenen Advokaten, in seinen unverschämteren Gesten, in seinen gewagteren Behauptungen, in seinem unerschütterlichen Selbstvertrauen.

Laroche war jetzt im Haus Du Roy der Herr; er hatte den Platz und die Besuchstage des Grafen de Vaudrec inne und sprang mit der Dienerschaft um, wie es ein zweiter Hausherr getan haben würde.

Georges duldete ihn zitternd wie ein Hund, der beißen will und es nicht wagt. Aber er war jetzt häufig hart und brutal zu Madeleine, die die Achseln zuckte und ihn wie einen unartigen Jungen behandelte. Sie wunderte sich übrigens über seine ständige schlechte Laune und sagte immer wieder:

»Ich begreife dich nicht. In einem fort stöhnst und jammerst du. Dabei hast du doch eine glänzende Stellung.«

Er kehrte ihr den Rücken zu und gab keine Antwort.

Zunächst hatte er erklärt, er werde auf keinen Fall zu dem Fest des Chefs gehen, nie wieder wolle er den Fuß in das Haus dieses dreckigen Juden setzen.

Seit zwei Monaten schrieb Madame Walter ihm jeden Tag und flehte ihn an, doch zu kommen, sich mit ihr zu treffen, wo es ihm beliebe, damit sie ihm, so schrieb sie, die siebzigtausend Francs übergeben könne, die sie für ihn gewonnen habe.

Er antwortete nicht und warf diese verzweifelten Briefe ins Feuer. Nicht, daß er darauf verzichtet hätte, seinen Anteil an ihrem Gewinn einzustecken; aber er wollte sie wahnsinnig machen, sie durch Verachtung kurieren, sie mit Füßen treten. Sie war zu reich! Er wollte den Stolzen spielen.

Noch am Tag der Ausstellung des Bildes, als Madeleine

ihm zu verstehen gab, er handele ganz falsch, daß er nicht hingehen wolle, antwortete er:

»Laß mich in Ruhe. Ich bleibe zu Hause.«

Aber dann erklärte er nach dem Abendessen plötzlich:

»Es ist doch wohl besser, wir nehmen diese Bürde auf uns. Mach dich rasch fertig.«

Sie war darauf gefaßt gewesen.

»In einer Viertelstunde können wir gehen«, sagte sie.

Brummig zog er sich um, und sogar noch in der Droschke fuhr er fort, Gift und Galle zu spucken.

Der Ehrenhof des Palais Carlsbourg war von vier elektrischen Kugellampen erleuchtet, an allen vier Ecken; sie sahen aus wie kleine, bläuliche Monde. Ein prächtiger Läufer war über die Stufen der hohen Freitreppe gebreitet worden, auf deren jeder ein Livrierter starr wie eine Statue stand.

Du Roy murmelte: »Solch eine Protzerei!«

Er zuckte die Achseln; sein Herz krampfte sich vor Eifersucht zusammen.

Seine Frau sagte zu ihm:

»Halt den Mund und mach es genauso.«

Sie gingen hinein und händigten ihre schweren Überkleider den Dienern ein, die auf sie zugetreten waren.

Es waren mehrere Damen mit ihren Männern da; sie entledigten sich ebenfalls ihrer Pelze. Man hörte tuscheln:

»Es ist wirklich sehr schön! Sehr schön!«

Das riesige Vestibül schmückten Gobelins; sie stellten das Abenteuer des Mars mit der Venus dar. Zur Rechten und Linken wanden sich die beiden Arme einer Prunktreppe empor und vereinigten sich im ersten Stock wieder. Das Geländer war ein Wunderwerk aus Schmiedeeisen; die alte Vergoldung ließ einen diskreten Schimmer über die roten Marmorstufen gleiten.

Am Eingang der Salons reichten zwei kleine Mädchen, die eine in einem rosa, die andere in einem blauen Phantasiekleid, den Damen Blumensträuße. Das fand man ganz reizend.

Es waren bereits viele Menschen in den Salons.

Die meisten Damen waren im Straßenkleid, um deutlich zu machen, daß sie so hergekommen seien, wie sie alle Privatausstellungen besuchten. Die am Ball teilnehmen wollten, hatten nackte Arme und waren dekolletiert.

Von Freundinnen umgeben, hielt Madame Walter sich im zweiten Raum auf und erwiderte die Grüße der Besucher. Viele kannten sie nicht und wandelten einher wie in einem Museum, ohne sich um die Gastgeber zu kümmern.

Als sie Du Roy erblickte, wurde sie blaß und machte eine Bewegung, als wolle sie ihm entgegengehen. Dann jedoch blieb sie reglos stehen und erwartete ihn. Er begrüßte sie förmlich, während Madeleine sie mit Zärtlichkeiten und Komplimenten überschüttete. Da ließ Georges seine Frau bei der Chefin und verlor sich im Publikum, um sich die Bosheiten anzuhören, die ganz sicher geäußert werden würden.

Fünf Salons folgten einander, alle mit kostbaren Stoffen ausgeschlagen, mit italienischen Stickereien oder Orientteppichen, unterschiedlich in Farbabschattung und Stil, und an den Wänden hingen Bilder alter Meister. Besonders bewunderte man ein kleines Louis-Seize-Zimmer, eine Art Boudoir, das mit blaßblauer, rosengemusterter Seide bespannt war. Die niedrigen Möbel aus vergoldetem Holz waren mit dem gleichen Stoff wie die Wände bezogen und von erlesener Eleganz.

Georges erkannte berühmte Leute, die Herzogin von Ferracine, den Grafen und die Gräfin de Ravenel, den General Fürst d'Andremont, die wunderschöne Marquise des Dunes, kurzum alle Herren und Damen, die man bei Premieren sieht.

Jemand faßte ihn beim Arm, und eine junge, eine glückliche Stimme flüsterte ihm zu:

»Ach, da sind Sie ja endlich, Sie böser Bel-Ami. Warum bekommt man Sie nie mehr zu sehen?«

Es war Suzanne Walter, die ihn unter der gelockten Wolke ihres blonden Haars mit ihren klugen Emailaugen ansah.

Er war entzückt, sie wiederzusehen, und drückte ihr ohne weiteres die Hand. Dann entschuldigte er sich:

»Ich habe nicht gekonnt. Ich habe seit zwei Monaten so viel zu tun, daß ich nicht mehr aus dem Haus gekommen bin.«

Mit ernster Miene entgegnete sie:

»Das ist schlimm, sehr, sehr schlimm. Sie haben uns sehr betrübt, wir beten Sie doch an, Mama und ich. Ich kann nämlich gar nicht mehr ohne Sie auskommen. Wenn Sie nicht da sind, langweile ich mich zu Tode. Sie sehen, ich sage Ihnen rundheraus, daß Sie nicht mehr das Recht haben, einfach so zu verschwinden. Reichen Sie mir den Arm, ich selber will Ihnen ›Jesus auf den Wogen wandelnd‹ zeigen, das Bild hängt ganz hinten, an der Rückwand des Wintergartens. Da hat Papa es hingehängt, damit alle überall hindurchgehen müssen. Erstaunlich, wie Papa mit diesem Palais dicke tut.«

Langsam gingen sie durch die Menge. Man wandte sich um, um diesen gut aussehenden Mann und diese entzückende Puppe zu mustern.

Ein bekannter Maler sagte:

»Donnerwetter! Das ist mal ein reizendes Paar. So was freut einen.«

Georges dachte:

»Wenn ich wirklich klug gewesen wäre, dann hätte ich die geheiratet. Es wäre durchaus möglich gewesen. Warum habe ich nicht daran gedacht? Warum habe ich mich von der anderen einfangen lassen? Solch ein Irrsinn! Man handelt immer zu voreilig und denkt nie genügend nach.«

Und der Neid, der bittere Neid fiel ihm Tropfen für Tropfen in die Seele wie Galle, verdarb ihm alle seine Freuden und machte ihm das Dasein verhaßt.

Suzanne sagte:

»Ach, kommen Sie doch recht oft zu uns, Bel-Ami, wir können jetzt alles mögliche anstellen, da Papa so reich ist. Wir können unsern Spaß haben, als ob wir ganz außer Rand und Band wären.«

Er hing immer noch seinen Gedanken nach und antwortete:

»Ach, Sie müssen nun bald heiraten. Einen schönen, ein bißchen ruinierten Prinzen werden Sie heiraten, und dann werden wir einander kaum noch sehen.«

Sie rief unverblümt:

»Ach was, noch nicht, ich will jemanden, den ich mag, den ich sehr mag, den ich ganz und gar mag. Ich bin reich genug für zwei.«

Er lächelte ein ironisches, hochmütiges Lächeln und fing an, ihr die Namen der Leute zu nennen, die vorübergingen, Leute von hohem Adel, die ihre verrosteten Titel an Töchter von Finanzleuten gleich ihr verkauft hatten und die jetzt bei ihren Frauen oder getrennt von ihnen lebten, aber in voller Freiheit, schamlos, bekannt und geachtet.

Er schloß:

»Ich gebe Ihnen kein halbes Jahr, dann haben auch Sie an diesem Köder angebissen. Sie werden Marquise, Herzogin oder Prinzessin, und dann blicken Sie von oben auf mich herab, Mam'zelle.«

Sie war empört, klopfte ihm mit dem Fächer auf den Arm und schwor, daß sie beim Heiraten nur der Stimme ihres Herzens folgen werde.

Er grinste:

»Das werden wir ja sehen; Sie sind zu reich.«

Sie sagte:

»Aber Sie auch, Sie haben doch eine Erbschaft gemacht.«

Er stieß ein mitleidiges »Oh!« hervor:

»Das sagt man so. Kaum zwanzigtausend Francs Zinsen. Heutzutage ist das keine große Sache.«

»Aber Ihre Frau hat doch auch geerbt.«

»Freilich. Zusammen haben wir eine Million. Vierzigtausend Einkünfte. Damit können wir uns nicht mal einen Wagen leisten.«

Sie gelangten in den letzten Salon, und vor ihnen tat sich der Wintergarten auf, ein ausgedehnter Wintergarten mit hohen Bäumen aus heißen Ländern, die Beete mit seltenen

Blumen beschirmten. Trat man unter dieses dunkle Laubwerk, über das das Licht hinwegglitt wie eine Silberwoge,
atmete man die laue Kühle feuchter Erde und einen Hauch
schwerer Düfte. Es war eine seltsame Empfindung, weich,
krankhaft und bestrickend, von künstlicher, entnervender
und erschlaffender Natur. Man schritt auf Teppichen einher, die wie das Moos zwischen den Staudengruppen waren. Plötzlich gewahrte Du Roy zu seiner Linken, unter
einer breiten Palmenkuppel, ein großes Becken aus weißem Marmor, in dem man hätte baden können; vier große
Schwäne aus Delfter Fayence ließen aus ihren halb geöff-
neten Schnäbeln Wasser hineinfließen.

Der Grund des Beckens war mit Goldstaub bestreut, und
man sah darin ein paar riesengroße Goldfische schwimmen, absonderliche chinesische Ungetüme mit hervorquellenden Augen und blaugesäumten Schuppen, gewissermaßen Mandarine der Fluten, die, wie sie so über den
Goldgrund irrten und schwebten, an die seltsamen Stickereien Chinas erinnerten.

Mit pochendem Herzen blieb der Journalist stehen. Er
sagte sich: »Ja, das ist wahrer Luxus. In solchen Häusern
müßte man leben. Andere haben es fertiggebracht. Warum
sollte ich es nicht ebenfalls tun?« Er dachte über die Mittel
und Wege nach, fand sie nicht gleich und ärgerte sich über
seine Unfähigkeit.

Seine Begleiterin hatte nichts mehr gesagt, sie war ein bißchen nachdenklich geworden. Er blickte sie von der Seite
an und dachte abermals: »Dabei wäre nichts nötig gewesen, als dies Püppchen aus Fleisch und Blut zu heiraten.«
Doch unvermittelt schien Suzanne aufzuwachen:
»Achtung«, sagte sie.

Sie schob Georges durch eine Gruppe, die ihnen den Weg
versperrte, und ließ ihn sich dann plötzlich nach rechts
wenden.

Inmitten einer Gruppe seltsamer Gewächse, die ihre zitternden Zweige wie Hände mit zarten Fingern in die Luft
reckten, sah man einen Mann reglos auf dem Meer stehen.

Die Wirkung war verblüffend. Das Bild, dessen Seiten von dem schwankenden Laubwerk verdeckt wurden, schien ein dunkles Loch über einer phantastischen, ergreifenden Ferne zu sein.

Man mußte genau hinsehen, damit man es begriff. Der Rahmen durchschnitt die Mitte des Bootes, in dem sich die kaum von den Schrägstrahlen einer Laterne beleuchteten Apostel befanden; einer von ihnen saß auf dem Bordrand und ließ das volle Licht auf den schreitenden Jesus fallen.

Der Heiland hatte den Fuß auf eine Welle gesetzt, von der man sah, wie sie sich unterwürfig, weichend und liebkosend unter dem göttlichen Fuß höhlte, der darauf wandelte. Rings um den Gottmenschen war alles dunkel. Nur die Sterne funkelten am Himmel.

Die Gesichter der Apostel wirkten in dem vagen Licht der Laterne, die der auf den Herrn deutende trug, wie verzerrt vor Überraschung.

Es war wirklich das machtvolle und unerwartete Werk eines Meisters, eines der Werke, die das Denken bestürzen und die einen jahrelang träumen lassen.

Die Leute, die es anschauten, blieben zunächst stumm, dann gingen sie versonnen weiter und sprachen erst später über den Wert des Gemäldes.

Nachdem Du Roy es eine Zeitlang betrachtet hatte, erklärte er:

»Schick, wenn man sich solch eine Liebhaberei leisten kann.«

Aber da er von den Schaulustigen geschubst und beiseite gedrängt wurde, ging er hinaus und hatte dabei nach wie vor Suzannes kleine Hand auf seinem Arm liegen; er drückte sie ein wenig.

Sie fragte ihn:

»Möchten Sie ein Glas Champagner trinken? Dann wollen wir zum Büfett gehen. Da finden wir sicherlich Papa.«

Und sie durchschritten langsam alle Räume, wo die immer

größer werdende Menge wogte und sich wie zu Hause fühlte, eine elegante Menge auf einem öffentlichen Fest. Plötzlich glaubte Georges eine Stimme äußern zu hören: »Da sind ja Laroche und Madame Du Roy.«
Diese Worte streiften sein Ohr wie die fernen Laute, die der Wind mit sich trägt. Woher mochten sie gekommen sein?

Er hielt nach allen Seiten Umschau und erblickte tatsächlich seine Frau, die am Arm des Ministers vorüberging. Sie plauderten sehr leise und recht intim, wobei sie lächelten, Auge in Auge.

Er bildete sich ein, die zu den beiden Hinblickenden tuschelten miteinander, und er verspürte in sich eine tierische, unsinnige Lust, sich auf diese beiden Menschen zu stürzen und sie mit Fausthieben totzuschlagen.

Sie machte ihn lächerlich. Forestier fiel ihm ein. Vielleicht hieß es jetzt: »Dieser Hahnrei Du Roy.« Wer war sie denn? Eine kleine, leidlich geschickte Emporkömmlingin; aber im Grunde ohne große Möglichkeiten. Man kam zu ihm, weil man Angst vor ihm hatte, weil man witterte, daß er Beziehungen habe, aber sicherlich wurde schonungslos über diesen kleinen Journalistenhaushalt geredet. Niemals würde er es mit dieser Frau weit bringen; sie machte sein Haus ständig verdächtig, ständig kompromittierte sie sich; ihr Verhalten war das einer Intrigantin. Sie war jetzt die Sträflingskugel an seinem Bein. Ach, hätte er das geahnt, hätte er das gewußt! Dann hätte er ein gewagteres, ein klügeres Spiel gespielt! Welch eine Partie hätte er mit der kleinen Suzanne als Einsatz gewinnen können! Warum war er so blind gewesen, das nicht zu begreifen?

Sie waren ins Speisezimmer gelangt, einen riesigen Raum mit Marmorsäulen und alten Gobelins an den Wänden. Walter erblickte seinen Redakteur, eilte auf ihn zu und ergriff seine beiden Hände. Er war trunken vor Freude: »Haben Sie alles gesehen? Sag, Suzanne, hast du ihm alles gezeigt? Was für eine Fülle von Leuten, nicht wahr, Bel-

Ami? Haben Sie den Fürsten de Guerche gesehen? Er hat gerade ein Glas Punsch getrunken.«

Dann stürzte er auf den Senator Rissolin zu, der seine beschwipste und wie eine Jahrmarktsbude geschmückte Frau hinter sich herzog.

Ein Herr grüßte Suzanne, ein großer, schlanker junger Mensch mit blondem Backenbart, schon etwas kahl, von jener weltmännischen Art, die man überall wiedererkennt. Georges hörte seinen Namen nennen: Marquis de Cazolles, und er wurde wild eifersüchtig auf diesen Mann. Seit wann kannte er sie? Doch wohl erst, seit sie zu Vermögen gekommen war? Er witterte einen Bewerber.

Jemand faßte ihn beim Arm. Es war Norbert de Varenne. Der alte Dichter führte mit gleichgültiger, müder Miene sein fettiges Haar und seinen blankgescheuerten Frack spazieren.

»So was nennt sich nun ein Vergnügen«, sagte er. »Gleich wird getanzt; und dann geht's ins Bett; und die kleinen Mädchen sind zufrieden. Trinken Sie Champagner; er ist ausgezeichnet.«

Er ließ sich ein Glas einschenken und prostete Du Roy zu, der ebenfalls eins genommen hatte:

»Ich trinke auf die Rache des Geistes an den Millionen.« Dann fügte er milde hinzu:

»Nicht, daß sie mich bei den andern störten oder daß ich ihnen deswegen böse wäre. Aber ich protestiere aus Prinzip.«

Georges hörte schon nicht mehr hin. Er suchte Suzanne, die gerade mit dem Marquis de Cazolles verschwunden war; ohne weiteres ließ er Norbert de Varenne stehen und machte sich auf die Suche nach dem jungen Mädchen.

Eine dichte Menge Leute, die trinken wollten, hielt ihn auf. Als er endlich hindurchgelangt war, stand er unmittelbar dem Ehepaar de Marelle gegenüber.

Mit der Frau hatte er sich wiederholt getroffen, aber dem Mann war er seit langem nicht begegnet; dieser nahm seine beiden Hände:

»Wie dankbar bin ich Ihnen für den Rat, mein Lieber, den Sie mir durch Clotilde haben geben lassen. Ich habe mit der Marokko-Anleihe fast hunterttausend Francs verdient. Die verdanke ich nun Ihnen. Man kann sagen: Sie sind ein wertvoller Freund.«

Manche Herren wandten die Köpfe, um die elegante, hübsche Brünette anzusehen. Du Roy antwortete:

»Als Gegenleistung für diese Gefälligkeit, mein Lieber, nehme ich Ihnen jetzt Ihre Frau weg, oder vielmehr, ich reiche ihr meinen Arm. Ehegatten muß man immer trennen.«

Monsieur de Marelle verneigte sich:

»Da haben Sie recht. Wenn Sie beide mir abhanden kommen, treffen wir uns in einer Stunde hier wieder.«

»Einverstanden.«

Und die beiden jungen Leute tauchten in der Menge unter; der Mann folgte ihnen. Clotilde sagte mehrmals: »Was für Glückspilze doch diese Walters sind. Immerhin bedeutet das, daß man die richtige Nase für gute Geschäfte haben muß.«

Georges antwortete:

»Pah! Intelligente Köpfe bringen es stets zu etwas, sei es auf diese oder jene Weise.«

Sie fuhr fort:

»Die beiden Töchter bekommen mal jede zwanzig bis dreißig Millionen. Ganz abgesehen davon, daß Suzanne hübsch ist.«

Er schwieg in sich hinein. Es ärgerte ihn, seinen Gedanken von andern Lippen ausgesprochen zu hören.

Sie hatte »Jesus auf den Wogen wandelnd« noch nicht gesehen. Er schlug vor, sie hinzuführen. Sie amüsierten sich damit, schlecht von Leuten zu reden und sich über ihnen unbekannte Gesichter zu mokieren. Saint-Potin ging dicht an ihnen vorüber; auf dem Aufschlag seines Fracks trug er zahlreiche Orden, was den beiden weidlich Spaß machte. Ein ehemaliger Botschafter, der hinter ihm herkam, trug eine weit geringer gezierte Schnalle.

Du Roy erklärte:

»Was für eine gemischte Gesellschaft!«

Boisrenard, der ihm die Hand reichte, hatte sein Knopfloch ebenfalls mit dem grün-gelben Band geschmückt, das er am Tag des Duells getragen hatte.

Die Vicomtesse de Percemur, üppig und aufgedonnert, plauderte mit einem Herzog in dem kleinen Louis-Seize-Boudoir.

Georges flüsterte:

»Ein galantes Tête-à-tête.«

Doch als sie den Wintergarten durchschritten, sah er wieder seine Frau, wie sie neben Laroche-Mathieu saß, beide fast verborgen hinter einer Pflanzengruppe. Sie schienen zu sagen: »Wir haben einander hier ein Rendezvous gegeben, ein öffentliches Rendezvous. Wir pfeifen nämlich auf die öffentliche Meinung.«

Madame de Marelle gab zu, dieser Jesus von Karl Marcowitch sei ganz erstaunlich, und sie gingen zurück. Den Ehemann hatten sie verloren.

Er fragte:

»Und Laurine, ist sie eigentlich immer noch böse auf mich?«

»Ja, noch immer genauso. Sie will dich nicht sehen und läuft aus dem Zimmer, wenn von dir die Rede ist.«

Er gab keine Antwort. Die plötzliche Feindschaft des kleinen Mädchens ging ihm nahe und bedrückte ihn.

Beim Durchschreiten einer Tür bekam Suzanne die beiden zu fassen und rief:

»Ach, da sind Sie ja! Also, Bel-Ami, jetzt müssen Sie sich allein behelfen. Ich entführe Ihnen die schöne Clotilde; ich will ihr mein Zimmer zeigen.«

Und die beiden Frauen gingen eiligen Schrittes davon; sie schlüpften mit jener sich windenden, ringelnatterhaften Bewegung durch die Menge, deren sie sich im Gedränge immer zu bedienen wissen.

Fast gleichzeitig flüsterte eine Stimme:

»Georges.«

Es war Madame Walter. Sehr leise sprach sie weiter:
»Oh, wie abscheulich grausam Sie sind! Wie Sie mich
sinnlos leiden lassen. Ich habe Suzanne beauftragt, Ihnen
Ihre Begleiterin zu entführen, damit ich ein paar Worte
mit Ihnen reden kann. Hören Sie, ich muß ... ich muß un-
bedingt heute abend mit Ihnen sprechen ... oder aber ...
Sie wissen nicht, was ich tun werde. Gehen Sie in den
Wintergarten. Da finden Sie links eine Tür, durch die ge-
hen Sie hinaus in den Park. Gehen Sie einfach den Weg
geradeaus weiter. Ganz am Ende sehen Sie dann eine
Laube. Da erwarten Sie mich in zehn Minuten. Wenn Sie
nicht wollen, schwöre ich Ihnen, daß ich einen Skandal
provoziere, jetzt und hier!«
Er antwortete herablassend:
»Gut. Ich bin in zehn Minuten an der angegebenen
Stelle.«
Damit trennten sie sich. Aber fast hätte Jacques Rival ihn
zu spät kommen lassen. Er hatte ihn am Arm gefaßt und
erzählte ihm mit aufgeregter Miene einen Haufen Dinge.
Offenbar kam er gerade vom Büffet. Endlich ließ Du Roy
ihn in den Händen Monsieur de Marelles, den er zwischen
Tür und Angel wiedergefunden hatte, und machte, daß
er wegkam. Dabei mußte er noch darauf bedacht sein,
nicht von seiner Frau und Laroche gesehen zu werden.
Das gelang ihm, denn die beiden schienen sehr angeregt
zu sein, und so gelangte er in den Park.
Die kalte Luft überschwemmte ihn wie ein Eisbad. Er
dachte: »Du meine Güte, ich hole mir einen Schnupfen«,
und band sich sein Taschentuch wie eine Binde um
den Hals. Dann ging er langsam den Parkweg entlang;
nach der Lichtfülle in den Salons konnte er nur schlecht
sehen.
Zu seiner Rechten und Linken unterschied er entlaubte
Sträucher, deren dünne Zweige zitterten. Graues Licht
hing in diesen Verästelungen, ein Lichtschimmer, der aus
den Fenstern des Palais kam. Er erblickte etwas Weißes
vor sich mitten auf dem Wege, und Madame Walter stieß,

mit nackten Armen und tiefem Dekolleté, mit bebender Stimme hervor:

»Ach, kommst du endlich? Willst du mich etwa umbringen?«

Er antwortete ruhig:

»Bitte keine tragischen Geschichten, nicht wahr? Sonst haue ich sofort ab.«

Sie hatte seinen Hals umfaßt, und ihren Mund ganz nahe dem seinen, sagte sie:

»Was habe ich dir getan? Du verhältst dich mir gegenüber schuftig! Was habe ich dir getan?«

Er versuchte, sie zurückzuschieben:

»Bei unserer letzten Begegnung hast du deine Haare um alle meine Knöpfe gewickelt; es hätte fast einen Bruch zwischen meiner Frau und mir gegeben.«

Verdutzt stand sie da, dann schüttelte sie den Kopf:

»Ach, deiner Frau ist das ganz schnuppe. Wahrscheinlich hat dir eine deiner Geliebten eine Szene gemacht.«

»Ich habe keine Geliebten.«

»Schweig doch! Warum kommst du mich nicht einmal mehr besuchen? Warum lehnst du es ab, wenigstens einmal die Woche mit mir zu Abend zu essen? Es ist grausig, was ich zu leiden habe; ich liebe dich so sehr, daß ich keinen Gedanken habe, der nicht dir gilt, daß ich nichts ansehen kann, ohne dich vor Augen zu haben, daß ich kein Wort auszusprechen wage aus Angst, ich sagte deinen Namen! Du verstehst das nicht. Mir ist, als sei ich in deiner Gewalt, in einen Sack genäht, was weiß ich! Immer muß ich an dich denken, und das schnürt mir die Kehle zu, da, in der Brust, zerreißt irgendwas, unter den Brüsten, und zerschlägt mir die Beine, daß ich keine Kraft mehr zum Gehen habe. Und den ganzen Tag sitze ich stumpfsinnig auf einem Stuhl herum und denke an dich.«

Erstaunt musterte er sie. Das war nicht mehr die dicke, schäkernde Halbwüchsige, die er gekannt hatte, sondern eine außer sich geratene, verzweifelte, zu allem fähige Frau.

Indessen entsprang seinem Kopf ein verschwommener Plan. Er antwortete:

»Meine Liebe, die Liebe dauert nicht ewig. Man nimmt einander und läßt einander. Aber wenn das von Dauer ist wie zwischen uns beiden, dann wird es eine gräßliche Plackerei. Ich will nichts mehr damit zu tun haben. Nun weißt du es. Aber wenn du es fertigbringst, vernünftig zu werden, mich zu empfangen und zu behandeln wie einen Freund, dann könnte ich wieder werden wie früher. Fühlst du dich dazu imstande?«

Sie legte ihre beiden nackten Arme auf Georges' schwarzen Frack und flüsterte:

»Um dich zu sehen, bin ich zu allem imstande.«

»Also abgemacht«, sagte er, »wir sind gute Freunde und nichts sonst.«

Sie stammelte:

»Abgemacht.«

Dann bot sie ihm die Lippen.

»Noch einen Kuß... den letzten.«

Er lehnte behutsam ab:

»Nein. Wir müssen zu unsern Abmachungen stehen.«

Sie wandte sich ab und trocknete zwei Tränen; dann zog sie aus dem Ausschnitt ein Bündel Papiere, das mit einem rosa Seidenband verschnürt war, und hielt es Du Roy hin:

»Nimm. Es ist dein Anteil vom Gewinn bei der Marokko-Affäre. Ich war so froh, es für dich verdient zu haben. Da, nimm es doch...«

Er wollte ablehnen:

»Nein, dies Geld nehme ich auf keinen Fall!«

Da begehrte sie auf:

»Oh! Das wirst du mir jetzt nicht antun! Es gehört dir und keinem andern. Wenn du es nicht nimmst, werfe ich es in ein Kanalloch. Das wirst du mir doch nicht antun, Georges?«

Er nahm das Päckchen und ließ es in seine Tasche gleiten.

»Wir müssen wieder hineingehen«, sagte er, »sonst holst du dir womöglich eine Lungenentzündung.«

Sie sagte leise:

»Desto besser! Wenn ich doch sterben könnte.«

Sie nahm seine eine Hand, küßte sie leidenschaftlich, wütend, verzweifelt und lief auf das Palais zu.

Langsam und nachdenklich folgte er ihr. Dann betrat er mit hocherhobener Stirn den Wintergarten, um die Lippen ein Lächeln.

Seine Frau und Laroche waren nicht mehr da. Die Menge hatte sich vermindert. Es war offensichtlich, daß nur wenige zum Ball dableiben würden. Er gewahrte Suzanne am Arm ihrer Schwester. Beide kamen auf ihn zu und baten ihn, die erste Quadrille mit dem Grafen de Latour-Yvelin zu tanzen.

Er wunderte sich.

»Wer ist denn das nun wieder?«

Suzanne antwortete boshaft:

»Der neue Freund meiner Schwester.«

Rose wurde rot und sagte:

»Du bist gemein, Suzette, der Herr ist genauso mein Freund wie deiner.«

Die andere lächelte:

»Ich weiß Bescheid.«

Die verärgerte Rose wandte ihnen den Rücken und ging davon.

Du Roy ergriff vertraulich den Ellbogen des jungen Mädchens, das bei ihm stehengeblieben war, und sagte mit seiner einschmeichelnden Stimme:

»Sagen Sie mal, liebes Kleines, halten Sie mich wirklich für Ihren Freund?«

»Selbstverständlich, Bel-Ami.«

»Haben Sie Vertrauen zu mir?«

»Unbedingtes.«

»Wissen Sie noch, was ich Ihnen vorhin gesagt habe?«

»In welchem Zusammenhang?«

»Im Zusammenhang mit Ihrer Heirat oder vielmehr mit dem Mann, den Sie heiraten werden.«

»Ja.«

»Gut! Wollen Sie mir etwas versprechen?«

»Ja, was denn?«

»Mich jedesmal um Rat zu fragen, wenn um Ihre Hand angehalten wird, und keine Bewerbung anzunehmen, ohne meine Meinung eingeholt zu haben.«

»Ja, das will ich Ihnen gern versprechen.«

»Und das muß ein Geheimnis zwischen uns beiden bleiben. Kein Wort davon zu Ihren Eltern.«

»Kein Wort.«

»Versprechen Sie mir das ganz fest?«

»Ganz fest.«

Rival kam mit geschäftiger Miene heran:

»Mademoiselle, Ihr Papa läßt Sie bitten; der Tanz beginnt.«

Sie sagte:

»Dann also los, Bel-Ami.«

Aber er dankte; er hatte beschlossen, sogleich heimzugehen und mit seinen Gedanken allein zu sein. Allzuviel Neues war inzwischen auf ihn eingestürmt, und er machte sich auf die Suche nach seiner Frau. Nach einer Weile sah er sie; sie trank am Büffet mit zwei ihm unbekannten Herren Schokolade. Sie stellte ihnen ihren Mann vor, ohne ihm ihre Namen zu nennen.

Nach ein paar Augenblicken fragte er:

»Gehen wir jetzt?«

»Wann du willst.«

Sie nahm seinen Arm, und sie durchschritten die Salons, in denen das Publikum spärlicher geworden war.

Sie fragte:

»Wo ist denn die Chefin? Ich möchte mich von ihr verabschieden.«

»Das erübrigt sich. Sie würde nur versuchen, uns zu der Tanzerei hierzubehalten, und ich habe genug!«

»Ja, das stimmt, du hast recht.«

Während der ganzen Heimfahrt schwiegen sie. Doch sobald sie in ihrem Schlafzimmer waren, lächelte Madeleine ihn an und sagte, ohne auch nur ihren Schleier zu lüften:

»Du weißt noch gar nicht, daß ich eine Überraschung für dich habe.«

Mißmutig brummte er:

»Was denn?«

»Rate mal.«

»Die Mühe mache ich mir nicht erst.«

»Na, übermorgen ist der erste Januar.«

»Ja, und?«

»Da bekommt man doch Geschenke.«

»Allerdings.«

»Und hier ist deins; Laroche hat es mir vorhin zugesteckt.«

Sie hielt ihm ein kleines schwarzes Etui hin; es sah aus wie ein Schmuckkästchen.

Er öffnete es gleichgültig und erblickte das Kreuz der Ehrenlegion.

Er wurde ein bißchen blaß; dann lächelte er und erklärte:

»Zehn Millionen wären mir lieber gewesen. Dies hier hat ihn nicht viel gekostet.«

Sie hatte einen Freudenausbruch erwartet, und diese Kälte machte sie gereizt.

»Du bist doch ein unglaublicher Mensch. Mit nichts bist du neuerdings mehr zufrieden.«

Er antwortete ruhig:

»Der Mann tut nichts, als seine Schulden zu bezahlen. Und er schuldet mir noch mancherlei.«

Sein Tonfall machte sie staunen, und sie fuhr fort:

»Dabei ist es doch schön, wo du noch so jung bist.«

Er erklärte:

»Alles ist relativ. Ich könnte heute sehr viel mehr haben.«

Er hatte das Etui genommen; er stellte es geöffnet auf den Kaminsims und betrachtete ein paar Augenblicke lang den darin liegenden funkelnden Stern. Dann klappte er es zu und ging achselzuckend zu Bett.

Der »Officiel« vom 1. Januar vermeldete tatsächlich, daß Monsieur Prosper-Georges Du Roy, Publizist, außerordentlicher Verdienste wegen zum Ritter der Ehrenlegion ernannt worden sei.

Der Name war in zwei Wörtern geschrieben, und das machte Georges mehr Freude als die Auszeichnung.

Eine Stunde, nachdem er diese öffentliche Verlautbarung gelesen hatte, empfing er ein paar Zeilen von der Chefin; sie flehte ihn an, doch mit seiner Frau am heutigen Abend zum Essen zu ihr zu kommen, um die Auszeichnung nach Gebühr zu feiern. Er zauderte ein paar Minuten, dann warf er den in doppelsinnigen Ausdrücken geschriebenen Brief ins Feuer und sagte zu Madeleine:

»Wir essen heute bei den Walters zu Abend.«

Sie war verwundert.

»Na, aber! Ich dachte, du wolltest ihr Haus nicht wieder betreten?«

Er sagte bloß:

»Ich hab's mir anders überlegt.«

Als sie kamen, saß die Chefin allein in dem kleinen Louis-Seize-Boudoir, das sie sich für ihre intimen Empfänge erkoren hatte. Sie war in Schwarz und hatte sich das Haar gepudert, und das machte, daß sie ganz reizend aussah. Aus der Ferne wirkte sie wie eine alte Frau, aus der Nähe wie eine junge, und wenn man sie richtig ansah, war sie die reinste Augenweide.

»Sind Sie in Trauer?« fragte Madeleine.

Sie antwortete bekümmert:

»Ja und nein. Zwar habe ich keinen von den Meinigen verloren. Aber ich bin in das Alter gelangt, in dem man seinem Leben nachtrauert. Um damit zu beginnen, trage ich heute Schwarz. Fortan werde ich es in meinem Herzen tragen.«

Du Roy dachte: »Ob sie bei diesem Entschluß bleiben wird?«

Das Abendessen verlief ein bißchen trübselig. Einzig Suzanne schwatzte unablässig. Rose schien mit irgend etwas beschäftigt. Der Journalist wurde weidlich beglückwünscht.

Hernach schlenderte man plaudernd, wie es gerade kam, durch die Salons und den Wintergarten. Da Du Roy zusammen mit der Chefin als letzter ging, hielt sie ihn am Arm zurück.

»Hören Sie«, sagte sie leise … »Ich werde fortan mit Ihnen über nichts mehr sprechen, nie wieder. Aber kommen Sie zu mir, Georges. Sie merken, daß ich Sie nicht mehr duze. Ich kann ohne Sie nicht leben, ich kann es wirklich nicht. Es ist eine unvorstellbare Qual. Ich spüre Sie, ich bewahre Sie in meinen Augen, in meinem Herzen und meinem Körper den ganzen Tag und die ganze Nacht über. Es ist, als hätten Sie mich ein Gift trinken lassen, das mir das Innere zerfrißt. Ich kann es nicht. Nein. Ich bringe es nicht über mich. Ich möchte für Sie nur noch eine alte Frau sein. Um Ihnen das zu zeigen, habe ich mir das Haar weiß gepudert; aber kommen Sie zu mir, kommen Sie dann und wann, als Freund.«

Sie hatte seine Hand ergriffen und drückte sie, quetschte sie, bohrte ihm die Nägel ins Fleisch.

Er antwortete ruhig:

»Darüber waren wir uns doch schon einig. Es erübrigt sich, nochmals darüber zu sprechen. Sie sehen, ich bin heute gekommen, sofort, auf Ihren Brief hin.«

Walter, der mit seinen Töchtern und Madeleine vorangegangen war, erwartete Du Roy vor »Jesus auf den Wogen wandelnd«.

»Stellen Sie sich vor«, sagte er lachend, »daß ich gestern meine Frau vor diesem Bild kniend gefunden habe wie in einer Kapelle. Sie hat da ihre Andacht verrichtet. Nein, was habe ich gelacht!«

Madame Walter erwiderte mit fester Stimme, einer Stimme, in der eine geheime Erregung schwang:

»Dieser Christus hier wird meine Seele retten. Jedesmal, wenn ich ihn anblicke, gibt er mir Mut und Kraft.«

Sie blieb vor dem über das Meer schreitenden Gott stehen und flüsterte:

»Wie schön er ist! Wie sie Angst vor ihm haben und wie

sie ihn lieben, diese Männer! Seht doch seinen Kopf und seine Augen an, wie einfach er ist und zugleich wie übernatürlich!«

Suzanne rief aus:

»Aber er ähnelt ja Ihnen, Bel-Ami. Ich bin überzeugt, daß er Ihnen ähnlich sieht. Wenn Sie einen Backenbart hätten oder wenn er rasiert wäre, dann würdet ihr beide ganz gleich aussehen. Aber das ist doch frappant!«

Sie wollte, daß er sich neben das Bild stelle; und nun erkannten alle tatsächlich, daß die beiden Gesichter einander ähnlich sahen.

Alle staunten. Walter fand das recht sonderbar. Madeleine lächelte und erklärte, Jesus sehe männlicher aus.

Madame Walter stand reglos da und betrachtete starren Auges das Antlitz ihres Geliebten neben dem Antlitz Christi, und sie war ebenso weiß geworden wie ihr weißes Haar.

VIII

Während des Rests des Winters gingen die Du Roys häufig zu den Walters. Georges aß dort sogar oftmals allein zu Abend, wenn Madeleine sagte, sie sei müde und wolle lieber daheim bleiben.

Er hatte sich den Freitag als Besuchstag erkoren, und die Chefin lud an jenem Abend niemanden ein; er gehörte Bel-Ami, lediglich ihm. Nach dem Essen wurde Karten gespielt, wurden die chinesischen Fische gefüttert, lebte und amüsierte man sich im Familienkreis. Mehrmals hatte Madame Walter hinter einer Tür, hinter einem Gebüsch im Wintergarten oder in einer dunklen Ecke plötzlich den jungen Mann in die Arme geschlossen, ihn mit aller Kraft an ihre Brust gedrückt und ihm hastig zugeflüstert: »Ich liebe dich!... Ich liebe dich!... Ich liebe dich, daß ich daran sterben könnte!« Aber stets hatte er sie kalt von sich gestoßen und trocken geantwortet:

»Wenn Sie wieder von vorn anfangen, komme ich nicht mehr her.«

Gegen Ende März wurde viel von der Heirat der beiden Schwestern gesprochen. Rose sollte, so hieß es, den Grafen de Latour-Yvelin heiraten und Suzanne den Marquis de Cazolles. Jene beiden Herren waren ständige Gäste im Haus geworden, Gäste, denen man besondere Bevorzugungen gewährt und die spürbare Vorrechte genießen.

Georges und Suzanne lebten in einer Art geschwisterlicher, zwangloser Intimität; sie schwatzten stundenlang, spotteten über alle Welt und schienen großes Gefallen aneinander zu finden.

Nie wieder hatten sie von der möglichen Heirat des jungen Mädchens gesprochen, noch von den Bewerbern, die sich einstellten.

Eines Vormittags hatte der Chef Du Roy zum Mittagessen mit nach Hause genommen, und nach dem Essen wurde Madame Walter abberufen, um mit einem Lieferanten zu sprechen. Da sagte Georges zu Suzanne:

»Kommen Sie, wir wollen die Goldfische füttern.«

Beide nahmen je ein dickes Stück Brot vom Tisch und gingen in den Wintergarten.

Rings um die Marmoreinfassung waren Kissen gelegt worden, damit man vor dem Becken niederknien und den schwimmenden Tieren näher sein konnte. Die jungen Leute nahmen jeder eins, beugten sich Seite an Seite über das Wasser, rollten zwischen den Fingern Kügelchen und begannen, sie hineinzuwerfen. Sowie die Fische sie wahrnahmen, kamen sie herbei, bewegten die Schwänze, ruderten mit den Flossen, rollten die dicken, hervorquellenden Augen, drehten sich um sich selber, tauchten, um die niedersinkende Beute zu schnappen, und kamen dann gleich wieder nach oben und baten um eine weitere.

Sie vollführten mit den Mäulern drollige Bewegungen, sie schnellten jäh und geschwind heran, mit dem seltsamen

Gebaren kleiner Ungeheuer, und von dem Goldsand des Grundes hoben sie sich in glühendem Rot ab; sie glitten wie Flammen durch die transparente Flut oder zeigten, sobald sie innehielten, die blauen, ihre Schuppen säumenden dünnen Streifen.

Georges und Suzanne sahen ihre eigenen Gesichter im Wasser und lächelten ihren Spiegelbildern zu.

Unvermittelt sagte er leise:

»Es ist nicht recht, Suzanne, daß Sie Heimlichkeiten vor mir haben.«

Sie fragte:

»Wieso denn, Bel-Ami?«

»Wissen Sie nicht mehr, was Sie mir hier an dieser Stelle an dem Festabend versprochen haben?«

»Doch.«

»Mich jedesmal um Rat zu fragen, wenn um Ihre Hand angehalten werden würde?«

»Ja, und?«

»Jetzt ist um sie angehalten worden.«

»Von wem denn?«

»Das wissen Sie nur zu gut.«

»Nein. Ich schwör's Ihnen.«

»Doch, Sie wissen es! Von dem Riesenlaffen, dem Marquis de Cazolles.«

»Erstens ist er kein Laffe.«

»Mag sein; aber er ist blöd, durchs Spiel ruiniert und durch sein Liebesleben verbraucht. Tatsächlich, eine reizende Partie für Sie, die Sie so hübsch, frisch und intelligent sind.«

Lächelnd fragte sie:

»Was haben Sie eigentlich gegen ihn?«

»Ich? Nichts.«

»Doch. Alles, was Sie von ihm sagen, trifft gar nicht zu.«

»Na, hören Sie mal. Er ist dumm und hinterhältig.«

Sie wandte sich ein bißchen zur Seite und hörte auf, ins Wasser zu blicken:

»Was ist eigentlich in Sie gefahren?«

Als sei der Tiefe seines Herzens ein Geheimnis entrissen worden, stieß er hervor:

»Daß ich ... daß ich ... daß ich eifersüchtig auf ihn bin.«

Sie zeigte mäßiges Erstaunen:

»Sie?«

»Ja, ich.«

»Sieh mal einer an. Warum denn?«

»Weil ich verliebt in Sie bin, und das wissen Sie ganz genau, Sie boshaftes Geschöpf.«

Da sagte sie streng:

»Sie sind verrückt, Bel-Ami!«

Er entgegnete:

»Daß ich verrückt bin, weiß ich wohl. Dürfte ich es Ihnen sonst gestehen, ich, ein verheirateter Mann, Ihnen, einem jungen Mädchen? Ich bin mehr als verrückt, ich mache mich schuldig, ich bin beinahe ein Schuft. Ich habe nicht die Spur einer Hoffnung, und dieser Gedanke raubt mir den Verstand. Und wenn ich sagen höre, Sie würden heiraten, dann bekomme ich Wutanfälle und möchte am liebsten jemanden umbringen. Sie müssen mir das verzeihen, Suzanne.«

Er verstummte. Sämtliche Fische, denen jetzt kein Brot mehr zugeworfen wurde, standen unbeweglich, fast in einer Reihe, wie englische Soldaten, und schauten die geneigten Gesichter dieser beiden Menschen an, die sich nicht mehr um sie kümmerten.

Das junge Mädchen flüsterte, halb traurig, halb heiter:

»Schade, daß Sie verheiratet sind. Hilft nichts. Nichts zu machen. Aus und vorbei.«

Mit einem Ruck wandte er sich ihr zu und sagte ihr ganz nahe ins Gesicht:

»Wenn ich frei wäre, würden Sie mich dann heiraten?«

Sie antwortete, und ihre Stimme klang aufrichtig:

»Ja, Bel-Ami, dann würde ich Sie heiraten; Sie gefallen mir nämlich sehr viel mehr als all die andern.«

Er stand auf und stieß hervor:

»Dank ... Dank ... ich flehe Sie an, geben Sie niemandem Ihr Jawort: Warten Sie noch ein wenig. Ich flehe Sie an! Versprechen Sie mir das?«

Leise, ein wenig verwirrt und ohne zu wissen, was er wollte, sagte sie:

»Ich verspreche es Ihnen.«

Du Roy warf ein dickes Stück Brot, das er noch in der Hand gehabt hatte, ins Wasser und lief davon, als habe er den Kopf verloren, ohne ein Abschiedswort.

Alle Fische stürzten sich gierig auf die dicke Krume, die schwamm, weil sie noch nicht von den Fingern geknetet worden war, und zerstückelten sie mit ihren gefräßigen Mäulern. Sie schleppten sie ans andere Ende des Beckens, sie tummelten sich darunter und bildeten jetzt eine sich bewegende Traube, eine Art belebter, sich drehender Blume, eine lebendige Blume, die mit dem Kopf nach unten ins Wasser gefallen war.

Suzanne war überrascht und beunruhigt; sie richtete sich auf und ging ganz langsam davon. Der Journalist war nicht mehr im Hause.

Vollkommen ruhig betrat er seine Wohnung, und da Madeleine gerade Briefe schrieb, fragte er sie:

»Kommst du am Freitag mit zu Walters zum Abendessen? Ich möchte nämlich hingehen.«

Sie zögerte:

»Nein. Ich fühle mich nicht ganz wohl. Ich möchte lieber hierbleiben.«

Er antwortete:

»Ganz wie du willst. Es zwingt dich niemand.«

Dann setzte er den Hut wieder auf und verließ sogleich wieder das Haus.

Seit langem bespitzelte er sie, überwachte sie und folgte ihr; er kannte sich in allem aus, was sie unternahm. Endlich war die erwartete Stunde gekommen. Er hatte sich nicht über den Tonfall getäuscht, in dem sie gesagt hatte: »Ich möchte lieber hierbleiben.«

Während der nun folgenden Tage war er liebenswürdig

zu ihr. Er wirkte sogar heiter, und das war er für gewöhnlich nicht. Sie sagte zu ihm:

»Endlich wirst du wieder nett.«

Am Freitag kleidete er sich beizeiten um; er wolle noch ein paar Besorgungen machen, ehe er zum Chef gehe, behauptete er. Gegen sechs Uhr küßte er seine Frau, ging fort und bestieg an der Place Notre-Dame-de-Lorette eine Droschke.

Zu dem Kutscher sagte er:

»Halten Sie in der Rue Fontaine gegenüber dem Haus Nummer 17, und da bleiben Sie, bis ich Ihnen sage, Sie sollen weiterfahren. Dann bringen Sie mich zum Restaurant Coq-Faisan in der Rue Lafayette.«

Der Wagen fuhr an, das Pferd trottete gemächlich, und Du Roy zog die Vorhänge nieder. Als er gegenüber seiner Haustür hielt, ließ er sie nicht mehr aus den Augen. Nach zehn Minuten des Wartens sah er Madeleine herauskommen; sie ging in Richtung auf die äußeren Boulevards davon.

Sobald sie sich entfernt hatte, steckte er den Kopf zum Wagenfenster heraus und rief:

»Losfahren!«

Die Droschke setzte sich wieder in Bewegung, und er stieg vor dem Coq-Faisan aus, einem in diesem Stadtviertel wohlbekannten bürgerlichen Restaurant. Georges ging in die Gaststube, aß langsam und sah von Zeit zu Zeit auf seine Taschenuhr. Um halb acht, als er seinen Kaffee und zwei Gläschen Cognac getrunken und in aller Ruhe eine gute Zigarre geraucht hatte, ging er, rief eine andere Droschke an, die leer vorüberfuhr, und ließ sich nach der Rue La Rochefoucauld bringen.

Ohne den Pförtner etwas zu fragen, stieg er zum dritten Stockwerk des Hauses hinauf, vor dem er hatte halten lassen, und als ein Hausmädchen ihm geöffnet hatte, fragte er:

»Monsieur Guibert de Lorme ist doch zu Hause, nicht wahr?«

»Ja, Monsieur.«

Er wurde ins Wohnzimmer geführt, wo er ein paar Augenblicke wartete. Dann kam ein hochgewachsener Herr, mit Ordensrosette, von militärischem Aussehen, herein; sein Haar war grau, obgleich er noch jung wirkte. Du Roy verbeugte sich; dann sagte er:

»Wie ich es vorausgesehen hatte, Herr Polizeikommissar, ißt meine Frau mit ihrem Liebhaber in der möblierten Wohnung zu Abend, die sie in der Rue des Martyrs gemietet haben.«

Der Beamte verneigte sich:

»Ich stehe zu Ihrer Verfügung.«

Georges sprach weiter:

»Nicht wahr, Sie haben bis neun Zeit? Ist diese Frist überschritten, können Sie nicht mehr in eine Privatwohnung eindringen, um dort einen Ehebruch zu konstatieren.«

»Nein. Winters bis sieben Uhr, ab 31. März bis neun Uhr. Wir haben den 5. April, also haben wir Zeit bis neun.«

»Gut, Herr Kommissar, ich habe unten einen Wagen, wir können die Beamten, die Sie begleiten sollen, mitnehmen; dann warten wir ein bißchen vor der Haustür. Je später wir kommen, desto mehr Aussicht haben wir, sie in flagranti zu ertappen.«

»Ganz wie Sie wollen.«

Der Kommissar ging hinaus, dann kam er wieder; er trug jetzt einen Mantel, der seine dreifarbige Schärpe verbarg. Er trat beiseite, um Du Roy den Vortritt zu lassen. Aber der Journalist, der anderes im Kopf hatte, weigerte sich, als erster hinauszugehen, und sagte mehrmals: »Nach Ihnen ... nach Ihnen.«

Der Beamte sagte beiläufig:

»Gehen Sie doch, Monsieur, ich bin hier zu Hause.«

Sogleich verbeugte der andere sich leicht und durchschritt die Tür.

Zunächst gingen sie zum Kommissariat und holten drei Beamte in Zivil ab, die bereits warteten, denn Georges hatte im Lauf des Tages wissen lassen, daß die Überraschung an diesem Abend stattfinden solle. Einer der Leute stieg auf den Bock und setzte sich neben den Kutscher. Die beiden andern kamen mit in die Droschke, die zur Rue des Martyrs fuhr.

Du Roy sagte:

»Ich habe den Plan der Wohnung bei mir. Sie liegt im zweiten Stock. Wir kommen erst in einen kleinen Flur, dann in ein Eßzimmer, dann in das Schlafzimmer. Die drei Räume gehen ineinander über. Es ist kein Ausgang vorhanden, der die Flucht erleichtern könnte. Ganz in der Nähe wohnt ein Schlosser. Er hält sich bereit; Sie brauchen ihn bloß anzufordern.«

Als sie vor dem angegebenen Haus hielten, war es erst Viertel nach acht, und sie warteten schweigend länger als zwanzig Minuten. Doch als Georges sah, daß es gleich dreiviertel schlagen mußte, sagte er:

»Jetzt kann es losgehen.«

Und sie stiegen die Treppe hinauf, ohne sich um den Pförtner zu kümmern, der sie übrigens gar nicht bemerkt hatte. Einer der Beamten blieb auf der Straße und bewachte den Ausgang.

Im zweiten Stockwerk blieben die vier Männer stehen, und als erstes legte Du Roy das Ohr gegen die Tür, dann schaute er durch das Schlüsselloch. Er hörte und sah nichts. Da schellte er.

Der Kommissar sagte zu seinen Leuten:

»Sie bleiben hier, bis Sie gerufen werden.«

Und sie warteten. Nach zwei oder drei Minuten drückte Georges aufs neue den Klingelknopf, und zwar mehrmals hintereinander. Sie vernahmen hinten in der Wohnung ein Geräusch; dann näherte sich ein leichter Schritt. Jemand kam und horchte. Da klopfte der Journalist heftig mit dem gekrümmten Finger gegen die Türfüllung.

Eine Stimme, eine Frauenstimme, die sich zu verstellen versuchte, fragte:

»Wer ist denn da?«

Der Polizeibeamte antwortete:
»Machen Sie auf, im Namen des Gesetzes.«
Die Stimme fragte nochmals:
»Wer sind Sie?«
»Der Polizeikommissar. Machen Sie auf, oder ich lasse die Tür aufbrechen.«
Die Stimme fragte:
»Was wollen Sie denn?«
Und Du Roy sagte:
»Ich bin es. Jeder Versuch, uns zu entkommen, ist nutzlos.«
Der leichte Schritt, ein Schritt nackter Füße, entfernte sich und kam nach ein paar Sekunden wieder.
Georges sagte:
»Wenn Sie nicht aufmachen wollen, schlagen wir die Tür ein.«
Er umklammerte den messingnen Türgriff und drückte langsam mit einer Schulter. Da keine Antwort mehr erfolgte, vollführte er unvermittelt einen so heftigen und kräftigen Stoß, daß das alte Schloß dieser Absteige aufsprang. Die losgerissenen Schrauben standen aus dem Holz hervor, und fast wäre der junge Mann auf Madeleine gefallen, die in Hemd und Unterrock, mit zerzaustem Haar und nackten Beinen, in dem Flur stand, eine Kerze in der Hand.
Er rief:
»Sie ist es, jetzt haben wir sie.«
Damit stürzte er in die Wohnung. Der Kommissar, der den Hut abgenommen hatte, folgte ihm. Und die junge, verstörte Frau ging hinter ihnen her und leuchtete ihnen.
Sie durchschritten das Eßzimmer, auf dessen nicht abgedecktem Tisch die Reste einer Mahlzeit standen: leere Champagnerflaschen, eine offene Terrine Gänseleberpastete, ein Hähnchengerippe und zur Hälfte aufgegessene Brotstücke. Auf zwei Tellern auf der Anrichte lagen Stapel von Austernschalen.

Das Schlafzimmer schien von einem Kampf verwüstet worden zu sein. Auf einem Stuhl lag ein Kleid, eine Männerhose hockte im Reitsitz auf einem Sesselarm. Vier Schuhe, zwei große und zwei kleine, lagen, auf die Seite gefallen, neben dem Bett.

Es war ein Absteigeschlafzimmer mit vulgären Möbeln, in dem der widerliche, fade Hotelzimmergeruch hing, ein Geruch, den die Gardinen, die Matratzen, die Wände, die Sessel ausströmten, der Geruch nach all den Menschen, die in dieser öffentlichen Unterkunft einen Tag oder ein halbes Jahr geschlafen oder gewohnt und ein bißchen von ihrem Dunst zurückgelassen hatten, dem menschlichen Dunst, der, wenn er sich mit demjenigen der Vorgänger vereinigt, auf die Dauer einen wirren, süßlichen, unerträglichen Gestank ergibt, an allen Stätten dieser Art den gleichen.

Auf dem Kaminsims standen ein Teller mit Gebäck, eine Flasche Chartreuse und zwei noch halbvolle Gläschen. Das Motiv der Stutzuhr wurde von einem Herrenzylinder verdeckt.

Der Kommissar wandte sich rasch um und blickte Madeleine in die Augen:

»Sind Sie Madame Claire-Madeleine Du Roy, gesetzmäßige Gattin des hier anwesenden Publizisten Prosper-Georges Du Roy?«

Mit erstickter Stimme sagte sie:

»Ja.«

»Was tun und treiben Sie hier?«

Sie gab keine Antwort.

Der Beamte fragte nochmals:

»Was tun Sie hier? Ich finde Sie außerhalb Ihrer Wohnung in fast unbekleidetem Zustand in einer möblierten Wohnung vor. Was haben Sie hier zu suchen?«

Er wartete ein paar Augenblicke. Als sie nach wie vor Schweigen bewahrte, sagte er:

»Wenn Sie es nicht gestehen wollen, Madame, bin ich gezwungen, zur Feststellung zu schreiten.«

Im Bett war die Form eines unter der Bettdecke versteckten Körpers zu sehen.

Der Kommissar trat herzu und rief:

»Monsieur?«

Der im Bett liegende Mann rührte sich nicht. Es sah aus, als kehre er den Rücken und habe den Kopf unter das Kopfkissen gewühlt.

Der Beamte tippte an das, was die Schulter zu sein schien, und sagte:

»Monsieur, bitte zwingen Sie mich nicht, gewaltsam vorzugehen.«

Aber der verhüllte Körper blieb so reglos, als sei er tot.

Du Roy, der hastig vorgetreten war, packte die Bettdecke, zog daran, riß das Kopfkissen weg und deckte das bleifahle Gesicht Monsieur Laroche-Mathieus auf. Er beugte sich über ihn und zitterte vor Verlangen, ihn bei der Gurgel zu packen und zu erwürgen; aber er sagte bloß mit zusammengebissenen Zähnen:

»Haben Sie doch wenigstens den Mut zu Ihrer Gemeinheit.«

Wiederum fragte der Beamte:

»Wer sind Sie?«

Als der Liebhaber in seiner Kopflosigkeit nicht antwortete, fuhr er fort:

»Ich bin Polizeikommissar und fordere Sie auf, mir Ihren Namen zu sagen!«

Georges, der vor bestialischer Wut zitterte, schrie:

»So antworten Sie doch, Sie Feigling, oder ich selber sage, wer Sie sind.«

Da stammelte der im Bett Liegende:

»Herr Kommissar, Sie dürfen mich nicht durch dieses Individuum beleidigen lassen. Habe ich es mit Ihnen oder mit ihm zu tun? Muß ich Ihnen oder ihm antworten?«

Er schien keinen Speichel mehr im Munde zu haben.

Der Beamte antwortete:

»Mir; einzig und allein mir. Ich frage Sie nochmals, wer Sie sind.«

Der andere schwieg. Er hielt die Bettdecke gegen seine Brust gepreßt und rollte entsetzte Augen. Sein kleiner, gesträubter Schnurrbart sah in seinem bleichen Gesicht ganz schwarz aus.

Der Kommissar fuhr fort:

»Sie wollen mir nicht antworten? Dann muß ich Sie verhaften. Auf alle Fälle stehen Sie erst mal auf. Ich will Sie verhören, wenn Sie sich angezogen haben.«

Der Körper im Bett bewegte sich, und der Kopf murmelte:

»Aber das kann ich doch nicht vor Ihnen.«

Der Beamte fragte:

»Warum denn nicht?«

Der andere stotterte:

»Weil ich ... weil ich ... weil ich ganz nackt bin.«

Du Roy fing an zu grinsen; er hob ein Hemd auf, das zu Boden gefallen war, warf es aufs Bett und rief:

»Machen Sie keine Geschichten ... stehen Sie auf ... Wenn Sie sich schon vor meiner Frau ausgezogen haben, können Sie sich doch wohl vor mir anziehen.«

Damit wandte er ihm den Rücken und ging wieder an den Kamin.

Madeleine hatte ihre Kaltblütigkeit wiedergefunden, und nun sie sah, daß alles verloren sei, war sie bereit, alles zu wagen. Trotzige Kühnheit ließ ihre Augen funkeln; sie rollte einen Fetzen Papier zusammen und steckte, wie zu einem Empfang, die zehn Kerzen der schäbigen Kandelaber an, die auf den beiden Ecken des Kamins standen. Dann lehnte sie sich an den Marmor und hielt einen ihrer nackten Füße an das sterbende Feuer; dabei hob sich hinten ihr kaum von den Hüften gehaltener Rock; sie nahm eine Zigarette aus einer rosa Papierdose, zündete sie an und begann zu rauchen.

Der Kommissar war zu ihr hingetreten, bis ihr Komplice auf den Füßen stand.

Unverschämt fragte sie:

»Treiben Sie dieses Handwerk häufig?«

Ernst antwortete er:

»So selten wie möglich, Madame.«

Sie lächelte ihm ins Gesicht:

»Dann gratuliere ich Ihnen; es ist nämlich was Schmutziges.«

Sie tat, als beachte, als sehe sie ihren Mann gar nicht. Inzwischen kleidete der Herr aus dem Bett sich an. Er hatte sich die Hose übergestreift, die Schuhe angezogen und trat jetzt herzu, während er seine Weste zuknöpfte.

Der Polizeibeamte wandte sich ihm zu:

»Wollen Sie mir jetzt sagen, wer Sie sind?«

Der andere gab keine Antwort.

Der Kommissar sagte mit Nachdruck:

»Dann sehe ich mich gezwungen, Sie zu verhaften.«

Da rief der Mann plötzlich:

»Hände weg von mir. Ich bin unantastbar.«

Du Roy sprang auf ihn zu, als wolle er ihn niederschlagen, und knurrte ihn an:

»Sie sind in flagranti ertappt ... in flagranti. Ich kann Sie verhaften lassen, wenn ich will ... ja, das kann ich.«

Und dann sagte er mit bebender Stimme:

»Dieser Mensch heißt Laroche-Mathieu und ist Außenminister.«

Der Polizeikommissar trat verdutzt einen Schritt zurück und stotterte:

»Wirklich, Monsieur, wollen Sie mir nun endlich sagen, wer Sie sind?«

Der Mann entschloß sich und sagte überdeutlich:

»Dies eine Mal hat dieser Schuft da nicht gelogen. Ich heiße tatsächlich Laroche-Mathieu und bin Minister.«

Dann streckte er den Arm nach Georges' Brust hin aus, wo ein schmaler roter Strich schimmerte, und fügte hinzu:

»Und dieser Schurke trägt auf seinem Frack das Ehrenkreuz, das ich ihm verschafft habe.«

Du Roy war bleifahl geworden. Mit einer schnellen Geste riß er sich das kurze, flammende Band aus dem Knopfloch, warf es in den Kamin und sagte:

»Soviel ist eine Auszeichnung wert, die von Schweine-hunden kommt, wie Sie einer sind.«

Sie standen einander gegenüber, ganz dicht, außer sich, mit geballten Fäusten, der eine mager und mit waag-rechtem, der andere dicklich und mit hochgezwirbeltem Schnurrbart.

Der Kommissar trat rasch zwischen die beiden und schob sie mit den Händen auseinander:

»Meine Herren, Sie vergessen sich, bewahren Sie doch Haltung!«

Sie schwiegen und kehrten sich voneinander ab. Madeleine stand reglos da, rauchte nach wie vor und lächelte.

Der Polizeibeamte fuhr fort:

»Herr Minister, ich habe Sie allein mit der hier anwesen-den Madame Du Roy ertappt, Sie im Bett, die Dame fast nackt. Ihre Kleidungsstücke lagen durcheinander in der ganzen Wohnung herum, das stellt den Tatbestand des Ehebruchs dar. Das können Sie nicht ableugnen. Was ha-ben Sie zu antworten?«

Laroche-Mathieu brummte:

»Ich habe nichts zu sagen; tun Sie Ihre Pflicht.«

Der Kommissar wandte sich an Madeleine:

»Geben Sie zu, Madame, daß der Herr Ihr Geliebter ist?«

Sie antwortete keck:

»Ich leugne nicht, er ist mein Geliebter!«

»Das genügt.«

Dann machte sich der Beamte ein paar Notizen über den Zustand und den Grundriß der Wohnung. Als er mit Schreiben fertig war, fragte der Minister, der sich mittler-weile fertig angezogen hatte und, den Mantel über dem Arm, den Hut in der Hand, wartete:

»Brauchen Sie mich noch? Kann ich mich zurückzie-hen?«

Du Roy drehte sich nach ihm um und lächelte unver-schämt:

»Warum denn? Wir haben hier nichts mehr zu tun. Sie

können wieder ins Bett kriechen, Monsieur; wir wollen nicht länger stören.«

Er legte dem Polizeibeamten den Finger auf den Arm:
»Lassen Sie uns gehen, Herr Kommissar; wir haben hier nichts mehr zu tun.«

Einigermaßen überrascht folgte ihm der Beamte; allein an der Schlafzimmertür hielt Georges inne, um ihm den Vortritt zu lassen. Der andere weigerte sich aus übertriebener Höflichkeit.

Du Roy ließ nicht locker:
»Bitte, gehen Sie doch.«

Der Kommissar sagte:
»Nach Ihnen.«

Da verbeugte sich der Journalist und sagte im Tonfall ironischer Höflichkeit:
»Jetzt ist die Reihe an Ihnen, Herr Polizeikommissar. Hier bin ich doch beinah zu Hause.«

Dann schloß er leise und taktvoll die Tür.

Eine Stunde danach betrat Georges Du Roy die Redaktionsräume der »Vie Française«.

Monsieur Walter war bereits dort; er leitete nämlich auch weiterhin sorgfältig seine Zeitung und überwachte sie; sie hatte eine riesige Verbreitung gefunden und begünstigte die immer größer werdenden Operationen seiner Bank.

Der Direktor hob den Kopf und fragte:
»Nanu, Sie sind hier? Sie sehen aber mal komisch aus! Warum sind Sie nicht zu uns zum Abendessen gekommen? Wo kommen Sie her?«

Der junge Mann war seines Effekts sicher; jedes Wort abwägend, erklärte er:
»Ich habe gerade den Außenminister gestürzt.«

Der andere glaubte, es handele sich um einen Scherz.
»Gestürzt... Wieso denn?«

»Ich will das Kabinett umbilden. Weiter gar nichts! Dieses Aas konnte nicht früh genug an die Luft gesetzt werden.«

Der verblüffte Alte meinte, sein Redakteur sei betrunken. Er brummelte:

»Na, hören Sie mal, Sie reden dummes Zeug.«

»Ganz und gar nicht. Ich habe gerade Monsieur Laroche-Mathieu in flagranti im Ehebruch mit meiner Frau ertappt. Der Polizeikommissar hat den Sachverhalt festgestellt. Der Minister ist erledigt.«

Walter schob sprachlos seine Brille in die Stirn hinauf und fragte:

»Sie ziehen mich doch nicht etwa auf?«

»Ganz und gar nicht. Ich will jetzt sogar eine Glosse darüber schreiben.«

»Aber was haben Sie denn vor?«

»Diesen Schurken, diesen Schuft, diesen öffentlichen Missetäter zu Boden zu schmettern!«

Georges legte seinen Zylinder auf einen Sessel; dann fuhr er fort:

»Wehe denen, die sich mir in den Weg stellen. Ich verzeihe nie.«

Der Direktor zögerte noch immer, zu verstehen. Leise fragte er:

»Und ... Ihre Frau?«

»Meine Scheidungsklage wird morgen früh eingereicht. Ich erstatte sie dem verstorbenen Forestier zurück.«

»Sie wollen sich also scheiden lassen?«

»Allerdings, zum Donnerwetter! Ich war lächerlich geworden. Aber ich habe mich dumm stellen müssen, um sie zu ertappen. So liegen die Dinge. Ich bin Herr der Lage.«

Walter war fassungslos; und als er Du Roy mit verstörter Miene anblickte, dachte er:

»Verflucht! Den Burschen muß man mit Glacéhandschuhen anfassen.«

Georges fuhr fort:

»Jetzt bin ich frei ... Ich besitze ein gewisses Vermögen. Ich lasse mich für die Oktober-Neuwahlen in meiner Heimat aufstellen, ich bin da sehr bekannt. Mit dieser Frau, die jedermann verdächtig war, habe ich mich weder aufstellen lassen noch mir Achtung erringen können. Sie hatte mich für eine Null gehalten, mich beschwatzt und auf den Leim gelockt. Aber seit ich ihr Spiel durchschaute, habe ich sie überwacht, die Schlampe.«

Er mußte lachen und sagte noch:

»Der arme Forestier ist nämlich ein Hahnrei gewesen ... ein Hahnrei, ohne es zu ahnen, vertrauensselig und in aller Ruhe. Jetzt bin ich die Krätze los, die er mir hinterlassen hatte. Jetzt habe ich freie Hand. Und ich werde es weit bringen.«

Er hatte sich rittlings auf einen Stuhl gesetzt. Wie im Traum wiederholte er:

»Weit bringen werde ich es.«

Und der alte Walter sah ihn nach wie vor mit seinen unverhüllten Augen an, da ihm ja die Brille noch immer auf der Stirn saß, und sagte sich:

»Ja, der wird es weit bringen, dieser Halunke.«

Georges stand auf:

»Ich will jetzt meine Glosse schreiben. Die muß taktvoll abgefaßt werden. Aber Sie können sich wohl denken, für den Minister wird sie scheußlich. Der ist am Absacken. Den kann man nicht wieder ›rausfischen‹. Die ›Vie Française‹ hat kein Interesse mehr daran, ihn zu schonen.«

Der Alte zögerte ein Weilchen; dann stand sein Entschluß fest:

»Schreiben Sie«, sagte er, »wer sich so in die Tinte setzt, dem ist nicht zu helfen.«

IX

Drei Monate waren hingegangen. Du Roys Scheidung war unlängst ausgesprochen worden. Seine Frau hatte wieder den Namen Forestier angenommen, und da die Familie Walter am 15. Juli nach Trouville abreisen wollte, wurde beschlossen, ehe man auseinanderging, einen Tag auf dem Lande zu verleben.

Die Wahl fiel auf einen Donnerstag, und gegen neun Uhr morgens brach man auf, in einem großen Reise-Landauer mit sechs Plätzen; er wurde, wie eine Postkutsche, von vier Pferden gezogen.

In Saint-Germain, im Pavillon Henri-Quatre, sollte zu Mittag gegessen werden. Bel-Ami hatte gebeten, der einzige Herr bei dem Ausflug zu sein; die Gegenwart und das Gesicht des Marquis de Cazolles waren ihm unerträglich. Aber im letzten Augenblick hatte man beschlossen, den Grafen de Latour-Yvelin mitzunehmen und ihn sozusagen aus dem Bett zu holen. Erst am Abend zuvor war er benachrichtigt worden.

Der Wagen fuhr in schlankem Trab die Avenue der Champs-Élysées hinauf und durchquerte dann den Bois de Boulogne.

Es war herrliches, nicht zu heißes Sommerwetter. Die Schwalben ritzten durch das Himmelsblau große, gekurvte Linien, die man noch zu sehen glaubte, wenn sie vorbeigeschossen waren.

Die drei Damen saßen auf den hinteren Plätzen des Landauers, die Mutter zwischen ihren beiden Töchtern, und die drei Herren auf den Rücksitzen, Walter zwischen seinen beiden Gästen.

Man fuhr über die Seine hinweg, man umrundete den Mont-Valérien, dann kam man nach Bougival und fuhr am Fluß entlang bis Pecq.

Der Graf de Latour-Yvelin, ein etwas reiferer Herr mit langem, dünnem Backenbart, dessen Spitzen sich bei dem geringsten Lufthauch bewegten, was für Du Roy zu besagen schien: »Es gelingen ihm mit seinem Bart hübsche Windeffekte«, betrachtete Rose mit zärtlichen Blicken. Seit einem Monat waren die beiden verlobt.

Georges war sehr blaß und sah oftmals zu Suzanne hin, die ebenfalls blaß war. Ihre Blicke begegneten sich, schienen sich zu verstehen, insgeheim einen Gedanken auszutauschen und dann einander wieder zu fliehen. Madame Walter war ruhig und glücklich.

Das Mittagessen dauerte lange. Vor der Rückfahrt nach Paris schlug Georges einen Spaziergang auf der Terrasse vor.

Zunächst wurde haltgemacht, um die Aussicht zu bewundern. Alle stellten sich nebeneinander an der Mauer auf und begeisterten sich an der Weite der Fernsicht. Die Seine floß am Fuß eines langgestreckten Hügels auf Maisons-Lafitte zu und wirkte wie eine im Grün liegende Riesenschlange. Zur Rechten, auf dem Gipfel der Anhöhe, warf der Aquädukt von Marly sein gewaltiges Profil, das einer Raupe mit dicken Füßen glich, auf den Himmel, und darunter verschwand Marly in einem dichten Baumbestand.

In der unermeßlichen Ebene, die sich gegenüber erstreckte, waren hier und dort Dörfer zu sehen. Die Teiche von Vésinet bildeten klar umrissene, saubere Flecken in dem mageren Grün des Wäldchens. Zur Linken, ganz in der Ferne, gewahrte man in der Luft den spitzigen Kirchturm von Sartrouville.

Walter erklärte:

»Nirgendwo auf Erden gibt es ein solches Panorama. Nicht mal in der Schweiz hat es seinesgleichen.«

Dann setzte man sich langsam in Bewegung; man wollte spazierengehen und sich ein wenig der schönen Aussicht erfreuen.

Georges und Suzanne blieben ein bißchen zurück. Sobald sie ein paar Schritte von den andern entfernt waren, sagte er mit leiser, verhaltener Stimme zu ihr:

»Suzanne, ich vergöttere Sie. Ich liebe Sie bis zur Kopflosigkeit.«

Leise sagte sie:

»Ich Sie auch, Bel-Ami.«

Er sprach weiter:

»Wenn ich Sie nicht zur Frau bekomme, kehre ich Paris und diesem Land den Rücken.«

Sie antwortete:

»Bitten Sie doch Papa um meine Hand, vielleicht wäre ihm das sogar ganz lieb.«

Er machte eine kleine, ungeduldige Geste:

»Nein, ich wiederhole es Ihnen zum zehntenmal, das ist unnütz. Dann würde mir die Tür Ihres Hauses verschlossen werden, ich flöge aus der Zeitung hinaus, und wir könnten einander nicht mal mehr sehen. Das wäre das reizende Ergebnis, das bei einem formellen Antrag herauskäme, davon bin ich überzeugt. Sie sind dem Marquis de Cazolles versprochen worden. Man hofft, daß Sie schließlich ja sagen werden. Und nun wird abgewartet.«

Sie fragte:

»Was also soll geschehen?«

Er zögerte; er blickte sie von der Seite an:

»Lieben Sie mich zur Genüge, um eine große Dummheit zu begehen?«

Entschlossen antwortete sie:

»Ja.«

»Eine ganz große Dummheit?«

»Ja.«

»Die größte aller Dummheiten?«

»Ja.«

»Hätten Sie Mut genug, Ihren Eltern zu trotzen?«

»Ja.«

»Ganz bestimmt?«

»Ja.«

»Dann passen Sie auf. Es gibt ein Mittel, ein einziges! Aber die Sache muß von Ihnen ausgehen und nicht von mir. Sie sind ein verwöhntes Kind; Sie dürfen alles sagen, und über eine Kühnheit mehr, die Sie begehen, würde man sich schwerlich allzusehr wundern. Also hören Sie. Heute abend, beim Heimkommen, sehen Sie zu, daß Sie Ihre Mama unter vier Augen zu sprechen bekommen. Und dann gestehen Sie ihr, daß Sie mich heiraten wollen. Sie wird schauderhaft aufgeregt und böse werden ...«

Suzanne unterbrach ihn:

»Oh, Mama möchte schon.«

Lebhaft entgegnete er:

»Nein. Sie kennen sie nicht. Sie wird weit böser und wütender als Ihr Vater sein. Sie werden schon sehen, wie sie dagegen ist. Aber Sie müssen fest bleiben und nicht nachgeben; Sie müssen immer wieder sagen, mich wollten Sie heiraten, nur mich, keinen andern als mich. Wollen Sie das tun?«

»Ich tu's.«

»Und wenn Sie bei Ihrer Mutter gewesen sind, dann sagen Sie dasselbe Ihrem Vater, und zwar sehr ernst und sehr bestimmt.«

»Ja, ja; und dann?«

»Und dann, ja, dann wird die Sache ernst. Wenn Sie entschlossen sind, fest entschlossen, ganz, ganz, ganz fest entschlossen, meine Frau zu werden, liebe, liebe kleine Suzanne… Dann… Dann werde ich Sie entführen.«

»Oh, wie herrlich! Entführen wollen Sie mich? Wann wollen Sie mich denn entführen?«

All die alte Romantik nächtlicher Entführungen, der Postkutschen, der Herbergen, all die zauberhaften Abenteuer der gelesenen Bücher glitten ihr durch den Sinn wie ein berückender Traum, der nun Wirklichkeit werden sollte. Nochmals fragte sie:

»Wann wollen Sie mich denn entführen?«

Sehr leise antwortete er:

»Ja… heute abend… diese Nacht.«

Bebend fragte sie:

»Und wohin wollen wir gehen?«

»Das ist mein Geheimnis. Überlegen Sie sich genau, was Sie tun. Bedenken Sie, daß Sie nach dieser Flucht nur noch meine Frau werden können! Es ist das einzige Mittel, aber es ist… es ist sehr gefährlich… für Sie.«

Sie erklärte:

»Ich bin entschlossen… wo kann ich Sie treffen?«

»Können Sie ganz allein das Palais verlassen?«

»Ja. Ich weiß, wie die kleine Tür aufgemacht wird.«

»Gut. Wenn gegen Mitternacht der Pförtner zu Bett gegangen ist, dann kommen Sie zu mir auf die Place de la Concorde. Sie finden mich in einer Droschke, die gegenüber dem Marineministerium hält.«

»Ich komme.«

»Ganz bestimmt?«

»Ganz bestimmt.«

Er nahm ihre Hand und drückte sie:

»Wie ich Sie liebe! Wie gut und tapfer Sie sind! Sie wollen also Monsieur de Cazolles nicht heiraten?«

»Ach was.«

»Hat Ihr Vater sich sehr geärgert, als Sie nein gesagt haben?«

»Ich glaube wohl; er hat mich ins Kloster stecken wollen.«

»Da sehen Sie, wie unbedingt notwendig es ist, energisch zu sein.«

»Das werde ich auch sein.«

Sie schaute in die Weite hinaus, den Kopf erfüllt von dem Gedanken an die Entführung. Noch viel weiter als in diese Ferne würde sie gehen ... mit ihm! ... Entführt sollte sie werden! ... Darauf war sie stolz! An ihren Ruf dachte sie kaum, und auch nicht an das, was ihr an Abscheulichem zustoßen konnte. Wußte sie es überhaupt? Ahnte sie es?

Madame Walter drehte sich um und rief:

»Komm doch, Kind. Was treibst du da mit Bel-Ami?«

Sie gesellten sich wieder zu den andern. Es wurde von dem Seebad gesprochen, wo sie bald sein würden.

Dann fuhr man über Chatou zurück, um nicht nochmals den gleichen Weg zurückzulegen.

Georges sagte nichts mehr. Er dachte: »Also, wenn die Kleine ein bißchen Mut hätte, dann müßte die Sache klappen, endlich!« Seit drei Monaten hatte er sie mit dem unwiderstehlichen Gewebe seiner Zärtlichkeit umhüllt. Er hatte sie verlockt, sie gefangengenommen, erobert. Er hatte sich von ihr lieben lassen, wie er sich darauf verstand, sich lieben zu lassen. Mühelos hatte er ihre leichte Puppenseele geraubt.

Zunächst hatte er durchgesetzt, daß sie Monsieur de Cazolles ablehnte. Jetzt hatte er erlangt, daß sie mit ihm auf und davon gehen wollte. Denn ein anderes Mittel gab es nicht.

Madame Walter, das hatte er eingesehen, würde niemals einwilligen, ihm ihre Tochter zu geben. Sie liebte ihn nach wie vor, sie würde ihn immer mit unlenksamer Heftigkeit lieben. Er hielt sie durch seine berechnete Kälte zurück, aber er spürte, daß sie von einer ohnmächtigen, gierigen Leidenschaft verzehrt wurde. Sie würde er niemals weichstimmen können. Nie würde sie zugeben, daß er Suzanne nahm.

Aber wenn er die Kleine erst mal von Hause weg hatte, würde er mit dem Vater von Großmacht zu Großmacht unterhandeln.

Während er das alles überdachte, antwortete er mit knappen Sätzen auf das, was zu ihm gesagt wurde; er hörte kaum hin. Bei der Einfahrt in Paris schien er wieder zu sich selbst gekommen zu sein.

Auch Suzanne hatte versonnen dagesessen; das Hufgeklapper der vier Pferde hatte ihr im Kopf geklungen und ihr unendliche Landstraßen mit ewigem Mondschein vorgegaukelt, Fahrten durch düstere Wälder, Herbergen am Wegessaum und die Hast der Stallknechte beim Pferdewechsel, denn alle ahnten doch, daß sie Verfolgte seien.

Als der Landauer in den Hof des Stadtpalais eingefahren war, wollte man Georges zum Abendessen dabehalten. Er dankte und fuhr heim.

Er aß ein wenig und ordnete dann seine Papiere, als wolle er eine große Reise antreten. Er verbrannte kompromittierende Briefe, versteckte andere, schrieb an ein paar Freunde.

Dann und wann sah er nach der Stutzuhr und dachte: »Bei denen muß es jetzt heiß hergehen.« Und in seinem Herzen nagte Unruhe. Wenn die Sache nun schiefgehen sollte?

Aber was hatte er denn zu fürchten? Er würde sich schon aus der Affäre ziehen! Dabei spielte er heute abend ein äußerst gewagtes Spiel!

Gegen elf verließ er das Haus, lief eine Zeitlang umher, nahm eine Droschke und ließ sie auf der Place de la Concorde vor den Arkaden des Marineministeriums halten.

Dann und wann steckte er ein Streichholz an und schaute nach seiner Taschenuhr. Als er sah, daß Mitternacht näherrückte, wurde seine Ungeduld fieberhaft. Alle paar Augenblicke steckte er den Kopf zum Wagenfenster hinaus und hielt Ausschau.

Eine ferne Turmuhr schlug zwölfmal, dann eine andere, nähere, dann zwei gleichzeitig, dann eine letzte ganz weit weg. Als diese aufgehört hatte zu klingen, dachte er: »Aus und vorbei. Schiefgegangen. Jetzt kommt sie nicht mehr.«

Dabei war er entschlossen, bis zum Hellwerden hier zu bleiben. In solchen Fällen muß man geduldig sein.

Er hörte noch, wie es viertel, halb, dann dreiviertel schlug; und alle Turmuhren schlugen nacheinander ein Uhr, wie sie Mitternacht geschlagen hatten.

Er wartete nicht mehr, er saß da und zerbrach sich den Kopf, um herauszubekommen, was geschehen sein könne.

Plötzlich schlüpfte ein Frauenkopf durch das Wagenfenster und fragte:

»Sind Sie da, Bel-Ami?«

Er fuhr hoch, und die Luft blieb ihm weg.

»Sie, Suzanne?«

»Ja, natürlich.«

Er brachte es kaum fertig, den Türgriff schnell genug zu drehen; er sagte immer wieder:

»Sie sind da … Sie sind da … steigen Sie doch ein.«

Sie tat es und ließ sich an ihn sinken. Er rief dem Kutscher zu: »Los!« Und die Droschke fuhr an.

Ihr Atem ging hastig, sie sprach kein Wort.

Er fragte:

»Na, wie ist alles vor sich gegangen?«

Da hauchte sie, einer Ohnmacht nahe:

»Oh, es war gräßlich, vor allem mit Mama.«

Er wurde unruhig und zitterte leicht.

»Mit Ihrer Mama? Was hat sie denn gesagt? Das müssen Sie mir erzählen.«

»Schauderhaft ist es gewesen. Ich bin in ihr Schlafzimmer gegangen und habe ihr meine kleine Geschichte aufgesagt; ich hatte sie mir vorher zurechtgelegt. Da ist sie erst blaß geworden, und dann hat sie gekreischt: ›Nie! Nie im Leben‹ Ich habe geweint, ich bin böse geworden, ich habe geschworen, daß ich keinen andern als Sie heiraten würde. Da habe ich geglaubt, sie würde mir eine runterhauen. Wie verrückt hat sie sich aufgeführt; sie hat erklärt, ich müsse gleich morgen zurück ins Kloster. Nie zuvor habe ich sie so gesehen, nie! Da ist Papa gekommen und hat sie all ihren Blödsinn reden hören. Er hat sich nicht so aufgeregt wie sie, sondern einfach erklärt, Sie seien ihm als Partie nicht gut genug.

Sie hatten mich ebenfalls in Wut gebracht, und da habe ich noch lauter geschrien als sie. Und da hat Papa mir gesagt, ich solle rausgehen, und zwar mit einer theatralischen Miene, die ihm ganz und gar nicht gut stand. Das hat mich bestimmt, mit Ihnen auf und davon zu gehen. Jetzt bin ich hier; wohin fahren wir?«

Er hatte behutsam ihre Taille umfaßt, und er lauschte gespannt und klopfenden Herzens; in ihm stieg ein gehässiger Groll gegen diese Leute auf. Aber er hielt ihre Tochter im Arm. Jetzt sollten sie was erleben!

Er antwortete:

»Den Zug zu nehmen, ist es zu spät; der Wagen wird uns also nach Sèvres fahren, da bleiben wir über Nacht. Und morgen geht's weiter nach La Roche-Guyon. Das ist ein reizendes Dorf an der Seine, zwischen Mantes und Bonnières.«

Sie flüsterte:

»Die Sache ist bloß die, daß ich nichts bei mir habe. Nicht das mindeste.«

Er lächelte unbekümmert:

»Pah! Das werden wir da schon in Ordnung bringen.«

Die Droschke rollte die Straßen entlang. Georges nahm eine Hand des jungen Mädchens und fing an, sie zu küssen, langsam, zurückhaltend. Er wußte nicht, was er ihr erzählen sollte; an platonische Liebschaften war er nicht gewöhnt. Doch plötzlich war ihm, als weine sie.

Erschrocken fragte er:

»Aber liebes Kleines, was ist Ihnen denn?«

Sie antwortete mit tränenfeuchter Stimme:

»Jetzt wird meine arme Mama kein Auge zutun, wenn sie gemerkt hat, daß ich weg bin.«

Tatsächlich schlief ihre Mutter nicht.

Als Suzanne aus Madame Walters Zimmer hinausgegangen war, war die Mutter vor ihrem Mann stehengeblieben.

Kopflos und völlig niedergeschmettert fragte sie:

»Mein Gott, was soll das heißen?«

Walter schrie wütend:

»Das soll heißen, daß dieser Ränkeschmied sie beschwatzt hat. Er hat Cazolles einen Korb geben lassen. Er findet die Mitgift recht anständig, zum Donnerwetter!«

Wütend begann er im Zimmer auf und ab zu gehen und fuhr fort:

»Immer wieder hast du ihn hergelockt, du hast ihn nämlich ebenfalls umschmeichelt und umgirrt, du hast ihm gar nicht genug um den Bart gehen können. Bel-Ami vorn und Bel-Ami hinten, von früh bis spät. Das hast du nun davon.«

Totenblaß flüsterte sie:

»Ich?... Ich hätte ihn hergelockt?«

Er brüllte ihr ins Gesicht:

»Jawohl, du! Ihr seid ja alle versessen auf ihn, die Marelle, Suzanne und die andern. Glaubst du etwa, ich hätte nicht gemerkt, daß du es keine zwei Tage aushalten konntest, ohne ihn herkommen zu lassen?«

Sie reckte sich auf mit tragischer Gebärde:

»Ich verbiete dir, so mit mir zu reden. Du vergißt, daß ich nicht, wie du, in einem Laden großgeworden bin.«
Zunächst stand er starr und verdutzt da, dann stieß er ein wütendes »Herrgottnochmal!« hervor, ging und schlug die Tür hinter sich zu.
Sobald sie allein war, trat sie instinktiv vor den Spiegel, um sich zu mustern, um zu sehen, ob sich etwas an ihr verändert habe, so unmöglich und ungeheuerlich dünkte sie, was ihr widerfahren war. Suzanne war verliebt in Bel-Ami! Und Bel-Ami wollte Suzanne heiraten! Nein! Sie hatte falsch gehört, es war nicht wahr. Das Mädchen hatte sich in den hübschen Kerl verschossen, was ganz natürlich war; sie hatte gehofft, man werde ihn ihr zum Manne geben; sie hatte ihren Dickkopf aufgesetzt! Aber er? Er konnte doch an so etwas nicht teilhaben! Sie grübelte nach, völlig durcheinander, wie man es angesichts großer Katastrophen ist. Nein, Bel-Ami konnte schwerlich etwas von Suzannes Eskapade wissen.
Und lange durchdachte sie die Perfidie und die Unschuld, die bei diesem Mann beide im Bereich des Möglichen lagen. Wie schuftig von ihm, wenn er den Streich ausgeheckt hätte! Und was würde jetzt geschehen? Welche Gefahren und Qualen malte sie sich aus!
Wenn er nichts davon wußte, konnte alles noch geregelt werden. Man würde für ein halbes Jahr mit Suzanne verreisen, und die Sache würde aus sein. Aber wie würde sie ihn dann hernach wiedersehen können? Denn sie liebte ihn noch immer. Diese Leidenschaft war in sie eingedrungen wie ein Pfeil mit Widerhaken, der sich nicht wieder herausreißen ließ.
Ohne ihn zu leben war unmöglich. Lieber sterben.
Ihr Denken verirrte sich in solcherlei Ängsten und Ungewißheiten. In ihrem Kopf begann ein Schmerz zu stechen; ihre Gedanken wurden mühsam, verworren und taten ihr weh. Sie quälte sich in Grübeleien, es erboste sie, nichts zu wissen. Sie blickte auf ihre Stutzuhr; es war nach eins. Sie sagte sich: »Ich kann hier nicht einfach sitzen bleiben,

ich werde verrückt. Ich muß wissen, was los ist. Ich will Suzanne wecken und sie ausfragen.«

Und sie ging, ohne Schuhe, um kein Geräusch zu machen, eine Kerze in der Hand, zum Zimmer der Tochter hinüber. Behutsam öffnete sie es, trat ein und sah nach dem Bett hin. Es war unberührt. Zunächst begriff sie nichts; sie meinte, das Mädchen rede noch mit seinem Vater. Aber dann schoß ein grausiger Verdacht in ihr auf, und sie lief in das Zimmer ihres Mannes. In aller Hast, bleich und keuchend, kam sie bei ihm an. Er lag im Bett und las noch.

Er fuhr auf.

»Na, was denn? Was hast du denn?«

Sie stotterte:

»Hast du Suzanne gesehen?«

»Nein. Warum denn?«

»Sie ist... sie ist... weg. Sie ist nicht... in ihrem Zimmer.«

Mit einem Satz sprang er auf den Teppich, zog sich die Pantoffeln an und hastete nun seinerseits ohne Unterhose, mit flatterndem Hemd nach dem Zimmer seiner Tochter.

Auf den ersten Blick bestand für ihn kein Zweifel mehr. Sie war davongelaufen.

Er sank in einen Sessel und stellte seine Lampe vor sich auf den Boden.

Seine Frau war ihm nachgegangen. Sie stammelte:

»Und jetzt?«

Er besaß nicht mehr die Kraft zu einer Antwort; in ihm war kein Zorn mehr; er ächzte:

»Alles aus, er hat sie. Wir sind verloren.«

Sie begriff nicht:

»Wieso denn, verloren?«

»Ja, zum Satan! Jetzt muß er sie natürlich heiraten.«

Sie stieß eine Art tierischen Schrei aus:

»Der? Nie im Leben! Bist du denn wahnsinnig?«

Er antwortete bekümmert:

»Bei der Brüllerei kommt nichts raus. Er hat sie entführt,

er hat sie entehrt. Das Beste ist noch, man gibt sie ihm. Wenn wir uns richtig verhalten, erfährt kein Mensch was von der ganzen Geschichte.«

Von einer grausigen Erregung geschüttelt, wiederholte sie:

»Niemals! Niemals bekommt er Suzanne! Nie gebe ich dazu meine Einwilligung!«

Walter murmelte matt und niedergeschlagen:

»Aber er hat sie doch schon. Nichts zu machen. Und er wird sie behalten und verstecken, solange wir nicht nachgegeben haben. Also müssen wir, damit es keinen Skandal gibt, auf der Stelle nachgeben.«

Zerrissen von einem Schmerz, den sie nicht eingestehen konnte, sagte seine Frau nochmals:

»Nein! Nein! Dazu gebe ich niemals meine Einwilligung!«

Er wurde allmählich ungeduldig und erwiderte:

»Aber jedes Hinundhergerede erübrigt sich doch. Es muß eben sein. Ach, der Schuft, wie hat er uns übers Ohr gehauen... Aber trotzdem, intelligent ist er. Wir hätten eine sehr viel bessere Partie finden können, aber keinen mit mehr Kopf und mehr Zukunft. Der Mann hat nämlich eine Zukunft. Der wird noch mal Abgeordneter und Minister.«

Mit ungestümer Energie erklärte Madame Walter:

»Nie im Leben lasse ich ihn Suzanne heiraten... Hast du gehört? ... Nie im Leben!«

Schließlich wurde er böse und übernahm als praktischer Mensch Bel-Amis Verteidigung.

»Jetzt halte doch endlich mal den Mund... Ich wiederhole dir, daß es sein muß... daß es unbedingt sein muß. Und wer weiß? Vielleicht wird es uns eines Tages nicht mal leid tun. Bei Menschen von diesem Schlag weiß man nie, was geschehen kann. Du hast doch gesehen, wie er mit drei Artikeln diesen Schlappschwanz Laroche-Mathieu fertiggemacht hat und mit welcher Würde er dabei vorgegangen ist; das war nämlich bei seiner Situation als Ehe-

mann verdammt schwierig. Also kurz und gut, wir werden
sehen. Fest steht auf alle Fälle, daß wir in der Falle sitzen.
Da können wir nicht mehr raus.«
Sie hätte am liebsten geheult, sich am Boden gewälzt und
sich die Haare ausgerauft. Mit verzweifelter Stimme stieß
sie nochmals hervor:
»Er soll sie nicht haben... Ich... will... es... nicht!«
Walter stand auf, nahm seine Lampe und erwiderte:
»Also hör mal, du bist blöd wie alle Frauen. Ihr handelt
immer nur aus Leidenschaft. Nie paßt ihr euch den Umständen an... blöd seid ihr, und weiter gar nichts! Ich sage
dir, er heiratet sie... Es muß eben sein.«
Und mit schlappenden Pantoffeln ging er hinaus. Er
durchschritt, ein komisches Gespenst im Nachthemd, den
breiten Flur des weitläufigen, schlafenden Stadtpalais und
kehrte geräuschlos in sein Schlafzimmer zurück.
Madame Walter war stehengeblieben, zerrissen von einem
unerträglichen Schmerz. Übrigens hatte sie noch nicht
recht begriffen. Dann schien ihr, sie könne nicht bis zum
Tagesanbruch hier starr dastehen. Sie verspürte einen heftigen Drang, davonzulaufen, einfach geradeaus, weg von
hier, um Hilfe, um Beistand zu suchen.
Sie überlegte, wen sie wohl zu sich rufen könne. Welchen
Menschen? Es fiel ihr keiner ein! Einen Priester! Ja, einen
Priester! Dem würde sie sich zu Füßen werfen, ihm alles
gestehen, ihm ihren Fehltritt und ihre Verzweiflung
beichten. Er würde verstehen, daß dieser Erbärmliche
Suzanne nicht heiraten könne, und er würde es verhindern.
Sie bedurfte eines Priesters, und zwar auf der Stelle! Aber
wo ihn finden? Wohin sich wenden? Und dabei konnte
sie doch nicht hierbleiben.
Da glitt vor ihren Augen wie eine Vision das helle Bild
Jesu vorüber, wie er über die Wogen wandelte. Sie sah
ihn, wie sie ihn vor sich gesehen, wenn sie das Bild betrachtet hatte. Also hatte er sie gerufen. Er hatte zu ihr
gesagt: »Komm zu mir. Komm und knie nieder zu meinen

Füßen. Ich will dich trösten und dir sagen, was getan werden muß.«

Sie nahm ihre Kerze, verließ das Zimmer und stieg die Treppe hinab, zum Wintergarten. Dort stand das Jesusbild in einem kleinen Raum, der durch eine Glastür verschlossen werden konnte, damit die Feuchtigkeit der Beete nicht die Leinwand beschädigte.

Der Raum bildete eine Art Kapelle in einem Wald aus seltsamen Bäumen.

Als Madame Walter den Wintergarten betrat, den sie immer nur bei vollem Licht gesehen hatte, blieb sie erschüttert vor seiner dunklen Tiefe stehen. Die schweren Pflanzen aus heißen Ländern verdichteten die Atmosphäre durch ihren drückenden Atem. Und da die Türen nicht mehr offenstanden, drang die Luft dieses fremdartigen Waldes, die unter einer Glaskuppel eingeschlossen war, nur mühsam in die Brust ein, betäubte, berauschte, erregte Lust und Übelkeit, gab dem Körper ein wirres Gefühl von entnervender Wollust und Tod.

Die arme Frau ging langsam, tief angerührt von den Finsternissen, in denen beim irrenden Licht ihrer Kerze absonderliche Pflanzen erschienen, die aussahen wie Ungeheuer, wie Erscheinungen von Wesen, wie bizarre Mißgeburten.

Plötzlich erblickte sie den Heiland. Sie öffnete die Tür, die sie von ihm trennte, und fiel auf die Knie.

Erst betete sie voller Glut zu ihm: sie stammelte Liebesworte, leidenschaftliche, verzweifelte Anrufungen. Dann beruhigte sich die Inbrunst ihrer Rufe; sie hob die Augen zu ihm auf, und in ihr blieb die Angst. Im zitternden Schein des einzigen Lichts, das ihn kaum und noch dazu von unten beleuchtete, glich er so sehr Bel-Ami, daß nicht mehr Gott, sondern ihr Liebhaber sie anschaute. Es waren seine Augen, seine Stirn, sein Gesichtsausdruck, seine kalte, hochmütige Miene!

Sie stammelte: »Jesus! – Jesus! – Jesus!« Und es kam ihr das Wort »Georges« auf die Lippen. Da mußte sie jäh daran denken, daß Georges in ebendieser Stunde vielleicht ihre Tochter besaß. Er war allein mit ihr, irgendwo, in einem Schlafzimmer. Er! Er! Mit Suzanne!

Sie sagte nochmals: »Jesus! ... Jesus!« Aber sie dachte an die beiden ... an ihre Tochter und ihren Liebhaber: Sie waren allein in einem Schlafzimmer ... und es war Nacht. Sie sah sie vor sich. Sie sah sie so deutlich, daß sie an Stelle des Bildes vor ihr erstanden. Und sie lächelten einander an, sie küßten einander. Das Zimmer war düster, das Bett halb aufgeschlagen. Sie stand auf, sie wollte auf die beiden zugehen, ihre Tochter bei den Haaren packen und sie aus dieser Umarmung reißen. Bei der Gurgel wollte sie sie packen, sie erwürgen, ihre Tochter, die sie jetzt haßte, ihre Tochter, die sich diesem Mann geschenkt hatte. Sie berührte sie ... ihre Hände stießen an das Bild, an die Füße Christi.

Sie schrie gellend auf und sank rücklings um. Die hingefallene Kerze erlosch.

Und was geschah dann? Lange Zeit hindurch träumte sie seltsame Dinge, erschreckende. Immerfort glitten vor ihren Augen Georges und Suzanne in enger Umschlingung mit Christus einher, der ihrer beider abscheuliche Liebe segnete.

Irgendwie empfand sie, daß sie nicht in ihrem Zimmer sei. Sie wollte aufstehen, weglaufen, und konnte es nicht. Eine empfindungslose Starrheit hatte sie überkommen, die ihre Glieder lähmte und nur ihrem Denken Wachheit ließ, eine wirre Wachheit allerdings, gequält durch schauerliche, unwirkliche, phantastische Bilder; es war ein ungesunder Traum, der befremdliche und bisweilen tödliche Traum, wie ihn die einschläfernden Pflanzen der heißen Länder mit den bizarren Formen und den schweren Düften in die menschlichen Hirne eindringen lassen.

Als es Tag geworden war, wurde Madame Walter aufgehoben und weggetragen; bewußtlos und fast vom Pflanzenduft erstickt, hatte sie vor »Jesus, auf den Wogen wandelnd« gelegen. Sie war so krank, daß für ihr Leben gefürchtet wurde. Erst am folgenden Tag gewann sie wieder ihre volle Vernunft. Da begann sie zu weinen.

Suzannes Verschwinden wurde der Dienerschaft gegenüber mit einem plötzlich beschlossenen Klosteraufenthalt erklärt. Und Monsieur Walter beantwortete einen langen Brief Du Roys dahingehend, daß er ihm die Hand seiner Tochter gewährte.

Bel-Ami hatte diese Epistel in dem Augenblick in den Postkasten geworfen, da er Paris verließ; er hatte sie nämlich schon vor seiner Abreise vorsorglich zu Papier gebracht. Er hatte darin in respektvollen Worten gesagt, daß er das junge Mädchen seit langem liebe, daß niemals irgendein Einverständnis zwischen ihnen bestanden habe, aber daß er, als sie aus eigenem Ermessen zu ihm gekommen sei, um ihm zu sagen: ›Ich will Ihre Frau sein‹, sich für berechtigt gehalten habe, sie bei sich zu behalten und sie sogar zu verstecken, bis zum Eintreffen einer Antwort der Eltern, deren legaler Wille für ihn von geringerer Bedeutung sei als der Wille seiner Braut.

Er hatte Monsieur Walter gebeten, ihm postlagernd zu antworten; ein Freund werde ihm den Brief zukommen lassen.

Als er erlangt hatte, was er gewollt, brachte er Suzanne zurück nach Paris, schickte sie wieder zu ihren Eltern und versagte es sich eine Zeitlang, zu erscheinen.

Sechs Tage hatten sie in La Roche-Guyon am Seineufer verlebt. Nie zuvor hatte das junge Mädchen sich so gut amüsiert. Sie hatte »ländliche Idylle« gespielt. Da er sie für seine Schwester ausgegeben hatte, hatten sie in einer ungezwungenen, keuschen Intimität gelebt. Gleich am Tag nach ihrer Ankunft hatte sie bäuerliche Wäsche und Kleidung gekauft und war zum Angeln gegangen, auf dem Kopf einen riesengroßen Strohhut mit Blumen daran. Sie fand das Dorf entzückend. Es gab dort einen alten Turm und ein altes Schloß, wo wundervolle Gobelins besichtigt werden konnten.

Georges trug eine Bluse, die er fix und fertig bei einem

Dorfkrämer gekauft hatte, und streifte mit Suzanne an den Ufern entlang, teils zu Fuß, teils im Boot. Alle paar Augenblicke küßten sie einander, beide zitternd, sie unschuldig, und er bereit, der Versuchung zu erliegen. Aber er brachte es fertig, sich zusammenzunehmen, und als er ihr sagte: »Morgen fahren wir zurück nach Paris; Ihr Vater gewährt mir Ihre Hand«, da sagte sie naiv:

»Jetzt schon? Es hat mir solchen Spaß gemacht, Ihre Frau zu sein!«

X

Es war dunkel in der kleinen Wohnung in der Rue de Constantinople; denn Georges Du Roy und Clotilde de Marelle, die vor der Tür zusammengetroffen waren, hatten sie hastig betreten, und ohne ihm Zeit zu lassen, die Jalousien hochzuziehen, hatte sie zu ihm gesagt:

»Du heiratest also Suzanne Walter?«

Er gab es schonend zu und fragte noch:

»Hast du das denn nicht gewußt?«

Sie stand vor ihm und entgegnete wütend:

»Du heiratest also Suzanne Walter! Das ist ein starkes Stück! Ein allzu starkes Stück ist das! Seit drei Monaten umschmeichelst du mich, damit ich nichts merken soll. Jedermann weiß es, nur ich nicht. Ausgerechnet mein Mann hat es mir gesagt!«

Du Roy fing an zu grinsen, aber dennoch war er ein bißchen durcheinandergeraten; er legte seinen Hut auf den Kamin und nahm in einem Sessel Platz.

Sie sah ihm ins Gesicht und sagte gereizt und leise:

»Seit du dir deine Frau vom Hals geschafft hast, hast du diesen Streich vorbereitet, und mich hast du reizenderweise für die Zwischenzeit als Geliebte behalten? Was für ein Lump du doch bist!«

Er fragte:

»Warum denn? Ich habe eine Frau gehabt, die mich betrog. Ich habe sie ertappt; ich habe die Scheidung durchgesetzt, und jetzt heirate ich eine andere. Gibt es etwas Einfacheres?«

Bebend stieß sie hervor:

»Was für ein gerissener und gefährlicher Mensch du bist!«

Wiederum lächelte er:

»Du lieber Himmel! Halbidioten und Nullen sind stets die Reingefallenen!«

Aber sie ließ von ihrem Gedanken nicht ab:

»Von Anfang an hätte ich dich durchschauen müssen. Aber ich habe einfach nicht glauben können, daß du so ein Schuft seiest.«

Er setzte eine würdevolle Miene auf:

»Bitte achte ein bißchen auf die Ausdrücke, deren du dich bedienst.«

Gegen diese Entrüstung begehrte sie auf:

»Was? Soll ich mich vielleicht geschwollen ausdrücken, wenn ich jetzt mit dir rede? Seit ich dich kenne, führst du dich mir gegenüber auf wie ein bettelarmer Lump, und jetzt verlangst du, daß ich es dir nicht sage? Du begaunerst jeden, du beutest alle Welt aus, überall suchst du dir Liebesfreuden und Geld, und ich soll dich behandeln wie einen anständigen Menschen?«

Er sprang auf, seine Lippen zitterten:

»Halt den Mund, oder ich schmeiße dich raus.«

Sie stammelte:

»Mich rausschmeißen ... Mich rausschmeißen ... Du willst mich hier rausschmeißen ... du ... ausgerechnet du?...«

Sie konnte nicht weiterreden, so sehr verschlug ihr die Wut die Sprache, und jäh, als sei das Schleusentor ihres Zorns geborsten, brach sie los:

»Mich rausschmeißen? Hast du denn vergessen, daß ich diese Wohnung vom ersten Tag an bezahlt habe? Ach ja, freilich hast du dann und wann auch mal die Miete übernommen. Aber wer hat die Wohnung gemietet?... Ich...

Wer hat sie beibehalten? ... Ebenfalls ich ... Und du willst mich hier rausschmeißen? ... Sei du ja still, du Taugenichts! Glaubst du etwa, ich wüßte nicht, wie du Madeleine um die Hälfte von Vaudrecs Erbschaft gebracht hast? Glaubst du etwa, ich wüßte nicht, daß du mit Suzanne geschlafen hast, um sie zum Heiraten zu zwingen ...«
Er packte sie bei den Schultern und rüttelte sie:
»Von der rede bitte nicht! Das verbiete ich dir!«
Sie schrie:
»Du hast mit ihr geschlafen, ich weiß es.«
Alles hätte er in Kauf genommen, aber diese Lüge brachte ihn außer sich. Die Wahrheiten, die sie ihm ins Gesicht geschleudert hatte, die hatten kurz zuvor Schauer der Wut in seinem Herzen aufgerührt, aber diese falsche Behauptung über das kleine Mädchen, das seine Frau werden sollte, erweckte in seiner hohlen Hand das wütende Verlangen, ihr eine runterzuhauen.
Nochmals sagte er:
»Halt den Mund ... Nimm dich in acht ... halt den Mund ...«
Und er schüttelte sie, wie man einen Zweig schüttelt, damit die Früchte herabfallen.
Sie heulte mit wirrem Haar, weit aufgerissenem Mund und irren Augen:
»Du hast mit ihr geschlafen ...«
Er ließ sie los und knallte ihr eine solche Ohrfeige ins Gesicht, daß sie gegen die Wand taumelte und hinfiel. Aber sie drehte sich zu ihm um, stützte sich auf die Handgelenke und schrie noch einmal:
»Geschlafen hast du mit ihr!«
Er stürzte sich auf sie, hielt sie unter sich fest und schlug auf sie ein, wie wenn er einen Mann verdroschen hätte.
Plötzlich verstummte sie und begann unter seinen Schlägen zu ächzen und zu wimmern. Sie bewegte sich nicht mehr. Sie hatte das Gesicht in den Winkel zwischen Parkett und Wand gedrückt und stieß klägliche Schreie aus. Er hörte auf, sie zu schlagen, und stand auf. Dann machte

er ein paar Schritte im Zimmer, um sein inneres Gleichgewicht wiederzugewinnen, und da ihm etwas einfiel, ging er ins Schlafzimmer, goß kaltes Wasser ins Waschbecken und tauchte den Kopf hinein. Danach wusch er sich die Hände und ging dann wieder ins Wohnzimmer, um zu sehen, was sie treibe, wobei er sich sorgfältig die Finger abtrocknete.

Sie hatte sich nicht von der Stelle gerührt. Noch immer lag sie am Boden und weinte leise in sich hinein.

Er fragte:

»Ist nun bald Schluß mit der Heulerei?«

Sie antwortete nicht. Da blieb er mitten im Zimmer stehen, ein bißchen beklommen, ein bißchen beschämt angesichts dieses vor ihm liegenden Körpers.

Dann faßte er unvermittelt einen Entschluß und nahm seinen Hut vom Kamin:

»Guten Abend. Wenn du fertig bist, gibst du den Schlüssel dem Pförtner. Ich habe keine Lust, zu warten, bis du wieder ansprechbar bist.«

Er ging hinaus, schloß die Tür, trat in die Pförtnerloge ein und sagte:

»Madame ist dageblieben. Sie wird gleich gehen. Sagen Sie dem Hausbesitzer, ich kündigte zum 1. Oktober. Wir haben den 16. August, die Frist ist also eingehalten worden.«

Und dann ging er mit langen Schritten von dannen, er hatte nämlich noch ein paar eilige Besorgungen zu machen, die letzten Käufe für das Hochzeitsgeschenk.

Die Hochzeit war auf den 20. Oktober, nach dem Wiederzusammentritt der Kammern, festgesetzt worden. Sie sollte in der Madeleine-Kirche stattfinden. Es war viel darüber hin und her geredet worden, ohne daß man die genaue Wahrheit gewußt hätte. Verschiedene Gerüchte waren im Umlauf. Es wurde getuschelt, eine Entführung habe stattgefunden, aber man war sich über nichts sicher. Die Dienerschaft tratschte, Madame Walter, die mit ihrem künftigen Schwiegersohn kein Wort mehr rede, habe an dem Abend, da diese Ehe beschlossen worden sei, ihre Tochter um Mitternacht ins Kloster bringen lassen und dann in ihrer Wut Gift genommen.

Fast tot sei sie aufgefunden worden. Sicherlich werde sie nie wieder völlig gesund werden. Sie sehe jetzt aus wie eine alte Frau; ihr Haar werde ganz grau; und sie sei der Frömmelei verfallen, alle Sonntage gehe sie zur Kommunion.

In den ersten Septembertagen hatte die »Vie Française« berichtet, der Baron Du Roy de Cantel sei Chefredakteur geworden, Monsieur Walter werde seinen Titel als Direktor auch weiterhin führen.

Danach war ein Bataillon bekannter Feuilletonisten, Tagesberichterstatter, politischer Redakteure sowie Kunst- und Theaterkritiker angeworben worden, die man mittels Geld den großen Zeitungen, den alten, mächtigen und gut eingeführten Zeitungen weggenommen hatte.

Die alten Journalisten, die ernsten, achtenswerten Journalisten zuckten nicht länger die Achseln, wenn von der »Vie Française« die Rede war. Der schnelle, durchschlagende Erfolg hatte die Mißachtung ausgelöscht, die die seriösen Schriftsteller diesem Blatt anfänglich bezeigt hatten.

Die Heirat ihres Chefredakteurs wurde zu dem, was man als ein Pariser Tagesereignis bezeichnet; Georges Du Roy und die Familie Walter hatten seit einiger Zeit viel Neugier erregt. Alle, die in den Nachrichten aus der Gesellschaft erwähnt werden, hatten sich gelobt, hinzugehen.

Das Ereignis fand an einem klaren Herbsttag statt.

Schon um acht Uhr morgens hatte das gesamte Personal der Madeleine einen großen roten Läufer über die hohe Freitreppe dieser Kirche gebreitet, die die Rue Royale beherrscht, einen Läufer, der die Vorübergehenden stehenbleiben ließ und dem Volk von Paris verkündete, es werde eine große Feierlichkeit geben.

Die Angestellten auf dem Weg in ihre Büros, die jungen Arbeiterinnen und die Ladenschwengel hielten inne, sahen zu und dachten von ungefähr an die reichen Leute, die soviel Geld vergeudeten, bloß weil zwei sich paaren wollten.

Gegen zehn begannen die Schaulustigen sich anzusammeln. Sie blieben ein paar Minuten stehen, vielleicht, weil sie hofften, es werde gleich losgehen, und dann schlenderten sie weiter.

Um elf kamen Polizeiaufgebote und forderten beinahe sofort die Menge zum Weitergehen auf, denn jeden Augenblick bildeten sich neue Gruppen.

Bald erschienen die ersten Gäste, diejenigen, die gute Plätze haben wollten, um auch ja alles zu sehen. Sie besetzten die Seitenplätze längs des Mittelschiffs.

Nach und nach kamen andere, Damen, die ein Stoffgeraschel, ein Seidengeraschel vollführten; streng dreinschauende Herren, fast samt und sonders kahlköpfig, schritten mit weltmännischer Korrektheit einher, höchst ernsthaft an dieser Stätte.

Langsam füllte sich die Kirche. Eine Woge von Sonnenlicht flutete durch das riesige, offenstehende Portal herein und beleuchtete die ersten Reihen mit den Freunden. Im Chor, der ein wenig düster wirkte, verbreitete der mit Kerzen bedeckte Altar eine gelbe Helle, die demütig und blaß gegenüber dem Lichtloch der großen Eingangstür wirkte.

Man erkannte sich, rief einander durch einen Wink zu sich, schloß sich zu Gruppen zusammen. Die Literaten waren weniger respektvoll als die Weltleute; sie plauderten halblaut. Die Damen wurden gemustert.

Norbert de Varenne, der nach einem Bekannten Ausschau hielt, erblickte Jacques Rival inmitten der Stuhlreihen und gesellte sich zu ihm.

»Na ja«, sagte er, »die Zukunft gehört den Pfiffigen!«

Der andere, der nicht die Spur neidisch war, antwortete: »Desto besser für ihn. Er hat's geschafft.«

Und dann fingen sie an, über die Leute zu reden, die ihnen aufgefallen waren.

Rival fragte:

»Wissen Sie eigentlich, was aus seiner Frau geworden ist?«

Der Dichter lächelte:

»Ja und nein. Sie lebt sehr zurückgezogen, ist mir erzählt worden, im Montmartre-Viertel. Aber ... es gibt nämlich ein Aber ... ich lese seit einiger Zeit in der ›Plume‹ politische Artikel, die eine verblüffende Ähnlichkeit mit denen von Forestier und Du Roy haben. Sie sind von einem gewissen Jean Le Dol, einem jungen, gut aussehenden, intelligenten Menschen vom selben Schlag wie unser Freund Georges; er hat die Bekanntschaft von dessen ehemaliger Frau gemacht. Woraus ich geschlossen habe, daß sie junge Anfänger liebt und ewig lieben wird. Außerdem ist sie ja reich. Vaudrec und Laroche-Mathieu haben nicht umsonst so eifrig da im Haus verkehrt.«

Rival erklärte:

»Sie ist gar nicht so übel, die kleine Madeleine. Sehr klug und sehr durchtrieben. Nackt muß sie reizend sein. Aber sagen Sie mal, wie kommt es eigentlich, daß Du Roy nach seiner Scheidung kirchlich getraut wird?«

Norbert de Varenne antwortete:

»Er wird kirchlich getraut, weil er für die Kirche das erste Mal überhaupt nicht verheiratet gewesen ist.«

»Wieso?«

»Unser Bel-Ami hatte aus Gleichgültigkeit oder aus Sparsamkeit gemeint, das Standesamt genüge, als er Madeleine Forestier heiratete. Deshalb hatte er sich den kirchlichen Segen erspart, was für unsere Heilige Mutter Kirche bedeutete, daß er ganz einfach im Konkubinat lebte. Folglich erscheint er heute vor ihr als Junggeselle, und sie gewährt ihm all ihren Pomp; der wird den alten Walter teuer genug zu stehen kommen.«

Der verworrene Lärm der stetig anwachsenden Menge wurde unter dem Gewölbe immer größer. Es waren Stimmen zu hören, die fast laut sprachen. Man zeigte einander Berühmtheiten; sie posierten, froh, aufzufallen, und bewahrten sorglich die Haltung, die sie vor der Öffentlichkeit stets einzunehmen pflegten; sie waren es gewohnt, sich so bei allen öffentlichen Festlichkeiten zu zeigen; sie waren ja, so schien es ihnen, deren unentbehrliche Zierden und künstlerischer Schmuck von Seltenheitswert.

Rival fuhr fort:

»Sagen Sie mal, mein Lieber, Sie sind doch so oft beim Chef im Hause, stimmt es, daß Madame Walter und Du Roy kein Wort mehr miteinander sprechen?«

»Kein einziges! Sie hatte ihm die Kleine nicht geben wollen. Aber er hatte ja den Vater in der Hand; in Marokko, so scheint es, müssen alle möglichen finsteren Geschichten passiert sein. Da hat er denn also den Alten mit schrecklichen Enthüllungen bedroht. Walter hat an Laroche-Mathieu gedacht und schleunigst nachgegeben. Aber die Mutter war dickköpfig wie alle Frauen; sie hat geschworen, sie werde an ihren Schwiegersohn nie wieder das Wort richten. Sie sind verdammt komisch, wenn sie einander gegenübertreten. Sie sieht aus wie eine Statue, die Statue der Rache, und er ist arg beklommen, obwohl er gute Haltung bewahrt, denn zusammennehmen kann er sich!«

Es kamen Kollegen und boten ihnen die Hand. Man hörte Fetzen politischer Gespräche. Und verworren wie die Geräusche eines fernen Meers drang das Summen des vor der Kirche zusammengescharten Volks mit dem Sonnenlicht zugleich durch das Portal herein und stieg über der diskreteren Unruhe des Elite-Publikums, das eng gedrängt die Kirche erfüllte, zur Wölbung hinan.

Plötzlich stieß der Schweizer dreimal den Schaft seiner Hellebarde auf das Pflaster der Kirche. Alle Anwesenden drehten sich um, wobei ein langes Kleiderrascheln und ein Geschurre von Stühlen entstanden. Und die junge Frau erschien im hellen Licht des Portals am Arm ihres Vaters. Nach wie vor wirkte sie wie ein Spielzeug, ein köstliches, weißes Spielzeug mit einem Orangenblütenkranz im Haar.

Ein paar Augenblicke lang blieb sie auf der Schwelle stehen, und als sie dann den ersten Schritt ins Kirchenschiff trat, erbrauste machtvoll die Orgel und verkündete mit ihrer gewaltigen metallenen Stimme das Kommen der Braut.

Gesenkten Hauptes, aber durchaus nicht schüchtern, schritt sie einher, niedlich, reizend, das Miniaturbild einer Jungvermählten. Die Damen lächelten und flüsterten, als sie sie vorüberwandeln sahen. Die Herren tuschelten: »Exquisit, anbetenswert.« Monsieur Walter stolzierte mit übertriebener Würde, ein bißchen blaß, die Brille lotrecht auf der Nase.

Hinter ihnen bildeten vier Brautjungfern, alle vier in Rosa gekleidet und alle vier hübsch, den Hofstaat dieses Kleinods von Königin. Die Brautführer, die dem Typ entsprechend ausgewählt worden waren, gingen mit Schritten einher, die wirkten, als habe ein Ballettmeister sie ihnen eingeübt.

Ihnen folgte Madame Walter am Arm des Vaters ihres andern Schwiegersohns; es war der zweiundsiebzigjährige Marquis de Latour-Yvelin. Sie ging nicht, sie schleppte sich hin, bei jeder Vorwärtsbewegung nahe daran, in Ohnmacht zu fallen. Man spürte, daß ihre Füße an den Fliesen klebten, daß ihre Beine sich sträubten, weiterzugehen, daß ihr das Herz in der Brust schlug, wie wenn ein Tier Sprünge vollführt, um zu entweichen.

Sie war mager geworden. Ihr weißes Haar ließ ihr Gesicht noch blasser und abgezehrter erscheinen.

Sie blickte vor sich hin, um niemanden zu sehen, vielleicht auch, um nur an das zu denken, was sie quälte.

Dann erschien Georges Du Roy mit einer alten, unbekannten Dame.

Er trug den Kopf hoch und schaute mit seinen starren, harten Augen unter den ein wenig zusammengezogenen Brauen unverwandt geradeaus. Sein Schnurrbart auf der Oberlippe sah aus, als sträube er sich gereizt. Man fand, er sehe sehr gut aus. Seine Haltung war stolz, sein Wuchs tadellos, er hatte gerade Beine. Der Frack kleidete ihn gut; daran leuchtete wie ein Blutfleck das schmale rote Band der Ehrenlegion.

Dann kamen die Verwandten, Rose mit dem Senator Rissolin. Sie war seit sechs Wochen verheiratet. Der Graf de Latour-Yvelin führte die Vicomtesse de Percemur.

Schließlich kam dann eine absonderliche Prozession der Bundesgenossen und Freunde Du Roys, die er in seine neue Familie eingeführt hatte, in der Pariser Zwischenwelt bekannte Leute, die sogleich die intimen Freunde und bei Gelegenheit die entfernten Vettern reicher Emporkömmlinge sind, deklassierte, verarmte, anrüchige Adlige, manchmal verheiratet, und das ist noch viel schlimmer. Es waren Monsieur de Belvigne, der Marquis de Banjolin, der Graf und die Gräfin de Ravenel, der Herzog von Ramorano, der Fürst Krawaloff, der Cavaliere Valréali, und alsdann Walters Gäste, der Fürst von Guerche, der Herzog und die Herzogin von Ferracine, die schöne Prinzessin des Dunes. Einige Verwandte der Madame Walter bezeigten inmitten dieses Vorbeimarschs ein vornehmes Provinzgehaben.

Und noch immer brauste die Orgel und stieß in das riesige Bauwerk die pompösen, rhythmisierten Klänge ihrer schimmernden Pfeifen, die die Freude oder den Schmerz der Menschen gen Himmel posaunen.

Die großen Türflügel des Eingangs wurden geschlossen, und plötzlich wurde es dunkel, als ob die Sonne vor die Tür gesetzt worden wäre.

Jetzt kniete Georges neben seiner Frau im Chor angesichts des erleuchteten Altars. Der neue Bischof von Tanger, den Krummstab in der Hand, auf dem Haupt die Mitra, kam aus der Sakristei, um sie im Namen des Ewigen zu vereinen.

Er stellte die üblichen Fragen, wechselte die Ringe, sprach die Worte, die wie Ketten binden, und richtete an die Neuvermählten eine christliche Ansprache. Er sprach über die Treue, und zwar lange, in hochtrabenden Ausdrücken. Er war ein beleibter, hochgewachsener Mann, einer der schönen Prälaten, bei denen der Bauch majestätisch wirkt. Ein Aufschluchzen veranlaßte ein paar Köpfe, sich umzuwenden. Madame Walter weinte, das Gesicht in den Händen.

Sie hatte nachgeben müssen. Was hätte sie auch tun können. Aber seit dem Tage, da sie ihre heimgekehrte Tochter aus ihrem Zimmer geworfen und sich geweigert hatte, sie zu küssen, seit dem Tage, da sie sehr leise zu Du Roy, der sich äußerst gemessen vor ihr verneigt, als er wieder vor ihr erschienen war, gesagt hatte: »Sie sind der gemeinste und verächtlichste Mensch, den ich kenne, sprechen Sie nie wieder ein Wort zu mir, denn ich werde Ihnen nie antworten!«, litt sie unerträgliche, nicht zu beschwichtigende Qualen. Sie haßte Suzanne mit einem ätzenden Haß, einem Gemisch von außer sich geratener Liebesleidenschaft und herzzerreißender Eifersucht, der seltsamen Eifersucht der Mutter und der Geliebten, die unbekennbar, wild und wüst war und brannte wie eine frische Wunde.

Und jetzt traute ein Bischof die beiden, ihre Tochter und ihren Geliebten, in einer Kirche, in Gegenwart von zweitausend Menschen, und vor ihren Augen! Und sie konnte nichts sagen! Sie konnte es nicht verhindern! Sie konnte nicht rufen: »Aber dieser Mann gehört doch mir, er ist mein Geliebter. Die Ehe, die Sie da einsegnen, ist eine Schandtat!«

Mehrere Damen waren gerührt und flüsterten:

»Wie nahe es der armen Mutter geht.«

Der Bischof deklamierte:

»Ihr gehört zu den Glücklichen der Erde, zu den Reichsten und den Geachtetsten. Sie, Monsieur, der Sie durch Ihr Talent hoch über den andern stehen, Sie, der Sie schreiben, der Sie belehren, der Sie raten, der Sie das Volk leiten, Sie haben eine schöne Mission zu erfüllen, ein gutes Beispiel zu geben . . .«

Du Roy lauschte, trunken vor Stolz. So sprach ein Prälat

der römischen Kirche zu ihm, zu ihm! Und er fühlte hinter seinem Rücken eine Menge, eine erlauchte Menge, die um seinetwillen gekommen war. Ihm war, als treibe eine Macht ihn vorwärts und erhebe ihn. Er wurde einer der Herren der Erde, er, er, der Sohn zweier armer Bauersleute aus Canteleu.

Plötzlich sah er sie vor sich in ihrer ärmlichen Schenke auf der Anhöhe über dem großen Tal von Rouen, seine Eltern, wie sie den Bauern der Gegend zu trinken brachten. Er hatte ihnen fünftausend Francs aus der Erbschaft des Grafen de Vaudrec geschickt. Jetzt wollte er ihnen fünfzigtausend schicken; dafür würden sie sich einen kleinen Besitz kaufen. Sie würden froh und glücklich sein.

Der Bischof hatte seine Ansprache beendet. Ein Priester in goldverbrämter Stola betrat den Altar. Und die Orgel begann aufs neue feierlich zu Ehren der Neuvermählten zu ertönen.

Bald verströmte sie gedehnte, gewaltige Klagen, geschwellt wie Wogen, so dröhnend und so mächtig, daß es schien, sie müßten aufsteigen, das Dach sprengen und sich in den blauen Himmel ergießen. Ihr schwingender Klang erfüllte die ganze Kirche und ließ die Körper und Seelen erschauern. Dann beruhigte er sich unvermittelt; und zarte, behende Töne durcheilten die Luft und streiften das Ohr wie leichter Hauch; es waren kleine, anmutige, feine, hüpfende Weisen, die wie Vögel flatterten; und plötzlich wurde diese kokette Musik abermals breit und wirkte nochmals erschreckend durch ihre Kraft und Fülle, wie wenn ein Sandkorn sich in eine Welt verwandelt hätte.

Dann fielen Menschenstimmen ein und schwangen über die geneigten Köpfe hinweg. Vauri und Landeck von der Oper sangen. Weihrauch verbreitete zarten Duft, und auf dem Altar wurde das göttliche Opfer vollzogen; auf den Ruf seines Priesters hin stieg der Gott-Mensch hinab zur Erde, um den Triumph des Barons Georges Du Roy zu weihen.

Der neben Suzanne kniende Bel-Ami hatte die Stirn gesenkt. In diesem Augenblick fühlte er sich fast gläubig, fast fromm; erfüllt von Dankbarkeit gegen die Gottheit, die ihn so begünstigt, die ihn so rücksichtsvoll behandelt hatte. Und ohne recht zu wissen, an wen er sich wandte, dankte er ihr für seinen Erfolg.

Als die heilige Handlung beendet war, stand er auf, reichte seiner Frau den Arm und schritt in die Sakristei hinüber. Jetzt begann der endlose Vorbeizug der Anwesenden. Georges war in einem Freudentaumel; er kam sich vor wie ein König, dem das Volk zujauchzt. Er drückte Hände, stammelte bedeutungslose Worte, verbeugte sich und antwortete auf Glückwünsche: »Wie liebenswürdig von Ihnen.«

Plötzlich gewahrte er Madame de Marelle, und die Erinnerung an all die Küsse, die er ihr gegeben und die sie erwidert hatte, die Erinnerung an all ihre Liebkosungen, an ihre Späßchen, an den Klang ihrer Stimme, den Geschmack ihrer Lippen ließ ihm den jähen Wunsch ins Blut schießen, sie wieder zu sich zu holen. Sie war hübsch und elegant mit ihrer Lausbubenmiene und ihren lebendigen Augen. Georges dachte: »Was für eine reizende Geliebte, da sag einer, was er will!«

Ein bißchen zaghaft und beunruhigt trat sie herzu und reichte ihm die Hand. Er nahm sie in die seine und hielt sie fest. Da verspürte er den heimlichen Ruf dieser Frauenfinger, den süßen Druck, der verzeiht und wiederum Besitz ergreift. Und auch er drückte sie, diese kleine Hand, wie um zu sagen: »Ich liebe dich nach wie vor, ich bin dein!«

Ihrer beider Augen begegneten einander, lächelnd, strahlend, erfüllt von Liebe. Leise sagte sie mit ihrer anmutigen Stimme:

»Auf bald.«

Heiter antwortete er:

»Auf bald, Madame.«

Und sie ging davon.

Andere Leute drängten heran. Die Menge strömte an ihm vorbei wie ein Fluß. Endlich lichtete sie sich. Die letzten gingen hinaus.

Georges reichte Suzanne wiederum den Arm und führte sie in die Kirche zurück.

Sie war voller Menschen, denn jeder hatte seinen Platz wieder eingenommen, um die beiden vorbeigehen zu sehen. Er ging langsam, ruhigen Schrittes, erhobenen Hauptes, die Augen starr auf die große, sonnenbeschienene Türöffnung gerichtet. Er spürte, wie ein leichtes Frösteln seine Haut überrieselte, jene kalten Schauer, die ein ungeheures Glücksgefühl auslöst. Er sah niemanden. Er dachte nur an sich selber.

Als er auf die Schwelle gelangt war, gewahrte er die zusammengescharte Menge, eine schwarze, brausende Masse, die um seinetwillen hergekommen war, um Georges Du Roys willen. Das Volk von Paris betrachtete und beneidete ihn.

Dann hob er die Augen und sah hinten, jenseits der Place de la Concorde, die Abgeordnetenkammer. Und ihm war, als müsse er hinüberspringen, in einem Satz, vom Portikus der Madeleine zum Portikus des Palais-Bourbon.

Langsam schritt er die Stufen der hohen Freitreppe zwischen den beiden Zuschauerreihen hinab. Aber er sah sie nicht; jetzt wandten seine Gedanken sich nach rückwärts, und vor seinen sonnengeblendeten Augen schwebte das Bild der Madame de Marelle, wie sie vor dem Spiegel die Schläfenlöckchen zurechtstrich, die stets zerzaust waren, wenn sie aus dem Bett kam.

Nachwort

Als Guy de Maupassant (1850–93) um die Mitte des Jahres 1884 *Bel-Ami*, seinen zweiten und besten Roman, zu schreiben begann, war er vierunddreißig Jahre alt, ein bekannter, vielgelesener Autor und, was kaum jemand wußte, ein schwerkranker Mann. Die letztere Tatsache wird weder in dem Roman als künstlerischem Gebilde spürbar, noch tritt sie in der Handschrift hervor, die so klar, sauber, ebenmäßig und gut lesbar ist, daß sie, ohne Einschaltung eines Kopisten, unmittelbar als Druckvorlage dienen konnte. Das Manuskript besteht aus 436 paginierten Blättern und weist nur wenige Verbesserungen und Veränderungen auf; diese betreffen zumal den Namen der Hauptgestalt, die ursprünglich Leroy, Boisrenard oder Plumenard hatte heißen sollen, und überdies einige nebensächliche Details. Es ist reinlich wie eine Abschrift, oder als sei es nach Diktat niedergeschrieben worden. Das gleiche gilt für alle Manuskripte Maupassants, bis auf das letzte, das des Romanfragments *L'Angélus*; hier weist zwar die Handschrift an sich dieselbe klare Zügigkeit wie zuvor auf; aber es findet sich eine Fülle von Korrekturen, Durchstreichungen und Verbesserungen am Rande.

Maupassant hat seinen *Bel-Ami*, wie alle seine Novellen und Romane, in einem Zug niedergeschrieben; es gibt bei ihm weder Frühfassungen noch Entwürfe oder »Szenarien«, wie Flaubert sie vor der eigentlichen Ausarbeitung zu skizzieren pflegte, und zwar oft in dutzendfachen Varianten. Somit ist Maupassants Arbeitsweise derjenigen seines Meisters völlig unähnlich.

Es ist bekannt, daß Maupassant in seinen ersten Roman *Une Vie*, »Ein Leben« (begonnen 1877, erschienen 1883), mehrere früher veröffentlichte Novellen mit geringen Veränderungen eingearbeitet hat. Dieses Verfahren hat er bei der Gestaltung seines *Bel-Ami* aufgegeben. Es gibt indessen für gewisse Gestalten, Situationen und Begebenheiten des *Bel-Ami* Vorstudien, die parallel mit der Arbeit an dem Roman oder früher entstanden sind – freilich nicht in der Form von Entwürfen, sondern in derjenigen von ausgestalteten, für die Veröffentlichung bestimmten und auch tatsächlich in mehreren Tageszeitungen publizierten kleinen feuilletonistischen Arbeiten, sogenannten »échos« (Stadtneuigkeiten) oder »chroniques« (politischen Rundblicken und Glossen), wie Maupassant sie häufig geschrieben hat; es sind über zweihundert nachgewiesen worden. Jene kurzen Feuilletons, geistvolle, amüsante Aperçus über alle möglichen Tagesereignisse oder Charakterskizzen von allgemeiner Gültigkeit, ferner politische Streiflichter und scharfe Kritiken am Tunis-Krieg (1881–83), der mit seinen korrupten Hintergründen Maupassant als Vorbild für den in *Bel-Ami* behandelten, vom Autor erfundenen Marokko-Krieg gedient hatte, sind inzwischen gesichtet und etwa fünfzig davon in Zusammenhang mit *Bel-Ami* gebracht worden. Freilich bestehen zwischen ihnen und dem endgültigen Text kaum je wörtliche und nur andeutungsweise sachliche Übereinstimmungen, obwohl die Beziehungen sich nicht leugnen lassen; sie sind auf das vollkommenste in den Roman eingeschmolzen worden, ohne dessen formales und stilistisches Ebenmaß zu beeinträchtigen.

Den Gepflogenheiten der Literarhistoriker der Jahrhundertwende entsprechend hat es nicht ausbleiben können, daß nach »Vorbildern« für den Helden des Romans und die Nebengestalten gesucht worden ist. Eine große Zahl von Aufsätzen und Publikationen in Buchform hat sich bemüht, auf Ähnlichkeiten und Übereinstimmungen zwischen den Gegebenheiten des Romans und denjenigen der damaligen Wirklichkeit hinzuweisen, was zum Teil darauf hinauslief, daß *Bel-Ami* als ein Schlüsselroman hingestellt wurde. So ist der Titelheld gelegentlich als ein »Maupassant ohne Talent« bezeichnet worden, und man hat sogar den Versuch unternommen, die Identität von Romangestalt und Autor nachzuweisen, was freilich nicht sehr überzeugt. Ebenso ist es abwegig, in der Pariser Pressewelt der achtziger Jahre nach unmittelbaren Vorbildern für die Nebengestalten suchen zu wollen, was ausgiebig geschehen ist. Haben einige von ihnen

Maupassant als Modell gedient, so nicht in ihrem Individuellen und Persönlichen, sondern in ihrem Typischen. Das erklärt, daß keiner derjenigen, von denen gleich nach Erscheinen des Romans gemunkelt wurde, sie seien darin »porträtiert« worden, sich wiedererkannte oder gar Einspruch erhob. Freilich scheinen in einem Teil der Pariser Presse, und zwar in demjenigen, den Maupassant in seinem Roman beleuchtet, zu jener Zeit seltsame Sitten geherrscht zu haben; glücklicherweise sind die Texte publiziert, aus denen die Arbeitsweise zahlreicher Journalisten und Blätter jener Zeit eindrucksvoll und befremdend deutlich wird.

Über die Entstehung des Romans finden sich in Maupassants Briefen nur spärliche Andeutungen. In einem Brief an die Mutter, wohl vom Sommer 1884, heißt es: »Nun ›Yvette‹ völlig beendet ist, habe ich meinen Roman zu schreiben begonnen.« Am 21. Februar 1885 schrieb der Autor an seinen Verleger Victor Havard: »Sie fragen nach meinem Ergehen. Es steht damit nicht eben berühmt. Meine Augen werden immer kränker. Das rührt, wie ich glaube, daher, daß sie durch die Arbeit über die Maßen erschöpft sind. [. . .] ›Bel-Ami‹ habe ich abgeschlossen. Ich brauche nur die beiden letzten Kapitel nochmals durchzulesen und zu überarbeiten. Das kostet sechs Tage Arbeit, und dann ist der Roman endgültig fertig [. . .].«

Da im Manuskript keinerlei Daten vermerkt worden sind, lassen sich Beginn und Ende der Niederschrift nur andeutungsweise bestimmen. Die Erstveröffentlichung des Romans erfolgte in der Tageszeitung *Le Gil-Blas* als Feuilleton-Abdruck vom Mittwoch, dem 8. April, bis zum Samstag, dem 30. Mai 1885. Die Buchausgabe dürfte der Verlag Havard unmittelbar nach Abschluß des Zeitungsvorabdrucks in den Handel gebracht haben.

Der Roman hatte einen sensationellen, wenn nicht gar einen Skandal-Erfolg; den ersteren um seiner selbst willen, den letzteren, weil die Öffentlichkeit hinter nahezu jeder der Gestalten ein lebendes Urbild witterte, zu Unrecht. Die Presse diskutierte das Buch von Anbeginn an lebhaft, und zwar durchweg voller Achtung vor dem Autor und lobend und bewundernd, freilich mit gewissen Einschränkungen. Aber gerade diese scheinen Maupassant verstimmt und gereizt zu haben, sicherlich im Zusammenhang mit seiner Krankheit. Er fühlte sich genötigt, fast unmittelbar nach dem Erscheinen seines Werks an den Chefredakteur des *Gil-Blas* einen offenen Brief über seine mit dem Roman verfolgten Absichten zu schreiben, der in jener Zeitung am 7. Juni 1885 erschien und der in deutscher Übersetzung lautet:

An die Kritiker von »Bel-Ami«
Eine Antwort

Wir erhalten von unserm Mitarbeiter Guy de Maupassant nachstehenden Brief, den zu veröffentlichen wir uns beeilen:

Rom, 1. Juni 1885

Lieber Herr Chefredakteur,
bei der Rückkehr von einem sehr langen Ausflug, der mich dem »Gil-Blas« gegenüber arg säumig hat werden lassen, finde ich in Rom einen Stapel Zeitungen vor, deren Besprechungen meines Romans »Bel-Ami« mich ebenso überraschen wie betrüben.
In Catania hatte ich bereits einen Artikel von Montjoyeux erhalten; ich habe ihm sogleich geschrieben. Es scheint mir nötig zu sein, in der Zeitung, in der mein Feuilleton-Abdruck erschienen ist, einige Erklärungen zu geben.
Ich war ganz und gar nicht darauf gefaßt, wie ich gestehe, daß ich zur Darlegung meiner Absichten gezwungen sein würde; sie sind von einigen weniger leicht verletzlichen Kollegen durchaus richtig verstanden worden.
Die Journalisten, von denen man sagen kann, was ehedem von den Dichtern gesagt worden ist, nämlich, daß sie ein »irritabile genus« seien, vermuten, ich hätte die zeitgenössische Presse in ihrer Gesamtheit schildern und auf eine Weise verallgemeinern wollen, daß sämtliche Zeitungen in der »Vie Française« verschmolzen seien und alle Redakteure in den drei oder vier Gestalten, die ich habe auftreten lassen. Dabei scheint mir, eine Mißdeutung sei bei einigem Nachdenken unmöglich.
Ich habe lediglich das Leben eines Glücksritters erzählen wollen, der wie alle ist, denen man tagtäglich in Paris begegnet und die man in allen Berufen antrifft, die es gibt.

Ist er denn tatsächlich Journalist? Nein. Ich greife ihn in dem Augenblick auf, da er Reitlehrer in einem Tattersall werden will. Nicht die Berufung hat ihn also angetrieben. Ich habe ausdrücklich gesagt, er sei ein völlig ungebildeter Mensch; er sei ganz einfach geldhungrig und gewissenlos. Von den ersten Zeilen an zeige ich, daß man das Samenkorn eines Halunken vor sich hat, das in dem Erdreich aufkeimen wird, in das es gerade fällt. Dieses Erdreich ist eine Zeitung. Warum gerade eine Zeitung, wird man fragen.

Warum? Weil dieses Milieu mich günstiger dünkte als jedes andere, um klar und deutlich die Entwicklungsstufen meiner Gestalt zu zeigen; und auch, weil die Zeitung, wie oftmals behauptet worden ist, zu allem zu führen vermag. In einem andern Beruf bedarf es der Spezialkenntnisse und längerer Vorbereitungen. Die Eingänge sind fester zugesperrt, die Ausgänge weniger zahlreich. Die Presse ist eine Art riesiger Republik, die sich nach allen Seiten hin ausdehnt, wo man von allem etwas findet, wo man alles tun kann, wo es ebenso leicht ist, ein höchst anständiger Mensch wie auch ein Schurke zu sein. Als mein Held in den Journalismus eintrat, konnte er somit unschwer alle besonderen Mittel einsetzen, deren er sich bedienen mußte, um vorwärtszukommen.

Er hat nicht die Spur von Talent. Einzig durch die Frauen bringt er es zu etwas. Wird er wenigstens ein richtiger Journalist? Nein.

Er durchquert alle Sparten der Zeitung, ohne dabei in einer haftenzubleiben; denn er steigt zu Glück und Vermögen auf, ohne dabei auf den Stufen zu verweilen. Als Reporter fängt er an, und dann geht es weiter. Nun aber beschränkt man sich in der Presse, wie anderswo auch, auf ein Teilgebiet, und die mit der Berufung dazu geborenen Reporter bleiben oftmals ihr Leben lang Reporter. Es lassen sich einige sehr berühmt gewordene nennen. Viele sind brave Leute und Ehemänner, die ihren Kram erledigen, als seien sie Beamte in einem Ministerium. Duroy indessen wird Chef der »échos«, der Tagesneuigkeiten. Das ist eine andere, sehr schwierige Sparte, die ebenfalls ihre Leute festhält, wenn sie es darin zur Meisterschaft gebracht haben. Die »échos« machen häufig das Glück einer Zeitung, und man kennt in Paris ein paar »échotiers«, die um ihre Feder ebenso beneidet werden wie bekannte Schriftsteller. Von dort aus steigt Bel-Ami sehr rasch auf zur politischen Redaktion. Ich hoffe, daß man mich wenigstens nicht beschuldigt, dabei die Herren J. J. Weiss[1] oder John Lemoine[2] im

---

1 Einer der zahlreichen Mitarbeiter des sehr regierungstreuen *Journal des Débats*.
2 Lemoine hatte monarchistische Sehnsüchte, blieb aber schließlich dennoch beim *Journal des Débats*.

Auge gehabt zu haben. Aber wieso käme man überhaupt dazu, ich hätte jemanden im Auge gehabt?

Vielleicht mehr als alle anderen sind die politischen Redakteure seßhafte, ernste Leute, die weder ihren Beruf noch ihre Zeitung wechseln. Sie schreiben ihr Leben lang denselben Artikel, gemäß ihrer Meinung, mit mehr oder weniger Phantasie, Abwechslungsreichtum und Talent im Formalen. Und wenn sie ihre Meinung ändern, so wechseln sie zu einer anderen Zeitung über. Nun ist aber wohl offenbar, daß mein Glücksritter auf die militante Politik zustrebt, auf einen Sitz im Abgeordnetenhaus, auf ein anderes Leben und andere Begebnisse. Und wenn er durch die Praxis zu einer gewissen Geschmeidigkeit der Feder gelangt ist, wird er deswegen weder zum Schriftsteller noch zum echten Journalisten. Einzig den Frauen wird er seine Zukunft verdanken. Weist nicht schon der Titel »Bel-Ami« zur Genüge darauf hin?

Nun er durch einen Zufall Journalist geworden ist, durch eine Begegnung von ungefähr in dem Augenblick, da er Reitlehrer hatte werden wollen, bedient er sich der Presse wie der Dieb einer Leiter. Läßt sich daraus folgern, daß anständige Leute ebenjene Leiter nicht benutzen dürfen?

Doch ich komme jetzt zu einem weiteren Vorwurf. Man scheint zu glauben, ich hätte mittels der von mir erfundenen Zeitung »La Vie Française« Kritik an der gesamten Pariser Presse üben oder sie heftig tadeln wollen.

Wenn ich als Rahmen eine große, eine wahre und echte Zeitung gewählt hätte, würden alle gegen mich Aufgebrachten völlig im Recht sein; nun habe ich aber ganz im Gegenteil Sorge getragen, eins der fragwürdigen Blätter zu nehmen, eine Art Agentur einer Bande politischer Spekulanten und Börsenjobber, ein Blatt, wie deren leider einige existieren. Ich bin bemüht gewesen, es jeden Augenblick seinem Wert nach zu kennzeichnen und daran im Grunde nur zwei Journalisten tätig sein zu lassen, nämlich Norbert de Varenne und Jacques Rival; diese beiden liefern einfach ihre Manuskripte ab und halten sich sämtlichen Spekulationen der Zeitung fern.

Ich wollte das Innere eines Lumpen schildern, ich wollte ihn in einer Umwelt sich entwickeln lassen, die seiner würdig ist, um diese Gestalt schärfer herauszuarbeiten. Dazu besaß ich die gleiche unbedingte Berechtigung, wie ich sie gehabt hätte, die anständigste aller Zeitungen auszuwählen, um mittels ihrer aufzuzeigen, welch ein arbeitsames, ruhiges Leben ein wackerer Mann dort führt.

Wie nun aber hat man auch nur eine Sekunde lang annehmen können, ich hätte geplant, alle Pariser Zeitungen in einer einzigen zusammen-

zufassen? Welcher Schriftsteller stellt so berechtigte oder unberechtigte Ansprüche an die Beobachtungskraft, die Logik und die eigene Gutgläubigkeit, daß er zu der Ansicht käme, er könne einen Typus erschaffen, der gleichzeitig an »Gazette de France«, »Gil-Blas«, »Temps«, »Figaro«, »Débats«, »Charivari«, »Gaulois«, »Vie Parisienne«, »Intransigeant« usw. usw. erinnerte? Und daß ich mir die »Vie Française« ausgedacht hätte, um beispielsweise auf »L'Union« und die »Débats« anzuspielen!... Das ist dermaßen lächerlich, daß ich wirklich nicht verstehe, was meinen Kollegen eigentlich in den Sinn gekommen ist! Und ich würde es gern erleben, daß man versuchte, ein Blatt zu erfinden, das einerseits dem »Univers« und andererseits den unflätigen Zeitungen ähnelte, die abends auf dem Boulevard laut ausgerufen werden! Dabei gibt es solcherlei unflätige Blätter, oder etwa nicht? Und es gibt auch noch andere, die im Grunde nur Höhlen von Marodeuren unter den Finanzleuten, Werkstätten für Erpressungen und für die Emissionen fiktiver Werte sind.
Eins von diesen habe ich mir ausgesucht.
Habe ich irgend jemandem ihr Vorhandensein offenbart? Nein. Das Publikum kennt sie, und wie oft haben in meiner Gegenwart befreundete Journalisten mir ihre Entrüstung über die Tätigkeit dieser Werkstätten des Gaunertums bekundet!
Worüber beschwert man sich also? Darüber etwa, daß am Schluß das Laster triumphiert? Kommt das vielleicht niemals vor, und könnte man unter den mächtigen Finanzleuten keinen nennen, dessen Anfänge nicht ebenso zweifelhaft gewesen wären wie die Georges Duroys?
Kann jemand sich in einer einzigen meiner Romangestalten wiedererkennen? Nein. – Läßt sich mit Sicherheit behaupten, ich hätte an jemanden gedacht? Nein. – Denn ich habe tatsächlich niemanden im Auge gehabt.
Ich habe den anrüchigen Journalismus geschildert, wie man die anrüchige Gesellschaft schildert. Sollte das etwa verboten sein?
Und wenn man mir vorwirft, ich sähe zu schwarz, ich erblickte nur unlautere Leute, so werde ich berechtigtermaßen antworten, daß ich gerade in den Kreisen meiner Gestalten nicht allzu vielen tugendsamen und rechtschaffenen Menschen habe begegnen können. Ich bin nicht der Erfinder des Sprichworts: »Gleich und gleich gesellt sich gern.«
Schließlich möchte ich, als letztes Argument, die Unzufriedenen bitten, nochmals den unsterblichen Roman zu lesen, dessen Titel zu demjenigen dieser Zeitung geworden ist, den »Gil-Blas«, und mir alsdann ein Verzeichnis der sympathischen Leute aufzustellen, die

Lesage uns gezeigt, obwohl er in seinem Werk so ziemlich sämtliche Gesellschaftsschichten durchquert hat.

Ich rechne damit, lieber Herr Chefredakteur, daß Sie dieser Verteidigungsschrift Gastfreundschaft gewähren, und drücke Ihnen herzlich die Hand.

Guy de Maupassant

Die Schärfe und die hier und dort sich bekundende ungelenke, in einem literarischen Text Maupassants kaum je anzutreffende Gespreiztheit dieses Briefs erstaunen desto mehr, wenn man die Presseurteile und Kritiken liest, die den Autor eher mit Stolz anstatt mit Unwillen hätten erfüllen können und müssen. In diesem Zusammenhang ist auf eine Unstimmigkeit der Daten hinzuweisen. Maupassant schrieb seinen »Offenen Brief« am 1. Juni 1885 in Rom, während der Italienreise, die er sich nach der Vollendung des *Bel-Ami* und in der sicheren Erwartung eines buchhändlerischen Erfolgs gegönnt hatte. Nun aber ist die darin erwähnte Kritik von Montjoyeux (Pseudonym) erst am 2. Juni 1885 in *Qui-sait* erschienen. Es besteht natürlich die Möglichkeit, daß Montjoyeux seine Rezension vor dem Druck in Abschrift oder als Korrekturabzug an Maupassant gesandt hat, der berichtet, er habe einen Artikel von Montjoyeux bereits in Catania (Sizilien) erhalten und dem Verfasser geantwortet; oder aber, es handelt sich bei der im »Offenen Brief« erwähnten um eine andere Arbeit gleichen Themas des angesehenen Kritikers, über dessen persönliche Beziehungen zu Maupassant nichts Näheres bekannt ist, obwohl sie als bestehend angenommen werden dürfen.

Wie dem auch sei: dem Großteil der Leserschaft waren Kritiken und literarische Polemik gleichgültig; der Erfolg setzte auf der Stelle ein, hielt an und erwies sich als von Dauer. Maupassant konnte sich seine erste Segeljacht, die schwarze »Bel-Ami«, kaufen, die er indessen bald wieder abstieß, um die weiße »Bel-Ami II« zu erwerben, mit der seine letzten Lebens- und Schaffensjahre so eng verbunden sind, daß sie zu einem Bestandteil der Maupassant-Legende geworden ist.

Im Juli 1885 schrieb Maupassant an seine Mutter: »Über ›Bel-Ami‹ nichts Neues. Dieses Buch hat mich daran gehindert, nach Etretat zu fahren, denn ich tummele mich kräftig, seinen Absatz zu beleben, aber ohne großen Erfolg. Der Tod Victor Hugos hat ihm einen furchtbaren Schlag versetzt. Wir sind bei der 27. Auflage; verkauft sind 13 000 Exemplare. Wie ich Dir sagte, werden wir auf 20 bis 22 000 kommen. Das ist sehr ehrenvoll, und es genügt.«

Victor Hugo war, dreiundachtzig Jahre alt, am 22. Mai 1885 in Paris gestorben und unter der Anteilnahme der ganzen Nation fürstlich zu Grabe getragen worden. Sein Tod hatte natürlich eine Steigerung des Verkaufs der Bücher des großen Toten und eine Minderung des Verkaufs der Bücher der Lebenden zur Folge gehabt. Maupassants Haltung in diesem Zusammenhang ist typisch. So schildert auch das Tagebuch der Brüder Goncourt, das am 2. Dezember 1851 beginnt, dramatisch die Ängste der jungen Verfasser, der Staatsstreich Napoleons III. werde den Erfolg ihres ersten Romans, der am gleichen Tage hatte erscheinen sollen, zunichte machen.

Maupassants Befürchtungen waren unbegründet. Am 12. September 1885 konnte der Verleger Havard ihm schreiben: »Eben, beim Heimkommen, finde ich Ihren Brief vor und beeile mich, Ihnen über den großen Taugenichts Bel-Ami zu berichten. Im Augenblick stehen wir bei der 37. Auflage [...].«

Seither ist *Bel-Ami* in nahezu alle Kultursprachen übersetzt worden. Die Haupt- und Titelgestalt ist zum Typ geworden wie Vater Goriot, Gaudissart, Emma Bovary und einige wenige andere Romangestalten. Und der Roman als Ganzes ist, »wenn nicht das Meisterwerk, so doch zumindest das Hauptwerk Maupassants« (Albert-Marie Schmidt), und darüber hinaus einer der großen Romane der Weltliteratur.

Ernst Sander

Inhalt